Riµl '85

L'ÉPERVIER D'AMÉRIQUE

Claude CHEBEL

L'ÉPERVIER
D'AMÉRIQUE

roman

SOMMAIRE

1

Printemps en Pennsylvanie

1

A Nantes, au début de juillet 1803, la goélette américaine *Nancy* était un des rares navires amarrés au quai de la Fosse. La fin de l'après-midi était belle, et comme souvent en cette saison, la marée apportait un vent d'ouest qui avait chassé vers les terres les averses du matin.

Le capitaine Samuel Barnes, commandant la *Nancy*, recevait à son bord le capitaine Jean Audubon. C'était pour lui un plaisir, car le Français, bien qu'un peu bourru, connaissait beaucoup d'histoires sur l'océan, la traite et les îles à sucre. L'Américain considérait aussi la présence d'Audubon comme un honneur. Il savait que le vieux marin, bien qu'il ne s'en vantât jamais, avait été un des héros de l'Indépendance des États-Unis. Le 19 octobre 1781, devant Yorktown, il commandait la corvette *Queen Charlotte* qui avait rejoint la flotte de l'amiral de Grasse, et il avait assisté à la reddition de Cornwallis et à la déroute anglaise.

Des Anglais que le capitaine Audubon n'avait aucune raison d'aimer. A treize ans, il était mousse sur le bateau de son père. On s'en allait depuis Les Sables-d'Olonne ravitailler Louisbourg, le bastion français du Canada quand la *Marianne* fut attaquée, désemparée, prise, le père et le fils capturés. Le gamin, blessé, croupit près de deux ans dans les geôles anglaises. Tant de mois de jeunesse enfuis sur les pontons de Portsmouth.

Jean Audubon avait gardé de l'aventure une bonne pratique de la langue anglaise et un solide désir de vengeance. Samuel Barnes, de vingt ans son cadet, partageait avec lui la haine de l'Angleterre, d'où ses ancêtres avaient été chassés par la « querelle des enclosures », quand les grands propriétaires terriens avaient décidé qu'il n'y avait plus de place pour les petits.

Ils avaient choisi l'exil vers l'Amérique et fondé un chantier naval à Boston. A force de voir construire des bateaux le jeune Samuel avait eu envie de monter dessus. Le départ des Britanniques et l'expansion commerciale qui avait suivi lui avaient permis de devenir armateur et capitaine.

Jean Audubon et Samuel Barnes s'étaient connus l'année précédente, à Nantes, chez Claude François Rozier, armateur et homme d'affaires, qui gérait depuis longtemps les intérêts d'Audubon. Celui-ci venait de poser définitivement son sac à terre, après une vie de vagabondages maritimes et huit ans de service sur les vaisseaux de la République, qui lui octroyait désormais 600 francs de pension annuelle. Fort heureusement il restait à ce retraité de cinquante-sept ans quelques lambeaux de sa fortune passée. Principalement sa maison de Couëron, une jolie gentilhommière entourée de bonnes terres, à 3 lieues à l'ouest de Nantes, en bordure de Loire. C'est là qu'il avait jeté l'ancre une fois pour toutes, en compagnie de son épouse Anne, et de leurs enfants, Jean-Jacques, qui avait dix-huit ans, et Rose, qui en avait seize.

Il cultivait la terre, veillait un peu tardivement à l'éducation des jeunes gens et venait parfois traiter quelques affaires à Nantes, du moins autant que le commerce languissant du port le permettait encore.

Les deux marins s'étaient vite liés d'amitié. Audubon prenait beaucoup de plaisir à parler de nouveau l'anglais, une langue qu'il maîtrisait parfaitement, et qui ne lui rappelait pas que de mauvais souvenirs. De son séjour dans la marine de Washington, il avait gardé un accent bostonien qui ravissait Barnes. Celui-ci, de son côté, avait assez bourlingué entre La Nouvelle-Orléans, les Antilles et le Québec pour parler correctement le français, avec un curieux accent qui n'était autre qu'un subtil mélange des intonations créoles et canadiennes.

Les senteurs mêlées du café, des épices, du bois imprégné de vinaigre, le désinfectant des navires, grisaient Jean Audubon aussi sûrement que le solide « grog », le nom que les marins donnaient au whisky et que Barnes lui avait offert. Il se sentait bien dans la cabine de la *Nancy*. Il ne se lassait pas d'écouter cette musique qui avait accompagné les belles années de sa vie, le crissement des amarres de chanvre, s'enflant jusqu'à l'extrême de leur tension, décroissant ensuite, pour recommencer. Le clapotis entre la coque et le quai, le battement contre un mât de quelque drisse mal assurée, il les ressentait comme les frémissements d'un autre être vivant, aussi familiers que le rythme de son propre cœur. Le capitaine français était déjà venu à bord de la goélette, on y avait traité des affaires, évalué des cargaisons, fait des comptes. Il y avait avec eux des associés, des clients, des hommes de l'équipage. Cette fois, c'était différent. Il avait demandé une rencontre discrète. Barnes, surpris, avait accepté non sans une certaine inquiétude. Ces étranges Français avaient la manie du complot, et l'on s'agitait beaucoup en ce moment dans l'Ouest, depuis l'attentat de la rue Saint-Nicaise contre Bonaparte. Les royalistes, nombreux dans la région, étaient soupçonnés, avec quelque vraisemblance, de l'avoir commis. Le ministre de la Police, Joseph Fouché, qui connaissait bien la région pour y être né, y avait délégué beaucoup d'espions.

Barnes se demandait si le capitaine n'allait pas lui demander son aide dans quelque conjuration. Il se décida à en venir au fait.

– Que puis-je pour vous ? car je suppose que vous avez une requête toute personnelle...

– C'est très personnel, en effet, il s'agit de mon fils. Je voudrais que vous l'emmeniez avec vous à New York. Quand partez-vous ?

– Eh bien, le temps de compléter le chargement, disons deux semaines au plus.

Aubudon parut soulagé.

– C'est bien. Le plus tôt sera le mieux. Je me chargerai des papiers nécessaires. Ne craignez rien, tout sera en règle.

– Pardonnez-moi, mais, avez-vous des problèmes avec votre fils ? Je croyais que vous vouliez en faire un marin, comme vous.

13

– C'était il y a deux ans. Je l'avais mis à l'école de Rochefort, pour qu'il devienne aspirant de marine. Cet idiot a fait le mur, on l'a mis en prison. Après on l'a embarqué, mais il a fallu le débarquer aussitôt à cause du mal de mer.

Barnes ne put s'empêcher de sourire. La vocation de la mer devait sauter des générations. Le vieil officier devait se sentir ridicule et il attendait d'autres questions. Barnes vint à son aide.

– Mais, qu'est-ce qu'il aime faire, ce jeune homme?

– Dessiner, c'est tout. Depuis toujours. Et chasser les oiseaux. Il disparaît des jours dans la campagne. Vous savez que nous vivons à Couëron, qui est un petit village près du fleuve. Impossible de le retenir. Et sa mère lui pardonne tout. Tenez, il a transformé sa chambre en musée, des dessins au mur, des oiseaux empaillés partout.

– Des dessins, s'étonna Barnes. C'est... c'est un artiste, alors?

Il avait eu du mal à prononcer ce mot peu familier.

– Il faut reconnaître qu'il se débrouille assez bien. Il a fait des portraits de tout le monde, au village. Les gens adorent ça.

Devant l'amertume du ton, Barnes se crut autorisé à orienter l'entretien sur un terrain plus intime.

– Et, euh... excusez-moi, capitaine, mais est-ce qu'il s'intéresse, je veux dire, est-ce qu'il aime les femmes?

Jean Audubon sourit enfin, puis rit franchement.

– Je sais ce que vous pensez. J'ai eu les mêmes doutes, bien sûr. Mais l'année dernière, j'ai voulu l'envoyer dans une école à Paris, chez le peintre David. Qu'au moins ses dons lui servent à quelque chose. Au bout de six mois, David m'a écrit de venir le reprendre. Le garçon refusait de dessiner les plâtres, il ne s'intéressait qu'aux filles qui posaient pour les nus! Et il poussait le zèle jusqu'à passer la plupart de ses nuits avec elles. Quand je suis allé le chercher j'ai dû l'arracher à une bien belle garce.

Audubon riait plus fort encore. Barnes comprit que, sur ce point au moins, le capitaine était fier de son fils. A la lueur dans le regard du vieil homme, il devina que ce marin-là avait aimé chevaucher autre chose que les vagues.

– A la bonne heure, capitaine, mais que va-t-il faire à New York? Ce n'est pas le paradis des artistes.

– Écoutez, Barnes, j'ai lutté toute ma vie pour essayer d'arracher quelques sous à la mer. A un moment j'y suis arrivé. Il y a vingt ans, à Saint-Domingue. J'avais une belle plantation, des bateaux, des esclaves aussi, oui... et des femmes. Je ne regrette rien, j'en ai bien profité. J'ai tout laissé quand la Révolution s'est faite ici, je voulais voir ça de près! J'ai replacé ce que j'ai pu dans une ferme de Pennsylvanie. Maintenant il faudrait s'en occuper, et je suis trop vieux. A mon fils de jouer.

– Mais, objecta Barnes, Jean-Jacques a dix-huit ans, et d'après ce que vous dites, n'est-ce pas une responsabilité bien lourde?

– On verra bien. Il y aura des gens là-bas pour s'occuper de lui, mieux que moi ou sa mère. Fisher, qui est mon agent, et le fermier Thomas. Ce sont des quakers. Pas drôles, mais efficaces. Ça le changera.

Le capitaine Audubon se tut et se leva soudain. Il paraissait s'en vouloir d'avoir tant parlé d'affaires personnelles. Cela ne devait pas être dans ses habitudes. Il fit quelques pas dans la cabine et s'attarda en connaisseur sur les instruments de navigation rangés sur un meuble d'acajou. Particulièrement le superbe octant de cuivre, un instrument qui remplaçait depuis peu l'arbalestrille et permettait un point plus précis malgré les mouvements de l'horizon. Il nota instinctivement les indications du baromètre à mercure fixé à la cloison. Le beau temps s'installait, tant mieux. Tout paraissait favorable à l'exil de son fils, mais il ne croyait pas que cela durerait. L'Atlantique allait rester sûr encore peu de temps, puis, comme deux ans plus tôt, les neutres allaient se voir interdire les ports des belligérants, et on ne verrait plus à Nantes la bannière étoilée.

– Je ne suis pas sûr qu'une bonne occasion comme celle-ci se représente, Barnes. Vous savez que les Anglais ont repris la guerre depuis mai dernier, sous je ne sais quel prétexte à propos de Malte. Que le reste de l'Europe les rejoigne, et ils se jetteront sur nous.

– Que craignez-vous, ironisa Barnes, vous avez Napoléon Bonarparte, le plus grand chef de guerre de tous les temps!

15

Comme beaucoup d'Américains, Barnes éprouvait des sentiments mitigés pour le Premier Consul. Au pays de Washington, on n'aimait pas beaucoup les despotes, mais on ne pouvait s'empêcher d'admirer l'homme qui défiait l'Angleterre et les vieilles dynasties européennes, et qui propageait des idéaux révolutionnaires chers aux Américains. Lesquels commençaient à entrevoir l'étendue du cadeau que Bonaparte venait de leur faire : le 30 avril 1803, le président Thomas Jefferson avait acheté la Louisiane à la France, pour 15 000 000 de dollars. La superficie des États-Unis venait de doubler.

Audubon leva les épaules avec un air de résignation. Il n'avait pas envie de parler de Bonaparte. A travers le vitrage de la cabine il contemplait le soleil déclinant, dont l'éclat était atténué par les nuages très élevés et très fins, comme la gaze d'une moustiquaire, et qui montaient de l'Atlantique. On avait un bel été, et le temps promettait d'être stable.

– Vous dînez avec moi? demanda-t-il brusquement.

C'était à peine une question, plutôt un ordre.

– Euh, oui, avec plaisir, répondit Barnes, gêné, mais j'aurais pu vous le proposer avant. Je croyais que vous souhaitiez rentrer dans votre campagne et rejoindre votre famille.

– Je le croyais aussi, mais je viens de changer d'avis. Il se fait tard, et je n'aime pas être surpris par la nuit sur la route de Couëron. Et puis, franchement, ce n'est pas si souvent que je me retrouve dans ce décor de port et de bateaux, qui a été toute ma vie! J'ai envie d'en profiter. Allez, je vous emmène.

Barnes alla décrocher d'une penderie encastrée dans la cloison un habit bleu tout à fait banal, semblable à celui qu'arborait le Français. Sans rien qui indiquât son grade, ni même sa qualité d'officier. Tous deux portaient le pantalon et les bottes noires des gens du Nouveau Monde. Audubon n'avait jamais pu se remettre à la culotte et aux bas d'autrefois. L'Américain jucha un haut-de-forme sur son épaisse crinière rousse, et le Français couvrit sa chevelure grise et drue d'un chapeau rond de matelot.

– J'espère qu'il va rester quelqu'un à bord, dit Barnes. Le second est à La Rochelle, pour tenter de récupérer quelque argent. L'équipage et les maîtres ont quartier libre, mais le timonier doit être dans sa cabine. C'est un quaker, lui aussi, et il ne se frotte pas à la turpitude des ports.

Il cria dans la coursive.

— Monsieur Simpson, je sors! Veillez aux amarres, je vous prie.

— Certainement, monsieur, répondit une voix de basse, derrière une porte vernie.

Le quai de la Fosse était ainsi nommé parce que c'était le point le plus profond en amont de l'estuaire. Malgré l'ensablement qui gagnait, une marée exténuée arrivait encore, par effet de chasse, à drainer les alluvions de la Loire et à libérer un tirant d'eau suffisant pour les navires hauturiers. C'était l'étale de haute mer, et le bastingage de la corvette se trouvait de plain-pied avec le quai de pierre, renforcé de grosses poutres en croisillons. La voiture de Jean Audubon, une vieille calèche campagnarde, capote baissée, attendait près de la passerelle. Le cheval et le véhicule paraissaient du même âge, assez avancé. Sur la banquette somnolait un vieux chien jaune. Il céda sa place de mauvaise grâce et se coucha sur le plancher, enroulé autour des bottes de son maître. Le capitaine eut pour la bête un regard d'une tendresse qu'on ne lui aurait pas soupçonnée. Il fit les présentations.

— C'est Jérémie. Je lui ai donné le nom d'une ville de Saint-Domingue, en souvenir du bon vieux temps. Je l'ai trouvé dans la campagne, il y a dix ans. Il était tout petit, et il ne m'a plus quitté, sur terre comme sur mer. Vous savez que c'est un chien de seigneur?

— Ah! bon, pourtant il ne paie pas de mine...

— Crénom, ne dites pas de mal de Jérémie. C'est un griffon fauve. Le chien préféré des ducs de Bretagne. Il doit figurer sur quelques armoiries. C'est un excellent chasseur, surtout pour les loups. Moi, je l'ai dressé contre les Anglais. Quand je faisais la guerre devant nos côtes, il me signalait les navires ennemis avant même que la vigie ne bouge!

Le griffon sentit qu'on parlait de lui. Il poussa un grognement et se serra davantage contre les jambes du capitaine.

— Ce doit être un ci-devant. Il s'est sûrement échappé de la meute de quelque aristocrate qu'on emmenait à la place du Bouffay pour se faire raccourcir... Enfin il ne me quitte jamais, comme s'il avait toujours peur d'être abandonné.

La voiture roulait sur les pavés du quai, longeant de somptueux hôtels, souvenirs de l'époque où les puissants du commerce maritime aimaient avoir leurs navires sous leurs fenêtres.

Les pierres blanches se teintaient de rose à l'approche du soir. Barnes était toujours ému par la beauté de Nantes. Pour lui, Américain habitué à Boston ou New York, une ville n'était qu'un amas désordonné et provisoire de planches et de briques, parcouru selon la saison de sentiers poussiéreux ou de ruisseaux de boue.

— C'est une belle ville, capitaine.

— C'était, mon ami, c'était.

Le capitaine parcourut de son bras étendu tout l'horizon du fleuve.

— Autrefois, à la belle saison, comme maintenant, on voyait à peine l'eau, tant elle était couverte de bateaux, de barques, de chalands. Les gros navires se serraient sur plusieurs rangs le long du quai, il y avait un vacarme infernal à terre, des embarras incroyables qui empêchaient tout passage. Vous voyez que cela s'est calmé depuis.

En effet le port paraissait assoupi, de rares bateaux étaient sur amarres, dont l'un sans mâts ni gréement. Probablement un Anglais capturé et que l'on tardait à vendre en menus morceaux. Les somptueuses demeures étaient fermées, pour beaucoup, comme autant de châteaux de la Belle au bois dormant. Leurs pierres étaient d'autant plus blanches, avait-on dit, qu'elles avaient été payées par la sueur et le sang des nègres. Elles ne s'en cachaient d'ailleurs pas. A chaque recoin, à chaque angle, étaient sculptés des sirènes, des dieux de la mer et du vent, des proues et des poupes, des têtes africaines, autant d'aveux de l'origine de la fortune. Des aveux sans honte pour des fortunes sans fards : ici on devait tout au triangle d'or qui poussait une pointe en Afrique, l'autre en Amérique et la troisième à Nantes. Et on le montrait, dans le faste de son train et dans la pierre de ses palais.

On était arrivé au bout du quai de la Fosse, place de la Bourse, là où la Loire se resserre et devient enfin rivière. Des îles bouchent le passage, une petite et une grande, comme un baleineau accompagnant une baleine. La grande, c'est la Gloriette, une de ces terres à ras d'eau qu'on appelait prairies, souvent inondées. Il en montait en volutes la fumée des calfats, car il y avait là plusieurs chantiers navals.

La petite, c'est l'île Feydeau. Deux architectes, Pierre Rousseau et Ceineray, avaient donné là toute la mesure de leur talent, et de la fortune de leurs commanditaires. Depuis 1770, aucun notable qui n'ait encore pignon sur le quai de la Fosse n'aurait supporté de ne point bâtir sur l'île.

– Vous voyez cet hôtel, à la pointe de l'île Feydeau? Le plus grand.

Avant de quitter la rive, le capitaine avait arrêté la voiture. Barnes suivit son regard. Il désignait un petit palais, dont la plupart des volets étaient fermés.

– C'est l'hôtel de la Villestreux. Il a été construit pour un corsaire de Saint-Malo reconverti avec bonheur dans la traite. Il y a dix ans, sa famille a été chassée, ou exterminée, je ne sais plus, et l'hôtel a servi de quartier général à Jean-Baptiste Carrier. Si ces pierres-là pouvaient parler, Barnes, je doute que beaucoup d'oreilles supportent leurs récits.

L'Américain n'était pas très informé des détails de la Révolution française, mais il avait assez fréquenté Nantes pour connaître le nom de Carrier.

– C'est ce type qui noyait tout le monde?

Le sourire d'Audubon fut amer. Au fond, c'était cela, l'histoire, un résumé hâtif rédigé par des personnes étrangères...

– Pas tout le monde, Barnes. Il choisissait. Je vous raconterai un jour...

L'Erdre franchi sur un pont de pierre tout neuf, on entrait dans le Vieux Nantes. L'ancienne cité avait depuis peu perdu ses remparts, mais l'aspect des maisons et l'ordonnance des rues restaient médiévaux. Dans le quartier du Change, qui monte vers la cathédrale, les rues de la Juiverie, des Petites-Écuries, des Échevins, de l'Ancienne-Monnaie, aux maisons rouge et ocre, aux cheminées de briques, étaient trop étroites et encombrées pour une voiture. Audubon laissa la calèche à la garde de Jérémie sur la seule place offrant un peu d'espace, devant l'église Sainte-Croix.

– Je vous emmène au port Maillard, dit-il à Barnes. Là au moins, la vie continue.

Au pied des imposantes murailles du château, le port Maillard vivait intensément. L'orgueilleuse ville des négociants et ses temples foudroyés paraissaient bien loin. Ici, c'était l'enchevêtrement des chalands, des toues, des sapines, des coches de rivière. Des barques amenaient au quai des femmes qui ployaient sous d'énormes baquets de linge. C'était jour de lessive et elles revenaient des bateaux-lavoirs ancrés dans le bras de la Madeleine. Il fallait se garer de leur chemin, car elles étaient volontiers querelleuses et leurs battoirs une arme prompte.

Les pêcheurs d'aloses et de civelles rentraient. On ferlait les voiles brunes, tannées au cachou. Les badauds se prenaient les pieds dans les filets qui séchaient à terre, bleuis au sulfate de cuivre.

Mais la place la plus éminente du port était réservée aux gabares. Autrefois, du temps de la splendeur, elles étaient le relais des vaisseaux océaniques. Elles chargeaient à leur bord le sucre brut qu'elles remontaient vers les raffineries d'Orléans. Puis elles redescendaient avec la pacotille des manufactures, les étoffes, les fusils de traite, toute cette monnaie d'échange réclamée par les négriers. Elles rapportaient aussi des carrières de la Loire la belle pierre blanche destinée aux luxueux quartiers qui s'étendaient sans cesse. C'étaient de grosses barques vert et marron, munies d'un château arrière où se tenait le pilote, près d'une très longue barre. Beaucoup arboraient d'orgueilleuses figures de proue, dignes des plus grands navires, et soulignées de la devise de la corporation : « Vivre libres ou mourir. » Le mât supportait une voile carrée qui donnait à l'embarcation l'allure d'une galère antique, dont elle était sans doute la descendante. Les gabariers étaient fiers de leur métier, et malgré la suppression des corporations, ils ne manquaient pas une occasion de défiler dans les rues, revêtus de leur costume traditionnel et portant aux oreilles des boucles de vermeil.

Les gabares restaient dans l'économie nantaise un

maillon important. Si la source des produits coloniaux s'était tarie, il restait la farine. L'estuaire de la Loire recevait le vent de l'Atlantique, et chacune des collines qui le bordaient portait un moulin. On y venait faire moudre de la région entière, et les produits circulaient par voie d'eau.

Les gabares desservaient aussi la plus florissante des industries nantaises, la fabrication des indiennes, une spécialité de la maison Petitpierre. Ces tissus imprimés, le plus souvent en bleu, avaient du succès dans toute l'Europe. Elles représentaient des scènes de la vie ou des épisodes de romans célèbres. Les plus demandées représentaient la vie d'un planteur des îles, sous son aspect idyllique ; on montrait là une vie des esclaves tout à fait charmante, et des maîtres attentionnés et aimables. D'autres indiennes illustraient les principaux chapitres de *Paul et Virginie,* le roman qui faisait pleurer la France depuis quinze ans.

On feignait d'ignorer, dans les excellents milieux auxquels ces tissus étaient destinés, que l'auteur de cette histoire, Bernardin de Saint-Pierre, militait plutôt contre l'esclavage. Les gabariers avaient des revenus supérieurs à ceux des autres bateliers ou des pêcheurs. Aussi se retrouvaient-ils dans des établissements d'un meilleur niveau que les gargotes de la rue.

C'est dans l'un d'eux que les deux capitaines s'installèrent devant un plat d'aloses, accompagné d'un excellent muscadet.

— Vous ne voulez vraiment pas me la raconter aujourd'hui, votre histoire de Carrier ? demanda Barnes. A moins que cela ne vous rappelle de trop mauvais souvenirs...

Audubon le rassura.

— Rien de personnel. Il paraît qu'une lointaine cousine a été exécutée sur ses ordres, mais je ne la connaissais pas. J'avais d'ailleurs rompu depuis longtemps avec le reste de ma famille. Ils ne m'ont pas pardonné d'avoir pris le parti de la Révolution, et encore moins après la mort du roi. Nous sommes des Sables-d'Olonne, des Vendéens, vous comprenez.

— Mais vous, Audubon, comment vous en êtes-vous tiré ? Beaucoup de vos amis, négociants comme vous, ont été tués ou se sont enfuis.

21

– Je m'en suis tiré, mon ami, en n'étant pas là. Il y a des cas où les absents ont toujours raison!

Il prit le temps de vider son verre, et se rapprocha de Barnes, baissant la voix. Le vin lui donnait envie de parler.

– Nous autres, les marins, nous sentons mieux venir les choses, comme les grains sur la mer. L'habitude d'observer, sans doute, et d'être sur ses gardes. Et puis nous connaissons mieux les hommes, à travers les équipages, les pays différents. Tout ça pour vous dire que j'ai senti à temps qu'il fallait quitter Sainte-Domingue avant que le baril n'explose. Et que cinq ans plus tard j'ai compris assez vite que notre belle chimère des droits de l'homme et des citoyens libres et égaux allait finir dans le sang. Alors je me suis engagé dans la marine de la République. Ça, au moins, c'était une conquête de la Révolution, qu'un roturier comme moi puisse commander un navire de guerre.

– Mais cette Révolution, vous y étiez favorable, au début? se permit de remarquer Barnes.

– Et comment ne pas l'être? Nous l'avons inventée, nous autres les frères maçons, nous l'avons rêvée, discutée, rebâtie mille fois dans nos rencontres, jusqu'à ce qu'on nous la vole... Quel zèle nous avions, quelle frénésie! Toute la nuit nous étions en loge, à refaire le monde, et le jour nous plantions des arbres de la liberté. Pendant les trois premières années, j'étais de tous les comités, j'organisais la garde nationale, le recrutement, l'approvisionnement, je faisais prêter les serments de fidélité. J'ai même mis mes maisons et celles de ma femme à la disposition de la nation. On en a fait des corps de garde et des bureaux. Je vous laisse imaginer dans quel état je les ai retrouvées, mais peu importe. Au bout du compte, les arbres que nous avions plantés ont donné des fruits bien amers. Nous avons été fort surpris de voir assassiner le roi, les prêtres, Dieu lui-même, et la liberté! La surprise n'a pas été longue pour beaucoup d'entre nous, ils ont tout oublié sur la guillotine. Carrier s'en est chargé.

Audubon s'interrompit un instant et repoussa son plat, comme si l'indignation, dix après, lui coupait encore l'appétit. Il parcourut du regard la taverne qui s'était maintenant remplie. De jeunes gabariers hilares s'apprêtaient à passer une excellente soirée. Des filles les avaient rejoints, et l'on s'employait à grand fracas à rassembler des tables, pour n'en former qu'une seule qui se couvrit bientôt de pichets. Audubon observa leurs visages. Ils étaient jeunes. Combien d'entre eux avaient idée de ce que leur ville avait vécu?

– Nantes avait pourtant bien mérité de leur République toute neuve. Après la mort du roi, la Vendée s'est soulevée en masse, et les « brigands », comme on disait, ont marché sur Nantes. Ils avaient de bons chefs, Charette et Catheli-neau, et une formidable rage à défaut de bons fusils. C'était en mars 1793, il me semble, et on ne les attendait pas si tôt. Ils nous ont accordé un ultimatum de six heures avant de donner l'assaut. Mais c'est nous qui sommes sortis, avec la garde nationale, et nous les avons dispersés. J'ai tiré sur les miens, ce jour-là, Barnes, sur des parents peut-être. Après ils sont revenus, et ils ont mis le siège. Mais nous étions décidés à nous défendre. Nous avions un maire extraordinaire, Baco, qui a organisé la résistance. Vous ne me croirez pas, mais nous avons fondu des balles avec le plomb des cercueils de la cathédrale. Et nous avons descendu les cloches pour en faire des canons. Il y avait des affiches sur tous les murs, qui menaçaient de mort ceux qui parlaient de se rendre. Finalement les Vendéens se sont retirés au bout de trois mois, en juin. Et là ils se sont lancés dans une incroyable marche vers le nord, sans doute pour rejoindre dans un port de la Manche une flotte d'Anglais et d'émigrés qui n'est jamais venue. Ils se sont fait massacrer par les troupes de Marceau et de Kellermann.

Audubon n'avait pas haussé le ton, mais le vacarme s'amplifiait dans la taverne à mesure que la soirée s'avançait. Barnes dut s'approcher davantage de son interlocuteur, et tous deux paraissaient conspirer. L'Américain sentait bien que le capitaine ne s'adressait pas vraiment à lui. Il racontait l'histoire pour lui-même, ainsi que le font les gens âgés, ou ceux qui ont traversé beaucoup d'épreuves, comme s'ils voulaient être sûrs que leur mémoire ne les trahit pas, ne laisse pas s'enfuir des souvenirs qui, bien que douloureux, sont souvent leur dernière richesse.

– Après cette histoire, nous espérions avoir enfin la

paix. En ce qui me concerne, je n'ai pas tardé à comprendre ce qui nous attendait. Tout est allé très vite. Au début de juin on a appris la trahison de Dumouriez et les Jacobins en ont profité pour faire proscrire les chefs girondins, ou les jeter en prison. Et les Girondins, c'était nous, mon cher Barnes. J'ai vu monter l'étoile de Robespierre, de Couthon, de Saint-Just. Ils voulaient la mort des bourgeois qui avaient soutenu la Révolution dans le seul but, paraît-il, d'ajouter le pouvoir volé aux nobles aux richesses volées au peuple. Alors j'ai plié bagage, j'ai loué ma maison de Nantes, j'ai installé ma famille à Couëron, et j'ai repris la mer. Ils avaient trop besoin de capitaines qui défendent les côtes pour regarder de près leurs convictions. On m'a donné le commandement d'un lougre, le *Cerberus*, une belle bête, bien armée, et je me suis remis à la chasse à l'Anglais.

– Je me souviens de cette époque, intervint Barnes. C'étaient mes premiers voyages vers l'Europe. J'étais second capitaine, et nous avions l'habitude, entre officiers, de parier sur la nationalité du bateau qui cette fois-ci nous arraisonnerait. Ça changeait tout le temps. Ou bien c'était un Anglais qui nous accusait de n'être pas vraiment neutre, et de commercer avec la France, ou bien c'était un Français qui nous reprochait l'inverse. Il ne se passait pas de traversée sans que nous ayons de la visite.

– C'est vrai, admit en riant le capitaine, et vous auriez bien pu avoir la mienne. Mais le hasard a voulu qu'au contraire je porte secours à un Américain. Il s'était fait capturer par un corsaire anglais, le *Brilliant*. Je les ai rencontrés à l'entrée de la Manche, et nous avons commencé à échanger des politesses à coups de canon. Évidemment l'Anglais a lâché sa proie, qu'il tenait en remorque, puis il a tenté de s'enfuir. Je l'ai poursuivi un moment, en me tenant dans son sillage, car je savais mon *Cerberus* plus rapide, et je voulais éviter les canons de ses sabords. Malheureusement ce maudit Anglais portait un fusil à pivot sur la poupe, et il a fallu que ce soit moi qui prenne la mitraille dans la cuisse. La journée était finie, et je lui ai souhaité bon vent. Mais il fallait que je rentre me soigner à terre. C'est à cette époque que j'ai rencontré deux personnages qui ont compté dans ma vie, mon chien Jérémie, dont je vous ai parlé, et le fameux Jean-Baptiste Carrier.

– Quel rapprochement! fit Barnes.

– Oui, mais le plus chien des deux, c'était l'autre. Je n'ai rencontré le personnage qu'une fois, heureusement. Il venait d'arriver et il n'avait pas encore donné toute sa mesure. Il avait bien prévenu qu'il voulait « purger le corps politique des mauvaises humeurs qui y circulaient », nous ne nous sentions pas visés. Après tout il était venu pour achever de mettre au pas les Vendéens, et nous avions prouvé que nous n'étions pas de leur bord. Les Nantais étaient naïfs, mais comment imaginer l'horreur quand on ne l'a pas déjà entrevue?

– Comment était l'individu?

– Eh bien, le citoyen Carrier était assez repoussant. Je me souviens surtout de son teint, assez sombre, comme basané. Et de ses grosses paupières qui lui donnaient un regard de reptile. Il était assez grand, avec de longs bras, qui semblaient trop lourds, car il se tenait voûté. Mais encore une fois nous n'avions aucune raison de le craindre. Il venait tout juste d'arriver, nous étions en octobre 1793. Je m'en souviens maintenant, j'avais été frappé par la date qui figurait sur la lettre de convocation, vendémiaire an II... C'était le début du calendrier révolutionnaire. Je n'y ai jamais rien compris, et je n'essaierai pas de vous l'expliquer.

– Je vous en remercie, fit Barnes, qui trouvait déjà les péripéties de cette époque assez compliquées. L'histoire américaine avait été heureusement plus claire : les méchants habits rouges qu'on avait rejetés à la mer, et les bons Américains qui étaient restés. Il y avait bien les Indiens qui avaient un temps montré le bout du scalp, mais on les avait refoulés dans les profondeurs de l'Ouest, là où on ne les reverrait plus jamais.

– Pourquoi cette convocation?

– C'était plutôt une invitation, reprit le capitaine. Le représentant de la Convention désirait rencontrer les vaillants soldats de la contrée qui s'étaient bien battus, et j'étais du nombre. Il nous a fait un petit discours, et j'ai eu froid dans le dos quand je l'ai entendu proclamer qu'il ferait la guerre aux royalistes, aux fanatiques, aux modérés, « de quelque marque, de quelque couleur qu'ils se revêtent ». La scène se passait à l'hôtel de ville, il y avait là tous les notables de Nantes, et je suis sûr que beaucoup n'ont pas fini l'année.

– Vous êtes reparti?

– A vive allure. Sur mon brave *Cerberus*, on ne viendrait pas me chercher. Je l'ai gardé un an encore, et c'est aux escales ou par les lettres de ma femme et par celles que recevait l'équipage, que j'ai su ce qui se passait à Nantes.

Et au brave Bostonien médusé, Audubon raconta les exploits de Jean-Baptiste Carrier. A Paris, la Convention montagnarde, qui avait pris le pouvoir en juin, s'affolait. Tout l'ouest du pays s'embrasait. Les fédéralistes tenaient Bordeaux. Les troupes de Kellermann se battaient dans Lyon insurgé. Marseille s'était révoltée, et les royalistes avaient livré Toulon aux Anglais. La Terreur parut la meilleure riposte. On exécuta dans le même mouvement Marie-Antoinette et les Girondins. Et l'on envoya des hommes à poigne épurer les villes reconquises, munis de pouvoirs exorbitants. Fouché mérita le surnom de « Mitrailleur de Lyon ». Bordeaux se souvint longtemps de la visite de Tallien. Et si les Nantais avaient connu les débuts de Carrier, ils auraient été moins surpris.

Il venait d'une famille de cultivateurs aisés de Yolet, dans le Cantal. Ayant reçu une bonne instruction, il avait été procureur avant la Révolution, et, autant que l'époque le permettait, il n'était guère tendre pour les nobles. Il entendit enfin son heure sonner quand Louis XVI convoqua les Etats généraux : il fut élu député. Ses outrances jacobines, un peu prématurées, ralentirent son ascension. Laquelle n'en reprit qu'avec plus de vigueur après la chute des Girondins. Robespierre, son protecteur, l'envoya d'abord à Rennes. Malheureusement le pauvre Carrier se heurta à un homme de belle trempe, le maire Leperdit. C'était un artisan tailleur, simple, imperturbable, et qui n'entendait recevoir de leçons de révolution de personne. Fort de son mandat parisien, Carrier voulut tout de suite faire des coupes sombres parmi les suspects emprisonnés. Il entendait appliquer avec un zèle obtus les instructions de la Convention qui avait mis la Terreur « à l'ordre du jour ». Leperdit s'y opposa. « Point de ménagement, dit Carrier, ces gens-là sont hors la loi. » « Oui, répondit le maire, mais pas hors de l'humanité. » Fort heureusement le séjour du conventionnel à Rennes fut bref, et Leperdit conserva son poste et la vie. Mais envoyé par Robespierre à Nantes, Carrier veilla à ne pas commettre la même erreur, s'opposer à une puissance locale. Le maire Baco, le héros qui avait sauvé la ville des assauts de Charette, fut attiré à Paris, désavoué par la Convention et jeté en prison. Carrier avait les mains libres. Il leva une milice à sa solde, sans grandes difficultés, car il ne manquait pas dans le grand port d'aventuriers, de laissés-pour-compte ou de revanchards, pour qui la mort des bourgeois représentait un délicieux progamme

La fureur jacobine de Carrier était confortée par un grand sens pratique : il fallait faire de la place. En effet, la prison du Bouffay fut vite comble. Nantes comptait vingt mille détenus, plus du quart de sa population! Il fallut transformer en geôles l'Entrepôt des cafés, le Sanitat, puis des navires à quai. On avait beau guillotiner sur la place du Bouffay, fusiller dans les carrières de Gigant, la promiscuité des détenus restait effroyable. La dysenterie se déclara, puis le typhus. L'épidémie risquait de s'étendre à toute la ville. Il fallait presser la cadence. C'est alors que Carrier et ses sbires eurent l'idée des bateaux « à soupape » que l'on immergeait au milieu du fleuve avec leurs occupants, persuadés qu'on les transférait dans une prison plus confortable. Une première expérience, dans la nuit du 16 novembre, coûta la vie à quatre-vingt-dix prêtres réfractaires. On la jugea concluante. On ne s'arrêta plus. Certains couples de condamnés, maris et femmes, furent noyés, enchaînés l'un à l'autre. Carrier appelait cela les « mariages républicains ». Les galiotes submersibles firent cinq mille victimes en un mois. Un reste de pudeur, ou plus sûrement la crainte de révoltes, amenait les exécuteurs à opérer de nuit. Les noyades avaient lieu près de Chantenay. Puis la Loire rejetait les cadavres sur les rives. Les ouvriers des fonderies, ou ceux des chantiers navals, les découvraient au matin et les inhumaient discrètement.

Carrier, lui, vivait au milieu de sa cour. Les cent huit fenêtres de l'hôtel de la Villestreux brillaient fort avant dans la nuit quand on y faisait fête. Ce qui restait de notables dans la ville s'y pressait. L'évêque constitutionnel, Minée, était un des plus assidus. Et les belles Nantaises savaient quel était le plus sûr moyen d'obtenir la grâce d'un être cher. Il se trouva toujours assez de révolutionnaires tout neufs pour applaudir, assez de badauds complaisants pour louer fort cher des chaises au pied de l'échafaud.

Barnes était atterré. Il regrettait maintenant d'avoir demandé à Audubon de faire remonter de tels souvenirs. Il avala d'un trait un grand verre de vin, comme pour chasser le goût de l'horreur.

L'agitation grandissait dans la salle, les jeunes gabariers avaient entamé l'inévitable cycle des chansons à boire. L'un d'eux, plus remuant que les autres, heurta leur table.

– Venez, Barnes, dit Audubon. Il y a trop de bruit.

Les deux hommes regagnèrent la place Sainte-Croix sans parler davantage. Les petites rues étaient encore plus animées, les étals ouverts des marchands étaient éclairés de flambeaux. Des portes des tavernes parvenaient des rires et des chants, et s'exhalait une lourde fumée provenant du tabac et des chandelles. Jérémie poussa un jappement heureux en retrouvant son maître. Ces sorties nocturnes devaient l'inquiéter.

C'est seulement quand la calèche repassa devant la Bourse qu'Audubon rompit le silence.

– Ce n'est pas seulement pour satisfaire votre curiosité que je vous ai raconté ces faits. C'est aussi pour que vous compreniez que je n'ai pas envie de voir mon fils vivre dans un pays où de tels forfaits ont été possibles, et sous le couvert de la loi républicaine. Pas plus que je n'admets, aujourd'hui, qu'au nom de cette même loi nous affrontions l'Europe entière, au risque de décimer notre jeunesse.

– Je vous comprends, répondit Barnes, et je ferai de mon mieux pour vous aider. Mais, pardonnez-moi d'y revenir, comment s'est terminée cette affaire Carrier?

– Heureusement les méchants sont aussi, assez souvent, des imbéciles, ce qui les conduit à leur perte. Carrier s'est cru tout permis. Après leur folle équipée dans le Nord, la Virée de Galerne, les Vendéens désemparés sont redescendus sur Savenay, où ils ont été pris au piège. Alors les prisons de Nantes se sont remplies à nouveau, avec beaucoup d'enfants cette fois. Les lois de la République excluaient quand même les enfants des crimes de rébellion. Carrier s'en est moqué. Il les a fait massacrer en disant que c'étaient des vipères, des louveteaux qu'il fallait détruire. Quelques Nantais avaient pu se réfugier à Lorient. Parmi eux il y avait un jeune garçon, nommé Jullien, qui a fait ce que personne n'avait osé. Il a écrit à Robespierre en lui racontant tout. Le plus extraordinaire, c'est que la lettre est bien parvenue à son destinataire! On a demandé des explications, Carrier a compris que cette fois la coupe était pleine, et il est rentré à Paris. Son séjour n'avait duré que quatre mois, il avait eu le temps de faire dix mille morts.

– Et cette crapule s'en est tirée?

– Dans un premier temps, oui. C'était l'époque des complots, les loups se mangeaient entre eux. Au printemps de 1794, Danton est tombé, puis Camille Desmoulins. Carrier s'est allié avec Tallien et Fouché pour abattre Robespierre. Ces trois-là étaient bien placés pour savoir que la Terreur était allée trop loin, et qu'il leur fallait changer d'habit. La trahison a été payante pour Fouché et Tallien, mais pour Carrier l'affaire était trop grosse, et les langues s'étaient déliées. Même son successeur témoignait contre lui. On aurait dû le renvoyer devant le tribunal de Nantes, pour donner aux Nantais le plaisir de le guillotiner eux-mêmes. A propos de loups, il paraît que c'est le seul animal, avec l'homme, qui s'attaque à son semblable...

Barnes voulut ramener le vieux marin à de meilleurs sentiments.

– Allons, vous êtes bien pessimiste, ce soir, capitaine!

– Il y a de quoi, non? Ah! vous pouvez être optimistes, vous autres Américains. Vous construisez un nouveau monde sur rien, des espaces vierges, une immensité vide. Quelle merveille! mais nous, mon pauvre ami, nous nous battons entre frères, dans un champ clos. C'est la tragédie de notre vieux monde, Barnes. Pour créer quelque chose, ici, il faut en détruire un tas d'autres, qui ne le méritaient pas toujours. On ne peut pas bâtir à côté, il faut bâtir à la place.

La voiture repassa devant l'hôtel Durbée et sa somptueuse façade à balcons, surmontée d'un fronton triangulaire. Audubon se rappela qu'il avait abrité autrefois la Compagnie des Indes.

— Avez-vous des nouvelles de Saint-Domingue?

— Oui, répondit Barnes, j'ai un associé qui a tenté de refaire du commerce avec l'île, mais sans grand succès. On ne produit plus rien là-bas, on se bat. Les troupes françaises n'ont toujours pas le contrôle du pays. La guerre est partout, et il paraît que les soldats ont beaucoup souffert de la fièvre jaune. Les Noirs se battent bien. D'ailleurs ils ont été à bonne école, c'est vous qui avez formé leurs officiers...

— Oui, et maintenant c'est vous qui leur vendez des équipements.

Il était exact que les uniformes portés par les soldats noirs provenaient des manufactures de Boston. Les insurgés avaient un important trésor de guerre, raflé dans les plantations dévastées, et ils avaient les moyens de s'équiper.

Audubon avait un instant rêvé de rentrer en possession de sa plantation des Cayes, où il aurait installé son fils. Hélas! le rêve était passé. Le seul succès, fort discutable du corps expéditionnaire envoyé par Bonaparte, avait été la capture du chef des Noirs révoltés, Toussaint Louverture. Bonaparte, qui n'avait pas sur la question noire les idées généreuses de Robespierre, n'avait pas accepté les victoires de l'ancien esclave. Et Toussaint, malgré la parole donnée, avait été amené en France. Il venait de mourir, de froid et de privations, dans le fort de Joux, en plein Jura. Lors de sa capture, il avait prédit : « En me renversant, on n'a abattu que le tronc de la liberté des Noirs, il repoussera par les racines, car elles sont nombreuses et profondes. » Et, en effet, d'autres chefs s'étaient levés, Dessalines, Petion, Christophe, beaucoup plus féroces, et d'autant plus acharnés à conserver leur liberté que Bonaparte avait rétabli l'esclavage, aboli depuis dix ans par la Convention.

— Toute cette aventure a été engagée de travers, dit Audubon. Comme souvent dans ce pays, c'était trop, trop tard, trop vite. Bonaparte a d'autres projets, maintenant qu'il veut envahir l'Angleterre, et qu'il vous a fait cadeau de la Louisiane.

— L'important est que les Anglais ne l'aient pas, bien

qu'ils en aient eu très envie, souligna Barnes. Ce qui est mauvais pour eux est bon pour nous, et votre Bonaparte nous rend de grands services. Croyez-vous qu'il pourra passer la Manche?

Tout le monde était au courant en France des préparatifs d'invasion et de la gigantesque armée massée au camp de Boulogne. La propagande de Bonaparte touchait maintenant chaque point du territoire. Mais Audubon, comme beaucoup de marins, était sceptique.

— Pour réussir, il faudrait tenir la Manche pendant une semaine. Nous n'avons pas assez de navires pour cela, même en comptant ceux de Saint-Domingue. C'est amusant, tout de même : les Anglais n'ont pas d'armée, et nous n'avons pas de marine. Associés, nous ferions des miracles!

Barnes prit une mine horrifiée :

— Que Dieu ne vous entende pas!

La voiture s'était arrêtée devant la coupée de la *Nancy*. Audubon, à la clarté de la lune qui s'était levée au-dessus du château, admira une fois de plus les lignes de la petite goélette. C'était une « balaou » typiquement américaine, d'une centaine de pieds en longueur. Elle portait un gréement léger et beaucoup de toile, ce qui permettait de compenser par la vitesse, la sécurité et l'aisance des manœuvres, la faiblesse du chargement et l'absence de canons. Avant d'arraisonner ces bateaux-là, il fallait d'abord les rattraper, ce qui n'était pas à la portée des lourdes frégates de guerre, ni même des corsaires, qui opéraient sur des navires marchands fortement armés, mais lents.

Quelques cabines à l'arrière abritaient le capitaine, les officiers et les passagers éventuels. L'équipage dormait dans la pointe avant et ne comptait que trente hommes. Le pont dégagé et l'absence de château arrière diminuaient le fardage et facilitaient la manœuvre. Audubon savait qu'il avait fait un bon choix, celui du navire et celui du capitaine.

— Vous ne m'avez toujours pas dit si vous étiez d'accord pour embarquer mon coquin de fils, Monsieur Barnes.

— Oh, pardonnez-moi, capitaine, mais cela me paraissait aller de soi...

– Bien, vous me direz votre prix, qui sera le mien.

Audubon prévint du geste le refus de l'Américain.

– J'y tiens. Ce n'est pas un cadeau que je vous fais, moi. Il ne vous aidera pas, et il sera sûrement malade.

Un grognement plaintif parvint du plancher de la calèche. Jérémie s'impatientait. Barnes descendit en riant.

– Voilà un chien bien raisonnable, pour un aristocrate. Il veut vous ramener au lit.

– Je crois que ma femme l'a dressé en secret. Au fait elle voudrait vous connaître, et pour ma part j'aimerais que vous voyiez Jean-Jacques avant la traversée. Vous plairait-il de venir à Couëron lorsque votre départ sera proche? C'est à peine à deux heures de route, et je vous enverrai chercher.

– J'en serai heureux, capitaine.

Audubon saisit les rênes et s'apprêtait à leur donner l'impulsion qui ferait avancer le cheval. Mais il s'arrêta et regarda Barnes bien en face, avec une gravité que l'Américain ne lui avait jamais vue.

– Nous sommes un vieux monde, mon ami, un très vieux monde.

Le pas du cheval s'éloigna dans une petite rue transversale. Le capitaine regagnait pour la nuit le petit appartement qu'il avait conservé dans la rue Rubens. Autrefois il habitait un superbe hôtel tout neuf dans le quartier de la Comédie. Les temps avaient changé.

2

– Alors, ça vous plaît, l'Amérique?

Le capitaine Samuel Barnes venait de rejoindre Jean-Jacques Audubon près du bastingage, au niveau du mât de misaine. C'est là qu'on gênait le moins la manœuvre. L'agitation qui précède l'entrée dans les ports venait en effet de s'emparer de la goélette qui avait franchi le détroit des Narrows et entrait dans la baie de New York.

Le jeune homme répondit de la tête, vaguement affirmatif. Il cherchait des mots à la mesure de l'événement, mais il n'en trouvait pas. L'émotion, bien sûr, et aussi la fatigue de deux mois de mer. Lui-même n'arrivait pas à réaliser que, ce 27 septembre 1803, âgé de dix-huit ans, il découvrait l'Amérique.

– C'est... comme Nantes, un peu. En plus grand. Et... en plus petit.

Barnes sourit avec indulgence. Il avait l'habitude des voyageurs débutants qui s'accrochent aux comparaisons. Il savait ce que le garçon tentait d'exprimer : sa surprise devant les dimensions énormes de ce paysage nouveau, qui ramenait sa Loire familière à la taille d'un ruisseau.

A gauche, on distinguait à travers la brume dorée de l'après-midi les plaines du New Jersey, couvertes d'arbres déjà rougissants; les premières couleurs de l'été indien. Sur la droite du bateau on aperçut bientôt le fort du gouverneur, puis on dépassa ses murailles brunes, trouées de meurtrières carrées et truffées de canons.

Enfin se profila droit devant, à l'extrême pointe de l'île

de Manhattan, minuscule, la ville de New York, ou du moins ce qu'une forêt de mâts en laissait apercevoir.

– C'est presque un village, admit le capitaine Barnes. Il n'a ni la taille, ni la splendeur de votre Nantes. Mais le port est plus pratique. On ne risque pas de s'y ensabler. Un jour il sera gigantesque, presque autant que Boston ou Philadelphie, je le parierais.

Jean-Jacques distinguait nettement la ligne verdâtre des toits d'où pointaient une dizaine de clochers aux formes tourmentées. La brume donnait aux maisons une teinte grisâtre. Les immeubles du front de mer n'avaient que deux ou trois étages et se hérissaient de hautes cheminées un peu grêles. Ce n'était certes pas la sévère ordonnance des façades ni le bel alignement des quais de pierre de Nantes, sous la garde jumelle du château et de la cathédrale.

Un village, oui, tel apparaissait de plus en plus New York, à mesure que la *Nancy* s'en approchait. La goélette obliqua vers la droite, en direction de l'East River, là où appontaient les vaisseaux de haute mer. Barnes était retourné près du timonier pour diriger les délicates manœuvres de port. Le jeune Audubon s'étonnait qu'on puisse faire évoluer une telle masse à travers l'enchevêtrement des navires à l'ancre. Le beaupré frôlait des coques mouillées à couple sur trois ou quatre rangs, manquant de les éventrer, sur ce plan d'eau encombré d'un essaim de canots à voiles ou à rames.

Cette agitation l'étourdit et, malgré la chaleur moite, il eut un frisson. Depuis plusieurs jours il se sentait mal, et c'était autre chose que ce mal de mer persistant auquel il avait bien dû se résigner. Il se trouva soudain déplacé au milieu des marins qui couraient en tous sens, se lançaient dans la mâture, hurlaient des ordres. Tout un rituel, une célébration sauvage dont le sens lui échappait. Il regagna son étroite cabine à l'arrière. Glacé, il se laissa tomber sur la couchette.

– Eh, bienvenue au Nouveau Monde!

Jean-Jacques Audubon ouvrit les yeux. On le secouait. Il s'était endormi. Un sommeil qui ressemblait à un évanouissement. Il se sentait brûlant. Il distingua à travers la sueur qui coulait dans ses yeux le visage hilare et les cheveux roux du capitaine.

– Décidément vous aurez dormi jusqu'au bout, monsieur Audubon!

La voix lui parut plus nette, sans qu'il se sente concerné. Puis tout lui revint, l'entrée dans le port, le vacarme des manœuvres. C'est la conscience du silence qui le réveilla pour de bon.

– Nous sommes arrivés, capitaine?

– Depuis un moment!

Le jeune homme se releva péniblement sur sa couchette. La cabine n'était éclairée que par la porte donnant sur la coursive. Barnes ouvrit le sabord qui bouchait la fenêtre. Au moment des manœuvres, on obturait les ouvertures de la coque. Sur un bateau aussi bas, si l'on gîtait trop, à la moindre erreur, l'eau entrait à flots et on risquait de couler.

Audubon cligna des yeux et aperçut à travers l'ouverture ce qu'il attendait le moins, un cheval. Blanc, attelé à une minuscule charrette, laquelle portait un tonneau. Puis des hommes passèrent, sans veste, mais avec un chapeau tubulaire, noir ou gris. Puis d'autres encore, avec une blouse ample et grise, et toujours ces chapeaux étranges. Comme la vue lui revenait, il distingua plus loin, à dix mètres à peine, des immeubles de briques et une inscription : Mac Kibbin & Gayley, Grocers. Un commerce! Des clients entraient et sortaient par les portes en arcades. C'était donc une rue. Mais que faisait un navire au milieu d'une ville? Barnes comprit son étonnement.

– Le quai est un peu étroit. C'est South Street, le quai des transatlantiques. Au début les bateaux étaient plus petits, maintenant ça devient difficile. J'ai dû mettre la poupe à quai, sinon le beaupré entrait dans la chambre de Mrs. Mac Kibbin.

Il eut un clin d'œil égrillard.

– Il est vrai qu'elle en a vu d'autres...

Audubon ne saisit pas la finesse de l'allusion. Son étourdissement le reprenait.

– Je crois, monsieur Barnes, que je suis vraiment malade.

Le capitaine américain reprit son sérieux. Effectivement le garçon tremblait, les pommettes rouges de fièvre, les yeux brillants. Il le fit rallonger et prit son pouls qui paraissait rapide. Appeler un médecin ? Ils ne savaient rien des fièvres. Ils ordonnaient des saignées sous le moindre prétexte, ou de vagues onguents comme les charlatans en vendaient aux quatre coins du port, sans plus de résultat. Si c'était le choléra ou la fièvre jaune, il ne restait qu'à s'en remettre à la nature ou à la Providence. L'essentiel était de ne pas laisser se répandre dans la ville le bruit que la *Nancy* était infectée. Ce serait préjudiciable à ses futures affaires. Samuel Barnes prit rapidement une décision.

– Écoutez, je crois que vous avez une mauvaise grippe. Je vais à mes bureaux, qui sont tout proches, et je reviens avec une voiture. Ensuite, je vous emmène chez de vieilles amies qui sauront vous soigner. C'est à Morristown, dans le New Jersey. A quelques heures, sur l'autre rive de l'Hudson. Fisher viendra vous chercher là, je le fais prévenir. Reposez-vous.

Jean-Jacques Audubon ne l'entendait plus qu'à peine. Avant de sombrer dans l'inconscience, il jeta encore un regard par la fenêtre de la cabine. Sur le quai de South Street, le cheval était toujours là, impavide. Deux hommes avaient établi une planche sur deux tonneaux et jouaient aux dés. Un autre passa avec une brouette chargée de ballots informes.

« J'entre dans le Nouveau Monde, songea le fils du capitaine, en piteux état et par la porte des fournisseurs. »

La carriole noire du capitaine Barnes tirée par un cheval blanc, ce qui donnait à l'ensemble un air funèbre, atteignit Morristown aux premières heures de l'après-midi du lendemain. Jean-Jacques, enroulé dans une couverture, gisait à l'arrière. La nuit dans la cabine de la *Nancy* avait été dure. Des cauchemars rougeoyants l'avaient éveillé plusieurs fois, puis une soif atroce. Il avait distingué le visage inquiet d'un matelot penché sur lui. Une cruche d'eau délicieuse le calma un instant, puis ce fut l'éblouissement du matin, des craquements, des pas sur le pont. Le capitaine et un autre matelot l'avaient porté jusqu'à la voiture. Le quai était désert, parsemé de débris, comme un décor après la représentation. Il y avait eu les pas d'un cheval. Une angoisse l'avait ramené à la conscience. Le bruit avait cessé. Jean-Jacques tenta de se redresser et d'évaluer l'espace autour de lui. Il ne vit que les panneaux noirs qui fermaient la voiture, comme un catafalque. Son cri de terreur alarma Barnes, dont le visage apparut à l'arrière.

– Encore vivant? Ne vous inquiétez pas, nous sommes sur le bac qui traverse d'Hudson. En face c'est le New Jersey, et Morristown n'est qu'à 20 miles, nous y serons bientôt.

Audubon ne vit rien du New Jersey. A peine si il sentait parfois l'odeur des foins coupés ou le brusque rafraîchissement de l'air au passage d'un bois.

Au ralentissement du trot, il reconnut une montée. Puis une descente accompagnée du crissement des sabots de freins sur les roues cerclées de fer. On entrait dans les collines. Enfin ce fut l'arrêt, et des voix féminines parlant une langue qui lui sembla être de l'anglais.

Anne et Elisabeth Bingham avaient compris, à l'arrivée de la voiture familière de Barnes, que leur dévouement allait être à l'épreuve. Elles en étaient ravies. C'était comme ça avec le capitaine de Boston. Il ne leur amenait jamais que des êtres en perdition, hommes ou femmes, jeunes ou vieux, des enfants parfois ou des familles entières, qui n'avaient pas supporté la dure traversée depuis l'Europe. Mais c'était ce qu'elles avaient voulu et Barnes n'était pas leur seul fournisseur. Tous les marins connaissaient les deux sœurs, qui consacraient leur vieillesse précoce au secours de leur prochain.

Elles suivaient en cela les préceptes de leur foi, celle de la Société des amis. Toutes deux étaient ce que l'on appelait des quakers.

– Celui-ci, qui est-ce? questionna Elisabeth, l'aînée.

Elle parlait toujours la première d'une voix qui paraissait dure, mais démentie par la douceur d'un regard bleu, très doux. Ses cheveux gris étaient rangés en deux bandeaux. Sa sœur, vêtue de noir elle aussi, semblait plus petite et plus effacée. Ce fut elle pourtant qui alla agripper Jean-Jacques et entreprit de l'extraire de la voiture. Barnes vint à son secours.

– C'est un Français. Il a une mauvaise fièvre, je crois, et

37

vous aurez à le garder quelques jours. Son père est de mes amis, et je vous le confie comme mon propre fils.

– Est-ce que... ce pourrait être la fièvre jaune?

La question était posée d'un ton neutre, mais Barnes comprit l'inquiétude d'Elisabeth. La terrible maladie était la hantise des étés américains. Un tribut très lourd lui était payé chaque année, sans qu'aucun remède sérieux lui soit opposé.

– Je ne crois pas. Il arrive de France où ce mal est inconnu.

Le jeune homme fut transporté à l'étage d'une coquette maison blanche, bâtie de planches assemblées à clin, comme les bateaux de pêche. La chambre était sobrement meublée, mais d'une parfaite propreté, et le parquet de pin luisait. A travers l'étroite fenêtre, le capitaine contemplait le paysage du New Jersey qui ressemblait si fort à sa Nouvelle-Angleterre : les quelques maisons blanches groupées autour de l'église à flèche noire, les pelouses impeccables, la belle ordonnance des champs alentour et les forêts roussies au flanc des collines.

– S'est-il plaint de maux de tête?

Cette fois c'était la voix d'Anne, plus douce. Barnes se retourna. Elles avaient déshabillé le malade et le frottaient avec de grandes serviettes blanches pour éponger la sueur.

– Non, il avait très froid, puis très chaud. C'est venu d'un coup. Je ne comprends pas, mon bateau est sain, je le fais laver au vinaigre à chaque escale. Nous avions des vivres frais en suffisance, et je ne suis pas allé dans le sud depuis un an.

Elisabeth avait procédé à l'examen comme un médecin chevronné, et elle le rassura.

– Ne vous inquiétez pas, capitaine, ce n'est pas la fièvre jaune. Il n'a pas le visage enflé, pas de vomissement, pas de maux de tête. La peau est claire. Ce doit être la malaria.

– Et nous avons du quinquina, ajouta sa sœur, comme si elle promettait de la confiture.

Barnes poussa un soupir de soulagement et s'approcha de Jean-Jacques, qui lui paraissait moins dangereux.

« Il est beau », pensa-t-il en l'évaluant comme un éleveur le ferait d'un étalon.

38

Le corps était musclé et mince. La peau fine, les mains intactes, comme celles d'un aristocrate. Il ne ressemblait pas à son père, petit, trapu, aux yeux bleus, très pâles.

Le capitaine avait déjà été frappé par les yeux différents du garçon, plus grands et d'un bleu sombre. Les cheveux, qu'il portait longs et bouclés, étaient châtain clair. Le nez surtout distinguait le fils du père : long, fin, et busqué comme le bec d'un rapace. Un aigle? Non, moins dur, moins arrogant... un épervier.

Anne explorait le corps du jeune homme, palpait le foie, faisait non de la tête à une interrogagtion muette de sa sœur. Pas d'enflure anormale. Ses mains descendirent vers l'aine, à la recherche de ganglions. Le sexe montrait une légère érection, sans doute due à la fièvre. La femme ne semblait donner aucune signification particulière à l'organe.

– S'il s'en sort, railla Barnes, ne pensez-vous pas que voici un garçon qui fera souffrir les femmes?

– Il s'en sortira, dit simplement Anne en se relevant. Sois rassuré.

Le tutoiement le surprit une fois de plus. Il connaissait pourtant les coutumes des quakers : jamais de salut ni de bonjour, pas de signe de respect envers son prochain, le respect étant réservé à Dieu.

– Bien, je vous le laisse, mesdames, mais n'en abusez pas.

La taquinerie du capitaine échoua une fois de plus devant deux sourires sans malice. Il se plaisait à évoquer des sujets scabreux, sans jamais réussir à les choquer. Mais il recommençait chaque fois. C'était sa façon d'exprimer une forme de tendresse.

Barnes ne dit pas au revoir, sûr de n'avoir pas de réponse, et il regagna sa voiture en sifflotant. Une rude semaine l'attendait à New York.

– J'ai faim, dit Jean-Jacques.

C'était le matin de son quatrième jour chez les sœurs Bingham. Et pour la première fois il se sentait la force d'entamer un dialogue. Il s'était laissé changer et laver, réfugié dans le silence et la fièvre, comme pour une seconde naissance. Qui étaient ces femmes qui le couvaient, auprès de qui il redécouvrait des gestes oubliés depuis longtemps, ceux d'une mère envers son enfant?

– *Hungry?*

Anne n'avait pas compris les mots, mais parfaitement interprété le geste de la main vers la bouche. Le jeune homme opina de la tête. *Hungry*, il connaissait, il confondait même avec *angry*, quand son père tentait de lui inculquer quelques rudiments d'anglais. Il savait bien que l'un des deux adjectifs avait trait à la faim et l'autre à la colère, mais lequel?

Ici l'équivoque n'était pas possible. Ce fut le premier mot d'anglais dont il fit l'acquisition définitive.

– Il a faim, cria Anne dans l'escalier.

Elisabeth accourut aussitôt. Manger était un signe incontestable de guérison. Les infusions de quinquina produisaient leurs effets.

La malaria était heureusement une des rares maladies pour lesquelles on avait trouvé un remède spécifique. Les autres étaient traitées par une combinaison de puissants purgatifs, de fortes doses d'opiats et des saignées fréquentes. Hors des grandes villes, les études de médecine n'étaient pas exigées et chacun pouvait se décerner le titre de docteur. On se réclamait à loisir de la méthode herboriste, homéopathe ou indienne, et on se disputait férocement une clientèle naïve. Le succès des charlatans exotiques était grand, la médecine classique s'en tenant au principe absolu de l'élimination des humeurs malignes, par le bas grâce aux laxatifs, par le haut grâce aux émétiques, de puissants vomitifs, et par le sang, dont on vidait allègrement le malade à grands coups de lancette.

Les colons eux-mêmes ne se faisaient pas grande illusion sur ces pharmacopées, et ils s'en remettaient davantage à la Providence divine. Mais, en hommes pratiques, ils utilisaient le calomel prescrit comme insecticide, et le sirop de sille devenait un excellent raticide.

Audubon eut une rechute dans les jours suivants, qui fut accueillie avec une joie inattendue par les deux sœurs qui voyaient la confirmation de leur diagnostic de fièvre tierce.

Jean-Jacques se demandait où les deux femmes avaient pu acquérir une telle science et une telle passion pour la guérison du genre humain, mais il n'était pas en mesure de leur poser une question aussi compliquée. Son vocabulaire se bornait encore aux situations élémentaires de la vie. A ce propos il se rendit compte du peu de mots dont nous avons besoin pour simplement survivre.

Le mot *hungry* avait donné le départ. Il acquit, ou se rappela, *thirst*, la soif, *pain*, la douleur. Il voulut uriner et risqua *piss*. C'était le mot juste, qui fit sourire avec indulgence Anne, la moins sévère. Il s'étonna pourtant que ses *good morning* et *good night* ne reçoivent aucune réponse. Le capitaine Barnes revint à Morristown au bout d'une semaine exactement. Il transportait cette fois les deux volumineuses malles de cuir de son jeune protégé. Barnes avait reconnu en elles les bagages qui avaient dû servir autrefois au père dans ses nombreuses errances. Il y avait en plus une sorte de classeur en cuir, du genre « portfolio », utilisé par les peintres.

Convaincu des vertus du grand air, il insista auprès des sœurs réticentes pour que Jean-Jacques s'habille et sorte avec lui dans la campagne. Barnes s'amusa des culottes et des bas à l'ancienne mode du jeune Français. Sa mère, sans doute, avait eu la responsabilité de son trousseau pour le voyage...

Une lumière ocre et voilée de brume éclairait le village, les blés moissonnés et les bois écarlates. C'était la première rencontre de Jean-Jacques et de la nature américaine.

Il lui trouvait un air familier, comparée à son pays de Nantes, mais avec un rien d'étrange. Son œil habitué au dessin perçut vite la cause de cette sensation : l'échelle n'était pas la même. Le ciel était plus vaste, les hêtres et les chênes, bien qu'identiques dans leur forme, étaient sûrement d'une hauteur double. On ne s'en apercevait pas tout de suite, car les champs eux-mêmes étaient plus grands. Le garçon se rappela l'histoire de Gulliver chez les géants de Brobdingnam, que sa mère lui avait racontée. Il s'attendait à voir surgir de derrière la colline quelques-unes de ces créatures gigantesques.

– Un beau pays, n'est-ce pas? dit Barnes. J'ai vu vos dessins dans vos bagages. Vous vous intéressez aux oiseaux? Ici, vous aurez de l'ouvrage.

41

Barnes marchait d'un pas vif, et son jeune compagnon le suivait sans difficulté.

– Je vois que nos amies vous ont remis d'aplomb. Je n'en attendais pas moins d'elles.

– Mais qui sont ces femmes? demanda Audubon. Je n'ai pas pu leur poser de questions, et je ne sais comment les remercier.

Ils approchaient de la lisière d'un bois. Barnes choisit un vieux tronc écroulé, et ils s'assirent. Le marin entreprit de bourrer une grosse pipe au dessin tourmenté.

– C'est une vieille histoire, qui a plus de vingt-cinq ans maintenant. C'était après la déclaration de l'Indépendance. L'hiver d'après, je crois bien. Les troupes de Washington campaient près de Philadelphie, à Valley Forge. Il faisait très froid cette année-là, les hommes étaient mal équipés et ils avaient peu de vivres. Beaucoup étaient morts, des milliers peut-être. Elisabeth Bingham était mariée avec un jeune médecin très brillant de Philadelphie. Dowell. Un quaker aussi. Enfin, mariée, je ne sais pas, car ils ne reconnaissent pas nos sacrements. Comme il haïssait les Anglais, Dowell est allé soigner les soldats de Washington. C'était courageux à l'époque pour un jeune notable; la haute société des grandes villes était plutôt pour les Anglais, même s'ils disent le contraire maintenant. C'est un miracle que ce pays ait pu se faire. Les insurgés n'avaient pas d'argent, pas d'armes. Les combattants disparaissaient pour regagner leur ferme au moment des récoltes. On devait aussi affronter les Indiens, que les Anglais avaient soulevés contre nous, les Iroquois et les Mohawks. Il y a eu des carnages cette année-là. Malgré tout, le docteur Dowell est resté avec Washington, et il l'a suivi jusqu'ici, à Morristown, où l'armée a passé l'hiver de 1778. Sa femme et sa belle-sœur l'ont rejoint, et elles l'ont aidé à soigner les blessés. Mais Dowell a attrapé une saloperie, et il est mort. Les femmes ont continué son travail et sont restées près de sa tombe quand Washington est reparti. D'ailleurs où auraient-elles pu aller? Philadelphie était aux mains des Anglais. New York aussi, et tout paraissait fichu. En fait c'est allé de plus en plus mal, jusqu'à l'arrivée des Français. Mais votre père a dû vous raconter l'histoire. Il était là.

A cet instant Jean-Jacques avait du mal à imaginer ce vallon paisible parsemé des corps enchevêtrés d'Anglais vêtus de rouge et d'insurgés aux tenues disparates. Et sous une tente de fortune, le tablier taché de sang, le docteur Dowell, insensible aux cris de douleur, amputant les blessés. Ce village, au loin, avec ses délicieuses maisons de briques aux fenêtres blanches, aux barrières impeccables – ou d'autres maisons, tout en bois, pareilles à des jouets –, laissait difficilement croire que la violence puisse l'atteindre. Au contraire des cités de la vieille Europe, que les murs gris, les ruelles tortueuses, sombres et sales, les remparts menaçants semblaient vouer d'avance aux plus sanglantes destinées.

– Après la victoire, reprit Barnes, elles ont récupéré ce qu'elles ont pu des biens de Dowell, à Philadelphie, mais elles ont voulu rester ici. Le gouvernement les a un peu aidées, et elles ont acheté quelques terres qu'elles mettent en fermage. Le revenu va à leur communauté quaker, ou bien leur sert à soigner les gens gratuitement. Anne, la cadette, ne s'est jamais mariée.

– Pourquoi ne disent-elles jamais bonjour ni au revoir? intervint Jean-Jacques.

– Les quakers estiment que tous les hommes sont égaux devant Dieu et qu'on ne doit pas leur manifester de respect particulier, quel que soit leur rang. Il faudra vous y faire; à Philadelphie, il y en a beaucoup. Venez, rentrons, le froid tombe vite en cette saison.

Une semaine passa encore, puis Miers Fisher, prévenu par Barnes, vint chercher son protégé.

En quittant la maison, Jean-Jacques offrit aux deux sœurs un portrait qu'il avait fait d'elles, au crayon et au pastel. Elles figuraient assises sur le tronc d'arbre abattu où Barnes l'avait conduit. Au fond on voyait leur maison et le village, dans des proportions fausses et dans un style naïf qui rappelait les primitifs italiens. C'était le seul cadeau qu'il pouvait leur faire; il n'y eut bien sûr pas de merci. Mais le sourire des adieux se fit plus large encore, et plus chaleureux.

– Croyez-vous que cela leur ait fait plaisir? demanda-t-il à Fisher quand la voiture se fut mise en route.

43

– En principe, non, car nous autres, les Amis, nous estimons que les portraits flattent l'orgueil et sont source de péché. Mais rassurez-vous, s'empressa-t-il d'ajouter devant l'extrême déception du garçon, elles ont sûrement compris que votre intention était pure, et leur joie doit être grande.

Au cours du voyage, Jean-Jacques apprécia tout le sens du mot « cabriolet », qui vient de cabriole. La légère voiture sautait sur la route empierrée, ses minces ressorts exténués par les deux lourdes malles. La distance entre Morristown et Philadelphie étant de 70 miles, on s'arrêta pour la nuit dans une auberge de Trenton, là où la route rejoint, pour ne plus le quitter, le fleuve Delaware qu'ils traversèrent sur un bac. Miers Fisher, l'agent depuis quinze ans du capitaine Audubon aux États-Unis, était un grand homme sec, aux cheveux gris, dont l'aspect et le costume évoquaient les pèlerins du *Mayflower*. Jean-Jacques savait que cet homme et son père étaient liés par une amitié profonde, entretenue par une correspondance régulière. Pour le capitaine, Fisher était la droiture, l'efficacité et la compétence incarnées. Il espérait qu'un peu de ces qualités pourraient déteindre sur son chenapan de fils.

En 1803, Philadelphie était l'exemple le plus réussi en Amérique du Nord d'un port fluvial. La ville se présentait comme un échiquier dont les cases étaient bordées d'arbres et occupées par des maisons basses, aux briques rouges rehaussées de blanc. Dans les quartiers riches, la pierre grise supplantait la brique. La Delaware marquait la limite est de l'agglomération et regroupait les installations portuaires. La Schuylkill bornait la cité à l'ouest.

Philadelphie s'acharnait avec succès à maintenir son activité au premier rang devant Baltimore, New York et Boston, bien qu'elle fût située à 100 miles de la mer, sur une rivière tortueuse, pleine de hauts-fonds et de bancs de sable mal signalés. La Delaware gelait en hiver, ce qui endommageait les quais et piégeait les bateaux. Enfin la route depuis l'Angleterre se trouvait allongée, par rapport à New York, de plus de 200 miles. En contrepartie, le port était bien protégé des climats extrêmes par la chaîne des Appalaches. La rivière offrait un abri efficace et ses plages de sable blond permettaient un échouage aisé pour les petites embarcations, qui pouvaient remonter assez loin dans un arrière-pays aux cultures riches. C'est ainsi qu'étaient drainées jusqu'aux quais de la Delaware les marchandises du New Jersey et de la Pennsylvanie. Philadelphie méritait ses armoiries, dessinées en 1789 : une charrue, une gerbe de blé et un navire sous voiles.

On estimait la population à soixante-dix-mille habitants, en comptant les faubourgs de Southwork et des Northern Liberties. C'était la plus forte d'Amérique. Au sud, au-delà de l'église de la Vieille Suède, on trouvait des fermes et des marécages. Sur les rives de la Schuylkill alternaient les champs, les bois et les résidences de campagne. Tout près du centre subsistait encore un bosquet de noyers, dernier vestige de l'ancienne forêt. Dans l'imagination de son créateur, William Penn, et selon ses convictions de quaker, la ville devait être celle de « l'Amour fraternel ». Il rêvait d'une cité à la campagne, composée de demeures espacées et entourées de nature. Il avait été épouvanté à Londres par l'entassement des habitants et par les catastrophes dont il avait été le témoin : la peste de 1665 et l'incendie de 1666. De là son obsession d'une grande ville verte, qui ne brûlerait jamais, et qui serait toujours salubre.

Il ne restait plus grand-chose des beaux projets de William Penn, hormis l'impeccable maillage des rues. L'aristocrate puritain aurait frémi à la vue des quartiers commerçants, où les marchands et les artisans logeaient au-dessus de leurs échoppes. Le quincaillier et le savonnier voisinaient dans le même immeuble avec l'évêque et le notable. Seules deux communautés s'étaient regroupées : les Allemands dans le nord-ouest, les Noirs dans le sud-est. La 3e et la 4e Rue, au-dessus du Marché, les rues du Châtaignier et du Noyer constituaient le quartier chic, où les riches avaient leurs belles demeures. Beaucoup de rues portaient encore des noms d'arbres, en souvenir de la cité-jardin des origines. Arch Street était la rue des quakers et c'est là que Miers Fisher possédait une maison de pierre grise, à l'aspect aussi sévère que lui.

Pendant les premiers jours, Jean-Jacques ne revit plus son hôte. Le négociant était reparti pour New York, afin de ramener sa fille qui avait passé l'été chez des cousins, comme elle le faisait chaque année. Le climat de l'océan était plus frais et plus supportable que celui de Philadelphie.

– Mlle Mary est très jolie, dit Martha.

Joseph et Martha étaient le couple de Noirs qui veillaient depuis plus de vingt ans sur la demeure de Fisher. Martha faisait la cuisine et le ménage, et Joseph tout le reste.

– J'ai été la nourrice de la demoiselle, reprit Martha. Sa mère, la pauvre, est morte à sa naissance. Quel malheur!

Elle disait cela avec un grand et bon sourire. Malgré son poids, elle voletait à travers la petite chambre, traquant la moindre poussière.

– Descendez voir Joseph à la cuisine, il a quelque chose pour vous.

Elle avait pris des airs de conspirateur. Il ne s'agissait que de quelques vers, bien rouges et bien dodus, capturés dans le vaste jardin carré qui entourait la demeure.

– Il ne faudra pas le dire à M. Fisher, il n'aime pas qu'on aille à la pêche, recommanda Joseph. Le meilleur endroit pour les anguilles, c'est sur la Schuylkill, au bout de Market Street. Il y a un pont, là, et les gens jettent plein de choses, ça les attire.

Une fois de plus Jean-Jacques éprouva le violent sentiment d'une situation déjà vécue.

– C'est drôle que M. Fisher il n'aime pas la pêche, continua Joseph, avec son nom!

Un instant perplexe, Audubon se souvint que *fisher* en anglais signifiait « pêcheur ». Il éclata de rire.

– Mais, Joseph, vous parlez français!

– Oui, monsieur, ça fait huit jours que vous êtes là, et je n'ai pas cessé... Nous pensions, avec ma femme, que cela vous ferait plaisir.

– Bien sûr, Joseph, pardonnez-moi, je m'en aperçois seulement maintenant. Il ne faut pas m'en vouloir, je suis encore dans les brumes du voyage et de ma maladie.

Sans que rien le laissât prévoir, Jean-Jacques se mit à

sangloter et cacha sa tête dans ses bras, affalé sur la table de la cuisine. Joseph courut chercher Martha. Les pleurs, c'était l'affaire des femmes.

– Là, mon garçon, c'est fini. On a eu une grosse fatigue, et beaucoup de chagrin, parce qu'on est loin de sa maman, qu'on est dans un pays très loin, mais Martha elle est là, et Joseph aussi, et vous allez aller à la pêche, et M. Fisher il va bien s'occuper de vous, allez, ça va aller maintenant.

Audubon s'enfouissait dans la vaste poitrine de la cuisinière. C'était cela, ce souvenir poignant qui lui tordait le cœur et qu'il n'arrivait pas à mettre au jour. Une grande maison vide, comme celle-ci, d'où l'on apercevait un grand fleuve, comme ici, et un petit garçon de neuf ans qui se réfugiait entre deux seins odorants et sombres, ceux de maman Mabelle. Et il y avait Mathurin, son mari, aussi noir qu'elle, mais avec des cheveux tout blancs, qui lui apprenait à monter sur les ânes et à prendre les anguilles à la « moche », un gros paquet de lombrics attachés à une ficelle, et que l'on tire d'un coup sec à la moindre touche, en projetant le poisson sur la berge. Il fallait ensuite le rattraper, malgré sa reptation agile, et l'on courait à quatre pattes dans l'herbe, bredouille le plus souvent.

Mathurin lui avait appris les noms des oiseaux, leurs habitudes, leurs nids et le respect qu'on leur droit.

– Ne tue pas un oiseau au nid, et ne prends pas ses œufs, sinon c'est toi que tu punis, car tu n'en reverras plus.

Un père au loin, sur ses vaisseaux, une mère déjà âgée, gentiment résignée, et qui consacrait davantage de temps à Rose, sa petite sœur. Le garçon s'enfuyait dans la campagne et ne revenait qu'à la nuit. Ses longs cheveux bouclés, que Mabelle coiffait chaque matin avec amour, rapportaient chaque soir, selon les saisons, une moisson de brindilles, d'épis, ou de ces terribles « teignes », ces chardons crochus que les enfants se jettent dans les cheveux. Les beaux habits du fils du maître de la Gerbetière, une des plus belles demeures de Couëron, devenaient identiques à ceux des petits paysans que Jean-Jacques ne quittait pas. Mabelle ravaudait, dissimulait les larcins, étouffait les petits scandales. Comme le jour où le curé vint se plaindre qu'on eût volé une cloche à son église, et que selon des sources sûres c'était l'œuvre d'une bande de chenapans conduits par le fils du capitaine. Mabelle avait obtenu en échange de la discrétion du prêtre que la cloche revînt au clocher aussi secrètement qu'elle en était partie.

Puis Mabelle et Mathurin devinrent vieux et se sentirent inutiles. Le maître ne partait plus en mer, les enfants étaient grands. Ils demandèrent à retourner à Saint-Domingue. Leur superstition était la plus forte, et ils croyaient ne pas avoir de repos hors de la terre de leurs ancêtres.

— C'est vrai que personne n'a envie de pourrir dans une terre aussi froide qu'ici, commenta le capitaine, qui avait la nostalgie des îles et la pudeur de ses sentiments.

Il leur trouva le meilleur bateau et leur remit une somme assez considérable. Les deux Noirs protestèrent, mais Audubon prétexta que c'était une avance destinée à leur permettre d'avoir des nouvelles de sa plantation, afin qu'ils l'en informent. Lui-même se forçait à y croire. Il ne pouvait admettre qu'avec le départ de ces deux êtres ses derniers liens avec l'« autre rive », si chère, allaient définitivement se rompre.

— Allez, vous serez bien ici, monsieur Jean-Jacques. M. Fisher, il parle le français, et la jeune fille aussi.

— Oui, je sais, Martha, pardonnez-moi encore, et vous aussi, Joseph, je ne suis plus un enfant, mais je ne suis pas encore redevenu très vaillant. Et puis vous m'avez rappelé quelques souvenirs... Mais oublions le passé. Joseph, allons pêcher ces anguilles.

Martha les retint sur le seuil.

— Ne revenez pas trop tard. Il faudra que vous rasiez votre barbe, monsieur Jean-Jacques, Monsieur et la demoiselle rentrent ce soir.

3

La maison des Fisher, surmontée d'un toit d'ardoises très pentu, comportait trois étages. La chambre de Jean-Jacques se trouvait au dernier. Par la fenêtre, au-delà du grand jardin, on apercevait, au coin d'Arch Street et de la 3ᵉ Rue, le toit du temple quaker, qu'eux-mêmes appelaient la « Maison de réunion des Amis ».

Meublée de chêne sombre, la pièce lui parut triste. Il entreprit de l'aménager selon ses goûts, et quand il eut terminé il pria son hôte et la jeune Mary de venir admirer l'ouvrage. C'était surtout l'avis de la jeune fille qui lui importait. Elle lui avait plu dès la première rencontre. Mary avait le même âge que lui, dix-huit ans, et presque la même taille, ce qui était grand pour une femme. Elle avait les yeux bleus de son père, mais sans cette dureté qui glaçait Audubon. Ses cheveux blonds, qui n'avaient jamais dû être coupés, étaient séparés en deux bandeaux, et leur masse regroupée en un épais chignon. Elle riait volontiers, montrant des dents petites et parfaites.

Jean-Jacques avait déjà remarqué qu'elle portait des robes-tabliers de couleur claire, en tissu léger, et qu'elle en changeait souvent. C'était la dernière mode anglaise; Mary devait se procurer une des innombrables gazettes de Londres et faire exécuter par une couturière les modèles qui y étaient représentés. A moins qu'elle ne s'en chargeât elle-même. Les jeunes filles de la bonne société, les *Well-to-do girls*, recevaient à l'école de sérieuses notions de couture.

Bref, Audubon espérait trouver une alliée dans cette

jeune personne, gaie, à la page, apparemment tout le contraire de son sexagénaire de père.

– Dieu, qu'est ceci? fit Mary, horrifiée.

Elle pointait un index accusateur sur un écureuil empaillé qui trônait sur la commode.

– C'est un écureuil, mademoiselle, répondit naïvement le jeune homme.

– Je le vois bien, mais que fait-il là?

– Eh bien, il est empaillé. C'est un travail difficile, et je l'ai fait moi-même.

– Et c'est vous qui l'avez tué, aussi?

– Bien sûr.

La désapprobation de Mary le surprenait, mais, ne sachant quelle contenance prendre, il conservait le ton de la fierté.

– Et vous l'avez tué avec ça?

Mary désignait le fusil suspendu au mur, au-dessus de la bête, comme pour mieux affirmer la relation de la cause à l'effet.

– Oui, je suis un très bon chasseur, vous savez.

Les beaux yeux bleus, dont il attendait complicité et tendresse, le fixaient avec fureur. Puis des larmes les emplirent. Mary tourna les talons.

– Père, dis-lui, je t'en prie, fit-elle avant de quitter la chambre.

Il y eut un long silence pendant lequel Miers Fisher s'empara du seul fauteuil de la pièce. Audubon s'assit sur le lit étroit.

– Je crois que vous avez effrayé ma fille, dit enfin le quaker, avec tout le sourire dont il était capable.

– J'en suis désolé, monsieur, ce n'était pas mon intention.

– C'est ma faute, je le crains, car je n'avais pas assez mesuré à quel point vos éducations ont dû être différentes. Voyez-vous, je me suis marié assez tard, et la mère de Mary est morte très vite. Si bien que j'ai élevé cette enfant seul.

« Notre chère Martha m'a aidé, bien sûr, et elle a su donner à Mary ce goût de la coquetterie et du rire qui sont si nécessaires à une femme. Cependant ma fille a été imprégnée des préceptes de notre foi, ce qui explique son comportement de tout à l'heure.

Audubon ne voyait pas en quoi les préceptes d'une foi quelconque puissent rendre insoutenable la vue d'un écureuil naturalisé. Il le dit poliment à Fisher, qui répondit avec la condescendance, si énervante, de l'homme qui a reçu la lumière refusée aux autres :

— Les amis, ceux que vous appelez les quakers, ne peuvent admettre que l'on tue les créatures du Seigneur. Ceci inclut les hommes, bien sûr, mais aussi, selon le cinquième commandement, toute créature vivante, aussi bien les écureuils que, disons, les oiseaux...

Son regard parcourait le mur parsemé de dessins qui tentaient d'égayer la tapisserie verdâtre. Fisher reconnut un pigeon, une mouette; les autres volatiles plus petits lui étaient inconnus.

— Ce fusil, mon ami, d'où le tenez-vous ?

— De mon père, évidemment, répondit Jean-Jacques. Il est de coutume chez nous que le père fasse cadeau de son premier fusil à son fils dès qu'il est en âge de s'en servir. Celui-ci est de Saint-Étienne, c'est là qu'on fait les meilleurs doubles canons soudés, bien meilleurs que ceux des Anglais. Et plus tard il m'en donnera un autre, avec des canons en damas, vous savez, ceux que l'on forge avec des rubans d'acier.

— Non, je ne sais pas, mon ami, et je ne m'intéresse pas aux armes, ce sont des objets de violence qui me répugnent.

C'était la première fois que le jeune homme entendait Fisher hausser le ton. Lui-même commençait à s'irriter de cette position d'accusé qui lui était faite. Il avait cru faire plaisir, et les foudres s'abattaient sur lui. Il se rebiffa.

— Je vous comprends mal, monsieur. Votre pays, dont je vous sais fier, a conquis sa liberté par les armes et par les hommes qui savaient s'en servir. J'ai souvent entendu l'histoire de Daniel Morgan et de ses compagnons, à peine une centaine, que Washington a fait sortir de leurs forêts pour emporter la victoire à Boston. Washington en personne présidait des concours de tir dans les villages pour recruter des tireurs d'élite, ceux qui atteignaient à coup sûr les officiers ennemis. C'est grâce à ces hommes que vous avez gagné cette guerre, monsieur, et s'ils savaient si bien se servir de ces objets de violence, comme vous dites, c'est qu'ils en avaient besoin chaque jour pour protéger leur famille et la nourrir.

Fisher était resté coi. Il n'avait jamais entendu Audubon parler si longtemps. Mais surtout il découvrait en lui une assurance qui le ravit secrètement. Il eut un geste d'apaisement.

– Je ne me disputerai pas avec vous sur ce point. Nous ne sommes plus en guerre, et vous n'aurez pas à courir les bois pour fournir notre table. Il y a de fort bons marchands dans cette ville. Vous n'aurez donc pas l'excuse de la nécessité, et je vous prierai, tant que vous serez sous mon toit, de ranger cette arme au plus profond de vos malles. Venons-en à autre chose. J'ai noté votre goût, et vos dons, pour le dessin, mais je vois un violon sur cette table. Seriez-vous également un adepte de la musique?

– Oui, monsieur, répondit Jean-Jacques avec prudence.

– Mais encore, insista Fisher, que savez-vous jouer?

– Eh bien, tout, si on me donne la partition...

– Vous savez lire la musique? Mais où avez-vous appris? Votre père n'est pas musicien, que je sache.

– J'ai eu un maître de musique, tout simplement, sourit le garçon qui commençait à comprendre que l'Américain l'avait pris pour un paysan.

– Excusez-moi, je ne savais pas que vous aviez eu une éducation aussi raffinée. Et... qu'avez-vous appris d'autre?

– J'ai eu également un maître à danser et un maître d'armes. Ce qui fait, ajouta le garçon, non sans malice, que je peux faire bonne figure dans tous les bals et envisager sans crainte n'importe quel duel. Mais je ne pense pas que ces talents soient davantage appréciés par votre religion?

Il s'amusait maintenant de l'abattement visible de Fisher.

– En effet, et je vous prierai de les oublier également. Enfin, est-ce là toute votre éducation? N'avez-vous rien appris d'autre? N'y a-t-il pas d'écoles chez vous?

– Il n'y en avait plus, monsieur, car c'était la Révolution. Après, il aurait fallu que je quitte ma mère, qui restait souvent seule, pour une ville éloignée. A quoi bon, elle était ma meilleure préceptrice, ainsi que celle de ma sœur. Elle m'a enseigné ce que je sais de géographie et d'histoire, et les récits de mon père m'ont appris ce que je sais de la vie. Ce n'est, je crois, pas si mal. Et à présent vous allez m'apprendre les secrets de la langue anglaise et du commerce, et je serai proche de la perfection.

Miers Fisher savait juger les hommes. Il le fallait bien : chaque jour il devait arracher des marchés à des négociants retors et à des capitaines féroces. Il estima que ce garçon était de bonne trempe. Il devrait tout de même couper ces longues boucles qui lui donnaient un air trop juvénile. Mais quelle énergie dans le regard, et quelle insolence! Par quelle étrangeté le rude capitaine avait-il pu engendrer un fils d'une telle élégance? Et quelle idée aussi, au lieu de lui enseigner la navigation et l'arithmétique, de lui avoir donné une éducation de prince...

— Parlons un peu de Dieu, reprit Fisher, si le sujet ne vous paraît pas trop banal. C'est demain le jour du Seigneur, et je pense que vous souhaitez vous rendre à un lieu de culte. On est catholique, chez vous, je crois?

— Ma mère est catholique, en effet, répondit tranquillement Jean-Jacques, mais je ne pratique personnellement aucun culte.

— Mais n'avez-vous pas été baptisé?

— Je l'ai été il y a trois ans seulement. Je suppose que par lassitude mon père a fini par céder à ma mère sur ce point. Ce n'étaient pas ses idées. Et puis l'Église avait repris sa place. Dois-je vous rappeler que dans mon enfance il n'y avait pas de prêtres. Chez nous la mode était de les noyer, à moins que...

— Je sais, je sais, interrompit Fisher, confus. Je crois savoir aussi que votre père est un frère maçon. Désirez-vous suivre cette voie?

— Peut-être, monsieur, je suis encore trop jeune, il faut avoir vingt et un ans.

— C'est vrai. Mais sachez que cela peut vous aider beaucoup si vous choisissez de vivre dans ce pays. Beaucoup de nos grands hommes furent maçons, et le premier d'entre eux, George Washington. Ainsi que le héros de cette ville, Benjamin Franklin. En avez-vous entendu parler?

— Par mon père. Oui. Je sais qu'il était venu à Versailles demander l'aide de notre roi, au moment de votre Révolution. On m'a dit aussi qu'à cette occasion les Parisiens ont découvert que tous les Américains ne vivaient pas nus, avec des plumes sur la tête.

– Allons, ne vous moquez pas, sourit Fisher. Nous, nous croyons bien que tous les Français sont papistes. Tenez, venez ici. Je vais vous montrer un des effets du génie de Franklin.

Il attira Audubon près de la fenêtre. Le soir commençait à peine et déjà de nombreuses lanternes aux flammes jaunes et vacillantes s'allumaient dans les rues alentour.

– Regardez bien ces lanternes quand vous passerez auprès d'elles. A l'origine, il y a une cinquantaine d'années, c'étaient des globes de verre. Mais comme elles fonctionnent à l'huile de baleine, ces globes se salissaient vite, et il fallait occuper des gens à les nettoyer sans cesse. Franklin a proposé de les remplacer par des lampes carrées, avec quatre verres plats, et des trous au sommet pour l'échappement de la fumée. L'entretien était moindre, et les verres brisés ne coûtaient rien. C'est peu de chose, bien sûr, mais cela résume assez bien le personnage. Il savait trouver des solutions simples, au moment précis où elles étaient nécessaires.

Fisher revint vers la table, sortit une allumette de sa poche et la craqua sur la semelle de son soulier. Une forte odeur de soufre emplit la pièce. Il alluma la grosse lampe au globe d'opale.

– Franklin est venu dans cette ville quand il avait à peu près votre âge. Il y est demeuré pendant soixante-sept ans, jusqu'à sa mort. Je me souviens, c'était il y a treize ans. Bien qu'il fût très âgé, personne ne voulait croire à sa disparition. On a écrit alors une phrase très juste : « Aucune ville, en perdant son grand homme, n'a enterré plus d'elle-même que Philadelphie avec Franklin. » Il est vrai que cette ville lui doit beaucoup. Ses travaux sur la foudre et le fluide électrique l'ont fait connaître dans le monde, mais elles ont aussi contribué à la renommée de Philadelphie et de ses savants. Il a aussi suscité des écoles, dont le collège de Philadelphie, qui est considéré comme le second après Havard. Simplement je crois que Harvard est plus cher! J'étais trop âgé pour en profiter, mais du moins Mary a pu faire d'excellentes études chez Dove, la meilleure école de la ville. Ça aussi, c'était une drôle d'idée du père Franklin, l'instruction des filles. Leur apprendre le grec et le latin en plus de la couture et de la cuisine, ça ne serait jamais venu à l'idée des quakers. Je ne devrais pas dire ça, mais c'est la vérité. Il a même fait des écoles pour les Noirs, et des journaux pour les Allemands. S'il a retrouvé le vieux Penn au paradis, ils ont dû avoir des mots.

Audubon nota qu'en effet Fisher ne devait pas être un quaker bien ardent, moins en tout cas qu'il ne l'avait craint d'après l'exemple des sœurs Bingham. Déjà il n'utilisait pas, et Mary non plus, le tutoiement traditionnel. Ce devait être gênant dans le milieu des affaires.

– J'espère que vous allez vous réconcilier avec Mary, reprit Fisher.

– Ce n'est pas moi qui suis fâché, monsieur.

– Bien sûr, mais il ne faut pas lui en vouloir. Comme cela arrive souvent aux filles instruites, elle ne supporte guère la contradiction, et tout ce qui n'est pas conforme à ses principes. Ça lui passera avec le mariage! En attendant dès demain elle vous apprendra cette ville et son histoire. Appliquez-vous à ne parler qu'anglais avec elle, de son côté elle ne parlera que français, et vous vous corrigerez mutuellement. C'est la meilleure méthode, et vous en tirerez un égal bénéfice.

En ce dimanche après-midi, Philadelphie paraissait aussi déserte que si on avait annoncé le retour en force des armées anglaises. Mary prenait très au sérieux son rôle de guide, et le cabriolet conduit par Joseph parcourait les moindres recoins de la ville. Audubon s'étonna du nombre d'églises, imposantes et prospères. Dans ce quadrillage monotone, elles étaient les rares repères, comme les amers remarquables des navigateurs. Il apprit à reconnaître les clochers de l'église du Christ, de l'église presbytérienne, de l'église allemande réformée.

– William Penn, commenta sentencieusement Mary, a voulu que cette terre soit le refuge de toutes les croyances. Il voulait l'offrir au monde, comme un exemple, et non la garder pour lui, bien qu'il l'ait achetée avec sa fortune personnelle. Il a d'ailleurs fini ses jours en Angleterre, estimant son œuvre achevée. Ses descendants sont toujours là, mais ils ne sont plus quakers. Ce sont eux qui ont fait bâtir la plus belle église épiscopalienne de la ville!

Mais Mary réservait son enthousiasme pour l'ensemble de bâtiments officiels situé au coin de Chestnut Street et de la 6e Rue, et flanqué d'un grand espace vert, Independance Square. Vibrante, elle expliqua que là était le cœur des États-Unis d'Amérique. Trois clochetons sur des bâtisses de briques tentaient d'ériger le pouvoir civil à la hauteur du divin. Congress Hall, où se réunissait le Congrès quand Philadelphie était la capitale fédérale. State House, le siège de l'Assemblée de Pennsylvanie, où se jouèrent les grands actes de la Révolution américaine, et surtout la proclamation de la Déclaration d'indépendance. Enfin Old City Hall, la Cour suprême au temps du gouvernement fédéral.

— Si je comprends bien, hasarda timidement Audubon, cette ville n'est plus la capitale de rien du tout?

Mary le fixa comme s'il était personnellement responsable de cette déchéance.

— Depuis trois ans la capitale fédérale est Washington, et la capitale de l'État, Lancaster. Ce sont des bourgades insignifiantes. Mais il paraît qu'il faut éloigner le pouvoir politique des grandes villes et du pouvoir de l'argent. C'est curieux. Il me semble que ceux qui ont justement le pouvoir de l'argent peuvent faire le voyage.

Le bâtiment qui avait la plus fière allure était la banque de Pennsylvanie, du côté ouest de Second Street, au-dessus de Walnut. D'un curieux mélange architectural émergeait le style grec de la façade, composée de six colonnes et d'un fronton triangulaire. L'ensemble n'était pas vraiment laid, mais plutôt déplacé dans le contexte, hors de proportion. Il le dit à Mary, et il eut la surprise de la trouver pour une fois de son avis.

— On est très fier de cette banque ici. Élever un temple à l'argent est bien dans l'esprit de cette ville. Mon père non plus ne l'aime pas.

— Il n'aime pas l'argent?

— Oh si! Mais il pense qu'on doit lui garder une

apparence modeste. Il l'a dit à l'architecte, qui s'est fâché.
— Qui est-ce ?
— Un Anglais, Benjamin Latrobe. Cette banque l'a d'ailleurs rendu célèbre. Depuis il a beaucoup de succès, et on lui a confié le Capitole de Washington. C'est ainsi, les premiers colons avaient des maisons de bois, les marchands ont voulu des murs de pierre, et maintenant les bourgeois veulent des monuments.

Audubon jeta un regard à la robe de velours, à l'élégante capeline. Quand la jeune fille était montée en voiture, il avait aperçu une jolie bottine vernie. Non, il ne la voyait pas au milieu des bois, dans une cabane en rondins.

— Bien sûr, vous avez de plus beaux palais en France, admit Mary, mais nous venons seulement de commencer. J'ai vu des gravures de Versailles, vous connaissez ?

— Oui, un peu...

— J'aimerais y aller, j'aimerais tant visiter la France. C'est aussi le rêve de mon père. Mais vous êtes toujours en train de faire la guerre.

Ce n'était pas la première pique de Mary à propos de la France et de la barbarie de ses habitants. Audubon ne supportait plus cette façon qu'elle avait de lancer à tout propos, à travers l'écran de son charmant sourire, des phrases meurtrières. Pour être sûre d'être bien comprise du jeune homme, elle le faisait dans un français parfait, trop même pour que ses remarques fussent spontanées. Il la soupçonnait de les préméditer.

Il n'eut pas à répondre. Suivant le pacte imposé par Fisher, et que Mary appliquait à la lettre, il aurait dû le faire en anglais, et il rassemblait encore quelques mots bien sentis de son modeste vocabulaire quand Joseph lui désigna le ciel. Un long vol d'oies sauvages s'étirait en direction du sud.

— C'est l'hiver qui vient, dit le Noir. Ces oiseaux-là quittent le Grand Nord, quand les froids arrivent, pour gagner la Virginie ou la Floride. Parfois elles s'arrêtent dans la baie de Chesapeake. Les chasseurs sont très contents alors.

Jean-Jacques pensa à son fusil relégué dans la malle, et aux canards qu'ils guettaient autrefois, avec son père, tapis dans une barque au milieu des marais de la Brière. Il y avait sûrement de la malice dans la remarque de Joseph, qui devait braconner à l'insu de son maître. Mary fit semblant de n'avoir pas entendu. Il n'avait plus été question de l'affaire de l'écureuil, effacée des conversations, comme la faute grave de l'élève trop ostensiblement pardonné.

Fut-ce une punition ? Il eut encore droit à la visite de la maison où était mort Benjamin Franklin, puis à une longue station dans le cimetière de l'église du Christ, où le grand homme reposait aux côtés de son épouse Deborah. Mary accompagnait les déambulations de longs discours sur tous les bienfaits que Franklin avait apportés à Philadelphie. Il en retint principalement l'invention des brigades de pompiers et la création des assurances contre les incendies. Il s'étonna de cette obsession du feu ; qu'est-ce qui pouvait bien brûler dans une ville aussi froide ?

Les semaines qui suivirent confirmèrent que le charmant rire de Mary cachait un goût effréné pour la moquerie. Audubon, qui lui était livré sans défense, devint sa cible privilégiée. Il se rendait bien compte que leur joute linguistique lui faisait faire des progrès rapides, mais aussi qu'il ne serait jamais capable de prononcer le *th* anglais. Ses *ze*, *zat* et *zis* faisaient s'esclaffer la jeune fille. Il en était d'autant plus mortifié que lui-même ne se permettait que d'humbles remarques sur ses fautes à elle.

Un autre sujet de joie pour Mary fut la garde-robe de Jean-Jacques. La brave Anne Moynet avait sans doute cru que l'Amérique tout entière avait le même climat que Saint-Domingue dans les récits de son mari. Elle ne l'avait équipé que de vêtements légers. Le froid devenant plus vif, il fallut avoir recours aux vieux manteaux de Miers Fisher, lesquels étaient un peu trop étriqués pour ce robuste gaillard et lui donnaient l'air d'avoir grandi trop vite. Il était parfaitement conscient du ridicule de son apparence, ce qui contribuait encore à détruire son assurance devant la jeune fille moqueuse.

Lui qui avait toujours vécu entouré de l'indulgence de sa mère et de la vénération de sa sœur supportait mal les quolibets quotidiens mais il se taisait par déférence pour son hôte. Un jour, pourtant, il décida de réagir. Le dimanche matin avait lieu la cérémonie de la toilette, dans la buanderie attenante à la cuisine. Dès l'aube, Martha et Joseph disposaient des brocs d'eau chaude près d'un grand baquet, avant de partir pour la messe. Fisher de son côté se rendait à la Maison de réunion des Amis. Les deux jeunes gens se retrouvaient donc seuls. Jean-Jacques avait soigneusement préparé sa mise en scène. Dès qu'il entendit les bruits indiquant que Mary avait commencé ses ablutions, il se déshabilla entièrement, et, ses habits sur le bras, descendit prestement l'escalier. Il aurait au moins, si l'on survenait, l'excuse de s'être mépris et d'avoir cru que son tour était venu. Il n'hésita qu'une seconde avant de pousser la porte de la buanderie.

En l'entendant, Mary crut au retour de Martha venue l'aider. Elle se retourna tranquillement, poussa un petit cri et se couvrit la poitrine de ses bras. Audubon fut rassuré, elle était entièrement nue. Il avait craint que, comme beaucoup de femmes, elle ne se baigne vêtue d'une chemise, ce qui aurait ôté beaucoup de force à sa démonstration. Tranquillement il posa ses vêtements sur un tabouret, et il se planta, debout, à trois mètres d'elle. Un sourire narquois aux lèvres, il la détaillait calmement. Les longs cheveux blonds, dénoués, atteignaient ses reins. Il vit la taille fine, les hanches rondes, et la toison claire que l'eau avait ourlée. Mary le fixa à son tour, et ses yeux s'emplirent de défi. Lentement, elle laissa retomber ses bras. Il fut surpris de découvrir des seins moins petits qu'il ne l'avait cru. Il est vrai qu'elle ne portait pas ces décolletés ravageurs à la mode en France. Elle se laissa contempler, puis à son tour parcourut du regard le corps nu du garçon. Leur duel silencieux dura longtemps, chacun attendant que la pudeur fasse céder l'autre. Enfin Mary parla la première, d'une voix très douce.

– Il n'était pas prévu que nous prenions notre bain ensemble.

Le ton faillit déconcerter Audubon. Il ne présageait pas une telle maîtrise de soi. Et la jeune fille était vraiment très belle. La buée qui flottait dans la pièce et qui recouvrait les vitres rendait sa nudité irréelle, et il pensa à la Vénus de Botticelli, sortant de l'onde. Il sentit avec inquiétude le désir le gagner, et il s'efforça de le chasser. Elle en interpréterait le moindre signe comme une supériorité sur lui, ou elle se mettrait vraiment à hurler.

– J'ai décidé de vous rendre cette petite visite afin que nous nous connaissions mieux. Je voulais être sûr que vous étiez une femme, jeune et belle, et non pas une vieille maîtresse d'école acariâtre et critiqueuse. Non plus qu'une enfant gâtée et prétentieuse. Je suis à présent tout à fait rassuré. Je voudrais encore qu'à votre tour vous constatiez que je suis un homme et non pas un garçonnet que l'on peut à loisir moquer et humilier.

Mary soutint son regard un instant, puis elle détourna les yeux. Il crut les voir s'embuer. Elle frissonna. Le froid avait dressé la pointe de ses seins, et à nouveau elle recouvrit sa poitrine de ses bras. Mais ce n'était plus par pudeur.

– Bien, dit-elle. La leçon est un peu brusque, mais je crois l'avoir comprise. Maintenant, partez, s'il vous plaît. On pourrait venir, et mon embarras est déjà assez grand.

Il sortit sans un mot, fier de ce qu'il croyait une victoire.

Il en fut moins certain au cours des jours, et surtout des nuits qui suivirent. Il dut bien se rendre à l'évidence, il avait joué avec le feu, et désormais le corps de Mary le hantait. Il connaissait depuis longtemps les joies que les filles procurent. Il apprenait maintenant que le souvenir des plaisirs passés attise les désirs nouveaux.

Dans sa jeunesse il ne s'était trouvé personne pour lui dépeindre le sexe sous les couleurs du péché. Lâché à travers champs, sans contrainte aucune, il avait observé les ébats des animaux. Ce qui avait fait naître en lui, concernant l'espèce humaine, quelques importantes questions auxquelles de jeunes paysannes voulurent bien répondre. Avec d'autant plus d'empressement qu'il était fort bien fait, et paré du prestige conféré au fils du maître. Il y avait autour de la Gerbetière, à Couëron, assez de granges propices et de meules accueillantes pour pousser assez loin l'étude. Le capitaine devait bien le savoir, mais il préférait que son fils épanche sa vigueur dans des amours ancillaires et rurales, plutôt que de se livrer à des attouchements solitaires. La « manstupration » était réputée comme la plaie de la jeunesse, pouvant conduire aux pires infirmités.

On pouvait évidemment craindre l'arrivée de quelque bâtard, mais heureusement les guerres de la Révolution avaient fait sortir les jeunes hommes de leurs villages. Ils avaient appris, et enseigné ensuite, les « funestes secrets » qui permettent de ne point trop engrosser les filles.

L'année précédente, lors de son séjour à Paris auprès du peintre David, Jean-Jacques avait pu compléter son expérience. D'appétissantes demoiselles s'offraient comme modèles et exposaient leurs charmes au crayon des rapins. Beaucoup se dévêtaient à nouveau le soir, pour des travaux plus intimes et mieux rémunérés, à huis clos, dans des petites chambres près du Palais-Royal. Audubon fréquenta beaucoup le quartier. Il fut assez avisé dans ses choix, et assez bien conseillé par ses aînés, pour éviter de trop cuisants lendemains.

Bref, il aimait l'amour. Ce mot n'avait pour lui d'autre signification que l'exaltation physique, le déchaînement des sens, l'orgueil de maîtriser une proie. Contrairement à beaucoup de jeunes mâles, son raffinement naturel le portait aux plaisirs partagés. Grâce à des compagnes assez habiles et assez patientes, il savait que les femmes aussi ont le pouvoir de ressentir les divins orages. En revanche l'amour-passion lui semblait une sottise, tout juste bonne à assaisonner les romans. Il s'était abondamment moqué de *Paul et Virginie*, dont sa sœur Rose raffolait, et *La Nouvelle Héloïse* lui était tombée des mains.

Les tourments de la traversée, sa maladie et sa convalescence l'avaient distrait des exigences du sexe. Elles revenaient maintenant avec la santé recouvrée. Encore, s'il avait pu trouver une diversion dans de longues marches, la traque du gibier ou l'affût d'un nid. Mais non, il était prisonnier de cette maison, des engagements pris par son père, de son hôte dont il n'oserait jamais trahir l'hospitalité. Et quand bien même, la demoiselle Fisher n'était certainement pas du genre à abandonner sa vertu dans les bras d'un bel étranger, fût-il le premier homme qu'elle ait vu à l'état de nature. Elle aimerait sûrement la chose, Audubon en était sûr. Un corps pareil ne pouvait que savoir aimer. Il avait noté qu'au-delà du défi il y avait de la curiosité, de l'intérêt même dans son regard bleu, lorsqu'elle avait en retour contemplé sa nudité. Elle était un fruit mûr, mais la cueillette ne serait pas aisée. Il y aurait une longue partition à jouer, avant qu'elle n'entame le grand air de la vierge vaincue. Il y aurait un long prélude, le père noble, le chœur des notables, la fanfare des conventions, les orgues du mariage... Quelle horreur.

A la mi-décembre, l'hiver survint, brutal. La Schuylkill gela d'abord, la Delaware charria d'énormes glaçons, puis se figea à son tour. La neige vêtit de blanc la ville grise, ce qui l'égayait plutôt. Les quais de Front Street se firent déserts. Les bateaux ne venaient plus, et ceux qui restaient avaient été tirés au sec pour éviter l'emprise des glaces. Miers Fisher resta dès lors chez lui. Il avait l'habitude de cet intermède hivernal, qui lui permettait de reprendre haleine, de mettre à jour ses registres sur les affaires passées et de préparer les marchés futurs. C'était l'époque de l'année où Mary lui était la plus précieuse. Grâce à son excellente écriture et à sa parfaite maîtrise de l'arithmétique, elle tenait les livres de son père mieux qu'il n'aurait su le faire lui-même.

Audubon ne la voyait plus guère en tête à tête depuis l'incident de la buanderie. Qu'elle ait tout fait pour l'éviter ne faisait pas de doute, car elle avait convaincu son père que le jeune Français n'ignorait plus rien de Philadelphie, de son histoire, ni des subtilités de la langue de Shakespeare. On était passé à l'étape suivante, qui consistait pour le jeune homme à emboîter le pas de Fisher à longueur de journée, à travers les entrepôts et les cales de navires, de sorte qu'il soit pénétré, par tous les pores de sa peau et tous les orifices de son corps, des secrets du commerce maritime. Chaque soir il revenait à la maison d'Arch Street imprégné des effluves du poisson séché, du goudron et du vinaigre; tout ce décor olfactif des navires qu'il haïssait décidément. Malgré le froid, il dormait la fenêtre ouverte pour chasser les odeurs détestées. Chaque matin il se lavait abondamment sous l'eau glacée de la fontaine du jardin. Plusieurs fois il crut entrevoir, derrière les rideaux de la chambre de Mary, la silhouette de la jeune fille. L'épiait-elle?

62

Maintenant que la glace était là, la maisonnée se tapissait comme blaireaux en tanière. Martha avait fait des provisions, Joseph avait scié assez de bois pour bâtir un fort.

Dans un coin de l'immense bureau de Fisher, Audubon hérita d'une table et d'une pile de registres. A la faible lueur que le givre laissait filtrer, il apprit que le Commerce, comme la Création, se divisait en deux colonnes : le Doit et l'Avoir, le Bien et le Mal, le Diable et le Bon Dieu. Il commença à mourir d'ennui.

Le jour de Noël, il eut une surprise agréable. Le capitaine Barnes venait dîner. Jean-Jacques se jeta dans les bras du géant roux comme s'il était son sauveur.

— Ma parole, vous voilà regaillardi, matelot, dit joyeusement le marin, en tenant le garçon au bout de ses bras énormes, avant de le serrer avec force contre sa poitrine.

« C'est Martha qui vous a retapé comme ça? Ça ne m'étonne pas, elle connaît les secrets de la cuisine créole.

Audubon répondit avec ferveur à ses embrassements. A la vue du capitaine, le passé revenait en foule et il faillit pleurer. Il allait demander à Barnes s'il avait des nouvelles de Nantes, mais il se rappela à temps que trois mois seulement s'étaient écoulés, ce qui était trop court pour un voyage en France. La question aurait appris à Fisher qu'il avait trouvé le temps long, et il ne souhaitait pas vexer son hôte.

On était encore dans le hall, et Barnes aidé par Joseph se défit de son grand manteau et de son chapeau de castor blanchis de neige. Il souffla dans ses mains pour les réchauffer.

— J'ai failli renoncer, Fisher. Il faut vraiment que je vous aime. J'ai quitté Trenton à l'aube, tout était blanc, et je ne sais pas comment j'ai pu trouver la route. Le cheval s'est débrouillé tout seul, ces bêtes-là sont plus rusées que nous.

— Venez vous remettre, dit Fisher, Joseph nous a fait un feu d'enfer.

La grande salle à manger, qui ne servait pas d'ordinaire, avait été ouverte. Joseph fit des acrobaties pour allumer les bougies neuves du grand lustre du plafond.

– Et votre famille? demanda Fisher à Barnes lorsqu'ils furent installés près de la cheminée. Vous n'allez pas lui manquer, un soir de Noël?

– Pensez-vous, il y a tellement de frères, de sœurs, d'enfants et d'ancêtres dans mes quartiers de Boston que je parierais qu'ils ne remarqueront même pas mon absence!

Barnes n'avait pas la fibre familiale très développée. Sa famille, c'était son équipage, son foyer, la *Nancy*. Quand on lui demandait combien il avait d'enfants, il hésitait toujours avant de répondre. Ses amis savaient qu'il prenait le temps d'en faire mentalement le compte. Encore n'en était-il jamais très sûr. Le nombre correspondait à peu près à celui de ses escales à Boston, une par an, époques auxquelles il se faisait un devoir de remplir à nouveau le réceptacle prolifique de son épouse.

– Avez-vous écrit à votre père? demanda-t-il à Audubon.

– Non, j'avoue que j'ai trop attendu, et maintenant les bateaux sont bloqués.

– Ça ne fait rien, je repars demain pour New York, je prendrai votre lettre. Là-bas les eaux sont libres, je serai en France au début de mars.

– Passerez-vous? s'inquiéta Fisher. On dit que la guerre reprend en Europe.

– Rien de grave pour l'instant. Les loups s'observent, mais ne mordent pas. Nous passerons sans peine. Bonaparte cherche un nouveau souffle, et les Anglais, des alliés. Je n'ai à craindre que les corsaires, mais en cette saison ils ne courent pas très vite!

La maison résonna du grand rire de Barnes. Ce fut comme la sonnerie annonçant l'entrée de la reine. Mary fit son apparition.

Elle avait attendu que toutes les lumières soient allumées. C'était un bon calcul, le tableau était superbe. Elle portait une longue robe blanche, gonflée de jupons. Ses cheveux, retenus en chignon par un peigne de nacre, dégageaient son cou et ses épaules nues. Le décolleté s'arrêtait à la naissance de la poitrine. Audubon eut un éblouissement. Sa mémoire recomposait ce qu'il y avait au-delà de la frêle barrière d'étoffe...

Mary alla embrasser son père, puis se pencha pour une révérence devant Barnes médusé. Elle hésita un instant, se dirigea vers Jean-Jacques, l'embrassa sur la joue et lui dit à l'oreille :

– *Merry Christmas*, John.

John! C'était la première fois qu'elle prenait la peine de traduire son prénom. Au début, ses « Djan-Djack » l'excédaient. Il toucha pour la première fois le grain si fin de sa peau. Et pour la première fois aussi il sentait sur elle un parfum, une senteur sucrée et enivrante qu'il ne connaissait pas. Elle virevolta avec grâce, alla aussi embrasser Joseph et Martha. La vivacité de ses mouvements faisait s'envoler le bas de sa robe et dévoilait des escarpins et des bas blancs. On l'aurait dit sculptée dans la neige.

– *My God*, les filles grandissent! Quand je pense que c'est ce petit bout que je faisais sauter sur mes genoux il y a encore quelques mois.

– Quelques années, Barnes, corrigea Fisher, en pointant un doigt vers le ciel. La Grande Horloge tourne pour tout le monde.

– C'est vrai, mais alors il faut la marier vite, sinon elle va incendier toute la ville.

Bien que Fisher s'efforçât de conserver un air légèrement réprobateur devant la tenue de sa fille, on le devinait flatté.

– Joyeux Noël, Mary, dit-il. Je suis grandement surpris de cette robe. D'où vient-elle?

– C'était un secret, père, entre Martha et moi. Nous y travaillions depuis longtemps. Elle vous plaît?

Audubon mit quelques secondes à comprendre que la question lui était adressée.

– Oui, beaucoup, Mary, vous êtes très belle.

– Je ne vous parle pas de moi, John, mais de la robe!

– Euh, la robe aussi, bien sûr...

Il se trouva lamentable. Barnes vint à son secours.

– Allons, ne tourmentez pas ce pauvre garçon. Je suis sûr qu'il n'a jamais vu d'aussi jolie fille en France.

Ce n'était qu'une boutade, mais Jean-Jacques lui en voulut. Lui aussi le prenait pour un puceau.

Portée sur un plat d'argent par les deux serviteurs noirs, la dinde vint trôner au centre de la table. Joseph entreprit de la découper. La bête était énorme, et le Noir, armé d'un long couteau, livrait un combat féroce.

— Eh, doucement, Joseph, plaisanta Barnes, elle est déjà morte.

— On ne sait jamais, monsieur, répondit le Noir en riant de tout l'éclat de ses grandes dents.

Martha disposa les deux bouteilles de vin de Bordeaux que Barnes avait apportées, puis elle se retira avec Joseph dans la cuisine.

— D'où vient qu'ils parlent le français? questionna Jean-Jacques.

— Normal, ils viennent de Louisiane, dit Barnes qui s'attaquait à la première bouteille. Il savait qu'il en aurait l'usage exclusif, les Fisher et Audubon ne buvant que de l'eau.

— Oui, ajouta Fisher, ils ont été affranchis il y a plus de vingt ans, et ils ont préféré venir dans le Nord. C'est à cette époque que je les ai pris à mon service. Malgré le froid de l'hiver, ils préféraient quitter le Sud, où la vie n'est pas toujours rose pour les affranchis. Dans bien des cas il vaut mieux rester esclave...

— Il n'y a pas d'esclaves, par ici? insista Audubon. Il croyait avoir posé une question anodine. Il sentit à la tension des convives qu'il touchait un point sensible. En fait c'était le grand débat de l'intelligentsia de Philadelphie depuis l'acquisition de la Louisiane. Les nouveaux États qui seraient un jour créés dans cet immense territoire qui allait des Grands Lacs et du golfe du Mexique jusqu'aux Rocheuses se conformeraient-ils à l'ordonnance de 1787 qui interdisait l'esclavage?

Fisher se risqua à répondre.

— Non, plus maintenant. Enfin, plus dans le Nord, en principe. Mary ne vous a pas parlé de ça?

La question l'embarrassait, et il s'en déchargeait sur sa fille. Mary, troublée de voir son programme d'éducation contesté, rougit et abandonna la cuisse de dinde à laquelle elle livrait un rude assaut.

— Je croyais qu'il connaissait déjà la situation, père.

Après tout, votre père faisait la traite, non? dit-elle en se retournant vers Jean-Jacques.

Il craignit une nouvelle perfidie, mais non : elle constatait, simplement, sans juger.

— Pas vraiment. Mon père avait des esclaves à Saint-Domingue, comment faire autrement? Mais il n'a jamais fait le commerce des nègres. Il fallait d'ailleurs des capitaux considérables qu'il ne possédait pas.

— Je sais, reprit Fisher, que les Français n'aiment pas beaucoup cette pratique, et je les approuve. Nous-mêmes, à la Société des Amis, faisons tout pour qu'elle disparaisse. Mais les Français sont bien changeants. Vous aviez aboli l'esclavage il y a dix ans, et voici que votre Bonaparte le rétablit. Et au plus mauvais moment, quand vos colonies sont en révolte. Vous êtes incroyables! C'est comme ce Voltaire, qui criait si fort contre la traite des nègres. Un jour, votre père m'a montré un registre où il figurait comme actionnaire dans une expédition de bois d'ébène vers l'Amérique.

Audubon haussa les épaules en souriant.

— Je ne suis pour rien dans la politique française. Mais nous parlions de votre pays...

— Notre ami Fisher pense comme William Pitt, intervint Barnes. Les Anglais veulent interdire la traite partout, sûrement pour nous embêter.

— Écoutez, protesta Fisher, ce n'est pas parce que nous les avons battus que les Anglais sont idiots. Pitt, leur Premier ministre, applique les idées d'Adam Smith, qui me semblent tout à fait justes. Ce philosophe a clairement démontré que l'ouvrier libre a une supériorité sur l'esclave : la contrainte ne rend l'homme ni inventif, ni intelligent. Je partage ce point de vue. Le progrès technique nous mènera forcément à l'abolition.

Barnes secouait la tête. Ils devaient avoir souvent ce genre d'entretien, sans que l'un parvienne à convaincre l'autre.

— C'est le point de vue d'un homme de Philadelphie, Fisher, ou de New York, ou de Boston. Évidemment les États du Nord ont émancipé les esclaves. Ça ne leur a pas coûté beaucoup. Il y avait très peu de Noirs par ici, et ils n'étaient pas indispensables. Le climat n'est pas pénible pour les gros travaux. On trouve de la main-d'œuvre blanche pour les manufactures, et elle n'aime pas beaucoup la concurrence des nègres mal payés. Mais allez voir dans le Sud, c'est une autre affaire. Les Blancs ne peuvent pas sarcler les plants de tabac ou trier le coton en plein soleil.

— Enfin, il y a aussi des lois dans le Sud.

— Parlons-en. Ils ont interdit l'importation de nouveaux esclaves, sauf en Caroline du Sud et en Géorgie. Eh bien, je peux vous dire que tout le bois d'ébène qui arrive à Charleston ne reste pas dans la région!

— Peut-être, s'entêtait Fisher, mais c'est illégal. Et il faudra bien que la loi s'impose à tous, enfin, au Nord comme au Sud. C'est d'ailleurs la raison du choix de la ville de Washington comme capitale fédérale. On l'a créée de toutes pièces au point de rencontre des deux systèmes, dans un territoire déclaré neutre, le district de Columbia. Il ne fallait pas que l'un ou l'autre des partis puisse revendiquer le siège de l'autorité suprême.

Audubon commençait à discerner que ce pays tout neuf, fondé sur un solide idéal, cimenté par une guerre, portait quand même en lui des germes de division.

— Dois-je croire, avança-t-il prudemment, qu'il y a deux nations chez vous, celle du Nord et celle du Sud?

— C'est à peu près ça, admit Fisher. Et depuis le début, car notre Constitution n'a été qu'un compromis. Notre premier président, Washington, était un fédéraliste. Il voulait éviter une dilution de l'autorité en créant une administration centrale, confiée à des notables, des gens riches et bien nés. Il voulait un État dans la tradition britannique, avec une armée, une marine et une monnaie solide. Il est mort il y a quatre ans sans atteindre vraiment son but, pas plus que son successeur et disciple, John Adams. Maintenant c'est le parti adverse qui est au pouvoir, avec Jefferson. C'est un homme du Sud, un planteur de Virginie, qui a des esclaves et entend les garder.

— William Penn aussi avait des esclaves, remarqua Barnes.

— Bien sûr, mais c'était il y a plus d'un siècle. Admettez

qu'aujourd'hui les esprits les plus éclairés condamnent cette pratique, dans tout le monde civilisé. Sauf Jefferson et ses partisans. La vérité est que ce sont des hommes fascinés par le passé. Ils ont peur de l'industrie, du commerce, de tout ce qui est progrès. Ils rêvent d'une société à la romaine, ou l'on ne vivrait que de la nature, source de toute vie et de toutes les vertus. En plus les Romains s'accommodaient très bien de l'esclavage, ce qui les arrange. Le goût de Jefferson pour l'Antiquité est une vraie manie. Lorsqu'il était ambassadeur en France, il a visité tous les monuments romains qu'il a pu trouver. Il est aussi architecte, et il a dessiné le Capitole de Richmond d'après la Maison carrée de Nîmes!

Martha apporta la traditionnelle *apple pie*. Elle chancelait presque sous le poids de l'énorme tarte aux pommes. Barnes, qui devenait euphorique à mesure que la bouteille de bordeaux diminuait, proposa un toast. Mais, refusant de boire seul, il força ses convives à laisser emplir leurs verres. Fisher et Audubon trempèrent à peine les lèvres dans le vin, mais Mary but le sien d'un trait et s'écria :

– A John, pour qu'il devienne un grand Américain!

Fisher sourit et leva son verre à son tour.

– A John, pour qu'il vive dans un monde vraiment nouveau.

Barnes enchaîna, plus prosaïque :

– A John, pour qu'il ait une belle femme et beaucoup d'argent.

Jean-Jacques, intimidé, osa enfin lever son verre.

– A vous, capitaine, pour m'avoir amené ici sans encombre, malgré tous les embarras que je vous ai causés. A vous, monsieur Fisher, pour m'avoir si bien accueilli. Et à vous, Mary, pour votre patience avec un si mauvais élève...

Vers la fin du repas, la conversation s'orienta sur la ville de Washington. Les anecdotes sur la nouvelle capitale faisaient la joie des Philadelphiens. La cité fantôme était en chantier depuis dix ans, sur les plans utopiques de Pierre l'Enfant, français et vétéran de la guerre d'Indépendance. Depuis trois ans, le Congrès s'y était installé, et les députés de chaque bord tombaient au moins d'accord sur un point : revenir siéger à Philadelphie comme au bon vieux temps, tellement ils s'ennuyaient. Ils s'irritaient de la boue, de l'inconfort et de l'isolement. On s'entassait dans les rares maisons à louer. Dans la salle du Congrès, les orateurs s'époumonaient pour se faire entendre, tant l'acoustique était mauvaise. Un peu partout s'alignaient des rangées désolantes de bâtiments inachevés, baptisés « les Ruines de Palmyre ». Les marais tout proches apportaient leurs effluves. Alors chacun se rappelait Philadelphie, ses bons hôtels, ses théâtres, ses restaurants, ses bibliothèques.

Lorsque Barnes et son père abordèrent la situation internationale et ses répercussions sur le commerce maritime, Mary demanda à quitter la table et entraîna Audubon avec elle. Elle avait pris un air mystérieux en montant l'escalier, puis, un peu essoufflée et les yeux brillants, elle s'arrêta devant la chambre du jeune homme, fort intrigué, eut un petit rire, et entra résolument.

La lumière avait été allumée, et sur le lit était étalée une splendide pelisse en fourrure de loutre.

– Je voulais vous faire la surprise. C'est mon cadeau de Noël. Et celui de mon père, bien sûr, ajouta vivement Mary, comme pour se compromettre moins. Nous avons pensé que vous n'étiez pas très équipé pour la rigueur de nos hivers...

– Je... je ne sais comment vous remercier.

C'est tout ce qu'il parvint à exprimer, sincèrement troublé par ce cadeau inattendu.

– Comme ceci, dit simplement Mary.

Elle s'approcha doucement de lui, grave tout à coup, se haussa à peine sur la pointe des pieds et posa ses lèvres sur celles du garçon. Elle fit cela comme on se jette à l'eau, crispée et maladroite. Alors il la prit dans ses bras, ils s'étreignirent, s'embrassèrent encore. Inconsciemment, ils tournaient dans la pièce en une valse pataude, puis, sans qu'ils aient cru le vouloir, s'abattirent sur la pelisse. Leurs bouches se joignirent encore, s'accordant mieux à chaque rencontre. Les seins de Mary avaient jailli de la robe blanche. Audubon les couvrit de baisers fous, puis enfouit son visage entre eux, s'enivrant de ce parfum troublant d'une fleur inconnue.

Mary, les yeux clos, agrippait ses doigts aux cheveux bouclés du garçon.

– John, John, murmurait-elle, mêlant le ton de la protestation et celui de la prière.

– Mary !

C'était la voix de Fisher, venue de l'escalier. Ils se levèrent d'un bond, dégrisés. La jeune fille rajusta sa robe, vérifia sa coiffure, ouvrit la porte et répondit calmement :

– Oui, père.

Elle se retourna vers Audubon, lui sourit comme on le fait après un bon tour, lui envoya un baiser du bout des doigts et disparut dans un envol de dentelles.

Un long moment plus tard, Audubon se demandait encore s'il n'avait pas rêvé. Mais non, il restait, sur la pelisse, cet étrange parfum.

Le gel cessa à la mi-janvier, aussi brusquement qu'il était apparu, et laissa la place à d'incessantes averses. Philadelphie recommença à vivre. Les navires revinrent dans les eaux de la Delaware libérée des glaces. Fisher, toujours suivi d'Audubon, reprit sa course au long des quais. La pluie fit bientôt disparaître du manteau de loutre les dernières senteurs du parfum de Mary.

– Heureusement que la ville est bien pavée, plaisantait le négociant, infatigable. A New York nous aurions de la boue jusqu'aux genoux !

Mary... Jean-Jacques ne l'avait plus guère revue depuis la soirée de Noël. Il avait espéré une autre fête pour le jour de l'an, mais les Fisher avaient accepté une invitation chez un armateur. Il avait refusé de se joindre à eux, prétextant quelques restes des fatigues de sa maladie. En réalité, il ne souhaitait pas affronter des étrangers et courir le risque de paraître stupide devant Mary, à cause de son anglais sommaire et de son ridicule accent.

La jeune fille continuait à hanter ses rêves. Le plus souvent, elle apparaissait nue, s'allongeait près de lui sur la fourrure, l'enveloppait de ses longs cheveux... Il s'éveillait, le ventre tordu de désir. Jusqu'au matin l'amertume chassait le sommeil. Au long des journées monotones, Mary

71

évitait de le rencontrer, lui semblait-il, comme si elle lui gardait quelque rancune. Elle s'abîmait dans le travail, disparaissait derrière les registres, alléguant d'importants retards. Elle n'apparaissait que brièvement aux repas, affairée et lointaine. C'est alors qu'il guettait le moindre signe qui trahît encore son intérêt pour lui. Son cœur bondissait quand un regard plus appuyé, un rire un peu faux, un frôlement de main au passage d'un plat lui confirmaient que leur secret tenait toujours. Bref, il était au supplice.

– A quoi rêvez-vous, mon ami? demanda Fisher.

Ils se tenaient sur le château arrière du *Levant*, un robuste vaisseau marchand qui arrivait de Chine.

– Eh bien, mentit Audubon, aux pays que ce navire a visités. Il paraît incroyable que l'on puisse commercer aussi loin.

– Il y en a quarante comme celui-ci à Philadelphie. L'Orient est un très bon marché, qui nous cause moins de tracas que l'Europe ou les Caraïbes. C'est là qu'est l'avenir, croyez-moi.

Les marchands et les armateurs de Philadelphie s'étaient lassés d'être pris pour otages dans le conflit entre la France et l'Angleterre. Une guerre interminable où ils voulaient rester neutres, avec d'autant plus de prudence qu'eux-mêmes étaient divisés. Washington et les fédéralistes avaient toujours donné leur faveur à l'Angleterre. Ils préféraient, entre deux abominations, prendre le parti de l'ancien oppresseur colonial, plutôt que celui d'une France révolutionnaire, sanguinaire et régicide. Jefferson et ses partisans, en revanche, avaient des sympathies pour l'expérience française et redoutaient les corruptions du mercantilisme britannique.

Ceux qui comme Fisher vivaient des échanges maritimes avaient aussi fait leur choix. Ils avaient renoncé à leur marché traditionnel, les Indes-Occidentales. Ceux qui hésitaient encore furent vite persuadés par la révolte de Saint-Domingue, puis par l'inefficacité de la paix d'Amiens, les adversaires continuant à se canonner joyeusement d'île en île, et à arraisonner les neutres.

C'est ainsi que Philadelphie avait pris le premier rôle dans le commerce avec l'Orient. Un de ses armateurs, Robert Morris, avait envoyé l'*Empress of China* à Canton dès 1784. C'était le premier bateau américain qui atteignît la Chine. La même année, le *United States* venu du même port inaugurait le commerce avec l'Inde. Ces voyages démontraient que le monopole des Britanniques et de leur East India Company pouvait être brisé. S'engouffrèrent dans la brèche, outre Fisher, les principaux marchands de la ville : Tench Coxe, Mordecai Lewis, James Mifflin, Joseph Sims et bien d'autres, dont les somptueuses demeures trônaient sur Market Street. Celle de Fisher était plus modeste, comme il sied à un quaker, mais personne n'aurait osé soutenir qu'il gagnait moins d'argent.

— La Chine n'est pas un client facile, reprit Fisher, mais il rapporte gros. Au départ, nous n'avions pas grand-chose à leur offrir, des métaux et des fourrures tout au plus. Eux proposent du thé, de la porcelaine, des tissus de soie ou de coton. Il a fallu s'organiser en commerce triangulaire, comme votre père le faisait avec l'Afrique, mais sans les risques et les désagréments de la traite. Maintenant nos bateaux pour Canton prennent des cuirs à Valparaiso, de l'opium à Smyrne, de l'étain à Batavia ou à Malacca, du santal et du poivre sur la côte de Malabar. Il n'y a pas de règle, il faut inventer tous les jours, c'est ce qui est passionnant. Vous vous rendez compte, nous étendons la présence de l'Amérique au monde entier. Qui l'eût dit il y a vingt ans.

Audubon n'avait jamais vu le quaker si enthousiaste. Fisher contemplait les ballots qui s'entassaient sur le quai, avant que les charrettes des dockers ne les portent à l'abri d'un entrepôt, comme un général au soir d'une victoire.

— Je vous apprendrai tout cela. John. A propos, restez avec moi, ce soir, lorsque Mary se sera retirée, je voudrais que nous parlions un peu.

Il n'y avait pas de menace dans le ton de son hôte, mais Audubon n'en fut pas moins inquiet le reste de la journée. Ce soir-là, Martha n'avait pas étouffé le feu dans la cheminée du bureau quand les deux hommes se retrouvèrent en tête à tête.

Fisher fixa un long moment les flammes, avant de se décider :

– Voilà, je voulais vous entretenir de Mary.

Aïe, c'était donc ça, Jean-Jacques l'aurait parié.

– Oui... à quel propos, monsieur?

– A propos d'elle, parbleu! Ma fille n'allait pas bien depuis quelque temps, je m'en suis inquiété, et j'ai fini par comprendre. Une mère aurait deviné tout de suite, mais les pères sont comme les maris trompés, ils sont toujours les derniers à savoir. Enfin, ce dont je suis sûr maintenant, c'est qu'elle est amoureuse de vous.

– Pourquoi de moi?

– Et de qui d'autre? De Joseph, peut-être? Allons, ne me dites pas que vous ne l'avez pas remarqué.

– Mais elle vous l'a dit? bredouilla Audubon pour éluder la question. Il n'allait pas raconter l'épisode du bain ni leur étreinte furtive.

– Non, et je ne lui ai pas demandé. Je voulais votre avis d'abord. Mais c'est évident. J'ai bien vu son changement à votre égard depuis votre arrivée. Et puis ce cadeau, à Noël, elle m'en a fait toute une histoire. Et les regards en dessous, et les larmes. Oui, Martha m'a dit qu'elle l'a vue pleurer, ce qu'elle ne faisait jamais. C'est vrai qu'elle rit autrement maintenant, comme si la petite fille en elle s'en était allée...

Audubon eut honte de l'émotion de l'homme vieillissant, et qui malgré sa fortune n'avait que sa fille pour seul vrai bien.

– Eh bien, qu'en dites-vous? Est-ce que je me trompe?

Fisher avait joint ses longues mains comme pour une prière. Un geste d'humilité que démentait le regard d'un bleu froid, incisif. Il avait ce même regard avec les capitaines de ses bateaux, quand ils rendaient compte des profits et des pertes de leurs campagnes. Audubon avait pu apprécier à quel point cet homme était charmant et bon, drôle souvent, malgré son visage et ses habits austères. Sauf en affaires. Et à cet instant, Audubon comprit que Fisher défendait son bien, et il eut peur. Mais il fallait répondre.

– Je suis très flatté de l'intérêt que votre fille me porte; pour ma part je la trouve tout à fait charmante. Mais je vous assure que pour l'instant elle me fuirait plutôt.

— Nigaud, elle attend que vous vous déclariez enfin. N'avez-vous donc bousculé que des bergères? Écoutez, je vois bien que vous ne me dites pas tout, ce qui est un aveu, et je m'en réjouis. Moi, par contre, je serai franc. Je suis très attaché à Mary, et je me ferais mal à l'idée de la perdre. Je n'ai qu'elle, voyez-vous, et je supporterais avec peine de la voir me quitter au bras d'un étranger. Il ne manque pas de beaux partis dans cette ville, qui tournent autour, car la coquine est belle et je ne suis pas pauvre.

— Moi je le suis, s'écria Audubon presque joyeusement. Croyant avoir trouvé la parade. Vous savez bien que la fortune de mon père n'est plus qu'un souvenir, et je n'ai ni métier ni talent...

— Vous avez le talent de plaire à ma fille! s'énerva Fisher. Quand j'ai débuté, je n'avais pas autant d'atouts. La fortune, vous la bâtirez, ce pays est fait pour ça. Si la mienne ne vous suffit pas.

Fisher se leva et arpenta le bureau à pas vifs, comme il le faisait dans les cales et les entrepôts. Il organisait.

— Bien sûr ce mariage n'est pas pour tout de suite. Vous êtes jeunes tous les deux. Mais d'ici deux à trois ans nous pourrons y songer. D'ici là vous serez au courant de mes affaires. Je vous ai jugé, vous avez toutes les qualités pour prendre ma succession. De plus je serai heureux de resserrer mes liens avec votre père, pour lequel j'ai une grande amitié.

Audubon fit mentalement le compte. Deux ou trois ans... Combien de nuits avant d'atteindre celle où la belle lui serait enfin livrée? Combien de jours derrière les registres, ou dans les coulisses du port, à contrôler des cargaisons venues de pays où il n'irait jamais? Et ensuite, combien d'enfants piailleurs dont il serait sommé de peupler la maison? Et le beau fusil de Saint-Étienne qui rouillerait au grenier, à moins qu'on ne le jette à la rivière...

La panique le gagnait. Il se vit dans la peau d'un de ces lapins qu'il capturait au collet dans les collines du Pellerin, sur l'autre rive de la Loire. Il les jetait au fond de sa barque et les rapportait au forgeron de Couëron, en échange de la poudre et du plomb dont l'artisan faisait aussi commerce. Il se rappelait les sursauts de l'animal, ses efforts obstinés pour fuir, qui ne faisaient que tendre le cordon fatal. La fuite était pourtant sa seule sauvegarde, il en était sûr. Après tout, il avait vu des collets se rompre. Au cours des nuits troublées des dernières semaines, il avait échafaudé bien des plans pour mettre fin à ses tourments. Y compris le retour en France, au risque de décevoir son père et malgré l'épouvante d'une nouvelle traversée, en plein hiver. Soudain l'urgence lui inspira la vraie, la grande idée, la seule.

– Je vois bien, monsieur, dit-il d'une voix ferme, en s'efforçant de bien choisir ses mots, que je ne peux pas vous cacher l'attirance que j'éprouve pour Mary. J'étais prêt à la combattre, et surtout à n'en jamais parler. Mais puisque vous m'informez que ces sentiments seraient partagés, et que vous ne vous y opposez pas, je vous avoue que mon bonheur est grand. Je n'aurai désormais d'autre but que de la mériter pour compagne de ma vie. Cependant j'attire votre attention sur le danger de nous laisser vivre sous le même toit dans une période aussi cruciale que le début des amours. Qui sait si notre attachement sera durable, ou si son excès même ne nous conduira pas à quelque folie ou à quelque querelle, exposés sans cesse l'un à l'autre?

– C'est vrai, j'y ai songé, admit Fisher, mais que proposez-vous?

– De nous mettre à l'épreuve, simplement. Je ne connais pas la ferme de mon père, Mill Grove. Elle n'est pas très loin, je crois.

– Non, 20 miles, tout au plus.

– J'avais reçu de mon père des instructions pour lui rendre compte de l'état de cette propriété. Pourquoi ne pas le faire maintenant? De ce côté-là aussi mon départ sera utile. La distance ne m'empêchera pas de vous rendre de fréquentes visites et de continuer mon apprentissage près de vous.

Fisher se rassit, réfléchit quelques instants, qui parurent interminables à Jean-Jacques, puis hocha la tête en signe d'approbation.

– J'espère que Mary appréciera que vous ajoutiez la sagesse à la séduction. J'essaierai de la convaincre. Mais votre prudence me paraît bonne.

Trois jours plus tard, les malles d'Audubon avaient repris leur place dans le cabriolet. C'est Joseph qui conduirait le garçon à Mill Grove, dans la journée. La voiture attendait dehors. Un pâle soleil, le premier depuis longtemps, éclairait Arch Street. Fisher, pour bien marquer que c'était un jour comme les autres, était déjà parti pour le port. Martha s'affairait au ménage. Seule Mary, avec l'acuité des femmes amoureuses, regardait ce départ comme autre chose qu'un banal voyage. Sur le perron, elle serra violemment les mains de Jean-Jacques. Il affronta le beau regard bleu, tout embué, et il y lut un muet reproche. Puis elle l'embrassa gravement sur la joue, et, avant qu'il ait pu lui rendre le baiser, elle posa sa tête sur son épaule. Il voulut la serrer dans ses bras, mais après un bref sanglot elle s'arracha de lui et s'enfuit dans l'escalier.

Longtemps après que la voiture eut commencé à longer la Schuylkill vers le nord-ouest, Audubon sentit contre son cou la fourrure de sa pelisse mouillée de larmes.

4

La ferme de Mill Grove était bâtie sur les pentes escarpées de la Perkiomen, une petite rivière au cours rapide qui se jetait juste après dans la Schuylkill. C'était une grande demeure dans le vieux style colonial, mi-bois, mi-pierre. Une colonnade en cyprès soutenait la galerie qui courait sur toute la façade. De là on embrassait un paysage magnifique, face à l'ouest : les eaux vives qui bouillonnaient à moins de 200 yards, les champs qui remontaient sur l'autre rive, en formant une vallée assez douce, puis plus loin, sur l'horizon, les collines de Reading.

La propriété tenait son nom – « Le Bosquet du Moulin » – d'un vieux moulin à eau entouré d'un bois de chênes et bâti sur la berge, juste en contrebas de l'habitation principale. La bâtisse de pierres rudes, flanquée de la grande roue grinçante, ajoutait encore au charme de l'endroit. Le barrage nécessaire au fonctionnement du moulin provoquait une cascade, dont la musique enchanta Audubon. Il crut avoir trouvé le paradis. Ou plutôt retrouvé, car la vie qui lui semblait promise ici n'était pas sans lui rappeler les belles années de Couëron, au milieu d'une nature encore plus riche et plus puissante.

Le fermier, William Thomas, surpris, lui fit un accueil chaleureux. Pas très grand et assez rond, ce qui lui restait d'une chevelure rousse encadrait un visage buriné, où brillaient deux petits yeux malins. Audubon fut rassuré de voir que ni sa tenue, de solides habits de paysan, ni son air plutôt joyeux ne trahissaient son appartenance à l'austère

Société des Amis. L'épouse, Eunice, qui comme son mari approchait de la cinquantaine, paraissait plus effacée. Habitée d'on ne sait quelle crainte, elle s'enveloppait frileusement d'un châle de laine noire, parcourant toutes choses d'un regard en perpétuel éveil. Les deux fils, Aaron et Jérémie, devaient avoir trente ans. C'étaient deux rouquins aux traits carrés, si semblables qu'on aurait dit des jumeaux. Les travaux des champs avaient parcheminé leur cou et façonné leurs traits de la même manière. Pourtant Aaron parlait davantage, ce devait être l'aîné. Jérémie se contentait d'opiner aux phrases brèves de son frère, prononcées avec un tel accent que Jean-Jacques n'en saisissait que des bribes. Ce qui donnait audit Jérémie un mouvement de tête continuel d'avant en arrière, accompagné d'un battement de paupières, comme un vieux chien heureux. Il rappela à Audubon le griffon de son père, qui portait le même nom.

– On est bien heureux de te voir, avait dit William Thomas, qui pratiquait le tutoiement des quakers. On se demandait si on reverrait un jour quelqu'un de la famille. Le capitaine doit se faire vieux, maintenant. Quand je pense que ça fait plus de quinze ans qu'il est venu acheter la ferme, et qu'il l'a à peine vue. Bien sûr il nous écrit souvent, et M. Fisher nous donne des nouvelles, mais c'est pas pareil. Oh, je sais, allez, que vous avez eu bien du malheur en France...

William Penn, en achetant toute la province à Charles II d'Angleterre, n'avait pas dû se sentir plus puissant et plus comblé d'Aubudon quand il s'installa à Mill Grove. Les Thomas vivaient dans le moulin, et la maison principale était demeurée vide, bien que parfaitement entretenue pendant toutes ces années. Elle comportait deux étages, le plus élevé consistant en deux grandes pièces éclairées par des fenêtres à mansardes, donnant sur la rivière. Jean-Jacques décida aussitôt de faire de l'une sa chambre, et de l'autre son musée personnel. Il avait bien l'intention de se livrer à nouveau, avec la rage que lui donnaient six mois de privations, à sa passion pour la chasse et le dessin. Thomas n'avait ni l'autorité ni le goût de l'en empêcher. Il avait apprécié en connaisseur le fusil que le jeune homme avait arraché à la pénitence, au fond de sa malle, avant de l'accrocher au mur, comme pour marquer sa prise de possession des lieux.

Une odeur de feu de bois monta du hall qui occupait tout le bas de la maison. Eunice avait allumé un bûcher dans l'énorme cheminée. Quand les deux hommes redescendirent, elle contemplait son œuvre, radieuse : Mill Grove revivait.

Enivré de sa liberté retrouvée, Audubon voulut tout voir tout de suite, mobilisant Thomas comme guide à longueur de journées. Sur le mur de la façade sud, il découvrit une plaque de marbre qui portait l'inscription : « J. M. 1762 ».

– Eh oui, expliqua le fermier, la maison a plus de quarante ans. C'est le meunier, James Morgan, qui l'a fait bâtir. Il avait de quoi. C'était le seul moulin de la région, et il faisait scierie en plus, ce qui l'occupait toute l'année. Après, quand la Révolution est arrivée, en 1776, je crois qu'il a pris peur et il l'a revendu au gouverneur, John Penn. Comme on dit chez nous, il avait rendu le bébé, puisque tout au départ appartenait aux descendants du fondateur, le grand William. Je ne sais pas ce qu'est devenu Morgan, mais je sais qu'en 84 les Penn, qui étaient devenus américains en se faisant tirer l'oreille, ont revendu à un certain Samuel Morris, lequel a passé la main à Henry Augustin Prévost en 86. Je me souviens de la date, parce que c'est avec eux que j'ai commencé à travailler sur le domaine, comme régisseur. C'étaient des Français, comme vous, qui venaient des Antilles. Je ne sais pas ce qu'ils avaient cru trouver ici, mais ils ont été très étonnés qu'il n'y ait pas des esclaves en abondance pour assurer les tâches. Comme ils n'avaient pas envie de s'y mettre à leur tour, et qu'ils n'ont pas été bien plaisants avec le voisinage pour avoir de l'aide, ils se sont enfuis. Moi, avec Eunice, et puis avec les garçons quand ils ont été en âge, on a tenu bon. Dame, plus de 200 acres, ce n'est pas rien pour une famille. Alors on s'entr'aide, surtout au moment des moissons. Tout le monde s'y met, femmes et enfants avec, on va donner la main aux uns et aux autres, et on en profite à son tour. C'est comme ça ici, mon garçon, tu verras, c'est aussi bien que dans le Sud où ils ont de pauvres diables de Noirs qui ne valent pas grand-chose à la tâche,

80

mais ils sont beaucoup, et ils ne coûtent qu'à nourrir.

Les labours montraient à nu la terre rouge sombre, où affleuraient parfois des plaques de schiste. Sous le soleil tamisé de janvier, l'effet était des plus beaux, et le jeune peintre brûlait déjà de restituer à l'aquarelle le délicat contraste entre le brun du sol, le vert profond des sapins – il n'en avait jamais vu de si hauts – et le blanc des dernières neiges, blotties au fond des sillons.

– Ces champs ne sont pas d'un bon rapport, vois-tu, commenta le fermier. Pour s'y retrouver, il faudrait plus d'étendue, mais aussi engager du monde. Et où le trouver? Les Blancs par ici n'aiment pas la terre, ils préfèrent les villes et le commerce. Et on n'a ni le droit ni les moyens d'acheter des nègres. Ah, le vieux Morgan n'était pas fou, avec son moulin. Toi, tu laboures l'hiver, à tuer les mules et à te briser les reins, tu sèmes au printemps, et s'il n'a pas gelé tu récoltes à l'été. A l'automne tu coupes le bois. Pendant ce temps-là le meunier est assis au bord de la rivière, à regarder sa roue tourner, et il attend tranquillement que tu lui apportes ton blé à moudre et ton bois à scier, et tu ne pourras pas faire autrement.

Audubon ne goûtait pas tellement le pessimisme de Thomas. Il était certain d'avoir atteint l'Éden, et il n'était pas disposé à laisser écorner son rêve.

– Mais pourquoi ne pas faire la même chose? Ce qui a réussi à ce James Morgan ne peut-il réussir encore?

– Non, à l'époque il y avait moins de moulins. Morgan avait l'avantage d'être le premier. Et puis il y avait beaucoup de farine pour les Anglais, le commerce marchait bien. J'ai dit à ton père qu'il ne faisait pas une bonne affaire en payant la ferme 2 300 livres anglaises, mais ça lui était égal. Il voulait faire un placement, c'est tout. Il est resté quatre jours, le temps de me nommer fermier, et puis il est retourné à Philadelphie chez M. Fisher. Depuis, j'ai appris qu'il y avait peut-être un moyen de rendre ce domaine plus rentable. Viens, je vais te montrer.

Devant la maison, une grande prairie s'étendait jusqu'à la rivière et au moulin. Elle s'ornait de trois énormes noyers. En fait ce n'était qu'une trouée faite par la hache dans la végétation qui couvrait la rive. Laquelle aurait été infranchissable sans le sentier au long duquel Thomas entraîna Audubon. Les arbres et les taillis cachaient un grand nombre de trous, de grottes, de puits, creusés depuis si longtemps qu'ils paraissaient naturels. Une armée aurait pu s'y tenir en embuscade. Le jeune homme songea, lui, que ces excavations devaient être de merveilleux refuges pour le gibier.

– Ce sont de vieilles mines, expliqua le fermier. Là-dessous c'est plein de minerais de cuivre, de zinc, mais surtout de plomb. Elles ont bien servi pendant notre Révolution. On peut dire que plus d'un « habit rouge » a été abattu avec une balle venue de Mill Grove.

Il en était aussi fier que s'il avait lui-même fondu le projectile et visé le soldat anglais. Jean-Jacques avait cru jusqu'alors que les quakers étaient pacifiques. Ceux de la région avaient dû oublier leurs bons sentiments lorsqu'ils avaient été pris dans la ronde infernale des attaques et des représailles. A quelques miles au sud se trouvait Valley Forge, le refuge de Washington aux plus durs moments de la guerre. Cette région était vraiment le creuset de l'Indépendance.

– Il y a tout, ici, pour faire du plomb. Le moulin, pour broyer le minerai, de l'eau pour séparer la galène, et du bois pour chauffer les fours. Et le plomb, ça se vend bien. Les négociants de Philadelphie sont prêts à en donner beaucoup de bons dollars.

Miers Fisher n'était sûrement pas étranger aux projets de William Thomas. Il avait expliqué à Audubon que les produits agricoles ne pourraient plus guère être exportés tant que les marchés traditionnels, les Caraïbes et l'Europe, seraient peu sûrs. Par contre les métaux s'inséraient très bien dans le système mis en place vers l'Orient. Quant aux « bons dollars », dont parlait le fermier, il s'agissait évidemment de la monnaie métallique, dont la circulation était pratiquemment nulle dans les campagnes, où de plus on se méfiait des dollars-papier, émis par une multitude de banques, et pour la plupart sans valeur. Les campagnards en étaient donc réduits au troc. Au marché de Norristown on échangeait un dindon contre du lard, un lièvre contre un outil. Mais, sans liquidités, il n'était pas question d'acheter d'autres terres ou des machines, ni de payer de la main-d'œuvre pour agrandir son exploitation, ou en améliorer le rendement. On maniait assez couramment les pièces de cuivre, des cents et des pennies, mais bien peu se rappelaient avoir seulement aperçu la pièce d'argent d'un dollar, et moins encore l'*eagle* en or de 10 dollars, ou le *double eagle* de 20 dollars.

     – Que pense M. Fisher de ce projet? demanda Audubon, plutôt par acquit de conscience.

     – Il est d'accord, bien sûr, et il pense agir au mieux des intérêts de ton père. Il estime simplement qu'il faut qu'un spécialiste examine le terrain et décide si les mines sont rentables. Il doit lui écrire ces jours-ci.

Voilà qui nous donne du répit, songea Jean-Jacques. Il fallait près de trois mois pour qu'une lettre parvienne en France, et autant pour la réponse. Son père apprendrait en même temps l'affaire des mines et son installation imprévue à Mill Grove. Le temps que sa réaction soit connue, Audubon aurait amplement profité, durant la belle saison, de tous les charmes de la nature américaine. Le programme qu'il s'était fixé était déjà bien chargé...

Thomas lui remit la somme qui lui était allouée chaque trimestre, selon les instructions de Fisher. Il la dépensa immédiatement dans l'achat de solides bottes, de robustes vêtements de chasse, de plombs et de poudre. La délicate pelisse de fourrure prit au fond de la malle la place occupée précédemment par le fusil. La page était tournée. L'image de Mary ne le hantait plus. Levé dès l'aube, il courait la campagne jusqu'à la nuit tombée, et au-delà. Il était souvent trop tard pour qu'il partage le dîner des fermiers. Il trouvait alors de la nourriture disposée sur la grande table du hall, près du feu allumé par Eunice. Il laissait en échange le butin d'une chasse encore maigre, car l'hiver durait. Puis il s'endormait, exténué et repu. Son sommeil était désormais sans rêves, son corps apaisé.

Enfin les bourgeons gonflèrent, les fleurs des érables explosèrent d'un coup. Des piaillements encore timides annonçaient le retour des premiers oiseaux. Comme un grand prédateur, Audubon avait reconnu et marqué son domaine. Il avait aussi préparé sa tanière : une des grottes, qui donnait directement sur la rive de sable ocre, et dont l'eau venait lécher l'entrée.

Le 26 avril 1804, le jour de ses dix-neuf ans, fut le premier anniversaire qu'il passa loin des siens. Il n'en avait pas parlé à la ferme, où l'on ignorait la date de sa naissance, afin que rien ne vienne le distraire de ses errances quotidiennes, ni l'arracher à son antre. Il eut ce jour-là le plus beau des cadeaux : les passereaux revinrent.

Thomas lui avait montré un de leurs nids, fait de mousse et de boue séchée, au-dessus du porche de Mill Grove.

– Ils s'en vont tous les hivers, et ils reviennent au printemps. On les appelle des pewees, ou des gobe-mouches. C'est une sorte de passereaux. Ici on les aime bien parce qu'ils nous débarrassent des insectes.

– Mais ce sont les mêmes qui reviennent ?

– Ah, ça, tu n'as qu'à leur demander, et aussi où ils s'en vont tous les ans. Moi, je ne sais pas.

Justement, Audubon voulait savoir.

Dans la grotte aussi, il y avait des nids, et maintenant les passereaux étaient là, vifs et précis dans leurs travaux de restauration. Les petits oiseaux noirs, aux ailes rayées de blanc, avaient une activité étourdissante. Puis, quand le soir vint, ils abandonnèrent les travaux ménagers pour la chasse aux insectes qui survolaient la rivière. Tapi dans l'ombre au fond de la caverne, Jean-Jacques les observait depuis le matin, immobile, sans même songer à quelque nourriture. A son étonnement, la nuit était déjà noire et les oiseaux n'étaient pas encore rentrés. Il s'avança jusqu'à l'entrée, au bord de l'eau. Ils étaient là, en l'air, invisibles. Mais on entendait le frôlement de leurs ailes, et de temps à autre le claquement d'un bec. Quelle particularité dans la vision de ces petites bêtes leur permettait de voir ainsi dans la nuit la plus noire, et de saisir une proie minuscule ? Quelle mémoire ou quel instinct les ramenait à chaque fois au même nid, après des mois d'absence, loin, très loin dans le Sud ?

Mais d'abord, étaient-ce les mêmes ? Au moins, à cette

dernière question, on pouvait trouver une réponse. Dès le lendemain, Audubon accomplit son premier geste scientifique. Lequel lui fut dicté par le simple bon sens, et non par un savoir qu'il ne possédait pas. Il entreprit de baguer les oiseaux. Il s'était muni d'un mince fil d'argent, communément destiné à la broderie. Il avait choisi ce métal parce qu'il s'altère peu et est assez malléable pour ne pas blesser. Il était parvenu à la grotte avant le lever du jour, sûr de trouver les oiseaux au nid et de pouvoir les saisir sans difficulté. L'alarme fut bientôt donnée dans la colonie, mais le garçon avait réussi à prendre une dizaine de pewees fort mécontents d'être dérangés, fût-ce dans l'intérêt de la science.

Il eut un petit serrement de cœur en les relâchant. Serait-il encore là l'année suivante pour contrôler leur retour ?

Enivré d'espace et de liberté, il ne voyait plus passer les jours. Il n'y eut plus un nid, un terrier, à 20 miles à la ronde, qu'il n'eût exploré. Encombré d'une longue-vue, de son fusil, de son harnachement de chasse et d'une immense gibecière, il fit un inventaire fébrile de tout ce qui bougeait sur terre ou en l'air, à plumes ou à poils. Certaines espèces lui étaient familières, d'autres complètement inconnues. Il n'avait alors de cesse qu'il n'en ait capturé un spécimen, lequel finissait le soir, sur la grande table de la cuisine. La famille Thomas, réunie en jury, procédait à l'identification. Audubon prenait soigneusement des notes. Quelques heures plus tard, la bête empaillée prenait place dans son musée du second étage.

La brave Eunice s'était affolée du désordre qui régnait là. Elle s'étonnait aussi que l'odeur de la naturalisation n'empêchât pas le garçon de dormir, dans la chambre voisine. Audubon régla le problème en lui interdisant, gentiment mais fermement, de pénétrer dans la capharnaüm.

S'il fit connaissance avec les racoons, comme on appelait ici les ratons-laveurs, avec les opossums, qui hantaient les bords de la rivière, avec les énormes dindes sauvages et leur air toujours scandalisé, il ne rencontrait pas d'hommes, l'espèce la plus rare de cette contrée. Et il s'en réjouissait.

85

Comme il n'y avait plus guère d'ouvrage à la ferme, le bois étant scié et les récoltes pas encore levées, William Thomas l'accompagnait parfois. Il n'arrivait pas toujours à suivre le train d'enfer de Jean-Jacques.

— Eh, tu marches bien pour un gars de la ville, lui dit-il un jour, admiratif.

— Je ne suis pas de la ville, monsieur Thomas, et je n'en serai jamais. La ville est tout ce que je déteste.

Thomas profita de la conversation pour souffler un moment, assis sur un tronc d'arbre.

— C'est pour ça que tu es parti de chez les Fisher? Joseph vient de temps en temps, et il paraît qu'on demande de tes nouvelles là-bas. Surtout la petite, qui est bien grande maintenant, d'ailleurs. Elle est jolie, Mary, non?

Audubon sentit bien que Thomas tentait de le sonder. Était-ce simple curiosité, ou avait-il une mission? Il confirma de la tête qu'en effet Mary était bien jolie.

— Alors épouse-là, nigaud, dit brusquement le fermier. Elle ne demande que cela. Et je suis sûr que son père serait tout disposé à réduire les délais, d'un an ou plus...

C'était bien une mission, sans doute transmise par Joseph. L'adversaire cherchait à négocier, mais revenait à la charge. On était au début de juin, la réponse de son père avait dû parvenir à Philadelphie. L'ancienne panique revenait étreindre Audubon.

— Si je comprends bien, M. Fisher va bientôt nous rendre visite.

— Oui, avoua Thomas, dimanche prochain. Je voulais te prévenir.

Audubon resta pensif, puis il empoigna un caillou, se concentra un instant, et d'une détente prodigieuse le lança par-dessus le faîte des grands chênes. Comme apaisé par cet effort, il vint tranquillement s'asseoir près du fermier.

— Voyez-vous, Thomas, il y a un secret dans ma vie, que je vais vous confier, et que vous ne répéterez pas. Je suis incapable de rester entre quatre murs, je ne peux pas demeurer dans une pièce sans avoir envie de briser la porte. C'est ainsi et je n'y peux rien. Comme si j'avais été enfermé toute mon enfance dans un cachot obscur et que je ne veuille plus jamais y retourner. Je veux fuir également tous ceux qui ressemblent à des geôliers, sous quelque apparence qu'ils se cachent. M. Fisher est de ceux-là. Il veut échanger sa fille, qui m'attire fort, je l'avoue, contre ma liberté. Cela ne se fera pas.

Il avait parlé avec une rage qui surprit le fermier. C'était un garçon plutôt doux, d'ordinaire. Le brave homme en fut d'autant plus impressionné qu'il avait lu dans les traits du jeune homme une certitude hautaine – celles des maîtres.

– Remarquez bien que ce n'est pas mon affaire, répondit-il en laissant échapper un vouvoiement. Mais le capitaine ne m'avait pas dit qu'il enfermait son fils, étant petit. Ni M. Fisher qu'il avait des grosses clefs et un fouet dans sa belle maison de Philadelphie.

– Bien sûr, mon ami, bien sûr, sourit Audubon en entourant Thomas de son bras. Mettons que tout cela se passe dans ma tête, et que je suis un peu dérangé. Ne craignez rien, dimanche, nous recevrons M. Fisher comme il convient.

Le dimanche, Miers Fisher ne vint pas seul. Le cabriolet, cahotant sur le chemin comme un échassier maladroit, transportait aussi Mary. Tache claire sur le fond sombre de la voiture et de l'éternel habit noir de son père, elle sauta à terre dans un frôlement de cotonnades. Rose, elle était toute rose, la robe légère et la capeline qui nimbait son visage, et son sourire aussi, du bonheur des retrouvailles. Elle se jeta sur Jean-Jacques comme s'ils étaient mariés de la veille. Il eut peur de sa joie au contact du corps désiré contre le sien, peur du trouble qui renaissait quand il baisa sa joue, si près des lèvres. Peur aussi en retrouvant le parfum qu'il avait eu tant de peine à chasser de ses nuits. Elle agrippait ses doigts aux siens comme si elle redoutait de le voir s'enfuir. Son regard bleu le dévorait.

– Comme il a changé, père, on dirait un Indien!

Elle passait la main dans les boucles brunes de Jean-Jacques, effleurait le front basané. Il ne s'était pas regardé dans une glace depuis longtemps, mais il est vrai qu'il devait avoir l'air d'un coureur des bois. Et après, qu'était-il d'autre? L'intervention de Fisher le délivra.

– Bien, mes enfants, vous aurez le temps de vous parler

plus tard. Si tu veux bien me le prêter, Mary, nous avons à nous entretenir de quelques affaires.

La grande roue du moulin, pour l'heure immobile, était impressionnante. Son diamètre atteignait 12 pieds, et la longueur de ses pales, 15. C'était un énorme cylindre couché en travers du canal de dérivation. Il suffisait de relever une vanne en planches pour que l'eau se rue et mette en branle l'édifice de bois et de fer.

– J'espère que ça tiendra, dit Fisher. Cette machine a plus de cinquante ans, et elle a beaucoup tourné.

Il secoua les aubes, inspecta les axes, avec l'air connaisseur du marin devant un gréement familier, puis il entraîna Audubon dans l'intérieur du moulin. La pièce sentait la farine dont toute la machinerie était imprégnée, comme d'une moisissure blanchâtre. Tout était plus grand que dans les moulins à vent de la Loire, mais les principaux instruments étaient les mêmes, la trémie, le traquet, les meules, les blutoirs, les tamis, toutes ces pièces de bois polies par l'âge et l'usage.

– Je vous ai demandé de venir ici pour que vous compreniez bien l'importance de l'enjeu. Tout dépend de cet engin...

Fisher avait parlé gravement. Il se tenait debout, tout raide, comme pour un transport de justice. Il n'était d'ailleurs pas question qu'il s'asseye, à moins de blanchir son habit noir sur les résidus de froment.

– Je suppose que vous parlez de l'exploitation des mines. Mon père vous a répondu sur ce sujet?

– Oui. Il a d'abord été surpris de votre départ de Philadelphie. Il ne s'attendait pas à ce que vous vous intéressiez à Mill Grove au point de vous y installer. Pour lui, cette ferme était à vendre un jour ou l'autre. Et le plus tôt possible, car il a bien du mal à tenir ses affaires à flot. Couëron ne lui est pas d'un grand rapport, beaucoup de ses débiteurs se dérobent, et rien ne vient plus de Saint-Domingue, sinon des rumeurs de massacres. J'ai pu le persuader d'attendre un peu, car l'époque n'est pas bonne pour vendre, et d'examiner la possibilité d'exploiter ces mines. Il y consent, jusqu'à ce qu'un homme averti sur la question des minerais vienne de France. Cet homme est déjà prévenu, et il devrait arriver avant l'hiver. D'ici là il ne s'oppose pas à ce que vous demeuriez à Mill Grove. Il laisse toutefois entendre qu'il aimerait que vous lui donniez personnellement de vos nouvelles.

– Puis-je vous en charger, monsieur, de ma part? répondit Jean-Jacques, qui tentait de rendre son soulagement le plus discret possible. Je n'ai ni les moyens, ni l'opportunité de remettre un pli à un capitaine en partance.

– Eh bien, vous n'avez qu'à venir plus souvent à Philadelphie, bougonna Fisher. Ce n'est qu'à trois heures de route, et vous l'aviez promis.

Le jeune homme ne chercha pas à se défendre, ce qui déconcerta Fisher. Le quaker se replongea dans l'examen de la minoterie.

– Je me demande bien comment on va broyer du plomb dans un moulin à blé. Enfin, nous verrons.

Lorsqu'ils remontèrent la prairie vers la ferme, il dit rapidement, comme s'il lui coûtait d'évoquer le sujet :

– J'espère que vous aurez une explication avec Mary après le déjeuner. Elle est venue pour cela. Je ne sais pas où en sont vos sentiments après tous ces mois. Je suis sûr en tout cas que les siens n'ont pas changé.

Il ajouta sèchement, comme si l'aveu lui était pénible :

– Les miens non plus, d'ailleurs.

L'après-midi était déjà bien avancé. Fisher avait ostensiblement fait amener le cabriolet attelé devant le perron. Audubon ne pouvait plus reculer sa confrontation avec Mary, et il se reprocha sa lâcheté.

Les deux jeunes gens redescendirent vers la rivière, chacun attendant que l'autre se décide à parler. Soudain Jean-Jacques saisit le bras nu de Mary. Il la sentit se raidir, puis s'abandonner contre lui. Il montrait un oiseau qui évoluait au-dessus du barrage.

– Regardez là-bas.

– Eh bien, sourit-elle, j'ai déjà vu des canards.

– Ce n'est pas un canard, c'est un plongeon. On dirait un colvert, mais c'est parce qu'il a son plumage d'été, qui est plus sombre que celui d'hiver. C'est le contraire des femmes.

Mary rendit la taquinerie :

– En tout cas les femmes semblent vous intéresser moins que les oiseaux.

– Pas du tout, Mary. J'aime aussi les femmes qui aiment les oiseaux!

Elle ne voulut pas continuer le persiflage. Elle lui fit face, vint tout près, posa ses mains à plat sur la poitrine du garçon. Ils avaient remonté la rivière assez loin pour être hors de la vue du moulin et de la maison.

– Moi, je vous aime, John, tout simplement.

Il l'entoura de ses bras, baisa ses cheveux près de la tempe. Elle fermait les yeux.

– Moi aussi, Mary, mais ce n'est pas si simple.

– C'est vous qui n'êtes pas simple. Combien de temps resterez-vous à Mill Grove?

– Vingt-huit ans, deux mois et dix-neuf jours.

Mary se redressa, fâchée. Il la retint contre lui.

– Vous vous moquez de moi, dit-elle.

– Pas du tout. C'est le temps que Robinson est resté sur son île. Vous n'avez pas lu le roman de Defoe? Je peux faire aussi bien que Robinson Crusoé, et mon île est plus grande.

– On m'a raconté cette histoire. Tout cela, ce sont des rêves de petit garçon. Il n'avait pas de femme, ce Crusoé?

– Non. Mais il avait un compagnon, un sauvage nommé Vendredi.

Ils reprirent leur chemin au long de la berge, la main dans la main. Mary était pensive.

– Vous voudriez que je sois votre Vendredi, n'est-ce pas?

– Et pourquoi non? Je vous vois très bien en sauvageonne...

– Ne mentez pas, John. Vous savez bien que j'aurais peur de la plus petite araignée ou du moindre lézard. Et je ne pourrais pas supporter que vous tuiez toutes ces bêtes, comme vous le faites. J'ai bien vu que vous aviez repris vos habitudes de ce côté-là.

– Je ne tue pas pour le plaisir de tuer, comme vous semblez le croire. Ou bien c'est pour assurer ma subsistance, comme c'est la loi dans la nature. Je paie ainsi mon écot auprès des Thomas, et ils ne se plaignent pas que leur table soit trop bien garnie. Ou bien c'est pour étudier un animal que je ne connais pas, si je ne peux pas le capturer autrement. C'est aimer les bêtes que de vouloir tout savoir sur elles, fût-ce au prix de quelques morts.

Le plongeon avait remonté le courant, comme s'il était curieux de suivre les promeneurs.

– C'est un retardataire, nota Audubon. Il devrait déjà être dans le Nord. Vous savez, les animaux savent se défendre. Celui-ci a une technique très particulière, vous allez voir.

Il jeta une pierre en direction de l'oiseau. Mary s'attendait à ce qu'il s'envole, mais le plongeon disparut sous l'eau.

– Ils peuvent rester très longtemps immergés, et ils ne réapparaissent jamais où l'on s'y attend. Tenez, faites un pari : où croyez-vous qu'il va ressortir ?

– Je ne sais pas, plus haut ?

Quelques secondes plus tard le plongeon émergeait très loin à l'opposé, vers le barrage.

– C'est toujours comme ça, je n'ai jamais pu en attraper un.

Mary rebroussa chemin, songeuse.

– Venez, il faut rentrer. Mon père va m'attendre, et il faut que nous soyons à Philadelphie avant la nuit. Je sais ce que vous pensez, John, que vous êtes comme ces oiseaux qui ne veulent pas être mis en cage. Vous êtes injuste, ce n'est pas mon but ni celui de mon père. Et puis vos animaux aussi se groupent en communautés. La société des hommes n'est pas forcément une prison, c'est aller contre la nature que de le prétendre.

Il ne répondit pas. Ce n'est pas aujourd'hui qu'elle le convaincrait. Elle revint contre lui et tendit son visage. Leurs lèvres s'effleurèrent, puis leur baiser se fit plus violent. Mary eut un gémissement, puis des larmes vinrent sur ses joues. Ils parlèrent bouche contre bouche, mélangeant leurs souffles.

– J'attendrai que tu changes, John.

– J'attendrai que tu viennes, Mary.

La jeune fille s'arracha à lui et courut sur le chemin. Sa robe accrocha le rameau bas d'un vieux chêne. Il y eut un craquement. Mary, effarée, regarda la longue déchirure. Ses sanglots redoublèrent, tandis qu'elle s'enfuyait vers la maison. Il la vit disparaître, la gorge serrée, à la fois soulagé d'avoir tenu bon et mécontent contre lui-même. Jusque-là, il n'avait encore fait pleurer personne.

5

Les Thomas se gardèrent bien, dans les jours qui suivirent, de faire la moindre allusion aux Fisher. Ils se montrèrent simplement encore plus aimables et plus prévenants, ce qui prouvait bien qu'ils étaient dans la confidence. L'air sombre de Jean-Jacques aurait de toute façon suffi à les alarmer. Malgré le superbe temps de juin, il ne sortait plus guère de son musée, dont la fenêtre restait éclairée tard dans la nuit. Un matin, Eunice vint, toute joyeuse, l'informer que la ferme voisine, de l'autre côté de la route de Philadelphie, venait de recevoir de nouveaux occupants. Des Anglais, du nom de Bakewell.

– Ils ont beaucoup d'enfants, et il y en a deux qui sont grands. Ils ont l'air de gens très bien. Vous devriez leur rendre visite, comme c'est la coutume par ici. Les voisins vont saluer les nouveaux arrivants.

Elle espérait que la compagnie de jeunes gens tirerait le garçon de sa mélancolie. Elle ne comprenait pas qu'à dix-neuf ans on puisse s'enfermer ainsi dans la solitude.

Audubon, assis à la grande table, fort encombrée, qui occupait le centre de son repaire, tentait de rendre à l'aquarelle une aigrette garzette, d'après des croquis qu'il avait faits au printemps. Il enrageait, car il n'arrivait pas à reproduire les touffes de plumes très fines, presque arachnéennes, que ces sortes de hérons portent au temps de la nidification, et qui ornaient souvent les chapeaux des élégantes.

Il n'accorda qu'une vague attention aux informations d'Eunice, haussa les épaules et décréta :

– Ce sont des Anglais, je ne veux pas avoir affaire avec eux. C'est un peuple qui a toujours été l'ennemi de mon pays, qui a coûté des années de liberté à mon père, je ne dois à ses représentants aucune politesse.

Eunice, stupéfaite, n'osa pas lui opposer que la guerre était finie, et qu'aussi bien, si ces gens étaient là, c'est qu'ils avaient aussi eu maille à partir avec l'Angleterre. Elle se retira prudemment, tandis qu'Audubon avait déjà replongé sur son aigrette.

Une semaine après, elle revint pourtant à la charge. L'Anglais, qui portait le nom de William Bakewell, avait fait porter une carte, invitant M. Audubon à une partie de chasse. Au désespoir d'Eunice, il persista dans son refus. Non seulement il ne se rendrait pas à l'invitation, mais il ne répondrait pas à la missive. Il ne voulait pas avoir affaire, en aucune façon, à la famille Bakewell.

L'été déclina. Les moissons étaient rentrées. Jean-Jacques avait vaillamment donné la main aux Thomas, et à ceux des fermes voisines, les Pawling et les Porter. On apprécia son habileté au maniement de la faux, et les airs de violon qu'il jouait aux banquets. Des Bakewell on ne parlait plus, car ils n'avaient pas encore de récolte. On mentionna simplement que l'épouse venait de décéder. On accusait une dysenterie maligne, et on savait que Mme Bakewell ne s'était jamais bien portée depuis son arrivée à Fatland Ford, le nouveau nom de la ferme. Lequel signifiait : « Le Gué des terres fertiles ». Audubon avait trouvé l'appellation aussi prétentieuse que la demeure. Il avait beaucoup erré autour quand elle était inhabitée. C'était un énorme édifice dans le style grec, avec fronton et colonnes, comme un palais de justice en plein champ. Il se trouvait à moins d'un mile de Mill Grove, plus haut sur la colline. Si on l'en avait prié, Audubon aurait avoué que, plus que l'origine anglaise de son voisin, c'était le partage d'un espace qu'il estimait acquis qui le dérangeait.

Une harmonie de carmin, d'or et d'écarlate, les larges feuilles des érables qui descendaient lentement, comme à regret, avant d'épaissir encore le tapis jaune qui étouffait le bruit des bottes, c'était l'automne. Le temps de la chasse à la grouse, le grand coq de bruyère que les blés coupés rendaient enfin décelable.

Un matin que Jean-Jacques battait, fusil au poing, les fourrés qui bordaient la Perkiomen, il tomba nez à nez avec un homme au teint coloré, aux cheveux gris, équipé en chasseur, et escorté de deux superbes chiens d'arrêt, des pointers.

– Tiens, mais ne voilà-t-il pas notre invisible voisin?

Effrayé par l'ironie du ton, Audubon bredouilla.

– Vous êtes, je suppose, M. Bakewell?

– En effet, et je suis heureux que le hasard permette enfin notre rencontre, puisque vous n'avez pas répondu à mon invitation.

Le jeune homme s'en voulut d'avoir à mentir. Il jeta un regard intéressé sur le superbe fusil au canon damassé et aux fines gravures que portait Bakewell, et aux deux pointers dont le dressage semblait parfait. Il sentit toutes ses préventions contre l'Anglais fondre d'un coup. Un homme aussi averti dans le domaine essentiel de la chasse ne pouvait être qu'éminemment fréquentable...

– Je suis confus pour cette invitation, monsieur, mais je ne pensais pas qu'elle s'adressait à moi. Je ne suis que le fils du propriétaire de Mill Grove. Mon père demeure en France. Ensuite j'ai appris votre deuil, et je n'ai pas voulu vous troubler, ni votre famille.

Bakewell fit un geste, comme s'il voulait balayer le passé.

– N'en parlons plus. Venez, nous allons continuer cette chasse ensemble. Il restera bien assez de grouses pour nous deux.

L'Anglais, lui-même fin tireur, fut impressionné par l'adresse au fusil de son jeune compagnon, par sa connaissance du terrain et des habitudes du gibier. Aux alentours de midi ils eurent rejoint la route de Philadelphie qui marquait la séparation de leurs domaines. Il fut convenu que l'on se retrouverait le lendemain de bonne heure, afin qu'Audubon fasse la connaissance du reste de la famille.

Jean-Jacques se souvint toujours de ce matin-là.

Les deux fils Thomas avaient étrillé et sellé le meilleur cheval de la ferme, Eunice avait soigneusement nettoyé et repassé son costume de chasse le plus intact, le père, à force de graisse et d'énergiques brossages, avait rendu à ses bottes le bel aspect du neuf. Toute la famille le regarda s'éloigner dans son brillant équipage, comme s'il était saint Georges partant à la rencontre du Dragon.

Il n'en menait pas large en remontant l'allée de gravier qui conduisait au pied des six imposantes colonnes ioniennes. Il ne se ferait jamais à cette allure de Parthénon qu'avait Fatland Ford. Il se rassura à l'idée que les Bakewell n'étaient pas responsables de cette pompeuse construction. Son angoisse le reprit quand un valet fort stylé vint prendre son cheval pour le conduire à l'écurie. Laquelle était aussi un temple grec! En plus petit tout de même. Une servante très digne le fit pénétrer dans le hall, puis dans un salon attenant. Les meubles étaient peu nombreux, mais il reconnut des pièces superbes, comme on en voyait dans les belles maisons de Nantes, où le mobilier anglais était fort prisé. Par comparaison, l'agencement de Mill Grove était d'une rusticité proche du primitif. Audubon enrageait : son goût de la chasse lui avait fait accepter une invitation en forme de piège, dont il ne sortirait qu'humilié. C'était bien connu, les Anglais riches étaient arrogants et dominateurs, et ils ne feraient qu'une bouchée du petit Français, avec son accent ridicule.

Il était prêt à s'enfuir quand une jeune fille essoufflée fit irruption dans la pièce.

– Bonjour. Je vous ai fait attendre, pardonnez-moi. Nous avons peu de serviteurs et une grande famille. Depuis la mort de notre pauvre mère, je dois m'occuper de tout, et je n'y arrive pas toujours.

Elle lui tendit une main franche qu'il serra en s'inclinant.

– Je suis Lucy, l'aînée. Mon père et mon frère sont à l'étable, nous avons eu une naissance cette nuit. Ils ne vont pas tarder. En attendant asseyez-vous, je vais demander qu'on apporte du thé.

Il la regarda s'éloigner. Elle était blonde, grande, avec des gestes et une démarche assurés, presque masculins, mais pourtant beaucoup de grâce. Elle portait une ample robe de cheval et des bottes fauves. Une amazone, pensat-il.

William Bakewell apparut ensuite, tandis que la servante préparait la table pour le breakfast. Il présenta son fils Thomas, qui avait seize ans, un sourire et une poignée de main aussi directs que sa sœur. Le reste de la famille entra en bon ordre, sous la conduite de Lucy.

– Retenez bien leurs noms, plaisanta Bakewell, car je ne les répéterai pas, c'est trop fatigant. Vous connaissez déjà Lucy, qui a dix-sept ans. Après viennent Thomas puis Eliza, qui en a quatorze. Sarah a douze ans, Anne neuf, et le petit dernier, William, en a cinq. Je crois que le compte y est. Vous voyez que ma pauvre épouse avait bien travaillé. Elle nous manque cruellement, mais elle a bien mérité son repos.

Les plus jeunes enfants se poussaient du coude pour mieux voir l'étranger, écarquillant les yeux, qu'ils avaient très clairs, dans toutes les nuances du bleu. Seuls ceux de Lucy étaient gris, d'une étrange douceur, profonds et mélancoliques. Le petit William, plus hardi, alla sans détour tirer sur les boucles d'Audubon. Lucy le reprit en riant.

– Il est très intéressé par votre coiffure. Il est vrai qu'on n'en voit pas souvent de pareille par ici. C'est dommage, c'est très joli.

Elle avait dit cela comme une simple constatation, et non comme un compliment, mais il se sentit rougir. La servante fit refluer la tribu Bakewell dans les étages. Seuls restaient Lucy, Thomas et leur père, qui avaient à conférer sur l'organisation de la journée. Lucy devait se rendre à cheval à Norristown, pour rencontrer des fournisseurs, ce qui expliquait sa tenue. Elle regrettait de ne pouvoir les accompagner à la chasse, qu'elle assura pratiquer volontiers.

– Ce sera pour une autre fois, dit Bakewell. Et il ajouta à l'adresse de Jean-Jacques : et vous aurez à bien vous tenir, c'est un fin fusil!

– Mon père va me faire passer pour un hussard, protesta la jeune fille. J'ai aussi des divertissements plus féminins.

Audubon montra le piano qui occupait un coin du salon.

– C'est vous qui jouez de cet instrument?

– Oh, fit Lucy avec regret, je n'en joue plus guère.

C'était à mes moments perdus, et je n'en ai plus à perdre.

– S'il vous en reste un peu parfois, je peux vous accompagner au violon ou à la flûte. Je dois avoir quelques partitions.

La jeune fille s'exclama en joignant les mains :

– Un homme musicien, quelle merveille. Moi qui vis toujours entourée de brutes qui ne pensent qu'à faire parler la poudre!

Les trois hommes rirent de bon cœur, puis William Bakewell donna le signal du départ.

– Vous arrangerez cela comme vous voudrez, mes enfants. Pour l'instant c'est l'heure de la chasse. Et dépêchons-nous, sinon les grouses seront rendues au Mexique avant qu'on ne les trouve.

Au dîner, à Mill Grove, les Thomas furent enchantés du récit que leur fit Jean-Jacques. Les Bakewell étaient les gens les plus charmants du monde, et simples malgré leur fortune. Il se promettait de les fréquenter assidûment, tant il les appréciait, surtout William et Thomas, bons chasseurs, et si habiles à dresser les chiens. Et puis aussi Lucy, avec qui il allait faire de la musique. Il était assourdissant de louanges, et Eunice souriait avec indulgence. Les jeunes gens changent souvent d'avis, surtout les beaux messieurs. Plus tard, dans sa chambre, alors qu'il tardait à trouver le sommeil, excité par une journée si intense, ses pensées allèrent vers Lucy Bakewell. Machinalement il prit un crayon et tenta de faire son portrait de mémoire. C'était difficile, les yeux surtout. Tout le charme de Lucy venait de son regard, gris et or, couleur de fumée au soleil. Un regard qui semblait pouvoir tout comprendre, tout admettre. C'était cela, Lucy donnait envie de se confier. Elle l'attirait, il dut bien se l'avouer. Mais pas comme Mary, de façon purement physique. Il tenta de l'imaginer nue, puis s'en retint aussitôt, comme d'un sacrilège. Il savait pourtant que Lucy devait avoir un beau corps. Elle était élancée et elle bougeait bien, à l'aise dans sa démarche et dans chacun de ses gestes.

– Je suis amoureux, dit-il tout haut. Les mots sonnèrent

drôlement dans la pièce. Il les répéta plus fort, jusqu'à ce que la maison en résonne, que la phrase se vide de son sens et devienne moins ridicule. Comment disent-ils en anglais? *I am in love*... C'était pire. Non, il lui dirait en français, un jour, plus tard, quand il oserait.

Il n'osa rien, mais ils se virent tous les jours. Tenue de veiller à l'éducation de ses frères et sœurs, Lucy trouva un subterfuge. Il fut établi qu'Eliza et Anne participeraient aux séances de musique. Les enfants plus jeunes ne voulurent pas demeurer en reste : c'est ainsi que toute la famille Bakewell, à l'exception des hommes, se mit bravement à l'étude de *Didon et Énée*, de Purcell, et du *Devin de village*, de Rousseau. Audubon avait étudié cette dernière œuvre avec sa sœur, et il en connaissait tous les rôles.

Quand on était las du chant, on passait à la danse. Audubon enseigna la gavotte, le menuet et la pavane. On se bousculait et on riait beaucoup. De temps en temps M. Bakewell père passait la tête à la porte. Il faisait semblant de contrôler les études en cours, mais en réalité il tentait sournoisement d'arracher son jeune ami aux délices de la musique et de l'emmener à la chasse. Thomas et lui étaient furieux que Lucy accaparât ainsi leur voisin. Mais ils se réjouissaient en revanche d'entendre fuser les rires; la joie avait bien longtemps été absente de leur famille.

Souvent, le soir, on priait Jean-Jacques à dîner, aux applaudissements des jeunes, et William Bakewell prolongeait la veillée en évoquant le passé. Les Bakewell descendaient des Peverill, une vieille et aristocratique famille du Derbyshire. Ils avaient même des origines françaises! Une des filles Peverill avait été mariée à un comte Basquelle, un noble de la cour de Guillaume le Conquérant, et le nom s'était transformé en Bakewell. William avait été orphelin de bonne heure, et il fut élevé dans le domaine de son oncle, Thomas Woodhouse, un riche célibataire du genre *fox hunting squire*, ceux qui chassaient le renard à courre. Son éducation assurée, William put, grâce à son oncle, débuter dans le commerce en montant une affaire de thé à Burton-upon-Trent. L'affaire marcha bien, l'avenir parut assuré, et il épousa Lucy Green en février 1786. Les époux s'aimaient, ce qui n'était pas la règle du temps. Leur village était joli et prospère, la vallée de la Trent et la nature environnante fort belles, et c'est dans cette aimable ambiance que leur premier enfant, Lucy, vit le jour le 18 janvier 1787. L'oncle Thomas mourut peu après, faisant de William son légataire et l'héritier d'une considérable fortune. Celui-ci abandonna son commerce à Burton, repartit pour le Derbyshire et s'installa avec sa famille sur le domaine du défunt, près du village de Crich. Il était bien décidé à mener dès lors la vie du parfait gentleman-farmer, laquelle était plutôt agréable. Ce n'était pas le désert : la gentry locale se fréquentait beaucoup, et la gestion du domaine laissait bien assez de temps pour la chasse. Ainsi que pour l'étude de la philosophie et des sciences, dont la mode faisait rage jusqu'au fond des campagnes. William Bakewell passait des heures dans le laboratoire qu'il s'était fait construire, ou dans l'observatoire de Crich Cliff qu'on venait de créer à un mile de chez lui. Il recevait de fréquentes visites de savants, notamment celles de Joseph Priestley et d'Erasme Darwin. Il y avait de quoi être flatté de l'amitié de ces deux hommes, fort célèbres dans le monde scientifique d'alors. Erasme Darwin était médecin, physiologiste et poète, et il était connu pour avoir publié une *Zoonomie* où semblait poindre l'idée, très mal vue par l'Église, d'une transformation des espèces. Ce n'étaient que des prémices que mènerait beaucoup plus loin son petit-fils Charles Robert Darwin.

Joseph Priestley avait fait encore beaucoup plus de bruit. Chimiste, théologien, versé dans les langues orientales, il avait failli être pasteur, mais se consacra à l'enseignement et à la recherche. Il travailla sur l'électricité avec les encouragements de Benjamin Franklin. Il découvrit un grand nombre de gaz, dont, avec Lavoisier, l'oxygène. Le temps d'identifier l'ammoniac et l'azote, il délaissa les mystères de la nature pour s'occuper de Dieu. C'est là que les choses se gâtèrent.

– Je ne me rendais pas compte, avoua Bakewell, que ces hommes que j'admirais étaient regardés comme le diable par les autorités, religieuses ou civiles. Car non seulement Priestley s'attaquait aux dogmes traditionnels de la Trinité et de la prédestination, mais il s'était fait un ardent défenseur de la Révolution française. Vous vous rendez compte! Alors que l'idée même de ce qui se passait chez vous emplissait les notables anglais de terreur. D'ailleurs Priestley courait des risques réels : quand je l'ai connu, il était venu pratiquement se réfugier chez moi. La foule, sans doute déchaînée sur ordre, avait détruit son laboratoire de Birmingham.

A dîner ainsi avec le diable, Bakewell n'avait pas une assez longue cuillère. Certes on n'exécutait plus comme du temps de Thomas More, on ne coupait pas les têtes comme en France, mais l'Establishment savait conduire sournoisement celui qui ne pensait pas bien à une véritable mort sociale.

— Les visites des voisins se sont espacées, certains au village oubliaient de me saluer. Surtout on m'a retiré la charge de juge que l'on m'avait confiée peu après mon arrivée.

— Je croyais que l'Angleterre était la terre des lumières, remarqua Audubon.

— Oui, mon ami, il en est ainsi des grands phares : leur faisceau porte loin, mais n'éclaire pas à leur pied. Les lumières anglaises ont surtout illuminé la France et l'Amérique.

En 1793 une grande partie de la famille Bakewell traversa l'Atlantique : Benjamin, le frère de William, leur sœur Sarah, son mari Job et leurs enfants, ainsi que de nombreux amis, dont Joseph Priestley, que Franklin avait dû convaincre autrefois des vertus de tolérance de la Pennsylvanie.

— Je ne l'ai, hélas! plus revu, regretta Bakewell. Il a refusé toute distinction, tout honneur, et il s'est retiré dans l'ouest de l'État, entouré de quelques disciples. Il m'avait fait demander de venir le rejoindre, mais je n'ai pas eu ce courage. Et puis ma famille avait grandi. Tout ce que j'ai pu faire, c'est envoyer de l'argent pour aider à bâtir sa colonie. Je viens d'apprendre qu'il est mort il y a quelques semaines, à près de soixante-dix ans. Il a certainement été un des plus grands esprits de ce temps, et je suis fier d'avoir pu seulement l'approcher; mon savoir auprès du sien n'était que poussière.

Les récits que Lucy et son père faisaient de leur passé

inquiétaient fort Jean-Jacques. Ces gens étaient beaucoup plus riches que sa propre famille, et ils étaient de plus d'une grande culture. Il lui faudrait bien de la vigilance pour ne pas trop laisser paraître qu'il n'était que le fils ignare d'un modeste capitaine à la retraite, et à la fortune enfuie. Ce serait un jeu serré; il était résolu à le jouer. L'enjeu était Lucy.

Il la regardait souvent à la dérobée. Parfois elle s'en rendait compte et il sursautait en croisant le regard gris, si pénétrant. Elle souriait alors, comme pour le rassurer.

Lucy avait passé son enfance et son adolescence dans l'aisance matérielle, le prestige social et l'émulation intellectuelle. Son père avait des idées avancées à propos de l'éducation des filles. Il partageait bien sûr l'opinion de son siècle selon laquelle la femme est naturellement l'inférieure de l'homme, mais il pensait qu'une bonne éducation ne lui était pas moins nécessaire. Ce qui ferait d'elle une meilleure compagne pour son époux, le mariage et la procréation demeurant la fin dernière.

Dans la bonne société, il était d'usage de mettre les demoiselles en pension. Lucy y apprit un peu de français, de géographie, de couture, de musique et de danse. Ce n'était qu'une instruction superficielle; on insistait surtout sur la tenue et les manières. Lucy commença vraiment à s'instruire quand elle retourna chez elle. La bibliothèque de son père devint sa salle de classe. William lui-même la guida dans ses lectures et supervisa le travail des différents précepteurs, affectés à la formation de Lucy et de ses frères et sœurs. Dans la course au savoir qui agitait la famille Bakewell, la mère n'était pas en reste. Lucy Green venait d'une famille instruite. Son père, le docteur Richard Green, était apothicaire, chirurgien, shérif et bailli de Lichfield, réputé comme antiquaire et collectionneur. Il entretenait aussi une correspondance avec son parent, le célèbre Samuel Johnson, poète, essayiste et critique qui venait de dominer trente années de la vie littéraire anglaise.

La musique et le chant tenaient leur place dans la grande demeure. Le jour où arriva de Londres le premier pianoforte du comté fut un événement. C'était un Broadwood à pédales, une innovation qu'on vint visiter de tout le Derbyshire. La nature était belle autour du domaine des

Bakewell, et ils savaient en profiter. Lucy et sa mère régnaient sur un grand jardin clos de murs, où elles mettaient en pratique les conseils dispensés par leur ami Darwin dans ses deux ouvrages : *L'Amour des plantes* et *Le Jardin botanique*. Dans cette région vallonnée, boisée, parsemée de rivières et de lacs, Lucy avait su très tôt nager et manier l'aviron. Elle aimait surtout monter à cheval. William était fier de son écurie et de sa meute, et avec sa fille il figurait assez bien dans les chasses à courre. Chasser était une activité importante dans l'Angleterre rurale. Plus qu'un loisir ou un sport, c'était l'occasion de cultiver ses relations sociales avec ses voisins – ceux de la même classe, évidemment.

– Bah, je ne regrette pas ce temps-là, disait Bakewell. Nous voyions beaucoup de monde, mais ces gens-là n'avaient pas mes idées. Je crois même qu'il n'en avaient pas du tout. Ici on chasse tout aussi bien sans rendre compte à personne. Les terres sont plus fertiles, il y a de la place, et on respire l'air de la liberté. Et puis, il faut être franc, il y a plus d'argent à gagner. Il n'y a pas que mes opinions qui m'ont fait quitter l'Angleterre. Ni la suppression des libertés de la presse, ni l'interdiction de se réunir. Je n'ai pas admis que ce soient les propriétaires ruraux qui supportent presque tout le fardeau des taxes pour payer la guerre contre la France. Nous, nous n'avions personne à la cour ni au Parlement pour empêcher que l'on nous tonde. J'ai donc fini par me laisser convaincre par mon frère Benjamin, qui n'arrêtait pas de me chanter la réussite de ses affaires à New York. Il m'a convaincu de m'associer avec lui pour monter une brasserie dans le Connecticut, à Newhaven. Je suis venu d'abord avec Thomas, puis, comme tout marchait bien, j'ai fait venir le reste de la famille. C'était il y a trois ans, à peine. C'est ça, Lucy allait avoir quatorze ans.

– C'est curieux qu'un homme comme vous, risqua Audubon, quitte tant de choses pour venir fabriquer de la bière...

– Pourquoi pas? Vous autres Français, vous ne concevez pas que des « aristocrates » se livrent sans déchoir à l'industrie ou au commerce. C'est ce qui a perdu votre noblesse, qui s'est trouvée affaiblie, ruinée, et balayée par les bourgeois. Qui maintenant chaussent leurs bottes et épousent leurs filles. Enfin, c'est le passé...

— Pourquoi n'êtes-vous pas resté à Newhaven?

— Parce que les malheurs ont commencé. Ma pauvre épouse ne supportait pas l'air de la mer, et elle était sans cesse malade. Et puis, l'hiver dernier, la brasserie a complètement brûlé. Nous avons perdu tout notre investissement. Alors j'ai préféré revenir à mon vrai métier, qui est la terre, et j'ai trouvé cette propriété. C'était trop tard pour ma femme, qui n'a pu se remettre. Je suis d'autant plus attaché à cette maison, maintenant, que c'est sa dernière demeure. Elle repose ici, au fond du verger.

Aux rares instants où les autres enfants les laissaient seuls, Lucy confiait à Jean-Jacques qu'elle avait parfois la nostalgie de l'Angleterre. Avant la disgrâce de William, ils voyaient beaucoup de monde, elle avait des amies de son âge, on se rendait les invitations, on passait des journées à Crich, qui était un bourg aimable, avec des boutiques, un marché, les journaux de Londres. Norristown en comparaison était sinistre. Elle s'était souvent sentie bien seule. Puis elle s'était jetée tout entière dans sa nouvelle tâche, remplacer sa mère.

Ils allèrent voir la tombe. C'était une simple dalle grise, sans autre inscription que le nom : Lucy Green-Bakewell. Il fut ému de voir le nom de Lucy gravé sur la pierre. Il prit la main de la jeune fille et la serra, surpris de sa propre audace. Elle répondit à sa pression, puis, tout naturellement, elle passa son bras sous le sien.

— Votre père ne va pas trouver que je viens bien souvent chez vous?

— Pourquoi?

— Il va penser que je vous fais la cour...

Lucy rit en secouant ses longs cheveux. Elle avait des dents de jeune chat.

— Et... vous ne me faites pas la cour?

Les yeux gris le scrutaient, ironiques et tendres.

— Si.

— Alors c'est bien. Ne changez rien. J'aime.

— Ça vous est déjà arrivé, je veux dire, que l'on vous courtise?

104

– Pas beaucoup. Je ne suis pas bien vieille, vous savez. Au début, quand nous sommes arrivés ici, il y a un garçon qui a demandé ma main, à sa deuxième visite. C'était un Français aussi. Ils sont terribles, on dirait. Il s'appelait Jean de Colmesnil, c'était un réfugié de Saint-Domingue. Il était plutôt joli garçon. Il voulait tenter sa chance en Amérique, et il vivait sans un sou à Norristown. Il a cru que sa chance, c'était moi.

– Et alors? fit Audubon, vaguement jaloux.

– Mon père l'a prié de disparaître, c'est tout.

Audubon nota que l'anecdote confirmait qu'on n'entrait pas sans fortune dans la famille Bakewell. Lucy le sentit alarmé.

– Soyez sans inquiétude. D'abord mon père vous considère surtout comme son voisin et ami. Vos visites n'ont pour lui rien d'étrange. Elles lui paraissent destinées à lui autant qu'à moi ou à Thomas. C'est bien ainsi, ne brusquez rien. Les pères n'aiment pas découvrir trop soudainement que leur fille intéresse les hommes. Cela les vieillit!

Ce qu'il avait perçu d'encouragement dans cet entretien avec Lucy donna des ailes à Audubon. Il ne se laisserait pas éconduire comme l'impécunieux Colmesnil. Sa famille avait quelque bien, il allait en faire état. Son père n'avait pas été l'intime des plus grands savants, mais sa vie aventureuse et les grandes pages de l'histoire américaine où il avait figuré valaient bien qu'on les raconte.

Pour commencer, il lui fallait une garde-robe digne du gentilhomme qu'il avait décidé de paraître. Il demanda aux Thomas de lui verser ce qu'il n'avait pas encore touché de sa pension, augmenté d'une substantielle avance. Puis il s'empara de la voiture et disparut une journée entière à Philadelphie.

Au pas d'un cheval attelé, le parcours prenait trois heures. Il partit avant l'aube. La fin de novembre était fraîche, aussi remit-il en service la pelisse offerte par Mary. Engoncé dans la fourrure, tandis que, passé Norristown, la voiture suivait la belle route toute neuve qui longeait la Schuylkill, il eut une pensée pour la jeune fille. Il eut un instant la tentation d'aller la voir. Et puis non, il faudrait affronter la père, donner trop d'explications... Peut-être était-elle guérie de lui, ce qui serait tant mieux. A quoi bon raviver les blessures anciennes. Comme tout cela paraissait loin.

La ville avait changé. De nouvelles maisons s'étaient construites, les cases de l'échiquier se remplissaient. Des rues entières avait été aménagées selon les règles de la cité : une chaussée pavée de galets, de hauts trottoirs dallés plantés de peupliers. Au bout de Market Street, l'imposant pont de pierre sur la Schuylkill était enfin terminé. On l'appelait le Permanent Bridge, par opposition au pont flottant provisoire qui l'avait précédé depuis les Anglais. Malgré l'heure matinale et le ciel maussade, il y avait foule dans la grande rue commerçante, au point qu'Audubon dut abandonner la voiture et continuer à pied. De toute façon, Market Street était sa destination. Sur près de deux miles, jusqu'aux quais de la Delaware, elle offrait à peu près tout ce qui pouvait se vendre sur la planète. C'étaient les magasins de vêtements qui intéressaient Jean-Jacques. Il en visita plusieurs, s'enquit des raisons d'une telle agitation dans les rues, et apprit qu'on allait inaugurer le matin même une statue de William Penn dans Pine Street. Son petit-fils, John Penn, avait fait sculpter l'œuvre en Angleterre, et elle était arrivée quelques jours plus tôt par le *Pigou*, un navire marchand.

Fisher, en tant que notable, devait être à la cérémonie. Au moins il ne le croiserait pas dans Market Street. Ce n'était pas le cas de Mary; il s'enhardit pourtant jusqu'au coin de la 3e Rue, non loin de l'*Indian King Tavern*. Il y avait là le meilleur tailleur français de la ville.

A la fin de l'après-midi, lorsque, croulant sous les paquets, il retrouva la carriole, il avait dépensé tout son argent. Dans un sursaut de raison, il avait quand même gardé de quoi payer à la barrière de Germantown, car la route était à péage.

Ce soir-là, William Thomas et ses deux fils veillèrent plus tard auprès de l'âtre du moulin. Ils attendaient avec curiosité le retour d'Eunice, qui avait aidé le jeune homme à défaire les paquets dont débordait la voiture. Elle revint

106

enfin vers minuit. Pressée de questions, elle dut décrire la profusion de bas en soie, de culottes de nankin, de gilets de soie, de chemises de dentelle, de souliers à boucles d'argent dont Audubon avait fait l'emplette. Ce qui avait frappé le plus Eunice, c'étaient les couleurs. Le tailleur français de Market Street en était resté à la mode de la Révolution, où la liberté voulait s'affirmer jusque dans les teintes des vêtements. Ce qui donnait des mélanges détonnants, comme un habit violet avec culotte et gilet orange, et des bas rouges. Depuis, la cour du Premier Consul avait imposé des tonalités plus dignes, dans les bruns et les bronzes, mais qui n'avaient pas encore passé l'Atlantique.

Les Thomas se demandaient bien ce qu'Audubon comptait faire de son extravagante garde-robe. Eunice tira la conclusion des événements en se frappant le front de l'index :

– C'est à cause de la demoiselle. Il a la tête tournée.

Avec la complicité de Lucy, Jean-Jacques eut bientôt l'usage de ses nouveaux atours. Depuis des mois, le deuil de son épouse avait éloigné William Bakewell de tout commerce avec ses voisins. Il admettait que cette situation ne pouvait durer, mais il la prolongeait volontiers, heureux d'avoir un prétexte pour fuir les mondanités. Il accepta avec plaisir la suggestion de Lucy : qu'elle au moins soit son ambassadrice. Lucy, fort habilement, insista sur le fait qu'elle disposait en Jean-Jacques d'un cavalier brillant et sûr. Bakewell n'y vit pas malice; il considérait Audubon comme un membre de la famille, un autre frère pour ses enfants, et quels meilleurs chaperons que les frères?

La première occasion vint vite. Le voisinage fut convié à une réception chez les Pawling, à l'occasion du mariage de leur fils aîné avec une des filles Porter. Le jeune marié n'était pas allé bien loin pour trouver son épouse : dans la ferme voisine. A Philadelphie, ou dans une plantation du Sud, cela se serait passé en été. Les invités auraient eu droit à un somptueux pique-nique dans quelque parc ou au bord de l'eau. Ici, à la campagne, on préférait l'hiver, l'époque où la nature est en sommeil, où l'on ne risque pas de soustraire un temps précieux aux travaux des champs.

C'était le premier dimanche de décembre. Il faisait un temps sec et frais. Benjamin Copley, l'intendant dont les Bakewell avaient hérité des anciens propriétaires, annonça d'un ton docte et solennel que les premiers nuages se transformeraient en neige. Il parlait des sujets les plus anodins comme si ses propos devaient à l'instant être inscrits dans la Constitution. Toujours aussi gravement, il annonça que la voiture était prête.

– Mais Lucy ne l'est pas, dit Bakewell. Allez prévenir ces dames qu'elles se font attendre, Benjamin.

Dans la chambre de Lucy, Eleanor Copley jetait un regard amoureux à son œuvre : la robe de bal qu'elle avait confectionnée en toute hâte sous le contrôle impitoyable de la jeune fille. Eleanor était ravie : elle sautillait sur place, malgré son poids respectable. Elle était aussi ronde et rieuse que Benjamin, son mari, était austère et décharné.

– Ces messieurs attendent, et l'après-midi s'avance, fit la voix de Benjamin derrière la porte.

Il fallait descendre, et Lucy n'osait pas. Elle affronterait le regard de son père, mais surtout celui de Jean-Jacques, et cette robe était vraiment... Elle eut un sursaut d'audace, fit une grimace à Eleanor et s'élança dans l'escalier. Son apparition fut pour Audubon une divine surprise, avec l'étrange sensation d'une scène déjà vécue. Mais oui, ce soir de Noël, avec Mary. Et là, de nouveau, il avait devant lui une jeune fille qui s'était évidemment parée pour lui, qui attendait, crainte et espoir mêlés, son jugement de mâle.

Il ne l'avait vue jusqu'alors que dans les vêtements simples, un peu rudes, d'une fille de la campagne, sans rien de commun avec ce qui l'habillait maintenant, ou plutôt la déshabillait. Une robe de linon blanc, dont le bas et les courtes manches étaient rehaussés de mousseline. L'étoffe de lin était si fine qu'elle pouvait rivaliser avec la plus raffinée des cotonnades. Le large décolleté révélait bien plus que la naissance de jeunes seins ronds et insolents, soulignés encore par la ceinture placée juste sous la poitrine. A Paris, Jean-Jacques avait déjà vu ce genre de robe, qui faisait fureur chez les élégantes. Inspirée de la Rome antique, cette mode était en fait partie d'Angleterre avant 1789. En France, elle avait été adoptée dès la Révolution, car elle symbolisait à la fois le goût de l'antique et celui de la liberté. Du coup, le lourd corset des siècles précédents était passé aux oubliettes. Bonaparte lui-même proclamait que cet ustensile était un crime contre l'humanité. Joséphine, Pauline, toutes les belles qui entouraient le Premier Consul, et que la pudeur n'étouffait pas, avaient fini par imposer cette troublante parure, qui fait paraître la femme à la fois virginale et enceinte.

Contre cet engouement, les grincheux n'avaient pas manqué, telle Frédérique de Prusse, princesse d'Orange et épouse de Guillaume V : « Cette espèce de chemise est horrible pour les femmes laides, mal faites ou vieilles, et excessivement indécente pour les jeunes. »

Audubon ne connaissait pas le jugement de la princesse teutonne. Son avis fut que Lucy était magnifique, à cette réserve près qu'ils ne se rendaient pas à un bal donné à la Malmaison, mais chez des bourgeois de Pennsylvanie. Ce n'était pas pour lui déplaire. Il aimait qu'elle fût à la page, et lui-même avait revêtu les plus agressifs de ses nouveaux habits.

Après un salut ironique, Bakewell s'était éclipsé à la suite de Benjamin, non sans une dernière remarque :

– Mes enfants, vous êtes superbes, mais je ne crois pas que ce soit le style de la région. Vous allez assassiner les messieurs et désespérer les dames.

– Allons, père, il faut bien que l'Amérique bouge.

Lucy avait haussé ses belles épaules nues, et secoué ses boucles blondes. C'est vrai qu'elle avait trop d'allure pour être indécente : ce long cou, ce port assuré, le regard franc de ses prunelles claires, elle était de la race des princesses chez qui tout excès passe pour naturel.

Un pâle soleil d'hiver déclinait déjà au-dessus des collines de l'ouest quand ils arrivèrent chez les Pawling, qui n'étaient qu'à trois miles de Fatland Ford. Malgré la brièveté du trajet, Séraphin, le cocher noir, avait soigneusement fermé la voiture. Lucy avait recouvert la très légère robe d'un ample manteau de velours vert. Une écharpe de soie, d'un vert plus clair, dissimulait le décolleté, soulignait le teint, d'une pâleur de porcelaine, et s'harmonisait avec l'or de ses cheveux. Jean-Jacques l'admirait en silence, emmitouflé dans sa pelisse. Il l'avait complimentée de sa beauté, elle avait loué son élégance, et maintenant il n'osait plus rien dire, intimidé par cet être soudain différent, brutalement transformé par quelques atours nouveaux. Ce n'était plus l'amie, la compagne charmante, la sœur presque, des semaines précédentes, mais une femme. La sienne, un jour?

La demeure des Pawling n'avait pas la façade prétentieuse de Fatland Ford. Elle était plutôt dans le style colonial ancien de Mill Grove, construite toute en bois, y compris les tuiles plates. Mais elle reflétait plus d'aisance et un autre train de vie. Impeccablement peinte en blanc, elle était entourée de pelouses qui semblaient peintes elles aussi, à force de perfection. Dès le perron, très sobre, un simple auvent soutenu par deux minces colonnes, M\ume Pawling vint les accueillir. En pénétrant dans le grand salon, Audubon eut l'impression d'entrer de plain-pied dans un tableau de John Trumbull. Il en avait vu des reproductions sur les murs de Fatland Ford. Des messieurs à l'air sérieux, aux cheveux courts, dans des habits aux teintes sobres, des gris, des marron, des vert bronze, et beaucoup de noir. Des dames corsetées, ajustées, lorgnèrent sur la robe de Lucy, laquelle, par prudence plus que par pudeur, avait conservé sur sa gorge l'écharpe de soie. Elles étaient à la fois choquées et ravies, comme M\ume Pawling :

– Chère amie, où avez-vous trouvé cette merveille? A Philadelphie, sans doute?

– Pas du tout, c'est Eleanor, ma femme de chambre, et nous avons trouvé le modèle dans une gazette. C'est ce qui se fait en ce moment en Europe...

– Ah oui, intervint M\ume Porter, vous autres Européens avez tellement plus de goût... Et ce jeune homme, n'est-il pas charmant?

On présenta Audubon, on s'extasia sur la qualité de l'éclat de ses habits, et il pensa que derrière les politesses on devait le prendre pour un perroquet descendu de la lune.

Les jeunes mariés apparurent. Le fils avait l'air aussi âgé et respectable que le père. Quant à la fille Porter, elle était si raide, si engoncée et si corsetée dans sa robe blanche qu'on imaginait mal comment, le soir-même, son mari pourrait l'en extraire. MM. Porter et Pawling vinrent arracher Jean-Jacques au caquètement des dames. Lâchement, il s'éloigna avec eux, abandonnant Lucy au milieu de considérations sur les mérites comparés de la main-d'œuvre blanche ou noire.

— Ma femme ne supporte pas les domestiques noirs, sourit Pawling. On dirait qu'elle craint qu'un jour ils ne la mangent! Elle a tort, ils ne sont pas très efficaces, mais au moins ils sont gentils et drôles, et les femmes font d'excellentes nourrices pour les enfants. Elle n'a jamais voulu partir pour le Sud, où nous aurions gagné beaucoup plus d'argent. C'est ce qu'a fait notre ami James Vaux, le prédécesseur de Bakewell.

— Ne regrettez rien, intervint Porter. Vous auriez des troupeaux d'esclaves, que vos contremaîtres brutaliseraient malgré vous, vos enfants seraient devenus de petits seigneurs arrogants et ignares. Et votre fils n'aurait pas épousé ma fille!

Les deux pères s'esclaffèrent. Audubon apprit que le fils Pawling était un brillant sujet qui venait de terminer son droit à Philadelphie et qui envisageait le barreau et la politique. On était parvenu dans le grand salon où quatre musiciens, deux violons, un violoncelle et un piano, entretenaient un discret fond sonore.

— Monsieur Audubon, reprit Pawling, vous êtes venu nous aider pendant les moissons, et je regrette de n'avoir pas eu le temps de m'entretenir avec vous davantage. J'ai appris que votre père avait servi dans notre marine, et s'était battu pour l'Amérique.

— En effet, il commandait une corvette des États-Unis devant Yorktown, et il a assisté à la reddition de Cornwallis. Mon père est très fier de s'être battu à vos côtés. Il aurait aimé devenir américain lui-même, c'est la raison pour laquelle il avait acheté Mill Grove. Les événements de France en ont décidé autrement. Il s'estime trop âgé maintenant, c'est à moi de réaliser son rêve. Je le ferai avec d'autant plus de joie que j'aime ce pays, et qu'il est maintenant le mien par la naissance. Je suis né à La Nouvelle-Orléans, au temps où elle était espagnole. Maintenant que la Lousiane est américaine, je suis devenu un enfant du pays.

— Merveilleux, s'écria Porter. Nous allons porter un toast en votre honneur, n'est-ce pas, Pawling?

Pawling approuva de la tête, de façon militaire, comme s'il se retenait de saluer. Les deux hommes avaient dû faire la guerre ensemble, et Audubon aurait parié que Porter avait un grade supérieur.

Pawling gagna l'estrade où se tenaient les musiciens. Avec autorité, il imposa le silence dans le grand salon.

— Mes amis, en plus du bonheur d'unir aujourd'hui nos enfants, il nous arrive une autre joie. Celle d'accueillir parmi nous le fils d'un de ces valeureux français, compagnons de La Fayette, qui ont fait pencher le destin des armes en notre faveur et nous ont permis de remporter la victoire. Je propose que nous chantions ensemble cet air, que les plus vieux d'entre vous connaissent, et les autres aussi. Les vétérans que nous sommes vous en ont assez rebattu les oreilles, mais je sais que vous l'aimez aussi, car c'est un des chants de notre liberté. Mes amis, tous ensemble pour *Cornwallis burgoyned*. Si le pianiste peut nous aider...

— Bien sûr, monsieur, répondit le musicien. J'étais à la bataille de Trenton, et j'ai été blessé à la jambe. Heureusement que je joue d'un instrument où on est assis... Quand vous voudrez!

Pawling se mit à chanter d'une belle voix grave, rejoint par tous les invités d'âge mûr et par beaucoup de jeunes gens. On devait enseigner ce chant dans les écoles. Le titre : *Cornwallis burgoyned*, signifiait que Lord Cornwallis avait subi le même sort que le général Burgoyne, battu par les Insurgents à Saratoga le 17 octobre 1777. Cette victoire avait marqué un tournant dans la guerre d'Indépendance; c'était le premier grave revers des Anglais, et l'espoir renaissait. La France se décida alors à intervenir, pour voler au secours d'une victoire encore douteuse. Puis quatre longues années avaient suivi. Des batailles incertaines, les démarches de Franklin à Versailles, les livraisons d'armes dont Beaumarchais avait à ses dépens donné l'exemple. Vergennes sut enfin convaincre Louis XVI. Le 6 février 1778, le traité d'alliance était signé. La France reconnaissait l'indépendance des États-Unis d'Amérique. Les deux parties s'engageaient à ne pas conclure la paix avec l'Angleterre avant que celle-ci n'eût elle-même reconnu l'indépendance des Treize Colonies. Les Américains connaissaient déjà les noms des volontaires qui avaient précédé l'accord : le jeune et enthousiaste marquis de La Fayette, dont ils avaient fait le symbole de l'amitié française; le général Louis Duportail, fondateur du premier détachement de sapeurs de l'armée américaine; le commandant Pierre l'Enfant, futur auteur du plan de la capitale fédérale. Ils allaient en apprendre d'autres : d'Estaing, Rochambeau, de Grasse, la France venue cette fois en force.

Quatre ans, presque jour pour jour, après Saratoga, le 19 octobre 1781, les 6 000 hommes de Washington, augmentés des 5 000 de Rochambeau, affrontèrent à Yorktown les 8 000 hommes de Cornwallis. Le piège fonctionna : les Anglais, débordés, ne purent s'enfuir par la mer, dont ils avaient jusqu'alors la maîtrise. La flotte française avait bloqué le baie de Chesapeake et coupait toute retraite. « Son orgueil guerrier l'abandonna, disait la chanson à propos de Cornwallis, et le drapeau anglais fut abattu. »

Pour le dernier couplet, tous les invités, à l'initiative de Pawling, se tournèrent vers Audubon et levèrent les flûtes de champagne que des serviteurs avaient distribuées.

> *La paix, la victoire glorieuse*
> *furent l'effet de ce grand jour.*
> *Que le nom de Washington*
> *soit à jamais respecté.*
> *Portons un toast à l'Amérique*
> *et à la France son alliée,*
> *et que l'Angleterre se repente*
> *d'être venue nous attaquer.*

Fort intimidé par cet hommage et par tous les regards fixés sur lui, Audubon saluait gauchement, le verre levé. Il se demandait avec terreur s'il n'allait pas être obligé de faire

113

un discours, lorsqu'il fut sauvé par Porter, qui ne voulait pas demeurer en reste en matière de chants patriotiques et attaqua vaillamment *Le Chant de la liberté.*

Joignez vos mains, braves américains,
de tout cœur levez-vous à l'appel de la liberté.
Rien n'étouffera votre juste exigence,
votre bonheur est dans ce nom : l'Amérique.
Nés dans la liberté, nous vivrons dans la liberté.
Nos bourses sont prêtes. Tenez ferme, les amis.
Hommes libres et non esclaves, nous donnerons notre
*   [argent.*

Cette chanson laissait Audubon pensif. Elle révélait bien des choses sur le mentalité de ces Américains, en plus de leur évident patriotisme. En gens pratiques, ils rappelaient qu'il faut de l'argent pour gagner la guerre. Les chants révolutionnaires français réclamaient des massacres, exigeaient que l'adversaire fût étripé, que le sang coule. Ici, on annonçait qu'on allait donner à la quête. En plus, il était fait appel, pour soutenir l'effort de guerre, à la contribution volontaire des citoyens. En France il fallait une nuée de collecteurs d'impôts, sous la protection de la maréchaussée. Il fit part de ses remarques à Porter, dès que celui-ci eut terminé sa prestation.

– Mon cher Audubon, nous avons beau chanter maintenant, vingt ans plus tard. Pour être franc, je m'étonne encore que notre Révolution ait pu réussir. C'était loin d'être gagné au départ. D'abord nous n'avions pas de marine. Malgré quelques corsaires qui ont fait des prouesses, glorieuses, certes, mais presque inutiles, les Anglais faisaient ce qu'ils voulaient sur la mer. Et comme toutes nos grandes villes sont des ports... Il était temps que votre flotte arrive. Et puis au début il y avait pas mal de colons qui étaient favorables au système en place. On les appelait les loyalistes, ou les *tories.* Ça faisait du monde, et beaucoup de riches.

Pawling les avait rejoints, et ils se dirigeaient vers le grand buffet, dressé dans la salle de réception, de l'autre côté du grand hall. Jean-Jacques aperçut Lucy dans un des petits salons attenants, prisonnière d'une escouade de dames babillantes.

114

– Vous souvenez-vous de ce jour de l'an, quand les Anglais avaient pris New York et s'approchaient de Philadelphie. Un banquier, qui était ami de Washington, nous a demandé de l'aider à faire une collecte dans les rues. Le soir, nous avons remis à Washington 50 000 dollars en pièces d'or et d'argent.

– Oui, confirma Porter. Ce banquier, Robert Morris, avait eu une très bonne idée. Aucun de ceux qui étaient secrètement loyalistes n'a osé refuser son obole, de peur que des notables comme lui, ceux qui quêtaient, ne le dénoncent.

– Mais, s'étonna Audubon, n'aviez-vous pas d'impôts?

– C'était bien le problème. Le Congrès n'avait aucun moyen d'en percevoir. Il ne pouvait qu'inciter les treize États à imposer leurs contribuables. Mais chacun craignait d'être plus mal traité que le voisin, et tous étaient avares.

– Il faut ajouter, reprit Pawling, que l'administration n'était nulle part très efficace, quand elle existait. Les rentrées étaient donc lentes. Washington n'avait d'autres ressources que d'imprimer des billets. Il y avait tant de papier que le dollar ne valait plus rien. Ou alors on faisait appel aux dons, comme dans cette chanson. Les Anglais, eux, payaient leur armée en or, et ils avaient de quoi l'équiper. Il fallait vraiment y croire pour tenir six ans.

– Sans Washington, nous n'aurions jamais été jusqu'au bout, confirma Porter. Votre père l'a-t-il connu? demanda-t-il à Audubon.

– Il l'a rencontré après Yorktown, et Washington lui a donné un portrait de lui, qui est maintenant dans le salon de Mill Grove.

– Votre père a dû vous dire quel être exceptionnel il a été. Nous avions d'autres excellents politiciens, mais c'était le seul chef de guerre. Il a d'ailleurs appris le métier des armes en se battant contre vous. Là encore, vous nous avez rendu service. Sans la guerre contre les Français, celle où vous avez perdu le Canada, Washington serait resté un modeste gentleman-farmer sur les rives du Potomac, à Mount Vernon. C'était vingt ans avant la déclaration d'Indépendance, et nous étions alors anglais sans arrière-pensée. Washington était si brillant qu'à vingt-quatre ans il était lieutenant-colonel. Il s'était instruit tout seul, en lisant des ouvrages militaires et scientifiques. Et il savait tout le parti que l'on peut tirer du terrain, car il avait été aussi arpenteur. Il a compris qu'on pouvait triompher d'un ennemi plus puissant par une meilleure connaissance du pays et par des embuscades. Sa théorie s'est confirmée dans sa lutte contre les Indiens, que les Français avaient soulevés contre nous. Il les a même battus à leur propre jeu, à Fort Duquesne. Et puis, comme Cincinnatus, il est retourné à sa charrue. Mais il avait gagné une telle renommée que plus de dix ans après le Congrès continental l'a choisi pour commander la nouvelle armée des Insurgents. Et cette fois, les Français étaient avec nous, Dieu merci.

Audubon n'entendait plus qu'à peine les propos de Porter. Il était habitué à la solitude et au silence; pour lui, un rassemblement de plus de trois personnes était déjà une foule. Ici, ils étaient plus de cent, et le bruit s'enflait, selon le cercle infernal qui fait que plus il y a de bruit, plus l'on crie, et que plus on crie... Pawling vint à son secours :

– Allons, nous ennuyons notre ami avec nos vieux souvenirs. Laissons-le rejoindre les jeunes gens de son âge. Et puis sa fiancée doit s'impatienter.

– Vous parlez de Mlle Bakewell? Mais ce n'est pas ma fiancée.

– Alors ça ne saurait tarder. Et vous ferez bien, elle est charmante. A plus tard.

Il leur en voulut presque de l'abandonner à la dérive. Les foules ont des courants profonds, imprévisibles, qui accélèrent soudain, repassent au même endroit, s'en éloignent aussitôt. Il espérait croiser enfin Lucy, et s'y agripper, comme un naufragé à une bouée providentielle. Il se sentait étourdi. Ce n'était pourtant pas le champagne; il détestait tous les alcools, et celui-ci en particulier, avec ses bulles agressives, comme une décomposition par l'acide. Il s'était discrètement débarrassé de sa flûte sur un meuble. Lors d'un deuxième passage, elle avait disparu. Les Américains aimaient le champagne, et ils n'en buvaient sans doute pas souvent depuis toutes ces guerres.

On l'agrippait, on le questionnait, il rebondissait des uns aux autres en tentant de répondre à tous : cette terrible

Révolution, chez vous, elle a fait fuir bien des gens? Connaissez-vous ce Chateaubriand? La Fayette est toujours en exil? Quelle ingratitude. Et pourtant ce Bonaparte semble parfait. L'essentiel est qu'il tourmente les Anglais. Pardon, Jefferson est plus favorable aux Français que ne l'était Washington. C'est vrai que Washington n'a jamais aimé votre Révolution, qui attaquait nos navires. Quelle idée aussi de couper la tête à un roi. Oui, les Anglais l'ont fait, mais c'était au temps de la barbarie. Tandis qu'aujourd'hui.

– John! je vous cherchais.

Une main douce avait pris la sienne. Lucy, enfin.

– Les jeunes veulent commencer le bal. Ils nous attendent.

Ils durent remonter le courant, un flux d'anciens évacuant le grand salon où on allait danser. Mme Porter les happa au passage :

– Monsieur Audubon, vous ferez danser ma fille, son mari connaît mieux les lois que la gigue.

Puis elle se tourna vers Lucy :

– Il est charmant, comme tous les Français, et quel délicieux accent!

– Quel accent? dit Lucy.

Mme Porter fut reprise par le flot. Audubon nota que jamais Lucy, ni aucun des Bakewell, ne s'était permis la moindre remarque sur sa curieuse élocution de l'anglais. Des leçons de Lucy, il avait parfaitement assimilé le vocabulaire, mais fort peu la prononciation. Il en était d'autant plus mortifié que l'accent de la jeune fille, si distingué, si britannique, le fascinait.

Un murmure d'approbation salua leur entrée dans le salon. Les mariés étaient déjà en place pour la première danse. On n'attendait plus qu'eux. Aux premières notes de l'orchestre, Lucy s'élança au bras d'Audubon.

Elle était parfaitement consciente d'être avec son compagnon la cible de toutes les curiosités, pour des raisons diverses. Elle était une nouvelle venue, l'audace de sa robe produisait l'effet escompté. L'écharpe de soie glissait de plus en plus. Elle surprit des regards furtifs, qui l'amusèrent. Elle était fière de son cavalier. Son habit éclatant, ses longs cheveux bouclés, sa haute taille, sa parfaite maîtrise de la danse en faisaient le point de mire des demoiselles.

Apparemment tous les messieurs n'étaient pas jaloux, puisque certains vinrent, au bout de quelques danses, prier Audubon de jouer du violon à son tour. Ils trouvaient l'orchestre un peu trop poussif, et ils n'avaient pas oublié ses aubades du temps des moissons. Il accepta de bonne grâce, pourvu que Lucy l'accompagne au piano. Les musiciens cédèrent volontiers leurs instruments. Gigues, menuets, contredanses, quadrilles, ils enchaînèrent brillamment tous les airs qu'ils avaient si souvent répétés ensemble, à Fatland Ford.

On les applaudit, on les fêta, et ils retournèrent à la danse. Lucy, les yeux brillants, le feu aux joues, paraissait infatigable. L'écharpe de soie verte avait disparu. Le garçon accomplissait autour d'elle les rites de séduction d'un oiseau autour de son élue. Il était un jeune paon, paré de son plus éclatant plumage. La danse les rapprochait, les séparait, ils changeaient de partenaires, sans se quitter des yeux.

Ils firent partie du dernier carré des danseurs, les ultimes acharnés. Les mariés, les parents, la plupart des invités avaient déjà disparu. La tête du pianiste dodelinait. Lucy eut brusquement sommeil, comme l'enfant qu'elle était encore. Elle vint contre Jean-Jacques, la mine boudeuse, les yeux vagues, et posa la tête sur son épaule.

– John, je veux rentrer.

On ne les laissa partir que contre la promesse d'être désormais de toutes les soirées, et pas plus tard que le dimanche suivant, chez les Porter. Il promit, Lucy répondait à peine, accrochée à son bras comme une noyée. Il l'aida à remettre son manteau, et il dut presque la porter jusqu'à la voiture. Séraphin, mal réveillé, avait gagné le siège du cocher. Lorsqu'ils furent installés au fond de la voiture, Lucy, de nouveau, laissa aller sa tête contre l'épaule de son cavalier.

– C'est doux, dit-elle en caressant de la joue la fourrure de la pelisse. Puis elle s'endormit pour de bon.

Le cheval marchait d'un pas lent, qu'Audubon aurait voulu plus lent encore. La lanterne de la voiture les éclairait. Les pans du manteau de la jeune fille avaient glissé. Sa position abandonnée faisait bâiller le large décolleté de sa robe. Deux seins malicieux, entièrement révélés, dansaient doucement au rythme des cahots. Immobile, comme statufié, il contemplait la poitrine nue, parfaite, comme pour la fixer à jamais dans sa mémoire. Puis il eut peur, qu'elle se réveille, que Séraphin se retourne, surtout qu'elle prenne froid. Doucement, il referma le manteau autour d'elle, elle se serra davantage contre lui.

Devant le perron de Fatland Ford, Lucy gémissait comme un bébé tandis qu'il l'aidait à descendre de la voiture. Ils gagnèrent le hall où brillait, seule, une lampe discrète. La maison dormait. Lucy revenait à elle. Elle sourit, vint contre lui. Elle entoura de ses bras le cou du garçon, passa une main dans ses boucles. Elle l'embrassa sur la joue. Il rendit le baiser, puis ses lèvres descendirent au creux du cou de Lucy. Elle se serra davantage, puis chuchota :

– J'ai oublié mon écharpe.

Il chuchota à son tour :

– Nous aurons tout le temps d'aller la chercher.

Puis il chercha sa bouche, la trouva, leurs lèvres s'unirent doucement. Elle fermait les yeux. Il fallait que le temps s'arrête là, maintenant.

Il y eut du bruit dehors. Séraphin avait rangé la voiture et revenait avec le cheval d'Audubon. Elle le repoussa lentement. Ses yeux étaient rieurs et tendres. Elle s'éloigna de lui à reculons, eut un petit geste las de la main.

– Merci, John.

Elle disparut dans l'ombre du hall, vers l'escalier.

La tête en feu, Audubon s'élança au galop dans la campagne baignée de lune. Il rit tout seul, haut et fort, vers la cime des mélèzes. Un hibou s'offusqua.

Eunice Thomas, qui avait le sommeil léger, l'entendit rentrer à Mill Grove. Lorsqu'elle s'éveilla avec l'aube, comme chaque matin, elle vit que la lumière brûlait encore dans sa chambre. Toute la nuit, il avait repris le portrait de Lucy. Il avait précisé les traits, affiné la ressemblance. Puis il avait représenté le cou, les épaules. Enfin le buste, dénudé, insolent, somptueux. En dessous le dessin restait flou, inachevé, volontairement, comme si l'artiste réservait l'avenir.

Un jour, bientôt peut-être, il dessinerait le reste.

6

Aux approches de Noël, Lucy et Audubon avaient fait le tour complet des propriétés du comté de Montgomery susceptibles de donner des soirées et des bals. Ils étaient le couple le plus attendu et le plus demandé. William Bakewell, perplexe mais secrètement flatté, recevait chaque jour des émissaires du voisinage, porteurs d'invitations.

Jean-Jacques sentit le moment venu de démontrer que, s'il n'était pas un rustre, il n'était pas non plus un sot. Il invita les Bakewell à un déjeuner à Mill Grove.

La veille de leur visite, il partit chasser la perdrix. Pour être sûr d'avoir une table abondante le lendemain, il demanda l'aide des deux fils Thomas. Il préférait d'habitude être seul pour chasser, mais il lui fallait un beau tableau. D'ailleurs, des deux garçons, l'un parlait à peine, et l'autre pas du tout. En revanche ils avaient l'oreille fine, l'œil exercé et le fusil prompt. Le soir venu, ils avaient dans leur gibecière largement de quoi nourrir leurs hôtes. Lucy et son père arrivèrent à midi. Depuis le matin, Eunice, frémissante et fébrile comme une abeille dans sa ruche, tentait de donner à la maison une apparence digne de ses distingués voisins.

Audubon avait un plan, soigneusement mûri. Le but était clair : il fallait séduire Bakewell avant le jour fatidique et redouté où il lui demanderait sa fille. Il ne doutait pas du consentement de Lucy. Ils n'avaient encore échangé que des baisers furtifs, plus passionnés à chaque rencontre. Ils n'avaient pas encore parlé de leurs sentiments. Mais leur silence même était une complicité. Elle attendait qu'il se déclare, il retardait l'aveu. Il voulait avoir toutes les chances de son côté, tant il détestait l'échec. Et la principale chance, c'était l'approbation du père.

Avant de passer à table, il voulut d'abord que l'on visite son musée. Au passage, il montra négligemment le portrait de Washington, à propos duquel, sans trop insister, il laissa entendre que son père et le défunt président avaient été assez liés, du temps de la guerre. Évidemment l'anecdote ne pouvait avoir le même effet que sur un vieux patriote américain comme Pawling, mais Bakewell parut tout de même impressionné.

Il le fut plus encore en découvrant, à l'étage, le trésor de son jeune ami. Les murs de la pièce étaient festonnés de centaines d'œufs d'oiseaux. La cheminée était couverte d'écureuils, de ratons laveurs et d'opossums empaillés. Des étagères croulaient sous des spécimens de grenouilles, de poissons, de lézards et autres reptiles. Des dizaines de dessins d'oiseaux étaient affichés.

Du coin de l'œil, Audubon épiait Lucy. Il craignait une réaction horrifiée, en souvenir de son expérience avec Mary Fisher. Mais non, elle observait tout avec intérêt, attirant l'attention de son père sur un détail, mentionnant les noms des diverses créatures dont elle semblait connaître la plupart.

— Je vous félicite, dit enfin Bakewell. Je ne soupçonnais pas en vous un tel intérêt pour les sciences de la nature, vraiment. Et cette habileté pour le dessin et la naturalisation est remarquable. Moi-même, je me suis longtemps intéressé à ces choses. Je ne suis plus assez agile pour courir la nature comme vous le faites, et je le regrette. Il y a toute une faune nouvelle dans ce pays, que j'aurais aimé connaître. Si vous le permettez, j'aimerais bien étudier votre collection plus longuement.

— Mais vous serez le bienvenu quand vous voudrez!

— Merci. En échange je dispose d'un certain nombre d'ouvrages qui peuvent vous intéresser. Tenez, connaissez-vous le livre de Bertram, *Voyages*?

— Non, j'en suis resté à un vieux Linné que possédait mon père.

121

– C'est un bon départ, mais William Bertram décrit des plantes et des animaux inconnus qu'il a trouvés dans le Sud et dans l'Ouest. C'est surprenant. Son père aussi, John, était un grand savant. Il a organisé un jardin botanique tout près d'ici, sur la Schuylkill. Il faudra le visiter au printemps. Et puis il y a aussi l'*Histoire naturelle de la Caroline*, de Catesby. Je vous prêterai tout ça. Enfin, si Lucy veut bien, car je crois qu'elle s'en est emparée.

Lucy donna son accord, avec un sourire entendu à l'adresse d'Audubon. Elle avait parfaitement deviné la manœuvre du jeune homme à l'égard de son père, et elle s'amusait beaucoup. Lorsqu'on fut à table, Bakewell félicita Eunice, toute confuse, de l'excellence de ses perdrix.

– Je ne félicite pas le chasseur, ajouta-t-il, car j'en suis jaloux. D'abord qu'il ait chassé sans moi. Déjà qu'il me délaisse pour les bals. Et puis il est si habile qu'il va dévaster toute la Pennsylvanie. Enfin, je suis content pour vous que l'histoire naturelle vous passionne. Vous serez heureux dans ce pays, où il y a matière à tant d'études. Et vous verrez qu'il y a beaucoup de gens qui partagent ce goût, à commencer par le président Jefferson, qui est un excellent naturaliste et un grand collectionneur.

– Je le recevrai dès que possible, plaisanta Audubon.

– Pourquoi pas? Votre père a bien fréquenté Washington. Vous savez, par ici, les hommes importants ne sont pas aussi inaccessibles que dans notre vieille Europe. Mais d'où vous est venue cette curiosité?

– Eh bien, je crois que c'est à peu près la seule chose que mon père ait réussi à m'enseigner sans trop de mal. Les marins ont le temps de lire, les traversées sont si longues. Et puis il est d'une époque où l'on agitait des idées nouvelles, surtout dans la maçonnerie, à laquelle il appartient, comme beaucoup d'officiers de marine. On aimait bien, dans ces milieux-là, que Buffon ou Rousseau posent sur la nature des questions qui ne convenaient plus au dogme catholique.

Audubon passa pudiquement sur le fait que de l'enseignement du capitaine, et de ses efforts pour appliquer à l'éducation de son fils les préceptes de l'*Émile*, Jean-Jacques avait surtout retenu qu'il était tout à fait conseillé de gambader dans la campagne à longueur de journée.

Ils passèrent au salon, près de la cheminée où le père Thomas avait embrasé une bonne moitié de chêne. Lucy s'assit près du feu, les yeux mi-clos. Elle faisait penser à un chat; les yeux clairs, un peu fendus, accentuaient cette ressemblance. Il savait qu'elle avait cet air lorsqu'elle était bien.

– John, dit-elle doucement – elle avait définitivement adopté la forme anglaise de son prénom –, vous nous avez souvent parlé de votre père, et de ses aventures. Mais rarement de votre mère, pourquoi? N'y êtes-vous pas attaché?

– Au contraire, c'est une femme que je révère plus que tout. Grâce à elle, ma sœur et moi avons eu une enfance merveilleuse, malgré tous les drames de l'époque. Elle a constamment veillé sur nous, alors que mon père était souvent au loin. Non, si j'en parle peu, c'est peut-être parce qu'elle n'a pas connu d'aventures. Mais je l'aime vraiment, comme si elle était ma mère véritable.

– Comment, elle ne l'est pas? s'étonna Lucy.

– Non, c'est la seconde épouse de mon père. Ma vraie mère est morte.

– Je suis désolée, dit Lucy. Elle ressentit une bouffée de tendresse, à la pensée que lui aussi était orphelin. Encore un point qui les rapprochait...

– Je vous en prie. Je l'ai à peine connue. C'est mon père, bien plus tard, qui nous a révélé le destin tragique qui fut le sien. Vous savez qu'après la victoire mon père a quitté la marine des États-Unis et s'est installé comme planteur à Saint-Domingue. Il faisait de fréquents voyages à La Nouvelle-Orléans pour ses affaires. C'est là qu'il a connu une jeune Espagnole, d'une famille riche et noble. C'est elle qui a tenu à ce que je naisse en Louisiane, auprès des siens. Ma sœur, elle, est née sur la plantation. Ils ont connu quelques années de bonheur et d'opulence, puis, en même temps que la Révolution française, la révolte a commencé à Saint-Domingue. Nous étions aux Cayes, une région très éloignée des grandes villes et des garnisons. Nous n'avions pas la protection des troupes, et les premières émeutes ont trouvé les colons désarmés. Mon père était en mer, de retour de l'île aux Vaches, où il était allé inspecter ses cultures de

123

canne. A son retour, il a trouvé la plantation dévastée et notre mère assassinée. Des Noirs restés fidèles nous avaient cachés. Ils avaient aussi repoussé les assaillants, avec l'aide d'autres colons et des quelques soldats des Cayes. Mon père a compris tout de suite que la révolte ne serait pas matée facilement, que les massacres recommenceraient et gagneraient toute l'île. Alors il a abandonné la plantation, à la garde de son intendant, il a embarqué sur son bateau ses biens les plus précieux, et il nous a emmenés à La Nouvelle-Orléans. Il nous a laissés à la garde des parents de son épouse, puis il est venu ici acheter Mill Grove. Il comptait sans doute y vivre, mais les événements en France se sont précipités. Il avait aussi des intérêts à défendre là-bas. Il était partisan des réformes, et il a d'abord soutenu la Révolution. Il s'est engagé dans la Garde nationale, il a accepté des responsabilités, jusqu'au jour où la démence l'a emporté. Il a pu sauver sa tête en combattant sur mer, mais, une fois la tourmente passée, il s'est retrouvé comme notre pauvre France, meurtri et à demi ruiné.

Bakewell regardait pensivement les flammes dans la cheminée. Elles suscitaient dans son imagination des scènes d'incendie, de pillage. Des femmes hurlantes, enfuies, rattrapées. Des enfants suppliants. Des Noirs hachés par la mitraille, des Blancs mutilés à la machette. Les espoirs d'une vie anéantis en une seule nuit. Et en France... Puissant un jour, respecté, guillotiné le lendemain. Un pays de rescapés, de veuves, d'orphelins, d'émigrés. Il comprenait l'horreur que les expériences révolutionnaires avaient soulevée en Angleterre, et pas seulement dans la gentry. Lui-même avait souhaité plus de justice dans son pays, il avait subi des désagréments à cause de ses idées, mais pas de violences. Son exil avait été volontaire. Il n'avait jamais vu un cadavre de sa vie, avant celui de sa pauvre épouse.

– J'espère que vous trouverez la paix dans ce pays, dit Bakewell avec émotion. Ainsi que votre père en France. Et que cessent toutes ces guerres. C'est dommage qu'il ne compte pas vous rejoindre ici, j'aurais aimé le connaître.

Audubon sourit lui-même. « Il suffirait de lui dire, pensait-il, que lorsque Lucy et moi serons mariés, nous l'emmènerons faire un voyage à Nantes... Mais non, tout de même, pas tout le même jour! »

Les Bakewell rendirent toutes les invitations dont ils étaient redevables le jour de Noël. Les jeunes gens du voisinage, qui étaient devenus les compagnons habituels, lors des bals, de Lucy et de Jean-Jacques, furent priés à déjeuner à Fatland Ford. Il n'était pas convenable de donner un bal dans une maison frappée d'un deuil encore récent, aussi décida-t-on d'aller patiner, dans l'après-midi. Les nuages porteurs de neige, annoncés depuis longtemps par Benjamin, ne venaient pas. Au contraire un froid sec descendu du Nord avait gelé la Perkiomen. Eliza et Thomas Bakewell, admis pour une fois au rang des grands, furent autorisés à accompagner leur aînée.

Seraphin entassa le matériel dans une carriole : les patins et trois luges destinées aux demoiselles inexpertes. Le froid donnait au serviteur noir un teint grisâtre. Audubon avait apporté son fusil. Lucy en fit la remarque :

– Vous n'allez pas laisser le gibier en paix, même un jour de Noël?

Il la rassura d'un sourire.

– C'est pour un jeu, Lucy. Je ne tuerai rien aujourd'hui.

Trente adolescents se ruèrent sur la glace de la Perkiomen.

Leur tenue, garçons et filles, était la même, satins et cotonnades légères, que pour les soirs de bal. Les patins, à leurs pieds, semblaient une étrange excroissance. Belle jeunesse, robuste, insensible aux morsures du froid. Il est vrai que les salons n'étaient pas très chauffés. Sur la glace, on retrouvait les mêmes divertissements que sur la terre ferme. Les uns mimaient un duel avec des bâtons, d'autres dansaient un quadrille, fredonnant la musique à défaut d'orchestre. Certains, découragés après plusieurs chutes, regagnaient la rive. De même que quelques couples, qui, discrètement, gagnaient les bosquets qui enserraient la rivière. Audubon s'en amusa avec Lucy.

– Il y a des mariages dans l'air, dit-il. Chez nous, on dirait d'eux qu'ils vont maraîchiner.

– Ce qui veut dire? demanda prudemment Lucy, qui craignait une inconvenance.

– Eh bien, au sud de la Loire, il y a une région de marais, très plate, où ne pousse aucun arbre. Les fiancés de cette région n'ont d'autre ressource, pour leurs tête-à-tête amoureux, que de s'installer en plein vent, visibles à des miles à la ronde, mais abrités derrière une ombrelle. C'est cela, le maraîchinage.

Lucy rit de bon cœur.

– Les pauvres. Heureusement que nous n'avons pas ces inconvénients. Ici, ce ne sont pas les endroits qui manquent pour les entretiens discrets.

Audubon abandonna ce sujet brûlant et se mit en devoir, une fois de plus, d'occuper le devant de la scène. Il proposa aux garçons qui n'avaient pas fui avec leurs belles de disputer un concours de tir. Cela ne pouvait effrayer personne; les mâles de la région étaient tous nés avec un fusil au pied de leur berceau. Les armes étaient longues et lourdes, si bien qu'on tirait généralement sur appui. Le système de mise à feu, la platine à silex, était si lent qu'on tirait plutôt le gibier immobile. A ce jeu-là, ils excellaient tous. Audubon lançait un défi d'une autre taille : atteindre son chapeau lancé en l'air, et cela tout en patinant.

Le jeune Thomas Bakewell, flatté de servir d'assistant au grand garçon français qui était son idole, fut chargé de lancer la cible : un superbe chapeau rond et plat, à l'espagnole, en feutre de castor. Sa forme et la rotation que Thomas lui imprimait au départ faisaient accomplir au couvre-chef une splendide trajectoire. Bien entendu, aucun des concurrents ne parvint à l'atteindre.

Audubon se présenta le dernier, s'élança, épaula sans ralentir. Une flamme, un nuage de fumée bleue, la détonation qui roula vers les collines, et le chapeau transpercé descendit piteusement, accompagné dans sa chute par les hourrahs des autres tireurs, malchanceux, mais beaux joueurs.

– Un baiser, un baiser! criaient-ils en chœur.

Ils venaient de choisir la récompense du vainqueur. Lucy glissa vers Jean-Jacques, s'arrêta dans une volte-face impeccable, faisant jaillir la glace sous ses patins. Elle s'appuya contre lui, posa ses lèvres sur sa joue, remonta jusqu'à l'oreille, où elle soupira :

– Il faudra que je vous offre un nouveau chapeau.

Il lui rendit le baiser, tout près de la bouche.

– Laissez, j'en ai d'autres.

Déjà, il s'élançait à nouveau, grisé par le succès, conscient d'avoir un public. Il enchaînait les figures, partait dans des accélérations foudroyantes, s'arrêtait dans une pirouette. La pénombre gagnait la rivière gelée. On ne voyait plus bien les faiblesses de la glace, les poches d'air que produit le courant.

Un craquement, et il s'enfonça d'un coup. En nageur éprouvé, il eut le réflexe d'aspirer assez d'air et de bloquer son souffle. L'eau froide pénétrait ses vêtements, ses patins l'alourdissaient. Il se sentait entraîné rapidement. Les secondes passaient, interminables. Il ne distinguait au-dessus de lui qu'un mur blanchâtre, translucide, infranchissable. La poitrine en feu, il lutta. La glace inégale râpait durement sa tête. Il fallait tenir, se laisser aller au courant. S'il était tombé dans une poche, il y en avait forcément d'autres, plus loin. Tenir. Attendre.

Tous ses sens tendus vers le haut, vers la dalle blafarde de son probable tombeau, il espérait encore. Soudain la lumière fut plus intense. Au-dessus, la glace était plus mince. Il rassembla ses dernières forces, s'élança bras en avant, creva la surface. Ses poumons se remplirent enfin, mais le courant le tirait de nouveau par les jambes. La glace lâcha, là où il agrippait sa main droite. Heureusement la main gauche avait une bonne prise. On lui avait appris cela, dans la marine, à Rochefort : jamais deux prises au même endroit, une main pour toi, une pour le bateau. Il assura son appui, se hissa lentement. Maintenant qu'il se croyait sauvé, l'engourdissement le gagnait. Une immense lassitude, des fourmis qui grimpaient dans son dos. Il cria : « Ici! Ici! »

« Au secours, help », lui semblaient ridicules.

Un cri, venu de très loin, lui répondit, désespéré, déchirant :

– John!

Il reconnut la voix de Lucy. Il l'entendit à nouveau, plusieurs fois, de plus en plus près. Son cerveau embrumé parvenait à en saisir l'intonation, si passionnée, si sincère.

Des bras l'empoignaient, le hissaient.

« Elle m'aime », songea-t-il avant de s'évanouir.

Une semaine plus tard, le jour de l'an 1805, William Bakewell raccompagna le docteur Merson jusqu'au perron de Fatland Ford.

– Je crois que cette fois il est tiré d'affaire, dit le médecin, qui venait chaque jour de Norristown pour surveiller l'état de Jean-Jacques. Je n'ai jamais vu personne se sortir d'une bonne pneumonie aussi facilement. Il faut dire que c'est un solide gaillard. Vous pouvez rassurer votre fille, tout ira bien maintenant. Je n'aurai pas besoin de revenir avant la semaine prochaine.

Bakewell remercia. Quand la voiture du médecin se fut éloignée dans l'allée, il se dirigea lentement vers le jardin. « Rassurer Lucy... » Merson aussi avait compris que la jeune fille était amoureuse. Comme toute la famille, sauf les plus jeunes enfants. Comme les serviteurs, comme Copley et sa femme. Eleanor semblait d'ailleurs ravie. Dix-huit ans, lui bientôt vingt. C'était bien jeune. Au fait, à quel âge s'était-il marié? Curieux comme on oublie des dates aussi importantes. En tout cas il était plus âgé, et il avait un métier, une affaire bien à lui. Mais n'avait-il pas lui aussi fait un mariage d'amour? Il s'arrêta devant la tombe de Lucy Green. Si elle avait été là, elle aurait été de bon conseil. Ce point aussi le tourmentait. Lucy allait lui manquer, à la tête de la maisonnée.

Il tenta de se raisonner, de voir le bon côté des choses. Après tout, ce garçon n'était pas démuni, même si Mill Grove n'avait pas l'importance de Fatland Ford. Et puis ils resteraient voisins. Encore de belles chasses en perspective. Et Audubon n'était pas idiot, il était de bonne race, à en juger par son père. Bakewell était aussi sensible au charme et à l'élégance du jeune homme. Il l'était plus encore à sa tempérance. Il vivait principalement de fruits, de légumes et de lait. Il ne touchait que rarement au poisson et à la viande, et ignorait l'alcool.

Depuis que le malade avait été transporté chez les Bakewell sur l'insistance de Lucy, et depuis qu'elle le veillait nuit et jour, la vie quotidienne était bouleversée. Eliza s'occupait de Sarah, d'Ann et du petit William, emplie de sa nouvelle importance. Thomas secondait efficacement son père dans la conduite de la ferme. Il avait de bons serviteurs, et il pouvait se reposer avec confiance sur les Copley. Au fond, tout n'allait pas si mal.

Du bout de sa canne, il ôta quelques feuilles mortes attardées sur la pierre de la tombe. Lucy Green Bakewell ne verrait pas le bonheur de sa fille. Il passa la main dans sa crinière grise. Une larme roula sur sa joue. La neige commençait à tomber. Il repartit lentement vers la maison. La dalle se piquetait des premiers flocons de l'hiver.

Après une autre semaine, quand Audubon retourna à Mill Grove, le ciel était toujours bas, chargé de neige. Des nuages jaunâtres accrochaient le sommet des collines. Même si sa santé l'avait permis, il lui aurait été impossible de franchir à pied, à travers champs, comme il en avait coutume, le mile qui séparait les deux fermes, tant la campagne était enfouie sous une épaisse couche blanche. Les Thomas d'un côté, les ouvriers de Bakewell de l'autre avaient dégagé la route qui reliait les deux domaines. Le père Thomas était venu souvent aux nouvelles. Les dernières fois, il se montrait impatient du retour de Jean-Jacques à Mill Grove.

— Il se passe là-bas des choses qu'il faudrait qu'il voie, disait-il, laconique. Les Bakewell ne purent rien en tirer de plus, mais ils transmirent son impatience au malade. Lucy ne souhaitait pas voir s'échapper le garçon autour duquel elle avait amoureusement tissé sa toile de tendresse. Il était devenu sa proie consentante, le centre de son univers de femme éprise.

Mais Audubon, inquiet, voulut partir. Il s'inquiétait moins de ce que Thomas avait à lui révéler, que de l'état de ses collections, après tant de jours d'absence. La douce captivité de Lucy l'effrayait aussi. Il s'était accroché à elle durant ces jours où il avait cru mourir, brûlant de fièvre, la poitrine arrachée de douleur. Il avait cherché, et trouvé, le réconfort et le calme dans les grands yeux gris, si profonds, si apaisants. Maintenant il voulait fuir. Non par ingratitude. Au contraire, son amour pour Lucy s'était affermi de la sentir si forte, il bénissait cet accident qui l'avait forcée à l'aveu. Mais il ne fallait plus qu'elle le voie faible.

Thomas vint le chercher à Fatland Ford, non pas avec la voiture habituelle, mais avec une simple charrette attelée à un vieux cheval de labour. Il en fit la remarque.

— M. Dacosta a pris l'autre, pour son usage personnel. Il paraît que c'est lui le maître, maintenant.

— Qui est M. Dacosta?

— C'est bien pour ça que je voulais que tu reviennes. Il nous est arrivé là un drôle d'oiseau, avec tout un tas de lettres de ton père, des actes et je ne sais quoi, rapport à la mine. Il faut que tu voies ça de près. Bien sûr on attendait quelqu'un pour s'occuper de cette mine, mais je ne voyais pas ça comme ça. Je ne sais pas ce qui a pris ton père, mais l'autre a l'air d'avoir tous les pouvoirs. Ça ne me plaît pas. Moi aussi j'aime bien être maître chez moi. Il faut voir.

Thomas avait vidé d'un trait sa rancœur longtemps retenue. Si les problèmes commençaient, Audubon songea qu'il aurait un allié sûr.

— Ce qui ne va pas te plaire non plus, ajouta Thomas, c'est qu'il s'installe chez toi, et qu'il veut récupérer une des chambres du haut.

Malgré sa fatigue, Jean-Jacques eut soudain envie de sauter sur la route enneigée et de courir devant le cheval poussif. Mais déjà Mill Grove apparaissait en contrebas. Il vit tout de suite que, près du moulin, on avait fait une large saignée dans le bois de pins. Dans la clairière ainsi dégagée, on avait construit des cabanes de rondins, sans doute pour le logement des ouvriers. Il songea à sa caverne, avec les nids. Si on avait touché à son refuge... Non, pas encore, les travaux ne faisaient que commencer, mais un jour, sûrement, tout le bois qui longeait la rivière serait saccagé. Il n'avait pas entrevu cette conséquence quand Fisher lui avait fait miroiter les profits que le minerai allait rapporter.

Eunice étreignit Jean-Jacques comme s'il revenait d'un long voyage. Elle avait perdu son air enjoué et paraissait au bord des larmes.

— Il est là-haut, dit-elle, il vous attend.

Elle montrait le premier étage. L'idée qu'un intrus ait pénétré dans son musée redonna des forces à Audubon, qui se rua dans l'escalier.

Francis Dacosta était assis à la table, plongé dans une

130

pile de dessins d'oiseaux. Il se leva à l'entrée du jeune homme et se tint bien droit, cambré, comme s'il ne voulait pas perdre un pouce de sa taille. Avec son regard noir et perçant, son teint bistre, il avait bien l'air de ce qu'il était : un descendant des Portugais qui s'étaient installés à Nantes au XVIᵉ siècle pour y armer des navires et faire le négoce. La ville avait toujours fait bon accueil aux étrangers, et sur plus de 200 négociants et armateurs une bonne trentaine venaient d'Espagne – les Espinosa, Ruiz, Heredia –, du Portugal comme Dacosta, ou de Hollande – les Deurbroucq et les Van Harzel. Il y avait aussi des descendants d'Irlandais catholiques, fidèles aux Stuart, et des suisses qui régnaient sur le textile, comme Petitpierre. Le visage aigu de Dacosta, sa mèche noire rappelaient à Audubon ceux de Bonaparte. Il en conçut un malaise. « Ces petits bruns sont hargneux », songea-t-il.

– Je me suis permis de regarder vos dessins, ils sont magnifiques. J'aime particulièrement celui-ci.

Dacosta brandissait le « Grand héron bleu ». Malgré ses préventions, Audubon fut flatté. Ce dessin était en effet un des rares dont il fût fier. Le grand volatile, un des plus gracieux de son espèce, l'avait fasciné dès leur première rencontre, dans les marais de la Delaware. Il semblait à peine reposer sur le sol, tant ses pattes étaient fines, et tant il se déplaçait avec précaution, d'une démarche ralentie à l'extrême. Audubon croyait avoir bien rendu la grâce du long cou, la fine aigrette qui prolongeait la tête, les yeux dorés. Il n'avait pas eu de peine à l'observer. Sentant sa présence, l'oiseau au plumage bleu avait maintenu de longues minutes sa position d'alerte, une immobilité de statue.

– Vous serez certainement un grand naturaliste, dit Dacosta en reposant le dessin. Je m'en réjouis. Cela vous procurera des relations intéressantes dans ce pays, où les gens importants adorent se piquer d'art et de science. Mais vous conviendrez qu'il est temps que vous adoptiez un métier sérieux.

Pour Audubon, le substantif « métier » et l'adjectif « sérieux » ne sonnaient pas très bien à son oreille. Mais les deux réunis, c'était trop. Il s'abandonna à la quinte de toux qu'il réprimait jusqu'alors, fut pris d'un étourdissement et alla chercher refuge dans un fauteuil.

— Je ne me suis pas enquis de votre santé, pardonnez-moi, dit Dacosta gêné. Je dois vous dire tout de même que votre état est le résultat d'une coupable imprudence, qui aurait pu vous coûter la vie. Pensez-vous aux alarmes de votre père s'il connaissait votre mésaventure ?

La tête dans les mains, Jean-Jacques luttait à la fois contre son malaise et contre la colère.

— Qui êtes-vous pour me faire ces reproches, monsieur ? Vous n'êtes pas mon père, que je sache.

— Je vous parle en son nom, se rengorgea Dacosta. Je suis ici son représentant, et vous serez désormais sous mon autorité.

« Autorité. » Cet homme n'avait que des mots déplaisants. Audubon le regarda mieux. Dacosta n'avait pas plus de trente ans, intelligent sans doute ; un pli d'ambition au coin de la bouche.

— J'ai déjà un tuteur. Il se nomme Miers Fisher, il est négociant à Philadelphie.

— Vous n'y êtes pas. M. Fisher ne vous est plus rien. C'est moi qui le remplace, sur les instructions de votre père. Je tiens les documents à votre disposition. J'ai d'ailleurs personnellement désintéressé M. Fisher de sa créance envers votre père.

La nouvelle troubla Audubon et le mit plus encore sur la défensive. Quelle folie avait saisi le capitaine, de rompre une amitié aussi ancienne et aussi fondée avec le quaker, au profit de ce Dacosta, qui était manifestement un aventurier ? Même s'il avait fui son logis et sa fille, il avait du respect et de la tendresse pour Fisher.

— Qui êtes-vous, et que cherchez-vous ici ? demanda-t-il, en rassemblant ses forces pour se relever. Il ne voulait pas se sentir en position d'infériorité, et, le visage glacial, il se plut à toiser Dacosta de sa haute taille.

— Je vous l'ai dit. Votre père compte beaucoup sur l'exploitation de ces mines pour remonter ses finances, qui ne vont guère. Chaque jour lui enlève un peu l'espoir de retirer quelque bien de Saint-Domingue, où tout va mal pour les Français. J'ai des connaissances en minéralogie, je lui ai fait savoir que j'étais prêt à une association et à venir sur place diriger l'affaire. Comme il manquait de capitaux pour l'achat du matériel, je lui ai proposé de faire part égale, tout en désintéressant Fisher. Si bien que je suis aujourd'hui propriétaire de la moitié de Mill Grove. D'autre part, en m'instituant votre nouveau tuteur, votre père m'a chargé de vous enseigner la gestion de la mine, afin que vous m'assistiez. Nous commencerons dès que vous serez remis, et dès que cette maison sera aménagée pour me recevoir. A propos, il faudra que vous me fassiez un peu de place. Cette pièce me conviendra parfaitement.

Audubon tentait de se dominer. Cet homme plaisantait, il voulait le croire. Renoncer à son musée, pour abriter cet avorton qui prétendait le tenir en laisse.

— Monsieur Dacosta, dit-il le plus calmement possible, je ne puis croire que mon père ait pris des arrangements si contraires à mes intérêts et à mes goûts. Je n'en tiendrai donc pas compte.

— Il faudra bien, bondit l'autre. J'ai des papiers!

— Moi pas. Il ne m'a pas informé.

— Lui avez-vous écrit?

— Deux fois. L'une pour lui apprendre mon arrivée à Mill Grove, et l'autre pour lui confier que j'étais assez lié avec une jeune fille d'ici. Je n'ai pas eu de réponse.

— Parlons-en. A chaque fois il a très mal pris la nouvelle. Vous n'en faites qu'à votre tête, et cela doit cesser. La réponse, c'est moi qui vous la donne. Depuis un an, dans cette ferme, vous avez vécu comme bon vous semblait. Vous avez dépensé en fariboles l'argent qu'on vous a remis. J'ai vu les comptes de Thomas. Tout cela pour éblouir cette Anglaise et courir les bals. Je vous le dis tout net : votre père ne veut pas entendre parler de mariage tant que vous ne serez pas majeur et que vous n'aurez pas de métier. Vous prenez-vous pour un prince? Et que sait-on de ces Bakewell? S'ils vous font si bonne figure, c'est qu'ils croient que vous êtes un riche héritier, et vous n'avez pas dû le démentir. Tout cette comédie doit cesser. J'irai moi-même dire aux Bakewell...

Il n'eut pas le temps d'achever. Une poigne de fer l'avait saisi au jabot, le plaquait violemment contre un mur. Il y eut un craquement. Son dos venait d'écraser une étagère garnie d'œufs d'oiseaux. Une odeur atroce se répandit. Un liquide jaunâtre coula sur sa chemise, sur les épaules de son bel habit à rayures noires et grises. La main serra plus fort. Il se sentit étouffer.

— Lâchez-moi, vous êtes fou.

C'est vrai qu'Audubon avait l'air d'un dément. Ses yeux bleus s'assombrissaient de haine et de rage, ses boucles couvraient son visage. Dacosta avait peur.

— Vous ne direz rien aux Bakewell. Vous n'êtes même pas digne de franchir leur seuil. Vous ne méritez même pas d'adresser la parole au dernier de leurs chiens.

Audubon secouait sa victime au rythme de ses paroles, aggravant à chaque fois les dégâts de l'omelette nauséabonde.

Dacosta tenta une conciliation.

— Je ne fais que mon devoir, ce sont les instructions...

— Je me moque de vos instructions et de tous vos papiers. Montrez-les à qui vous voudrez, plaignez-vous tant qu'il vous plaira. Vous n'êtes pas en France, ici, il n'y a pas la maréchaussée derrière chaque haie. La justice, ce sont les citoyens qui la rendent; ils me connaissent, et pas vous. Allez devant les tribunaux. Vous y laisserez votre jeunesse. A moins qu'entre-temps je ne vous aie plongé sous la glace, dans un trou de la rivière. Je ne suis pas sûr que vous vous en tirerez aussi bien que moi.

Audubon lâcha Dacosta et s'en éloigna comme s'il sentait mauvais. Ce qui était le cas. L'autre ne bougea pas, laissant passer l'orage.

Jean-Jacques contempla par la fenêtre le moulin, les arbres givrés, la rivière gelée, les collines blanches. Ce paysage qu'il avait tant aimé lui semblait maintenant étranger, comme délivré d'un charme. Sa décision était prise.

— Monsieur Dacosta, nous n'allons pas nous faire la guerre. Nous allons nous ignorer, tout simplement. Cette situation, vous l'avez créée en abusant mon père, j'en suis sûr. Je suis certain aussi que vous avez pris soin de mettre le droit de votre côté. Votre autorité sur moi, que je refuse, ne vaut que jusqu'à ma majorité, dans un peu plus d'un an. Eh bien, d'ici là, je vais rentrer en France. Il m'en coûtera de quitter cette région, et certaines personnes qui me sont chères. Mais moins que de vous subir. Je vais donc vous prier de me remettre la somme nécessaire à mon passage.

– Mais, protesta Dacosta, je n'ai pas une telle somme ici, et je vous rappelle que vous avez déjà largement dépassé votre crédit...

– Mon père vous remboursera. C'est votre associé, non?

– Oui, mais... Bon, d'où comptez-vous partir?

– De New York, bien sûr. Philadelphie est bloquée par les glaces.

– Donnez-moi de quoi rédiger une lettre, je vais vous faire un billet pour une banque de Manhattan.

Il était bien docile tout d'un coup, ce Dacosta, si autoritaire tout à l'heure. « Après tout, se dit Audubon, il doit être bien content de se débarrasser de moi. Je ferais de sa vie un enfer. »

Dacosta cacheta soigneusement le pli à la cire, puis y inscrivit l'adresse : « M. Kauman, banker, New York. »

Le père Thomas ne fut pas mécontent d'apprendre que l'entrevue avait tourné à l'aigre. Il approuva l'intention de Jean-Jacques d'en référer directement au capitaine. Il n'aimait pas l'arrogance de ce Dacosta, dont la venue, de surcroît, ruinait ses espérances. C'est lui qui avait signalé l'existence du gisement de plomb. Il entendait bien être l'un des associés dans son exploitation, avec Fisher.

– Je n'ai pas beaucoup de moyens, ronchonna-t-il, mais c'était bien suffisant. Il ne fallait pas beaucoup d'ambition pour commencer, s'assurer que le filon était rentable, y aller doucement. Au lieu de cela, cet imbécile s'est lancé dans des achats de matériel démesurés, il a embauché beaucoup trop d'ouvriers. Crois-moi, il va perdre son argent, ce qui ne me chagrine pas, mais aussi celui de ton père. Cet homme est un prétentieux. Regarde ce journal.

C'était un numéro de *New York Herald* daté du samedi 17 novembre 1804. « La mine de plomb, disait l'article, découverte à Perkiomen Creek, dans le comté de Montgomery, et qui est la propriété de M. Francis Dacosta, vient d'être ouverte. On en attend un grand succès. » Suivaient des chiffres qui tendaient à prouver que le gisement était très riche, et le minerai de haute teneur.

– On dirait l'affaire du siècle, grinça Thomas. Dacosta s'est vanté auprès des journaux dès son arrivée, alors qu'on n'avait fait que quelques sondages et deux ou trois analyses. Lui-même n'avait pas vu la mine. Il a voulu faire l'important, et je crois bien que les marchands de New York lui ont vendu tout ce qu'ils ont pu, et le reste.

Eunice insista pour que Jean-Jacques prît quelque nourriture. L'appétit ne lui était pas revenu mais il se força pour lui faire plaisir. Il sentait bien que son départ attristait la brave femme. Peu après midi, ils aperçurent, des fenêtres du moulin, Dacosta qui prenait la voiture. Il avait changé de costume.

– Il retourne à Philadelphie, dit Thomas. Il n'arrête pas ses allées et venues. Que la neige l'engloutisse.

Le fermier ramena Audubon à Fatland Ford dans la même charrette que le matin. Le cheval était encore plus poussif ; la route montait, cette fois, et la charge s'augmentait de la grosse malle de Jean-Jacques. Il repartait comme il était venu, avec des vêtements solides et simples, ses livres, ses dessins les plus chers. Ses « fariboles », il les donnerait aux Bakewell. Le jeune Thomas serait bientôt de taille à les porter. De Mary, il rapporterait en France des souvenirs et une pelisse de loutre. De Lucy, une promesse.

Sans le montrer, William Bakewell n'était pas mécontent de la tournure des événements. Ce départ lui causait la peine de perdre une agréable compagnie ; en revanche, il lui donnait le répit qu'il souhaitait. Le seul défaut qu'il reconnût à Audubon était sa trop grande jeunesse. Il reviendrait mûri, éprouvé, ayant affermi son caractère, et obtenu des responsabilités dans la conduite de Mill Grove. Lucy de son côté aurait eu le temps de faire la part entre un engouement passager et un attachement profond.

Il fut convenu qu'avant de trouver un bateau pour

Nantes le jeune homme logerait chez Mme Sarah Palmer, une belle-sœur de Benjamin Bakewell. De plus, William rédigea une lettre à l'intention de son frère, le priant d'apporter son aide au voyageur. Il s'opposa fermement à ce que le père Thomas emmène Jean-Jacques dans sa charrette pour un pareil voyage, près de 100 miles sur des routes glacées, alors qu'il n'était que convalescent.

– Séraphin a de la famille à New York, il sera enchanté de vous conduire, et puis je vous confierai des plis urgents pour mon frère.

A l'intention de Lucy, Bakewell s'efforçait de donner à la séparation un tour banal et provisoire, comme pour un voyage d'affaires un peu prolongé. La jeune fille entrait dans le jeu, pour se rassurer, et aussi par convenance. Après tout, qui avait jamais parlé d'amour? Un ami partait, c'était tout. Le lendemain matin, Séraphin attendait devant les imposantes colonnes. Les naseaux du cheval fumaient. Bakewell fit des adieux rapides, comme négligents. Il avait sa pudeur, et il voulait laisser les tourtereaux seuls. Quand il eut disparu, Jean-Jacques saisit les mains de Lucy, chercha son regard.

– Je pars, et nous ne nous sommes rien dit de nos sentiments.

– Était-ce bien nécessaire, sourit Lucy. Nous nous dirons tout à votre retour, n'est-ce pas?

– Oui, assura-t-il gravement, et nous aurons tout le temps pour cela.

Leurs mains se serrèrent violemment, il se dégagea, et sans se retourner gagna la voiture.

La neige étouffait le bruit des roues et le pas du cheval. Enroulé dans la fourrure, allongé sur la banquette de cuir, il se réfugia dans le sommeil, toute la première journée, jusqu'à Trenton. Il ressentait encore les fatigues de sa maladie, il voulait aussi s'abstraire, ne rien voir, ne plus penser, ne rien regretter. Il ne s'aperçut même pas qu'on traversait Philadelphie. Séraphin n'osa le réveiller que le soir, à Trenton devant la Trent Mansion, une auberge beaucoup plus avenante que celle choisie par Fisher l'année précédente. Le Noir le porta presque jusqu'à sa chambre.

A l'aube du lendemain, Séraphin eut la surprise de

trouver son passager parfaitement dispos. Depuis longtemps levé, Audubon examinait d'un œil critique la toile qui ornait la grande salle de l'auberge. Avec plus de patriotisme que de talent, l'artiste avait représenté un épisode de la bataille de Trenton, quand Washington avait surpris et défait les Anglais en traversant la Delaware gelée.

Ils n'eurent pas à prendre ce risque. Le grand pont, enfin terminé, leur épargna deux bonnes heures, précieuses en cette période de jours très courts. Il n'était pas question de rouler la nuit. Cette fois, Audubon fut curieux du paysage, bavarda avec Séraphin. Il se sentait délivré, comme de la page triste d'un livre que l'on a fini par tourner. L'air était clair et piquant. Au bord de la route, signalée seulement par ses ornières dans la neige, le vent avait sculpté des congères. Il reconnut çà et là les traces d'un cerf. Il vit l'éclair blanc d'un lièvre variable, effrayé. Ils traversèrent des étendues de pins, de bouleaux blancs, de hêtres. Une mésange à tête noire voleta d'un arbre à l'autre. Un écureuil gris escalada un vieux tronc et disparut dans un trou. Un porc-épic noirâtre, dérangé, se déplia de mauvaise grâce et s'éloigna, en faisant trembler ses piquants à pointes blanches.

A mesure qu'ils avançaient, les trouées dans la forêt s'élargissaient, pour faire place aux champs. Les arbres avaient péri sous la hache, pour faire du feu, des maisons, des meubles, des charrettes, des mâts de bateaux, des carènes et les manches de nouvelles haches. D'autres avaient été brûlés pour fabriquer de la potasse, un des premiers articles d'exportation de l'Amérique, nécessaire à la fabrication du savon et du verre. De plus en plus souvent, un clocher aigu pointait sur l'horizon blanc, signalant un village.

La nuit tombait quand ils franchirent l'Hudson sur le bac de Hoboken. Mme Palmer habitait, près du débarcadère, une maison de brique qui donnait sur le parc de la Batterie.

Elle était veuve, très volubile, et enchantée d'avoir de la visite. Le soir même, il savait tout de sa vie, et surtout de celle de son défunt mari, qu'elle poursuivait de son admiration jusque dans la tombe. Bien qu'épuisé, Audubon trouva son hôtesse charmante. Le lendemain il se mit en quête du banquier Kauman, qui, comme ses confrères, tenait son officine sur Wall Street. Ce n'était pas très loin de la Batterie, mais il crut ne jamais y arriver sauf. Comparée à l'élégante Philadelphie, New York était l'image même de la saleté et du désordre. Des véhicules disparates allaient en tous sens, transformaient la neige en une boue noirâtre, car il n'y avait pas de pavés. On criait de partout, les ramoneurs, les chiffonniers, les vendeurs ambulants. Malgré l'animation, il se dégageait une impression de tristesse. Les couleurs des maisons, celles des enseignes, étaient ternes. Les briques n'étaient plus très rouges, les pierres à peine blanches.

Le banquier Kauman décacheta le billet de Dacosta, parut étonné, ajusta son lorgnon, relut encore, puis eut un petit rire bref. Il rendit la lettre à Audubon.

– Je crains de ne pas vous être très utile. J'espère que c'est une plaisanterie. M. Dacosta m'avait habitué à plus de sérieux.

Sur la feuille était inscrite cette simple phrase :

« Veuillez faire mettre le porteur de la présente en état d'arrestation, et le faire expédier à Canton, en Chine. »

– M. Dacosta est sans doute de vos amis, et il a voulu vous jouer un tour, reprit Kauman.

Il cherchait à se rassurer, car il avait bien vu la rage exploser sur le visage de son visiteur. Audubon se retrouva dans la rue, les dents serrées. Le sang lui battait aux tempes. Il frôla dix fois les roues des chariots et des fiacres, poursuivi par des injures et des claquements de fouets. Pour la première fois, l'idée du meurtre lui venait à l'esprit. Il allait retourner à Mill Grove et tuer ce Dacosta, lui serrer le cou jusqu'à ce que la langue lui sorte.

Mme Sarah Palmer, très amusée, le dissuada d'un projet aussi funeste. Non parce qu'il était immoral, mais parce qu'il était compliqué.

– Allons voir Benjamin, dit-elle, il va vous tirer de là. Au fond, vous devriez être content. Vous aviez estimé un peu vite que cet homme était mauvais. Sa farce stupide vient de le prouver, et de vous donner raison.

Benjamin Bakewell fut mis au courant des faits, lut la missive de son frère et ne fit aucune difficulté pour avancer à Jean-Jacques les 150 dollars nécessaires à la traversée.

Le 18 janvier 1805, Jean-Jacques Audubon repartait pour la France, à bord du *Hope*.

7

Le *Hope*, une petite goélette marchande, n'était pas un lévrier des mers. Son capitaine, Virgil Scranton, ne manifestait d'ailleurs pas l'intention de la pousser dans ses derniers retranchements. C'était un homme à l'air doux, la trentaine joufflue, le teint rose, l'air d'un bon vivant. La goélette naviguait sur lest, et, bien que parfaitement entretenue, accusait son âge. Elle avait couru plus de milles qu'elle n'en courrait encore. Trois jours après avoir quitté New York, en remontant l'East River et le Long Island Sound, on avait parcouru 200 milles. Sur bâbord se dessinaient vaguement, à travers l'éternelle brume de ces parages, les côtes de Nantucket. Les dernières que l'on verrait, avant celles de France. Le maître charpentier vint signaler une légère voie d'eau. Rien de bien grave, mais le capitaine décida qu'on ne pouvait pas attaquer la traversée dans ces conditions, et ordonna de virer de bord. Le soir même, le *Hope* se réfugiait à New Bedford.

Audubon, qui était le seul passager, ne fut pas mécontent de cette escale. Le mal de mer le minait déjà. Que serait-ce, quand on affronterait la grande houle du large et le mauvais temps probable en cette saison ?

Le *Hope* resta une semaine à New Bedford. Audubon, dont l'impatience renaissait, trouva que c'était beaucoup de temps pour une petite avarie. Il allait relire pour la troisième fois les *Voyages* de William Bertram, le livre confié par Bakewell, quand le *Hope* repartit enfin.

La traversée dura sept semaines. Jean-Jacques com-

140

mençait à s'amariner, quand survint une violente tempête. Réfugié sur sa couchette, secoué de nausées, il souhaita la mort. Plus tard, le calme revenu, Scranton lui apprit qu'on avait perdu un homme, un matelot tombé à la mer. Un autre jour, on navigua pendant des heures au milieu d'une immensité de poissons morts, flottant au gré des vagues. Le capitaine indiqua que ces rencontres n'étaient pas rares dans cette partie de l'océan. Il s'agissait toujours de poissons de la même espèce, sans doute condamnée par quelque maladie et vouée à l'extinction.

Comme si la France voulait fêter les nouveaux arrivants, le temps fut très beau dans les derniers jours. Le capitaine et son passager firent plus ample connaissance. Un soir qu'il avait un peu arrosé le dîner, Scranton avoua qu'il avait lui-même percé un trou dans la coque pour faire croire à une avarie. Il venait de se marier, et son armateur lui avait refusé un congé pour sa lune de miel. Il avait imaginé ce stratagème afin de gagner New Bedford, où l'attendait sa jeune épouse. Tout aux délices de l'amour, il avait veillé à ce que les réparations traînent en longueur. Scranton regretta son aveu quand il apprit que le père d'Audubon était officier de marine. Jean-Jacques promit le secret en riant. Il assura que, pour lui, on devait tout pardonner à l'amour. Dans un premier temps, le *Hope* devait s'ancrer à Paimbœuf, l'avant-port de Nantes, à l'entrée de l'estuaire. C'était bien loin de Couëron, mais le capitaine du *Hope*, soucieux des bonnes grâces d'Audubon, insista auprès de l'officier des douanes pour qu'il fasse accompagner le jeune homme chez lui. L'officier accepta d'autant plus volontiers qu'il connaissait le capitaine Jean Audubon. Dans le milieu de l'après-midi, le canot des douanes touchait Port-Launay, au pied de la colline où se trouvait la Gerbetière.

Plus qu'une colline, c'était une modeste butte. On ne pouvait apercevoir la Loire et la campagne environnante que depuis l'étage, à cause des haies de saules et de peupliers et des murets de pierre qui jalonnaient les propriétés. De la fenêtre de son bureau, le capitaine contemplait le fleuve. Il était soucieux depuis qu'il avait reçu la lettre de

Dacosta l'informant de l'incident avec son fils. Il avait répondu aussitôt, mais son trouble demeurait. Il lui faudrait attendre trois, quatre longs mois avant de connaître l'effet de sa réponse. C'était bien long, et à présent, avec le recul, il n'était plus sûr d'avoir bien pesé ses termes.

Il revint vers la copie de sa lettre, la relut pour la millième fois. Il gardait toujours un duplicata de sa correspondance, quand il n'en envoyait pas plusieurs par des bateaux différents, les cas de perte étant fréquents.

Nantes, le 19 ventôse an 13, 10 mars 1805. (Comme la plupart des Français, il n'avait pu se faire au calendrier révolutionnaire et il indiquait les dates selon les deux systèmes, le nouveau et l'ancien.)

Je suis on ne peut plus fâché de ce que vous ayez à vous plaindre de la conduite de mon fils. Car le tout, bien considéré, n'est occasionné que par de mauvais conseils et un défaut d'usage. On a aiguillonné son amour-propre, et peut-être avait-il été assez jeune pour se vanter, dans la maison où il va, que cette plantation devait lui échoir, à lui seul. Vous avez tous les moyens de détruire cette présomption...

Quant à venir dans le pays, cela me paraît presque impossible. Rappeler mon fils n'est pas plus aisé; les raisons qui me l'ont fait envoyer existent toujours. Il ne faut qu'un instant pour le faire changer du mal au bien, sa grande jeunesse et sa pétulance sont tous ses torts, et si vous avez la bonté de lui donner l'indispensable, il sentira bientôt la nécessité de se rapprocher de vous et pourra même vous être d'une grande utilité...

Dans sa dénonciation, Dacosta mentionnait la décision du garçon de rentrer en France, mais il la citait comme une promesse en l'air, une vaine menace, impossible à exécuter tant il était assuré que Jean-Jacques ne trouverait pas les fonds pour son voyage. Aussi le capitaine fut-il bien surpris dans les minutes qui suivirent.

Dans le parc, le chien Jérémie aboyait aussi fort que le lui permettait son grand âge. Rose poussa un cri. Une fenêtre s'ouvrit, il y eut des pas sur le balcon qui courait le long de la façade, puis la voix d'Anne Moynet qui appelait son mari. Quand celui-ci sortit de la maison, il cru rêver en découvrant sa femme et sa fille agrippées au cou de Jean-Jacques, tandis que le chien dansait la sarabande autour du groupe. Quand il put enfin arracher son fils à la bête et aux femmes, le capitaine le saisit aux épaules et l'étreignit. Puis il le contempla. Il s'efforçait de garder un air sévère, comme il convient à un père devant un fils en état de désobéissance. C'était au-dessus de ses forces, une fois de plus. Il n'arrivait pas à éteindre la flamme de gaieté et de tendresse, au fond de son regard bleu. Tous ceux qui aimaient le capitaine Audubon le savaient, et s'en servaient au besoin : il avait les yeux si transparents qu'on voyait son âme, qui était bonne. Il trouva son fils changé, mûri. Il s'inquiéta qu'il fût si maigre. Il se rappela qu'il n'aimait pas la mer; il n'avait pas dû manger depuis des semaines.

Jean-Jacques, après vingt mois d'absence, craignait de voir ses parents vieillis. Il n'en était rien. Le père était toujours alerte et vif, pour ses soixante et un ans. La bonne Anne, de neuf ans son aînée, approchait les soixante-dix, mais n'en laissait rien voir. Il eût été bien difficile de discerner sur elle la moindre ride, tant elle était ronde; aussi dodue que le capitaine était sec.

– Bien, mon fils, je pense que la lettre qui annonçait ton retour a pris un mauvais chemin, ou un bateau malchanceux.

– Je n'ai pas écrit, père. Ce que j'ai à raconter est trop long et trop compliqué. J'ai préféré venir moi-même.

Le capitaine fit un geste qui indiquait qu'il serait bien temps d'aborder les sujets sérieux plus tard, et il entraîna toute la famille vers la maison, au moment où Germaine, la cuisinière, enfin prévenue, se ruait à son tour sur le revenant.

Jean-Jacques retrouva sa chambre, intacte, froide et propre, plus petite et plus modeste que dans son souvenir. Rose lui apporta une cruche d'eau chaude. Il la retint.

– Laisse-moi te regarder. Tu es splendide.

Rose pirouetta, coquette. C'était une jeune fille maintenant. De grands yeux bruns, de longs cils, des boucles sombres, aux reflets bleutés; une vraie créole. Elle ressemblait aussi peu que possible à son frère.

– Papa nous a dit que tu aimais une belle jeune fille, en Amérique. C'est pour ça que tu es revenu?

– Entre autres raisons, oui.

– Moi aussi, je suis fiancée, tu sais.

Justement il ne savait pas. Il interrompit ses ablutions, la regarda dans le miroir. Il ne lui avait jamais vu ce visage passionné, elle si sage, si douce, si soumise autrefois.

– Et tu es amoureuse, petite sœur, cela se voit. Qu'en pense l'état-major?

– Papa approuve mon choix, dit gravement Rose.

– Et moi, je l'approuverai?

– Tu feras bien. Mais je crois que oui. C'est Gabriel.

– Gabriel? Tu veux dire Puigaudeau?

Rose confirma, enchantée de l'ébahissement de son frère. Comme tout Couëron, Jean-Jacques connaissait Gabriel Loyen de Puigaudeau, un des plus beaux partis de la région, issu d'une famille enrichie de longue date dans le commerce maritime. Les Loyen possédaient une bonne partie de Couëron et de Port-Launay. Ils n'étaient pas nobles, malgré la particule; Puigaudeau était simplement le nom d'une de leurs fermes. Au contraire, ils étaient de ces bourgeois devenus rivaux, puis plus puissants que l'ancienne noblesse, et qui avaient soutenu la Révolution, du moins dans sa première époque. Depuis deux siècles, tous les aînés mâles portaient le prénom de Gabriel. Le père, avant sa mort en 1797, avait été plusieurs fois élu maire. Son brillant fils lui avait succédé, dès l'âge de vingt-cinq ans. Jean-Jacques calcula que Gabriel était sensiblement plus âgé que Rose, au moins de douze ans, une différence qui n'avait rien d'exceptionnel. Lui au moins n'aurait pas à attendre un surplus de maturité, et un établissement sûr...

Rose attendait le verdict.

– Tu ne pouvais pas mieux choisir, petite sœur!

Il l'embrassa, la prit par la taille et la fit danser à travers la pièce.

Le capitaine avait deux certitudes : d'une part, il fallait réagir énergiquement et remettre son fils dans le premier bateau, d'autre part, il n'en aurait jamais le courage. La

144

seule fois qu'il avait fait preuve d'autorité envers Jean-Jacques, ç'avait été un cuisant échec.

Six ans plus tôt, il avait été chargé de se rendre en Angleterre, afin de négocier un échange de prisonniers. Le soir de son retour, il demanda à Rose de lui montrer ses cahiers. Il en approuva la tenue et caressa les cheveux de sa fille.

– C'est très bien, ma chérie, on ne peut pas mettre plus de science sous d'aussi jolies boucles. Et comment va la musique?

Rose s'installa devant le virginal, et les notes cristallines d'un menuet emplirent le salon. Jean-Jacques fixait attentivement le lustre de verre, dont la musique semblait provenir. Il essayait de ne pas penser à la réalité toute proche : son tour d'avoir à rendre des comptes. Le menuet finit dans une pirouette, et le capitaine applaudit.

– Bien, à toi, Jean-Jacques, qu'as-tu à nous montrer?

Anne Moynet, soudain inquiète, perdit son sourire. Jean-Jacques, apparemment détendu, invita la famille à gagner sa chambre. Il commença par exhiber un râle empaillé, dont les pattes étaient fixées sur un socle de tourbe sèche. Le capitaine reconnut que le travail de taxidermie était parfait. Mme Audubon poussa un petit cri.

– N'est-ce pas là une vipère?

– Bien sûr. Je l'ai achetée à un des fils de la Picaudière. Dommage qu'il l'ait abîmée en la tuant.

– Dommage, oui, fit le capitaine. Puis-je voir tes cahiers?

– Tu sais qu'il relève à peine d'une rougeole, intervint Anne.

– Eh bien, je veux voir ce qu'il a fait avant d'avoir la rougeole.

La mère jugea prudent de renoncer, et, suivie de Rose, quitta la pièce. A l'examen des cahiers de son fils, le capitaine hochait régulièrement la tête, impassible. Puis, sans un mot, il sortit en fredonnant une chanson de marin.

Le lendemain, Nantes s'éveillait à peine quand le père et le fils s'installèrent dans la voiture qui les attendait devant le porche de la rue Crébillon. Les adieux furent brefs, le capitaine n'ayant visiblement pas le projet d'un long voyage. Mais Anne serra fortement son fils contre sa généreuse poitrine, étouffa un sanglot, et fit rentrer Rose.

Jacques, le cocher, conduisit tout le jour. On ne s'arrêtait qu'aux octrois, aux barrières, pour le contrôle des passeports. Dans l'autre coin de la voiture, le capitaine lisait les *Essais* de Montaigne. Il semblait fort absorbé, mais du coin de l'œil le garçon remarqua qu'il tournait bien rarement les pages. Il avait dû donner des consignes pour hâter le parcours. On était au trot constamment, et il fallait changer le cheval toutes les trois heures. A ce train, avant la nuit, ils étaient devant Rochefort. On présenta encore les passeports aux murailles de la ville, puis on se rendit à la petite maison que le capitaine possédait dans le port de guerre. Jacques ouvrit les grands volets verts. La lumière révéla la maquette d'un sloop à dix canons sur la cheminée, flanquée de deux bouteilles enfermant des bricks en miniature. Les murs étaient couverts de cartes marines. Sur une longue table trônait une grosse horloge de marine, que le capitaine remonta avec soin, en prenant l'heure à sa propre montre. Puis, ces rites accomplis, il invita son fils à s'asseoir.

– Mon fils, je sais bien que j'ai jusqu'ici négligé ton éducation. J'ai été trop souvent absent, et ta mère a eu trop d'indulgence. Si je cherchais une excuse, je pourrais remarquer que dans les mêmes conditions ta sœur a obtenu de meilleurs résultats. Mais parlons de l'avenir. Il y a beaucoup à faire. Ce n'est plus à moi de tenter de t'instruire. Il y a des hommes plus capables que moi, ou que tous les précepteurs que tu as découragés. Je vais te conduire dans la meilleure école de France, selon moi.

Le lendemain, il remettait Jean-Jacques aux mains des officiers de l'école des cadets de la marine de Rochefort. Quelques mois plus tard, on le suppliait de venir le reprendre. On voulait bien passer sur ses fugues, mais dès qu'on le mettait sur un bateau, il avait un tel mal de mer qu'il contaminait tous ses camarades. On faisait entendre au capitaine qu'il aurait à envisager pour son fils, charmant par ailleurs, un autre destin que la marine.

Aujourd'hui, Jean Audubon n'avait plus affaire à un

adolescent turbulent, mais à un jeune homme décidé, qui ne voulait pas démordre de son opinion sur Dacosta et sa gestion de la mine. Le capitaine tenta de défendre son associé. Il répéta que c'était sur son ordre qu'il était intervenu contre sa liaison avec Lucy. Il dut bien admettre cependant qu'il avait lui-même pris sa décision sur la foi de rapports mensongers sur les Bakewell. Il apprit avec plaisir que ceux-ci étaient riches, généreux, désintéressés, cultivés, et bien d'autres choses encore. Jean-Jacques ne manquait pas d'adjectifs pour chanter leurs louanges. Le père et le fils bavardaient longuement, le soir, après que les femmes s'étaient retirées. Ils n'avaient jamais été aussi proches. Peu à peu, le capitaine admit que le projet de son fils, demeurer une année à Couëron, était le plus sage. Il gardait sa confiance à Dacosta, mais la fourberie de ce dernier, dans l'affaire du billet au banquier Kauman, le troublait. De plus il avait reçu un nouveau rapport sur les affaires de la mine, plus mauvais encore que les précédents. Dacosta arguait que de nouveaux fonds lui seraient nécessaires. Le capitaine ne pouvait faire face à une telle demande, et il s'était tourné vers son vieil ami Claude François Rozier, un négociant de Nantes avec qui il était depuis longtemps en affaires. Rozier avait accepté d'investir 16 000 francs dans l'entreprise, moyennant une hypothèque sur Mill Grove. Audubon ne cacha rien de la situation à son fils.

— Si j'osais plaisanter, je dirais que ces mines sont des puits sans fond, où les fonds se perdent. Je suis à peine le propriétaire de Mill Grove, une moitié est à Dacosta, et l'autre hypothéquée. Mais c'est moi qui serai jugé responsable d'un échec. En cas de réussite, Rozier et Dacosta en recueilleront tout le bénéfice. Vraiment, quand tu retourneras là-bas, je ne serai pas fâché d'avoir un allié dans la place.

Lorsqu'il fut officiellement admis que Jean-Jacques avait gagné sa cause, Anne et Rose ne cachèrent pas leur joie. La jeune fille était particulièrement heureuse que son frère puisse assister à son mariage, prévu à la fin de l'année. Elle, du moins, pensa Jean-Jacques, n'aurait pas de souci pour son avenir. Elle avait trouvé l'amour et la fortune. Aurait-il cette chance ? Lucy l'attendrait-elle ? Bakewell donnerait-il sa fille à un garçon ruiné ? Les mots de Lucy à propos du pauvre Colmesnil, le soupirant éconduit, lui revenaient souvent.

Quand il regagnait sa chambre, il s'allongeait sur le lit. Ses pensées s'envolaient vers l'Ouest, vers la femme si parfaite qu'il aimait. Il la voyait si intensément qu'il cachait son visage dans ses bras. Le cœur lui battait aux tempes. Il était bien seul. Le temps arrange tout, avait dit son père. Curieux comme les gens âgés misent volontiers sur le temps, le bien dont ils sont pourtant les plus pauvres.

Jean Audubon possédait la Gerbetière depuis plus de vingt ans. Il n'en avait fait sa résidence que depuis sa retraite de la marine, quatre ans plus tôt, mais il était considéré comme un vieux Couëronnais. Il recevait souvent les notables de l'endroit : c'est ainsi que Gabriel, de visite en visite, avait vu grandir Rose... Un autre familier était le docteur Charles Dessalines d'Orbigny. Pour Jean-Jacques, la rencontre avec cet homme fut certainement la plus décisive de son existence. Le jeune médecin, aussi, était un passionné d'ornithologie, mais il avait abordé le sujet de manière scientifique. Aucune publication concernant les oiseaux ne semblait lui avoir échappé, mais il regrettait lui-même cette approche trop livresque. Dès qu'il connut Jean-Jacques, il envia son adresse au dessin, sa connaissance pratique de la nature et ses talents de chasseur. Il comprit qu'ils se complétaient merveilleusement : le jeune homme, pour l'instant désœuvré, ferait un bon assistant et un excellent élève. D'Orbigny, comme bien des savants, avait le goût d'enseigner.

Le capitaine et sa femme crurent à une intervention divine quand ils virent leur fils se plonger avec fureur dans l'étude, ce qu'eux-mêmes avaient désespéré d'obtenir. Encore que le vieux marin, qui était moins familier avec Dieu que son épouse, attribuât une bonne part de la conversion de son fils à l'influence des Bakewell.

Jean-Jacques dévastait régulièrement la bibliothèque de Charles. Il accablait son ami de questions, mais aussi, souvent, s'emportait contre certaines descriptions d'oiseaux qu'il jugeait fausses. Buffon et Linné passèrent de mauvais moments.

– Pour écrire ça, ils n'y sont pas allés voir, grognait-il.

D'Orbigny objectait gentiment que le savant avance à tâtons, à travers les erreurs et les vérités, jusqu'à ce que le voyageur suivant trace un meilleur chemin. Il fit la comparaison avec ces processions flamandes, où l'on fait deux pas en avant et un pas en arrière.

Le printemps s'installait, éclatait en cris, en piaillements, en frôlements d'ailes. Les éclairs sombres des martinets commencèrent à rayer l'espace, balisé, plus haut, comme un chenal en plein ciel, par les longs vols des migrateurs. Comment ne pas être curieux des oiseaux dans cette région gorgée d'eau, où le fleuve, les marais, les lacs sont pour eux autant de havres? Dès lors, D'Orbigny, chaque fois que les devoirs de sa charge le permettaient, emmenait Jean-Jacques à la découverte. Il avait surtout décidé d'explorer cette année le lac de Grand-Lieu, au sud-ouest de Nantes et à l'orée du marais vendéen. C'est sans doute le plus grand lac de France, du moins l'hiver, où il atteint 6 000 hectares. C'est aussi, avec la Camargue, le plus important sanctuaire d'oiseaux. Jean-Jacques connaissait déjà la Brière, mais très peu cette rive de la Loire. A Nantes, on allait peu au sud, un pays étranger déjà, avec plus de vigne et moins de blé, un autre patois, et la tuile qui apparaissait, encore timide, près de l'ardoise et du chaume.

Ils logèrent chez Philibert Deffant, qui vivait avec sa femme Marcelline dans une petite ferme du bourg de la Chevrotière, près de Passay. Ce hameau de pêcheurs, construit en bourrines, murs chaulés et toits de roseaux, était le seul accès au lac. Les Deffant leur prêtèrent une yole noire sur laquelle ils passèrent des journées entières, tapis, chuchotant, à l'affût de tout ce qui bougeait.

Le premier jour, dès l'aube, Jean-Jacques fut frappé par l'aspect fantomatique du marais aux contours indécis, nimbé d'étranges brumes. Dans l'énorme silence, le clapot de la barque détonait.

– Cet endroit a beaucoup excité les imaginations, murmura D'Orbigny. L'eau n'est pas profonde, 1 à 2 mètres, mais il y a une épaisse couche de vase, et les gens du pays pensent qu'une ville est engloutie là, Herbauges. Et la nuit de Noël, on entendrait encore sonner ses cloches.

– Vous y croyez?

– Qu'ils entendent des cloches, c'est possible. Dans un pays aussi plat, les vents ont des caprices. Ils peuvent apporter les sons de très loin, on ne sait d'où. La superstition fait le reste. Mais je ne donne pas cette explication aux paysans, bien sûr, je perdrais leur confiance. Je fais semblant d'y croire.

D'Orbigny estimait la population d'oiseaux à Grand-Lieu à plus de deux cents espèces, sans compter les migrateurs. Il était loin de les avoir toutes recensées, d'où cette expédition. Il comptait beaucoup sur le regard perçant de son compagnon, la vitesse à laquelle il traçait le croquis d'une forme à peine entrevue. Ils songeaient à peine à se nourrir, tant le temps s'enfuyait. D'Orbigny notait, Audubon dessinait, puis ils retournaient, fébriles, à leur longue-vue. Il n'était pas question de tirer un seul coup de feu, qui aurait pour de longues heures perturbé le sanctuaire et faussé l'observation. De temps en temps une autre yole les croisait, celle d'un des cent pêcheurs autorisés à vivre du lac, de ses brochets, sandres, perches ou carpes. On se saluait en silence, comme dans un spectacle de mime.

Un grèbe huppé s'éloigna dans une succession de plongeons et de nages. Ils contournèrent des îlots couverts de joncs de tonnelier. Des foulques s'enfuirent, courant à travers les nénuphars. Ils surprirent des nids de colverts, de sarcelles. Il y eut des envols aigus de mésanges et de rousseroles. Près d'une rive, ils délogèrent un rat musqué de sa hutte. Un putois s'enfuyait devant une loutre, pour quelle querelle? Le décor changeait; là c'était une roselière envahie de saules et d'aulnes, ailleurs l'eau disparaissait sous un épais tapis de végétation flottante, infranchissable. Les oiseaux le savaient, et s'y pavanaient sans frayeur. Un héron cendré, une aigrette garzette, des busards, des râles, des poules d'eau.

Audubon y croyait à peine, craignant de s'éveiller d'un rêve délicieux. Il avait, comme Alice, traversé un miroir d'eau dormante, il se retrouvait du vrai côté de la vie. Là où les hommes n'ont plus cours, où ne parviennent plus leurs clameurs. Plus que des cris d'amour, des trilles moqueuses, des appels d'oisillons. Aimer, manger, jouer, jouir... La nature. Le dernier soir, sachant que c'était le dernier, il faillit pleurer. Les mouettes rieuses arrivaient pour la nuit, et les goélands argentés. Il voulut rompre le charme. Son fusil tonna deux fois. L'écho en roula jusqu'aux rives, où les paysans fauchaient encore les premiers foins du printemps. Deux canards tombèrent, qu'ils rapporteraient à leurs hôtes, pour le merci. Ils rentrèrent dans le siècle.

Les Deffant s'étaient mis en frais pour le repas d'adieu. Marcelline trottinait malgré ses lourds sabots. Elle marchait courbée, l'échine ployée par l'âge et les travaux. Après avoir besogné le feu, pendu une grosse marmite dans l'âtre, elle s'essuyait le front, lissait les bandeaux de sa chevelure grise. Philibert lapait sa soupe à grand bruit, la moustache immergée dans l'écuelle. Pour accompagner les canards, il y avait du pain de seigle et d'orge, de la soupe au lard, des choux et des navets, du beurre et du lait caillé, des fruits « mêlés », cuits au four. Il y avait du vin blanc, qu'Audubon n'aimait pas, et de l'eau, qu'il s'abstint de boire, suivant les conseils de D'Orbigny.

– Leurs puits sont trop près des étables, avait-il prévenu. Ils ont tous des maladies de l'intestin, notamment les enfants qui sont pleins de vers. J'essaye de les convaincre de faire des citernes et de boire seulement l'eau de pluie, mais cela coûte cher.

Audubon, trop grand, se heurtait les genoux à la table, qui était en fait un gros coffre sur pied. On y conservait le pain, le beurre, les morceaux de lard entamés. Pour y accéder, il fallait faire coulisser le plateau supérieur de la table, ce qui dérangeait la moitié des convives. Encore fallait-il qu'ils se lèvent ensemble, sinon la bancelle, délestée à un seul bout, précipitait les retardataires au sol. Mais une bonne ménagère prenait soin de retirer ce qui était nécessaire dans le meuble perfide avant le repas.

Il y avait aussi un gros buffet noir, une énorme armoire de chêne ornée de disques sculptés, la maie où l'on pétrissait le pain. Et deux lits de coin, collés au mur, de part et d'autre de la cheminée. Un seul des lits paraissait en usage. Audubon savait qu'à quelques détails près, dans le dessin des meubles ou le contenu des assiettes, c'était ainsi que vivaient tous les paysans de France, dans une pièce unique, à la fois cuisine, salle à manger et chambre. Entre les mêmes murs, on naissait, on se reproduisait, on mourait. Les enfants mariés restaient là, à trois mètres de leurs parents. Les enfants nés de leurs étreintes discrètes s'ajoutaient au nombre. S'il y avait des invités, on s'entassait à trois par lit, les hommes et les femmes séparés. Il fallait que la place devienne chiche pour qu'on songe à s'établir ailleurs, si on pouvait. Le plus souvent les aïeux entamaient alors leur dernier sommeil, et laissaient un lit libre.

– Le monsieur était en Amérique, comme le roi, dit Philibert que le vin de Loire rendait soudain bavard.

– Quel roi? demanda Jean-Jacques. Il ne comprenait pas très bien le patois du vieil homme, différent de celui de Couëron.

– Il parle de Louis XVII, traduisit D'Orbigny. Tout le monde est persuadé par ici que le dauphin s'est évadé du Temple, qu'il a été emmené en Amérique, et qu'il reviendra pour reprendre son trône.

Le vieux opinait, entêté. Il se lança dans un long discours, de plus en plus véhément. Marcelline tentait de l'apaiser du geste, effrayée qu'il n'en dît trop devant des étrangers, souriant avec force pour atténuer les propos de son mari. Mathurin parlait de Napoléon, et il n'était pas content. L'homme qui s'était fait empereur l'année précédente l'avait bien déçu. Bien sûr, il avait au début rétabli la religion, mais il n'avait pas fait revenir le roi, et il avait pris sa place, humilié le pape. Maintenant il s'acharnait sur les royalistes, avait assassiné Cadoudal et le duc d'Enghien, le pauvre prince, mort à trente-trois ans, comme le Christ. Mathurin s'enflammait. Ça ne se passerait pas comme ça. Il y avait encore assez d'hommes, malgré les massacres, assez d'enfants, de femmes et de vieillards, pour combattre encore pour Dieu et le roi. Dans le Marais et le Bocage, en Vendée et en Bretagne, dans la France entière. Il se tut soudain, puis commença à chanter, d'une voix qui lui venait du ventre, bas d'abord, puis à tue-tête, le *Vexilla Regis*, le chant pascal devenu le chant de guerre des Vendéens. *Vexilla regis prodeunt* – les étendards du roi s'avancent. Le latin sonnait drôlement dans cette bouche paysanne, d'une façon à la fois grotesque et terrible.

Quand le chant fut fini, Mathurin resta prostré, les yeux

dans le vague, les mains crispées sur son gobelet. D'Orbigny fit un signe à Jean-Jacques. Ils se levèrent, saluèrent discrètement Marcelline résignée, et gagnèrent la grange où ils passaient leurs nuits.

– Ils m'ont proposé leur second lit, comme c'est l'usage, dit D'Orbigny quand ils furent allongés sur leurs paillasses. J'ai cru devoir refuser. Ce lit est sacré pour eux : c'était celui de leurs deux fils qui ont disparu dans la Virée de Galerne. Ils avaient à peine vingt ans. Vous comprenez qu'il délire un peu quand il a bu. Tenez, je vais vous montrer quelque chose.

A la lueur de la lanterne, il fouilla dans la paille et retira une sorte d'outil avec un long manche. C'était une faux, dont la lame était dans le prolongement du bois, et non à angle droit.

– Les forgerons en ont redressé des milliers. C'était l'arme la plus fréquente des Vendéens, et elle a fait des ravages.

Audubon imagina les « Bleus » surpris au détour d'un chemin creux par une horde aux faux brandies, chargeant dans un cliquetis d'insectes monstrueux, les fers fouillant les ventres.

– Mathurin a raison, reprit le médecin, l'Ouest ne s'est pas résigné, il suffirait d'une étincelle. Ces gens ont tellement souffert qu'ils ne pardonneront pas de sitôt à la République, ni à son continuateur, Napoléon. Savez-vous qu'après l'exécution de Cadoudal, l'Empereur a fait remettre son corps à la faculté de médecine, pour que les étudiants le dissèquent. On dit que le chirurgien Larrey a gardé le squelette, assemblé avec des fils de fer. Pourquoi pas ? Après tout, c'est forme d'immortalité.

Avant de revenir à Couëron, D'Orbigny fit faire à la voiture un détour par le Bocage. Il voulait montrer à Jean-Jacques les hauts lieux de la guerre de Vendée. Ils passèrent par Clisson, ravagée et désertée dix ans auparavant, et que l'on achevait de reconstruire. Par un étrange marché, lié sans doute aux conquêtes de Bonaparte, l'ouvrage avait été confié à des architectes italiens, ce qui donnait un caractère exotique à la nouvelle ville. Puis ils escaladèrent le mont des Alouettes. Du haut des rocs pelés, parsemés d'ajoncs et de genêts, le regard portait très loin, jusqu'à la mer. Le ciel d'orage augmentait la visibilité. De loin en loin, une trouée dans les nuages laissait percer un rayon oblique, comme un doigt divin sur la terre sainte. L'effet de perspective donnait au Bocage l'aspect d'une forêt touffue. On distinguait à peine les chemins tortueux, les routes qui sinuaient au long des buttes, bordées de levées de terre et de haies de saules. Ce labyrinthe dont se plaignait Kléber, où l'artillerie était impuissante, les déploiements impossibles. Rien ne dépassait du moutonnement de verdure, à peine un frêle clocher, sinon la flèche de Saint-Michel-Mont-Mercure, d'où l'archange avait défié le tonnerre, et la République.

Sur le mont lui-même, ils virent les carcasses calcinées de sept moulins à vent.

– Presque tous les moulins de Vendée ont été détruits, dit D'Orbigny. La plupart sont rebâtis maintenant, sauf ceux-ci. Je crois qu'on a voulu les laisser, à cet endroit symbolique, une sorte de colline sacrée, pour porter témoignage.

– Mais pourquoi les avoir détruits?

– Ah, bien sûr, le moulin est l'image même de la paix, de l'harmonie sociale, de la prospérité. N'empêche que les Vendéens en ont fait un instrument de guerre. Lorsque les ailes étaient arrêtées en croix de Saint-André, tout allait bien. En croix latine, rassemblement. L'aile basse à gauche de la porte, danger. A droite, le danger s'éloignait. C'était, simplifié, le principe du télégraphe de Chappe. Pendant longtemps, les Bleus n'ont pas compris pourquoi les villages qu'ils croyaient surprendre étaient vides, pourquoi les embuscades de leurs ennemis réussissaient, et pas les leurs. Ils ont fini par savoir, bien entendu. Il y a toujours des traîtres, ou des faibles, ou des femmes que l'on menaçait de viol, la « Sainte Verge » que promettaient les soldats rigolards. Alors on s'est acharné contre les moulins et les meuniers, avec cet avantage que l'on affamait un peu plus la contrée. Il y a eu beaucoup de ruses de ce genre, qui décourageaient les républicains. Même leurs officiers n'étaient pas loin de penser que ces brigands, comme ils les appelaient, avaient, en plus du bon Dieu dont ils se réclamaient, le Diable dans leur poche.

Ils remontèrent lentement vers la Loire. Ils traversèrent

des villages mornes, souvent à demi détruits, où l'on voyait peu de monde, hormis quelques enfants au bord des routes, morveux, dépenaillés. Une vague curiosité ne les arrachait pas à leur indolence. Ils avaient le ventre gonflé, les yeux vides.

Du haut de La Montagne, la rive un peu escarpée qui fait face à Basse-Indre, ils virent le soleil tomber au bout du fleuve derrière Saint-Nazaire, un petit village de pêcheurs. Jean-Jacques calcula qu'il devait être midi à Fatland Ford. D'Orbigny lui avait donné d'autres yeux pour voir son pays. Appauvri, divisé, prêt à de nouveaux déchirements. Il faudrait au moins vingt ans, avait dit le médecin, pour guérir la nation malade. Vingt ans. Il en aurait quarante, l'espérance de vie d'un homme de son temps. Et il songeait à l'autre rive, plus impatient chaque jour d'y retourner.

L'Amérique, il ne risquait pas de l'oublier. Sa mère lui en rebattait gentiment les oreilles chaque jour. Le *Génie du christianisme* de Chateaubriand était furieusement à la mode parmi les dames de la province, après avoir passionné les Parisiennes l'année précédente. Anne avait gagné Rose à sa cause, et toutes deux lisaient à la veillée les passages les plus larmoyants des aventures d'Atala et de René. Pris en otage, le capitaine et son fils échangeaient des regards excédés. A la déception des chères lectrices, Jean-Jacques dit qu'il n'avait pas vu le Mississippi, nommé Meschacebe par l'écrivain, lequel ne devait pas l'avoir vu davantage. Certes, il se rappelait ce nom de Chateaubriand, que l'on avait évoqué lors du mariage chez les Pawling. Il semblait que le délicat poète avait passé plus de temps dans les salons de Philadelphie que sur les rives du « Père des eaux ». Un passage du livre où il était question de l'apparition d'une jeune négresse aux seins nus fit monter le rouge aux joues de sa sœur. Il dut insister sur le fait qu'à Mill Grove et dans les environs, on allait habillé comme en France. Puis il entendit comme un lointain bourdonnement la voix de la lectrice. Le mot « sein » avait entraîné son esprit. Il revit l'image d'une poitrine blanche et ronde, brièvement révélée au clair de lune, dans l'entrebâillement d'une robe. Lucy, son Amérique à lui, plus vraie que ce fatras ampoulé. L'ouvrage de Chateaubriand lui paraissait de la même farine que *Paul et Virginie*, dont il avait tant ri autrefois. Quelques phrases pourtant le tirèrent de sa distraction : « Moi j'irai errant dans mes solitudes. Pas un seul battement de mon cœur ne sera comprimé. Pas une seule de mes pensées ne sera enchaînée. Je serai libre comme la nature. » Il aurait aimé écrire cela. Il se promit de noter le passage, pour une de ses futures lettres à Lucy.

Quand, enfin, terrassées de sommeil par les amples périodes, les femmes montaient à leurs chambres, le capitaine Audubon s'étirait en grognant.

– Tout ça, c'est des bondieuseries. Ce Chateaubriand est un malin. Il a publié son livre exactement au moment de la signature du Concordat. Ce n'est pas un hasard ; il avait sûrement l'appui de Bonaparte. On croit rêver : l'héritier de la Révolution protège un ancien émigré royaliste pour qu'il serve sa propagande en faveur du retour à la religion. Quel vertige !

– Mais, hasarda Jean-Jacques, Napoléon est peut-être un croyant sincère.

– Je n'en connais pas, à part ta mère et ta sœur. Napoléon croit à Napoléon, c'est tout. Mais il veut gouverner, et il sait bien que tout l'appareil catholique est presque intact, et reste un formidable instrument de domination des esprits et des cœurs. C'est bien joué. Trop bien. La farce est trop claire. Dieu et le roi, ça va ensemble. Les prêtres courbent l'échine, en attendant que les royalistes reviennent, poussés par les princes d'Europe, qui n'accepteront jamais Napoléon. Ils y mettront le temps, mais ils y arriveront, quand nous serons à genoux, vidés de notre force et de notre jeunesse. L'Empire ne sera pas le triomphe de la Révolution, mais sa fin.

Le capitaine se leva devant l'âtre, avec une grimace de douleur quand il assura son équilibre sur sa jambe blessée, qu'il appelait sa patte folle. Sans elle, disait-il souvent pour faire enrager Anne, il serait déjà en Amérique. Quinze ans après son retour de Saint-Domingue, c'était un homme déçu. Il avait passionnément adhéré aux idées de Jean-Jacques Rousseau. Au point de donner son prénom à son fils. Or, les préceptes de Rousseau avaient engendré Robespierre et son règne sanglant. Et voici qu'en surgissait un nouvel avatar avec ce Breton opportuniste; tout y était, le bon sauvage, la nature bienveillante, la civilisation corruptrice. Mais au dénouement, chez Chateaubriand, le curé arrivait pour les larmes finales et l'édification des âmes. Comme avant, et mieux. Le capitaine était furieux de ce tour de passe-passe. Il n'avait pas contrarié sa femme ni sa fille, car il respectait les idées d'autrui. Mais depuis quelque temps il avait ressorti quelques volumes de Voltaire de sa bibliothèque. Le scepticisme du vieillard ricanant convenait mieux à son âge et à son expérience.

Jean Audubon s'appuya sur l'épaule de son fils pour monter l'escalier.

– J'ai connu le père de Chateaubriand, à Saint-Domingue. Il était capitaine, comme moi, et il faisait la traite des nègres. C'était un personnage à la triste figure, très dur en affaires. Crois-moi, il ne traitait pas les esclaves comme de bons sauvages!

Il riait doucement en regagnant sa chambre.

Les liens entre les D'Orbigny et la famille Audubon furent encore confortés au début d'août 1805, par le baptême de Charles-Édouard. Jean-Jacques en était le parrain, et Rose la marraine. C'était le troisième enfant de Charles et Marie D'Orbigny. La cérémonie ne fut qu'une courte trêve dans la fureur des deux ornithologues. L'automne vint bien vite, et le départ des migrateurs ne leur laissa aucun répit. Aux premiers mauvais jours, ils entreprirent de classer le butin de leurs six mois d'errances. Ils travaillaient fort avant dans la nuit, dans la vaste bibliothèque du médecin. D'Orbigny remarqua que son jeune ami signait ses dessins d'un nom inconnu : La Forêt, ou plus souvent Jean-Jacques La Forêt Audubon. Comme il s'étonnait de ce nouvel état civil, le garçon rougit, en souriant avec gêne.

– Je sais que cela peut paraître enfantin, mais c'est un serment que j'ai fait à une jeune fille...

Charles n'insista pas; même un médecin respecte les secrets des amoureux. En fait Lucy avait donné à Jean-Jacques un surnom, pour le taquiner : « Woodsman », « l'homme des bois ». Il l'avait prise au mot, en décrétant que ce serait désormais son nom d'artiste, sous la forme plus plausible de « La Forêt ». Ainsi, où qu'il soit, à chaque fois qu'il signerait un dessin, elle serait assurée qu'il pensait à elle. En vérité il n'avait pas besoin de cet artifice. L'hiver le condamnait à rester plus souvent à la Gerbetière, confronté à ses souvenirs. Il relisait alors les lettres de Lucy. Elle l'entretenait de la vie à Fatland Ford. Elle avait repris son rôle de maîtresse de maison, donnait des nouvelles de ses frère et sœurs, transmettait le désir de son père de recevoir de France un âne espagnol, afin d'élever des mules. Elle se plaignait que Jean-Jacques écrive si peu. Elle n'avait pas tort, mais pour sa défense il répondait qu'écrire en anglais était encore pour lui un tel supplice qu'il le différait sans cesse.

Puis des nouvelles inquiétantes étaient venues. William Bakewell envisageait de se remarier. Lucy affectait d'approuver cette nouvelle union. Certes, Thomas, Eliza et elle étaient en âge de se débrouiller, mais il restait Sarah, Anne et le petit William, qui auraient besoin d'une mère quand les aînés seraient partis. Il y avait dans le ton de la lettre une réserve que Jean-Jacques comprenait tout à fait. Lucy souffrirait de voir son autorité contestée. De plus on pouvait redouter que l'étrangère ne mette son nez dans leur projet de mariage. Il avait fait la conquête du père, mais tout serait à recommencer.

Décidément, cette fin d'année n'apportait rien de bon. Aux derniers jours d'octobre, on avait appris le désastre de Trafalgar. D'Orbigny et le père Audubon, en gens de marine, analysèrent longuement les erreurs qu'avaient pu commettre, devant Cadix, les amiraux Villeneuve et Gravina, commandant les flottes française et espagnole. Ce n'était pas très patriotique, mais leur sympathie allait plutôt à l'amiral Nelson, qui n'avait pas survécu à sa victoire.

– Ce pauvre Nelson, avait dit le capitaine en guise d'oraison funèbre, il a toujours eu le mal de mer.

Avec cette défaite, Jean Audubon voyait se renforcer la suprématie des Anglais sur les mers, s'éloigner davantage la reprise du commerce avec les colonies, et l'espoir d'une prospérité nouvelle pour Nantes et sa région. Six semaines plus tard, on apprit la victoire d'Austerlitz. Les nouvelles, surtout celles des victoires, parvenaient assez vite grâce aux bulletins de la Grande Armée que les maires, au son du tambour, devaient propager dans chaque village.

— Il a le vent en poupe, grimaça le capitaine à propos de Napoléon. Rien ne l'arrêtera plus. Il lui faudra de plus en plus de conquêtes, et de plus en plus de soldats. Combien cette année, Charles?

— Vingt-huit sur trente-cinq conscrits. L'année dernière, sur vingt-cinq conscrits, on réclamait seulement neuf hommes.

Comme chaque année, en tant qu'officier de santé, D'Orbigny avait assisté au tirage au sort, dans une salle de la brasserie de Couëron. Les conscrits nommés par le sort avaient ensuite deux heures pour arranger entre eux les remplacements. Les chiffres pouvaient paraître modestes, mais Couëron n'avait que trois mille cinq cents habitants. Le capitaine trouvait, lui, que la conscription devenait dévorante. C'était devenu pour lui une obsession de compter les jours jusqu'à l'échéance d'avril. Maudite époque qui lui faisait souhaiter le départ d'un fils pour lequel son attachement avait encore grandi ces derniers mois.

Rose aussi s'en allait, moins loin heureusement, mais la Gerbetière allait paraître vide. Son mariage eut lieu le 16 décembre, dans le bureau du maire, Germain Vallin, qui s'amusait beaucoup de marier son propre adjoint, Gabriel. Étaient témoins, du côté de l'époux, André, son frère, capitaine de navire, Honoré Géraud, son beau-frère, également capitaine. Du côté de l'épouse, son père et son frère Jean-Jacques. Étaient présents également Jean Perchais, juge de paix et conseiller de l'arrondissement, et Martin Daviais, le notaire des deux familles. Sans oublier, évidemment les D'Orbigny. Cette estimable assemblée inspira une plaisanterie un peu amère à Jean Audubon :

— En d'autres temps, messieurs, à nous tous nous aurions pu fonder une belle compagnie maritime.

Anne Moynet s'était chargée de la cérémonie religieuse. Il ne fallait pas compter sur ces hommes-là, libres penseurs et pour la plupart francs-maçons, pour organiser une messe. Leur seule concession serait de s'y rendre sans mauvaise grâce. Elle réussit à faire venir l'évêque de Nantes, M. Duvoisin; le titre de monseigneur restait interdit. L'abbé

159

Banchais était là aussi, et sa présence était chère à tous ceux qui comme Anne n'avaient jamais renoncé à leur foi. En 1792, il avait refusé la Constitution civile du clergé, et s'était exilé en Espagne pendant dix ans. Le soir de la noce on dansa dans les salons des « Tourterelles », la grande maison grise, au perron monumental, située à l'orée du bourg. C'est là qu'habitait la mère de Gabriel, et où le jeune couple irait bientôt s'installer. Audubon forma avec Rose le couple de danseurs le plus remarqué. Leur grâce et leur technique parfaites décourageaient d'habitude toutes les concurrences; pourtant, cette fois, une jeune femme tenait bon, nettement décidée à ne pas leur laisser la place libre. Elle avait les armes de son insolence : un petit nez mutin, de grands yeux dorés, un regard direct, des cheveux plus acajou que vraiment roux. Alors que les autres femmes présentes portaient des robes à l'ancienne mode, y compris Rose, dont par tradition familiale la robe de mariée avait franchi des générations, l'inconnue était dévêtue d'une robe à l'antique. Jean-Jacques avait du mal à rester indifférent devant ce que la légère parure soulignait sous prétexte de cacher. Rose vit bien la direction de ses regards, et céda le terrain, discrète.

Quand la musique s'arrêta, Jean-Jacques et l'inconnue se saluèrent. Il y avait dans leurs yeux plus que de la politesse. L'orchestre fit une pause. D'Orbigny survint.

– Elle est belle, n'est-ce pas?

– Vous la connaissez? fit Jean-Jacques, trop détaché.

– Oui, elle est de la région. Elle vit au Pellerin, quand elle n'est pas à Paris. Elle s'appelle Claire de Cordemais. Son mari est quelque chose d'important dans la marine, je crois. Ils sont très liés à la cour impériale, et assez libres de mœurs.

– Ils n'ont pas d'enfants?

– Non. C'est sans doute la cause de leurs fréquentes séparations. Pour l'instant ils brûlent la vie chacun de leur côté, mais ils divorceront un jour. D'autant plus que le mari sait bien que la stérilité vient d'elle.

– Comment est-elle si sûr?

– Allons, sourit D'Orbigny, je l'ai confessé. Vous pensez bien qu'il a des maîtresses, et qu'il s'est déjà reproduit avec elles. Peu importe, Claire est une femme remarquable, que j'apprécie beaucoup. Elle est très experte en botanique, comme son amie l'impératrice Joséphine. Au Pellerin, elle a reconstitué une petite Malmaison, avec des plantes du monde entier. Vous devriez y aller voir.

– Si je comprends bien, ironisa Jean-Jacques, elle vous a chargé de transmettre une invitation...

– Exactement, dit franchement D'Orbigny. Elle a vu vos dessins chez moi, et elle veut vous rencontrer, pour des raisons scientifiques, selon elle. Elle ne m'a pas précisé quelle genre d'expériences elle entend conduire avec vous. C'est votre affaire. Après tout vous êtes un homme libre. De plus, en tant que médecin, je vous dirai que l'amour est nécessaire à la santé, et qu'une trop longue abstinence ne peut que lui nuire. En tant qu'ami, j'ajouterai que vous seriez bien bête de rater une telle occasion. Bref, elle dort chez nous ce soir. Vous pourriez par exemple la raccompagner au Pellerin demain, non?

La musique reprenait. Charles s'éloigna, l'œil rieur derrière ses lunettes.

Le lendemain, Jean-Jacques s'était solidement convaincu qu'il se rendait chez D'Orbigny pour y travailler comme de coutume, et non pour obéir à une convocation ambiguë. Il n'en eut pas moins un petit choc au cœur quand Claire de Cordemais lui fut officiellement présentée, et quand la main de la jeune femme resta dans la sienne un peu plus longtemps que ne le conseillait l'usage. Elle portait un manteau de voyage d'un vert sombre, qui soulignait l'éclat cuivré de sa chevelure.

– Merci de me faire traverser cette rivière, mon cher passeur, dit-elle d'une voix troublante, un peu rauque, comme d'avoir trop ri.

Ils échangèrent quelques plaisanteries sur l'Acheron, le fleuve des Enfers, qu'on ne traversait qu'une fois. Elle le rassura : elle le laisserait revenir. Il vit qu'elle n'était pas sotte, et fort sûre d'elle. Elle n'avait pas envisagé qu'il pût refuser de l'accompagner. D'Orbigny les observait, les yeux plissés, comme s'ils étaient des spécimens. Objet de la recherche : « *Homo abilis*, mâle et femelle dans les préliminaires de l'accouplement. »

Jean-Jacques affala la petite voile de la barque en la plaçant vent debout, puis se laissa porter par le courant jusqu'à l'accostage. En amont du port du Pellerin, loin de l'agitation des barques et des gabares, la maison de Claire donnait sur le fleuve par un embarcadère privé. Un petit parc à la française montait en pente douce depuis la rive. La demeure ressemblait à la Gerbetière, comme elle en pierres blanches, de lignes assez austères. Elle aussi devait être une de ces « folies », ces demeures de campagne édifiées par les armateurs de Nantes au début de la prospérité. Une immense serre prolongeait l'arrière du bâtiment, presque aussi grande que lui. C'est vers elle que l'entraîna Mme de Cordemais.

– Charles vous a dit que l'impératrice et moi sommes amies. En vérité Joséphine et moi ne nous quittons guère, et je vis le plus souvent à la Malmaison. La nature et les plantes sont pour elle une passion dévorante qu'elle m'a transmise. Chez elle, c'est maintenant un véritable muséum. Elle reçoit des spécimens du monde entier, tous les savants correspondent avec elle. Elle me donne des plants que j'essaie d'acclimater ici. C'est mon jardin secret.

Jean-Jacques crut à une plaisanterie, puis il se rappela que c'était l'hiver, peu favorable, même à couvert, aux végétaux exotiques : les allées étaient bordées d'un triste alignement de tiges décharnées. Claire désigna un arbuste tout nu.

– Celui-ci est magnifique. C'est une saxifrage du Japon. Joséphine l'a baptisée Hortensia, du nom de sa fille.

Il ne vit que de maigres brindilles. De petites pancartes s'alignaient, comme des épitaphes dans un minuscule cimetière. Elles portaient des noms étranges : phlox, catalpa, camélia, géranium, dahlia, magnolia. Claire décrivait les fleurs comme si elles étaient écloses à l'instant. Il devina qu'elle les voyait vraiment, au-delà de leur pauvre apparence saisonnière. Miracle de la foi scientifique. Elle finit par remarquer son amusement.

– Bien sûr, il vaudrait mieux revenir aux beaux jours, mais bientôt, les camélias et les mimosas vont fleurir. Ce sera magnifique, vous reviendrez n'est-ce pas ?

Il n'osa pas la détromper. Elle lui prit le bras, comme à un vieil ami.

– Vous allez quand même voir des fleurs. Elles sont peintes, mais plus belles encore que les vraies.

La bibliothèque donnait de plain-pied sur le parc. Un brick descendait la Loire, passait devant le clocher de Couëron. Une vieille vint ranimer le feu. Il y avait une bonne odeur de livres, d'hiver et de bois brûlé.

Claire raconta l'histoire des frères Redouté, ces peintres belges qui étaient devenus la coqueluche de tout le beau monde qui se piquait des sciences de la nature. L'aîné, Pierre-Joseph, spécialisé dans les fleurs, avait déjà été attaché à Marie-Antoinette. A présent il était superbement appointé par Napoléon, pour immortaliser les milliers de plantes du jardin de Joséphine. Le cadet, Henri-Joseph, avait suivi toute la campagne d'Égypte, au titre de ces peintres qui accompagnaient toujours les expéditions lointaines, et en rapportaient de véritables reportages sur les paysages, les habitants, la faune et la flore.

– Tenez, dit Claire, je vais vous montrer une merveille. Cet ouvrage vient à peine d'être achevé, et nous sommes encore très peu à l'avoir.

C'était le *Journal de la Malmaison* dont le botaniste Ventenat avait fait le texte et Pierre Joseph Redouté les dessins. L'encre des gravures était à peine sèche, l'aquarelle qui les rehaussait encore fraîche. Le parfum du gros in-folio était enivrant. Jean-Jacques feuilletait, fasciné. Il avait là, sous les yeux, ce qu'il cherchait depuis si longtemps, la finesse des détails, l'exactitude et la légèreté des couleurs. Redouté avait abandonné la gouache, pas assez transparente, pour l'aquarelle, plus vraie, plus lumineuse. Confus, il ne s'aperçut qu'après un long moment qu'il avait oublié la jeune femme.

– Pardonnez-moi, je vous suis reconnaissant de m'avoir montré cet ouvrage. Il me désespère pourtant. Je n'atteindrai jamais cette perfection, hélas!

– Vous êtes déjà très habile, dit Claire en lui caressant la joue gentiment. Revenez souvent, ma bibliothèque est à vous. Je ne partirai qu'en février.

Jean-Jacques rentra à Couëron de fort méchante humeur. Son départ de chez Claire avait été une fuite. Sa voix caressante, l'insistance de son regard doré l'avaient épouvanté. Charles devait le prendre pour un imbécile. Le médecin n'avait pas posé une seule question. Son silence était pire que la moindre remarque. Il ne retournerait pas chez cette femme dangereuse, il saurait bien s'en empêcher, il voyait trop où elle voulait le mener. Il resterait digne de Lucy, fidèle à ses promesses. Au fait, quelles promesses ? Il est vrai que son engagement avec Lucy était bien mince, ils n'étaient même pas fiancés. Eh bien, au contraire : librement choisi, un lien a plus de force que si on vous l'impose

Il se rejeta dans le travail pour oublier ses tourments intimes. Il déchira le grand dessin de la poule d'eau, pourtant un de ceux qu'il estimait des plus achevés. La révélation qu'il avait eue de Redouté jetait une lumière crue sur son œuvre personnelle, dont les défauts lui semblaient criants. Il empoigna ses pinceaux, comme pour une vengeance. Cette poule d'eau, il allait la refaire, et on allait bien voir.

A la fin de janvier 1806 une lettre de Lucy annonçait que son père s'était remarié à Philadephie le 10 décembre. Rebecca Smith, la nouvelle épouse, fille d'un spéculateur foncier, avait trente-huit ans. Elle avait jusque-là été célibataire. Lucy laissait entendre qu'il n'était pas difficile de comprendre pourquoi : elle était austère, critique, froide, absolument pas maternelle. La vie à Fatland Ford était devenue pénible. A Lucy, accoutumée à diriger la maison, Rebecca s'était vite imposée comme la seule maîtresse. Thomas s'était réfugié à New York et travaillait chez son oncle Benjamin. William Bakewell paraissait subjugué par son épouse, parée à ses yeux d'on ne savait quels charmes, et la laissait prendre les rênes. Elle avait clairement établi que tout projet de mariage passerait par elle. Elle avait ajouté qu'elle détestait les Français, qu'elle jugeait légers, inconstants et paresseux.

Lucy envisageait aussi de quitter Fatland Ford. Mme Atterbury, une de ses tantes, serait ravie de l'accueillir à New York. Dans ces conditions, concluait-elle, tous les espoirs qu'ensemble ils mettaient dans l'avenir paraissaient désormais bien vains. Elle ne voulait pas l'entraîner dans des épreuves auxquelles elle seule devait être affrontée. Il comprit qu'en fait elle lui rendait sa liberté.

Jean-Jacques était affolé, non seulement par le portrait de Rebecca, mais par la résignation de Lucy. Eh quoi, elle criait défaite bien vite. L'aimait-elle si peu, qu'au moindre obstacle elle rende les armes, sans avoir combattu?

Il relisait la lettre, cherchant derrière les mots, se montant la tête. A chaque lecture, il décelait un peu plus d'indifférence dans le style, un peu plus de trahison dans les termes.

Dans l'après-midi, il descendit au Port-Launay, et pria un pêcheur de remettre un billet à Mme de Cordemais, annonçant sa visite pour le lendemain.

A travers les hautes fenêtres de la bibliothèque, on ne distinguait plus qu'à peine, au bout du parc, la barque amarrée au ponton. La brume montait du fleuve, à mesure que le soir tombait. Il allait être trop tard pour retraverser. A cet endroit de la Loire il y avait des îles sableuses aux contours mouvants, des courants impossibles à franchir dans l'obscurité. Jean-Jacques ne pouvait l'ignorer, Claire le savait. Elle eut un frisson de tendresse. Ce garçon qui lui plaisait tant avait décidé de rester. Elle lui avait montré les trésors de sa bibliothèque, des dizaines de volumes qu'il avait compulsés avec des soupirs d'admiration et d'envie. La vieille servante était revenue entretenir le feu, un homme âgé, son mari peut-être, avait allumé les chandelles.

Claire proposa une pause dans leur studieux tête-à-tête. Un souper était servi à l'étage. Elle remarqua que Jean-Jacques emportait sa pelisse, comme s'il voulait garder la contenance de celui qui ne veut pas s'imposer.

La table était déjà servie, sur un grand guéridon d'acajou soutenu par quatre pieds en colonnettes et un socle triangulaire. Les murs étaient recouverts de draperies ivoire, les fauteuils de soie jaune. Des tapis de la Savonnerie, aux teintes pastel, égayaient le sombre parquet de chêne. Sur la cheminée de marbre noir, une Minerve dorée brandissait son bouclier, qui servait de cadran à une pendule.

Claire s'éclipsa, le laissant admirer le décor, fort nouveau pour lui. Il n'avait encore jamais vu ces meubles d'inspiration romaine, si chers à l'Empereur et à ses fidèles. Un des murs était percé d'une grande alcôve en arcade, fermée par des tentures. Il s'en approcha, les entr'ouvrit. Elles dissimulaient un lit orné de motifs en bronze doré, où figurait un cygne aux ailes déployées. Un grande glace ovale montée sur pivot, une psyché comme on aimait à dire, confirmait qu'il n'était pas dans un salon, mais bien, comme il l'avait délicieusement craint, dans la chambre de la dame.

Claire s'était changée. Elle revint dans un déshabillé vert Nil. Ses cheveux dénoués tombaient en cascade sur ses épaules nues. A la lueur des chandelles, elle était vraiment rousse. Elle parla enfin d'elle, comme si l'intimité du lieu la libérait. Elle s'animait parfois, et Jean-Jacques avait alors du mal à détourner son regard de la poitrine qui dansait librement sous la soie.

– Je dois beaucoup à Joséphine, dit-elle. Bien que j'aie quinze ans de moins qu'elle, elle est une sœur pour moi. Tous ces meubles étaient les siens. Elle est follement généreuse pour ceux qu'elle aime. Elle dépense sans compter, ce qui effraie l'Empereur, mais toujours en recherchant la joie et la beauté. Si vous voyiez comme elle est restée étonnamment jeune.

– Comment l'avez-vous connue?

– Mes parents, ici, à Nantes, étaient en affaires avec les Tascher de La Pagerie, sa famille de Martinique. Elle est comme vous, ajouta-t-elle, câline, c'est un oiseau des îles. Je l'ai connue il y a huit ans, elle venait d'épouser son général corse, et moi mon lieutenant de marine. C'est mon mari qui nous a présentés; déjà il ne quittait pas un instant Bonaparte. Plus tard, quand elle a acquis la Malmaison, elle m'a demandé de rester auprès d'elle. Voyez-vous, nos maris étaient souvent absents.

– On dit, hasarda perfidement Jean-Jacques, qu'elle n'est pas en peine de le remplacer, parfois.

Il eut de la peine à soutenir le regard de défi que lui lança Claire.

– Et après? Moi non plus, je vous assure. Pourquoi serait-ce un privilège des hommes? Ont-ils des scrupules à se répandre ailleurs? Oh, je sais bien ce qu'on dit : que les femmes sont faites pour procréer et demeurer fidèles, tandis que l'homme a tout loisir de butiner aux quatre vents. Eh bien, pas de chance, moi, je ne procrée pas, et je butine aussi. Je vous choque?

– Pas du tout. Je n'ai pas d'idées aussi arrêtées, ni sur le couple, ni sur rien. Je crois à la liberté, c'est tout.

– Et à l'amour?

– Je n'ai pas encore beaucoup d'expérience. Mais disons que mon préjugé est favorable.

Elle rit, de son profond rire de gorge, et elle leva son verre.

– A l'amour donc! Je craignais de vous faire peur. Avec ce cher D'Orbigny, vous êtes les seuls que je n'effraie pas ici.

– Que devrais-je craindre?

– Une furie, une goule, le diable en personne. Demandez à vos frères les mâles leur avis sur une femme point trop laide, libre de mœurs et de surcroît stérile. C'est-à-dire sans peur! Vous les verrez terrorisés. Ils ont peur que notre lubricité les épuise, les pauvres choses, que nous ne les fassions gaspiller leur semence, si précieuse pour perpétuer leur race d'imbéciles.

Elle serrait la main du garçon, posée sur la nappe. Ses yeux avaient la même couleur que la flamme des chandelles. Elle reprit, plus doucement :

– Nous avons le droit de vivre, d'aimer. Nous sommes vivantes, après tant de morts. Beaucoup de mes parents ont été assassinés par Carrier. Pensez à cette pauvre Joséphine, qui a vu son mari guillotiné quatre jours avant Thermidor. Et notre amie Thérésa, qui n'a survécu qu'en séduisant cette brute de Tallien. Ce sont des femmes comme celles-là, et d'autres, qui ont fait cesser le massacre. Bonaparte ne serait rien sans elles. Au lendemain de Thermidor, on a dansé

167

dans les cimetières, les filles déchaînées, pour fêter la victoire contre la mort. Cette victoire était la nôtre, pas celle des hommes qui adorent s'étriper.

Jean-Jacques faillit répondre que si Napoléon ne modérait pas ses ambitions, l'étripage allait reprendre. Il se retint. Claire d'ailleurs n'avait pas tort à ses yeux sur le rôle des femmes dans le nouveau pouvoir. Il supposait de plus que Napoléon laissait volontiers divulguer les prouesses sexuelles de sa famille et de sa cour afin de fasciner le bon peuple, comme jadis le faisaient les rois.

Claire se leva, négligeant les mets auxquels elle avait à peine touché, et l'entraîna vers une console en demi-lune où étaient posés quelques petits portraits. Il reconnut celui de Joséphine, ceux de ses enfants, Hortense et Eugène. Parmi d'autres, inconnus, il remarqua celui d'une jolie brune, au regard de biche.

— C'est la plus belle d'entre nous. C'est aussi mon amie, dit fièrement Claire. Je vous présente Pauline, la sœur de l'Empereur, la princesse Borghèse. Je ne vous présente pas le prince, il est idiot.

Jouant le jeu, Jean-Jacques s'inclina, en songeant que bien peu d'hommes devaient trouver grâce auprès de ces amazones.

— Elle a perdu son premier mari à Saint-Domingue, n'est-ce pas?

— Oui. Elle m'avait demandé de l'accompagner là-bas. Pour son général de mari et elle, c'était une promenade d'agrément. J'ai refusé, car je ne supporte pas le bateau. Vous avez vu comme j'ai du mal à traverser la Loire. L'affaire a mal tourné, et ce pauvre Charles Leclerc est mort de la fièvre jaune, comme les trois quarts de ses soldats. C'est bête de mourir à trente ans. Enfin, il est quand même mort général...

— Elle a eu du chagrin?

— Je suppose. C'était un brave garçon, et il la laissait faire ce qu'elle voulait. Il avait tellement peur du frère! Mais comme on l'avait mariée à dix-sept ans, elle avait envie de voir ailleurs comment était le monde. A Port-au-Prince, elle a vécu six mois de rêve. Elle avait un palais, une cour, une garde personnelle, dont on a dit qu'elle usait beaucoup.

– Comment cela?

Elle rit de sa naïveté, reposa le portrait, sa colla contre lui. Il sentit son cœur s'emballer au contact du corps tiède, presque nu, de la jeune femme. Elle jouait avec ses boucles.

– Elle avait dessiné les costumes de ces beaux jeunes gens. De telle sorte, a-t-on dit, qu'ils mettent en valeur leurs attributs virils.

– C'est vrai? chuchota Jean-Jacques à l'oreille de Claire. Elle répondit de même, enfouie dans son cou.

– Pas du tout. Elle les avait déjà choisis avant. Je veux dire, les garçons. Il y avait même des mulâtres, plus beaux que tous.

Elle ramena sa chevelure en arrière, d'un admirable mouvement de cou, puis elle le fixa, son regard d'or un peu voilé.

– Elle te plaît? Elle est plus jeune que moi, tu sais.

– Je n'aime pas les brunes.

– Tu es gentil.

Elle l'embrassa, joyeusement, à pleine bouche. Étourdi, il se laissa faire. Un scrupule attardé, un arrière-goût de remords l'empêchaient de prendre l'initiative, d'étreindre aussi violemment qu'il le désirait la proie si évidemment offerte. Mais n'était-ce pas lui, la proie? La situation était nouvelle, mais un instinct le prévenait que c'était bien ainsi, qu'il fallait laisser la conduite à Claire, la laisser prendre sa revanche de femme.

– Toi aussi, souffla-t-elle, tu aurais fait un beau garde...

Ils progressèrent lentement jusqu'à l'alcôve, emmêlés, turbulents, essoufflés. Arrivé sur le lit, il s'empêtra dans les lingeries, chercha en vain les clairières convoitées dans la forêt de mousseline. Claire, plus experte, triompha des boutonnages, fit voler les dentelles. Quand ils furent nus, elle ouvrit en grand les rideaux, dans un geste impatient et théâtral. Elle voulait qu'ils se voient, comme des gladiateurs au soleil de l'arène. Ils se jetèrent l'un contre l'autre, si violemment que la peau claqua. Ils restèrent longtemps ainsi, étroitement serrés, à se fondre, à se reconnaître, à s'imprimer leur désir, savourant un des meilleurs moments de l'amour, avant le combat. Puis Claire s'anima lentement, l'invita en elle dans une étrange danse horizontale, l'enfouit, l'enveloppa. Maintenant elle se déchaînait, le distançait. Son chant d'amour montait de son ventre, s'envolait jusqu'à des aigus inouïs. Elle était partout à la fois, mordant, griffant, léchant pour guérir, blessant à nouveau. Parfois il parvenait à la dominer, à lui imposer, abuté en elle, la loi de son sceptre, le rythme de son ventre douloureux. Mais elle lui échappait, le dépassait encore, la gorge déchirée par les cris de jouissance.

Il sentait son propre plaisir s'enfuir devant lui, proche mais hors de portée, comme le gibier en alerte qui garde la même distance avec le chasseur. Son corps ne refusait pas l'amour, s'exaltait à la vue de la superbe cavale rousse, de sa crinière répandue, soyeuse, parfumée, de la peau de lait marbrée des rougeurs du plaisir, de l'éclat furtif d'une toison de cuivre. Mais il avait le sentiment que ces splendides événements arrivaient à quelqu'un d'autre.

Il tint bon cependant, jusqu'au dernier râle de Claire, jusqu'à ce qu'un dernier spasme la rejette sur le dos, les yeux chavirés, les lèvres retroussées sur les dents, comme pour une dernière morsure. Elle entr'ouvrit les yeux. Il y lut une interrogation, il la rassura d'un baiser. Elle n'avait pas desserré ses jambes autour des reins du garçon. Elle s'endormit ainsi, en le gardant, toujours tendu, en elle. Bien plus tard, du fond de son sommeil, elle eut un petit cri quand il la quitta. Il se leva pour souffler les dernières chandelles. Le feu s'était éteint, il faisait froid. Il remit sa chemise, recouvrit Claire avec ce qu'il put des couvertures dispersées.

Il mit longtemps à s'endormir.

Le crépitement du feu le réveilla. Claire se tenait devant la cheminée. Les flammes dessinaient son corps à travers le déshabillé. La matinée devait être avancée, le jour filtrait à travers les lourds rideaux. Du fond de l'alcôve, il la vit évoluer sans bruit à travers la chambre. Elle rassemblait des vêtements épars, vestiges de l'ouragan de la nuit. Elle parut prise d'une inspiration devant la pelisse, s'en empara, et la disposa au sol, devant le feu. Puis elle s'allongea sur la fourrure, avec des grâces félines.

Devant les yeux embrumés de sommeil de Jean-Jacques, une autre image s'imposa : dans la petite chambre de Philadelphie, Mary, abandonnée, offerte, sur ce même manteau de loutre. La brûlure qu'il n'avait pas apaisée la veille lui fouilla de nouveau le ventre. Claire le vit surgir de l'ombre du lit, comme un faune, nu, le sexe dressé. Elle s'ouvrit pour l'accueillir, dans un roucoulement. Le déshabillé vert Nil vola de nouveau.

Elle le laissa faire, ayant deviné que cette fois les règles du jeu étaient changées. Elle se taisait, attentive à la progression du mâle. Son souffle, accordé au mouvement de ses reins, suivait le rythme de la chevauchée, ample d'abord, puis plus rapide. Elle ne cria que quand elle se sentit envahie de l'offrande abondante et chaude qu'il déposait en elle, avec des grondements de fauve, les dents plantées au creux de son cou. Jean-Jacques sentit le plaisir, comme une foudre inversée, jaillir du plus profond de ses reins et se porter à la pointe extrême de lui-même. Tandis que devant ses yeux, obstinément fermés durant toute l'étreinte, le visage de Mary, celle qu'il venait vraiment de posséder, explosait en grandes flammes rouges.

Jean-Jacques défit l'amarre de la barque. Claire l'avait accompagné jusqu'au ponton.

— Encore un instant, monsieur le bourreau, dit-elle.

Elle se tenait contre lui, encore troublée, gauche un peu, convalescente de l'amour. Encore une fois elle emmêla ses doigts aux boucles du garçon, elle le fixa comme si elle voulait pénétrer au fond de son regard bleu.

— Jean-Jacques, tu as les yeux qui jugent.

— Je ne te juge pas mal.

— Fais ce que tu veux, mais reviens-moi vite. Et ne coupe pas tes cheveux. Tu es beau.

Elle l'embrassa légèrement sur les lèvres et retourna vers la maison.

Au milieu du fleuve, il frissonna. Il n'avait que son habit. La pelisse était restée chez Claire, comme un gage de retour. Il n'irait peut-être jamais la chercher. Ce n'était plus qu'une fourrure banale, délivrée du charme qu'il y croyait attaché, exorcisée du souvenir de Mary Fisher.

La brume noyait les rives. Il se guidait sur le grand tas de sable, à la gauche de Couëron, une immense butte qui s'accroissait sans cesse de tout le lest que les navires venaient déposer là. Il était interdit de délester dans le fleuve, dont la faible profondeur préoccupait les Nantais. Dans la région on murmurait que le fameux tas de sable aurait mérité une croix à son sommet, pour le repos de l'âme des quelques marins enfouis là clandestinement, tués dans une rixe à la sortie des cabarets louches, et qu'on n'avait jamais revus.

Jean-Jacques était heureux. Il ressentait le contentement du mâle repu, il s'était vengé des frustrations infligées par Mary, il avait puni Lucy de sa défiance. Dans trois mois il serait majeur. Il était temps d'entreprendre les démarches pour repartir à l'assaut de l'Amérique.

8

Le capitaine Sammis replia sa lunette, la glissa sous son bras gauche, tandis que sa main droite triturait l'énorme favori poivre et sel qui ornait sa joue; un signe d'inquiétude.

– Je crois bien que ce sont des corsaires, dit Ferdinand Rozier de sa voix funèbre. Sammis lui jeta un regard meurtrier; celui-là, quand il serait optimiste... Il tolérait sa présence à peu près continuelle sur la passerelle parce que c'était un officier de marine, et l'associé de ce jeune Audubon, dont il estimait tant le père. Mais Rozier l'énervait : il avait l'œil à tout, comme s'il était en charge du navire. Il avait, en plus, le sentiment que cet individu portait malheur.

Second fils et cinquième enfant de Claude François Rozier et de Renée Angélique Colas, Ferdinand avait surpris tout le monde en s'engageant dans la marine de guerre, trois ans plus tôt. De haute taille, très maigre, le cheveu déjà rare à vingt-neuf ans, l'œil sombre et fureteur, on l'aurait plutôt vu notaire. Il avait fini aspirant, après trois années de voyage qui l'avaient conduit en Afrique, au Cap, à l'île de France, puis dans les grands ports américains. A Philadelphie et à Norfolk, Ferdinand avait eu pour les États-Unis un coup de foudre en forme de bilan. Il jugeait son pays sans avenir, au point de partir sur les mers, lui, le moins aventureux des hommes. Là-bas au contraire, tout était promesse. Revenu à Nantes et libéré au début de mars, il annonça sa décision de s'installer en Amérique. Son père fut enchanté de la coïncidence : son vieil ami Audubon cherchait justement à faire repartir son fils. Les deux jeunes gens formeraient une société, d'une durée de neuf ans, laquelle regrouperait les parts de leurs pères sur Mill Grove. Le montage était assez compliqué, mais il atteignait parfaitement son but : permettre à Ferdinand et Jean-Jacques d'être, dans l'affaire, à égalité avec Dacosta. Un des premiers investissements de la nouvelle association, d'ailleurs assez élevé, fut l'acquisition de faux passeports. A l'officier d'émigration, Ferdinand présenta un document qui faisait de lui un Hollandais. Il ne parlait pas un mot de cette langue, mais on ne lui demanda rien. Jean-Jacques apparaissait comme un citoyen américain né en Louisiane. L'officier lui sourit avec sympathie et le complimenta d'avoir la possibilité de quitter ce pauvre pays. Il aurait bien aimé avoir la même chance. Les deux premières semaines à bord de la *Polly* furent agréables. Il y avait d'autres passagers, dont un membre du Congrès américain, de l'État de Virginie, sa charmante fille, et deux jeunes nobles français qui fuyaient la conscription. Ils faisaient une cour féroce à la jeune américaine.

Et voici que depuis plusieurs heures le capitaine Sammis voyait monter de l'horizon ces voiles qui ne lui disaient rien de bon.

– Trop petit pour un navire de guerre, dit-il à Rozier. C'est une goélette ou un brick, comme nous. Mais il va plus vite, et, s'il nous remonte, c'est qu'il n'est pas chargé...

Mauvais signe. En effet, petit à petit, l'autre bateau, sur le bord au vent, à un demi-mille de distance, était arrivé à la hauteur de la *Polly*. Un pavillon monta dans la mâture. C'était l'Union Jack. Presque aussitôt un nuage blanc jaillit d'un sabord, on entendit un tonnerre lointain, pendant qu'un boulet levait une gerbe d'eau devant la proue de la *Polly*. Sammis lâcha un juron et ordonna de hisser les couleurs. La bannière étoilée s'envola. La vue du pavillon américain ne sembla pas produire d'effet. De nouveaux coups de semonce firent jaillir l'écume. Ferdinand se précipita dans sa cabine pour prévenir Audubon. Le sénateur américain sortit de la sienne, comme si un boulet l'en avait chassé.

– Quelles sont vos intentions, capitaine?

– Ignorer cet anglais, fit tranquillement Sammis. Je vais faire remettre de la toile, et nous allons le semer.

– Vous êtes fou, rugit le sénateur, il va nous couler. Vous n'avez pas compris que ce sont des corsaires? C'est leur métier de courir, pas le vôtre. Arrêtez ce bateau.

– Je n'ai pas à obéir à un forban d'Anglais. Nous ne sommes plus en guerre avec eux, que je sache. Il y a bien longtemps que nous les avons étrillés.

– Justement, intervint Rozier, qui revenait avec Jean-Jacques, vous êtes neutre, vous n'avez rien à craindre.

Voyant tout le monde contre lui, Sammis leva les épaules, transmit au second l'ordre de mettre en panne et alla bouder dans sa cabine. Il savait bien que ses passagers avaient raison. La *Polly* n'était armée que de deux modestes caronades sur les gaillards, tandis que l'autre alignait dix canons sur chaque bord. Des canons de douze, observa Rozier, lançant des boulets de 6 kilogrammes, capables de trouer un bordé jusqu'à 600 mètres. Ferdinand faisait partie de la première promotion d'officiers à qui on avait enseigné le nouveau système métrique. Une chaloupe portant deux officiers et douze hommes se détacha du navire anglais. Ils se présentèrent comme porteurs de lettres de marque de Sa Majesté britannique. Leur bateau s'appelait le *Rattlesnake*, le serpent à sonnettes – un nom charmant. Ils réclamèrent les papiers des passagers, les documents de bord, se mirent à glapir en découvrant que le navire avait fait escale dans un port français, perdant ainsi sa neutralité, selon eux. Le capitaine et le sénateur eurent beau tempêter, les Anglais leur mirent un pistolet sur la poitrine et fouillèrent de la hune à la quille. Il était clair qu'ils cherchaient de l'or ou des bijoux. Sammis, un vieux renard, avait fait dissimuler les biens précieux de ses passagers sous des tonnes de lest, à fond de cale. Furieux, les Anglais s'emparèrent des vivres de la *Polly*, des cochons, des moutons, du café et du vin, plus deux matelots qu'ils emmenèrent à leur bord. La pratique était courante. Pour la Navy, les Américains étaient toujours des rebelles à l'Empire britannique, avec lesquels il n'y avait pas à se gêner quand on manquait de bras pour la manœuvre.

Quand la chaloupe s'éloigna, poursuivie d'imprécations, Rozier blêmit soudain. Il s'agrippa à Audubon.

– Notre argent! Vous ne l'aviez pas confié à Sammis. Ils l'ont peut-être trouvé.

Il s'agissait d'un sac de pièces d'or, destiné à leurs premiers frais, et aussi, hélas! à répondre aux clameurs de Dacosta. Jean-Jacques le rassura; dès la première alerte, il avait caché le trésor dans le puits de la chaîne d'ancre.

– Quand on connaît bien les bateaux, on sait que c'est la meilleure cachette, dit-il négligemment. Pour une fois, Rozier n'avait pas pensé à tout.

Un mois plus tard, la *Polly* était en vue des côtes américaines. Le menu du bord était un peu austère depuis la rencontre avec les Anglais. Sammis comptait relâcher dans le premier port pour refaire des provisions. Mais à 30 milles de Sandy Hook, un bateau de pêche prévint que deux frégates anglaises maraudaient. La *Polly* fit force de voiles et se précipita dans le détroit de Long Island, à l'instant où se levait un sérieux coup de vent. Le bateau fut secoué pendant deux jours avant d'atteindre New York, le 28 mai 1806. Ils étaient partis de Nantes le 12 avril, sept semaines plus tôt. Sammis nota que cela avait été plutôt une bonne traversée. Rozier inscrivit dans le grand livre de comptes de la société que le voyage avait coûté 525 livres – on ne disait pas encore couramment francs –, soit 125 dollars.

– Eh, Sammis, ça ne m'étonne pas que les Anglais t'aient laissé passer. Ton bateau sent tellement le hareng qu'ils doivent faire un détour!

C'était Samuel Barnes qui les interpellait depuis le quai. A sa vue, Jean-Jacques éprouva violemment la sensation d'une scène déjà vécue. Presque trois années plus tôt, à ce même endroit de l'East River. Mais cette fois il était en bonne santé, déterminé et responsable.

– Ils laissent passer tout le monde, hurla Sammis. C'est toi qu'ils cherchent, vieux pirate.

Les deux capitaines se rejoignirent et s'étreignirent avec des grandes claques dans le dos. On aurait dit la danse de deux gros ours.

– Ça n'a pas été trop dur, cette traversée? demanda Barnes à Jean-Jacques, en lui broyant affectueusement la main.

– Je m'y fais peu à peu, capitaine. Et je crois que maintenant je vais rester à terre un bon siècle. Est-ce le hasard qui vous amène? C'est une telle joie de vous revoir.

– Non, je savais que vous arriviez. Fisher m'avait prévenu. Il vous attend.

– Vous voulez dire, ici, à New York?

– Oui, il vient souvent maintenant, je vous raconterai. Appelez votre ami, je vous emmène. Sammis fera suivre vos affaires.

Audubon reconnut la voiture qui l'avait transporté jadis, en si mauvaise posture. Comme il faisait déjà chaud, les panneaux noirs étaient ôtés, ce qui faisait moins sinistre. Même ce petit détail accrut l'optimisme de Jean-Jacques. Rozier ouvrait de grands yeux sur New York. Pour une fois, on voyait ses prunelles, habituellement dissimulées sous des paupières méfiantes. Ils n'allèrent pas très loin, tant la foule de l'après-midi était dense. Ferdinand s'enivrait du mouvement, de l'agitation de tous ces gens dont chaque pas, chaque regard, chaque pensée semblait inspiré par le commerce. On était loin de la léthargie des bords de la Loire, où l'on se sentait un peu mort.

Fisher avait fixé le rendez-vous au *Tontine Coffee House*, à deux blocs d'immeubles des quais. Ce restaurant, au coin de Water Street et de Wall Street, servait de lieu de rencontre aux hommes d'affaires, et de bourse d'affrètements. Les commissaires-priseurs tenaient leurs assises sur les marches de la galerie, les acheteurs criaient leurs offres depuis la rue. En plus de son rez-de-chaussée surélevé avec sa balustrade, *Tontine* avait un balcon au premier et un second étage orné d'un fronton triangulaire qui donnaient à l'édifice un aspect officiel.

– Vous me disiez que M. Fisher vient souvent à New York, demanda Audubon, tandis que Barnes rangeait péniblement la voiture, en évitant d'enchevêtrer les roues et de faire se quereller les chevaux.

– Oui, Mary est mariée maintenant, et elle vit ici avec son mari, un ancien officier de marine. Il s'est associé avec

177

Fisher pour ouvrir un bureau à New York. C'est la ville qui monte, maintenant, et Philadelphie s'endort.

— Et elle est heureuse?

— Qui? ah oui, Mary... Je pense. Je crois qu'elle attend un enfant pour bientôt. Son père est comme un fou.

Jean-Jacques se reprocha la blessure que lui infligeait la nouvelle. Mary ne lui devait rien; il l'avait désirée et repoussée, elle avait fait de même. Était-ce l'image de son corps livré à un autre, ou, davantage, cette surprise des êtres jeunes quand ils découvrent que le temps, à leur insu, dénoue les liens, annule les promesses, écarte les destinées. Il se reprit. C'était tant mieux; ce mariage simplifiait ses relations avec Miers Fisher, qui allait être son allié dans l'affaire de Mill Grove. Car, contrairement à ce que Dacosta avait prétendu, le quaker était toujours son créancier. De plus le capitaine Audubon, dont les yeux s'étaient enfin dessillés à propos du Portugais et de sa gestion fantasque, avait demandé que Fisher redevienne le conseiller de la nouvelle société.

Miers Fisher prenait le thé dans un petit salon, au deuxième étage de *Tontine*. Jean-Jacques, qui redoutait ces retrouvailles, le trouva peu changé d'apparence. Peut-être quelques cheveux gris en moins, quelques cheveux blancs en plus. Mais son comportement n'était plus le même. Il n'était plus le tuteur sévère, imbu de son rôle, mais un partenaire, traitant d'égal à égal, souriant plus volontiers. Il accueillit Rozier avec chaleur.

— Depuis le temps que je suis en affaires avec votre père, il tardait que je rencontre vraiment quelqu'un de la famille. Votre père a bien du mérite. Franchement, je l'admire de continuer le commerce dans d'aussi fâcheuses conditions. Depuis Trafalgar, les Anglais bloquent encore plus efficacement vos côtes. Le capitaine Audubon m'a informé de vos projets, que je trouve sages. J'étais moins sûr que vous parveniez jusqu'ici.

— Ça n'a pas été tout seul, dit Rozier.

— Enfin, Dieu merci, vous êtes du bon côté, maintenant, soupira Fisher. Il ne faut pourtant pas se cacher que le commerce américain va souffrir encore longtemps des troubles en Europe. Je suis chaque jour plus heureux d'avoir développé d'autres marchés, avec l'Orient, les États du Sud, ou le Brésil. Barnes se débrouille bien avec les Caraïbes.

— Vous êtes allé à Saint-Domingue? demanda Jean-Jacques au capitaine.

— Oui, souvent, fit Barnes avec une grimace. Vous pensez à votre père? J'ai bien peur qu'il doive renoncer à tout espoir sur ses biens là-bas. Tout est détruit, c'est fichu. Ils ont même débaptisé l'île pour l'appeler Haïti, son ancien nom indien. Ça veut dire la Terre des Montagnes, je crois. Dès qu'il s'est nommé empereur, Dessalines a fait massacrer tous les Blancs, sauf quelques médecins et quelques prêtres. C'était prévisible. Au moment de la proclamation de l'indépendance, il avait déjà annoncé qu'il fallait qu'elle soit rédigée avec, en guise de parchemin, la peau d'un Blanc, son crâne comme encrier, son sang pour encre, et comme plume une baïonnette. Enfin on lui a fait dire ça, car, lui, il est illettré. Il ne sait même pas compter son butin, qui est énorme.

— Et vous commercez avec ces gens-là? murmura Audubon.

— Eh oui, sinon ce seraient les Anglais. Ce Dessalines a de l'argent, croyez-moi. Autant le lui prendre. Avant de massacrer les planteurs, il les faisait torturer pour savoir où ils cachaient leurs trésors. Ça lui fait un joli magot.

— Mais ces gens ne pouvaient pas s'enfuir?

— Non, pas assez de bateaux. L'armée française les a laissés tomber, et les Anglais bloquaient l'île. Pas joli.

— Et, dit Rozier, toujours pratique, vous leur vendez quoi?

— Des uniformes, d'abord. Ils en ont commandé vingt mille à une firme de Boston. C'est Dessalines qui les a dessinés. Et puis des armes et des munitions. Ça leur servira à se battre entre eux. Car, si vous voulez que la morale soit sauve, je peux vous dire que ça ne va pas durer. Il y a des nègres qui ont pris la place des Blancs et qui font suer les autres, encore pire qu'avant. Alors il y a des révoltes. Dessalines a beaucoup d'ennemis, je ne crois pas qu'il durera.

— Vous l'avez vu?

— Oui, il est assez effrayant : petit, trapu, un énorme

cou, tout à fait un gorille. Il est d'ailleurs malin comme un singe!

Jean-Jacques songeait qu'il ne reverrait jamais la terre de sa petite enfance. Il imaginait les champs de canne envahis par la jungle, les moulins à sucre écroulés, les habitations brûlées, les forêts rasées, les collines mises à nu, les terres érodées par la pluie. Contrairement à Barnes, il trouvait des excuses à la cruauté d'un peuple maintenu dans l'ignorance, la servilité, et qui n'avait pas demandé à venir là. Comme rien n'avait obligé certains Blancs à en faire des cibles au pistolet, à enduire de poivre les blessures du fouet, à couper les oreilles ou les jambes des rebelles. Toutes ces atrocités qui avaient soudé les Noirs dans la haine.

Fisher sentit la nécessité d'une diversion.

– Pensons à l'avenir, mes amis, dit-il en se tournant vers Rozier, en qui il avait deviné le comptable de l'association. Ils passèrent en revue les principaux points de la stratégie élaborée par les familles Audubon et Rozier, et largement inspirée par les conseils épistolaires de Fisher, qui connaissait bien les lois américaines et la jungle du droit coutumier, où le profane a tôt fait de se perdre. Ferdinand et Jean-Jacques possédaient, en parts sociales, la moitié de Mill Grove. Francis Dacosta l'autre moitié, sous réserve des hypothèques encore détenues par Miers Fisher. Dacosta lui-même tentait de monter une société d'exploitation des mines sans succès jusqu'alors. Tous les investissements étaient donc faits en fonds propres, ce qui était dangereux. Cette imprudence, les frais considérables déjà engagés avaient conduit à une position de défiance envers Dacosta. La société se donnait six mois pour examiner les comptes, juger de l'utilité des dépenses faites, constater l'état des travaux. Après quoi on aviserait s'il convenait de poursuivre ou de se défaire de Mill Grove.

– Et dans ce cas, que comptez-vous faire? demanda Fisher.

– Du commerce, dit Rozier.

– Du commerce, approuva Audubon.

Fisher se retint de sourire à l'idée de Jean-Jacques en négociant, lui qui s'y refusait si fort autrefois.

– A propos, dit-il en se levant, Barnes vous a dit, pour Mary?

180

– Oui.

– Bien.

Il eut un bref mouvement de tête, qui signifiait que la question ne serait plus abordée.

La firme de Benjamin Bakewell se trouvait au 175 de Pearl Street, une rue perpendiculaire à Wall Street, et plus large. Barnes y conduisit les voyageurs. Benjamin, qui était rond et plus jovial que son frère William, régnait avec bonhomie sur ses employés, dont plusieurs étaient de la famille : Thomas, son fils, Thomas Pears, un neveu, et Thomas, le frère de Lucy, ravi de retrouver son complice Jean-Jacques. Cette abondance de Thomas causait bien des embrouilles.

Bakewell importait des lingeries, de la dentelle, des gants, des vins, des armes, des boîtes à musique, et tout ce qu'on voulait d'autre. Il exportait principalement du café et du sucre. Les bureaux donnaient sur la rue, l'arrière sur un parc, au fond duquel les Bakewell avaient leur résidence. Mais dès que venaient les chaleurs, particulièrement moites et pénibles en ville, ils partaient habiter à 5 miles de là, en pleine campagne, sur la route de Bloomingdale. C'est vers cette destination que tout le monde s'embarqua, entassé dans plusieurs voitures, dès que Sammis les eut rejoints avec les bagages.

– Savez-vous que votre père m'a presque sauvé la vie? dit Benjamin à Rozier.

– Non, avoua Ferdinand. Mais il a bien fait, en tout cas.

– Oh, vous étiez tout jeune. Je commençais seulement avec la France, à l'époque, si bien que j'ai été ruiné par la Révolution. Alors, comme malgré tout j'aimais bien votre pays, je suis allé voir votre père à Nantes, et il m'a donné du travail, jusqu'à ce que je me remette à flot.

Audubon se rendait compte que le monde du commerce maritime était bien petit. Il retint la leçon : chacun savait tout des autres et pouvait en user, en bien ou en mal, le moment venu.

La ville de New York n'occupait que le sud de Manhattan. Vers le nord, à partir de Washington Square, le tissu urbain devenait moins dense, puis faisait place à la campagne, parsemée de bois, de petits bourgs comme Harlem, ou de maisons isolées, desservies par des routes sommaires. La résidence des Bakewell aurait aussi bien pu se trouver en Virginie. Elle avait le style des maisons du Sud, blanche, toute en bois, bordée de colonnades. La chaleur, à peine tempérée par la brise venue de l'Hudson tout proche, le concert des crapauds, entretenaient l'illusion d'être à bien plus d'une heure de calèche de la cohue de New York.

Jean-Jacques fut ému des attentions d'Élisabeth, l'épouse de Benjamin Bakewell, qui avait préparé une petite fête pour leur arrivée.

Ces hommes qui travaillaient ensemble depuis si longtemps avaient assez peu l'occasion de bavarder. Les uns étaient souvent en mer, les autres n'échangeaient que les informations relatives à leurs affaires du moment. Ce soir, ils se rattrapaient et deux clans se formaient; d'un côté Fisher et Barnes, convaincus qu'il fallait abandonner toute transaction avec l'Europe, tant que Napoléon semait la panique; de l'autre Bakewell et Sammis, persuadés du contraire.

— Pendant que les Européens se battent, affirmait Bakewell, ils nous laissent le champ libre pour prendre des marchés.

— A condition qu'ils ne vous coulent pas, rispostait Barnes, ou qu'ils ne saisissent pas vos marchandises.

— Bah, fit Sammis, rendu philosophe par sa dernière expérience, ils ne peuvent pas être partout.

— Je ne veux pas faire ce métier dans ces conditions, dit Barnes. On n'est pas sur terre pour vivre dans le risque et l'angoisse. Sinon je serais soldat, quelque part, et on me paierait pour faire la guerre.

Fisher approuvait son capitaine.

— Barnes a raison, et de plus je suis sûr que nous allons vers une aggravation sérieuse. Jusqu'ici les Anglais n'ont fait que donner leur or pour financer la coalition contre Napoléon. Ils ne se sont battus que sur mer, avec succès, et toutes leurs forces sont intactes. Tandis que la France va s'user contre un front trop vaste, la Russie, l'Autriche, Naples. Je crois que la victoire d'Austerlitz a donné à ce Bonaparte des ambitions démesurées. Les ministres modérés, comme Talleyrand, qui voulaient l'empêcher de se croire le maître du monde, sont paraît-il en disgrâce. Croyez-moi, oublions l'Europe, Bakewell. Nous avons une moitié du monde à nous, si nous savons la conquérir. Laissons les Européens se déchirer sur l'autre moitié, si ça leur chante.

Ferdinand Rozier tentait de suivre. Il devinait les propos de Bakewell, dont l'anglais était classique, ainsi que celui de Fisher. Mais l'idiome mâchonné par les capitaines lui échappait totalement. Il assommait Audubon de son sempiternel refrain :

– Qu'est-ce qu'ils disent?

Agacé, Jean-Jacques s'éloigna du groupe. Il gagna la galerie extérieure, cherchant l'air et le calme. Après deux mois de mer, sa claustrophobie s'était encore accentuée. Il croisa Thomas, accompagné d'une jeune fille qui lui avait été présentée comme une cousine. Ils se firent un signe amical, et le couple disparut dans l'ombre. Une idylle? Tant mieux, Tom était devenu un robuste gaillard, franc et ouvert, un ami sûr. Vraiment tout se présentait bien ce soir. Il était revenu à bon port, il avait triomphé de deux épreuves, son père et l'océan. Il avait de l'argent, des responsabilités, des droits, des alliés solides. Et même ce pauvre Ferdinand, si ennuyeux, mais dont il appréciait l'opiniâtreté.

L'ombre, dans ce beau tableau, c'était Lucy. Vers l'ouest, au-delà de l'Hudson, un trait de rouge marquait encore l'horizon. Elle était là-bas, à 100 miles à peine. Jamais elle ne lui avait paru si éloignée. Il n'était pas sûr qu'elle l'ait attendu. Depuis sa dernière lettre, si découragée, il avait nourri son doute avec délectation. Un doute qui offrait l'avantage de l'excuser de son incartade avec Mme de Cordemais. Il avait écrit à son tour à la mi-mars, en termes anodins, annonçant simplement un retour désormais certain. Il plaisantait sur sa fuite « loin des griffes de l'Aigle ». Après tout il ne pouvait pas être plus explicite, les correspondances étaient souvent espionnées. Avait-elle compris? Durant tout le voyage, il s'était cuirassé contre la déception, avec cette superstition des amoureux, qui souhaitent le pire pour qu'il n'arrive pas.

– Vous pensez à Lucy, n'est-ce pas?

C'était Elisabeth Bakewell qui, sans bruit, l'avait rejoint. Elle s'accouda près de lui à la balustrade, sans le regarder, pour ne pas gêner la confidence qu'elle espérait. Son regard se perdait au loin, dans la pénombre, au-delà de la silhouette torturée des vieux chênes, qui étaient déjà là sans doute quand Peter Minuit, deux siècles plus tôt, avait acheté Manhattan aux Indiens pour 24 dollars de pacotille.

– Oui, madame.

– Pardonnez-moi d'être indiscrète, mais il me semble qu'au cours de cette soirée vous n'avez à aucun moment parlé d'elle. Nul ici n'ignore vos sentiments... à moins qu'ils n'aient changé. Ce serait votre droit. J'aime beaucoup Lucy, voyez-vous, et je souhaite son bonheur. Lequel dépend toujours de vous. Soyez-en assuré, même après une aussi longue séparation, même si l'incertitude est venue avec le temps.

– Ce n'est pas d'elle que je suis incertain. Elle a une famille, qui fait pression sur elle.

– Ah, soupira Elisabeth, les yeux au ciel, vous parlez de Rebecca. Elle s'est un peu calmée, je pense. Ce n'est pas le grand amour avec Lucy, mais je crois qu'elles ont conclu une sorte de paix armée. Ce qui est sûr, c'est que Lucy a renoncé à quitter Fatland Ford quand elle a appris votre retour. Audubon la regarda, en souriant enfin.

– Je vous remercie. Vous êtes une excellente ambassadrice. Elisabeth le fixa dans les yeux, avec une intensité grave et tendre. Elle lui serra le bras avec force.

– Elle vous aime, John. Elle est à vous, comme vous êtes à elle. Ne laissez pas échapper ce miracle. Prenez-la. Vite. Sa voix n'était plus la même, plus basse, sensuelle, presque vulgaire. Il eut à peine le temps de s'étonner; déjà Mme Bakewell avait repris son sourire de maîtresse de maison et rejoignait ses invités.

Deux jours plus tard, à la nuit tombante, Thomas Bakewell déposait Audubon et Rozier à Mill Grove, avant de rejoindre Fatland Ford. Il allait passer l'été dans sa famille, et aider aux moissons. Les Thomas firent à Jean-Jacques un accueil triomphal. Le fermier apprit avec joie que Dacosta n'allait plus être le maître.

La maison était intacte, la chambre et le muséum dans l'état où Audubon les avait laissés, amoureusement entretenus par Eunice. Dacosta avait renoncé à s'y installer.

– Je n'ai pas insisté pour qu'il reste, dit le père Thomas. D'ailleurs il est le plus souvent à New York ou à Philadelphie, à chercher des associés pour la mine. Tout ça n'a pas l'air d'avancer bien vite. De temps en temps, il y a des ouvriers qui viennent de Norristown. Ils ont refait les canaux, changé les meules. Ils font un trou parci, par-là. Et puis ils repartent. Je ne sais pas ce qu'ils attendent.

– Ils attendent le nerf de la guerre, de l'argent, dit Rozier. Pour qu'une mine comme celle-ci soit rentable, il faut investir énormément, donc être un gros capitaliste, ou disposer d'une société puissante. De plus il faut avoir des marchés, de préférence des commandes d'État. Une bonne guerre serait la bienvenue. Nous sommes loin du compte.

– Ah bon, fit Thomas, impressionné par le ton docte de Ferdinand, alors je suis bien content de ne pas avoir mis mon nez là-dedans.

Le lendemain matin, Audubon laissa Rozier à ses dossiers, qui jonchaient déjà la pièce qu'il s'était choisie au rez-de-chaussée. Les cabanes de la mine n'abîmaient pas le paysage, le long de la rivière; la végétation les masquait déjà. Les grottes creusées dans la rive, un peu plus haut, ne paraissaient pas atteintes par le chantier. Jean-Jacques allait s'en assurer, quand il entendit le galop d'un cheval.

C'était Lucy. Il se figea, de bonheur et de surprise. Le spectacle était d'une rare audace. La jeune fille montait à cru, sans selle ni étriers, à la manière des Indiens. Mais surtout elle chevauchait à califourchon! Une attitude impensable pour une femme qui devait toujours monter en mazone, drapée dans une ample jupe. Elle avait revêtu une légère robe de cotonnade gris-bleu, presque de la couleur de ses yeux. Ses cheveux flottaient selon les mouvements du cheval. Des pantalons de batiste et des petits escarpins blancs sauvegardaient l'infime reste de décence de son maintien. Elle était magnifique. Elle sauta du cheval, courut vers lui, rose, essoufflée, éperdue.

– John, tu es revenu, tu es revenu, John!

Une phrase qu'elle répétait, serrée contre lui, abattue contre sa poitrine. Comme si elle voulait s'en convaincre, donner plus de réalité à cet instant immense, le charger de mots, l'arrimer au présent, empêcher qu'il ne s'envole.

Debout près de la rivière, ils se dévoraient de la bouche, du regard. Le cheval, délaissé, s'était éloigné avec une sorte de discrétion un peu chagrine, en broutant. Elle sentit les muscles plus fermes, la barbe plus drue, les joues plus creuses, mais c'était bien le même homme de son souvenir et de ses projets, de son avenir et de ses rêves. Elle retrouva le geste d'agripper les boucles du garçon pour attirer ses lèvres, il lui rendait la pareille en la tenant aux tempes, ses mains encadrant le visage. Il la découvrait plus femme, plus grave et plus joyeuse, plus décidée. Son corps lui parut avoir plus de rondeurs, son visage un peu moins. Les seins de Lucy, à peine atténués par la mince étoffe, pesaient contre lui, plus insistants qu'autrefois. Tous les doutes de Jean-Jacques avaient disparu, enfouis au creux du cou de Lucy, enfuis sur sa bouche, noyés dans l'or de sa chevelure. Ils remontèrent la rive, enlacés, elle voulait tout savoir, elle lui disait tout, ils s'interrompaient de baisers en pleine phrase, à contretemps.

Il voulait voir la caverne aux pewees, ceux qu'il avait bagués deux ans avant. Elle le gronda.

– Là, tu n'as pas changé. Ta première pensée est pour tes oiseaux.

– Ma deuxième. La première était pour toi. Je pense que là-bas nous serions plus tranquilles.

C'était un meilleur argument. Jean-Jacques remarquait que Lucy préférait le français, ce jour-là. Elle voulait lui faire honneur, ou lui éviter l'embarras d'avoir oublié son pauvre anglais. Plus encore, elle voulait profiter du merveilleux avantage qu'offre le français aux amoureux, le tutoiement. Celui des quakers, en anglais, n'a pas le même sens. Il est une convention, un acte de foi et un archaïsme. Le tutoiement français indique qu'une frontière est franchie dans l'intimité et dans la confiance. Pour les amants, c'est une sorte de passeport qu'ils se délivrent, juste avant ou juste après le don de leurs corps. Ainsi, Lucy le tutoyait désormais, ce qu'elle n'avait jamais fait autrefois. On aurait dit que son amour avait grandi seul pendant ces mois de séparation, qu'elle l'avait entretenu avec soin, et maintenant il retrouvait la précieuse plante plus épanouie et plus forte.

Les bosquets de chênes verts avaient grandi et masquaient l'entrée de la grotte. Mais les pewees étaient là, on entendait leur cliquetis. Audubon pria Lucy de l'attendre, écarta les branches et pénétra dans la caverne. Il revint quelques minutes plus tard, les deux mains réunies en conque. A l'intérieur, un passereau s'agitait.

– Regarde, à sa patte, le fil d'argent. Ils sont revenus, ils reviennent tous les ans, ce sont les mêmes. Tu te rends compte, ils font des milliers de miles, et ils retrouvent exactement le même nid, des mois après.

Lucy s'amusait de son enthousiasme. Elle le força à ouvrir les paumes pour libérer le pewee outragé.

– Toi aussi, tu es revenu, John. La nature est aussi puissante pour nous que pour ces oiseaux. Il faut un bon motif, c'est tout.

Il la prit par la taille, ils revinrent lentement vers le moulin. Ils pensaient tous deux à la même chose, au fil d'argent, à son symbole.

– Demain, dit doucement Jean-Jacques à l'oreille de Lucy, j'irai voir ton père et, euh, son épouse...

Mme Rebecca Smith Bakewell était loin d'être repoussante. Audubon comprenait qu'un homme encore robuste comme William ait eu envie de la ramener dans son bercail. Sa silhouette était celle d'une femme jeune, qu'aucune maternité n'a alourdie. En revanche ses lèvres minces, pincées, le pli amer de sa bouche, ses yeux sombres et durs, ses cheveux noirs rangés en bandeaux sévères, sa robe stricte et terne la vieillissaient. Il sentait qu'elle jouait à l'excès un rôle, celui de la mère par procuration. Il y avait peut-être une faille dans cette cuirasse, le soir, aux chandelles, défaits les bandeaux, dénoué le corset? Il tenta son plus beau sourire. Elle n'y répondit pas, elle l'effleura d'un regard où il put lire qu'elle jugeait sa mise trop désinvolte, son habit trop à la mode, ses cheveux trop longs. Son opinion était faite : cette femme serait toujours son ennemie.

Le thé avait refroidi. Aucun enfant ne se montrait, comme ils le faisaient autrefois. On n'entendait aucun domestique, pas même Eleanor, à la voix si chantante. Une main de fer avait imposé le silence et l'ordre sur Fatland Ford. Jean-Jacques avait raconté longuement son voyage, les péripéties de son retour, ses nouveaux pouvoirs sur Mill Grove. Bakewell opinait gravement, pour se mettre au diapason de sa femme, puis il lança enfin, comme on se jette à l'eau :

– Si nous en venions à Lucy?

– Volontiers, monsieur. Nous nous aimons toujours, plus que jamais, même, et nous souhaitons nous marier.

– Eh oui, dit Bakewell, en se tournant vers son épouse, l'air de dire : – Tu vois, c'est très simple, où est le problème?

– Un instant, objecta Rebecca. Lucy a dix-neuf ans et quatre mois, ce qui signifie qu'elle ne peut se passer de notre consentement, à supposer que vous vouliez passer outre...

Jean-Jacques chercha l'appui de Bakewell, dont le regard fuyait.

– Je n'ai jamais envisagé rien de tel, madame.

– Alors expliquez-moi pourquoi elle ne m'a jamais parlé de ce mariage?

– Je l'ignore, madame, et je le regrette. Sans doute craignait-elle que je sois à jamais empêché de quitter la France, ce qui aurait pu se produire.

– Eh bien, maintenant que vous êtes là, tâchez de la convaincre de ne pas ignorer mes avis ni ceux de son père, et tout ira bien. J'ajoute que nous souhaiterions, avant d'envisager tout accord, que votre situation soit établie un peu plus sur des réalités, et un peu moins sur des espoirs.

Lucy attendait au bout de l'allée des chênes. Ils marchèrent lentement jusqu'aux limites du domaine. Jean-

Jacques rapporta l'entretien, et surtout la conclusion de Rebecca. Lucy eut un cri de rage qui fit faire un écart au cheval qui les suivait. Ses yeux lançaient des flammes, elle respirait avec peine. Il ne l'aurait pas crue capable d'un tel emportement.

– Jamais, je ne lui demanderai jamais rien! Elle veut que je la supplie, que je m'humilie devant elle. Tu ne sais pas ce qu'elle m'a fait. Elle m'a traitée comme une petite fille, elle voulait me briser, elle mettait son nez partout. Quand Tom est parti à New York, j'ai voulu le suivre. Mon père m'a suppliée de rester, il est intervenu, alors elle s'est calmée. Et puis j'ai appris ton retour. Maintenant elle me laisse tranquille, elle m'ignore, c'est tout. J'ai pris une autre chambre, à l'autre bout de la maison, pour la rencontrer le moins possible. Elle s'est rabattue sur Eliza, elle la dresse contre moi, et cette petite sotte se laisse mener. Je suis sûr que papa est très malheureux.

Elle était maintenant au bord des sanglots. Jean-Jacques tenta de la calmer.

– Allons, elle n'est peut-être pas si mauvaise. Elle croit bien faire, pour les jeunes enfants. De toute façon, il faudra bien son accord si nous voulons...

– Jamais, trancha Lucy. Je me marierai quand je serai majeure, voilà tout. Et tant pis si je n'ai pas de dot. D'ailleurs je trouve cette pratique immorale, l'épouse n'est pas une esclave qu'on achète.

Ils marchèrent un long moment en silence. Ils n'entendaient plus que leurs propres pas et ceux du cheval. On était à cette heure de la fin du jour où les bruits de la nature cessent, avant de reprendre à la tombée de la nuit, dans un autre registre, avec un autre programme.

– Tu n'es pas d'accord, John? s'inquiéta Lucy.

– Si, bien sûr, fit-il vivement. – Il craignit qu'elle ne se méprenne, pour la dot. – Mais je faisais un petit calcul. Tu seras majeure dans vingt mois, presque deux ans. C'est une bien longue attente.

Allait-elle comprendre à demi-mot? Tout récemment, Claire lui avait rappelé de façon brûlante que l'homme et la femme sont bâtis pour certains échanges qui comblent l'esprit et le corps. L'idée qu'il puisse s'y livrer enfin avec

Lucy le tenaillait depuis son retour. Il n'était pas préparé à un tel report d'échéance.

Lucy sourit, un peu lointaine, puis s'arrêta, lui fit face. Le cheval les rejoignit, mit presque sa tête grise entre eux, à la manière d'un juge recevant un serment.

– Je sais ce que tu attends de moi, John. J'ai la même impatience. Qui t'a dit qu'il fallait être marié pour faire l'amour?

Elle mit sa main sur la bouche du garçon, pour ne pas qu'il réponde, qu'il ne dise pas : quand? pourquoi? ou rien qui trouble cet instant. Elle reprit, plus grave :

– Si tu veux, je serai à toi bientôt, toute à toi, comme tu seras à moi. Dès que nous serons prêts, dès que nous en serons dignes.

Il la regarda s'éloigner, légère. Il essaya de prolonger sur ses lèvres le goût de son baiser. Puis il reprit sa marche, lentement, tenant le cheval par la bride. Les mots de Lucy avaient incendié son cerveau, il allait comme un somnambule. D'instinct il avait quitté la route de Mill Grove, et il coupait à travers le bois de hêtres.

Des piaulements, des bruits de ramures le tirèrent de sa rêverie. C'était un ballet d'écureuils volants qui saluaient le crépuscule. De petites masses grises grimpaient en ondulant jusqu'aux plus hautes branches, se précipitaient dans le vide et se mettaient à planer comme des fantômes. Leurs pattes de devant et celles de derrière étaient réunies par une membrane de fourrure, qui en l'air se gonflait comme une voile et ralentissait le vol. Après quelques secondes, l'écureuil baissait sa queue en panache et se posait contre un tronc, dans un trou de pic-vert ou sur une autre branche, et s'élançait à nouveau. Ils étaient plus d'une dizaine à se croiser ainsi dans le ciel. Audubon les contempla longtemps, jusqu'à ce que la nuit fût noire et que les petits acrobates se calment. Le spectacle des écureuils avait été comme un intermède au théâtre, une fantaisie sans rapport avec l'œuvre principale, mais qui procure une détente, un recul nécessaires à l'appréciation des actes suivants. Il était égaré sans l'être vraiment. Il était facile de retrouver la direction de la rivière, en suivant la pente, ou en se guidant sur les notes basses émises par les crapauds. Mauvais marin et bon musicien, il savait que les sons graves sont plus faciles à localiser que les aigus : d'où la tonalité des cornes de brume. Il erra longtemps, guettant les cris et les frôlements, se répétant jusqu'à l'ivresse la promesse de Lucy.

Dans les mêmes instants, la jeune fille, dans son lit, écoutait s'égrener les heures à la grosse horloge pennsylvanienne dont la sonnerie lui parvenait faiblement, du fond de la maison. Cette horloge, dont le balancier s'ornait d'épis de maïs et de coquelicots en émail, avait été apportée par Rebecca. Aux yeux de Lucy, elle jurait avec le délicat mobilier anglais de Fatland Ford, elle marquait pesamment la présence de l'intruse, elle était un corps étranger, elle battait comme un cœur étranger.

Lucy se doutait bien que Jean-Jacques avait déjà eu des aventures amoureuses. Loin d'en éprouver de la jalousie, cela la rassurait plutôt. L'expérience du garçon pallierait sa relative ignorance. Elle fit le bilan de son savoir, assez vaste sur la théorie, bien faible sur la pratique.

Sa mère était morte trop tôt pour l'éclairer sur les mystères du mariage. Elle l'aurait sans doute fait : les Bakewell avaient rejeté le calvinisme rigide pour la plus grande tolérance des unitariens, lesquels avaient moins tendance à considérer le sexe comme honteux et vulgaire.

Lucy s'était instruite seule. En Angleterre, ses amies de collège affirmaient que les enfants poussaient, par génération spontanée, dans le ventre des filles, aux alentours de la vingtième année. Le problème était de trouver un mari pour les élever avant que cela n'arrive. Cette explication ne satisfaisait pas Lucy, qui était de la campagne et avait vu des accouplements de bêtes qui prouvaient que la reproduction exigeait l'intervention du mâle. Une inconnue demeurait, par où l'enfant pouvait-il bien sortir? Elle comprit quand elle put voir, en cachette, une vache vêler. Épouvantée, elle avait vu le ventre s'ouvrir, le veau émerger, avec du sang et des choses... La bête ne semblait pas souffrir de l'atroce déchirement. Mais plus tard Lucy sut ce qui arrivait aux servantes au ventre rond, le jour où elles emplissaient de leurs hurlements les bâtiments des domestiques. Tu enfanteras dans la douleur, disait la Bible. Elle en conclut qu'elle n'accepterait jamais une telle épreuve et n'y pensa plus. Son opinion ne varia pas quand, les règles venues, sa mère lui expliqua qu'elle était désormais apte à engendrer. Son dégoût n'en fut que plus grand : décidément le sang était toujours associé aux affaires sexuelles. Elle ne sut rien de plus. Engendrer comment ? Elle n'osa pas poser la question. L'arrivée de Jean-Jacques raviva sa curiosité sur les relations entre garçons et filles. Ses propres sentiments, ses lectures, des enquêtes habiles auprès des servantes lui révélèrent deux abîmes insoupçonnés, l'amour et le plaisir.

William Bakewell laissait à Lucy la libre disposition de son importante bibliothèque. Elle s'y jeta, prospectant en désordre, rassemblant peu à peu les éléments du puzzle. L'*Encyclopédie* lui fut d'un grand secours. Elle apprit tout à la fois que l'homme émettait une semence, et que celle-ci contenait des animalcules, découverts grâce au microscope par Leeuwenhoek, Ham, Vallisnieri et Hartsoeker en 1677. La femme aussi sécrétait ce qu'on tenait pour un sperme, dont le mélange avec celui du mâle provoquait la formation du fœtus. Cette théorie avait l'avantage d'expliquer la ressemblance des enfants à l'un et à l'autre de leurs parents, mais elle était combattue par les tenants de la prépondérance du mâle, les animalculistes, et par ceux de la femelle, les ovistes.

Lucy allait se lasser des ouvrages ésotériques qui soulevaient plus de questions qu'ils n'apportaient de réponses, quand elle tomba sur le livre de Nicolas Venette : *La Génération de l'homme ou Tableau de l'Amour conjugal, considéré dans l'état de mariage.* Bakewell possédait l'édition anglaise de 1751. La première édition datait de 1675, à Amsterdam, et, depuis, de constantes rééditions dans toute l'Europe faisaient du traité de Venette un des livres les plus répandus de l'époque.

Cette fois, tout était clair. Chaque phrase était pour Lucy un éclair déchirant les ténèbres :

« C'est le roi des plaisirs et le plus doux plaisir des rois mêmes que celui qu'on goûte dans les bras d'un objet aimable, dont on est, ou dont on se croit aimé...

« Une chose sur laquelle je n'ai jamais hésité, c'est à regarder comme le comble des horreurs les précautions que prennent deux époux pour ne point, ou ne plus avoir d'enfants, sans pour cela renoncer au plaisir qu'ils trouvaient à en faire. C'est frauder les droits de la nature... »

Tiens, se dit Lucy, on peut donc frauder. Elle se rappela l'épisode d'Onan, dans la Bible, qui, plutôt que d'engrosser sa belle-sœur, répandait sa semence au sol, au grand courroux de Dieu. Elle voyait bien maintenant que l'Église suspectait le plaisir amoureux détaché du souci de la procréation, et que les scientifiques faisaient de même soit pour avoir la paix avec la censure, soit, lorsqu'ils étaient sincères, par crainte de la dépopulation, une obsession en ces temps de guerres, d'épidémies et de malnutrition.

Lucy s'intéressait davantage à la description, fort détaillée, des organes reproducteurs. Elle apprit que les testicules élaborent la semence, quintessence « de ce qu'il y a de plus épuré dans le corps de l'homme », une sorte d'alambic. Venette s'attardait sur la comparaison entre un mystérieux clitoris et la verge, récusant toutefois que les organes féminins ne soient que l'envers des masculins. La femme se différenciait par la matrice, une sorte de pompe qui « s'élargit et se resserre quand il faut » pour aspirer la semence virile.

Lucy n'avait plus à se demander désormais « par où ça se passait ». Venette détaillait minutieusement les organes externes de la femme, leur attribuant une fonction refroidissante et protectrice. Suivaient des considérations sur la dimension de la verge, dont il était dit que les tailles variaient jusqu'à la monstruosité chez certains « qui étaient en état de la flairer ». La préférence du médecin allait à celles d'une honnête moyenne. La position recommandée pour l'accouplement était décrite, ce qui leva bien des doutes pour Lucy, toujours tentée par des comparaisons avec ce qu'elle savait des animaux. Venette, très orthodoxe, assurait que la configuration où l'homme est couché sur la femme reste la meilleure, « celle qui est la plus licite et la plus voluptueuse. »

Là où Venette s'éloignait des théologiens, c'était dans son apologie du plaisir sexuel. Il y voyait non pas une sorte de prime, un surcroît inutile, mais le mobile qui pousse les êtres à s'unir, le fondement même du couple :

« Les caresses conjugales sont le nœud de l'amour dans le mariage. Elles en sont véritablement l'essence. »

Lucy survola les passages fastidieux où le médecin se muait en moraliste, réglant jusqu'à la fréquence des rapports et leurs horaires. Elle s'arrêta aux pages où était traitée la question de la défloration. Fort heureusement, Venette dédramatisait ce qui était pour Lucy une angoisse multipliée par l'ignorance. Ce n'était qu'un mauvais moment à passer, désagréable aussi bien pour l'homme que pour la femme, mais qu'il fallait aborder avec soin et patience, car l'avenir du couple en dépendait. Les Arméniens et les Phéniciens n'avaient peut-être pas tort de confier ces prémices à des valets ou à des prêtres. Venette ne semblait pas attacher à la virginité beaucoup de valeur morale, et il allait jusqu'à donner quelques recettes pour que la fille paraisse vierge, malgré des expériences antérieures : « Elle prendra un peu de sang d'agneau, qu'elle aura fait sécher auparavant, et se le mettra dans le conduit de la pudeur après en avoir formé deux ou trois petites boules. »

Après cette lecture, Lucy s'était sentie beaucoup moins niaise. Elle ressentait pourtant une légère frustration, comme ces anciens astronomes qui, ayant démontré par la théorie que la Terre était ronde, en espéraient une preuve concrète. Elle décida de confronter sa science toute neuve avec l'expérience vécue de Thérésa, la cuisinière noire. Elle savait maintenant quelles questions poser. Elle fit le siège de la servante, la contraignant à parler par la prière ou la menace. Thérésa se rebiffait parfois : « Oh, mademoiselle, ce n'est pas bien ! », puis, comme si cette remarque liminaire l'absolvait, se mettait à raconter sans plus de scrupules. Lucy avait compris que les Noirs ne saisissent pas bien la gêne et la réprobation des Blancs envers une activité agréable et naturelle, la seule consolation des pauvres, le plus grand des plaisirs, qui ne coûte rien, qui rend égaux les Blancs et les nègres, avec un avantage pour ces derniers, moins troublés par les préjugés. Thérésa attribuait assez d'importance à l'amour pour souhaiter que sa chère Lucy n'en manque pas les joies. Elle se sentait flattée de remplacer la mère dans cette mission éducatrice.

194

Jusqu'à la fin de juin, Audubon ne parvint pas à rencontrer Lucy seule. Malgré son impatience, il était convenu avec elle de faire preuve de prudence pour ne pas alarmer William, ni surtout la vigilante Rebecca. Il sut bientôt, ce qui entrait dans ses plans, se rendre indispensable à Fatland Ford. Les enfants le réclamaient; il promenait le petit William sur son cheval, il tressait des paniers pour Sarah et Ann, un art qu'il avait appris à Rochefort. Il rapportait des bouquets de digitales pour Eliza, entraînait Tom au maniement du fleuret. Rozier venait parfois, il amusait beaucoup les deux cadettes qui en avaient fait leur souffre-douleur. Elles se moquaient de son air guindé et de son incompréhension de l'anglais. Elles faisaient exprès de lui parler à toute vitesse, et lui, éberlué, protestait en répétant : « Ah, dis donc, dis donc! », si bien que les gamines l'avaient surnommé « Didon ».

Ferdinand était le plus souvent à Philadelphie, avec Fisher ou Dacosta, pour tenter de débrouiller les affaires de Mill Grove. Audubon y avait échappé en prétextant ses engagements envers d'Orbigny, à qui il devait envoyer des spécimens d'oiseaux. Il s'y employait en effet, tout le temps qu'il n'était pas chez les Bakewell. Il s'était fait envoyer de la glu de New York pour capturer les plus petites espèces sans les abîmer. Il avait rétabli son quartier général dans la grotte des pewees, dont il avait défriché les abords, et dont il avait confortablement installé l'intérieur pour ses affûts et ses veilles.

L'amitié de Tom lui était agréable, et il s'en voulait un peu d'avoir à son égard quelque arrière-pensée. En effet il espérait bien s'en faire le complice de ses amours. Il sut que la partie était gagnée un soir où Lucy lui chuchota, alors qu'il la quittait :

– Demain, je devais aller à Norristown avec Tom. Il est d'accord pour s'y rendre seul et n'en rien dire. Il me laissera à Mill Grove et me reprendra le soir. Nous aurons toute la journée pour nous.

Devant la caverne, les eaux basses de la Perkiomen laissaient à découvert une plage de sable blanc, très fin. A cet endroit, la rivière, ralentie par un coude, s'élargissait en formant une crique où le courant était faible.

Une énorme chaleur s'était abattue depuis quelques jours, la nature se tordait, craquait. On n'entendait plus que le crissement déchaîné des insectes; les oiseaux s'étaient tus. Simplement, comme si elle était seule, Lucy laissa tomber sa légère robe blanche. Le charmant pantalon vola au pied d'un coffre. Jean-Jacques entrevit sa nudité, dans la pénombre de la grotte, puis elle s'enfuit vers la rivière, dans un éclaboussement de lumière et d'eau. Un martin-pêcheur effrayé s'envola de la rive opposée.

Elle l'appela, il la rejoignit. Nus, ils se poursuivirent à la nage, se bousculèrent, rirent. Elle s'arrêta soudain, se laissa contempler. Ils s'effleurèrent du bout des doigts, comme des aveugles. Ses seins ronds et durs d'adolescente étaient attachés très haut, les épaules larges les faisaient paraître plus petits. Pour fuir l'examen, elle se blottit contre lui, l'emprisonna dans ses longs cheveux mouillés. Puis elle courut encore, ses longues jambes soulevèrent des gerbes étincelantes. Elle se réfugia dans la fraîcheur de la caverne. Ils s'allongèrent sur les couvertures qu'Audubon y avait disposées pour ses longues nuits d'affût. Ils reprirent leur souffle. Elle chercha sa main. Encore éblouis, ils se voyaient à peine.

Le temps était venu. Ils ne parlèrent pas. Ils s'étaient déjà tout dit, les jours d'avant, par bribes, dans les instants volés aux autres. Il serait doux et patient, il avait promis. Elle voulait tout apprendre mais tout comprendre, ne pas être prise mais se donner. Elle s'était assurée qu'il saurait ne pas la mettre enceinte; elle ne voulait pas d'enfant tout de suite, elle le voulait, lui, d'abord.

Ils firent de leurs mains impatientes l'inventaire de leurs corps, comme de trésors longtemps convoités. Il caressa ses seins dont les pointes s'érigèrent. Elle observait, studieuse. L'érection l'effraya un peu, cette disproportion entre la taille du visiteur et l'exiguïté du local, mais elle ne perdit pas confiance. « Il y a de la place », avait dit Thérésa. L'eau de la rivière avait séché sur leur peau, remplacée par leurs sueurs mêlées, dont les arômes confondus les soûlaient. Ils glissaient l'un sur l'autre comme des lutteurs épuisés.

Enfin elle donna le signal, elle l'arrêta au centre d'elle-même, impérieuse, elle eut un mouvement du bassin comme quand elle lançait son cheval. Il ne bougea plus, la laissa venir vers lui, puis l'attirer, captif. Elle le fixait au fond des yeux, presque durement, puis elle se jeta contre lui en même temps qu'il se ruait en elle, souffrante, dévastée, consentante. Malgré toute sa vigilance, elle ne sut plus bien alors ce qui arrivait, elle ne démêla plus la douleur du désir, la terreur de la fierté. Elle balança ainsi, haletante, jusqu'à ce que le garçon s'échappe d'elle avec une urgence plaintive.

Plus tard, quand il roula à ses côtés, elle vit les perles de semence nacrée déposées sur son ventre, juste au-dessus de sa toison si fine et si blonde qu'elle en était transparente.

– C'est donc ainsi, murmura-t-elle.

Puis ils retournèrent dans l'eau tiède, et ils se frottèrent avec des gestes de purification.

Pendant tout juillet, ils vinrent s'aimer là chaque fois que la complaisance de Tom et un bon prétexte le leur permettaient. Lucy, toujours appliquée, avait conscience de franchir à chaque étreinte une étape, vers un but incertain, mais qu'elle sentait plus proche à mesure que la douleur et la gêne s'enfuyaient. Jean-Jacques lui avait expliqué le plaisir, ce délicieux coup de pied dans les reins, l'âme qui se retourne comme un gant, la douce agonie. Elle s'épuisait en vain à l'imaginer, mais elle se réjouissait de penser que sur le parcours de son initiation amoureuse, dont elle avait tiré déjà tant de surprenantes joies, le plus beau restait à découvrir.

S'il existait un paradis, il ne pouvait rien offrir de plus que ces jours flamboyants au bord de la Perkiomen. Les œufs des pewees étaient éclos. Les petits gobe-mouches piaillaient maintenant dans leurs nids. Les parents, craintifs au début, voletaient maintenant sans gêne dans la caverne. Jean-Jacques termina le portrait nu de Lucy avec bien du mal. Elle posait sans patience, toujours avide d'un autre baiser, d'une nouvelle caresse. Il lui parlait des oiseaux.

– Tout petit, quand je croyais encore que les arbres touchaient le ciel, ils étaient déjà ma passion. Je me suis toujours senti proche d'eux. Ils expriment leurs sentiments, ils aiment, luttent contre les éléments, sont déchirés entre l'amour du foyer et le désir de partir au loin. Je crois que je les comprends. En même temps ils sont d'un autre monde, bien au-dessus de nous, dans un impossible que nous n'atteindrons jamais, pauvres êtres cloués au sol. D'ailleurs ce n'est pas la force du lion que l'on prête aux anges, mais des ailes. Chacun de leurs chants me raconte une histoire. A l'appel du corbeau je sens l'herbe brûlée, le trille du roitelet m'annonce le printemps, la crécelle du martin-pêcheur, c'est le clair de lune, une nuit en forêt, au bord d'un ruisseau inconnu...

Il montra ses premiers dessins, les silhouettes malhabiles d'un foulque, d'une pie, d'un pic-vert.

– Ce n'est pas très bon, mais j'ai pris beaucoup de plaisir à les faire. Je crois qu'à l'époque mon crayon a engendré beaucoup de monstres. Je pensais avoir dessiné un oiseau parce que j'avais mis sur le papier une tête et une queue, et deux bâtons pour les pattes. Regarde ces becs, et ces serres, et ce dos tout droit! Et ces queues, on dirait des gouvernails de bateau! Je ne sais pas pourquoi j'ai gardé tout cela, c'est bon à jeter.

– Non, John, protesta Lucy, donne-les-moi. Ils sont si touchants. Je les veux, ce sera comme si je t'avais connu tout petit.

– Si tu veux. A vrai dire je ne me sens pas beaucoup plus habile aujourd'hui.

– Comment? Tu dessines parfaitement, aussi bien que ce qu'on voit dans les livres.

– Justement, c'est sinistre, ce qu'on voit dans les livres. Ce sont des oiseaux morts, posés sur des socles, aussi inertes que les plâtres de chez David. Quand j'étudiais chez lui, je m'arrêtais après les cours pour regarder les moineaux qui picoraient le crottin. Eux au moins étaient vivants. Non, je sais qu'il faut que je trouve autre chose. Ce n'est pas faute d'avoir cherché. J'ai renoncé à l'aquarelle, trop floue, pour le pastel, plus difficile mais plus exact. C'est déjà mieux, mais je bute sur l'essentiel, rendre la véritable attitude de l'oiseau, sa façon d'évoluer, tout ce qui fait sa grâce. Toi, quand tu poses, ce n'est pas ton apparence immobile que je décris, mais tous tes gestes possibles, ton comportement, ton caractère...

— Tu m'as dit que je bougeais trop!

— C'est vrai, j'aurais dû t'attacher. La prochaine fois... Il s'interrompit, se frappa brusquement le front.

— T'attacher! Lucy, cette fois je crois que je tiens la solution!

Le lendemain, dès l'aube, Audubon sauta sur son cheval et fit au galop les 5 miles jusqu'à Norristown. Il arriva quand les échoppes ouvraient à peine et acheta des rouleaux de fil de fer de tailles différentes. Lorsqu'il revint à Mill Grove, Eunice l'appela pour le déjeuner du matin, alors qu'il courait déjà vers la rivière avec son fusil. Il tua le premier martin-pêcheur qu'il rencontra, puis se précipita dans sa chambre. Attentif à ne pas froisser la moindre plume, il passa les fils dans le corps de l'oiseau, de façon à donner à la tête la position désirée, de même qu'aux serres et à la queue. En quelque sorte, l'animal était devenu malléable. Audubon lui donna l'attitude de l'attaque, au moment où l'alcyon fonce vers l'eau, aigu comme une flèche, le bec pointé. Il le fixa à une planche sur laquelle il avait au préalable appliqué une feuille quadrillée. Il disposa l'ensemble, verticalement, contre le mur. Il avait ainsi un modèle d'une parfaite fraîcheur, dont les couleurs n'étaient pas encore ternies, et dans une attitude véridique. De plus les carreaux du fond permettaient de rendre exactement les proportions; Audubon décida dès lors de suivre dans toutes ses conséquences la logique de son procédé, c'est-à-dire de représenter les oiseaux dans leur taille réelle. Il se mit furieusement à dessiner, répartit soigneusement les bleus, les gris, le blanc écru, les ombres, la ceinture claire qui barrait le jabot.

Il s'acharna toute la matinée; il était affamé quand il posa sur le papier la dernière touche de couleur. Il courut au moulin, chez les Thomas, où il savait qu'une bonne table l'attendait : il allait se donner une fête à la hauteur de l'événement! Depuis toujours, il détestait qu'on critique ses dessins, non parce qu'il était imbu de son talent mais au contraire parce qu'il en doutait fort. Aussi évitait-il de montrer ses œuvres au-delà d'un cercle d'initiés. Cette fois, au contraire, il n'hésita pas à faire admirer son martin-pêcheur à Eunice.

– On dirait un vrai, dit la brave fermière. Ce qui était pour Jean-Jacques le compliment suprême.

Rassasié, il retourna chez lui et reprit ses crayons et ses pastels. Il dessina un fond à son oiseau, un décor de rivière qui n'était autre que « sa » crique, dont il connaissait par cœur chaque détail. Il complétait ainsi le système qu'il venait d'édifier pour ses œuvres futures : représenter les oiseaux dans leur environnement naturel et dans une situation réellement observée. Il en était aux dernières touffes d'herbe quand il entendit le galop d'un cheval. C'était Lucy.

Essoufflée, rose d'excitation, elle grimpa l'escalier et se jeta dans ses bras.

– Mon père et Rebecca sont à Philadelphie pour deux jours, ils veulent voir des machines pour les prochaines moissons. Je suis à toi, pour la nuit si tu veux. Notre première nuit, John...

Quand ils eurent roulé sur le lit, froissant quelques esquisses oubliées, il sentit que cette fois leur étreinte était différente. Lucy n'avait jamais été si ardente, si offerte. Alors qu'il se prélassait en elle, savourant avec lenteur leur si parfait ajustement, elle s'anima soudain, parut s'affoler, ouvrit la bouche comme si l'air lui manquait, se mordit les lèvres, roula sa tête de droite à gauche, avec une longue plainte. Il en oublia sa propre délivrance, attentif à l'accompagner au bout de son extase.

Enfin elle se calma, rouvrit ses yeux voilés de larmes et de stupeur.

– Oh, John, ça n'a jamais été comme ça.

Elle souriait à travers ses sanglots, le serrait plus fort, mordait son épaule quand quelques frissons l'agitaient encore. Elle balbutia, comme en rêve :

– Ça, ça n'était pas dans les livres...

Jean-Jacques caressait ses cheveux, buvait ses larmes. Il vivait passionnément cet instant qu'il attendait avec confiance depuis qu'ils s'étaient fait l'abandon de leurs corps. Il savait que la nature hésite longuement avant de faire aux filles le cadeau du plaisir.

Lucy applaudit à la réussite du martin-pêcheur, puis ils allèrent dîner chez Thomas. Enjouée et vive, elle offrit son aide à Eunice, égaya la soirée des potins de Fatland Ford, égratignant Rebecca. Jean-Jacques l'observait, ému à la pensée qu'il avait ce soir un avant-goût du bonheur que lui promettait cette compagne charmante, pour de longues années emplies d'amour et de couleurs, de chants d'oiseaux et de cris d'enfants.

9

Les premiers soucis vinrent en août, avec les moissons. Tout le comté bruissait des battages, dont la poussière parvenait presque à voiler le soleil. Tom, comme tout le monde, était très affairé et n'avait plus le loisir de couvrir les escapades de sa sœur. Audubon vint aider les Bakewell, mais on vit bien que le cœur n'y était pas. Lucy et lui, sur leur petit nuage rose, devenaient bien voyants.

Le premier à s'en moquer fut Thomas Pears, le neveu, qui montrait beaucoup de zèle dans les travaux des champs. Il devait bientôt épouser Sarah Palmer, une fille de riches propriétaires, et il s'acharnait à apprendre les tâches de la ferme. Un jour qu'il vannait de l'orge, il vit flâner les jeunes gens, ce qui lui inspira une remarqua aigre-douce sur leur peu d'entrain pour l'agriculture.

– Il faudra pourtant vous y mettre, dit Thomas, ou M. Dacosta vous mangera!

– Qu'il mange ce qu'il veut, la terre n'est pas notre affaire. Avec Rozier, nous allons nous faire marchands.

La réponse de Jean-Jacques laissa Pears sceptique. Il ne le voyait pas derrière un comptoir, pas plus que Lucy, habituée à l'espace et à la liberté. Il ne savait pas qu'Audubon cherchait surtout à se convaincre lui-même que son maintien à Mill Grove était impossible. Rozier le pressait d'en finir avec cette affaire. Ses investigations en compagnie de Fisher, depuis deux mois, l'avaient persuadé qu'il fallait abandonner.

– Tout cela est loin d'être dans nos cordes. Dacosta peut

faire fonctionner les mines, s'il arrive à monter sa compagnie. Cela peut prendre des années, et nous n'aurons pas cette patience. Quant à la ferme, elle peut permettre de survivre, sans plus. Je pense que vous avez d'autres ambitions. En tout cas, moi, je les ai. Enfin, qu'est-ce qui vous retient ici? Ne me dites pas que c'est Lucy. Elle doit bien comprendre que vous ne pouvez pas éternellement vous consacrer à vos amours et à vos oiseaux. Sinon, quel avenir lui préparez-vous? D'ailleurs je m'étonne que son père n'ait encore rien dit. Je sais qu'il montre des signes d'impatience, de même que son frère Benjamin qui doit faire repartir ses affaires en septembre, et qui voudrait bien savoir s'il peut compter sur nous.

Audubon secouait tristement la tête. Il lui en coûtait d'entendre frapper aussi violemment à la porte de son paradis.

– Vous avez raison, Ferdinand, comme toujours, dit-il avec lassitude. Je ne peux pas vous empêcher d'avoir raison. Ce qui me navre, c'est de céder devant Dacosta, qui n'attend que cela depuis des mois, comme une araignée au centre de sa toile.

– Nous ne lui faisons pas un cadeau, croyez-moi. Il va triompher au début, mais c'est lui qui aura les ennuis par la suite. Et puis nous garderons quelques atouts.

En effet, aux termes de l'accord, Dacosta se vit attribuer 113 acres, comprenant les bâtiments de la ferme et la mine. Audubon et Rozier conservaient 171 acres, sur l'autre rive de la Perkiomen, et ils percevaient la différence de valeur entre les deux lots. Dacosta paierait 800 dollars avec intérêt sur trois ans, plus 4 000 dollars sur les profits de la mine.

Le 5 septembre 1806, la signature des actes eut lieu à Philadelphie, chez Fisher. Audubon ne resta que le temps d'apposer son paraphe, de saluer froidement Dacosta et de lui faire confirmer une clause qu'il avait exigée : que l'on garde la famille Thomas dans la ferme de Mill Grove.

Puis il se rendit au tribunal afin d'y déposer sa demande de naturalisation, à laquelle on avait droit si on était blanc, libre et résident depuis plus de cinq ans. Il tricha quelque peu sur les dates, se vieillissant de deux ans et déclarant qu'il vivait sans interruption aux États-Unis depuis août 1802.

Tom Bakewell et Audubon rejoignirent Benjamin à New York. Rozier fut engagé chez Laurence Huron, un importateur français de Philadelphie. Sa méconnaissance de l'anglais avait dicté ce choix.

Dans les bureaux de Pearl Street, Jean-Jacques se mit à beaucoup écrire, dans cet anglais qui lui était tout personnel : un mélange de phonétique, de gallicismes et d'expressions quakers. Le correspondant principal était Claude François Rozier, dont il avait fait son client privilégié, soit en accord avec Benjamin, soit sur ses fonds propres. Il profitait des navires pour confier aux capitaines, dont Sammis, des graines pour son père ou des oiseaux vivants pour d'Orbigny. Il se faisait rapporter des pastels, des crayons et du papier, dont les Américains ne semblaient pas faire grand usage.

A la fin de novembre, il trouva Benjamin, la mine sombre, enfoui dans le *New York Herald*.

– C'est une catastrophe, dit le négociant. Napoléon vient de décréter en état de blocus toutes les côtes anglaises. Les navires français vont interdire l'entrée ou la sortie des ports britanniques sous peine de saisie. C'est bafouer le droit des neutres! Et les Américains vont être les premières victimes.

Les conséquences se firent bientôt sentir sur les affaires de Jean-Jacques. Les Anglais resserrèrent leur étreinte sur l'Atlantique, si bien que le passage vers Nantes devint plus risqué. Beaucoup de capitaines se repliaient sur Bordeaux, moins surveillée, ce qui ralentissait les transactions. Un des bateaux de Bakewell, le *Clyde*, fut arraisonné, et les barils de vin de sa cargaison saisis, puis rendus. L'application du blocus n'était pas stricte, mais c'était une loterie qui empoisonnait tout le monde maritime.

L'activité diminua beaucoup à Pearl street, si bien qu'Audubon put de nouveau s'abandonner à sa passion. Bien que grouillante, la ville de New York n'était pas très étendue; ses soixante-quinze mille habitants semblaient s'entasser au même endroit. A pied, il avait tôt fait de quitter la ville pour les rives de l'Hudson ou de l'East River, où abondait le gibier d'eau. Sa technique de l'oiseau modelé au fil de fer était parfaitement au point, il travaillait très vite, et il approchait maintenant des deux cents spécimens représentés, classés dans son « portofolio » de cuir, considérablement gonflé.

Benjamin lui fit connaître un de ses amis, le docteur Samuel Mitchell, sénateur des États-Unis et l'un des plus éminents personnages de la ville. Médecin, naturaliste, Mitchell, à quarante-deux ans, avait déjà un brillant passé scientifique. Il avait fondé le *New York Medical Repository*, une revue qu'il continuait à diriger. Il avait aussi commencé, à l'université de New York, une des premières collections d'histoire naturelle, pour laquelle il avait un grand besoin de spécimens naturalisés. Il fit appel à Audubon et mit à sa disposition une chambre où le jeune homme, ravi de pouvoir améliorer ses connaissances et sa technique, se mit à naturaliser oiseaux et mammifères. Jusqu'au jour où les voisins, lassés par l'insupportable odeur, se plaignirent aux autorités municipales. Lesquelles dépêchèrent un constable qui dressa procès-verbal et exigea que la science allât s'exercer ailleurs. Audubon en conçut beaucoup de rancune contre ces New-Yorkais à l'odorat si délicat, alors que leur ville était si sale, et qu'on se heurtait à chaque coin de rue à d'énormes porcs, vautrés sur des tas d'ordures. On n'avait en effet rien trouvé de mieux que de confier à des cochons en liberté la voirie de la cité.

Pour se consoler, il partit pour Fatland Ford. On était à la fin de janvier, et il y resta jusqu'à la mi-février. Le prétexte officiel était de trouver à louer la part qui restait de Mill Grove. Il n'y parvint pas ; les fermiers de la région n'arrivaient pas à écouler leurs produits, ils manquaient de main-d'œuvre et d'outils et ne souhaitaient pas se charger de plus de terres. Avec Lucy, il connut le supplice de Tantale. Ils se voyaient à chaque instant, mais ils n'avaient aucune intimité. Rebecca avait assigné à Jean-Jacques une chambre aussi éloignée que possible de celle de Lucy. On n'aborda pas la question du mariage. Audubon ne voyait guère se rapprocher la brillante réussite qui lui eût permis d'y prétendre, et William était parfaitement au courant des affaires de son frère.

Le froid et la neige interdisaient les séjours dans la grotte. Il n'était pas question de compromettre Thérésa en lui demandant de leur ménager un local, à supposer qu'elle eût accepté. Et qu'aurait gagné leur amour aux étreintes hâtives, aux soupirs étouffés, aux linges compromettants peureusement dissimulés? Ils n'avaient aucun allié, Tom étant resté à New York. Jean-Jacques avait bien pensé se ménager Eliza, mais elle lui semblait maintenant bien lointaine. La délicate jeune fille blonde de jadis, aux yeux bleus et rieurs, avait désormais un maintien rigide, un regard froid, où il crut lire de l'hostilité. Elle lui répondait à peine, évitait les conversations, soulignant bien qu'elle, elle avait du travail. Il s'en inquiéta auprès de Lucy, qui haussa les épaules avec fatalisme.

— Oh, je crois qu'elle sait tout sur nous deux. Cet été, elle nous a suivis, elle nous a vus nous baigner nus et entrer dans la caverne. Et puis, la nuit où je ne suis pas rentrée, elle m'épiait. Après, elle m'a questionnée, elle voulait savoir ce que je faisais avec toi, connaître elle aussi les secrets de l'amour. Je lui ai répondu que je ne savais rien, qu'il ne s'était rien passé, que tu m'apprendrais quand nous serions mariés, comme c'est l'usage.

— Mais pourquoi? Tu aurais pu la gagner à notre cause...

— Pas du tout. Elle se serait empressée d'aller tout raconter à Rebecca, qu'elle adore, pour se rendre importante. Et puis elle me déteste parce qu'elle est jalouse. Il est évident qu'elle est amoureuse de toi, c'est fréquent entre sœurs, ces rivalités. Remarque que je la comprends, ajouta Lucy en riant, et en se serrant contre son amant, aussi tendrement que le permettait l'entourage. Audubon était atterré.

— Et tu crois qu'elle n'a rien dit?

— Au contraire, je suis sûre qu'elle a tout révélé. J'ai bien vu que Rebecca n'est plus la même avec moi, ce qui n'est pas pour me déplaire. Mon père aussi est tout drôle. Mais que veux-tu qu'ils fassent? Après tout, ils n'ont que des soupçons, alors que si j'avais avoué...

Audubon trouvait que Lucy prenait l'affaire bien légèrement. En fait elle n'avait pas tort. Aussitôt après la délation d'Eliza, Rebecca avait voulu emboucher les trompettes de Jericho. William l'avait tempérée. D'abord rien n'était sûr, et il n'était pas question de heurter Lucy par un interrogatoire. Son probable départ, en cas de conflit, lui causerait trop de chagrin, sans compter le ridicule.

— Après tout, si elle s'est donnée à ce garçon, on ne peut pas douter qu'il sera son mari. Ils ont montré depuis longtemps leur attachement l'un à l'autre, leur séparation l'a prouvé, et je ne vois pas bien ce qui pourrait les détourner de vivre ensemble.

— Mais l'honneur de Lucy... insista Rebecca.

— Oh, l'honneur, sourit Bakewell. C'est ce qu'on voit dans les yeux des autres. Ici, il n'y a personne. Dieu merci nous ne sommes pas en Angleterre, ou même à Philadelphie, où chacun s'observe et se juge. Croyez-moi, aidons Eliza et les jeunes enfants à faire leur chemin, celui de Lucy est déjà tracé. Dans une période moins difficile, elle serait déjà mariée et heureuse avec ce garçon que j'estime malgré tout remarquable. Ils sont beaux et robustes, ils feront des enfants superbes, je ne suis pas inquiet pour l'avenir. En attendant, ne leur faisons pas payer trop cher les rigueurs d'une époque qu'ils n'ont pas choisie.

En revenant vers New York, Audubon s'arrêta à Philadelphie pour rendre compte de ses démarches à Rozier et à Fisher. Il leur montra un livre que lui avait donné William Thomas, et qui le préoccupait beaucoup : *La Découverte, la colonisation et l'état actuel du Kentucky*. L'auteur, John Filson, était arrivé dans la région en 1782, s'était mêlé d'opérations financières, et surtout avait fait parler les vieux colons, dont le plus célèbre, Daniel Boone.

On sentait bien que le but de l'ouvrage était de convaincre les gens de l'Est de venir acheter des terres de l'autre côté des Appalaches, et que beaucoup appartenaient déjà à l'habile Filson. L'ouvrage comportait une carte, ornée de la devise : « Travaille et enrichis-toi », et présentait le Kentucky comme un éden, « un vrai pays de cocagne où poussent le blé, l'orge et toutes sortes de fruits ».

Ce qui avait enflammé Jean-Jacques était le chapitre

consacré à Daniel Boone, où « l'homme qui avait vaincu tous les périls » s'exprimait à la première personne, dans un style d'épopée : « La trace de mes pas a souvent été teintée de sang. J'ai passé maintes et maintes nuits obscures et sans sommeil, avec pour seules compagnes les chouettes et les morsures du froid de l'hiver. Mais la paix règne aujourd'hui sur les ombres de la sylve. »

Accoudé à son vaste bureau, les mains sous le menton, Fisher souriait au compte rendu enthousiaste que Jean-Jacques faisait de sa lecture. Puis il se leva, alla redresser d'un coup de pied une bûche dans la cheminée et choisit un volume dans la bibliothèque.

– Le voici, votre chef-d'œuvre. Ça fait vingt ans que je l'ai. Et je ne suis pas le seul, car il a eu un énorme succès, même en Angleterre. Moi aussi il m'a fait rêver autrefois. Mais rêver seulement, car j'ai appris ensuite que tout ne s'est pas si bien passé pour Boone. Après le succès du livre, il s'est chargé de trouver des terres pour les gens de l'Est, flattés de s'adresser à un héros. Ses services étaient chers, il demandait la moitié des terres pour lui, mais les clients affluaient. Alors il s'est fait arpenteur ; cinq ans après il avait un immense territoire, et il faisait commerce de tout : fourrures, chevaux, et même esclaves. Il cultivait aussi le ginseng, une racine qui a, paraît-il, toutes les vertus médicinales. Les Chinois en sont friands, il en faisait partir des cargaisons vers l'Asie. C'est ainsi que je suis entré en relation avec lui.

– Et qu'est-ce qui s'est mal passé ? demanda Rozier.

– Le métier d'arpenteur n'est pas de tout repos. Le plus souvent c'était un groupe d'hommes qui se promenaient dans la nature avec une boussole et une grosse chaîne, et pas beaucoup de défense. Ils étaient souvent attaqués par les Indiens. Filson lui-même, l'auteur du livre, est mort comme ça. Le pire, c'est que souvent les terres étaient revendiquées par plusieurs propriétaires. Le Kentucky n'était qu'un territoire, il n'est devenu un État qu'en 1792. Il fallait faire enregistrer les titres en Virginie, et le temps d'y aller un autre type passait, ou était passé avant, et on se retrouvait à trois sur le même terrain. C'est d'ailleurs comme ça que Boone a été ruiné, par les procès et par le fisc.

– Qu'est-ce qu'il est devenu?

– Oh, il doit être vieux maintenant, plus de soixante-dix ans. Écœuré, il est parti encore plus à l'ouest, de l'autre côté du Mississippi, qui était la Louisiane espagnole, à l'époque. Ils l'ont bien accueilli, je crois qu'ils en ont fait une espèce d'administrateur. En tout cas il est encore vivant et il court toujours les bois. Il a toujours sa femme, aussi, Rebecca, et plusieurs petits-enfants.

– Une belle vie, quand même, dit Audubon.

– Si on veut. Il a tout de même eu deux fils tués par les Indiens, et lui, c'est un miracle qu'il soit passé au travers de tout.

En sortant de chez Fisher, Ferdinand Rozier demanda à Audubon, surpris, de lui prêter le livre de Filson.

A New York, chez Benjamin Bakewell, les affaires allaient de mal en pis. La réplique de l'Angleterre au Blocus continental ne s'était pas fait attendre. Les « Ordres en conseil », pris à Londres, interdisaient aux navires neutres, donc américains, de se livrer au commerce dans les ports français, ainsi que dans ceux de l'Europe conquise par la France ou alliée avec elle, à moins qu'ils n'aient au préalable fait escale dans un port britannique et obtenu une licence.

– C'est de la démence, hurlait Bakewell. Si un de mes bateaux se conforme aux prescriptions françaises, il peut être saisi par les Anglais, et s'il se plie aux conditions des Anglais, il peut être saisi par une frégate française!

Rozier vint à New York. Jean-Jacques ne l'avait jamais vu très optimiste, mais cette fois il était franchement abattu.

– Nous perdons notre temps, fit-il sombrement. La situation est telle que des négociants chevronnés sont au bord du gouffre. Quelle chance peuvent avoir des novices comme nous? Il y a peu, j'ai pensé retourner en France. La santé de mon père se détériore, et j'aurais aimé être près de lui.

– Quel secours pourriez-vous lui apporter? dit Jean-Jacques, inquiet. Votre renoncement ne pourrait que le décevoir, et votre avenir serait pire en France.

– C'est ce que je me suis dit. Et puis j'ai lu votre livre. Il n'est plus très actuel, mais je me suis renseigné par ailleurs. J'ai compris vos sentiments de l'autre jour, chez Fisher, et je crois qu'il a eu tort de vous décourager. S'il y a un espoir pour nous dans ce pays, il est à l'Ouest désormais.

Les deux associés passèrent le printemps dans la fièvre des préparatifs. Au début de l'été 1807, ils avaient constitué un stock suffisant, avec l'aide de Benjamin Bakewell, Laurence Huron et un autre de leurs partenaires, Robert Kinder.

– Au fond, dit Rozier avec cynisme, nous tombons au bon moment. Ces négociants autrefois prospères sont pris d'une telle panique qu'ils sont prêts à toutes les aventures pour s'ouvrir de nouveaux marchés. Il y a quelques mois, ils nous auraient envoyés promener.

Benjamin alla jusqu'à leur avancer 3 600 dollars de marchandises, remboursables après huit mois. Le tout partirait par chariots jusqu'à Louisville, sur l'Ohio. C'est là qu'ils avaient choisi de s'installer, car c'était la ville la plus importante du Kentucky. Ils espéraient y vendre en abondance ce dont les colons manquaient le plus, les objets manufacturés et les ustensiles les plus usuels. Leurs cuillers étaient en corne, leurs bols en bois, leurs tamis en peaux de cerfs trouées. Ils réclamaient aux marchands ce qu'ils ne pouvaient fabriquer sur place : les couteaux de chasse, les haches, les poêles et les marmites, les aiguilles, la poudre, le plomb et les moules à balles.

A la mi-août, tout le monde était réuni à Fatland Ford. Dans son ensemble, la famille Bakewell se réjouissait que Jean-Jacques cesse enfin de musarder et tente un peu de forcer le destin au lieu de contempler la nature. Lucy était fière, Rebecca un peu plus avenante. Seul William avait quelques doutes, dont il s'ouvrit à Audubon, un jour qu'ils chassaient, ou du moins qu'ils avaient pris ce prétexte pour causer tranquilles, car il y avait peu de bêtes qu'ils se seraient permis de tuer, en cette période de reproduction.

– Vous savez ce que veut dire Kentucky en indien, John ? La terre sombre et sanglante. On s'y est beaucoup battu. C'est un pays de violence. Je n'aime pas la violence. Je me demande pourquoi il a tant d'attraits pour beaucoup de gens, ce nouvel État.

– Parce que la vie devient difficile dans l'Est pour les petites gens, je suppose, dit Jean-Jacques. On ne trouve plus de bonnes terres dans le Sud, et les champs caillouteux de la Nouvelle-Angleterre se vendent déjà 125 dollars l'acre.

Ils étaient sur les hauteurs de Mont Clare, au-dessus du confluent de la Schuylkill et de la Perkiomen. L'air tremblait de chaleur et rendait irréels les contours d'un paysage délicieux d'harmonie et de paix, comme un arrière-plan de primitif italien. Bakewell aimait cette mesure. Les profondeurs troubles de l'Ouest l'effrayaient. Des êtres rudes, repliés sur eux-mêmes, sur leur courage et leur indépendance, prompts à se venger plutôt qu'à juger. Le contraire de la civilisation. Et autour d'eux une nuée de spéculateurs et de filous, d'escrocs et de criminels, pourchassés par des milices locales aussi violentes qu'eux.

– Il n'y a pas que cela, dit William, Il y a aussi l'attrait du fruit défendu. Les Américains n'aiment rien tant que ce qu'on leur interdit. Il y a quarante ans, nous autres, les Anglais nous ne voulions pas que les colons dépassent les Appalaches et y achètent des terres. Le roi avait décrété que c'était un territoire indien. C'était sage. Il valait mieux peupler et mettre en valeur la Nouvelle-Écosse ou les Florides, faciles à ravitailler par mer, que de s'enfoncer dans un pays hostile, au prix de guerres continuelles et coûteuses. Dès lors les Américains ont crié à l'arbitraire, Franklin le premier, et les Virginiens se sont rués sur le Kentucky. C'est une des raisons de la Révolution, une des principales sûrement, bien qu'on en parle peu.

Audubon comprenait bien pourquoi Bakewell avait voulu l'amener sur ce sommet, d'où la vue était si belle. Il voulait dire par là : quand la Providence vous a donné ceci, que demandez-vous de plus?

– Je conçois que vous soyez impatient, John, et j'avoue que je vous y ai poussé. Vous auriez tort de penser qu'il n'y a aucun avenir dans cette région. L'industrie va s'y développer en premier, comme elle le fait en Angleterre. Les profits de la terre ne seront plus essentiels, et nous fabriquerons nous-mêmes nos outils, avec nos machines, sans dépendre de l'Europe.

Audubon regardait un épervier qui volait sur place, comme les crécerelles des bords de la Loire, accrochées dans le ciel pendant des heures à la verticale d'un terrier.

– L'industrie... dit-il, pensif. Monsieur Bakewell, vous voyez le sommet de cette colline, là-bas, de l'autre côté de la Schuylkill, vers Valley Forge? A votre avis, est-il plus haut ou plus bas que nous?

– Comment le savoir? répondit Bakewell, embarrassé. Il faudrait faire des mesures, avoir un théodolite...

– Un fusil suffira.

Audubon introduisit quelques plombs dans un des canons du sien, puis visa le sommet en question. Les plombs roulèrent hors du canon.

– Cela prouve que nous sommes plus hauts.

Bakewell rit de l'excellent tour.

– Qui vous a appris cela?

– Un vieux trappeur. Et j'ai réagi comme vous; en bon européen, j'ai pensé aux calculs, aux géomètres. L'Américain, lui, trouve la solution pratique. Maintenant M. Bakewell, je crois que je serai toujours dans le même camp que ce vieux trappeur. L'industrie que vous espérez nous fera ressembler à l'Europe, avec ses conflits, ses injustices, ses puissants et ses faibles, tout ce que précisément nous avons fui, vous et moi, en franchissant l'océan. Même cette nature que vous aimez n'y résistera pas. On brûlera les forêts, on enfumera les villes, les pauvres fuiront les campagnes pour s'entasser dans des faubourgs où ils connaîtront la pire des misères, l'espoir toujours déçu d'une vie meilleure.

Bakewell n'insista pas. Au fond, même s'il le contredisait, la détermination de Jean-Jacques, la maturité qu'il avait acquise le rassuraient.

Lucy obtint sans trop de peine d'accompagner Rozier et Audubon à Philadelphie, d'où ils devaient partir après avoir rassemblé les chariots et contrôlé leurs chargements, que des guides professionnels escorteraient jusqu'à Louisville. Fisher donna innocemment à Lucy la chambre de Mary où Jean-Jacques s'empressa d'aller la rejoindre. La pièce n'avait pas changé, et il prit un plaisir un peu pervers aux caresses de cette nuit-là, parmi les souvenirs de l'adolescente autrefois vainement désirée, des ouvrages malhabiles, des poupées exténuées. Ils ne dormirent guère, occupés à faire leur provision d'amour pour les longs mois de jeûne à venir.

Partie à l'aube du 31 août, la diligence avait parcouru le soir plus de 70 miles et dépassé Lancaster. Le voyage s'annonçait bien, il faisait beau sans que la chaleur soit excessive, et les routes étaient excellentes. Rozier prenait des notes pour le journal de voyage qu'il enverrait à son père. De leurs trois compagnons, le plus âgé, Burkett, avait l'air d'un homme à l'aise, comme l'indiquait la grosse chaîne d'or qui barrait son confortable estomac. C'était un planteur de tabac qui rejoignait Franklinton, au centre de l'Ohio. Butkins, maigre, le visage tanné, était un éleveur de Cincinnati qui revenait de vendre un troupeau sur les marchés de Philadelphie. Le troisième, blafard et effacé, dans des vêtements fripés et ternes, était Mac Guffey, un imprimeur de Pittsburgh. Il faisait grise mine, car c'était la troisième fois en deux ans qu'il allait jusqu'à New York pour tenter d'obtenir une presse moderne commandée en Angleterre, et qui n'arrivait toujours pas. Le Blocus, disait l'importateur. Le premier soir ils dormirent à Big Chickers, dans une assez méchante auberge, dont les chambres donnaient sur une petite rivière et sur un superbe pont de pierre tout neuf.

Le lendemain, à Elisabethtown, le conducteur fit ajouter deux chevaux à l'attelage. Étonné au début, Ferdinand comprit vite pourquoi il fallait six chevaux pour traîner une diligence peu chargée : les routes devenaient moins bonnes, les collines plus élevées. Les cahots commencèrent à jeter les passagers les uns sur les autres.

– Ce n'est rien, plaisanta Burkett. Si vous aviez connu ces chemins autrefois! Il y avait des ornières si profondes que les voitures s'enfonçaient jusqu'aux moyeux, alors il fallait descendre et pousser. On disait qu'en suivant ces ornières une armée de pygmées aurait pu envahir le pays sans qu'on les aperçoive.

Ils eurent un répit en arrivant à Harrisburg, une plaisante bourgade joliment située au bord de la Susquehanna.

– Cette ville tient son nom d'un certain Harris, dit Mac Guffey de sa voix fluette, où l'accent écossais sonnait drôlement. John Harris tenait ici un poste de traite, et un jour il a été enlevé par des Indiens ivres parce qu'il refusait de leur vendre du rhum. Heureusement il avait un esclave noir, Hercules, qui a couru chercher d'autre Indiens, amis ceux-là. Ils sont arrivés juste au moment où Harris allait être ligoté sur un bûcher. Ce qui ne l'a pas empêché ensuite de continuer son commerce pendant une cinquantaine d'années.

Pour traverser la Susquehanna, la diligence fut hissée sur un bac, propulsé par un énorme aviron que maniaient plusieurs hommes. Le capitaine, très volubile, assomma Audubon, qui avait eu l'imprudence de le questionner, d'histoires incroyables sur ses pêches miraculeuses.

Les chevaux furent changés à Carlisle, où Mac Guffey fit remarquer les baraquements qui avaient servi aux troupes anglaises contre les Français et leurs alliés indiens en 1750. Certains étaient encore utilisés par la garnison locale. On s'arrêta pour la nuit à Walnut Bottoms, dans une immense taverne, fort bien tenue. Audubon fut impressionné par un arbre gigantesque, qui devait bien avoir 100 pieds de haut et 5 de diamètre, ressemblait à un chêne et produisait des fruits semblables à des cerises. Butkins dit qu'on l'appelait Hackberry. A l'horizon, au nord et au sud, on commençait à apercevoir des montagnes assez hautes, couvertes d'une végétation dense.

Le lendemain matin, troisième jour du voyage, Fern, le conducteur, parut inquiet. Un violent orage avait éclaté pendant la nuit, et il craignait des routes embourbées. Ils passèrent pourtant sans encombre. La halte du soir se fit à Chambersburg : dans une vallée assez encaissée, une poste, une fabrique, une école, un marché et une taverne. Plus loin, cette fois, c'était vraiment la montagne. Les voyageurs s'en aperçurent dès le lendemain. Ce qu'ils avaient subi jusque-là n'était rien. La diligence roulait comme un bateau ivre, se dressait, plongeait. Même Butkins, le plus robuste, serrait les dents. On n'entendait plus que les grincements des ressorts malmenés, et les cris de Fern après ses chevaux. Une crête franchie, une autre apparaissait, plus haute. Au pied d'une côte plus abrupte que les précédentes, les chevaux s'arrêtèrent comme pour reprendre leurs forces. Jean-Jacques en profita pour sauter à terre.

– Je continue à pied, dit-il pendant que Ferdinand et Butkins l'imitaient.

– Bonne idée, répondit le conducteur, ça nous allégera.

Il parlait avec un chuintement, car il lui manquait deux dents du devant, souvenir d'un jour où il s'était trouvé trop près du sabot d'un cheval emballé. Bien qu'assez jeune, Fern avait les cheveux déjà gris; il faisait un dur métier.

Il fallut aux marcheurs plus de trois heures pour escalader trois miles. Heureusement, au sommet, il y avait une petite taverne, où un couple, nommé Currie, leur servit à boire et leur raconta d'effrayantes histoires sur les animaux qui hantaient les forêts alentour, les loups, les pumas, les serpents venimeux, dont le terrible serpent fouet. Quand la diligence les eut rejoints, Mac Guffey renchérit :

– Ce sont surtout les ours noirs qui sont à craindre, particulièrement les femelles qui ont des petits. Il y a une dizaine d'années, dans la région, un jeune homme, Francis Downey, était parti à la recherche d'un cheval égaré, avec un autre garçon. Ils sont tombés sur trois Indiens hostiles qui les ont poursuivis. Ils en ont tué un d'un coup de fusil, mais les deux autres les talonnaient. L'ami de Downey se retourna contre un des poursuivants et le blessa d'un coup de couteau. Mais l'autre continuait à gagner du terrain sur Dawney, le tomahawk au poing, quand ils arrivèrent dans les broussailles. C'était le repaire d'une ourse énorme, qui allaitait ses petits. La bête furieuse sauta sur l'Indien, dressée, et le serra entre ses pattes de devant. Pendant qu'il se débattait et hurlait, Dawney s'enfuit et se mit à l'abri chez lui. Le lendemain, en retournant sur les lieux, avec son ami, ils ont trouvé l'ourse morte. Plus d'Indien. On n'a jamais su s'il avait gagné son combat, ou si son corps avait été emporté par les siens.

Pendant la suite du voyage, il sembla à Audubon que Rozier considérait le paysage avec un regard plus inquiet. Il s'abstint désormais de descendre de la diligence, dans les passages difficiles, ou restait près de la voiture. A mesure qu'on s'enfonçait dans les Appalaches, la forêt devenait plus dense. Au pied des châtaigniers et des chênes, d'épaisses broussailles obligeaient à rester sur la piste. Audubon, toujours à l'affût du moindre cri d'oiseau, remarqua qu'il n'y en avait aucun; il régnait dans ces bois un silence de cathédrale. Avec l'altitude, la végétation changeait brusquement, les résineux remplaçaient les feuillus, dans un enchevêtrement de troncs aussi impénétrable. Jean-Jacques eut une pensée pour ceux qui, quelques années plus tôt, vingt tout au plus, avaient ouvert ces pistes. La hache dans une main, le fusil dans l'autre, aux aguets de l'Indien ou du fauve. Seule la nature continuait à se défendre, les Indiens étaient loin maintenant, réfugiés au Canada, où la pression des Blancs était moins forte.

Le cinquième jour, ils furent à Bedford, dans la vallée de la Juniata. Une jolie petite ville, blottie entre deux hautes parois, et qui annonçait la sortie des Appalaches. Elle devait sa prospérité évidente à des sources thermales toutes proches. La Juniata fut franchie sur un bac délabré qui prenait l'eau. La chaleur augmentait à mesure qu'ils redescendaient vers les plaines. Le matin, d'épais brouillards les ralentis*saient. La diligence fit halte à Somerset, Laurel Hill, Greensburgh, et parvint enfin, après neuf jours de route, à Pittsburgh.

Depuis la mise au pas des Indiens en 1794, et la ruée vers le Kentucky et l'Ohio, l'ancienne garnison était devenue une base de départ pour les chariots et les diligences qui empruntaient la piste de Zane, par Wheeling, ou pour ceux qui préféraient descendre le cours de l'Ohio sur des chalands. Pittsburgh devait son essor au fait d'être à la fois la dernière ville de l'Est, et la première de l'Ouest. Elle comptait maintenant deux mille résidents, mais une foule bien plus nombreuse de migrants la traversaient. Rozier nota dans son journal qu'elle avait les défauts de son succès : un certain désordre, l'anarchie de ses constructions, où les cabanes voisinaient avec de belles maisons à étages et des fabriques fumantes. Il apprécia cependant le confort de l'*Hôtel Jefferson*, où il s'installa avec Audubon, et la gentillesse du patron, qui avait surtout l'énorme qualité de parler français; c'était un ancien soldat de Rochambeau qui avait

216

choisi l'Amérique. Butkins et Burkett avaient repris la diligence, et Mac Guffey, qui avait remarqué les croquis que faisait Audubon tout au long du voyage, l'avait prié de lui rendre visite à son imprimerie. Dans le fatras de son arrière-boutique, où flottait une odeur d'encre, il exhiba un vieux livre avec les précautions dues à une sainte relique.

— Après tant d'années de travail, c'est mon seul trésor, à part ma femme et mes enfants, dit l'imprimeur. J'ai vu que vous étiez un artiste, et que vous sauriez apprécier.

L'ouvrage était une merveille, et tout en tournant les pages, trop vite au gré de Jean-Jacques, Mac Guffey en conta l'histoire. C'était l'œuvre de Mark Catesby, un botaniste chargé par la Royal Society de Londres de faire l'inventaire de la faune et de la flore d'Amérique. L'ampleur du sujet n'effrayait pas Catesby, qui partit droit devant lui, vers l'ouest, accumulant les notes et les esquisses. Il réapparut au bout de trois ans, ayant étudié cent treize espèces d'oiseaux, quarante-six poissons, des dizaines d'insectes, de reptiles et de mammifères qu'il tenait pour spécifiques du nouveau continent.

— Voyez, sourit Mac Guffey, ici, il dit qu'il a même mangé un alligator, mais qu'il n'en mangera jamais plus.

Les deux cent vingt gravures rehaussées d'aquarelle étaient extraordinaires de minutie et de fraîcheur, depuis le cancrelat jusqu'au bison. Audubon exultait : cette naïveté dans le dessin, c'était le regard de l'enfant sur la nature, le seul vrai regard. Après, l'adulte impose sa propre vision, l'artiste exhibe sa technique. Catesby se voulait un simple observateur, il ne recherchait pas l'art, et pourtant ses dessins étaient d'une composition parfaite. Le pigeon migrateur reposait sur une branche de chêne, le harle couronné nageait, le bison se frottait à un tronc. Audubon y vit la confirmation de ses propres convictions, la nécessité d'inclure les animaux dans leur milieu naturel. Il fut un peu mortifié de n'être pas, comme il l'avait espéré, le premier à y penser, mais il se consola à l'idée que Catesby n'avait pas eu le souci de représenter les oiseaux autrement que posés. Ni sans doute le temps de les observer suffisamment. Il n'était resté que trois ans en Amérique, après quoi il avait passé dix-neuf années à écrire son ouvrage et à dessiner les planches.

– Il s'est ruiné dans cette affaire, précisa Mac Guffey. Quand il est mort, à soixante-six ans, il était couvert de gloire dans les milieux scientifiques, mais il n'avait plus un sou.

– J'aimerais étudier ce livre plus longuement, dit prudemment Jean-Jacques. Pensez-vous qu'on puisse le trouver?

– Pas par ici, en tout cas. Les gens n'ont que des almanachs ou des romans de quatre sous. Je ne m'en plains pas, c'est moi qui les vends! L'Ohio doit avoir deux cent mille habitants, le Kentucky un peu plus, et je vous parie qu'il n'y en a pas un sur dix qui sache lire, et alors il est avocat. Ceux qui savent compter sont escrocs. Non, il y en a encore à Philadelphie peut-être, mais je crois que ce n'est pas votre chemin. En tout cas je ne vous prêterai pas le mien; vous le verrez chaque fois que vous passerez à Pittsburgh. Ça vous obligera à me rendre visite. Je ne vois pas tellement de gens intéressants. Certes la nature est belle et riche, mais les hommes sont plus bêtes que leurs cochons.

Audubon et Rozier passèrent une semaine à Pittsburgh, occupés à nouer des contacts avec les commerçants locaux, en vue de futures transactions. Ferdinand étudia le meilleur moyen d'atteindre Louisville. Son choix se porta sur la voie fluviale; il était encore tout moulu des soubresauts de la diligence, et sur le fleuve au moins on serait à l'abri des fauves et des serpents. Audubon approuva pour une autre raison : le voyage serait plus lent, il aurait ainsi plus de temps pour contempler la nature.

Dix jours plus tard, à Louisville, Ferdinand avait eu tout loisir de regretter son initiative. Il écrit rageusement dans son journal :

« Le reste de notre voyage s'est fait sur l'Ohio, et entièrement sur un *flat-boat*, un chaland ouvert, une embarcation primitive, menée à la rame, et dans ce cas précis fort mal. Celui qui n'a jamais fait cette expérience peut difficilement comprendre la terrible monotonie, les rigueurs et les privations que nous avons endurées au cours de ce long voyage. Nous étions sans protection contre les éléments, et nos lits n'étaient que des planches de sapin, sur lesquels nous dormions tant bien que mal, enveloppés dans nos manteaux.

« D'innombrables fois le bateau s'échouait sur des bancs de sable, et nous étions obligés de descendre dans l'eau froide pour aider à le tirer de là. D'autres fois la pluie nous trempait jusqu'aux os, et il fallait des heures pour que nos vêtements sèchent. Quand la nuit était claire, on continuait à descendre la rivière, mais par mauvais temps, ou dans l'obscurité, nous étions obligés de nous amarrer au rivage, souvent sur la berge de quelque île inhabitée et sauvage, en attendant le jour. Et nous reprenions ce lent et fastidieux voyage, qui semblait ne jamais devoir finir. En plus, notre bateau était commandé par un capitaine très désagréable et mal élevé, nommé Harris. Son langage et ses manières dénotaient un individu de basse naissance et de mauvais caractère. »

Audubon, lui, était enchanté et frais comme l'œil. Il avait sympathisé avec le capitaine, les rudes gaillards de l'équipage et les passagers, guère plus distingués, se repaissant des récits d'aventures dont ils étaient intarissables.

Fondée trente ans plus tôt par des Français, Louisville, nommée ainsi en l'honneur du roi Louis XVI, ne connaissait pas l'agitation de Pittsburgh, mais son essor, plus tranquille, paraissait assuré. On leur fit bon accueil, ils trouvèrent sans peine un local pour installer leur magasin. Ils en firent l'ouverture dès l'arrivée de leurs marchandises, au début d'octobre. Les chariots qui les transportaient avaient progressé lentement sur une autre voie d'accès au Kentucky, plus au sud, le défilé de Cumberland.

Il fallut bientôt trouver de l'aide, d'autant plus qu'Audubon était rarement à la boutique. Sous prétexte de démarches auprès des clients ou des fournisseurs, il s'enfuyait le plus souvent possible. Il faisait de fréquents détours le long des rives giboyeuses de l'Ohio, avec le sentiment délicieux de retrouver, magnifié, le décor de son enfance : le grand fleuve, l'herbe des rives, le bruissement des plumes, les joutes musicales. Nathaniel Wells Pope vint prêter main-forte à Rozier. C'était un jeune homme de dix-neuf ans, intelligent et courageux, mais dont la famille était pauvre. Il étudiait la médecine avec le docteur Dudley, et il fut heureux de pouvoir gagner un peu sa vie pendant ses heures de liberté.

Ce fut Pope qui, au début de janvier, apporta la mauvaise nouvelle. Le docteur Dudley recevait les journaux de l'Est par les meilleurs courriers. Le *New York Herald*, le *Port Folio*, et surtout le *United States Gazette*, de Philadelphie, rapportaient et commentaient les mesures prises le 22 décembre 1807 par le gouvernement fédéral, sous le nom d'Embargo Act, et adoptées par le Congrès. Elles étaient simples et terribles : il était interdit aux navires de toutes nationalités de faire voile d'un port des États-Unis vers tout port étranger.

– J'ai pensé que cela vous intéresserait, messieurs, dit Pope en déposant les journaux sur la table d'hôte de l'*Indian Queen*, l'hôtel où Audubon et Rozier avaient élu domicile, et dînaient jusque-là paisiblement. Pope vit ses deux jeunes patrons s'assombrir à mesure qu'ils lisaient.

– Je crois que c'est grave, n'est-ce pas?

– C'est un suicide, oui, dit Jean-Jacques violemment. Je ne comprends pas comment les politiciens peuvent être aussi stupides. Il est bien évident que les armateurs vont être ruinés, mais aussi les agriculteurs, et les marchands, tout le monde. Si on ne peut plus exporter de la viande, du tabac, des céréales, nous ne pourrons plus importer d'outils ni de machines, ni de tissus, tout ce qui fait le commerce. Et les Anglais s'en moquent; ce n'est pas cela qui les affamera, ils iront se fournir ailleurs.

Il repoussa son assiette. Les restes de la superbe dinde, dont l'espèce était si abondante dans la contrée, et qu'il avait tuée la veille, ne le tentaient plus. Si près de ce qu'il croyait enfin atteindre, un établissement, l'aisance, la respectabilité qu'on exigeait de lui pour prix de la femme qu'il aimait, tout s'écroulait. Parce que quelques singes en habits noirs, dans une grande maison de Washington, avaient voté une loi stupide.

– Il est vrai, dit Rozier, qui aimait comprendre et pardonner, que cette loi est excessive. Mais n'oubliez pas que l'Amérique a subi récemment beaucoup d'affronts de la part des Anglais, et qu'il était temps de réagir.

Ferdinand faisait allusion aux captures d'équipages américains par les navires britanniques, comme celle dont ils avaient été les témoins sur la *Polly*. Que vingt-cinq ans après l'indépendance la Royal Navy considère toujours les marins américains comme des déserteurs exaspérait les plus modérés des membres du Congrès. De plus l'Angleterre était devenue imprévisible : le roi George III s'enfonçait dans la démence, William Pitt venait de mourir après avoir tenu la barre pendant plus de vingt ans, et des coteries se disputaient le pouvoir. Avec l'Embargo Act, Thomas Jefferson faisait à ses concitoyens un bien triste cadeau de Noël, qui était en même temps un cadeau d'adieu. Il quittait la présidence au terme de son second mandat de quatre ans. Malgré les supplications de ses partisans, il avait refusé d'en briguer un troisième.

D'autres clients de l'*Indian Queen*, et les propriétaires, M. et Mme Gwathway, attirés par les journaux, s'étaient groupés autour de la table. Chacun ajoutait ses lamentations à celles de son voisin. Tous s'estimaient ruinés pas plus tard que le lendemain matin, et en attendant se resservaient un verre de whisky de maïs, un breuvage dont on disait qu'à l'ouest des Appalaches il coulait en flots plus abondants que l'Ohio et ses affluents. La moindre ferme possédait son alambic, et ce qui n'était pas consommé servait de monnaie d'échange. Audubon, qui ne supportait pas l'odeur de l'alcool, ni les conversations agitées qu'il provoque, s'éclipsa vers sa chambre. Il s'appliquait à colorier le dessin d'un pluvier, quand Nathaniel Pope vint le rejoindre.

– Alors, ils pleurent toujours ?

– Non, dit le jeune homme, maintenant ils veulent envahir l'Angleterre. C'est amusant, car la plupart en viennent. Il y a aussi deux Allemands, qui sont encore plus enragés.

– Tout cela n'a pas l'air de vous émouvoir beaucoup.

– Non, dit Pope en haussant les épaules. Je comprends que cela vous effraie, parce que vous venez d'Europe, comme tous ces gens, comme votre ami. Vous pensez toujours comme là-bas, que l'Amérique est une colonie, qui doit fournir, inépuisablement, les matières essentielles, le grain, le fer, le sucre. L'ancien monde gardant le privilège de les transformer dans ses fabriques et de nous renvoyer ses productions au prix fort. Moi, voyez-vous, je suis né ici, je ne sais même pas à quoi ressemble l'Europe, et je m'en moque. Je crois que nous sommes assez grands pour nous suffire à nous-mêmes. L'Europe se déchire et agonise. Laissons-la faire. Il ne faut pas s'approcher de la bête qui meurt, ses ruades sont terribles.

— Peut-être, fit Audubon, songeur. Vous parlez comme mon futur beau-père, M. Bakewell. Et je vous répondrai la même chose qu'à lui : visitez les villes anglaises, comme mon père l'a fait, ou certaines manufactures de Paris ou de Nantes, que j'ai vues moi-même. Ce n'est pas un exemple à suivre.

— Mais ici il y a de la place! Même si vous refusez le progrès, vous savez bien que vous aurez toujours un canard à manger, ou un lièvre, et de l'eau pour boire, et des arbres pour bâtir votre maison. Et la liberté d'aller plus loin si des voisins vous importunent. Quant à votre commerce, ne serait-il pas plus efficace de traiter avec des fabriques de Philadelphie ou de Pittsburgh, plutôt que de confier votre fortune à des bateaux menacés, et votre sort à des pays acharnés à se battre?

Audubon sourit sans répondre. L'optimisme de Pope lui faisait du bien, même s'il le jugeait un peu prématuré. Mais enfin il n'avait pas tort, dans sa conviction que l'Amérique, elle, avait un avenir. Combien de jeunes Français pouvaient parler ainsi? Il fallait attendre, et tenir, comme le jour où il était tombé dans la rivière gelée.

— Pardonnez-moi, dit Pope, je vous empêche de travailler. J'étais venu vous apporter des articles sur le voyage de Lewis et Clark dans l'Ouest, il y a deux ans. Ils ont vu beaucoup d'animaux, ça vous passionnera. Et puis ça va dans le sens de ce que je disais, il y a encore beaucoup d'espace, dans ce pays.

Avant de trouver le sommeil, ce soir-là comme les précédents, Jean-Jacques pensait à Lucy, tant lui manquaient son sourire, la chaleur de son corps, le satin de sa peau, les odeurs de l'amour, et, sous les caresses, son envol toujours étonné vers le plaisir. Il s'endormit en murmurant son nom à l'oreiller qu'il étreignait. Les lits des auberges étaient vastes; il arrivait que des voyageurs y couchent à trois ou quatre, par souci d'économie ou pour cause d'encombrement. Malgré cela, Jean-Jacques ne dormait jamais au centre du sien, mais sur le côté, comme s'il voulait réserver une place pour l'absente.

Quelques jours plus tard, une lettre, qui avait suivi des détours compliqués, apprit à Ferdinand que son père était mort à Nantes le 7 septembre. Audubon en fut touché, il aimait bien le vieux négociant, et il savait que le capitaine lui devait beaucoup.

— Je me doutais que je ne le reverrais pas, j'aurais dû repartir au printemps, au lieu de m'acharner dans ce fichu pays. Quand je pense qu'il ne lira même pas mon journal.

Ferdinand déguisait son chagrin en colère. Audubon chercha des consolations : au moins Claude François Rozier ne verrait pas s'écrouler les vestiges de son commerce dans la tourmente de l'époque. Et Ferdinand ne serait plus tenté de repartir, comme cela lui arrivait encore parfois, dans des moments de doute. L'aventure du Kentucky continuait.

Un matin, Jean-Jacques entra en trombe dans le magasin, faisant sursauter les clients, deux fermiers robustes et d'apparence pourtant peu émotive.

— Ah, monsieur Audubon, viendrez-vous dimanche tirer à la chandelle? dit l'un d'eux, qui s'appelait Campton.

Le tir à la chandelle était une des nombreuses formes de concours de tirs à la carabine dont les Kentuckiens raffolaient, et où Jean-Jacques s'était déjà taillé une solide réputation.

— Sans doute, mon ami, si M. Rozier me donne congé.

— Je vous vois bien gai, aujourd'hui, dit Ferdinand quand les fermiers furent partis.

— J'ai quelque raison. Aujourd'hui est une date importante pour moi. Nous sommes bien le 18 janvier de l'année 1808?

— Oui, et alors?

— Aujourd'hui, ma Lucy atteint sa majorité. Rien ne peut plus s'opposer à notre mariage.

— Oh, fit Rozier, ne me dites pas que son père vous aurait chassé à coups de fusil si...

— Non, mais Lucy ne voulait pas avoir à demander la permission à Rebecca, c'était un pacte entre nous.

– Je vois. Eh bien, vous allez pouvoir aller la chercher. Mais je crains que vous n'ayez à attendre un peu. Campton m'a dit que le mauvais temps menaçait, et que la neige fermait la route des Appalaches. Je suis aussi impatient que vous de voir arriver Lucy. Son aide nous sera précieuse ici.

Audubon fit semblant de ne pas comprendre l'allusion à ses propres absences.

A la mi-mars, Stephen Butkins poussa d'un coup de pied la porte de l'*Indian Queen*, et s'enquit de messieurs Audubon et Rozier. Jean-Jacques fut content de revoir la longue silhouette osseuse de l'éleveur de Cincinnati. Butkins était à Louisville pour affaires avant de repartir pour Philadelphie. Il fut enchanté que Jean-Jacques propose de se joindre à lui.

Avec une voiture légère et deux chevaux, ils menèrent un train d'enfer sur la route du Sud, plus courte mais plus accidentée. Butkins avait bien vu qu'Audubon était solide, et il ne se gêna pas : malgré cahots et fondrières, ils mirent moins de deux semaines pour rejoindre Fatland Ford.

Le temps était gris au matin du 5 avril. Des nuages bas rampaient sur les collines, les vergers ne montraient que quelques bourgeons timides. Les invités arrivèrent vers midi à Fatland Ford. On les rassembla dans le grand salon. Il y avait les Porter, les Pawlings et d'autres fermiers voisins. Jean-Jacques avait invité les Thomas, mais pas Dacosta. Fisher aussi était venu ; il annonça négligemment que sa fille Mary avait accouché à New York, en décembre, d'un garçon prénommé John.

Un ami des Bakewell, le révérend William Latta, ministre de deux paroisses dans le comté de Chester, célébra le mariage de Lucy et de Jean-Jacques selon le rite presbytérien. Puis on passa à table. Le cœur n'était pas à la fête. L'ombre de la crise planait, chacun se sentait concerné, d'autant plus que l'on commentait avec angoisse l'absence de Benjamin Bakewell, dont la firme, accablée par les conséquences de l'Embargo Act, venait de s'écrouler. Comme les circonstances l'exigeaient, et aussi pour couper court aux rumeurs, William fit un discours.

– Mes amis, j'aurais souhaité que ce jour ne soit pas assombri par les malheurs de mon frère Benjamin. Mais nous devons songer à l'avenir, comme il le fait lui-même : en ce moment, il est à Pittsburgh, où il installe une fabrique de verre. Je crois qu'il a de bonnes chances de retrouver la fortune qu'il a perdue, sans que son honnêteté ni son mérite ne soient en cause. Que son exemple nous serve à conserver l'espoir, cette force immense qui nous a amenés dans ce pays, et qui nous aidera à y maintenir le bonheur, la prospérité et la justice. L'Ancien Monde, au-delà des mers, nous est maintenant fermé. Qu'importe? Ne l'avions-nous pas rejeté nous-mêmes? Nous devons trouver notre salut en nous, sur cette terre qui est la nôtre à jamais. Dieu nous l'a donnée assez riche pour que nous puissions tous y vivre, assez vaste pour que chacun y trouve sa place. Nous forgerons nous-mêmes nos outils, avec le fer et le charbon de notre propre sol. Nous commercerons avec nos propres concitoyens, sur les terres nouvelles où déjà ils créent la richesse. Notre avenir est à l'Ouest, et je dois rendre hommage à celui qui est désormais mon fils, John Audubon, pour l'avoir compris bien avant moi. Mes amis, buvons au bonheur de nos enfants, Lucy et John, et à leur prospérité au Kentucky.

Jean-Jacques eut bien du mal à enlever à Lucy la robe de satin blanc dans laquelle, déjà, s'était mariée sa mère. Il la chatouillait, ils rirent. Elle l'avait habitué à des parures plus simples, et plus pratiques. Quand ils furent nus l'un contre l'autre, les chandelles éteintes, le vent secoua furieusement les volets de la chambre. Avec un tel temps, le voyage vers Louisville serait rude. Il était confiant; Lucy avait eu la force de l'attendre, elle aurait celle de le suivre. Ils s'aimèrent avec ferveur mais sans hâte, découvrant leurs corps à nouveau, en confrontant chaque repli avec leurs souvenirs. Quand, enfin, dans la houle qui les agitait, Lucy sentit venir l'effarante éruption, la montée de lave brûlante, le séisme où elle allait s'engloutir, elle supplia son amant, son mari :

– Reste en moi, John, reste.

2

Été au Kentucky

1

Lucy n'eut pas trop de l'enthousiasme et de la curiosité de sa jeunesse, ni de tout l'amour pour son mari : le voyage vers Louisville fut une rude épreuve. Elle n'avait jamais subi l'inconfort ni la fatigue, sauf peut-être quand elle avait traversé l'Atlantique, sept ans plus tôt. Elle n'avait pas connu non plus la peur ni la souffrance, jusqu'à ce jour où, près de Chambersburg, la diligence versa, les chevaux s'emballèrent et la traînèrent sur le côté, jusqu'à ce que le cocher les maîtrise. Lucy, qui ne voulait pas abîmer sa robe dans la boue, était restée seule à l'intérieur, tandis qu'Audubon et les autres passagers grimpaient la côte à pied. Lucy ne fut qu'assommée, mais un instant on l'avait crue morte. Elle continua le voyage brisée et courbatue, mais l'étonnement lui faisait oublier ses douleurs. Il semblait que le pays entier était en marche, et que l'embargo avait jeté tout le monde sur les routes de l'Ouest. Des attelages allant jusqu'à vingt chevaux traînaient d'énormes chariots. On voyait passer des convois de sel, destiné à la conservation des viandes. Des familles entières juchées sur des véhicules branlants, avec leur bétail, leurs meubles, leurs ustensiles. Les gens paraissaient jeunes et vigoureux, il y avait beaucoup d'enfants dont on entendait les rires, les cris, les pleurs. Cet exode était plutôt gai, il n'avait rien d'une fuite devant l'ennemi. C'était une marche enthousiaste vers une vie nouvelle, une terre promise et choisie.

Audubon trouva bien du changement par rapport à sa première équipée, en septembre de l'année précédente. La pluie avait détrempé les routes; la neige, encore accrochée aux arbres des hauteurs, avait raviné les pentes, déplacé des rochers qui bouchaient maintenant le passage. Les auberges étaient encombrées, et Lucy les trouva sales, la nourriture mauvaise, les ivrognes importuns, mais elle ne dit rien. Elle apprit à ne pas hurler à chaque apparition d'une punaise ou d'une puce, d'un cancrelat obèse ou d'une souris intrépide. Ils n'étaient pas les plus mal lotis. Beaucoup, faute d'argent, dormaient dehors, ou dans leurs carrioles.

Parfois un dortoir était réservé aux femmes, un autre aux hommes. Lucy prit la chose du bon côté.

– Heureusement que nous avons vécu notre lune de miel avant de nous marier, murmura-t-elle un soir qu'elle se serrait contre son mari pour lui souhaiter une bonne nuit avant de gagner ses quartiers.

– Oui, dit Jean-Jacques, qui, comme Lucy, grognait de désir rentré. Chez nous on appelle ça faire Pâques avant les Rameaux.

Les voyageurs étaient toujours assaillis de questions par les gens du pays. On leur demandait leur nom, leur métier, leur destination. Lucy, avec ses vêtements élégants, son accent si distingué, Audubon avec ses longues boucles et son patois anglo-français attiraient particulièrement les curieux, qui offraient souvent des tournées en l'honneur de leur récent mariage. Tous ces gens étaient gentils, malgré la rudesse de leurs mœurs, notamment à table. Ils se jetaient sur la nourriture, d'ailleurs médiocre, lourde et graisseuse, mangeaient avec leur couteau, dont ils portaient la lame à la bouche, et qui leur servait ensuite de cure-dents. La seule chose vraiment insupportable, c'était cette affreuse manie de chiquer qu'avaient beaucoup d'hommes. D'interminables jets de salive jaunâtre parcouraient l'air, terminant volontiers leur course au bas de quelque robe.

Lucy arriva à Pittsburgh exténuée; elle n'avait presque pas dormi, tourmentée depuis le départ par l'inconfort, puis par les douleurs de son accident. Souvent, elle ne trouvait le sommeil qu'avant l'aube, au moment où l'hôtel commençait à s'animer. Les clients préparaient leur départ, rassemblaient le bétail, équipaient les chariots. On se lavait à la pompe, dans la cour, on s'essuyait avec son grand mouchoir. On servait de la soupe, un thé noir et épais, et aussi de l'alcool, whisky ou absinthe. Des femmes couraient après des enfants nus, échappés de leurs lits; leurs cris ajoutaient au vacarme, aux appels, aux meuglements des bêtes.

Après cela, le *Jefferson Hotel* de Pittsburgh fut un paradis; enfin des bains, du silence, de longues nuits de sommeil et d'amour. Benjamin et Élisabeth logeaient précisément dans le même hôtel, en attendant que leur maison soit aménagée.

Les épreuves avaient amaigri Benjamin, mais Audubon le trouva plus alerte et plus enthousiaste qu'à New York. Il admira ce quinquagénaire qui repartait de rien, dans une ville inconnue, vers un nouveau métier.

— Pourquoi le verre, finit par demander Jean-Jacques, et pas une brasserie, comme vous en aviez déjà l'expérience, ou des outils pour les pionniers? Il me semble que les cabanes qui vont se contruire dans l'Ouest utiliseront assez peu de vitres, et qu'on n'y boira pas dans du cristal.

— Très juste, admit Benjamin. Je me suis renseigné avant, comme vous. C'est vrai que le Kentucky, l'Ohio et le Tennessee sont en train de doubler leur population. En dix ans, ils ont dû passer de cinq cent mille à plus d'un million. Ça fait beaucoup de gens à équiper, mais malheureusement j'arrive trop tard. A Pittsburgh il y a déjà des dizaines de fabriques d'outils, de casseroles, d'armes, et de Dieu sait quoi. On ne m'a pas attendu. Non, la seule solution, si on veut commercer avec les nouveaux colons, c'est de faire comme vous et Rozier, les suivre. Ce n'est plus de mon âge, et il y a trop de concurrence.

— Il y a déjà deux fabriques de verre...

— Ce n'est pas trop. Voyez-vous, j'ai choisi d'avoir des clients riches. Ils sont moins, mais ils payent mieux. Tous ces fabricants de Pittsburgh veulent de belles maisons, dès qu'ils ont gagné 1 000 dollars, et ils font étalage de leur fortune. Ça veut dire des lustres, des chandeliers, de la cristallerie. Ici, nous pouvons produire à un coût très faible. Nous avons les matières premières sur place, le charbon, le sable, le feldspath. Beaucoup d'ouvriers habiles sont prêts à quitter l'Est pour nous rejoindre, et la main-d'œuvre courante abonde. Et surtout nous avons un nouveau marché qui s'ouvre, La Nouvelle-Orléans. Avec l'embargo il ne leur vient plus d'Europe ces merveilleux services qu'ils aiment tant exhiber dans leurs plantations. Ces gens-là reçoivent beaucoup, pendant que leurs nègres travaillent.

— La Nouvelle-Orléans? Mais c'est au diable...

— Non, John, c'est au bout de l'eau, c'est tout. Mettez une caisse à l'eau sur les quais d'ici, et dans trois semaines vous la retrouverez à La Nouvelle-Orléans. Sans tempête, sans corsaires, et sans embargo.

— C'est une bonne idée, reconnut Jean-Jacques.

— C'est une idée. Nous verrons bien si elle est bonne. Et si elle dure. Le type qui a eu la meilleure idée dans le coin, c'est Edward West, un orfèvre de Lexington. Il a inventé une machine à fabriquer les clous. Jusque-là les clous étaient très précieux, on les forgeait à la main. Quand des colons décidaient de déménager, ils brûlaient leur cabane pour récupérer les clous dans les cendres, et les réutiliser. Eh bien, aujourd'hui il y a des dizaines de fabriques qui utilisent l'invention de West, et si je puis dire, on ne gagne plus un clou à les fabriquer.

De toute la famille Bakewell, Élisabeth avait été la plus favorable au mariage de Lucy. Et le sort avait injustement voulu qu'elle soit la seule à ne pouvoir assister à la cérémonie. Elle se rattrapait maintenant, voulait la jeune fille tout à elle, l'emmenait à un train d'enfer à la découverte des cinquante boutiques de la ville. Audubon suivait parfois, car ces promenades n'étaient pas que d'agrément; il fallait songer à passer des commandes pour leur magasin de Louisville.

En deux semaines ils surent tout de Pittsburgh, de ses quatre avenues et de ses soixante-dix rues. Il fallut d'ailleurs tout ce temps pour trouver une place sur un chaland, tant l'affluence était grande. Audubon s'était rendu chaque jour sur les quais, de préférence seul, tant l'aspect de la ville à cet endroit était louche. Le fleuve était encombré de tout ce qui pouvait vaguement flotter, arches, radeaux, bateaux à quille, esquifs. Les émigrants exténués avaient besoin de distractions, d'où la profusion de saloons et de bordels tout au long de la rive. Le quai était encombré de marchands qui proposaient à peu près tout, vivres ou ustensiles, ou encore le livre de Zadock Cramer, *The Navigator*, qui était la Bible de tous ceux qui se lançaient dans la descente de l'Ohio. On y exposait la technique de pilotage du *flat-boat*, ou bateau plat, ou chaland ; en fait une caisse énorme qu'on abandonnait au gré du courant, et que l'on revendait comme bois de charpente, une fois à destination. Cramer, un enthousiaste de l'expansion vers l'Ouest, avait eu beaucoup d'influence en présentant ces contrées comme « arrosées de rivières limpides et navigables ». En ajoutant : « Aucun peuple ne mérite plus cet avantage que les Américains. »

Audubon se sentit rassuré de savoir Benjamin installé là, avec sa force et son optimisme, comme une solide base arrière. Il tenta d'évoquer l'échéance du prêt de 3 600 dollars, mais Benjamin ne voulut rien entendre.

– Vous me recueillerez quand je serai vraiment ruiné, plaisanta-t-il. En attendant, mettons que c'est votre cadeau de mariage.

Élisabeth Bakewell regarda s'éloigner Lucy, au bras de son mari, vers l'embarcadère, au bout de la Monongahela. Elle voyait bien à sa démarche, au balancement de ses hanches, que sa nièce était une femme heureuse. Comblée physiquement – Lucy avait fait des confidences – et pleine d'admiration pour son étrange gaillard, avec ses airs à la fois de forban et d'aristocrate. Élisabeth était maintenant tout à fait rassurée ; Lucy était bien de la même trempe qu'elle, qui avait suivi et soutenu son Benjamin à travers les aventures, les réussites et les échecs. C'était cela, l'Amérique, il fallait s'en accommoder ; du gouffre au sommet en un jour, ou l'inverse. Et chaque fois pouvoir recommencer, trouver en soi les ressources d'une nouvelle jeunesse. Cela faisait trois fois déjà : quand ils avaient quitté l'Angleterre, quand la brasserie avait brûlé et maintenant. Ils n'étaient rien de plus que ce jeune couple qui s'éloignait vers le fleuve. Et c'était bon. Élisabeth prit tendrement le bras de Banjamin, comme elle l'avait vu faire à Lucy, et ils repartirent vers la ville.

Le seul avantage du chaland sur la diligence, c'est qu'on n'était pas secoué. A part cela, c'était la même promiscuité que dans les auberges, et la même crasse. Cette fois les passagers étaient entassés à l'intérieur, sous un pont si bas qu'on pouvait à peine s'y tenir debout. Il y avait deux cabines, l'une pour les hommes, l'autre pour les femmes et les enfants. Le pont était livré aux animaux; à une extrémité une énorme meule de foin leur était destinée. Le reste de la place était occupé par les charrues, et tous autres instruments aratoires, plus les barils de denrées diverses, de l'huile au whisky, et même, un peu à l'écart, de la poudre.

Lucy s'amusait de la situation, aidait les femmes dont beaucoup avaient des bébés. Elle prit ainsi de précieuses leçons sur l'art de langer. Il y avait de bons moments quand on abordait pour acheter des provisions. Les Bakewell les avaient pourvus de jambon et de pain, ils se fournissaient aux étapes de volailles, d'œufs et de lait. Au moins on mangeait bien, et Lucy partageait volontiers et sans ostentation avec ses compagnes moins aisées. Elle appréciait l'expérience; en deux semaines, à suivre en tel équipage les méandres de l'Ohio, elle s'était mieux armée contre les détours tortueux de l'existence qu'en vingt ans d'une vie préservée.

Le dernier soir, dans la première semaine de mai, à l'avant du bateau, Lucy et Jean-Jacques contemplaient un soleil pourpre et difforme qui s'abîmait dans le fleuve.

— Une colombe va venir, dit-elle, avec un rameau d'olivier dans le bec, pour annoncer que les eaux se retirent.

Il sentit un regret dans sa voix et s'en étonna.

— Ce voyage a dû être long et pénible, et tu sembles regretter qu'il s'achève.

— C'est vrai, dit Lucy en se serrant contre lui. Avec toi je découvre le monde, la réalité. Je voudrais que cela ne cesse pas, que nous allions toujours plus loin. J'ai l'impression qu'avant de te connaître j'étais une petite sotte.

Le lendemain matin, la haute silhouette efflanquée de Ferdinand Rozier se dressait près du ponton de Louisville. Il salua à peine, et dit d'une voix irritée :

— J'ai cru que vous n'alliez jamais revenir, mais vous

êtes les bienvenus, car ce n'est pas l'ouvrage qui manque. Lucy le détesta dès cet instant précis.

Louisville comptait mille trois cents habitants et une seule rue, qui s'étirait sur un demi-mile le long du fleuve, et qui s'appelait évidemment Main Street. Elle était bordée de jolies maisons en briques rouges, pour la plupart de trois étages. Le reste de la bourgade s'étendait sur un plateau en pente douce et se composait de demeures cossues, entourées de vastes jardins. Lucy y retrouva le calme et l'apparence rassurante d'un Philadelphie en miniature. Elle regretta de n'avoir pas de maison à elle, où elle pourrait enfin déballer tout ce qu'elle avait apporté de Fatland Ford. Mais Rozier s'opposait à un établissement définitif. Louisville n'était qu'une expérience, il fallait d'abord savoir si le commerce y serait rentable. Puis, à l'*Indian Queen*, elle se laissa séduire par les facilités de la vie à l'hôtel et l'exemption de la plupart des travaux domestiques.

Tout de suite la présence de Lucy permit au jeune couple de nouer des liens avec les notables de Louisville. Ils allèrent souvent chez les Croghan, à Locust Grove. Le mari, William, avait connu le capitaine Audubon à l'époque de Yorktown. Sa femme paraissait beaucoup plus jeune et arborait une magnifique chevelure rousse. Elle s'appelait aussi Lucy et elle avait deux frères. L'aîné, George Clark, était un héros de la Révolution. Infirme à cinquante-cinq ans, il vivait là, racontant aux visiteurs ses exploits dans les guerres indiennes, du temps où on l'avait surnommé le « sauveur du Kentucky ». Il était aussi roux que sa sœur, et ses yeux s'animaient fantastiquement pendant ses récits, tandis que son corps paralysé restait immobile. L'autre frère, William Clark, était un personnage alors fort célèbre. Il résidait à Saint Louis, mais toute l'Amérique se souvenait du capitaine Clark qui avait accompagné Meriwether Lewis dans son expédition vers l'Ouest, à travers les Rocheuses, jusqu'au Pacifique. A leur retour à Saint Louis, ils étaient les hommes les plus admirés d'Amérique. Audubon avait lu le récit de leur expédition dans le journal que lui avait donné Nat Pope, mais jamais il n'aurait osé espérer que le hasard lui ferait rencontrer l'un d'eux. Il usa de tout son charme auprès de Lucy Croghan pour qu'elle le prévienne de toutes les visites de son frère.

La rousseur des Clark atténuait chez William ce qu'on lui devinait de rudesse militaire. Il avait le charme de sa sœur, et de son frère le regard mobile et perçant. Audubon reconnut en lui ce qu'il aimait chez les êtres, le goût de l'action et du savoir. De plus, Willam Clark était d'une grande modestie, attribuant plutôt la réussite de l'aventure à l'ensemble de l'équipe, et particulièrement à leur chef, Lewis.

Meriwether Lewis était de trois ans le cadet de Clark. En 1804, il avait trente et un ans et il était le secrétaire particulier du président Jefferson.

– Voyez-vous, dit Clark, M. Jefferson est une sorte de visionnaire. Il a sur l'avenir de l'Amérique des idées que la plupart des politiciens actuels sont incapables d'entrevoir. Après l'achat de la Louisiane, il s'est dit qu'il fallait contrôler aussi la côte du Pacifique, pour s'opposer aux Espagnols de la Californie et aux Anglais du Canada. Le territoire de l'Oregon n'était à personne, il fallait s'y rendre et le revendiquer. Il fallait aussi tâter les Indiens de la région, dont on ne savait rien, passer des accords et ouvrir ainsi la route aux trafiquants, puis un jour aux colons. En fait, je vous dis ça aujourd'hui, mais à l'époque ces projets étaient secrets. Notre « Corps de découverte », son nom officiel, était présenté comme purement scientifique. Que le président ait choisi pour le diriger son plus cher collaborateur montrait bien l'importance qu'il donnait à cette expédition. Ç'a dû lui coûter, mais il savait que Lewis était le meilleur pour cette tâche. En plus de ses connaissances, Lewis avait appris dans l'armée à vivre en trappeur, à comprendre les Indiens. C'est lui qui m'a demandé de le rejoindre, à Saint Louis; on avait servi ensemble dans l'Ouest.

Audubon se jeta sur les documents que Clark lui avait confiés, des cartes, des dessins d'animaux, d'oiseaux surtout, qu'il se promettait d'aller voir lui-même un jour. A partir de cette rencontre, il fut tout au long de sa vie hanté par le rêve d'atteindre à son tour le Pacifique.

Chaque année, le 4 juillet, pour célébrer l'Independence Day, la population de Louisville s'offrait une fête champêtre. Cette fois on avait choisi une clairière au bord d'un petit affluent de l'Ohio. Dès l'aube, on avait coupé les taillis, élagué les basses branches des hêtres, des frênes, des ormes, des noyers, des chênes, dans leur enchevêtrement de forêt primitive. Puis étaient arrivés les chariots chargés de jambons, de quartiers de bœuf, de venaison, de poules d'Inde et de poissons de l'Ohio. D'autres apportaient des fruits, melons, pêches, raisins, poires, comme pour une offrande ancienne aux dieux de l'abondance, si favorables à la région. On aurait de quoi boire : des bols de punch, des cruches de vin pétillant, des barils d'Old Monongahela, le whisky local à base de maïs.

Des colonnes de fumée s'élevaient, le vent léger rabattait des odeurs de rôtis, cinquante cuisiniers suaient et soufflaient quand arrivèrent les premières jeunes filles en blanc, avec leurs amoureux, dans des cabriolets. Puis vinrent des familles entières dans des chariots, des cavaliers isolés ; la clairière bruissait de hennissements et de cliquetis d'attelages. On attachait les chevaux aux branches, en entortillant la longe, sans faire de nœud. Une vieille habitude des colons, afin qu'en cas de danger la bête puisse être facilement libérée.

Lucy et Jean-Jacques arrivèrent quelques instants avant qu'une formidable explosion ébranle la forêt. C'était le signal des réjouissances, donné par un grand canon de bois, cerclé de fer, et bourré de poudre noire, dont le fracas fut salué de centaines de hurrahs. Le docteur William Galt, « civic leader » de Louisville, monta sur l'estrade ornée de la bannière étoilée et fit un discours où revenaient souvent les mots de patrie, de courage, et de vertu, appuyés de quelques citations de George Washington. Puis des fifres et des tambours jouèrent le *Yankee Doodle*, et la foule se rua à l'assaut des longues tables sur tréteaux où s'entassaient les victuailles. Le festin commençait, des groupes portaient des toasts, à la ville, au Kentucky, les dames se retiraient sous des tentes, des enfants barbouillés fusaient de partout. L'estrade fut occupée par un orchestre de violons, de cornets et de clarinettes. Les adultes valides commencèrent à se secouer au rythme des rondes et des cotillons. La plupart des hommes, sauf les notables, portaient le costume de chasseur en peau de daim. Les longues franges de leurs tuniques sautaient en mesure avec les robes des dames.

Le docteur Galt vint inviter Lucy à danser. Dès le premier séjour d'Audubon, avant le mariage, il avait apprécié Jean-Jacques. Galt était un passionné de botanique et de sciences naturelles, et un ami de Samuel Mitchell. Sa porte s'ouvrit dès qu'il sut que le jeune négociant français avait travaillé pour le savant à New York, et plus encore quand il apprit que la famille de Lucy avait des liens avec Erasmus Darwin, dont il était un fervent adepte. C'était ainsi; aux confins du monde civilisé, au sein d'une horde cosmopolite et inculte, quelques êtres d'exception se vouaient à la connaissance. Ils ne tardaient pas à se reconnaître entre eux comme les membres d'une secte. Beaucoup d'ailleurs étaient francs-maçons, et quelques-uns, dont précisément William Galt, avaient demandé pourquoi Jean-Jacques ne s'était pas encore présenté à l'entrée du temple, à l'exemple de son père. Audubon avait répondu qu'il aimait le grand air et détestait les lieux clos. On n'avait pas insisté dans la loge de Louisville. On savait attendre. Cet Audubon était des leurs, il les rejoindrait un jour ou l'autre. L'agitation de la jeunesse serait passée, rien ne pressait.

Le choc d'une énorme claque dans le dos faillit étendre Audubon. C'était Crandal, un éleveur, une sorte de géant un peu demeuré, qui exprimait sa tendresse.

— Fameuse, la blague du géranium. Je me suis fait avoir comme un bleu. Sacré frenchie.

Le géant s'éloignait déjà, le cap sur les barils; Rozier s'approchait, il avait craint une rixe.

— Qu'est-ce qu'il voulait?

— Rien, il est content, le rassura Jean-Jacques. Je lui ai fait une bonne blague, et il va essayer de m'en faire une à son tour. C'est ce qu'on appelle des relations de bon voisinage.

— Quelle blague?

— Oh, bien innocente. Cette brute adore les fleurs. Alors je lui ai fait cadeau d'un plant de géranium, dans un pot. Un plant très jeune, seule une tige dépassait, soutenue par un tuteur. Je lui ai dit de l'arroser fréquemment, les fleurs viendraient très vite. Rien n'est venu, et au bout de quelques jours ça sentait vraiment très mauvais. C'est alors qu'il a découvert que la tige n'était que la queue d'un rat mort, enfoui dans la terre du pot. Amusant, n'est-ce pas?

— Très, dit Rozier, sinistre.

— Ferdinand, vous ne comprendrez jamais l'âme de ce peuple.

— J'en ai peur. Justement, je voudrais vous présenter à un Français qui aimerait beaucoup vous connaître. Essayez de vous en faire un ami, je crois qu'il est très riche. Il peut nous être utile.

— Ferdinand, il n'y a pas que le commerce...

James Berthoud devint un ami, et jusqu'à l'hiver les Audubon prirent souvent le chemin de sa maison de Shippingport.

A plus de soixante ans, James Berthoud avait toute l'apparence des vieux aristocrates français, un style qu'il entretenait avec soin, dans ses habits à l'ancienne, ses jabots à dentelles, jusqu'à ses cheveux blancs qu'il coiffait à la manière des perruques. Pas très grand, il ne perdait pas un pouce de sa taille, le jarret tendu, le menton hautain. Il parlait sèchement, d'un ton qui ne souffrait pas la réplique. Son épouse, Louise, était au contraire toute de douceur et de sourire, surtout lorsqu'elle disait : « Allons, mon ami », quand son mari s'emportait, ce qui était fréquent. Il se calmait alors en grommelant : « Bien, madame Berthoud. » Il ne l'appelait pas autrement, et personne ne l'avait jamais entendu prononcer le prénom de sa femme. James Berthoud était en réalité Bon Hervé de Belisle, marquis de Saint-Pierre. Il était assez proche de la cour, et Louise avait été dame d'honneur de Marie-Antoinette. Ils avaient pourtant réussi à survivre à la Terreur. Thermidor leur avait apporté quelque répit, quand, au début de juin 1795, ils avaient appris la mort du dauphin au Temple. Très attachés à la royauté, ils avaient vécu avec horreur l'exécution du roi et de la reine. Maintenant que le petit Louis XVII, leur dernier espoir, avait disparu, plus rien ne les retenait dans cette France détestée. Pour organiser l'évasion, le marquis ne fit confiance qu'à son cocher, un Suisse du nom de Jacques Berthoud. Lequel fit établir des passeports à son propre nom, si bien que tout le monde s'appelait Berthoud en quittant Paris. A la barrière d'Orléans, la voiture fut arrêtée par des représentants de la Commune. Jacques avait pris soin de cacher le fils du marquis, le petit Nicolas, qui avait huit ans, sous le siège. Il savait en effet que la Convention, alors que la mort du dauphin était officielle, avait paradoxalement donné l'ordre de le rechercher sur toutes les routes de France! Tous les enfants de huit à douze ans en voyage devenaient ainsi suspects. Heureusement Nicolas ne fut pas découvert, et les fugitifs parvinrent à Bordeaux, où ils trouvèrent passage sur un bateau pour l'Amérique. Le marquis utilisa ses faux papiers au nom de Berthoud pour embarquer, puis il conserva définitivement cette identité, en hommage à son sauveur, le fidèle serviteur resté en France.

James Berthoud ne s'attarda pas dans l'Est. Il gagna Louisville, acheta des terrains, fit construire des maisons et fonda Shippingport, qui lui appartenait entièrement. Le village devait son nom à un chantier naval qui construisait des bateaux pour le fleuve. Berthoud s'en occupait avec son fils, Nicolas, devenu un parfait Américain, et un curieux associé, Louis Tarascon. Tarascon avait été meunier à Marseille. Pendant la Révolution, il avait passé pour un citoyen modèle, un ardent sans-culotte. Il avait sans doute estimé que ce n'était pas une garantie suffisante par ces temps troublés, et il avait gagné l'Amérique en 1794. L'étrange alliance du vieux royaliste et de l'ancien révolutionnaire avait donné d'excellents résultats. Shippingport était considéré comme la partie la plus luxueuse de Louisville, et la somptueuse résidence des Berthoud, surnommée la Maison-Blanche à cause de son style virginien, était célèbre. Les chantiers marchaient bien; Tarascon était particulièrement fier de sa corderie qui pouvait tresser des cordages de 1 200 pieds. « Les plus longs d'Amérique! » proclamait-il.

Audubon aimait bien le petit homme noiraud, sa faconde et son drôle d'accent du Midi. Il désapprouvait en revanche sa méthode de chasse : Tarascon avait construit un redoutable canon qu'il bourrait de mitraille et avec lequel il massacrait les oies sauvages en plein vol.

– Comme il lui ressemble! soupira Louise Berthoud, en tournant la tête pour prendre son mari à témoin.
– Allons, madame, ne bougez pas, sinon je n'y arriverai jamais. Je ne suis pas si habile.
Audubon faisait le portrait de Mme Berthoud, au fusain, après avoir fait celui du marquis. Ils l'en avaient prié après avoir admiré ses dessins d'oiseaux. Chaque après-midi, Jean-Jacques s'installait dans le salon de la Maison-Blanche pour les séances de pose. Rozier avait pesté à ce nouveau prétexte pour fuir le magasin, mais il était pris à son propre piège : n'avait-il pas souhaité lui-même des relations suivies avec les Berthoud?
– C'est vrai que vous avez tout l'air d'un Bourbon, admit James. Ce profil, ce nez aquilin, c'est frappant.
– Et les yeux, bleus comme ce pauvre petit, reprit Louise. Vous savez, je le voyais souvent à Versailles. Comme il était espiègle! Il se cachait partout, il aimait rire... J'étais là quand la populace l'a emmené à Paris. Il n'avait pas peur, il ne comprenait pas ce qui arrivait. Heureusement il n'avait pas vu massacrer les gardes. Il était près de sa mère, je le revois encore, avec sa sœur aînée et Mme de Tourzel, leur gouvernante. Il demandait pourquoi le peuple avait l'air fâché. La reine passait les doigts dans ses cheveux, comme elle aimait le faire. Des boucles blondes, comme les vôtres. Les vôtres sont plus foncées, mais c'est fréquent, avec l'âge...
– Madame, dit doucement Audubon, pourquoi remuer ces souvenirs? Le dauphin n'est plus, et ce n'est pas...
James l'interrompit brusquement. Il avait sorti une tabatière d'écaille et il la tapotait à petits coups.
– Non, je suis sûr que non. Je l'ai compris dès notre départ de Paris. Pourquoi toutes ces recherches, si on ne s'était pas aperçu que l'enfant mort au Temple n'était pas le vrai? Nous, nous avons bien réussi notre fuite, presque sans

aide. Pourquoi pas lui, qui ne manquait pas d'alliés? A l'époque, le passage était facile vers l'Amérique. Je suis persuadé que le dauphin est dans ce pays, où l'on peut se cacher aisément, prendre un autre nom et n'être reconnu de personne.

– Pourquoi, si longtemps après, ne se serait-il pas fait connaître?

– Avec Napoléon au pouvoir en France qui traque les royalistes! L'annonce de sa survie provoquerait des émeutes, encore des victimes. Il y en a eu assez comme cela. Non, je crois qu'il attend le moment propice, plus tard, quand l'aigle aura les ailes rognées. Pour l'instant, il peut être n'importe où, n'importe qui, parmi les jeunes émigrés. Ce pourrait être vous. Vous êtes de la même année, n'est-ce pas?

– En effet, et presque du même mois. Il était né en mars, et moi en avril.

– Vous voyez. Et comment le reconnaître? Il n'y a pas d'âge où l'être humain change davantage.

Jean-Jacques sourit en essuyant ses doigts tachés de noir.

– Monsieur Berthoud, je vous assure que si j'étais le roi de France, je ne serais pas ici à tenter de vendre du whisky et des casseroles à des planteurs de maïs.

– Bien sûr, bien sûr...

James Berthoud versa une pincée de tabac sur le dos de sa main et renifla la prise avec énergie. Il parvenait à ne pas rendre vulgaire cette opération peu élégante par nature. Par la suite, le sujet ne fut plus abordé. Pourtant Audubon savait, par les confidences de Nicolas, que le marquis poursuivait une enquête diligente. Il entretenait une correspondance assidue avec les émigrés français, recevait des documents de France, épluchait les mémoires sur la Révolution.

Parfois, Jean-Jacques devinait sur lui le regard insistant et inquisiteur de Mme Berthoud.

A la fin d'octobre, Lucy ne se sentait pas vaillante pour affronter l'hiver. Était-ce de l'angoisse à l'idée d'une longue

242

période de calme, d'ennui peut-être? Jusque-là le temps avait passé vite, entre les visites, quelques voyages à Pittsburgh, le renouvellement incessant des clients de l'*Indian Queen*. Maintenant, avec les routes bloquées par la neige, le fleuve pris par les glaces, l'hôtel allait être désert. Elle avait peu de livres, et Louisville n'avait pas de bibliothèque. Pour la première fois, elle se trouvait inutile. Il y avait autre chose, une lassitude, une langueur qui lui pesaient, liées peut-être à ce retard dans ses règles. Elle n'osait pas penser à une grossesse, de peur d'être déçue, comme elle l'avait été une fois déjà. Lucy désirait un enfant qui remplirait sa vie. Les jours suivants, elle découvrit qu'elle supportait de moins en moins l'odeur des produits que son mari utilisait pour ses travaux de dissection. L'idée même de ces oiseaux morts la révulsait. Un soir qu'elle remontait dans sa chambre, elle fut prise de violentes nausées. Le lendemain, le docteur Galt confirma qu'elle allait être mère.

– Quand? quand? demanda Audubon qui bondissait comme un Indien en transe.

– Juin, je crois, dit le docteur. C'est un bon mois, vous l'élèverez au grand air.

Peu à peu, Lucy se soumit au rituel qui entourait les femmes enceintes. Jean-Jacques trouva une chambre éloignée pour entreposer ses odorants trésors. Il renonça à ses longues absences et se mit à couver son épouse. Lucy se laissa enfermer dans son cocon de tendresse et commença à coudre des vêtements pour le bébé.

Au soir du 12 juin 1809, Audubon prenait sa dixième prise de tabac, une habitude transmise par Berthoud, sous l'œil réprobateur de Ferdinand Rozier, échappé pour une fois de ses livres de comptes. Il bondit quand le docteur Galt descendit l'escalier.

– C'est un garçon, et un gros. Tout s'est bien passé, votre femme est courageuse. C'est une belle nature, elle vous en fera tant que vous en voudrez.

Lucy, pâle, adossée aux oreillers, tenait le bébé contre son sein. Il l'embrassa sur le front. Le sourire de Lucy était las, mais ses yeux brillaient de bonheur. Audubon n'osa pas toucher le petit être palpitant, si fragile d'aspect qu'on s'étonnait qu'il puisse agripper la vie, comme ces oisillons à peine éclos qu'il avait si souvent surpris.

– Je voudrais que tu le dessines, dit Lucy.

L'enfant fut baptisé Victor Gifford, ce deuxième prénom en l'honneur d'une cousine de Lucy, une de ses parentes préférées, restée en Angleterre, et avec laquelle elle correspondait toujours. Dans les premières semaines, la jeune mère eut bien du mal à conserver son enfant pour elle. Son père emportait sans cesse le petit Victor vagissant pour le montrer, triomphant, à ses innombrables amis de l'*Indian Queen*.

2

Dans l'après-midi du lundi 19 mars 1810, Rozier leva la tête à l'entrée d'un petit homme dans le magasin. Nathaniel Pope, qui empilait des barils, arrêta son geste, les bras en l'air, devant l'aspect insolite du visiteur. Il portait un perroquet sur l'épaule et ses vêtements s'éloignaient du style local : une redingote grise et fripée, par-dessus une veste et des pantalons de la même teinte incertaine. Il serrait contre son cœur deux gros livres reliés en rouge.

– M. Audubon est-il là ? demanda l'inconnu d'une voix perchée qui semblait provenir de son perroquet.

– Oui, exceptionnellement, grinça Rozier en montrant le fond de la boutique.

Le petit homme se fraya un passage à travers le dédale de caisses, de tonneaux et d'outils, le décor habituel des *General Stores*, avant de découvrir Jean-Jacques, perplexe devant un monceau de factures.

– Je m'appelle Alexander Wilson, monsieur, et je viens de la part de votre parent de Pittsburgh, M. Benjamin Bakewell.

– Comment va-t-il ?

– Fort bien, à ce que j'ai cru voir. Il m'a montré un magnifique chandelier de verre qu'il venait de vendre 300 dollars à quelqu'un de Philadelphie. M. Bakewell m'a conseillé de vous rencontrer, parce que vous vous passionnez, selon lui, pour les oiseaux.

– C'est vrai. Vous aussi, apparemment, dit Audubon en désignant le perroquet qui, l'air grave, suivait la conversation.

– *Conuropsis carolinensis*, énonça Wilson. Je crois que c'est la seule espèce de nos contrées. Je l'ai acheté à un marin de Philadelphie qui arrivait de Charleston. J'ai eu un mal fou à le dresser, ces sales bêtes dévorent tout, même les livres. A ce propos, je voudrais que vous examiniez ceci.

Il posa les gros in-quarto rouges sur la table, Audubon les feuilleta, étonné d'abord, puis de plus en plus fébrile. Les deux volumes contenaient des dizaines de dessins d'oiseaux, gravés à l'eau-forte et coloriés à la main. Un texte accompagnait chaque dessin, commentant les mœurs et l'aire de répartition de chaque espèce. Audubon se sentait partagé entre la jalousie et l'excitation. Il n'aurait jamais soupçonné que quelqu'un en Amérique ait eu la même passion que lui, et en même temps il voyait bien que ces livres lui seraient fort précieux. La couverture portait en lettres d'or : « *American Ornithology*, par Alexander Wilson. Samuel Bradford éditeur. Philadelphie. »

Audubon regarda mieux le petit homme, ses pauvres vêtements passés, son long nez crochu, ses pommettes saillantes, ses yeux perçants qui guettaient avidement le moindre signe d'intérêt pour son œuvre.

– Ce ne sont que les deux premiers volumes. L'ouvrage complet comprendra dix tomes. La souscription pour l'ensemble ne se monte qu'à 120 dollars.

Audubon compulsa plus longuement les pages illustrées. Bien sûr les dessins étaient assez conventionnels, ils n'avaient pas la vie, le mouvement que lui même cherchait à rendre. Mais les commentaires lui semblaient pertinents, bien au-dessus de ses propres connaissances scientifiques. Il avait déjà saisi une plume d'oie pour signer le bon de souscription quand Rozier intervint, attiré sans doute dans l'arrière-boutique par le mot « dollar » plusieurs fois prononcé.

– Mon cher Audubon, vos dessins sont bien supérieurs à ceux-ci et vous en avez sûrement davantage que ce monsieur.

Jean-Jacques laissa retomber la plume. Il espéra un instant que Wilson n'avait pas compris le français utilisé par Ferdinand. Il fut vite détrompé, le visage de Wilson s'était fermé, son sourire commercial avait disparu.

– Ah, vous dessinez aussi, monsieur Audubon. Pourrais-je voir vos œuvres?

– Bien sûr. Vous comprenez le français, monsieur Wilson?

– Oui, et l'allemand aussi. J'ai enseigné ces langues, autrefois, entre autres choses. Ma vie n'a pas été simple.

Dix minutes plus tard, quand le contenu du grand portofolio eut été répandu sur la table d'abord, puis à travers la pièce, Wilson était au bord des larmes.

– Mon Dieu, quelle beauté, quelle vérité, ce héron bleu et cette aigrette. Je n'aurais imaginé que quelqu'un... Tiens, je ne connaissais pas cette fauvette, *Motacilla*, je crois.

– C'est possible. Il y en a sûrement plus de vingt espèces.

– Et ces feuilles immenses. Pourquoi dessinez-vous sur de si grands formats, cela coûte une fortune?

– Pour que les oiseaux soient dans leur vraie grandeur. Ça me paraît plus juste...

– C'est une bonne idée, quand on a les moyens, dit amèrement Wilson. Moi, je suis obligé de dessiner sur n'importe quoi, même des bouts de carton, et souvent recto verso, par économie. Mon graveur, M. Lawson, se débrouille avec ça. Et, vous comptez faire une publication de tout cela?

Audubon haussa les épaules.

– Pas du tout, c'est par plaisir, uniquement. Je les montre à ma femme, à mes amis, et encore pas à tous.

– Ah, fit Wilson, de plus en plus sidéré. Euh, je comprends en effet que vous n'ayez pas besoin de mon modeste travail. En revanche, j'aimerais vous emprunter certains de vos dessins, cela m'aiderait...

– Certainement. Où logez-vous?

– A l'*Indian Queen*, monsieur, comme vous. Je suis arrivé samedi soir, mais je n'ai pas osé vous déranger un dimanche.

– Vous ne m'auriez pas trouvé, j'étais à la chasse. Vous comprenez, les pigeons arrivent.

– Je comprends. Je suis un peu chasseur moi-même, il faut bien.

– Alors je vous emmène quand vous voudrez, je connais quelques endroits où vous aurez de l'ouvrage.

Le mardi, Wilson courut la ville à la recherche des notables pour lesquels il avait des lettres de recommandation, espérant qu'ils ajouteraient leurs noms à la liste des souscripteurs. Le mercredi, Audubon l'emmena dans des marais, au-delà des chutes de l'Ohio, qui en fait n'étaient que de modestes rapides. Il s'approchèrent d'un troupeau de grues; les grands échassiers ne montraient pas la moindre crainte. On ne les chassait pas, les Louisvillais ayant par ailleurs largement de quoi se nourrir. Les oiseaux, indifférents, faisaient « le pied de grue », sur une patte, poussant parfois un glapissement sonore.

– Quel bonheur, soupira Wilson. Je n'en avais jamais vu qu'empaillées. Savez-vous pourquoi il y en a des grises et des blanches?

– Je suppose que les grises sont les jeunes, et les blanches les adultes.

– Vous ne croyez pas que ce sont des espèces différentes?

– Bah, sourit Audubon, je crois qu'il faut résister à la tentation de voir partout de nouvelles espèces, il y en a bien assez comme ça. Enfin, c'est vous, l'ornithologue!

Wilson parlait sans cesse. Audubon, qui préférait qu'on écoute la nature, lui en fit gentiment la remarque. L'autre reconnut son défaut de bonne grâce.

– C'est vrai que je suis bavard. Sans doute parce que j'ai été longtemps colporteur, dans ma jeunesse. Je le suis toujours, d'ailleurs, mais pour mes propres œuvres.

– Arrivez-vous à vendre votre livre?

– Moins que je ne l'espérais. Plus sans doute qu'il ne faudrait s'y attendre, dans ce pays où il y a si peu de gens instruits. Je pense parvenir bientôt à deux cent cinquante souscripteurs. M. Bradford avait prévu un tirage de deux cents exemplaires, il envisage maintenant de monter à cinq cents. A moi de les placer.

C'était dans ce but que Wilson avait quitté Philadelphie le 30 janvier précédent, à pied, avec un budget qu'il avait fixé à un dollar par jour. Il comptait gagner La Nouvelle-Orléans en prospectant chaque ville au passage. Depuis Pittsburgh, il continuait son voyage sur un petit bateau à quille qu'il avait baptisé *The Ornithologist*.

– Les gens sont imprévisibles, ironisa Wilson. A Lancaster, j'ai obtenu la signature du gouverneur Snyder. Par contre, celui de New York, Daniel Tomkins, m'a éconduit en disant : « Je ne donnerais pas 100 dollars pour des oiseaux, même vivants. » A Cincinnati, j'ai été très bien accueilli par Daniel Drake, un grand savant qui étudie les Indiens. Mais c'est une ville où il y a beaucoup de penseurs.

– Ah bon, pourquoi?

– La plupart m'ont répondu, quand je les priais de souscrire : « J'y penserai!... »

– Et à Louisville? demanda Audubon, en regrettant immédiatement sa question.

– Rien pour l'instant, fit Wilson, évasif.

Le lendemain, Wilson passa la journée à étudier les dessins de Jean-Jacques, couvrant des pages de notes serrées. Audubon était flatté de l'intérêt que l'ornithologue portait à son travail; il s'inquiétait aussi du perroquet, craignant que l'oiseau ne souille les précieuses feuilles ou ne tente de les dévorer. Le soir, après le dîner, Wilson joua sur une petite flûte des airs écossais fort mélancoliques. On ne reparla pas de la souscription.

Le matin suivant, Mme Gwathway annonça que le petit homme était parti à l'aube, sur son bateau, après avoir posté un paquet pour Lexington. Audubon fut blessé de ce départ furtif, sans un adieu. Il ne croyait pas avoir mal traité l'Écossais.

Lucy vit bien que son mari était soucieux, car ce matin-là il ne jouait pas avec le petit Victor, qui, à neuf mois, allait déjà très vite sur ses quatre pattes, avec une nette tendance pour la fuite. « Comme son père », plaisantait Lucy.

– C'est ce Wilson qui te préoccupe?

– Oui. Au fond je me reproche de n'avoir pas acheté ses livres, qui pourtant me seraient utiles. Bien sûr, Rozier m'en a dissuadé, par souci d'économie. Après tout, c'est son rôle, et je n'étais pas forcé d'obéir. Je l'ai fait par vanité, parce que je me suis cru supérieur, ce qui n'est pas certain. Je me rends compte aussi que Wilson ne voulait pas seulement mon argent, mais surtout mon approbation et mon appui. J'ai été stupide.

— Allons, dit Lucy en l'embrassant. Oublie-le, comme il t'a déjà oublié. Il est peu probable que vous vous revoyiez un jour.

Au début d'octobre, le major Croghan montra à Audubon un arbre étrange qu'il avait découvert au cours d'une partie de chasse, un énorme sycomore. Le vieil arbre était complètement creux, et il semblait s'échapper de ses entrailles un nuage de martinets. Les petits oiseaux noirs se rassemblaient probablement pour la migration. Il était déjà tard dans la saison, mais cette année l'été s'attardait. A quelques mètres du tronc, le vacarme était surprenant : il semblait y avoir beaucoup plus d'oiseaux à l'intérieur de l'arbre que dehors. Les deux hommes étaient arrivés à l'aube, au moment où les martinets quittaient leur abri pour partir en chasse. Une demi-heure après, le tronc était vide, pensait Audubon. Il voulut s'en assurer. Il tenta de pénétrer dans le sycomore par le haut, à l'aide d'une longue corde. L'arbre faisait bien 70 pieds de haut et 8 pieds de diamètre à la base, mais le conduit intérieur était étroit vers le haut, et il n'était pas assez rectiligne pour livrer passage à un homme.

— Ça ne va pas. Il faut faire un trou dans le bas, à la hache.

— Méfiez-vous, dit Croghan, que tout ça ne nous tombe sur la tête. C'est pourri.

Ils parvinrent à ouvrir une brèche dans le tronc, assez large pour s'y glisser. Dès qu'il fut à l'intérieur, Audubon promena une lanterne sur les parois. Il eut un choc. Il avait cru l'arbre vide, mais des centaines d'oiseaux étaient encore là, immobiles, les yeux allumés par la lampe.

— Je n'ai jamais vu ni entendu parler d'un phénomène pareil, dit Jean-Jacques alors qu'ils chevauchaient lentement, perplexes, vers Louisville.

— Moi non plus. Je me demande comment un arbre aussi mort et aussi creux que ce sycomore n'est pas tombé, à cause du vent ou sous le poids de la neige.

— C'est curieux, oui. A moins que, je ne sais pas, les déjections des oiseaux n'aient empêché la putréfaction du bois et agi comme une sorte de ciment. C'est à voir.

– Combien sont-ils, à votre avis?

– J'en ai compté une trentaine sur un pied carré. Ils occupent tout l'espace disponible, donc, d'après les dimensions de la cavité, ils doivent être au moins neuf mille. Quel nid!

La nuit tombait quand les deux hommes parvinrent à Locust Grove. Une berline militaire était rangée devant le perron des Croghan. Une escorte de cavaliers attendait. Le major reconnut les uniformes de la milice de Louisiane.

– Je crois que nous avons la visite de mon beau-frère. Mais pourquoi dans un tel équipage?

Le général William Clark, en uniforme, se tenait devant la cheminée du salon. Sa haute silhouette était affaissée, ses traits rudes creusés par le chagrin. Il embrassa le major, serra fortement les mains de Jean-Jacques. Il dit dans un souffle :

– Meriwether Lewis est mort.

Il s'affaissa dans un fauteuil d'osier à bascule, qui oscilla longtemps dans le silence. Personne n'osait parler. Lucy Croghan apporta du thé, puis elle s'approcha de son frère et caressa sa joue. Il se laissa aller contre elle, les yeux clos, sans doute pour cacher ses larmes.

– William va à Washington demander des explications. On a ramené le corps là-bas, dit Lucy.

– Comment est-ce arrivé? demanda Croghan.

Clark répondit d'une voix où la rage le disputait à la peine.

– Dans le Tennessee, il y a deux semaines. Je ne sais rien de plus. Même sa femme ne m'a pas écrit, j'ai tout appris par les journaux. Elle doit avoir des ordres, Washington veut étouffer l'affaire.

– Mais pourquoi?

– Je pense que Lewis s'est suicidé.

– Ah, évidemment ça expliquerait... Qu'est-ce qui vous fait croire ça?

– Il m'a écrit récemment, il était désespéré. Dès que Madison s'est installé à la Maison-Blanche, au début de l'année, il a dû déchanter. Jefferson avait nommé Lewis gouverneur du territoire de Louisiane pour qu'il tire les

251

leçons de notre expédition. Il fallait que l'armée nous succède, contrôle la route ouverte, établisse des « factories » pour drainer le commerce avec les Indiens. Bref, contrôler la vallée de Columbia avant les Britanniques, qui se remuent beaucoup dans la région. Nous avons découvert qu'il y a là-bas plus de loutres et de castors que nulle part ailleurs. Des fourrures que réclament les Chinois. En les expédiant à Canton depuis l'estuaire de la Columbia, on peut gagner un an sur la Northwest Company anglaise, qui est obligée de passer par Montréal, Londres et le cap de Bonne-Espérance. De quoi remettre à flot les armateurs de Boston qui sont au plus mal. Il suffisait d'un fort sur le versant est des Rocheuses, et d'un autre sur le versant ouest. Madison n'a rien voulu entendre. Il a peut-être été un grand juriste, mais c'est un petit bonhomme. Il veut la paix à tout prix, et il tremble devant les Anglais. Et puis il est trop préoccupé des intrigues du Congrès et des salons de la capitale, dont se délecte son épouse. Celle-là n'arrange pas les choses.

– Qui est-ce?

– Dolley Todd, une veuve, très belle femme. Elle a une poitrine superbe, qu'elle ne cache guère. On se demande ce qu'elle fait avec un homme si terne. Enfin, on se demandait, avant qu'il ne devienne président. Il lui doit beaucoup, elle a tourné en sa faveur toutes les têtes de Washington. Alors, vous pensez, les problèmes des trappeurs de l'Ouest... Lewis s'est senti désavoué, trahi.

– Mais, risqua Audubon, Jefferson ne pouvait rien pour lui?

– Jefferson a soixante-six ans, il est vieux et ruiné. Il n'est plus rien. Sa plantation de Monticello est hypothéquée, le tabac ne se vend plus, la terre n'a plus de valeur. Tout cela à cause de l'embargo qu'il a lui-même décidé. En Virginie, on ne gagne plus d'argent que grâce à l'élevage des nègres pour la traite intérieure. Jefferson s'y refuse, car il respecte les esclaves, bien qu'il n'ait jamais osé changer leur situation. D'ailleurs on murmure qu'il a depuis longtemps une maîtresse noire, Sally Hemmings, qui lui aurait donné sept enfants. Il y a eu des campagnes contre lui, à ce propos. Officiellement, il est veuf depuis dix-sept ans.

– Mais Madison était son ami...

— En politique, il n'y a pas d'amis. A la rigueur des alliés, au gré des circonstances. Et je suppose qu'un président n'est plus l'ami de personne. Bien, il faut que je parte, mes hommes attendent. Nous ferons route jour et nuit. Je veux arriver à Washington avant que cette affaire soit aussi enterrée que Meriwether Lewis.

Clark déplia son immense corps, s'ébroua comme un jeune cheval. Lucy Croghan lui apporta son chapeau et sa grande vareuse d'officier. Sur le perron, il s'arrêta un instant. Son escorte avait allumé des flambeaux. Il ajouta à l'intention de Jean-Jacques :

— Vous êtes nouveau dans ce pays. N'oubliez pas que dès que vous avez cessé d'y être indispensable, on vous rejette.

William Clark embrassa sa sœur. Il dit en gagnant sa voiture :

— Si ma femme me donne encore un fils, il portera le nom de Meriwether Lewis.

Aux premiers beaux jours d'avril, Audubon partit pour Cincinnati afin de compléter le stock de marchandises pour la saison qui commençait. Lucy s'en fut au magasin, à la fois pour promener le petit Victor et pour se rendre utile. Les quais de l'Ohio, tout proches, commençaient à s'animer; Louisville émergeait de son sommeil hivernal.

— Lucy, venez voir, dit Ferdinand Rozier.

Elle le rejoignit sur le seuil. Il montrait un énorme chaland qui s'amarrait au quai. Quelques appels d'une trompette aigrelette en parvinrent.

— C'est un magasin flottant, il signale son arrivée. Ces gens-là sont nos pires ennemis, Lucy. Ils chargent à Pittsburgh et ils vont de ville en ville, jusqu'à épuisement de leurs marchandises. Leur clientèle se renouvelle à mesure qu'ils descendent le fleuve, et ils peuvent proposer les dernières nouveautés. Enfin ils sont de plus en plus nombreux.

— Vous voulez dire que vos affaires sont mauvaises? demanda Lucy, que le pessimisme de Rozier agaçait une fois de plus.

— Je veux dire que nous courons à la ruine, si nous ne

partons pas pour un meilleur endroit, où il y aura moins de concurrence. Dans l'idéal, il faudrait aller là où les colons s'installent à peine, où ils ont encore besoin de tout. Je le regrette pour vous, Lucy, mais ce serait sûrement encore moins civilisé qu'ici.

— Je suppose que vous avez déjà une idée?

— Oui, Henderson, à 100 miles en aval. Ce n'est pas très loin, si vos amis vous manquent, mais là-bas nous serons vraiment les premiers.

— John aurait pu m'en parler.

— La décision n'est pas prise. Je voulais être sûr de votre accord auparavant.

Lucy haussa les épaules.

— Vous savez bien que je suivrai mon mari là où il jugera bon d'aller. S'il s'agit de gagner un lieu encore plus sauvage, je sais bien qu'il sera enthousiaste. Mais je n'arrive pas à croire à votre menace de ruine. Nous avons du bien, que diable!

Ils rentrèrent dans la boutique, où Pope surveillait Victor et ses tentatives d'évasion. Ferdinand montra à Lucy une liasse de documents notariés.

— La ruine est certaine quand vous dépensez plus que vous ne gagnez. Ce qui est notre cas jusqu'ici. Je viens de recevoir ces documents; grâce à votre père, nous venons de vendre notre dernière part dans les terrains de Mill Grove. Ce sont nos derniers fonds, Lucy. Il faut les investir à coup sûr. Il faudra aussi que votre mari s'occupe un peu moins de la nature et des oiseaux, et un peu plus de son commerce. Je ne peux pas tout faire, et de plus il m'enlève assez souvent Pope.

Nous y voilà, se dit Lucy. La chanson n'était pas nouvelle. Les airs excédés de Rozier étaient un reproche continuel contre les escapades de son associé. Cette fois Lucy se rebiffa.

— Vous êtes injuste avec John. S'il part si souvent, c'est surtout, que je sache, pour visiter vos fournisseurs ou récupérer des créances. Vous sentez-vous de taille à passer ainsi des journées à cheval?

— Vous savez bien qu'il s'attarde quelque peu en route. Il lui est même arrivé, on me l'a dit, d'abandonner son

254

cheval un après-midi entier pour poursuivre un aigle. Dans les fontes de la selle, il y avait des centaines de dollars. Il a eu de la chance. Je sais bien, Lucy, que mes reproches vous irritent et que vous ne m'aimez pas beaucoup. Vous avez tort, je ne souhaite que votre bien et celui de votre enfant. Permettez-moi d'ailleurs de douter que vous soyez heureuse, avec un mari si souvent absent.

Lucy s'efforça de rester calme. Que savait-il du bonheur des femmes, ce grand dadais? A plus de trente ans, en avait-il seulement approché une, en dehors des bordels d'officiers? Elle n'allait pas lui expliquer que le désir se nourrit des absences, qu'il s'exténue au contraire de la présence continuelle de l'autre. Elle n'allait pas lui décrire la folie de leurs retrouvailles, quand John revenait enfin dans la tanière, sentant la forêt et le fauve, et qu'il se jetait sur elle comme aux premiers jours.

— Enfin, continuait Rozier, à quoi vont lui servir tous ces dessins d'oiseaux, pour qu'il y perde tant de temps?

— A exister, Ferdinand, je suppose. C'est déjà beaucoup.

— Mais enfin, que veut-il faire de sa vie?

— Vivre.

— Mais, Lucy, vous? Et votre enfant?

— Moi? Vivre avec lui! Et si notre petit Victor ressemble à John, je n'ai pas d'inquiétude pour l'avenir.

Rozier eut un geste de découragement. On ne discute pas avec les femmes, et encore moins avec les femmes amoureuses.

— Je n'ai rien contre votre mari, bien au contraire. J'admets que c'est un être remarquable, séduisant, sobre et sans doute un grand artiste. Je soutiens simplement que le commerce n'est pas son fait. Il est d'un autre siècle; il me fait penser à ces Canadiens français d'autrefois, qui, pendant que les Anglais défrichaient et semaient, préféraient courir les bois, chasser, mener la vie de seigneur qu'on leur refusait chez eux. Vous connaissez la suite : les Anglais les ont évincés, et nous avons perdu la Nouvelle-France.

En juin, à Henderson, Rozier avait repris sa place derrière le comptoir d'une « General store », située au bord du fleuve, entre deux entrepôts de tabac, la ressource principale de la région. Le jeune Nat Pope, désormais plus tenté par l'aventure que par la médecine, avait suivi. Audubon appréciait que l'Ohio, large à cet endroit de plus d'un demi-mile, fût aussi poissonneux. Les rives étaient bordées de grandes étendues de roseaux, emplies d'oiseaux et de gibier, de même que les épaisses forêts proches. Au point que les dindes sauvages ne se vendaient pas, mais se donnaient, et qu'un gros cerf ne valait que 50 cents. Bien que prévenue, Lucy ne s'attendait pas à ce que le changement soit aussi rude. Henderson ne comptait qu'une vingtaine de maisons, toutes en bois, et pas plus de cent cinquante habitants qui ne nageaient pas dans l'opulence. Ils avaient fait un triomphe à la farine et au jambon apportés par les nouveaux marchands, et ne réclamaient guère autre chose que du whisky, de la poudre et des étoffes grossières.

Richard Henderson, propriétaire de la Transylvania Company, avait acheté la contrée et fondé la bourgade en 1778, dans l'espoir d'y faire prospérer un port d'embarquement pour le tabac. Une espérance sans doute déçue, car quelques années plus tard Henderson était surtout célèbre, et tristement, pour être le repaire de Samuel Mason et de sa bande de pirates du fleuve. Il en restait un souvenir propre à décourager d'éventuels émules : à l'entrée du village, des crânes blanchis, au sommet de poteaux, indiquaient ce qu'il était advenu de Mason et de ses complices. Il n'y avait pas d'hôtel à Henderson. Rozier et Pope logeaient au magasin, Audubon avait loué une maison de rondins, d'une seule pièce, en fait une grande cabane, que Lucy entreprit d'aménager. Décidément, elle était bien loin de Fatland Ford, mais au moins elle était enfin chez elle. Elle pouvait déballer ses porcelaines de Chine et ses couverts d'argent, dont le luxe jurait étrangement avec la rusticité de la demeure. Audubon s'amusait à dire que leur seul meuble décent était le berceau de Victor. En vérité, ils se plaisaient à jouer au pionnier, sachant très bien que leurs réserves financières étaient encore suffisantes pour crier « Pouce! » quand le jeu les lasserait. Enfin Lucy ne tarda pas à prendre souvent le chemin de Meadow Brook, une plantation situé à 3 miles d'Henderson, propriété du docteur Adam Rankin, dont l'épouse, Élisabeth, s'enticha de Lucy. Bien qu'Élisabeth fût un peu plus âgée, les deux femmes ne se quittaient plus guère, émerveillées l'une et l'autre de trouver à qui parler dans un entourage aussi peu cultivé.

Lucy se trouvait donc fort bien à Henderson lorsque, vers la fin de novembre, Rozier jugea l'expérience négative et proposa d'aller encore plus loin, de quitter le Kentucky pour le territoire du Missouri et la jeune ville de Saint Louis, qui promettait beaucoup. Cette fois, Lucy fut intraitable, elle ne bougerait pas, elle ne referait pas ses paquets. Elle dit tout net à son mari qu'elle en avait assez de Rozier et de ses interférences continuelles dans leur vie. Il les avait attirés dans l'Ouest, à Louisville, puis à Henderson, et puis où encore?

– Nous sommes associés, objecta Audubon, et il faudra rompre si je ne le suis pas dans ses projets.

– Et puis, tu as bien envie de visiter le Mississippi! Je ne t'en blâme pas, et je t'accompagnerais volontiers si je n'avais pas Victor. Élisabeth Rankin me propose de passer l'hiver chez elle et de l'aider à éduquer ses enfants. Je serai plus à l'aise à Meadow Brook que dans notre cabane. Pars donc sans crainte avec Ferdinand, mais, je t'en prie, tâche de revenir sans lui.

Audubon, Rozier et Pope appareillèrent pour leur expédition de 165 miles jusqu'à Saint Louis le 20 décembre 1810. Leur bateau à quille était chargé de trois cents barils de whisky, de salaisons, de produits secs et de poudre. Ils étaient accompagnés de Campton et de Crandal, les deux planteurs de Louisville, fidèles compagnons des parties de chasse et de tir, heureux d'occuper leur hiver.

Trois jours plus tard, ils étaient à Cash Creek, près du confluent de l'Ohio et du Mississippi. Des hommes en tuniques de peau, des Blancs, leur firent signe d'aborder.

Lorsqu'ils furent à terre, Audubon vit un campement d'une quinzaine d'hommes, tous chasseurs et trappeurs, dont les embarcations avaient été tirées à terre. Un grand homme sec, aux longs cheveux grisonnants, leur conseilla d'attendre quelque temps avant de s'aventurer sur le Mississippi, qui charriait, disait-on, d'énormes blocs de glace dangereux pour les bateaux. L'homme s'appelait Jules de

257

Mun, c'était un aristocrate français, né à Saint-Domingue, émigré en Angleterre à la Révolution, puis passé en Amérique en 1803. Ravi de rencontrer des compatriotes, il les invita à rejoindre leur campement. Le 24 au matin, des Indiens se présentèrent devant les tentes. Ils s'enveloppaient dans de grandes couvertures aux couleurs vives grossièrement tissées. Jules de Mun les accueillit comme de vieilles connaissances, palabra longtemps dans leur langue puis revint vers Audubon.

– Ce sont des Shawnees, ils sont habitués à commercer avec nous et beaucoup parlent le français. Ils nous proposent un daim et des ours en échange de couteaux et de ciseaux. Ils sont en route pour leurs territoires de chasse d'hiver, près de la rivière Arkansas, au sud-ouest.

Le soir même, les voyageurs fêtèrent Noël au campement des Indiens. On goûta la soupe aux noix de pécan et à la graisse d'ours. Pope joua du violon, Audubon de la flûte. Rozier, emmitouflé, boudait dans son coin, indifférent ou hostile à tout ce qui retardait le voyage. La fête dura tard.

Audubon s'éveilla à l'aube, auprès du feu mourant. Le camp indien était encore silencieux. Seule, devant sa tente conique, une jeune squaw découpait des peaux de cerf, qu'elle laça ensuite sur un cadre en bois de saule. Près de Jean-Jacques, Jules de Mun émergea du tas de fourrures qui leur avait servi de couche, et il commenta la scène.

– Elle fait un berceau, et même deux on dirait; elle a dû avoir des jumeaux pendant la nuit. Après l'accouchement, c'est leur première tâche. Vous savez, elles accouchent accroupies, toutes seules, pendant que les vieilles attendent dehors. Ce sont des dures. D'ailleurs il n'y a pas de médiocres parmi les Indiens, ils ne survivraient pas.

Quand les eaux furent libres, la remontée du Mississippi reprit, toujours en convoi, jusqu'à Sainte Geneviève, la destination de Jules de Mun et de ses compagnons. Cet établissement, à 20 miles au sud de Saint Louis, était peuplé de francophones, en majorité canadiens. De retrouver sa langue natale emplit Rozier de délices et ralluma dans son regard une flamme depuis longtemps éteinte. Il demanda à prolonger le séjour. Audubon trouva l'endroit sale, petit, les habitants vulgaires et sans éducation. En revanche, les affaires étaient bonnes. Le « Monongahela Whiskey » qui avait coûté 25 cents le gallon se vendit 2 dollars. Il en fut de même pour le reste de la cargaison... C'était de bon augure, mais Jean-Jacques en avait vraiment assez de Rozier, dont l'attitude pendant le voyage avait achevé de le discréditer. Ferdinand, de son côté, n'était pas fâché de se débarrasser d'un associé qu'il jugeait incapable, et il racheta sans rechigner ses parts, moitié en espèces, moitié en billets.

Une déception vint ternir la joie d'Audubon d'avoir enfin tourné la page : Nat Pope ne rentrait pas avec lui à Henderson. Le jeune homme avait retrouvé un oncle de Saint Louis qui offrait de lui payer ses études. Avec Campton et Crandal, fidèles, Jean-Jacques prit la route du retour, le 6 avil 1811, sur le superbe cheval qu'il s'était empressé d'acheter.

3

La famille Audubon accepta l'invitation des Rankin et s'installa à Meadow Brook. Les trois petits Rankin étaient bien jeunes, et pour l'instant l'enseignement de Lucy se bornait aux fameux trois « R », comme on définissait avec humour l'instruction de base : Reading, Riting, Rithmetic, lire, écrire et compter, l'orthographe étant évidemment exclue! A l'été de 1811, Audubon annonça son intention d'ouvrir à nouveau un magasin à Henderson, mais Lucy voulut auparavant retourner à Fatland Ford pour rendre visite à sa famille, et surtout lui montrer le petit Victor. Ils partirent le 4 novembre, à cheval. Jean-Jacques possédait alors plusieurs belles bêtes, Lucy était aussi bonne cavalière que lui, et la diligence leur avait laissé de trop mauvais souvenirs. Le problème posé par Victor fut résolu : il voyageait sur une sorte de siège annexe, fixé à la selle du cheval de son père. Victor – que sa mère préférait appeler Gifford – fut sans doute un des plus jeunes cavaliers d'Amérique. Ce n'était pas une mince affaire qu'un périple de 800 miles en plein hiver, quand il fallait franchir à gué quantité de rivières et de ruisseaux, en se trempant dans l'eau glacée. La famille Audubon s'accorda un répit de quatre jours à Pittsburgh, chez l'oncle Benjamin, qui habitait désormais une des plus belles maisons de la ville.

La fabrique de verre de Benjamin Bakewell était maintenant renommée dans tout l'Ouest. Les clients, ou même de simples curieux, affluaient, étonnés de voir produire des objets aussi délicats dans la fumée et la crasse de Pittsburgh.

Benjamin avait gagné son pari, il recevait des commandes d'exquis et coûteux ouvrages non seulement des grandes cités de l'Est, mais de La Nouvelle-Orléans, et même des Antilles.

Lucy fut réprimandée par son oncle préféré, qui ne concevait pas qu'une femme affronte de telles épreuves. En revanche il trouvait cela tout naturel pour un petit garçon de deux ans et demi.

— Victor est un vrai Bakewell, proclamait-il, il ressemble tout à fait à Lucy au même âge.

Après Pittsburgh, les Audubon chevauchèrent encore deux semaines, à travers l'humidité glacée des Alleghanies, avant d'atteindre Fatland Ford.

Après quatre ans de séparation, Lucy trouva, bien sûr, les membres de sa famille fort changés. Sarah et Anne étaient devenues de grandes jeunes filles de dix-neuf et seize ans. William, à douze ans, était intrépide, et il attacha ses pas à ceux de Jean-Jacques, qui l'entraîna dans ses randonnées, comme il l'avait fait avec Thomas sept ans auparavant.

Eliza était très déprimée, car elle avait perdu la vue d'un œil, mais les médecins affirmaient que ce serait provisoire. A vingt et un ans, la jeune fille était attirante, avec un regard très bleu que son infirmité rendait plus étrange encore. Elle était plus épanouie que Lucy, avec des rondeurs plus affirmées, et même une apparence franchement sensuelle. Audubon se rappela les sentiments précoces qu'il avait inspirés à Eliza et souhaita qu'ils fussent dissipés. Il se demanda aussi pourquoi elle n'était pas encore mariée. Lucy ne tarda pas à lui fournir l'explication.

— Rebecca est devenue encore plus impossible. Elle a découragé tous ses prétendants. Que veux-tu, tous les garçons n'ont pas ton opiniâtreté.

— Eliza n'a pas non plus ton caractère, sourit Audubon. Mais il me semblait qu'elle était plutôt alliée avec Rebecca, autrefois...

— Eh bien, cela n'a pas duré. Les femmes changent. Elle ne peut plus la supporter. Sarah et Anne non plus d'ailleurs.

Rebecca, en effet, n'avait jamais été aussi peu avenante,

et son aspect était encore plus desséché qu'auparavant. Son emprise paraissait désormais totale sur son mari, d'autant plus que le pauvre William avait beaucoup décliné et stagnait dans une sorte de résignation triste. Sa joie fut d'autant plus touchante quand il découvrit Victor, son premier petit-fils.

Thomas vint de New York avec de sérieux projets d'avenir. Il estimait en avoir appris assez chez Kinder and Co. pour monter sa propre affaire. Il avait des contacts sérieux à La Nouvelle-Orléans, et il souhaitait une association avec son beau-frère. Il apportait des fonds fournis par son père, et Audubon ce qu'il avait retiré de sa rupture avec Rozier. Il se rappela qu'il avait aussi droit à un pourcentage sur les profits de la mine de Mill Grove. Hélas! il découvrit que Dacosta avait vendu ses parts à un certain Robert Hobard, lequel fut introuvable, ainsi d'ailleurs que Dacosta. Fisher vivait chez sa fille, à New York. Jean-Jacques lui écrivit pour l'informer de la situation, sans grand espoir. La mine paraissait abandonnée. Le moulin et la maison étaient vides. Les vieux Thomas avaient été malades, puis avaient suivi leurs fils en Virginie, où on pouvait acheter de la terre pour presque rien. Audubon eut le cœur serré : l'épisode de Mill Grove était bien fini.

Au printemps de 1812, Thomas partit en avant-garde pour La Nouvelle-Orléans, afin de jeter les bases de la firme « Audubon et Bakewell, commissionnaires, Porc, Lard et Farine ». Lucy et Jean-Jacques s'impatientaient de pouvoir le rejoindre bientôt, tant ils avaient envie de connaître à leur tour la ville qui faisait rêver toute l'Amérique, tant son essor était rapide depuis son rattachement à l'Union.

Thomas écrivit qu'il avait assisté aux cérémonies marquant, le 30 avril 1812, l'accession au rang d'État du territoire d'Orléans, sous le nom de Louisiane. Ses propos laissaient aussi percer une certaine inquiétude : à La Nouvelle-Orléans, les affaires étaient difficiles, les gens refusaient de s'engager, car il y avait des rumeurs de guerre avec l'Angleterre. Depuis longtemps, William Bakewell répétait :

— Ces attaques des Anglais contre nos bateaux finiront mal. Et maintenant ils essaient de soulever les Indiens des

Grands Lacs. Je vous le dis, Madison est un pacifiste, et il n'y a rien de plus violent qu'un pacifiste déçu. Et les Anglais sont comme un propriétaire dépouillé de son bien, même à juste titre, et qui ne renonce jamais à le reprendre.

On avait mis au début les déclarations du vieil homme sur le compte de sa morosité, mais les faits lui donnaient raison. Pour la première fois, l'Ouest exerçait à Washington une véritable influence politique. Henry Clay, représentant du Kentucky, avait pris au Congrès la tête des bellicistes, qui réclamaient l'invasion du Canada. Les États du Sud renchérissaient en réclamant l'annexion de la Floride espagnole. Et Madison, qui se rendait compte que les différentes formules de blocus maritime essayées contre les Anglais ne gênaient en rien ceux-ci, mais ruinaient l'Amérique, commençait à écouter le chant des faucons.

Un matin d'avril, Lucy s'attarda dans le cabinet de toilette attenant à la chambre. Audubon crut l'entendre vomir. Quand elle revint s'allonger près de lui, elle avait les traits tirés.

– John, dit-elle doucement, je crois que nous ne pourrons pas rentrer chez nous à cheval.

Il la prit doucement contre lui, puis posa la main sur son ventre.

– C'est pour quand?

– Novembre, je pense. Il faudra partir bientôt, sinon ce sera trop dur. Et puis Rebecca ne peut plus nous supporter chez elle.

Ils attendirent encore un peu pour savoir quel parti prendre. Après le 18 juin, ils surent que leur rêve de Nouvelle-Orléans s'évanouissait : le grand port du Sud serait la première cible des Anglais, auxquels le Congrès des États-Unis venait, ce jour-là, de déclarer la guerre. Les trois Audubon, Lucy portant le projet d'un quatrième, partirent pour Henderson, d'abord dans une confortable calèche fermée, bourrée de coussins, puis, lorsqu'on atteignit Pittsburgh et l'Ohio, Jean-Jacques loua les services de deux Noirs qui les conduisirent sur un esquif précautionneusement barré jusqu'à Henderson.

Dans le confort retrouvé de Meadow Brook, Audubon tenta, avec l'aide du docteur Rankin, de tirer des plans pour le futur.

– C'est curieux, dit Rankin, les gens superstitieux s'attendaient à d'importants événements, sans rien savoir d'un possible conflit. Tout l'hiver, et au printemps encore, le pays a été secoué par des tremblements de terre. Les prédicateurs, qui commencent à fleurir partout, ont multiplié leur audience, en criant à la vengeance divine. C'est la vengeance anglaise qui va nous arriver.

Dans les vallées de l'Ohio et du Mississippi, on ne craignait certes pas les escadres anglaises qui allaient déferler sur les ports de l'Est, mais davantage les Indiens de Tecumseh, dont cette guerre allait certainement raviver la révolte. Depuis plus de douze ans, Tecumseh était parti en guerre contre les traités qu'imposaient aux Indiens les nouveaux arrivants. C'était un magnifique guerrier, grand et musclé, mais aussi un habile politique. Il se rendait bien compte que rien n'empêcherait les Blancs de régner un jour sur tout le continent, et il voulait créer un État indien qui ferait tampon entre les États-Unis et le Canada. Il réussit l'impensable alliance, jamais réalisée, entre les diverses tribus du Sud et du Nord-Ouest contre l'ennemi commun. Tecumseh avait un grand ascendant sur les siens, grâce à son éloquence et à son courage, mais aussi grâce à l'astuce de son frère, Tenskwatawa, qui était grand sorcier.

– Pour montrer ses pouvoirs aux tribus alliées, raconta Rankin, il a déclaré un jour qu'il allait arrêter le mouvement du soleil. Bien entendu ses amis anglais l'avaient prévenu de la date d'une éclipse totale. Forcément, au jour et à l'heure dits, quand le soleil a disparu, il a fait un triomphe. Malheureusement pour lui, il a dû finir par se convaincre lui-même de ses pouvoirs. Et heureusement pour nous, il a commis une erreur, l'hiver dernier. Pendant que son frère était dans le Sud, à tenter de soulever d'autres tribus, Tenskwatawa a répondu aux provocations de Harrison, le gouverneur de l'Indiana, venu camper près de son quartier général, sur la Tippecanoe. Il a envoyé ses hommes à l'attaque en leur promettant qu'aucune balle des Blancs ne pourrait les atteindre. Évidemment ç'a été un carnage.

Depuis, Tecumseh s'est réfugié au Canada, où les Anglais l'ont nommé général de brigade. Et aux dernières nouvelles, il veut, depuis les Grands Lacs, venir envahir la vallée de l'Ohio.

Bien que fondé dans un climat aussi menaçant, le commerce d'Audubon et de Tom Bakewell, rentré de La Nouvelle-Orléans bredouille, était déjà prospère quand, le 30 novembre 1812, le docteur Rankin accoucha Lucy d'un garçon, John Woodhouse. Contrairement à son frère, Woodhouse, comme l'appela toujours sa mère, fut un enfant fragile au début, puis qui s'épanouit soudain au bout d'un an.

Maintenant il y avait quatre Audubon, plus Tom, au domicile des Rankin, et Lucy trouva qu'il était temps qu'ils aient leur propre foyer. Jean-Jacques dénicha une maison en bois, à un étage, tout près de son magasin, avec des dépendances et un grand verger. Il y fit creuser une mare, pour ses divers oiseaux aquatiques et pour des tortues, destinées à la confection d'une soupe dont il était particulièrement friand.

En quelques mois, M. John James Audubon, citoyen américain depuis l'arrêt rendu par un tribunal de Philadelphie en 1808, était devenu un des notables les plus riches et les plus en vue d'Henderson. Il savourait sa revanche sur les appréciations ironiques de Rozier à propos de ses dons pour le commerce. Pour une fois, la guerre lui était favorable. Beaucoup d'habitants de l'Est fuyaient une possible invasion anglaise et venaient augmenter le peuplement du bassin de l'Ohio. La population d'Henderson et de son comté quintupla entre 1810 et 1820, d'autant plus que l'opinion publique était rassurée quant à la menace indienne. Tecumseh avait été tué sur les bords de la Thames River, le 5 octobre 1813, avec trente-trois de ses guerriers. Son frère, le grand sorcier, complètement discrédité, s'était enfui au Canada. On ne le reverrait pas de sitôt. Le gouverneur Harrison, le vainqueur de Tecumseh, s'était empressé de faire savoir aux tribus indiennes que leur chef avait été trahi par les Anglais, qui avaient cessé de le soutenir, contrairement aux promesses, dans son projet d'invasion du bassin de l'Ohio. Dégoûtés, les Indiens rompirent leurs pactes et rentrèrent chez eux, plus désunis qu'avant. Le grand projet de Tecumseh tombait en poussière. Comme, dans le même temps, le commodore Perry avait défait la flotte anglaise chargée d'attaquer les territoires du Nord-Ouest, après de violents combats sur le lac Erié, on se désintéressa de la guerre dans les parages de l'Ohio.

On apprit d'une oreille distraite le bombardement de Baltimore, pendant lequel, sous les boulets, le poète Francis Scott Key composa sa chanson à la gloire de la bannière étoilée, *The Stars spangled Banner*, qui allait devenir l'hymne national. A l'été de 1814, il y eut quelques sourires, même, quand on sut que les Anglais avaient remonté la baie de la Chesapeake, occupé Washington et brûlé le Capitole et la Maison-Blanche. Cette insulte au symbole même de la nation n'était pas tellement cuisante. On était kentuckien avant d'être américain. L'image même de Madison et des politiciens en habit s'enfuyant devant le dragon qu'ils avaient eux-mêmes réveillé était, pour beaucoup, assez plaisante.

A l'automne, le ton changea. La flotte anglaise avait quitté la Chesapeake pour aller se renforcer à la Jamaïque. L'ennemi semblait vouloir se borner à des harcèlements sur les ports américains, sans tenter une invasion. Puis la flotte de l'amiral Cochrane remonta vers le nord, droit sur La Nouvelle-Orléans. On comprit que les Anglais, cette fois, avaient trouvé le défaut de la cuirasse. Le grand port créole était le talon d'Achille des États-Unis : il était fort mal défendu, et difficilement défendable, loin de tout et environné d'une nature hostile. En revanche, il était vital pour tous les États de l'Ouest, qui y écoulaient leurs produits. Pendant l'année 1814, huit mille balles de coton, 15 000 tonnes de sucre et de grosses quantités de grains, de farine et de whisky avaient transité par La Nouvelle-Orléans. Audubon savait cela, au point qu'il s'était demandé si Tom Bakewell, dans la légèreté de sa jeunesse, ne s'était pas découragé un peu vite deux ans auparavant. Il admettait maintenant que les faits donnaient raison à son beau-frère, et il n'en appréciait que davantage la sécurité d'Henderson.

A la mi-décembre, l'Ohio se couvrit d'une gigantesque armada de tout ce qui pouvait flotter et transporter des hommes. La multitude de bateaux, partie de Louisville, grossissait à mesure qu'elle descendait le fleuve et que de nouveaux volontaires rejoignaient la milice du Kentucky, en route pour défendre La Nouvelle-Orléans. Un *flat-boat* à voile carrée s'amarra à Henderson. Bertie Crandal et Henry Campton en descendirent et gagnèrent le magasin d'Audubon.

— Venez avec nous, John, dit Campton. Les Anglais sont là-bas depuis deux semaines. Et en force, six mille hommes et cinquante navires. Le général Jackson n'a que la milice de la ville et deux mille cinq cents fusils. Avec le gouverneur Claiborne, il a lancé un appel à toutes les milices de l'Ouest. Il y a déjà plus de deux mille types du Tennessee qui sont partis de Nashville, et nous on est presque autant. Vous êtes des nôtres, bien sûr.

Ce n'était pas une question, les deux planteurs étaient sûrs de son accord. Audubon, gêné, évita un instant, leurs regards puis les affronta.

— Non, dit-il nettement. Je ne suis pas un soldat, et je n'aurai jamais le courage de tirer sur un homme, fût-il anglais. Je crois que je me laisserais tuer bêtement. Et j'ai deux jeunes enfants.

— Nous aussi, remarqua Crandal, on a de la famille. On a besoin de vous. Vous êtes le meilleur tireur de la région. C'est pour ça que Jackson nous appelle. Un seul d'entre nous vaut vingt soldats anglais.

Les chasseurs de l'Ouest avaient déjà fait leurs preuves dans la guerre d'Indépendance. Le secret de leurs exploits était le « Kentucky rifle ». Son aspect était très original : un long canon octogonal monté sur un bois d'érable qui se prolongeait jusqu'à la bouche. Dans la crosse fine et galbée, une cavité fermée par un couvercle de cuivre renfermait les silex de rechange et les « calepins » de toile graissée, de petits carrés de tissu dont on enveloppait la balle, ce qui permettait de la forcer sans peine dans le canon, dont les rayures assuraient une plus grande précision et une portée accrue. Un autre avantage : les projectiles étaient de plus petit calibre que les fusils de guerre, 12 millimètres au lieu de 18 ou 20, ce qui allégeait le chasseur et économisait la poudre et le plomb. Des Kentuckiens comme Campton et

Crandal ne quittaient guère leur « Kentucky rifle », même la nuit, disait-on, et toute leur vie était quasiment ordonnée autour de son usage : la chasse et les concours de tir. Enfoncer un clou d'une seule balle, souffler la flamme d'une chandelle sans couper la mèche, il n'était pas de fête sans ce genre d'épreuves, au cours desquelles Audubon avait précisément acquis sa notoriété, et certainement hâté sa réussite commerciale.

– Mes amis, reprit Audubon, je suis peut-être un excellent tireur quand il s'agit d'un jeu. A la guerre, je suis certain du contraire. Je ne serais pour vous qu'un poids mort. Je regrette.

Les deux géants semblaient déçus, et boudaient comme des enfants.

– J'espère, John, dit Campton, que vous ne restez pas pour veiller sur votre boutique. Parce que si les Anglais gagnent, il n'y aura plus de commerce, plus rien.

– Non, Henry, non. Je n'agis pas par intérêt, et je vais vous le prouver. Tout ce qui est dans ce magasin, et qui peut vous servir pour votre expédition, est à vous. Poudre, plomb, vêtements, vivres, je me doute que vous en manquez ; prenez tout ce qu'il vous faut.

Le sourire revint sur le visage fermé des deux planteurs.

– Ça, John, c'est encore une meilleure idée. On appelle les amis.

Audubon les regarda partir, avec un baril sur chaque épaule. Il espérait que son refus n'avait pas ébréché l'amitié des deux hommes.

Apparemment, il n'en était rien, puisque Crandal et Crampton revinrent à la fin de janvier, dépenaillés, exténués, mais triomphants. Les deux héros, trempés de pluie, s'écroulèrent dans des fauteuils. Lucy vit avec horreur deux grandes flaques se former à leurs pieds, sur l'impeccable parquet ciré.

– On les a tirés comme des lapins, ricana Crandal.

La rumeur de la victoire des milices d'Andrew Jackson et du massacre des troupes du général anglais Pakenham, le 8 janvier 1815, dans les marais du Mississippi, était depuis longtemps parvenue à Henderson. Ainsi qu'une ballade, que tout l'État fredonnait, *Les chasseurs du Kentucky* :

Les Anglais ont compris que leur lutte était vaine.
Ils n'avaient pour butin récolté que du plomb,
Quand la sagesse enfin leur conseilla la fuite.
Il leur a bien fallu nous laisser nos richesses.
Désormais s'il advient que le danger vous presse,
Appelez au secours les gars du Kentucky :
Ils vous protégeront, Mesdames.
Oh, Kentucky, les chasseurs du Kentucky !

Campton et Crandal restèrent trois jours chez les Audubon, autant pour retrouver des forces que pour raconter leur aventure.

– Au fond, on n'a pas eu de mérite, dit Crandal, en s'essayant dans la modestie. Si les Anglais ont eu deux mille morts, dont la plupart de leurs officiers, et nous seulement une vingtaine, c'est qu'ils n'ont toujours pas admis, depuis le temps, qu'ici on ne fait pas la guerre comme en Europe. C'était même écœurant, ils se jetaient les uns après les autres devant les carabines, comme des dindons. En plus ils sont tout en rouge, on ne peut pas les rater.

– Nous, du Kentucky, précisa Campton, on est arrivés les derniers, le 2 janvier. Un peu plus, on ratait la fin. C'était l'hallali. Ces beaux messieurs, avec leurs uniformes rutilants, ils nous appelaient les « chemises sales ». Quand on est arrivés, ils n'étaient déjà plus très brillants. Ça faisait trois semaines qu'ils pataugeaient dans la boue, entre le lac Borgne et le Mississippi.

Au fil des récits, quelque peu embrouillés, des deux « Kentucky hunters », comme le sont ceux de tous les combattants, Audubon et ses amis, Rankin, le juge Towles, le sénateur Talbot, Holloway et Alves, des négociants, reconstituèrent les cinq semaines qui avaient si lourdement pesé sur l'avenir du pays. Tous étaient d'accord sur un point : la victoire décisive de La Nouvelle-Orléans était à porter entièrement au crédit d'un seul homme, le général Andrew Jackson.

– Voilà un personnage dont on devra tenir compte, à Washington, dit le juge Towles. Madison va essayer de lui casser les reins, il a déjà essayé avant, parce qu'il est trop populaire. On n'aime pas les héros de nos jours, vous savez?

– Oui, je sais, dit Audubon, qui songeait à Lewis et Clark.

– Je le connais bien, reprit Towles. Sa vie est un roman, c'est ce qui plaît aux foules. Il a fait tout et n'importe quoi, comme un véritable homme de l'Ouest. A quarante-sept ans, il a déjà vécu plusieurs vies. Son fief, c'est le Tennessee et Nashville. On le hait ou on l'adore là-bas, et c'est bien naturel, car c'est à la fois une brute, un gentleman, un charmeur et un fou. C'est un Écossais qui devrait être espagnol, il fait de tout une affaire d'honneur. On ne compte plus ses duels, surtout à cause de sa femme, qu'il adore, Rachel. Une belle brune qu'imprudemment il a épousée avant qu'elle ne soit divorcée. Le mari a fait un foin du diable, et les ennemis de Jackson aussi. Il en avait beaucoup, comme tous les hommes de loi, j'en sais quelque chose.

– Il était avocat à vingt ans, ajouta le sénateur Talbot. Puis il est devenu procureur et juge, avant de se lancer dans la politique. Il a été élu représentant du Tennessee, puis sénateur. Je vous assure qu'à Washington il ne passait pas inaperçu. Après il a voulu être officier dans la milice. Généralement on fait le chemin inverse, mais avec lui ce n'est pas étonnant. Juste avant cette affaire de La Nouvelle-Orléans, il était devenu très populaire pour avoir maté une révolte d'Indiens Creek en Alabama, sans doute poussés par les Espagnols de Floride. Le ministère de la Guerre a été obligé de lui donner ses épaulettes dorées de général de brigade, avec pour mission de ne surtout rien faire. Comme ces messieurs se sont enfuis aussitôt après de Washington, il a fait ce qu'il a voulu. Il avait autorité sur tout le Sud, et il s'en est servi pour aller au-devant des Anglais, là où les gens du gouvernement estimaient qu'ils n'iraient jamais, à Mobile d'abord, puis à La Nouvelle-Orléans.

– Il a surtout un regard fantastique, très noir, dit Campton. Quand il vous regarde, vous rentrez sous terre. Il est très grand, très maigre, on a l'impression qu'il ne dort jamais. Pendant toute la semaine, il était malade comme un chien, la dysenterie, il paraît. Il ne mangeait que du riz, sans descendre de cheval. En plus il ne pouvait pas se servir de son bras gauche, à cause d'une balle qu'il avait prise dans l'épaule, un peu avant, à Nashville, au cours d'une bagarre de cabaret.

– C'était fou, approuva Crandal. Le dernier jour, le 8 janvier, il faisait un froid de loup, à l'aube, il y avait de la gelée blanche. Il ne restait que nous entre les Anglais et la ville. Ils voulaient nous écraser sous leur nombre, traverser le fleuve sur des canots, et la ville était à eux. Jackson a compris le parti qu'on pouvait tirer de la précision et de la portée de nos carabines. Il y avait un petit canal, à sec, qui partait de la levée du Mississippi. On l'a creusé, et avec le déblais on a monté un parapet, tout ça pendant la nuit. Au matin, Jackson a posté les meilleurs tireurs derrière, sur trois rangs. Vous connaissez la manœuvre : on tire, on se recule pour recharger à l'arrière, et on revient à son tour. Ça fait un feu continu, et nous, on vise bien. Ces pauvres types avaient des buffleteries blanches sur leurs habits rouges, la cible idéale, malgré la brume et la fumée. Car ça canonnait pas mal aussi, du côté des Anglais, mais ça passait au-dessus. Nous, on avait treize canons, surtout ceux de Jean Lafitte, le pirate, qui avait mis ses forces au service de Jackson. On a vu les Anglais tomber par centaines, ceux qui suivaient passaient par-dessus les corps. A la fin, le tas de morts était aussi haut que notre parapet de terre. Les survivants auraient pu s'abriter derrière et viser. Mais non, ils passaient par-dessus, et c'était leur tour. C'est incroyable, ces gens-là n'ont toujours pas compris à quoi sert un fusil. Il y avait un vacarme d'enfer. Après, quand ça s'est arrêté, on aurait dit le Jugement dernier. Nous étions près du village de Chalmette, et sur toute la plaine, une plantation de cannes à sucre, je crois, on a vu plus de cinq cents Anglais qui se dégageaient du monceau de cadavres de leurs camarades pour venir se rendre.

Il y eut un silence gêné. Les notables appréciaient la victoire, mais ils ne souhaitaient pas que l'on s'étende sur les détails triviaux qui l'avaient permise. Lucy s'était depuis longtemps enfuie à l'étage. Audubon était blême, mais calme. Il y avait bien longtemps qu'il savait jusqu'où peut aller, chez l'homme, le délire du meurtre.

– Enfin, dit d'un ton dégagé Samuel Holloway, nous

sommes débarrassés des Anglais, et définitivement. Il paraît que l'amiral Cochrane et sa flotte ont quitté nos côtes, en emportant le corps de cet infortuné général Pakenham dans un tonneau de rhum, comme pour Nelson à Trafalgar.

– C'est exact, confirma Horace Alves. Savez-vous que Pakenham n'avait que trente-six ans? On lui avait promis le poste de gouverneur de la Louisiane, s'il prenait La Nouvelle-Orléans. Vous auriez dû passer par lui, mon cher, pour exporter votre tabac.

– Et vous votre maïs.

Le danger passé, on songeait aux comptes. Crandal exhiba une bouteille de champagne.

– On l'a trouvée dans la tente de l'état-major anglais. Ils espéraient la boire à nos dépens, Pakenham, Gibbs, Keane, Wilkinson. Ils n'en auront plus l'occasion. Alors, ne nous gênons pas.

Le docteur Rankin resta après les autres, au coin de la cheminée, pensif, caressant ses favoris, grisonnants déjà, bien qu'il n'eût pas quarante ans.

– Voyez-vous, John, ces gens ne pensent qu'à leur intérêt, je veux dire Alves et Holloway, mais ils ont le jugement sûr. Cette victoire est le début d'une nouvelle époque pour les États-Unis. La Louisiane a gagné sa place parmi les États, et l'Ouest a prouvé son existence en gagnant la bataille. Des hommes nouveaux sont apparus, Henry Clay, Andrew Jackson, avec lesquels se bâtira l'avenir. En tant que médecin, je dirais que notre Révolution correspondait aux douleurs de l'enfantement, et ce second conflit aux troubles de la puberté. Notre pays en sort grandi, et adulte.

Une semaine plus tard, Eliza Bakewell vint s'installer chez sa sœur. Lucy venait d'annoncer une troisième grossesse, dont le terme était prévu au début de l'été, et elle n'était pas mécontente de ce renfort. Elle possédait cinq esclaves, ce qui était licite au Kentucky, mais ne l'aurait pas été sur la rive d'en face, en Ohio. Les Noirs la délivraient des tâches domestiques, mais elle tenait à veiller elle-même sur ses enfants, bien souvent rejoints par ceux des Rankin.

En l'accueillant, Lucy tirait aussi sa sœur d'une situation délicate. Eliza avait quitté Fatland Ford, lassée de l'hostilité de Rebecca. Elle ne pouvait plus s'appuyer sur son père, qui, affaibli par une attaque, était complètement tombé sous la coupe de son épouse. Elle s'était réfugiée chez Benjamin Bakewell, à Pittsburgh, mais un nouveau problème avait surgi. Le fils de Benjamin, Thomas, était amoureux, depuis qu'il savait ce qu'était l'amour, de sa cousine. Il avait jusque-là caché ses sentiments, mais alors, vivant sous le même toit qu'elle, l'accompagnant dans les réceptions ou les promenades, il n'avait pu continuer à se taire. La famille applaudit à cette idylle, et fut peinée d'apprendre le refus catégorique d'Eliza. Elisabeth en voulut à la jeune fille, tant elle était persuadée qu'elle avait donné des espoirs à son fils et l'avait laissé croire qu'elle partageait sa passion.

— Ça ne m'étonne pas, commenta Jean-Jacques. Avec ses airs, elle mettrait le feu à un monastère.

— En tout cas, dit Lucy, il faut la sortir de Pittsburgh. Sa position est devenue intenable là-bas. Et il faut songer à la marier, elle va bientôt avoir vingt-cinq ans.

Il était en effet incroyable qu'une aussi appétissante demoiselle fût encore célibataire; le miracle était signé Rebecca. La demeure des Audubon, qui n'était pas triste, fut encore égayée par la présence d'Eliza, de ses interminables rires, de son goût pour la musique. Le piano de Lucy ne chômait guère. Des jeunes gens, jusque-là inconnus, rendaient de fréquentes visites, sans paraître retenir l'attention de la belle.

Eliza tint à accompagner quelquefois Jean-Jacques dans ses voyages, à Pittsburgh ou Cincinnati. Il redoutait ces tête-à-tête avec sa jolie belle-sœur. Quelque chose lui disait qu'Eliza avait conservé son ancienne inclination pour lui. Il le devinait à certains éclats des grands yeux bleus, à des rires excessifs sur des propos banals, à des envols de robes, à un soupir qui soulevait son buste. Les baisers d'Eliza étaient un peu appuyés, souvent trop près des lèvres. Jean-Jacques ne soufflait mot à Lucy de ce manège. Mais lui qui aimait l'amour, il devait bien s'avouer son trouble d'avoir près de lui une femelle affolée. Le diable était dans sa maison. Aussi fut-il grandement soulagé quand Lucy lui fit remarquer que Nicholas Berthoud multipliait ses visites, et qu'elles étaient destinées à Eliza. En fait le jeune homme n'arrêtait pas de monter et de descendre le fleuve, entre Louisville et Henderson, pour faire sa cour. Cette fois, Eliza semblait agréer son prétendant, et Berthoud fit bientôt figure de fiancé officiel. Audubon en fut ravi.

« Elle voulait un Français, songea-t-il, elle va l'avoir. C'est une femme de goût. Après tout, ils sont aussi bons en affaires que les Anglais, mais ils sont meilleurs en amour. »

William junior débarqua à son tour à Henderson, en passe de devenir le refuge de tous les enfants Bakewell échappés des griffes de Rebecca.

Depuis longtemps, Tom Bakewell était obsédé par la locomotion à vapeur. Il était inévitable que l'application de cette nouvelle force motrice à la navigation fût américaine, puisque l'essentiel des échanges intérieurs se faisait par d'immenses cours d'eau navigables.

Thomas était fasciné par cette nouvelle force motrice, qui épargnait le travail des hommes et permettait l'économie d'une main-d'œuvre coûteuse dans le Sud – les esclaves étaient désormais hors de prix – et introuvable dans le Nord. On lui recommanda un jeune ingénieur, David Prentice. Prentice réalisa d'abord, pour William Bakewell, à Fatland Ford, et sur les conseils de Tom, une machine à battre les moissons. Puis il commença à étudier les plans d'un ambitieux moulin à vapeur, à la fois minoterie et scierie, destiné à Henderson. La petite ville devait alors aller faire moudre son grain et scier son bois à Louisville.

Audubon, qui n'avait aucune raison de ne pas croire aux vertus de l'expansion, donna son accord au projet. Un nouveau partenaire se présenta, Thomas Pears, le troisième Thomas de la tribu Bakewell, celui qui autrefois clamait si haut les vertus de l'agriculture. La récession l'ayant obligé à vendre sa ferme de Pennsylvanie, il s'était réfugié, lui aussi, chez l'oncle Benjamin, à Pittsburgh, et il cherchait à son tour l'occasion d'un nouveau départ, dans l'Ouest. Audubon savoura sa revanche, mais ne fit aucun commentaire.

Au printemps de 1815, tous ceux que le projet de moulin impliquait étaient réunis à Henderson. Pears et sa femme Sarah logeaient chez les Audubon, David Prentice et son épouse Margaret dans la petite maison de Tom.

Lucy arrivait au terme de sa grossesse avec trois enfants de plus dans sa maisonnée, ceux des Pears. Son foyer devenait bien encombré. Sa petite fille naquit le 23 juin, Audubon insista pour qu'elle fût prénommée Lucy. Le docteur Rankin ne cacha pas son inquiétude, car l'enfant paraissait fragile. Ses parents ne s'alarmèrent pas; le petit John avait eu aussi une première année difficile, avant d'égaler son frère en robustesse.

David Prentice, outre ses frais de voyage, avait un salaire de 3 dollars par jour. Il s'engageait à construire une machine de 16 chevaux-vapeur pour 4 000 dollars. A quoi s'ajouteraient les prix du terrain, de la maçonnerie, de la charpente. Le devis final se montait à 10 000 dollars. Les trois maîtres d'œuvre, Tom, Audubon et Pears, l'acceptèrent et souscrivirent chacun pour un tiers. Le chantier fut ouvert sur un terrain de 200 pieds, loué pour quatre-vingt-dix-neuf ans à la ville d'Henderson, en bordure du fleuve.

En mars 1816, les travaux s'achevaient, quand les ennuis commencèrent.

Sarah Pears était ce qu'il convient d'appeler une femme acariâtre. Rien ne semblait jamais la satisfaire. Elle ne s'était pas plu à Pittsburgh, parce que les domestiques de Benjamin étaient à ses yeux paresseux et insolents. Elle ne se plut pas davantage à Henderson, dont elle trouva les habitants sales, mal élevés, ivrognes et irrespectueux. Lucy comprit aussi, à demi-mot, que Sarah craignait que ses trois ternes rejetons ne soient corrompus par les petits Audubon, restés à l'état sauvage. Quand elle se vit enceinte d'un quatrième enfant, Sarah déclara tout net qu'elle ne voulait pas qu'il naisse à Henderson. Piteusement, Thomas Pears céda, obtint par Benjamin un travail à Pittsburgh et réclama qu'on lui rende les 3 000 dollars qu'il avait investis dans le moulin.

Puis ce fut au tour d'Eliza de quitter Henderson pour Shippingport, au bras de son mari Nicholas Berthoud. Lucy était fière que, grâce à elle, sa sœur, jusque-là malchanceuse, ait réussi à trouver un si beau parti. Nicholas, bien qu'un peu distant, était un élégant et sérieux jeune homme de trente ans, visiblement fou de sa belle épouse.

— Décidément, dit Lucy à son mari, au soir du mariage, dans leur chambre de la Maison-Blanche des Berthoud, les filles Bakewell ne choisissent que des Français. Je me demande bien pourquoi?

– Tu demanderas à ta sœur pourquoi demain matin, répondit Jean-Jacques, égrillard.

Lucy joua l'offusquée.

– La question n'est pas là. Ce doit être un retour aux sources. Nos ancêtres étaient normands, nous devons avoir la nostalgie de nos origines. En passant, je ne vois pas pourquoi vous, les Français, vous vous vantez autant de vos prouesses au lit.

– On aime bien parler de ce que l'on aime.

Lucy sourit, pensive. Il la regarda, assise sur le lit, dans un de ses déshabillés gris-bleu, qu'elle assortissait toujours à la couleur de ses yeux. Elle allait avoir trente ans, elle était toujours désirable. Son long corps de sportive avait à peine souffert de ses trois grossesses. Il est vrai que Lucy, toujours active, ne se laissait guère empâter.

Ils ne disaient rien, mais l'un et l'autre savaient qu'ils étaient troublés par l'image d'Eliza livrée à l'amour dans une chambre voisine.

Tranquillement, Lucy se leva, ôta le frêle tissu, apparut nue un instant, avant de souffler la lampe. Jean-Jacques eut le temps d'apercevoir la courbe d'un sein toujours haut perché, un éclat d'or dans sa toison, avant quelle ne le rejoigne et ne murmure à son oreille :

– Si nous faisions comme eux?

Ce n'était pas vraiment une question.

Un autre mariage était dans l'air, celui de Tom. Lucy n'y croyait plus, tant son frère avait eu de « fiancées » plus ou moins officielles. Tom était du genre butineur. Cette fois, cela avait l'air sérieux. A Pittsburgh, le 27 juillet 1816, Thomas Bakewell épousa Elisabeth Page, la fille d'un associé de Benjamin Bakewell. Dès la fin des réjouissances, Tom revint avec son épouse à Henderson. Lucy fut tout de suite déçue par celle que son frère avait choisie. Elle sentit qu'Elisabeth allait être aussi mécontente d'Henderson que Sarah Pears l'avait été. Et en effet Elisabeth fit savoir bien haut qu'elle trouvait l'endroit lugubre et arriéré, Audubon grossier, et Lucy hautaine. En décembre, elle avait convaincu son mari de rompre son association avec Jean-Jacques. Sa résolution était si ferme qu'elle laissa Tom en plan, le temps qu'il règle ses affaires, et qu'elle gagna Louisville pour attendre la naissance de son premier enfant.

Audubon fut abasourdi par cette rafale de trahisons et de départs. Il s'était réjoui de faire partager à ses proches sa réussite dans l'Ouest, et à présent ceux-là le reniaient. On lui avait imposé cet ambitieux moulin à vapeur, qui fonctionnait à peine, et on le laissait seul face à cet énorme investissement. Passe encore pour Pears, mais il n'arrivait pas à admettre que Thomas Bakewell, qu'il considérait comme son frère, plus que son beau-frère, qui avait été son complice dans ses premières escapades avec Lucy, le lâche à la première grimace d'une pimbêche de Pittsburgh.

– Je hais toutes les femmes, sauf toi, dit-il à Lucy, au soir du nouvel an 1816, qu'ils passèrent seuls avec leurs enfants dans la grande maison de bois.

– Ne change rien, sourit Lucy, c'est l'essentiel.

En y réfléchissant, il se rendait bien compte que cette Sarah et cette Elisabeth, qui lui causaient tant de tort, étaient des femmes tout à fait normales. Lucy était exceptionnelle. A l'origine, elles étaient semblables, des aristocrates anglaises qui avaient épousé des hommes ayant connu des revers de fortune. Dans l'espoir d'une certaine sécurité financière, ils – et elles – avaient choisi l'aventure de l'Ouest, alors en plein développement. Elles profitaient maintenant des avantages de ces régions nouvelles et de leur vitalité, mais elles en refusaient les inconvénients, l'ennui et la rudesse. On ne peut pas garder à la fois l'écureuil et sa peau, mais, depuis Ève, les femmes essayaient toujours. Seule, Lucy avait réussi à concilier la vie de la frontière et son goût pour les choses de l'esprit. Cette dualité avait sans doute exaspéré de jalousie Sarah et Elisabeth, qui ne concevaient pas qu'on pût à la fois dompter un cheval, chevaucher un mois entier, nager dans les courants de l'Ohio, se couvrir de boue dans son jardin, diriger les esclaves, éduquer ses enfants, enrichir sa bibliothèque et recevoir l'élite de la région.

A partir de 1817, le commerce d'Audubon périclita, peut-être parce que, la paix revenue, le flot de la migration se ralentit et que la clientèle sédentaire était maintenant équipée. Sans doute aussi parce que la concurrence se faisait plus vive, et que Tom n'était plus là pour animer le magasin. Audubon était enfin très pris par ce qu'il fallait bien appeler « le maudit moulin », qui commençait alors à fonctionner, mais dont les profits se faisaient attendre. Le devis initial était largement dépassé, et il fallait beaucoup plus de fonds pour le faire fonctionner qu'il n'en rapportait. Il devenait clair que la production de blé et les besoins en bois de la région ne justifiaient pas un moulin de cette importance.

Au début de l'été, le chagrin s'ajouta aux angoisses financières. Malgré tous les soins de Rankin, la petite Lucy, qui avait toujours été souffreteuse, vit la fin de ses tourments. La mort de son enfant plongea Lucy dans une prostration qui dura plusieurs jours. Elle ne sortit pas de sa chambre. On respecta sa retraite, la maisonnée retenait son souffle, les Noirs glissaient comme des ombres, sans bruit, roulant des yeux effarés. Le docteur Rankin s'inquiéta de cette crise.

– C'est son premier deuil depuis sa mère, dit Audubon. On ne pleure pas vraiment sur les adultes qui s'en vont. On pleure sur soi-même, parce qu'il nous est rappelé que nous sommes mortels. Mais on pleure vraiment un enfant mort.

Lucy sortit de sa retraite aussi énergique, aussi décidée, avec seulement un peu plus de dureté dans ses yeux gris et une ride plus creuse au coin des lèvres, que seul Jean-Jacques pouvait voir.

Il se remit avec fureur à remplir son tonneau des Danaïdes. Prentice, le constructeur, était reparti avec Tom à Louisville, où ils s'étaient mis à fabriquer de petits bateaux à vapeur. Un matin, Crispus, le contremaître noir, arriva tout essoufflé : on avait volé les bœufs qui servaient au halage des troncs. Des tâcherons, de l'espèce des vagabonds patibulaires mais costauds qui traînaient dans tout l'Ouest, avaient été engagés pour abattre et livrer les arbres à la scierie. Ce jour-là, ils ne livrèrent pas. Ils s'étaient enfuis sur le fleuve avec les bêtes, les troncs et le matériel.

Audubon luttait, trouvait de nouveau partenaires, dont

Nicholas Berthoud, et quelques notables d'Henderson. Mais les dettes s'accumulaient, et il ne parvenait pas à récupérer ses créances. Il se sentait comme un nageur que l'on tire par les pieds. En juin 1818, une lettre de France, signée de Gabriel Loyen du Puygaudeau, annonça à Jean-Jacques le décès de son père, âgé de soixante-quatorze ans. Gabriel précisait que le capitaine louait une chambre chez une demoiselle Berthier, qu'il occupait lorsque ses pauvres affaires l'amenaient à Nantes. Sa logeuse l'avait trouvé inanimé à l'aube.

– Je ne l'aurai pas connu, dit Lucy doucement. Et il n'aura pas vu ses petits-enfants.

– Il est mort en dormant. Peut-être au cours d'un rêve où il se retrouvait aux Cayes, sur la véranda de son « habitation ». Le soleil tombait derrière les collines dont la végétation foisonnante parvenait aux teintes les plus sombres du vert, tu sais, presque noir. En face, la mer, et au fond de la baie, l'île aux Vaches, qui devenait rouge. C'était la plus belle heure de la journée, quand la chaleur tombe. On entend les chants des Noirs qui rentrent à leur village, des petites cases en roseaux tressés recouverts de pisé, avec un toit touffu, en feuilles de latanier. Les feux s'allument, la fumée bleue des branches d'eucalyptus monte tout droit. Mon père goûte son punch glacé. Deux enfants reviennent de la promenade, un petit garçon blond et une petite fille très brune, avec leur nounou noire, qui crie parce que le petit garçon court trop vite vers son père. Au bout de l'allée, une forme claire est apparue, venant de la serre aux orchidées. Il fait de plus en plus sombre. C'est une femme, avec de longs cheveux dénoués. Elle fait un grand signe du bras, elle agite son chapeau de paille. Le soleil disparaît derrière la crête. Il fait tout noir. Une belle mort, n'est-ce pas?

Lucy serra son mari plus fort contre elle.

– Je me reproche de lui avoir aussi peu écrit, ces dernières années, reprit Jean-Jacques. On croit que ses parents sont éternels et qu'on aura toujours l'occasion de réparer sa négligence. J'étais certain qu'un jour nous réussirions à aller en France, quand toutes ces guerres cesseraient. Ces temps-ci, ç'aurait été possible, sans ce satané moulin. C'est trop bête.

Il ne prêta pas attention à une petite phrase de la lettre de Puigaudeau indiquant que le testament laissé par Jean Audubon soulevait quelques problèmes, mais qu'il tiendrait son beau-frère informé dans un prochain courrier. Le brave Gabriel réglerait cela, comme d'habitude. Audubon savait que le mari de Rose avait bien veillé sur ses vieux parents, et que Rose elle-même était heureuse, avec ses deux enfants, prénommés tout simplement Rose et Gabriel. Ils sauraient prendre soin d'Anne, leur mère adoptive, demeurée seule dans la Gerbetière vide.

En juillet, un épisode plaisant vint enfin faire oublier pour quelques jours les deuils et les soucis. Un matin, alors que Jean-Jacques longeait le fleuve pour se rendre au moulin, un homme surgit d'une barque et le poursuivit.

— M. Audubon, cria-t-il, je suis naturaliste, et un de vos amis m'envoie.

Le personnage exhiba une lettre de recommandation du « citoyen » Tarascon, à Shippingport. Audubon l'invita chez lui, sans plus de façons. L'étranger avait une curieuse allure. Une longue veste de nankin jaune, abondamment tachée, un gilet avec d'énormes poches, fermé jusqu'au menton, des pantalons étroits dont le bas était boutonné au-dessus des chevilles. Il avait une grande barbe, et de longs cheveux très noirs répandus sur les épaules. Un front immense et bombé annonçait un puissant esprit. Il se mit à parler de sciences naturelles comme si la vérité pure émanait de sa bouche, comme s'il était Mentor, et son auditeur Télémaque.

Tout le monde était couché quand un terrible rugissement parvint de la chambre du visiteur. Audubon, qui s'était précipité, trouva l'invité tout nu, courant autour de la chambre. Il brandissait le violon préféré de son hôte, et il en assenait des coups violents sur les murs. Ses cibles étaient des chauves-souris, entrées par une fenêtre ouverte.

— Attrapez-les, hurlait-il, ce sont des espèces nouvelles.

Audubon ramassa les cadavres de quelques petites bêtes et les débris de son excellent Crémone.

Le ton était donné. Constantin Samuel Rafinesque passa

comme un ouragan, qui aurait duré trois semaines. Il ramassait des plantes, des coquillages, et tout ce qui bougeait sur terre et dans l'eau. A trente-cinq ans, il avait déjà bien rempli sa vie. Le récit de ses tribulations, dont il n'était pas avare, étourdissait ses hôtes chaque soir. Il était né à Constantinople, d'un père français, un marchand de Marseille, et d'une mère grecque. Depuis sa naissance, il n'avait cessé de parcourir tout le bassin de la Méditerranée.

– Les enfants n'ont pas le mal de mer, annonça-t-il.

Audubon n'osa pas le contredire. Son père, parti pour la Chine, racontait Rafinesque, avait été capturé par des pirates, s'était évadé, et, ayant atteint l'Amérique, avait succombé à la fièvre jaune à Philadelphie, en 1793. Pour fuir la Terreur en France, son épouse avait gagné l'Italie et confié l'éducation de son fils prodige à des précepteurs.

– En plus du français, de l'italien et de l'anglais, se vantait Rafinesque, je connais le latin et le grec, l'hébreu, le sanscrit et le chinois.

En 1802 il était parti avec son frère pour Philadelphie, au service d'un armateur, et déjà il utilisait tout son temps libre à l'étude de la nature. Puis en 1805 il était retourné en Sicile pour monter une affaire de plantes médicinales qui lui avait rapporté une petite fortune tout en étant secrétaire du Consulat américain de Palerme, éditeur, écrivain, et correspondant de plusieurs savants européens. Au bout de dix ans, il s'était lassé de la Sicile, de sa femme sicilienne et de ses deux enfants. Il avait pris son argent, et gagné de nouveau les États-Unis.

– La Sicile, déclara-t-il, a un sol fertile, un climat délicieux, d'excellents produits, des hommes perfides et des femmes décevantes. Après cela, mon contact avec l'Amérique a été rude. Après cent jours de mer, en plein novembre, mon navire s'est écrasé sur les Race Rocks, près de New London. J'ai sauvé ma peau, mais j'ai tout perdu, mon argent, ma part de la cargaison, mes collections et mes travaux de vingt années, mes livres, mes manuscrits et même mes vêtements. Je n'ai récupéré que le montant de l'assurance, à peine un tiers de la valeur de mes pertes.

Depuis ce retour mouvementé, trois ans plus tôt, Rafinesque travaillait comme précepteur, reconstituait ses collections, écrivait et s'agitait beaucoup dans les milieux scientifiques de New York. Lassés peut-être par le tumulte qu'il entretenait, ses « collègues » lui avaient conseillé de visiter l'Ouest. C'est ainsi que depuis le printemps il descendait lentement le cours de l'Ohio.

Quand Rafinesque, au bout de trois semaines, annonça enfin son départ, Jean-Jacques était excédé par son fantasque visiteur, qui lui avait volé un temps précieux en l'entraînant à la recherche de plantes rares, et à la pêche, dans la moindre mare, de tous les poissons consentants. Il lui gardait aussi rancune pour le bris de son précieux violon, et il était énervé par le ton condescendant du naturaliste. Rafinesque lui avait assené des théories fumeuses, selon lesquelles les espèces évoluaient et se transformaient, chacune étant le prolongement d'une autre. D'où sa folie de trouver toujours des espèces nouvelles et de tenter de les inclure dans la chaîne de l'évolution. Audubon se gardait bien d'entrer dans ce débat; il estimait que la nature est déjà assez compliquée, et qu'il valait mieux la décrire avant de l'expliquer.

Le soir qui précéda les adieux de Rafinesque, Audubon fit part de son irritation à Lucy, qui se moqua :

— N'es-tu pas furieux aussi parce qu'il n'a pas loué tes dessins aussi fort que tu le souhaitais?

— Ça ne m'a pas enchanté, je l'avoue. Mais cela ne m'a pas surpris non plus. Il ne s'intéresse qu'à ses propres œuvres, et il est insensible à la beauté. Il n'y a que la théorie qui le passionne. C'est un esprit desséché. Mais attends, puisqu'il aime tant les nouvelles espèces, je vais lui en servir.

Lucy, résignée, le vit gagner son cabinet de travail, où elle se doutait qu'il allait passer une partie de la nuit. Audubon dessina une série de poissons et de mollusques complètement imaginaires, affublés de noms inventés, le tout enrichi d'un commentaire fantaisiste sur leurs mœurs et leur répartition. Le lendemain, il remit les documents à Rafinesque, qui se confondit en remerciements et promit de les inclure dans sa prochaine publication.

Audubon passa l'hiver à tenter d'enrayer le déficit vertigineux du moulin et commença à vendre les terrains qu'il avait acquis au temps de sa splendeur. Les transactions et la récupération des créances étaient d'autant plus difficiles que la banque d'Henderson, en faillite, avait fermé ses portes. La crise économique qui frappait la région était cette fois inexplicable, due sans doute à ce mouvement ondulatoire qui fait qu'en Amérique la richesse succède à la pauvreté, puis la crise à l'expansion, c'était une douche écossaise à laquelle les Américains se résignaient. La Bible, dont ils étaient nourris, ne disait-elle pas que les biens de ce monde sont sans valeur, et que devant Dieu le riche et le pauvre seront égaux, avec un léger avantage pour ce dernier?

Audubon, lui, ne se résignait pas à la ruine. Pour rembourser sa part d'investissement dans le moulin, Tom Bakewell lui avait remis un billet de 4 500 dollars, signé d'un certain Samuel Bowen. Cette somme représentait le montant de l'achat d'un petit bateau à vapeur, le *Henderson*, construit à Louisville par Prentice et Bakewell. La vente remontait au 18 avril 1818, il y avait alors près d'un an, et le billet n'avait toujours pas été honoré. Jean-Jacques, à l'affût de la moindre rentrée d'argent, s'agita. La somme était importante. Son enquête personnelle lui apprit que Sam Bowen et un marchand d'Henderson, Wilson, étaient partis avec le bateau pour La Nouvelle-Orléans, sans doute dans l'intention de le vendre.

Le 20 avril, Jean-Jacques s'en alla en chasse d'un gibier nouveau pour lui, un débiteur. Il se lança sur le fleuve, avec deux esclaves et des vivres, à bord d'un canot découvert. A force de rames, dormant à peine, arrêtés seulement par les nuits les plus noires, les trois hommes franchirent les 1 000 miles en vingt jours. A peine dans la cité créole, Audubon se hâta de retrouver Bowen pour lui réclamer soit l'argent, soit le bateau. Bowen étant récalcitrant, l'affaire passa devant le juge James Pitot déclara que l'affaire qui n'était pas du ressort de son tribunal, mais de celui de Louisville, le lieu du litige.

Audubon passa les quatre jours suivants à rechercher Bowen, qui avait disparu depuis l'audience, dans toutes les tavernes du Vieux Carré. Il finit par apprendre qu'il avait été roulé : le *Henderson* avait été vendu à des créanciers antérieurs, et il n'avait plus, comme disaient les Américains, qu'à « siffler en l'air » et à prendre son billet sur le vapeur *Paragon*. Lors de son voyage de retour vers Henderson, qui dura deux semaines, il eut tout le temps de méditer sur l'impunité que la loi américaine garantissait aux escrocs, pour peu qu'ils se réfugient dans un autre État. Lucy retrouva un mari écœuré, amer et complètement assourdi par le fracas du *steam-boat*.

— James Berthoud est à la maison, avec Will, annonça Lucy dans le petit cabriolet qui les ramenait de l'embarcadère. Ils ont entendu des bruits en ville. Bowen est revenu, et il ameute tout le monde contre toi.

— De quoi se plaint-il ? C'est moi le volé, et lui le voleur.

— L'important est ce que les gens croient, et il a beaucoup d'amis.

— Moi aussi.

— Les tiens ne sont pas des brutes, prêts à tendre une embuscade. Bowen a dit qu'il voulait te tuer pour ce que tu as dit sur lui à La Nouvelle-Orléans. Il va sûrement te provoquer. J'ai peur de ces gens, John, méfie-toi, prends une arme et sois sur tes gardes.

Jean-Jacques ne croyait pas trop au courage de Bowen, mais, pour rassurer Lucy, il glissa dans sa botte un poignard de chasse, quand le lendemain il se rendit au moulin, en suivant le fleuve. Son bras droit était soutenu par une écharpe ; la veille au soir, son premier soin avait été d'aller inspecter la machine, et il s'était fait démettre le poignet par une bielle.

Bowen l'attendait, sur la berge. Sa lourde silhouette se découpait sur les parois de planches grises du moulin. Il parla fort, sous l'effet de la rage, et pour dominer les chuintements et les battements de la mécanique. Les deux hommes, arrêtés à dix pas l'un de l'autre, s'évaluèrent en silence. Bowen était plus petit que Jean-Jacques, mais plus trapu et plus lourd, et il tenait un fort gourdin.

— Vous êtes venu tout seul, Bowen ? Je vous croyais moins courageux. Il est vrai qu'aujourd'hui je suis infirme. Vous me pardonnerez, mais, si vous voulez une leçon d'escrime au bâton, il faudra attendre un meilleur jour.

Sous ses épais sourcils roux, les petits yeux porcins de Bowen luisaient d'une méchante malice. Il n'aurait certes pas affronté Audubon dans un combat régulier; l'adresse du Français à ce genre d'escrime était bien connue.

– Je ne suis pas si bête, siffla Bowen, je ne suis pas venu pour me mesurer avec vous, mais pour vous flanquer une correction. A La Nouvelle-Orléans, dans des lieux où je suis connu, vous avez lancé des accusations contre moi, vous m'avez traité de voleur.

– Comment appeler autrement un homme qui ne paie pas un bien qu'il a acheté, et qui de plus le vend à d'autres, doublant ainsi son larcin?

– C'est votre version, Audubon. La justice vous a donné tort.

– Vous avez trompé la justice, comme vous m'avez berné. Je veillerai à ce que chacun sache qui vous êtes, Bowen. Un escroc, et en ce moment même un lâche.

Jean-Jacques n'eut pas le temps d'esquiver de sa main valide. Le bâton de Bowen l'atteignit à la tempe. Il vit une lueur jaune et chancela.

– Bowen, vos torts sont assez grands. Ne frappez pas un homme blessé et qui refuse de se battre.

L'autre ne l'écoutait plus, frappait encore. Audubon comprit que Bowen n'arrêterait plus avant de l'avoir tué. La folie du meurtre se lisait sur sa face ronde et congestionnée, dans son regard fixe et dément. Il évita en se baissant le bâton de la brute, saisit le poignard dans sa botte et plongea en avant. Il ne rencontra qu'une faible résistance quand la lame pénétra dans l'aine de Samuel Bowen, qui poussa un couinement de goret, se plia en deux et roula dans l'herbe. Audubon le regarda tomber, hébété, puis s'écroula à son tour, évanoui.

Les esclaves du moulin, qui avaient vu la bagarre sans oser intervenir, donnèrent l'alerte et ramenèrent chez lui Audubon meurtri et ensanglanté. James Berthoud et Will Bakewell transportèrent Bowen sur une planche jusqu'à sa maison. La blessure semblait grave, et il paraissait probable que l'homme allait mourir.

La nouvelle s'étendit rapidement, et la maison des Audubon fut bientôt entourée d'une foule menaçante, excitée par les amis de Bowen, que l'on donnait déjà pour mort. Les Kentuckiens admettaient fort bien que l'on se batte, et ne s'en privaient pas, à coups de poing, de pied ou de bâton, mais l'usage du couteau leur répugnait. Il fallait être un maudit Français pour se servir d'une telle arme.

Un murmure se mit à parcourir les assiégeants : il fallait appliquer à l'assassin la justice du « régulateur », un envoyé du gouvernement, qui en ce temps, dans les territoires qui n'avaient pas encore d'administration, appliquait une justice expéditive. Une sorte de lynch légal, dont beaucoup gardaient la nostalgie.

– Il faut le fouetter avant de le pendre, dirent quelques-uns, soucieux de la qualité du spectacle.

Le ton montait dangereusement quand Adam Rankin, à cheval, fendit l'attroupement et pénétra dans la maison. Audubon, à demi conscient, gisait sur son lit.

Une première pierre vola, brisant une vitre. Selby, le charpentier du moulin, décrocha de la cheminée « Long Tom », le plus puissant fusil d'Audubon, et se mit posément à le charger.

– Non, cria James Berthoud en l'arrêtant du geste, je vais leur parler.

Il sortit sur la galerie extérieure et, d'une voix ferme, harangua la foule.

– Qui êtes-vous, vous qui accusez un homme, qui ne cherchait qu'à se défendre, de sauvagerie, alors que vous vous conduisez comme des sauvages? Le docteur Rankin vient de m'annoncer que Bowen était vivant et que sa blessure n'était pas fatale. La lame a glissé sur la hanche et n'a atteint aucun organe. Il y a un juge dans cette ville, et cette affaire ne regarde plus que lui. Rentrez chez vous, et laissez faire la justice.

Les cheveux blancs de James Berthoud, son calme, la noblesse de son allure impressionnèrent les excités, qui tournèrent les talons en grommelant; le reste suivit en silence. Lucy, qui serrait ses deux garçons effrayés contre elle, remercia le vieux marquis de son intervention. Berthoud haussa les épaules.

– Bah, ce n'est rien. Ces gens-là sont des bêtes, mais pas féroces. J'en ai vu d'une autre trempe, jadis, en France, pendant les massacres de Septembre. Ceux qui promenaient la tête de Mlle de Lamballe au bout d'une pique, à travers Paris, pour aller la montrer à la reine, au Temple.

Devant Lucy et les enfants, Berthoud n'ajouta pas que les émeutiers n'exhibaient pas seulement la tête de la princesse, mais son sexe, soigneusement découpé par un boucher et brandi par des mégères hurlantes comme un scalp obscène.

Le procès eut lieu, dès que Bowen put se tenir debout, dans la petite salle du tribunal d'Henderson, une baraque meublée de quelques bancs de bois. Beaucoup de curieux durent rester dehors, mais dans un coin de la salle d'audience se tenait le groupe compact des amis de Bowen, pour la plupart ses associés dans ses douteuses affaires : Robert Speed, Obadiah Smith, Bennett Marshall, George Brent. Ainsi que le frère de Bowen, William, qui appartenait au Conseil de la ville. Audubon avait aussi des alliés dans ce Conseil, notamment Fayette Posey. Ceux-là n'étaient pas très inquiets : le juge, Henry Broadnax, était un aristocrate virginien dont l'antipathie à l'égard des trafiquants sans scrupules était notoire.

Bowen n'avait pas eu de chance dans son agression, et pas seulement parce qu'il s'était fait trouer le ventre. Il avait escompté que son attaque n'aurait pour témoins que les esclaves du moulin, ce qui aurait été sans conséquences puisque les nègres ne pouvaient témoigner contre un Blanc. Malheureusement pour lui, le charpentier Selby et son ouvrier avaient tout vu par une lucarne. Leur témoignage fit que l'audience ne dura guère. Après les avoir entendus, le juge Broadnax déclara qu'il n'y avait pas lieu de retenir l'accusation d'attaque à main armée portée par le sieur Bowen contre le sieur Audubon, que celui-ci avait agi en état de légitime défense, que le sieur Bowen était débouté de sa plainte et condamné aux dépens.

Quand le clan Bowen eut quitté la salle, avec des murmures menaçants, le juge Broadnax enleva sa perruque, s'approcha de Jean-Jacques et lui dit à l'oreille :

— Vous avez commis une grave faute, monsieur Audubon, une très grave faute, en n'achevant pas cette crapule.

Bowen ne renonça pas à sa vengeance. Il rameuta tous les créanciers d'Audubon, qui fut dès lors harcelé sans relâche. Le 13 juillet 1819 celui-ci vendit à Nicholas Berthoud ses parts dans le moulin pour 14 000 dollars, ainsi que tous ses biens personnels et ceux de Lucy, la maison et les cinq esclaves pour 7 000 dollars. Cette vente à Berthoud, inspirée bien sûr par le vieux James, permettait aux Audubon de garder l'usage de leurs biens, d'éteindre les dettes les plus criardes et d'attendre des jours meilleurs, qui ne vinrent pas. Fayette Posey dut verser une caution de 1 000 dollars au sheriff d'Henderson qui voulait emprisonner Jean-Jacques, afin qu'il ne quitte pas la ville avant un nouveau procès, cette fois pour dettes. Ce procès ayant été annulé, car les plaignants ne s'étaient pas présentés, Audubon se crut autorisé à se rendre à Louisville. Il n'était pas plutôt installé à l'*Indian Queen* que, devant les Gwathway médusés, un assistant du sheriff vint poliment le prier de le suivre à la prison du Comté. La vindicte de Bowen l'avait poursuivi jusque-là.

Le juge Fortunatus Crosby, fort ennuyé de voir Audubon tombé si bas, lui conseilla de se déclarer en état de banqueroute.

– Bien sûr, précisa le juge, dans ce cas vous perdrez tout, vous ne pourrez plus exercer votre commerce à Henderson. Mais en revanche toutes les poursuites contre vous vont s'arrêter, et vous aurez enfin la paix.

– Je n'en demande pas davantage, monsieur le juge. Et je vais suivre votre conseil.

– Que ferez-vous ensuite? Je me rappelle que vous étiez un excellent naturaliste, autrefois.

– Je le suis toujours. Je vais retourner m'occuper de mes oiseaux. Eux ne m'ont jamais déçu ni volé, et ils ne portent pas plainte.

Le juge Crosby sourit et alla frapper aux grilles de la cellule.

– Je vais vous sortir de là.

Quand il quitta la prison de Louisville, Jean-Jacques Audubon ne possédait plus en ce bas monde que ses dessins, un fusil, ses pastels et quelques feuilles de papier. C'est avec ce seul bagage qu'il partit à pied pour Shippingport, où il savait pouvoir trouver refuge dans la grande maison de James Berthoud.

Quelques jours plus tard, à la fin de septembre, Lucy le rejoignit avec les deux garçons. Elle n'avait pas la somme nécessaire pour payer le voyage sur un vapeur, et le sénateur Talbot avait mis une voiture à sa disposition.

Lucy arriva d'autant plus lasse que, comme elle en fit l'annonce à son mari, elle était enceinte de trois mois.

4

James Berthoud pointa son index vers les deux portraits, le sien et celui de son épouse, qui trônaient en bonne
place sur les murs du salon de la Maison-Blanche.

— John, c'est vous qui avez fait ça, et peu de peintres en
feraient autant par ici. Ce ne sont que des barbouilleurs de
kermesses. Voilà votre vrai métier, digne de vous, plutôt que
de vendre du whisky ou de la farine.

Audubon eut un geste de lassitude qui irrita Berthoud.

— Il faut être plus sûr que cela de vos talents, et me
croire. J'ai appris que vous aviez demandé à Nicholas et à
Thomas de vous trouver du travail sur leurs bateaux. Ils ont
refusé sur mon ordre, sachez-le. Vous cherchez à fuir, je le
vois bien et je vous comprends, après toutes ces désillusions.
Mais vous avez une femme admirable, deux enfants, bientôt
trois. Ma maison est à vous tant que vous voudrez, mais, bon
Dieu, soyez digne du talent que la nature vous a donné.

Au cours de l'hiver, la réputation de portraitiste de
Jean-Jacques se répandit dans Louisville. A raison de 5 à 10
dollars par portrait, il gagnait très honorablement sa vie en
immortalisant les traits des sommités de la ville, de leurs
épouses, de leur progéniture. On l'appelait fréquemment
auprès du lit des défunts; il passait ainsi des jours et parfois
des nuits, à la lueur des cierges, à fixer sur le papier des
traits déjà figés pour l'éternité. Un soir, il rentra horrifié à
Shippingport et confia à Lucy :

— Je reviens de chez le pasteur Merritt. Il a perdu il y a

290

quelques jours son unique enfant, un petit garçon qu'il adorait. Quand il a appris mon existence, il m'a supplié de venir faire le portrait de l'enfant. C'était atroce.

— Pourquoi donc? Tu dois avoir l'habitude.

— Le petit avait déjà été enterré. Il l'a fait exhumer et ouvrir le cercueil!

A la mi-mars, Jean-Jacques gagnait assez d'argent pour envisager de louer une maison et d'y installer les siens. Ils durent cependant prolonger leur séjour auprès des Berthoud après que Lucy eut accouché d'une petite fille, qu'elle nomma Rose, en l'honneur de la sœur de son mari. L'enfant était extrêmement fragile, et le docteur Rankin, qui venait souvent d'Henderson leur rendre visite, ne cachait pas ses alarmes. Sans rien dire à Lucy, il avoua au père qu'à son avis la petite n'atteindrait pas l'hiver.

On aurait dit que le malheur ne voulait pas se détourner des Audubon, comme un chien hargneux qui s'agrippe aux mollets. Au début de juin, alors que la chaleur était exceptionnellement forte, une épidémie précoce de fièvre jaune ravagea Louisville. Lucy elle-même fut légèrement atteinte, mais James Berthoud ne s'en releva pas. La mort du marquis, son protecteur, frappa durement Audubon, et il put mesurer les conséquences de cette perte sans beaucoup de délai. La famille Bakewell ne se gêna plus pour exprimer ses critiques à l'encontre du mari de Lucy, devenu, comme dans la fable, « ce pelé, ce galeux d'où venait tout le mal ».

On ne disait rien devant lui, mais Lucy rapportait à Jean-Jacques les opinions qui prévalaient dans la Maison-Blanche : ses talents divers, son originalité, ses dons pour briller en société, son goût des loisirs, qui le faisaient tant apprécier autrefois, étaient maintenant dénoncés comme les causes du désastre. Elisabeth Page, la femme de Thomas, menait le bal, et son mari n'osait pas la contrarier.

Eliza, elle, accablait Audubon parce qu'il n'avait pas assuré à sa sœur le statut social que ses origines lui permettaient d'espérer. Sans doute gardait-elle aussi, secrètement, envers son beau-frère, la rancune de l'amoureuse déçue. Pourfendre Audubon en son absence était le jeu à la mode, au point que Mme Berthoud intervint violemment :

« Cessez de dénigrer John tant que vous serez sous mon toit. Il est déjà intolérable qu'il soit dans les soucis et la gêne, lui qui devrait commander à tous. »

On ne comprit pas bien ce qu'elle voulait dire, mais on baissa le ton devant elle.

Cette ambiance donnait à Lucy hâte de quitter Shippingport, d'autant plus que les ressources du portraitiste diminuaient. Louisville n'était pas immense, et le tour de la clientèle avait été fait. Plus encore que des reproches adressés à son mari, qu'elle savait bien comment réfuter, elle souffrait, elle qui était si fière, de lire de la pitié dans le regard des siens. Elle se sentit délivrée quand, sur les conseils de Louis Tarascon, Jean-Jacques fut engagé comme taxidermiste au Museum de Cincinnati, que venait de fonder le docteur Daniel Drake. Ses 125 dollars par mois d'appointements, augmentés de quelques leçons de dessin, lui permirent de louer une maison modeste et de faire venir sa famille. Certes, ce n'était pas la *log-house* d'Henderson, avec la vaste bibliothèque, le piano, les meubles de merisier et de noyer, les fauteuils de cuir, les esclaves, les chevaux...

La petite maison de briques était anormalement obscure et silencieuse quand Audubon rentra au soir du 1er octobre. A l'étage, Lucy, Victor et John veillaient auprès du berceau de Rose. L'enfant s'était éteinte dans l'après-midi, sans bruit, doucement, avec l'indifférence d'un être que la vie n'a pas intéressé. Elle n'avait pas encore sept mois.

Lucy ne pleura pas; elle était bien au-delà des larmes, à ce point, que la nature a sagement prévu, où tout malheur nouveau n'est plus enregistré comme une peine, mais comme une simple information.

Stupide devant le petit cadavre, Jean-Jacques s'aperçut que ses vêtements avaient conservé, de son travail au musée, une odeur de formol.

« Je sens la mort, songea-t-il, et on dirait que je la répands autour de moi. C'est cela, je sème des pierres tombales, comme le Petit Poucet semait ses cailloux pour baliser sa route. »

Les beaux yeux gris de Lucy étaient ouverts très grands,

comme étonnés de tant d'injustice. Elle chercha son regard, comme pour une explication; il savait tout, d'habitude. Il se détourna d'elle et dit doucement :

– Je ne sais même pas te faire des enfants qui vivent.

A son retour chez lui, au soir du 10 octobre, il monta directement à l'étage, car Lucy n'avait pas fini sa classe. Dans la petite salle du bas, elle avait aménagé une école. L'enseignement était très déficient dans l'Ouest, et beaucoup de familles étaient heureuses de confier leurs enfants à ceux qui voudraient bien leur apprendre au moins quelques notions de base. Le travail des femmes soulevait l'hostilité, sauf dans les saloons et dans l'enseignement, ce dernier cas étant considéré comme une activité domestique. Lucy, tout en gagnant de l'argent pour les besoins de son ménage, en profitait pour donner une solide éducation à ses propres garçons.

Quand elle rejoignit son mari, elle ne vint pas l'embrasser comme à l'accoutumée. Elle se contenta de lui tendre un paquet. Il s'étonna de la voir si distante.

– C'est une lettre de France, de ton beau-frère. Pardonne-moi, je l'ai lue, comme je l'ai toujours fait, pensant que nous n'avions pas de secrets l'un pour l'autre. Je te laisse la lire à ton tour. Tu comprendras pourquoi je suis un peu triste de m'être trompée sur ce point.

L'épaisse missive était datée du 8 avril 1820 et signée Gabriel Loyen du Puygaudeau. Partie de Nantes, elle avait vagabondé entre Henderson, Louisville et Cincinnati.

Mon cher Jean-Jacques,

Voici plus de deux années écoulées depuis le décès de votre regretté père, et je viens seulement vous entretenir des difficultés importantes qui ont surgi après l'ouverture de son testament par Me Martin Daviais, qui, vous vous en souvenez, est un des plus fidèles amis de nos familles et qui était particulièrement lié, de par ses affaires et par ses sentiments, au capitaine Jean Audubon.

Je me permets de reproduire ici ce testament, car chacun de ses termes a son importance :

« Moi, soussigné, Jean Audubon, demeurant à la Gerbetière, en la commune de Couëron, département de la Loire-Inférieure. Par les présentes, mon testament.

293

Je donne et lègue à dame Anne Moynet, mon épouse, la part et portion disponible en usufruit, à raison de ce que j'aurai de descendants, de généralement tous les biens meubles et immeubles qui m'appartiendront à l'instant de mon décès. Je donne et lègue à M. Jean Rabin, créole de Saint-Domingue, que je crois actuellement aux États-Unis sans cependant en être sûr, époux de Mlle Lucy Bakewell, la moitié en toute propriété de généralement tous les biens meubles et immeubles qui m'appartiendront à l'instant de mon décès, à la charge toutefois par lui de laisser Anne Moynet, mon épouse, jouir sur iceux du legs fait ci-dessus en sa faveur. Je lègue et donne à dame Rose Bouffard, créole de Saint-Domingue, épouse de M. Gabriel Loyen du Puigaudeau, demeurant actuellement au Port-Launay, en Couëron, la moitié en propre de généralement tous les biens meubles qui m'appartiendront à l'instant de mon décès, à la charge toutefois par elle de laisser à dame Anne Moynet, mon épouse, jouir sur iceux du legs fait ci-dessus en sa faveur.

Je veux et entends qu'en cas de mort de M. Rabin ou Mme Puigaudeau, mes deux derniers légataires aux présentes, ou même de tous les deux, les héritiers en ligne directe de l'un ou de l'autre recueillent entre eux le legs fait en leur faveur.

Dans le cas où, par quelque motif que ce puisse être, les présentes dispositions en faveur de Jean Rabin et Rose Bouffard épouse Loyen du Puigaudeau seraient attaquées et annulés, je déclare donner mes biens meubles et immeubles sans exception quelconque à la dame Anne Moynet mon épouse, en toute propriété.

Fait dans ma demeure susdite à la Gerbetière en Couëron le 15 mars 1816. Vive le roi.

Jean Audubon. »

Vous remarquerez, mon cher beau-frère, que ce testament a été rédigé au début de 1816, date à laquelle nous n'avions, à cause de la guerre, plus de nouvelles de vous. A vrai dire, nous débarrassés de Napoléon et vous des Anglais, notre cher capitaine espérait bien vous voir arriver sur nos côtes avec votre famille. Depuis j'ai appris tous vos ennuis dans l'Ouest, et je souhaite vivement qu'ils aient trouvé une heureuse conclusion.

Pour revenir à notre affaire, il serait faible de dire que les dernières volontés de votre père m'ont causé de la surprise; stupeur conviendrait mieux.

A l'ouverture du testament par Mᵉ Daviais, nous étions deux à représenter la famille : moi-même, en votre nom et en celui de Rose, ainsi que de sa mère. Mandaté par les seuls héritiers directs, je m'étonnai donc de la présence d'un second personnage, que le notaire me présenta comme chargé des intérêts des parents plus éloignés. Cet homme, Jean-Louis Lissabé, âgé de quarante-cinq ans, est pilote à Bayonne. Il est l'époux de Catherine Françoise Audubon, fille de Claude Audubon, décédé, et qui était un des frères de votre père. Lissabé était aussi mandaté par deux sœurs de son épouse, Domenica et Anne.

Lui et les siens attaquaient le testament, dont ils avaient pressenti la teneur, en vertu de la législation française. La loi du 7 mars 1793, confirmée par le Code civil de 1804, a décidé le partage légal des successions entre tous les enfants, y compris naturels, à condition qu'ils ne fussent ni adultérins, ni incestueux. Les Bourbons revenus n'ont évidemment pas modifié cette dernière disposition.

Or, adultérin, vous l'êtes, mon cher Jean-Jacques, ainsi que votre sœur. Qui plus est, vous n'êtes pas de la même mère, comme l'indiquent clairement les noms différents sous lesquels vous apparaissez dans le testament. Cela est confirmé par l'acte de votre adoption en 1794, que j'ai pu me procurer par la suite. Vous êtes né en 1785, à Saint-Domingue, paroisse des Cayes, d'une certaine Jeanne Rabin, femme de chambre. Et Rose, en 1787, de Catherine Bouffard, de race noire, quarteronne et esclave. Eh oui, mon cher beau-frère, j'ai découvert ce matin-là que ma chère épouse était une négresse. Octavonne, mais tout de même. Voilà d'où venaient ces magnifiques cheveux sombres, ces grands yeux dorés, comme un crépuscule dans les îles. Et cette peau si douce, si parfumée, ce corps si bien fait pour l'amour, et dont je ne me suis toujours pas lassé. Pardon de ces confidences, mon ami, c'est pour vous assurer que j'aime toujours autant ma femme et que je me moque bien de son héritage et de ses origines. J'aurais pu lui en vouloir de m'avoir menti, mais j'ai acquis la certitude qu'elle pense toujours être née, comme vous, d'une première épouse de votre père, une belle créole espagnole, tuée par les esclaves révoltés. Elle croit toujours à ce joli conte, et ce n'est pas moi qui la détromperai. J'ai bien veillé à la maintenir en dehors de cette histoire.

Lissabé et sa clique savaient tout, et principalement ce qui rendait votre naissance incontestablement adultérine : Jean Audubon et Anne Moynet se sont mariés en août 1772, à Paimbœuf. Lui avait vingt-huit ans, et elle près de quarante. Cette différence d'âge laisse entendre qu'il s'agissait d'un mariage d'intérêts. Elle était veuve d'un sieur Ricordel, fort bien placé dans le commerce maritime et l'armement pour la traite. Elle n'avait pas pu avoir d'enfants, et elle se trouvait à la tête d'une jolie fortune. Il cherchait un armateur, elle cherchait un capitaine, ils ont mis leurs projets en commun. Saint-Domingue était alors la principale destination des navires marchands, et votre père en connaissait bien le chemin. Ensuite, financé par son épouse, il a commandé ses propres bateaux sur cet itinéraire, le Marquis de Lévy, Les Bons Amis, puis le Comte d'Artois. C'est avec ce dernier qu'il a été capturé par les Anglais en mai 1779 et emmené par eux à New York. Après treize mois en prison, il fut libéré par l'intervention de l'ambassadeur de France. Je suppose qu'en remerciement de cette libération le capitaine Audubon a rejoint la marine des États-Unis, alliés de la France. Sans doute poussé aussi par un désir de vengeance, puisque les Anglais avaient détruit son Comte d'Artois. Un préjudice qui s'ajoutait aux longs mois passés autrefois dans les geôles flottantes de Portsmouth. Il a donc désormais commandé des navires de guerre américains, dont la Queen Charlotte, avec laquelle il a rejoint la flotte de l'amiral de Grasse lors de la bataille de Yorktown. Les Anglais vaincus, il n'est retourné que peu de temps à Nantes, auprès de son épouse qui ne l'avait guère vu en dix ans. Il a repris ses voyages pour les Cayes, et c'est à ce moment, en 1793, selon les documents de Me Daviais, qu'il a acquis cette plantation où votre sœur et vous êtes nés, dans les conditions que j'ai mentionnées. Le capitaine Audubon retournait à Nantes parfois, mais il était le plus souvent à Saint-Domingue, pour ses affaires, qui étaient alors excellentes, pour ses amours, et ensuite pour ses enfants.

La situation du capitaine n'était pas exceptionnelle aux colonies, où beaucoup s'installaient dans l'adultère ou l'union non sanctifiée. Votre père a bien des excuses : son épouse ne lui avait pas donné d'enfants, il la fréquentait fort peu, et je veux bien croire que la tentation était forte de sacrifier à Vénus, sous un climat si exaspérant pour les sens, entouré de femmes aimables et tentatrices. La seule qui était en droit de le juger était Anne Moynet. Or, non seulement elle ne lui a pas tenu rigueur de sa conduite aux îles, mais elle vous a accueillis et élevés comme ses propres enfants. Il ne nous appartient pas d'être moins indulgents qu'elle.

Quand sont arrivés les premiers bruits de la Révolution, Jean Audubon, pressentant des troubles, est allé acheter, par un simple souci de placement, la ferme de Mill Grove, puis a regagné la France. Quand il a vu que Saint-Domingue courait à sa perte, il vous a fait venir, par un de ses amis capitaines, et il a mis sa plantation en gérance. Il n'avait plus aucun lien dans l'île : votre mère, Jeanne Rabin, était morte peu après votre naissance, et celle de Rose, Catherine Bouffard, n'était qu'une esclave. Même pas une maîtresse — une « ménagère » seulement, comme on disait avec pudeur.

Je vous l'ai dit, les Audubon de Bayonne savaient tout et attendaient leur heure. Le frère de votre père, Claude Audubon, lui-même capitaine, était associé avec lui dans beaucoup d'affaires, et il connaissait ses secrets intimes. Leur brouille définitive est survenue dans les débuts de la Révolution, à laquelle Jean était favorable, mais il était le seul de sa famille.

Ne nous cachons pas que nos adversaires ont la haine et l'envie incrustées depuis longtemps dans le cœur, et nous aurons fort à faire. Notre ami le notaire avait prévu, m'a-t-il assuré, cette contestation du testament, et il avait fait ajouter par son auteur la dernière stipulation : en cas d'annulation, la veuve devenait seule légataire. Cette feinte juridique n'est qu'un répit, ayons le courage de nous l'avouer. Votre mère adoptive a dépassé sa quatre-vingt-cinquième année, et elle a décliné au point que nous l'avons recueillie chez nous, aux Tourterelles, pour mieux la soigner. Dès son décès, vous imaginez bien que les charognards de Bayonne vont à nouveau surgir. Cela dit, quel admirable destin que celui de cette femme, qui a donné tant d'amour à ceux qui n'étaient au début qu'un mari de circonstance et des enfants adoptés. Je sais qu'elle a été payée en retour, et je souhaite comme vous et votre sœur qu'elle nous quitte le plus tard possible. Cependant, dans cette éventualité, je vous serais reconnaissant de bien vouloir m'adresser un document attestant que les biens d'Amérique, dont vous aviez la jouissance, n'existent plus et que vous renoncez en faveur de Rose à un éventuel héritage en France. J'aurai de la sorte les mains libres pour négocier avec nos adversaires, car il faudra sans doute passer par un arrangement à l'amiable, et je redoute de devoir leur abandonner la Gerbetière.

Ce sieur Lissabé n'est pas un être bien plaisant. En sortant de chez le notaire, il m'a soutenu que son beau-frère, avant de décéder, il y a sept ans, lui avait fait jurer de le venger d'un frère qui avait trahi Dieu et le roi et d'empêcher que ses biens ne tombent entre les mains de ses bâtards, dont un vagabond et une négresse. C'est un être simple, qui ne croira jamais que le vent de l'Histoire a emporté au loin la fortune de votre père. J'ai été tenté de le frapper pour ses insultes, mais je me suis contenté de lui conseiller d'aller lui-même, puisqu'il est navigateur, et si malin, réclamer aux successeurs de Christophe et de Pétion le prix de la plantation des Cayes. Avec tous mes vœux de réussite. A propos de Haïti, la plantation voisine de celle du capitaine appartenait à un nommé Gabriel Bouffard, d'une bonne famille de La Rochelle. Il vivait avec une mulâtre, dite Sanitte, qui lui a donné de nombreux enfants, dont une fille, Bonnitte, devenue la concubine de votre père, et la mère de mon épouse, sous le nom de Catherine. Par la suite, celle-ci est sans doute retournée dans sa famille, et la vie a continué jusqu'en 1792, date à laquelle les « habitations » Audubon et Bouffard ont été attaquées et détruites. On ne sait ce que sont devenus ces derniers, mais on peut craindre le pire.

Je regrette de vous importuner par le récit de nos tracasseries d'héritage. Vous avez eu votre content de soucis avec votre moulin. J'espère que depuis votre dernière missive, il y a près d'un an, vous avez recouvré la prospérité et le calme si nécessaires à votre talent et au bonheur de votre *famille, que je souhaite la connaître bientôt, maintenant que notre pauvre monde semble renoncer à ses interminables guerres.*

Je présume toutefois ne pas vous avoir appris grand-chose quant à vos origines. Selon Mᵉ Daviais, votre père vous avait éclairé sur son passé et votre naissance lors de votre départ pour l'Amérique, pressentant sans doute qu'il ne vous reverrait pas. Vous aviez gardé le secret, je vous approuve, je ferai de même autant qu'il me sera possible, et je vous adresse, mon cher beau-frère, mon très affectueux souvenir.

G. L. du Puigaudeau.

Lucy, debout, droite, devant la table, attendait que son mari ait fini sa lecture. Quand il reposa la lettre, entre l'esquisse d'un crabier vert et celle d'une chouette barrée, elle essuya machinalement sa main droite, souillée de craie, sur son austère robe de drap gris, puis, d'un geste las, la passa sur son front. Comme ensommeillée, elle se laissa tomber sur une chaise.

– J'ai connu un beau jeune homme autrefois, dit-elle avec un pauvre sourire, qui m'a raconté son enfance, très – comme on dit aujourd'hui – « romantique ». Sa pauvre mère, une belle et riche Espagnole, lui avait donné le jour en Louisiane, puis elle avait été assassinée par ses esclaves révoltés. Une bien belle histoire, émouvante, propre à toucher le cœur d'une jeune fille naïve et tendre. Ai-je rêvé, ou me l'as-t-u vraiment racontée?

– Ne m'accable pas. Ce qu'écrit Puigaudeau est vrai. Je suis né d'un père adultère et d'une servante, et ma sœur d'une esclave métissée. Qu'est-ce que cela change?

– Tu le savais, quand nous nous sommes rencontrés?

– Je ne savais pas tout, et je croyais que le mariage de mon père avec Anne Moynet datait de son retour en France, à la Révolution. On n'abordait pas souvent le sujet de notre naissance. Qu'on en fasse un mystère m'intriguait, c'est certain. Mais j'avoue que la belle créole assassinée, je l'ai inventée pour toi. Un peu plus tard, avant mon second départ vers l'Amérique, mon père m'a tout confié. Encore une fois, Lucy, qu'est-ce que cela change?

– Cela change que tu m'as menti, et que j'ai aimé un homme qui n'était pas celui que je croyais. C'est important, non? Si tu m'as menti si longtemps, et si souvent sur ce point, pourquoi pas sur d'autres, que j'ignore toujours?

– Enfin rappelle-toi qui tu étais à cette époque : une petite princesse gâtée, sûre d'elle et de sa supériorité sociale. Si tu avais su la vérité, aurais-tu accepté de me parler, de me regarder, même?

– Je crois que oui.

– Admettons-le. Et les tiens, ta famille? Te souviens-tu des soucis de ton père pour que tu épouses quelqu'un de ton rang, as-tu oublié comme il se méfiait, comme j'ai dû le séduire, lui aussi? Il lui fallait un gendre de bonne race, comme ses chiens. Dois-je te rappeler combien de temps il nous a fallu pour pouvoir nous marier, avec Rebecca, en plus, en travers de notre chemin? Je me suis donné beaucoup de mal pour te mériter, parce que je t'aimais, parce que je te voulais.

Il s'efforçait de garder son calme, mais le crayon qu'il serrait entre ses doigts se brisa, avec un craquement qui fit sursauter Lucy.

– Ne t'énerve pas, John. C'est plutôt moi qui devrais être irritée. Il y a quinze ans que nous nous connaissons, douze ans que nous sommes mariés. Je t'ai donné quatre enfants, et je dois après tout cela découvrir par quelqu'un d'autre, et par hasard, qui tu es vraiment. D'ailleurs, en suis-je si sûre, et le saurai-je jamais!

– Qui te permet d'en douter?

Jean-Jacques se leva brusquement et repoussa violemment son siège.

– Je vois bien que ta famille t'a montée contre moi et que je suis devenu le bouc émissaire. Ils me reprochent les échecs d'Henderson, alors que ce sont eux qui m'ont entraîné dans le désastre. Auparavant, n'avais-je pas réussi à te procurer le confort et une vie agréable? Qui est venu tout détruire, avec ses chimères, sinon Thomas, qui m'accable aujourd'hui? Me crois-tu aveugle et sourd? Si ton frère et ta sœur Eliza s'estiment si supérieurs à moi aujourd'hui, c'est parce qu'ils sont liés aux Berthoud, et grâce à qui? Va, ils sentent bien que je ne suis pas des leurs. Quand tout va bien, je les amuse, mais, dès que le vent tourne, je ne suis plus qu'un maudit Français, douteux, inconstant, incapable du sérieux et de la réussite que vous croyez réservés à vous autres, les Anglais.

– Tu n'as pas le droit de me parler ainsi, John, s'écria Lucy en se levant à son tour. Je t'ai toujours défendu.

– Eh bien, ne continue pas, tu sais maintenant que je n'en vaux pas la peine.

Ils s'affrontaient, regard bleu contre regard gris, dressés l'un contre l'autre, sans cependant y croire vraiment. C'était leur première dispute.

Jean-Jacques rompit le premier et s'enfuit dans l'escalier. Il se retrouva dans les rues de Cincinnati, un peu honteux de cette fuite. Mais après tout, depuis toujours, son destin n'était-il pas de fuir? Et le passé, toujours, le rattrapait. Dans la geôle de Louisville, il n'avait pas supporté la claustration; il se serait fracassé la tête contre les grilles si le juge Crosby n'était pas intervenu tout de suite. Plus jamais il ne serait prisonnier, de qui que ce soit. Il n'accepterait pas que quiconque lui réclame des comptes, fût-ce l'épouse qu'il aimait sincèrement.

Le soir tombant ne calmait pas l'agitation de la ville. Il alla traîner dans le quartier du port, le long des berges. Une grande bâtisse de planches dominait les entrepôts et les magasins : le moulin à vapeur. Ici, on ne chômait pas. A la lueur des torches que l'on commençait à allumer continuait la noria des mulets chargés de grains ou de farine, des haquets dont les dix chevaux ahanaient pour tirer la masse des troncs bruts ou des bois de charpente.

Audubon sentit son bras serré dans un étau puissant; c'était la grosse patte d'Henry Campton. La forte mâchoire de l'éleveur de Louisville laissait deviner un sourire de bonheur.

– Alors, John, dit-il en montrant le moulin, ça vous rappelle des souvenirs?

– Oui, Henry, et pas des bons. Ici, ça à l'air de marcher. Finalement, notre affaire d'Henderson, c'était une bonne idée, mais au mauvais endroit.

– Bah, n'ayez pas de regrets. Comme disait ma grand-mère, il faut jamais regarder en arrière, sinon on prend les arbres dans la gueule.

– Votre grand-mère était sage.

Ils longeaient les quais, où de nombreux vapeurs étaient amarrés, brillant de toutes leurs lumières, comme des théâtres à la mode. Puis c'était l'enchevêtrement des *keelboats* et des chalands, chargés de sel, de minerai de fer, de barils de bière, de whisky, de farine ou de salaisons.

– Ils vont tous à La Nouvelle-Orléans. C'est là-bas que ça se passe, maintenant, le commerce, dit Campton. Ça vous avait tenté de vous y installer, dans le temps, non?

– Eh oui, c'était une bonne idée, mais au mauvais moment.

Ils s'enfoncèrent dans les rues marchandes, qui résonnaient du tintamarre des boutiques de tonneliers, de dinandiers, de forgerons. Des carrioles écartaient la foule, l'odeur de l'huile de baleine brûlée flottait dans l'air vibrant de cris, d'appels, de claquements de fouets.

Campton entraîna son compagnon dans une taverne. Audubon n'aimait toujours pas l'alcool, particulièrement le whisky, auquel il trouvait un arrière-goût de punaise écrasée. Il fut moins délicat ce soir-là, car il avait besoin d'oubli.

– On vous regrette bien, à Louisville, dit pour la centième fois Campton, du ton pénétré des hommes ivres. On a eu de fameux moments. Vous vous rappelez, quand vous aviez fait cadeau d'un putois à ce gros nigaud de Seward, en lui disant que c'était un écureuil apprivoisé? Il n'a pas pu rentrer chez lui pendant une semaine, tellement ça sentait mauvais!

Campton en riait encore.

– Qu'est-ce que vous allez faire maintenant, John? demanda-t-il quand le sérieux lui revint.

Audubon, dont l'esprit était tout aussi échauffé par plusieurs verres de Monongahela, répondit gravement :

– Je vais devenir riche, célèbre et libre.

– C'est un beau programme. Vous comptez y arriver comment?

– Écoutez, Henry, je travaille au Muséum, ce qui m'a donné l'occasion de rencontrer pas mal de gens savants, de New York et de Philadelphie, qui n'en revenaient pas de trouver dans l'Ouest, où ils nous croient tous sauvages, un type qui dessine les oiseaux comme moi. Certains ont même dit que j'étais supérieur à Wilson, qui est leur dieu maintenant qu'ils l'ont laissé crever. Je pense la même chose, mais moi je suis bien vivant, et je vais découvrir d'autres espèces, que Wilson n'a pas pu voir, dans des régions où il n'a pas pu aller. Parce que je connais mieux la nature, je ne suis pas un gringalet comme lui, je suis un meilleur chasseur, et je dessine beaucoup mieux.

– Bravo, John, j'aime vous entendre parler comme ça. Mais, votre femme, vos garçons?

– Bah, pour ce que je leur ai apporté... Ils se passeront bien de moi. Et puis les femmes sont plus capables que nous d'élever les enfants. Lucy fera ça très bien. Vous savez, à force de vivre avec les animaux, je crois que j'ai fini par penser comme eux. Les bêtes poussent leurs nids de refuge en refuge, la femelle veille sur sa progéniture, mais le mâle, lui, est tendu vers la survie, une survie obscure, mais qui l'accapare tout entier. Ma survie à moi, Campton, je le sais aujourd'hui, c'est une œuvre, quelque chose de grandiose, d'inégalé, qui fera révérer mon nom dans toute l'Amérique, présente et future.

– Ouais! s'exclama Campton en levant son verre, imité aussitôt par les autres consommateurs, éméchés et prêts à porter un toast à n'importe quoi.

Quand Jean-Jacques rentra, tard dans la nuit, il était dégrisé. Il avait marché longtemps à travers les rues qui se vidaient enfin, comme pour se conforter dans ses résolutions. Les villes s'étendaient comme une mousse malsaine, rongeant les forêts, comblant les étangs, dégradant les rivières. Un jour, l'Amérique entière en serait couverte. Ce progrès dont les Américains se flattaient si fort allait tout dévorer de ce qu'était la vie. Et, curieusement, à l'instant où ils allaient la tuer, les hommes se mettaient à adorer la nature. Il n'y avait jamais eu autant de savants, de naturalistes, d'ornithologues, d'ichtyologues pour se pencher sur elle. Leur acharnement ressemblait fort à celui des huissiers qui font un inventaire avant saisie. Oui, il était temps que lui, Audubon, entre en scène, aille saluer dans les replis les plus secrets de l'Amérique des êtres magnifiques dont les jours étaient déjà comptés.

Le souvenir lui revint d'un jour de printemps, en 1813,

à Henderson. En plein après-midi, pendant trois heures, il avait vu passer des millions de pigeons voyageurs. Le ciel en était si plein qu'on aurait dit une éclipse de soleil, tant il faisait sombre. On aurait cru que déferlaient les anges de l'Apocalypse, dans le battement assourdissant de leurs ailes. Et il se mit à neiger des plumes et du duvet, dont la campagne se couvrit. Les paysans s'étaient déchaînés contre les oiseaux, mus par une terreur sacrée et par la crainte de voir leurs arbres fruitiers détruits. Quand les pigeons s'y posaient par centaines, ils en brisaient les branches. Alors on les tuait, à coups de bâton, ou bien on les empoisonnait avec du blé trempé dans le whisky. Les vergers et les champs étaient jonchés des dépouilles du bel oiseau bleu au jabot rouge. Tous les ans, les pigeons migrateurs – *Ectopistes migratorius* – revenaient, à chaque fois moins nombreux. Un jour, ils ne reviendraient plus.

Lucy ne dormait pas. Elle était assise devant la cheminée, où un feu achevait de s'éteindre. Ce n'était pas la saison de se chauffer, on était encore dans la douceur de l'été indien. Audubon remarqua des lambeaux de papier à peine consumés, dans l'âtre.

– J'ai brûlé la lettre, dit Lucy en venant se blottir contre lui. Personne ne saura rien. J'ai été stupide, ce soir.

– Moi, dit-il, en la serrant contre lui, je suis stupide depuis quinze ans. C'est toi qui gagnes. Viens, il est temps d'aller dormir.

Quand ils furent couchés, Lucy, qui n'avait pas éteint la lampe, posa sa tête sur la poitrine de son mari. Il vit à ses yeux gonflés qu'elle avait dû pleurer longtemps. Il lui dit tout, à voix basse, pour ne pas réveiller les enfants. Le grand livre des Oiseaux d'Amérique, son départ nécessaire vers le sud.

– Tu retourneras à Shippingport, avec les enfants, à la Maison-Blanche. James Berthoud m'avait juré de me protéger à jamais, ainsi que les miens. De ce serment, sa veuve et Nicholas sont dépositaires. Chez eux, tu seras chez toi, plus qu'Eliza et Tom, sois-en sûre. D'ailleurs ton frère et ta sœur t'accueilleront avec joie dès que j'aurai disparu, c'est tout ce qu'ils souhaitent.

Lucy ne dit rien, elle acquiesça d'un battement de ses

longs cils. Elle comprenait que Jean-Jacques ne voulait pas qu'elle supporte une vie médiocre comme celle de Cincinnati. Il quittait la tanière pour aller chercher un meilleur gibier. Elle sentait bien qu'il voulait conquérir la gloire non pas seulement pour lui-même, mais pour elle, pour regagner son estime. Elle en était flattée. Amusée aussi : cette conduite relevait d'une morale chevaleresque tout à fait démodée, bien digne d'un « maudit Français ». Son cher John ne rejoindrait jamais le siècle.

– John, chuchota-t-elle, tu es d'un autre temps, comme l'était ton père, sans doute. Nul n'a le droit de vous juger. On ne juge pas les Chinois, ou les musulmans. On peut à la rigueur tenter de les comprendre. Parle-moi de lui. Il t'a tout dit de sa vie dans les îles, n'est-ce pas ?

Jean-Jacques raconta les longues soirées à la Gerbetière, après le mariage de Rose, quand ils restaient seuls dans le grand salon. Il avait su alors combien le capitaine gardait d'images flamboyantes au fond de ses yeux délavés, combien de parfums affolants dans les flacons ternis de sa mémoire.

Associé aux frères Coirond, négociants en denrées coloniales à Nantes, Jean Audubon était un habitué des Cayes, sur la côte sud de Saint-Domingue, où l'activité était certes moindre que sur la côte nord, au cap Français, mais la concurrence également. Ses bateaux chargeaient au bout du long môle de bois les produits de la plaine alentour, le coton, le sucre, le café, et rapportaient de Nantes du vin et des produits de luxe, tissus, parfums, meubles, que d'autres bateaux, des caboteurs, allaient proposer à Port-au-Prince, au cap Français, ou bien dans des ports moins importants comme Jacmel, Jérémie ou Saint-Marc. Toutes les villes étaient sur le littoral, et les communications se faisaient par mer. Il n'y avait pas de routes, et il eût été fou de tenter de traverser l'île. L'étroite plaine côtière du nord ainsi que celle du sud étaient séparées de celle du centre par de hautes montagnes, couvertes d'une végétation tropicale infranchissable. Cette plaine du centre, commandée par Port-au-Prince, était beaucoup moins fertile, sauf dans la vallée du fleuve Artibonite. Elle avait même parfois des allures de savane, parsemée d'énormes cactus qui, de loin, évoquaient la forme d'un pommier.

Jean Audubon aimait sa moitié d'île, la plus prospère des Antilles, mais aussi la plus belle. Il ne lui déplut pas de s'y enraciner, quand il apprit que la plantation Perche était à vendre. Le propriétaire, fortune faite, allait transporter ses ambitions au nord. De plus, on avait tout intérêt à être à la fois planteur et marchand.

Le voisin de l'habitation Perche, devenue donc habitation Audubon, était Gabriel Bouffard, un géant roux et barbu, qui depuis vingt-cinq ans plantait de la canne et distillait du rhum. Sans souci des racontars, il vivait en concubinage avec une belle mulâtresse, dont le nom était Sanitte, ou Françoise. La plupart des métisses portaient deux noms, quand par hasard un prêtre avait trouvé le temps de les baptiser. Bouffard avait dû cueillir Sanitte au sortir du berceau, car il y avait dix-neuf ans qu'elle lui faisait des enfants, et elle paraissait étonnamment jeune. Elle avait un perpétuel sourire, qu'elle ne quittait que pour un rire éclatant, plein de troublantes roucoulades. Bouffard n'hésitait pas à se promener sur le port des Cayes, un ravissant village de maisons blanches à balustrades, aux toits de tuiles rouges, avec la belle esclave à son bras. Ce que les Blancs n'appréciaient pas. Ils rêvaient tous de s'accoupler aux Noires, pourvu qu'on l'ignore, ou qu'on fasse semblant. Bouffard apprit au capitaine que parmi les quarante-deux esclaves que comptait l'habitation Audubon il y avait une de ses filles, Bonnitte, dite Catherine, qui servait de femme de chambre au maître précédent, et auquel elle était très, très dévouée. Elle serait aussi très, très attentive, dit Bouffard, aux désirs du nouveau propriétaire. Cet homme était décidément en faveur du rapprochement des races.

Le capitaine n'eut pas à faire la fine bouche. Bonnitte était aussi ravissante que sa mère, et, comme c'était le cas de beaucoup de quarteronnes, il était bien difficile de déceler en elle les traces du sang noir. Les connaisseurs remarquaient toutefois l'épaisse chevelure et les lèvres ourlées, l'amant appréciait le velouté de la peau, la cambrure des reins et le goût de l'amour joyeux et libéré.

Ainsi nanti d'une attachante maîtresse et d'excellents revenus, Jean Audubon ne quittait plus guère son île. A quarante ans, il possédait l'habitation des Cayes, des magasins, le moulin à sucre, les navires, une autre plantation de canne sur l'île aux Vaches, à 9 milles au large. Et surtout quarante-deux esclaves. C'était l'investissement le plus important, et les revenus d'un propriétaire étaient estimés par rapport au nombre de ses esclaves. Jean Audubon avait ainsi un revenu annuel de 63 000 livres, le prix moyen d'un nègre étant de 1 500 livres. La partie française de l'île exportait chaque année 7 000 000 de livres de coton et 700 000 livres d'indigo. A cela s'ajoutaient le cacao, la mélasse, le rhum, les peaux, les bois de teinture, les carapaces de tortues, le tout représentant une somme de 200 000 000 de livres. La place était bonne.

Il fallait bien de temps en temps aller à Nantes, où son épouse commanditaire était enchantée de voir ses investissements si productifs. Il ne s'attardait pas, elle ne le retenait guère.

« J'ai bien peu approché sa couche, disait-il, elle ne m'y a jamais réclamé. »

Ils avaient des relations sans doute plus solides, fondées sur la confiance, la complicité, le goût de la réussite. Lors d'un de ses retours vers les Cayes, Jean Audubon vit s'embarquer à bord de l'*Annette* une délicate jeune fille blonde, qui avait bien peu de bagages et que personne n'avait accompagnée jusqu'à l'embarquement. Il y avait souvent des femmes à bord, parmi les passagers. Le plus souvent des épouses de planteurs ou de militaires qui revenaient de visiter leurs familles. Ou des jeunes filles qui avaient terminé leurs études en France et qui regagnaient la plantation familiale. Les unes et les autres étaient sérieusement chaperonnées par des mères, des tantes, des frères, si bien que les bonnes fortunes étaient rares. Et deux mois de mer, c'est bien long quand sa couche est vide.

Jeanne Rabin n'avait pas de duègne, elle n'était pas farouche et elle était sensible au prestige de l'uniforme. Elle accepta sans mièvrerie les invitations à partager la table des officiers, puis celle du capitaine, en particulier. Puis sa cabine.

La jeune personne venait du village des Touches, dans la région de Nantes. Elle avait rompu avec sa famille à cause d'une histoire d'amour. Elle s'était enfuie avec un officier qui l'avait ensuite délaissée, et, déshonorée, rejetée par les siens, elle partait pour la colonie, rejoindre des cousins au cap Français, avec l'espoir de trouver un emploi de gouvernante. C'était une version adoucie de *Manon Lescaut*, le roman toujours à la mode depuis cinquante ans. Jean Audubon se moquait qu'elle fût vraie ou non, la fille lui plaisait, à la fois délurée et naïve, avec de grands yeux de porcelaine, point trop vifs, mais rieurs. Et puis il avait envie d'une blonde, après tant d'étreintes exotiques.

Jeanne Rabin n'était pas vierge, mais elle n'avait dû connaître qu'un hussard pressé. Elle avait tout à apprendre. Le capitaine s'y employa avec zèle et ponctualité. Il aimait l'amour l'après-midi, quand le corps est dispos et attentif, à l'heure de la sieste. Une habitude de colonial. La nuit, il dormait peu et ne songeait pas à la bagatelle, couché tard et levé dès l'aube, veillant aux allures, aux changements de quarts, aux subtils sifflements de la mâture, aux craquements de la carène, qui sont le langage d'un navire. C'est ainsi qu'après la méridienne s'élevaient de sa cabine des soupirs, des roucoulements, puis, à mesure que l'éducation amoureuse de Jeanne progressait, des cris et des râles de plus en plus extasiés. Un récital qui semait le trouble parmi les passagers, une dizaine d'austères négociants, et qui enchantait l'équipage. Tant que le capitaine fornique à l'aise, c'est que la route est sûre. A l'arrivée au Cap Français, Jean Audubon, fort content de son élève, la pria de rester à bord. Elle protesta faiblement.

– Je dois trouver une place de gouvernante ici même.

Il lui ferma la bouche d'un baiser.

– Je t'emmène aux Cayes. C'est moi que tu gouverneras.

Elle exprima son accord en lui rendant son baiser. Il l'attira vers la couchette rompue à leurs ébats pour sceller leur pacte. Quand elle fut nue contre lui et qu'il commença à caresser de sa rude paume le sein gauche de Jeanne, elle dit doucement :

– Pas trop fort, là, j'ai un peu mal.

Bonnitte s'effaça devant la rivale avec une apparente bonne grâce. Elle savait bien qu'on ne lutte pas avec une

Blanche. Elle devint même inséparable de la nouvelle maîtresse. Elle la baignait, la coiffait, veillait à ses toilettes, lui réclamait le récit de ses étreintes, comme si elle en jouissait elle-même. L'après-midi, elle n'était jamais bien loin quand Jeanne contentait le capitaine dans la grande chambre aux persiennes closes, à l'heure où l'on n'entendait plus que les vagissements de l'amour et, loin dehors, le cliquetis des ciseaux à élaguer et le claquement sur les troncs de cacaoyers de la rigoise, le fouet qui tuait les parasites et que redoutaient les esclaves punis.

Après la Saint-Jean, Jeanne vit la récolte des cannes, la plantation effervescente comme une ruche. Le moulin tournait jour et nuit. Deux chevaux, comme au manège, tiraient l'arbre qui entraînait l'engrenage des gros tambours, entre lesquels on enfournait les cannes. Les accidents n'étaient pas rares parmi les esclaves surmenés, les mains happées, les bras arrachés à l'épaule. Audubon veillait au respect des précautions; un esclave coûtait cher.

Le jus des cannes allait ensuite à la sucrerie, un énorme alambic sous un hangar, entouré de chaudières et de fourneaux. Des nègres couraient comme des démons dans les sifflements, la fumée, le vacarme. Il ne semblait pas possible qu'hormis l'enfer il existât un endroit pire.

Quand l'hiver vint, le capitaine partit longtemps, dans le nord. Le ventre de Jeanne s'arrondissait, Bonnitte à chaque bain en mesurait la croissance, agaçait le nombril que la grossesse repoussait au-dehors. Jeanne se laissait faire, engourdie de bonheur. Il n'y avait que cette douleur au sein et une boule, maintenant, qu'elle sentait sous ses doigts...

Le docteur Sanson, qui soignait tout le monde à la plantation, et qui, étant payé à l'acte, tenait bien ses comptes, nota qu'il avait passé les nuits du 24 au 25 avril 1785, puis celle du 25 au 26 au chevet de Mlle Rabin, en mal d'enfant, et qu'elle avait accouché le 26. Il nota pour les mois suivants de nombreuses autres visites à Jeanne, qu'il soignait pour un abcès au sein à l'aide de pansements et de liqueur minérale d'Hoffmann. Des médecines impuissantes, car la jeune femme ne vit pas grandir son petit Jean. Elle mourut à l'automne. Bonnitte attendit que le chagrin passe, comme un orage du soir. Puis, un après-midi, elle revint dans la grande chambre sombre, dont les miroirs verdâtres reflétaient son corps élancé, libre sous de légères cotonnades.

— Tu veux encore de moi? demanda-t-elle.

Plus tard, alors que le capitaine essuyait du doigt la sueur qui perlait entre ses seins aigus, elle le fixa de ses grands yeux, d'un vert étrange, presque jaune, comme ceux d'un fauve.

— Tu vas me garder?

— Si tu veux, ma petite Catherine. Tu ne m'en veux pas, pour Jeanne?

Elle rit, se leva d'un bond et alla s'étirer dans les rais de lumière qui filtraient à travers la persienne. Il admira son corps nu, sa grâce féline. Elle se retourna, le visage soudain grave.

— Je ne t'en ai jamais voulu. Elle t'a ensorcelé, comme les Blanches savent le faire. Mais j'ai lutté. Nos esprits à nous sont plus forts.

Elle revint vers le lit dévasté, s'agenouilla, posa sa tête sur la poitrine de son amant.

— C'est moi qui l'ai tuée. Sébastien, le contremaître, m'a emmenée chez le houngan avec une image de Jeanne. Et le houngan a piqué l'image avec une lancette. Alors les loas m'ont vengée. Maintenant je regrette, mais j'étais folle.

Jean Audubon restait songeur. Il ne croyait pas au vaudou, mais il était touché par la passion que lui avouait la métisse. Elle se lova contre lui, attendant les reproches. Il caressa doucement la magnifique chevelure qui descendait jusqu'aux fossettes qu'elle avait au creux des reins.

— Ma pauvre chérie, Jeanne était déjà malade quand je l'ai connue, tu n'y es pour rien.

Une année après la mort de Jeanne, Bonnitte annonça dans un grand rire :

— Moi aussi, capitaine, j'aurai bientôt le ventre rond!

— Ton père était un fripon, sourit Lucy. Comme toi, d'ailleurs. Tu vas aller voir les belles métisses, à La Nouvelle-Orléans?

– Oh, moi, je n'ai pas de plantation pour les éblouir. Enfin, je n'en ai plus. Mon pauvre père, je suis heureux après tout qu'il soit mort sans avoir appris que j'ai perdu tout ce qu'il avait gagné.

– N'y pense plus, John, je suis sûre que tu prendras ta revanche.

Elle était tout contre lui, sous la légère courtepointe. Il voulut l'embrasser pour la remercier de son réconfort. Elle vint dans ses bras, il sentit ses seins contre lui, son ventre qui s'avançait, ses jambes qui s'emmêlaient aux siennes. Ils n'avaient pas fait l'amour depuis près d'un an. Les angoisses de la faillite, les derniers mois difficiles de la grossesse, la vie vacillante de la petite Rose les avaient vidés de tout désir. Et voici qu'au bord d'une longue séparation ils renouaient les liens du corps dans une longue et douce étreinte silencieuse. Quand Lucy sentit, avec un peu d'effroi, monter en elle le vertige oublié, elle murmura :

– Ne crains rien, John, Rankin m'a dit que je ne pourrai plus avoir d'enfant.

Puis elle s'abandonna et s'ouvrit davantage à la délicieuse intrusion.

Audubon n'aimait pas beaucoup les cours de dessin qu'il donnait parfois dans la petite classe de Lucy. Le peu d'élèves qu'il trouvait s'enfuyait bien vite, tant il était impatient et rude avec ceux qui n'avaient pas de talent – presque tous. Pourtant il avait découvert un garçon tout à fait doué, Joseph Mason, qu'on avait envoyé chez lui pour apprendre à peindre des lettres et des enseignes. Joseph, qui n'avait que treize ans, était déjà passionné par la botanique, et il dessinait à merveille. Audubon l'avait parfois emmené avec lui dans ses promenades autour de Cincinnati car l'enfant avait le don de rendre vite et bien les plantes, les fleurs, les arbres, tout le décor dont Audubon avait besoin pour ses futures planches des « Oiseaux d'Amérique ».

Il persuada le père de Joseph de lui confier son fils, avec la promesse de faire de lui un grand artiste. Le père Mason ne comprit rien au but du voyage, mais il n'était pas riche et il avait d'autres bouches à nourrir. Il donna à Joseph sa bénédiction et 5 dollars.

Jacob Aumack, un marinier professionnel, qui s'apprêtait à convoyer vers La Nouvelle-Orléans un lourd chaland chargé de marchandises, permit à Jean-Jacques de voyager à son bord, gratuitement, à condition qu'il utilise ses talents de chasseur pour fournir en gibier l'équipage et les passagers. Le jeune, Joseph, lui, aiderait à la cuisine et aux travaux courants. Le chasseur et le mousse s'embarquèrent au matin du 22 octobre. Audubon n'emportait rien que ses deux portofolios, bourrés à craquer de dessins d'oiseaux, des crayons et des pastels, des rouleaux de papier, un épais cahier tout neuf dont il allait faire son journal, son fusil, un violon, une flûte, les sept volumes de l'*American Ornithology* de Wilson, et la traduction anglaise de l'ouvrage de Linné consacré aux oiseaux. Il n'avait pas un sou en poche.

Depuis la rive, Lucy regarda s'éloigner le gros *flat-boat* dans le courant de l'Ohio. Elle serrait contre elle ses deux garçons, Victor, qui avait onze ans, et John, qui allait en avoir huit. Les enfants n'étaient pas particulièrement émus et s'étonnaient même du chagrin de leur mère. Ce n'était certes pas la première fois que leur père disparaissait à l'horizon.

3

Automne en Louisiane

1

En cet automne 1821, Jacob Aumack n'était pas le seul à se lancer dans le courant de l'Ohio et du Mississippi. La « Belle Rivière » et le « Père des eaux » étaient devenus, avec l'essor de La Nouvelle-Orléans, le boulevard de l'Amérique. Une formidable procession d'embarcations diverses se ruait vers le sud. Il suffisait d'acheter un *flat-boat* à Pittsburgh ou à Louisville, pour 60 dollars. On y chargeait pour 1 800 dollars de marchandises, de la farine, des salaisons, du whisky, on louait un capitaine pour 45 dollars et deux équipiers pour 30 dollars chacun. Le whisky servait de monnaie d'échange en cours de route, contre des œufs et des volailles. Arrivé à destination, on revendait l'embarcation, qui n'était plus qu'un tas de planches incapable de remonter le courant. Les bénéfices réalisés sur la cargaison permettaient de remonter plus confortablement vers le nord à bord d'un *steam-boat*. Sur les premiers vapeurs, dix ans auparavant, le voyage en cabine de La Nouvelle-Orléans à Louisville coûtait 140 dollars. Il ne fallait plus que 100 dollars maintenant, et sur le pont quatre fois moins.

Audubon n'était pas novice dans la navigation fluviale, et il se retrouva très à l'aise sur la grosse caisse flottante. Aumack connaissait bien son affaire, quand il était à jeun, mais ses équipiers n'étaient pas des foudres de guerre si bien qu'on se traînait. Jean-Jacques se demandait quand, à ce train, il arriverait dans le Sud et sa seule consolation, quand ils eurent atteint le Mississippi, fut d'avoir tout son temps pour la chasse. Avec Mason, il s'embarquait dès l'aube dans un esquif, gagnait le plus possible sur le *flat-boat*, et attendait, en chassant sur la rive, d'être rejoint. Il apprit à Joseph Mason à se servir d'un fusil et, à son grand plaisir, l'adolescent se montra aussi doué pour le tir que pour le dessin. Ils étaient souvent accompagnés de Samuel Cummings, un ancien capitaine de l'U.S. Navy, que la vie semblait avoir jeté à la côte. Il n'en parlait jamais, même quand il avait bu, c'est-à-dire tous les soirs. Il était d'une grande maigreur, son regard était sombre et fiévreux et ses cheveux déjà gris alors qu'il n'avait pas quarante ans. Cummings s'était pris de passion pour Audubon et sa curieuse manie de courir après tout ce qui volait. Sans doute le considérait-il comme une sorte d'être en marge, comme il l'était lui-même. L'ancien capitaine avait un excellent coup de fusil, si bien que l'ordinaire du bord était grandement amélioré. Au jambon frit et aux biscuits salés s'ajoutaient les perdrix, les faisans, les dindes et les écureuils que Joseph Mason préparait de son mieux. Le rôle de cuisinier lui était échu après la désertion à Henderson du titulaire de l'emploi. Tandis qu'Audubon se terrait au fond du bateau, près des rivages qui, pendant huit ans, lui avaient apporté tant de joies et autant de misères, il distingua à peine, à travers les rideaux de pluie, le moulin de ses malheurs. Mason prenait ses nouvelles fonctions à cœur, et son sérieux juvénile était touchant.

— Tu sais, le taquina Audubon, ce qui t'arrive est le contraire d'une chanson de mon pays, le *Petit navire*, où c'est le mousse qui est mangé. Toi, tu fais la cuisine.

Quand on longea le territoire de l'Arkansas, où il n'y avait aucune ville, mais des postes militaires assez délabrés, les aigles firent leur apparition. Il y en avait de deux sortes. Les uns avaient la tête et la queue blanches. Bien qu'on les vît rarement, ils étaient célèbres : George Washington les avait choisis comme emblème des États-Unis. On les nommait « aigle à tête blanche », ou « grand aigle chauve ». Ils n'avaient aucune calvitie, mais les plumes claires de leur tête évoquaient l'air noble et solennel des vieillards. En son temps, Benjamin Franklin avait critiqué le choix de cet oiseau comme symbole, arguant qu'il était couard, paresseux et voleur, se contentant le plus souvent, au lieu de chasser lui-même, de voler leurs proies aux faucons plus faibles.

Les autres aigles étaient uniformément bruns. Ils avaient la même taille et la même conformation que les autres, mais comme ils paraissaient adultes, Audubon en conclut qu'ils étaient d'une espèce différente et les baptisa « aigles de Washington ». Ce fut une de ses principales erreurs : il n'eut pas le temps d'observer que le grand aigle n'acquiert ses plumes blanches qu'au bout de quatre ou cinq ans, et que l'espèce est la même.

Les premiers messagers du Sud furent les pélicans qui rasèrent l'eau du fleuve de leur vol pesant. Là encore, Audubon fut perplexe ; ils n'étaient pas blancs, mais bruns, ce qu'il n'avait vu mentionné nulle part.

Dès qu'un des oiseaux convoités par le naturaliste était abattu, commençait, sous les yeux des voyageurs étonnés, l'étrange cérémonie au cours de laquelle la bête, corsetée de fil de fer, reprenait les apparences de la vie. Lorsque Audubon avait terminé le portrait de l'oiseau, Joseph Mason ajoutait le fond, un décor de feuillages, une branche, un paysage, en conformité avec l'endroit de la capture.

Il était troublant de voir naître des œuvres d'une telle finesse dans le fond d'un grossier chaland, en plein milieu de l'Amérique sauvage. Mais les compagnons d'Audubon n'étaient pas des brutes et appréciaient son travail. Ils aimaient la nature et ceux qui lui vouaient un culte.

Ils aimaient aussi raconter des histoires. A la tombée de la nuit, les chalands se regroupaient, le plus souvent sur une île, précaution héritée du temps des anciennes attaques indiennes. Autour d'un grand feu, les vieux briscards du fleuve racontaient aux novices des histoires de pirates, qui étaient d'ailleurs toutes récentes. Le Mississippi était loin d'être sûr, particulièrement pour les gens des *flat-boats*, bien souvent de braves fermiers qui allaient vendre leurs produits dans le Sud, ou des familles entières qui émigraient avec tous leurs biens. Les bandits ne se frottaient pas aux *keel-boats*, dont les marins professionnels étaient de rudes gaillards.

Un soir qu'on approchait de Natchez, Jacob Aumack annonça que le bruit courait de la mort de Plug, dit « le

Colonel », un des pires brigands du Mississippi, qui avait mis au point une technique très personnelle. Il se glissait à bord d'un chaland amarré pour la nuit et il perçait des trous dans le fond. Les orifices étaient calculés de façon que l'embarcation commence à sombrer en face de son repaire, moment choisi par des complices pour aborder, récupérer Plug, voler la marchandise et laisser leurs victimes se noyer. Ce n'était pas la justice, divine ou humaine, qui avait mis un terme à cette carrière. Plug avait été victime de sa propre méthode.

– Il fallait qu'il reste à bord jusqu'au naufrage, alors, est-ce qu'il a fait un trou trop grand, ou trop tôt? En tout cas le bateau qu'il avait attaqué a coulé par le fond, avec la marchandise, et lui en dessous, bien avant l'endroit prévu.

– Ça en fait un de moins, mais il en reste, dit M. Shaw, le propriétaire de la cargaison, un petit homme de Boston qui avait un air fragile mais un bon estomac. On reparle de Bully Wilson.

– Oui, dit le commandant d'un autre *flat-boat*, il a fait son repaire dans une île, au confluent de la rivière Rouge. Si bien qu'il y a eu beaucoup de disparitions entre Natchez et Baton Rouge, ces derniers temps. Si la milice de Louisiane ne s'en occupe pas plus, on le fera nous-mêmes.

Bully Wilson avait des procédés moins subtils que Plug. Il se lançait avec ses troupes à l'abordage des bateaux isolés, même en plein jour. L'insécurité était telle que les petites embarcations se formaient en convoi.

En découvrant Natchez, le jour de Noël, Joseph Mason, qui avait des yeux bleus tout ronds, les écarquilla encore, sa bouche s'ouvrit toute grande devant ce qui lui paraissait, à juste titre, comme une version moderne de Sodome et Gomorrhe. Natchez, le plus ancien établissement sur le Mississippi, était aussi le plus dépravé. Du moins la ville basse, car il y avait deux Natchez. Le long du fleuve, « Under the Hill » était un alignement sordide d'entrepôts, d'échoppes, de tavernes, le long de rues étroites et boueuses, bordels, flottants ou terrestres, devant lesquels paradaient des filles agressivement laides. On trouvait surtout une foule de tripots; à Natchez la roue de la chance tournait jour et nuit. Apparemment toujours dans le même sens, le plus défavorable aux naïfs, qui venaient se faire détrousser là de leurs *Dixies*, ces billets de 10 dollars particuliers au Sud : le nombre « dix » était imprimé en français.

– La seule chose qui disparaisse plus vite que les fortunes, par ici, déclara Samuel Cummings, ce sont les gens. Et la vie d'un homme coûte encore moins cher que le corps d'une femme.

La foule, en effet, n'était guère engageante, des colosses ivres, des Indiens louches, des métis inquiétants arpentaient la berge où s'entassaient des centaines des radeaux, barges, et *keel-boats*. Les vapeurs étaient mouillés à l'écart, comme des aristocrates se gardant du vulgaire.

Audubon se lava et se rasa, ce qu'on ne faisait que le dimanche, et justement Noël cette année-là tombait un dimanche. Puis il grimpa, vêtu de ce qu'il avait de plus présentable, sur le haut de la colline. Natchez « On the Hill » trônait, orgueilleuse et lointaine, à un quart de mile et à 200 pieds au-dessus de sa sœur infâme. Des chèvres paissaient sur les pentes escarpées, et un flot incessant de charrettes reliait les deux villes. En haut, des rues à angle droit, impeccablement bordées d'arbres, délimitaient des parcs foisonnants qui dissimulaient de luxeuses demeures blanches.

Audubon admirait la vue sur le fleuve, depuis le point culminant de la hauteur, près de la *Connelly's Tavern*, quand il s'entendit appeler et tomba dans les bras de Nicholas Berthoud.

Nicholas faisait visiter le Sud à des amis français, à bord de son confortable *keel-boat*. Il vit bien, à l'état des vêtements de son beau-frère, que celui-ci avait voyagé dans des conditions moins agréables.

– Laissez votre maudite caisse et continuez le voyage avec moi.

– Mais je ne suis pas seul, protesta Audubon, j'ai mon aide, un jeune garçon...

– Eh bien, on se serrera. Allez chercher vos affaires. Je vais prendre une chambre pour vous...

La *Connelly's Tavern*, bâtie vingt-cinq plus tôt, avait le style de l'Espagne, qui régnait là à l'époque, pour quelques

319

mois encore. C'était une construction mi-bois, mi-brique, dont les deux niveaux étaient entourés de galeries aux graciles colonnades. C'est là que le 29 mars 1798 le drapeau américain avait été déployé pour la première fois, quand les Espagnols avaient cédé la ville. Quelques mois plus tard, le duc d'Orléans y avait été l'hôte de Pat Connelly et avait découvert les règles strictes d'un hôtel qui voulait tenir son rang. Il était interdit de dormir à plus de cinq dans un lit, de se coucher avec ses bottes, de cracher ailleurs que dans les récipients destinés à cet usage.

Le nouveau propriétaire, John Garnier, n'avait aucun mal à maintenir le niveau élevé de l'établissement, car sa clientèle était de plus en plus riche. Le miracle du coton commençait, et Natchez en était la première bénéficiaire. On disait que les milliardaires y seraient bientôt aussi nombreux qu'à New York. John Garnier était un homme de culture, et il avait souscrit à l'ouvrage de Wilson quand celui-ci était passé par Natchez, dix ans plus tôt. Il venait de recevoir le huitième volume et il tenait pour certain qu'un neuvième allait suivre. On ne revit plus guère Jean-Jacques au cours des journées suivantes, occupé qu'il était à recopier le nouveau tome de Wilson. Une tâche qui le conforta dans sa certitude; son travail serait meilleur et plus complet. Il eut tout de même une pensée émue pour le pauvre ornithologue, mort dans l'obscurité et le dénuement, sans avoir vu paraître son œuvre et dont le succès profitait maintenant aux éditeurs. Il se promettait bien de ne pas tomber dans un piège semblable.

Quand il sortit enfin de sa chambre, son talent de dessinateur était connu dans l'hôtel, sans doute par les bons soins de Nicholas Berthoud. Plusieurs clients lui commandèrent des portraits, à 5 dollars pièce, ce qui lui permit d'acquérir des vêtements décents et des bottes neuves.

Au matin du 31 décembre, le vapeur *Columbus* quitta Natchez, tirant en remorque le *keel-boat* de Berthoud et de ses amis. Nicholas avait obtenu du capitaine cette faveur exceptionnelle, qui permettrait de rallier plus vite La Nouvelle-Orléans. Les huit nègres, libérés des avirons, prêtèrent la main au service, qui s'avéra fort luxueux : des vrais repas, dans des assiettes, des lits propres. Audubon ronronnait dans cette croisière douillette, quand au bout de deux jours, aux abords de Bayou Sara, il se mit à hurler de désespoir.

– Mon portofolio, j'ai perdu mon portofolio!

Il venait de constater qu'un de ses deux classeurs n'était pas à bord. Berthoud tenta de le rassurer.

– Il a dû rester à l'hôtel, ce n'est pas grave. Je vais faire prévenir John Garnier qu'il en prenne soin, et qu'il nous l'envoie par le prochain vapeur.

– Mais ce n'est pas sûr! Il a pû être égaré sur le quai... Vous vous rendez compte, au milieu de deux cents bateaux, et de toute cette racaille. Mes dessins vont servir à décorer leur cabine ou ils vont les clouer sur des avirons de queue. Il y avait le portrait de Lucy et des oiseaux nouveaux, de ceux qui ne sont pas dans Wilson!

Jean-Jacques supplia qu'on rompe l'amarre et qu'on retourne à Natchez. Il renonça devant l'hostilité générale et s'enferma dans une prostration morose, jusqu'à l'arrivée à La Nouvelle-Orléans, dans l'après-midi du 6 janvier 1821.

Canal Street méritait mal son nom : ce n'était pas une rue, et il n'y avait pas de canal. C'était plutôt un espace vert en longueur, comme les Champs-Élysées. Le côté qui bordait le Vieux Carré était la vitrine de la vitalité commerciale des créoles, qui n'entendaient pas s'en laisser conter par les « Méricains coquins » qu'ils trouvaient sinistres, puritains et intéressés. Ils étaient Orléanais avant tout, ils avaient vécu déjà sous deux drapeaux, le français et l'espagnol, et ils n'étaient pas près d'échanger la valse contre la square dance.

Sur Canal Street, donc, du côté de la vieille ville, se concentraient les commerces de luxe, les immeubles d'affaires et les hôtels. C'est là que Nicholas Berthoud emmena ses invités et ses esclaves, à l'*Hôtel des Planteurs et des Marchands*, qui offrait aux voyageurs le confort de ses cent vingt appartements, de ses soixante chambres à un lit et d'une salle à manger pouvant contenir deux cent cinquante personnes. Audubon n'avait pas les moyens d'un tel luxe, et fort opportunément Nicholas lui proposa de rester sur le *keel-boat* et d'en faire sa résidence. Il savait bien que Jean-Jacques n'aimait pas la charité, aussi lui demanda-t-il comme un service d'assurer la garde du bateau.

Celui-ci était amarré contre la levée, la grande digue de terre qui protégeait le Vieux Carré. Les embarcations fluviales s'y entassaient sur plusieurs miles, disputant l'espace à des dizaines de *steam-boats*. Plus loin, au-delà du Cabildo, le palais de stuc rose du gouvernement, les grands voiliers océaniques dressaient leurs mâts bien au-dessus des plus hauts édifices. Il est vrai qu'on ne bâtissait pas bien haut, même les églises, de peur que le sol mouvant n'engloutisse le tout, comme une ville d'Ys tropicale.

Il semblait qu'une divinité maladroite ait renversé là sa corne d'abondance. Tous les produits du monde étaient exposés, des pavés de Liverpool au charbon de Pittsburgh, en passant par les balles de coton et de tabac, les barils de farine, de vin, de whisky, de viandes salées, les entassements de peaux. On ne savait plus bien ce qui arrivait du plus profond de l'Ouest, drainé par mille rivières jusqu'aux portes de l'Océan, et ce qui allait repartir vers l'Europe sur les orgueilleuses goélettes, ou sur les sloops et les schooners vers La Havane, Tampico et Veracruz.

Le fascinant spectacle des rives du Mississippi faisait oublier à Audubon son angoisse du lendemain et le souci de son portofolio égaré.

— Je comprends, dit-il à Joseph, pourquoi on s'est acharné à faire une ville ici, dans un marécage infesté de serpents et d'alligators. Regarde : le fleuve est assez profond pour les plus grands vaisseaux, et on peut décharger directement sur la berge. C'était le cas de Philadelpie, mais ici ça ne gèle pas l'hiver.

— Comment va-t-on manger, monsieur? demanda Joseph, avec le réalisme de sa jeunesse.

— Eh bien, nous allons d'abord rendre visite à des amis, puis à des amis d'amis, qui vont nous nourrir. On appelle cela faire le pique-assiette. Nous serons comme le coucou qui fait son nid chez les autres, comme la pie voleuse. Et nous charmerons ces belles gens avec notre musique et nos dessins, et puis nous leur tirerons le portrait contre de bons dollars. Entre-temps nous irons dénicher au fin fond des bayous tout ce qui porte des plumes, et on dirait qu'il y a de l'ouvrage. Et tu me feras de beaux dessins de tout ce qui pousse, dès que ça poussera. D'accord, mon garçon?

— D'accord, monsieur, dit Joseph, qui regardait avec envie une grosse marchande noire qui passait sur la levée, vêtue de cotonnades multicolores, et qui portait sur la tête un panier plein de beignets au lait et de gâteaux au gingembre.

Le haut de la digue, ombragé de chênes verts, était une des promenades favorites des Orléanais, qui ne se lassaient pas du spectacle de cette ruche cosmopolite, où les débardeurs noirs croisaient les matelots espagnols ou indiens, les négociants chinois, les fiers gentilshommes créoles, vêtus de clair, ou les austères marchands anglais, accoutrés comme des clergymen. On entendait là toutes les langues du monde, au point qu'on avait baptisé la levée « rue principale de l'univers ». C'est ainsi qu'Audubon rencontra dès le second jour Romain Pamar, propriétaire d'un important magasin de porcelaines et de cristaux dans le Vieux Carré. Pamar était un ami et un client de Benjamin Bakewell, et il avait déjà accueilli Jean-Jacques, deux ans auparavant, lors de l'équipée contre Samuel Bowen. Pamar embrassa chaleureusement Audubon, qui découvrit ainsi la manie créole des embrassades entre hommes, qui faisaient ricaner les Américains.

— Alors, comment s'est terminée votre affaire de bateau volé, l'autre jour? Enfin, l'autre année...

— Mal. J'ai failli tuer le voleur d'un coup de couteau, et ses amis m'ont ruiné.

Les yeux sombres du descendant d'hidalgo qu'était Pamar s'obscurcirent encore.

— Aïe, ça ne m'étonne pas. Ces Kaintoks sont tous des brigands. Ici, ils se croient tout permis, ils mettent la ville à feu et à sang. Depuis qu'on nous a imposé la bannière étoilée, nous recueillons la lie de l'Amérique.

Les créoles appelaient « Kaintocks », de « Kentucky », les hommes venus du nord par le fleuve et travaillant sur les bateaux. Ils les considéraient comme des créatures de sac et de corde, tout juste bonnes à s'enivrer et à peupler les

323

tripots et les bordels du Swamp, le quartier des plaisirs sur lequel régnaient des tenancières comme Annie Christmas ou des souteneurs comme Bill Sedley.

Pamar hocha son grand chapeau plat, à l'espagnole, quand Audubon l'informa de sa décision de ne plus vivre désormais que de son crayon.

– Justement, j'ai trois enfants, et ma femme me répète qu'elle voudrait leur portrait. Euh, vous prenez combien?

– 25 dollars par portrait, dit froidement Jean-Jacques. Il avait décidé de frapper fort, car il s'était rendu compte à quel point la vie était chère à La Nouvelle-Orléans. Le matin même, au French Market, tout près de son bateau, il avait vu une grande quantité d'oiseaux. Des harles, des sarcelles, des grives; aucun spécimen nouveau pour lui, et les prix étaient inabordables : 1,25 dollar la paire de canards, une oie du Canada à 1,50 dollar!

– Bien, soupira Pamar. Mais si vous mettiez les trois enfants sur le même dessin?

– Dans ce cas ce sera 100 dollars.

– Je vais réfléchir. Passez à la boutique ce soir.

Le soir même, l'affaire était conclue pour les trois portraits séparés des enfants, plus celui de leur mère. Audubon fêta ses débuts de portraitiste orléanais le soir même, en compagnie de Nicholas Berthoud, chez Félix Arnaud, un marchand de soieries de la rue Bourbon. Il goûta la cuisine créole, huîtres chaudes, écrevisses, gumbo de poulet, et il commit l'imprudence de boire du vin, ce qui le rendit malade pendant deux jours. Il n'était vraiment pas du même tonneau que les hommes du fleuve, pour qui refuser un « grog » dès l'aube vous ravalait au niveau des bêtes.

A la fin de janvier, le séjour à La Nouvelle-Orléans se présentait bien. Les Pamar, satisfaits des portraits, avaient alerté leurs nombreuses relations, si bien qu'Audubon avait désormais une clientèle assurée. D'autre part, il avait conclu un marché avec deux chasseurs du French Market pour qu'ils lui rapportent du delta des spécimens rares et des plantes pour Mason. Les portfolios grossissaient encore, celui qui avait été oublié à Natchez avait été enfin renvoyé par John Garnier.

Les rues du Vieux Carré n'étaient pas pavées et restaient boueuses une bonne partie de l'hiver. Les rigoles creusées de chaque côté évacuaient à peine les averses, et il n'était pas rare d'y trouver des écrevisses. Les maisons étaient longées par un étroit trottoir de briques, bordé par une poutre de bois, souvent des morceaux de *flat-boats*. Un après-midi de février, Audubon, encombré de son matériel, s'apprêtait à regret à descendre dans la boue de la chaussée pour laisser passer une femme qui venait à sa rencontre, quand celle-ci s'arrêta devant lui.

— Êtes-vous monsieur Audubon? demanda-t-elle d'une voix de conspiratrice.

L'inconnue était vêtue d'une ample et luxueuse robe de taffetas noire. Une capeline, noire aussi, retenait des voiles qui dissimulaient son visage. Ou bien c'était une veuve, ou la mort elle-même sous d'attrayants aspects, car on voyait bien que la dame était jeune et bien faite, élancée, la taille mince, le port élégant.

— Vous êtes l'homme qui fait des portraits?

— Oui, mais qui vous a dit...

— Peu importe, voulez-vous faire le mien?

— Bien sûr.

— Alors présentez-vous dans une demi-heure au 26, rue Amour, c'est au coin de la rue Histoire. Entrez sans frapper et montez à l'étage, je vous attendrai.

Elle parlait dans un soupir, au point qu'il crut avoir mal compris. Elle ajouta avant de s'enfuir :

— Ne me suivez pas.

Jean-Jacques resta planté un bon moment sur le trottoir, tant il était surpris par ce rendez-vous mystérieux. Habituellement ses clients faisaient moins de manières. Il traîna dans le French Market en attendant l'heure de se rendre à cette curieuse adresse qui conjuguait l'amour et l'histoire et qui enflammait son imagination. Une jeune veuve voilée, tout ce mystère, les façades roses de la rue Amour, ornées de la dentelle noire des balcons de fer moulé, qui évoquaient de troublants dessous féminins... Le numéro 26 était un hôtel particulier, en briques recouvertes de stuc. Dans le Vieux Carré, il ne restait plus beaucoup de ces vieilles maisons de bois et de torchis de mousse espagnole, qui, avec leur toit de chaume, leurs contrevents et leurs chiens-assis donnaient un air de France à la cité du sieur de Bienville. Elles avaient pour la plupart flambé comme de l'étoupe lors des terribles incendies de 1788 et de 1794. Si bien que le gouverneur Carondelet avait ordonné que l'on bâtisse désormais en dur, et le Vieux Carré avait pris des airs de village andalou.

La grille de la porte cochère donnait accès à un patio, au centre duquel coulait une fontaine de faïences bleues – des azulejos de Séville – entourée de ficus, de yuccas et de kentias, qui projetaient une ombre verte sur la galerie intérieure. Comme il n'y avait pas de caves dans ces demeures, à cause du sol spongieux, le rez-de-chaussée servait de remise. A droite du porche un escalier menait au premier étage. Le pas de Jean-Jacques sur les marches de cyprès cognait moins fort que son propre cœur.

Elle l'attendait en haut, toujours voilée.

– Je suis contente que vous soyez venu. Entrez vite.

Il la suivit jusqu'à une vaste chambre dont les grandes fenêtres, ombragées de persiennes, donnaient sur le patio. Elle ôta sa capeline et ses voiles, les jeta sur lit de cuivre et lui fit face.

L'effet n'aurait pas été plus violent s'il avait reçu un boulet de 50 livres en pleine poitrine. Il n'avait jamais vu un aussi beau visage. L'ovale en était parfait, la bouche charnue, les yeux immenses, d'un marron clair pailleté d'or, et, au-dessus de l'arc parfait des sourcils, un grand front lisse et bombé, puis la lourde chevelure d'un noir presque bleu, qu'un chignon compliqué maîtrisait. Le nez, mince, un peu busqué, trahissait une origine espagnole, indienne peut-être.

– Vous êtes très belle, madame, et je crains de n'être pas à la hauteur de la tâche. La perfection est difficile à rendre.

Le sourire de l'inconnue l'étourdit davantage. Ses dents étaient éclatantes, parfaites, elles aussi.

– Je savais que les Français étaient flatteurs.

– Je ne suis pas français, protesta Audubon, je suis citoyen américain et je suis né en Louisiane.

– Ne vous défendez pas, je n'ai rien contre les Français, au contraire. Mon mari l'était. Et vous, êtes-vous marié?

326

– Oui.

– Votre femme est en ville?

– Non, elle est dans le Nord. Je ne l'ai pas vue depuis trois mois.

– Depuis combien de temps êtes-vous marié?

– Douze ans. Mais, pourquoi toutes ces questions, madame...

L'inconnue lui désigna un fauteuil recouvert de satin rose, l'invitant à s'asseoir.

– Appelez-moi madame André. C'est le seul nom que vous aurez à connaître. Je vous pose toutes ces questions parce que je veux être sûr de votre discrétion. Ce que j'espère de vous est un peu particulier. Je connais beaucoup de gens dans cette ville, et j'ai vu vos portraits chez le consul anglais, John Davidson, chez Etienne Carraby, et chez Lucien Forstall. J'ai pu apprécier votre talent. Mais, avez-vous déjà représenté une femme entièrement?

– Vous voulez dire, en pied?

– Je veux dire nue.

C'était donc ça. Il essaya de se défendre de cette timidité d'adolescent qui lui revenait tout à coup. Après tout, pourquoi pas? Si toutes les belles créoles se dénudaient pour lui, il aurait, en plus de l'agrément, du travail pour des mois. Le dessin d'un nu est la joie et le calvaire du peintre, ce qu'il y a de plus exaltant et de plus difficile. Il en avait fait l'expérience avec les modèles de l'atelier de David, puis maintes fois avec Lucy. Il répondit bravement :

– Oui, madame, je sais faire cela.

– Et quel prix me demanderez-vous?

– 25 dollars pour un portrait.

– Bien. Garderez-vous secrets mon nom, si vous le découvrez, et ma résidence? Pouvez-vous le jurer?

– Certainement, je le jure, madame.

Mme André se détendit soudain, son sourire se fit plus franc. Elle semblait heureuse comme une enfant qui reçoit une poupée. Quel âge avait-elle? Vingt ans, vingt-cinq tout au plus.

– Je suis heureuse que vous acceptiez, dit-elle en battant des mains. Pouvons-nous commencer aujourd'hui? Oui? Alors revenez dans une heure, je vais tout préparer.

Il se leva, elle le prit par le bras et le poussa gentiment dehors. Elle le regarda descendre l'escalier, puis, quand il fut en bas, elle posa un doigt sur ses lèvres. Un geste qui commandait le silence et qui ressemblait à l'envoi d'un baiser.

L'heure qui suivit fut pour Jean-Jacques une des plus longues de sa vie. Pour tenter d'oublier son angoisse de collégien avant un premier rendez-vous, il alla traîner à la Bourse Maspéro, le marché aux esclaves où une vente aux enchères avait lieu chaque après-midi. On y proposait des nègres « brutes », des Africains introduits en fraude en Louisiane, où la traite directe était illégale. Il y avait aussi des esclaves dont les maîtres avaient été ruinés, ou de très beaux nègres de Virginie, un État qui se livrait à l'élevage de la main-d'œuvre servile, dans de véritables « haras » nationaux. Le crieur des enchères vantait les qualités physiques de sa marchandise, la qualification professionnelle de chacun, jardiniers, maçons, valets, cochers, mais aussi couturières, cuisinières et repasseuses. Car il y avait beaucoup de négresses, et de belles quarteronnes, dont on devinait bien pour quel usage elles seraient achetées. On voyait aussi beaucoup de négrillons sans leur mère. Les esclaves n'avaient pas le droit de constituer une famille et la moindre vente dispersait à jamais des êtres unis par les liens du sang ou de l'amour. Cet usage inhumain était la cause principale des évasions d'esclaves, et ce qui choquait le plus les Européens ou les Américains du Nord. Audubon était de ceux-là. Il avait fini par admettre que dans le contexte économique du Sud, l'esclavage, « institution particulière », pouvait se justifier, et qu'après tout les nègres n'étaient pas plus malheureux dans les plantations que les ouvriers libres dans les infernales manufactures du Nord. Ne fût-ce que par intérêt, les propriétaires d'esclaves veillaient à ne pas maltraiter une main-d'œuvre qui coûtait de plus en plus cher, depuis que l'importation des nègres était presque totalement interdite. Mais que l'on sépare les familles passait difficilement auprès des esprits les plus ouverts. Régulièrement, le projet d'une loi interdisant cette pratique resurgissait, puis disparaissait sous la pression des puissants planteurs du Sud.

Audubon avait cru autrefois, en vertu de sa foi maçonnique dans les lumières et les progrès de l'esprit humain, que l'usage des esclaves allait se dissoudre dans une civilisation meilleure. Le sujet était souvent abordé dans la loge de Louisville qu'il avait fini par rejoindre. A présent, au cœur du problème, il devait bien renoncer à ses illusions. La nouvelle richesse créée par la culture du coton ancrait encore davantage les États du Sud au maintien de l'esclavage. Les positions se durcissaient, depuis la fin des guerres napoléoniennes et des blocus.

L'Angleterre en plein essor industriel réclamait le coton de l'Amérique, et les planteurs de coton, eux, réclamaient des nègres. Le Congrès des États-Unis s'efforçait de maintenir à égalité le nombre d'États esclavagistes et d'États abolitionnistes. Il y était parvenu jusqu'à l'entrée dans l'Union, l'année précédente, du Missouri, qui réclamait des esclaves, conformément à ses traditions antérieures; bien qu'il fût au nord de la ligne de partage des deux systèmes, on avait admis son exigence et créé en contrepartie un nouvel État nordiste, le Maine, obtenu par le découpage d'un bout du Massachusetts. Ce compromis du Missouri montrait bien que la faille entre les deux Amériques était loin de se combler, et que le conflit renaîtrait à chaque création d'un nouvel État à partir du « Louisiana Purchasse », l'immense territoire acquis en 1803.

La fin des enchères, à 3 heures, rappela à Jean-Jacques son étrange rendez-vous. Cette fois dans le vestibule qui précédait l'escalier, il trouva une gigantesque Noire qu'il aurait heurtée dans la pénombre si elle n'avait porté un tablier blanc et une coiffe de soubrette. Elle eut un signe de tête entendu, qui devait signifier qu'il pouvait monter.

La chambre de M\ⁿᵉ André avait bien changé. Les persiennes étaient closes, des lampes d'opaline disposées sur la cheminée de marbre blanc, sur un guéridon d'acajou, sur une console Empire, dispensaient une lumière chaude qui serait flatteuse pour le teint, il le savait et la dame aussi.

M\ⁿᵉ André n'était plus en veuve, mais dans un déshabillé de soie blanche. Sa robe noire était accrochée à un paravent recouvert du même satin rose que les fauteuils.

Le grand lit à barreaux de cuivre était recouvert d'une

profusion de coussins de dentelles, destinés sans doute à servir d'écrin à la pose lascive de la belle. Devinant l'émoi de l'artiste, elle s'approcha de lui et murmura de sa voix douce et basse :

– Je vous fais trembler à ce point? Arriverez-vous à tenir votre crayon?

Sentant que sa voix s'étranglerait, il préféra faire oui de la tête. Dans le déshabillé clair, elle paraissait beaucoup plus jeune, encore que parfaitement maîtresse d'elle-même. Elle avait défait son chignon et la cascade de ses lourds cheveux inondait ses épaules, soulignant encore la blancheur laiteuse de sa peau. Elle se dirigea vers le lit, lui fit tranquillement face, sourit, puis, sans une hésitation, laissa tomber son frêle vêtement.

Le corps tenait les promesses du visage. Le rouge aux joues, Jean-Jacques ne put s'empêcher de détailler les seins de brune, gonflés et lourds, l'amphore des hanches, le vison brillant de sa toison, les cuisses longues et pleines. Elle était digne du pinceau de Fragonard ou de Boucher, plus que de ses modestes pastels. Encore ces deux peintres étaient-ils bien mièvres, plus coquins que vraiment sensuels, comparés à la chair somptueuse qu'il contemplait.

Elle s'amusa de son examen prolongé.

– Monsieur le peintre est-il satisfait de son modèle? Et veut-il bien m'indiquer la pose?

Il choisit la plus simple et la moins fatigante pour elle : il la fit s'allonger sur le côté. Il aurait ainsi tout le loisir de découvrir, sans qu'elle se lasse, le secret de ses formes splendides. Pendant qu'il commençait à en tracer les contours, Mme André tint à préciser les termes de leur accord. Il viendrait chaque après-midi, pendant dix jours, après quoi elle devrait quitter la ville. A chaque fois, il ferait un portrait d'elle, dans une position différente, et il toucherait 25 dollars. Il calcula que 250 dollars pour réjouir ses yeux d'une telle beauté valaient bien d'être venu de si loin. Il travaillait vite, tant le sujet était exaltant et la lumière parfaite. La jeune femme avait si bien disposé les lampes qu'il la soupçonna de connaître le dessin. Elle n'était pas seulement amoureuse de son propre corps, comme il l'avait pensé au début, elle devait aussi apprécier l'art.

Tout en gardant la pose, Mme André bavardait, le questionnait sur sa vie, sa famille, ses voyages, sa passion pour les oiseaux. Elle semblait fort instruite, mais quand il la questionnait à son tour, elle se dérobait par un adorable sourire. Au bout d'une heure, elle eut froid, et se drapa dans un châle de dentelle blanche qui recouvrait le lit.

– Montrez-moi, dit-elle.

Sans aucune gêne, elle l'invita à s'asseoir près d'elle et elle examina son image. Puis elle prit son crayon et entreprit de corriger le dessin.

– C'est bien. Sauf ici, voyez-vous. Le sein est trop bas. Je sais bien que j'ai la poitrine lourde, alors, je vous en prie, flattez-moi.

Il se pencha vers elle tandis qu'elle retouchait une courbe, modifiait un modelé. Il fut frappé par le parfum qui émanait d'elle, et qui l'avait intrigué dès qu'il était entré dans cette chambre. Une senteur sucrée, qui lui rappelait furieusement quelque chose, mais quoi? Le souvenir lui revint, brutal. Le parfum de Mary Fisher... La chambre de Philadelphie, la fourrure, les seins de Mary qui jaillissaient de sa robe, sous lui. Le désir lui agrippa le ventre, son cœur doubla sa cadence. Il parvint à demander :

– Quel est ce parfum que vous portez?

– Du magnolia. C'est un onguent que l'on parfume avec cette fleur, et que l'on met sur la peau, dans l'espoir d'acquérir un teint comparable à elle. Vain espoir, mais ce sont des folies de femmes.

– Vous n'avez à envier aucune fleur, dit-il gravement, vous êtes très belle.

Elle le fixa, surprise de la sincérité du ton, et répondit doucement :

– Vous aussi, vous êtes beau. Vous avez l'air sauvage et fort, vous n'êtes pas comme les petits messieurs d'ici, vous avez l'air d'un rapace. Tenez, regardez.

Elle s'empara de son crayon, et, en quelques traits, esquissa son visage. Elle dessinait parfaitement, d'une main sûre.

– Mais je n'ai pas le nez aussi long, protesta-t-il.

Il voulut reprendre le crayon, elle se défendit en riant. Ils luttèrent un instant, le châle glissa, dénudant à nouveau la poitrine. Leurs bouches se rencontrèrent. Lorsque leur long baiser cessa, la jeune femme reprit son souffle, puis se jeta contre lui avec un soupir de triomphe.

Merveilleusement impudique dans la clarté ambrée des lampes, les yeux clos, les bras rejetés en arrière, les mains refermées sur les barreaux de cuivre, elle ronronna sous les longues caresses. Il la parcourait tout entière, s'enfouissait dans les aisselles touffues et odorantes, entre les seins dressés, dans la toison offerte. Il la dessinait de la bouche et des lèvres, inlassablement, comme s'il voulait la créer à nouveau, retenir à tout prix une chimère née de son cerveau enfiévré, effrayé qu'elle ne s'évanouisse. Enfin, ployée et gémissante, elle l'attira sur elle, et guida son désir vers le mystère brûlant et sombre où il se laissa emporter.

La belle prenait, dans l'excès du plaisir, un masque de souffrance, presque tragique, qui parvenait à l'enlaidir. Il en était intimidé, habitué qu'il était aux extases discrètes et joyeusement surprises de Lucy. Cela le retenait de conclure, de céder à la délicieuse crise dont il sentait pourtant l'imminence. Mme André, qui avait atteint le but la première, en profitait pour repartir dans une seconde course, plus vive. Quand, enfin, ils se furent rejoints dans l'assouvissement, et que le souffle leur fut revenu, elle dit, d'une voix que les cris avaient voilée :

– Tu es aussi bon amant que bon peintre. Tu es de ces étalons rares, avec qui on reste longtemps en selle. J'en ai trop connu, qui tirent tout de suite leur révérence, quand ils ne jettent pas leur poudre aux moineaux.

Elle parlait français, maintenant, décidément la langue de l'amour, avec un doux accent créole, zézayant et musical. Lovée contre son amant tout neuf, elle tortillait les longues boucles de sa chevelure d'homme des bois.

– J'aime l'amour, tu sais, ajouta-t-elle. Enfin, tu as vu, mais tu ne sais pas. Tu ne peux pas savoir ce qu'est le plaisir d'une femme, comme il est profond, comme il dure, comme il renaît de lui-même, rebondit plus haut. C'est à mourir, mais on ne meurt pas, et on n'est jamais lasse. Tandis que vous, pfuitt! envolé l'oiseau... Pauvres hommes.

– En ce moment, je ne me plains pas, objecta Jean-Jacques.

– Tu devrais. Tu connais l'histoire de Tirésias?

– Euh, un peu, c'était le devin dans l'histoire d'Œdipe, non?

– Pas seulement. Une des légendes à son propos raconte qu'il avait été transformé en femme pour avoir tué une femelle serpent, sans doute sacrée, en plein coït. Il n'avait repris son sexe d'origine que sept ans plus tard, après avoir tué le serpent mâle. Ces sept années d'expériences féminines intéressèrent l'Olympe, où les rois des dieux étaient en désaccord. Héra soutenait à Zeus, qui n'en croyait rien, que dans l'amour les femmes ont moins de plaisir que les hommes. Consulté par Zeus, Tirésias affirma que l'accouplement procure dix fois plus de plaisir aux femmes qu'aux hommes. Furieuse de voir qu'il avait révélé le secret de son sexe, Héra punit Tirésias en le rendant aveugle. En compensation, Zeus lui accorda le don de prophétie.

– C'est une belle histoire. Où as-tu appris tout cela?

– Dans des livres, bien sûr, pas à l'école. Tu sais ce qu'on apprend aux filles, par ici? A coudre, à pondre et à se taire. Il est même indécent que les femmes lisent les journaux. Il y a plus de trente mille habitants dans cette ville, et pas dix bibliothèques privées. Les créoles ne pensent qu'à s'amuser, et les Américains qu'à amasser des « piastres ».

– Pourquoi vis-tu là, alors?

Elle rit, bascula par-dessus lui, le recouvrit de son corps nu, et lui tira les oreilles.

– Je ne vis pas ici, je suis venue exprès pour faire l'amour avec toi et pour que tu fasses mon portrait. Je suis sûre que tu me représenteras mieux, maintenant que tu me connais, disons, de l'intérieur... C'est bien d'avoir un amant peintre : je vais garder un souvenir de notre rencontre. As-tu remarqué comme c'est terrible? Nos corps ne gardent pas le plaisir en mémoire.

– Bien sûr. La nature a prévu cela, pour nous donner toujours l'envie de recommencer et de perpétuer l'espèce.

Toujours juchée sur lui, elle parut réfléchir un instant, puis elle acquiesça de la tête, se pressa plus fort contre lui, chercha avidement ses lèvres.

– Ne te gêne surtout pas, dit-elle.

Fourbus de leur seconde étreinte, ils flottaient dans un demi-sommeil, quand un frôlement éveilla Jean-Jacques. La servante noire traversait la pièce, portant un grand broc d'eau chaude et un plateau de gâteaux. Il eut le réflexe de recouvrir leur nudité.

– Laisse, grogna gentiment Mme André, c'est Erzulie. C'était ma nourrice, alors ça fait longtemps qu'elle me voit nue. Et maintenant que nous avons fait connaissance, je vais te raconter ma vie, car tu as acquis le droit de comprendre. Je m'appelle Louise de Herrera. Ma famille est originaire de la partie espagnole de Saint-Domingue, et elle s'est réfugiée ici après la révolte des Noirs, il y a trente ans. C'est une grande famille, très aristocratique et très riche, ce qui explique que j'aie pu recevoir cette éducation. Il y a cinq ans, j'ai connu un jeune homme de la bonne société créole, proche de Bernard de Marigny. Il était très beau, très élégant, et il s'appelait Philippe de Saint-André. J'avais alors dix-huit ans, je lui ai plu, à mon tour, et le mariage a été conclu sans peine. J'étais très amoureuse, et j'étais très impatiente de vivre ma nuit de noces. Vois-tu, on me jugerait sûrement comme une femme perverse, mais j'ai toujours été attentive à mon corps, et j'ai bien vite su en tirer du plaisir. D'ailleurs, ici, quand on n'est pas trop niaise, les petites négresses ont tôt fait de t'apprendre les caresses solitaires. Bref, quand je me suis retrouvée, dans cette maison même, et dans ce lit où nous sommes, entre les bras du beau Philippe, je m'attendais aux délices de l'Éden. Et il est vrai que j'ai à peine senti la douleur, et qu'après j'ai... j'ai joui comme une folle. Alors le ciel m'est tombé sur la tête. Mon mari m'a sortie du lit en me traînant par les cheveux, il hurlait que j'étais une catin, une prostituée. Il m'a jetée dans l'escalier à coups de pied, puis dans la rue. J'étais toute nue. Une servante m'a donné une couverture, et je me suis réfugiée chez Erzulie. Mes parents l'avaient affranchie et elle vivait près d'ici, fort à l'aise, car elle est prêtresse vaudou. Le lendemain, j'ai appris que Philippe de Saint-André, mon beau mari, avait passé la nuit à s'enivrer avec ses amis et qu'il s'était pris de querelle avec un Américain dans une taverne de la rue Bourbon. Ça c'est terminé par un duel. Les créoles se battent pour le moindre motif, mais à l'épée, et s'arrêtent au premier sang. Malheureusement les Américains, qui ont pris cette manie, choisissent le pistolet. L'Américain en question n'était pas manchot, il était peut-être moins ivre. Mon pauvre mari a fini d'une balle dans le front, au milieu du jardin de la cathédrale. Voilà. Personne n'a connu les détails de notre première et dernière nuit, je suis devenue une jeune veuve éplorée, et j'ai hérité d'une plantation près du lac des Allemands. C'est là que je vis, dans la chasteté et le respect de mes intendants et de mes esclaves. J'ai aussi gardé cette maison intacte, et quand les démons me tourmentent – j'ai vingt-quatre ans, n'est-ce pas? – je viens ici et je trouve un bel homme, discret, et surtout étranger à La Nouvelle-Orléans et à sa région. Et je me paie ma ration de plaisir, sur le lit même dont mon imbécile de mari m'a chassée, en espérant qu'il me voit, de là où il est rendu, en enfer je suppose. Et que ce spectacle avive encore les flammes où il rôtit.

Elle se tut un instant, fixant le plafond comme si elle pouvait y voir des images de sa jeunesse dévastée.

– Tout de même, ajouta-t-elle, une plantation pour une nuit d'amour ratée, c'est un beau salaire pour une putain.

Elle frissonna, vint tout contre lui. Il la recouvrit du châle, l'entoura de ses bras.

– Après, j'ai compris pourquoi il avait agi ainsi. Les mâles créoles sont élevés dans l'idée que la femme doit être indolente et passive, ignorante et fidèle. Qu'elle connaisse le plaisir laisse craindre qu'elle pourrait souhaiter le varier. Elle ne doit savoir du sexe que ce qui est strictement nécessaire à la procréation et à l'hygiène du mari. Le plaisir est réservé aux maîtresses, les belles quarteronnes qu'ils vont chercher dans les bals nègres, les bamboulas. Ils ne songent même pas à les cacher, et souvent ils les installent en ville.

– Pourquoi ne prends-tu pas un autre mari?

– Mon amour, parce que les meilleurs sont déjà mariés. Et puis parce que je ne veux pas tomber à nouveau sous la coupe d'un mâle exclusif et autoritaire. Une veuve a beaucoup d'avantages : le prestige, l'indépendance, l'administration de ses biens. Il n'y a que l'amour qui lui soit interdit : la moindre liaison, même discrète, provoque un scandale, éclabousse la famille et oblige la pécheresse à quitter le pays. C'est pourquoi, si tu m'aimes un peu, je te supplie de ne révéler nos rencontres à personne.

Jean-Jacques renouvela son serment, embrassa le front lisse de Louise, à la naissance des cheveux, cueillit du bout de la langue deux larmes salées qui perlaient au coin des grands yeux d'or sombre.

– Tu n'as pas peur d'avoir un enfant?

– Je t'ai dit qu'Erzulie était une mambo, une prêtresse vaudou. Erzulie, c'est le nom d'un loa, un génie, si tu veux, qui s'occupe des choses de l'amour. Mon Erzulie à moi connaît certaines drogues...

Quand il quitta la chambre, à la nuit tombante, la Noire était au bas de l'escalier. Elle le salua avec un sourire complice. Elle appréciait qu'il eût convenablement satisfait Madame. Ainsi passa la merveilleuse décade. Chaque après-midi, elle posait, ils s'aimaient. Jean-Jacques s'habitua aux jouissances brutales de Louise, à son avidité. Il se mit à l'unisson de ses curiosités, ils variaient là aussi les poses, leurs étreintes devenaient des luttes.

Il la taquinait parce qu'au suprême instant, elle poussait de petits « oui! oui! » aigus, comme une fauvette. Elle répliqua que son sexe érigé ressemblait au grand aigle chauve dont il lui avait montré le dessin. Une image qui ne semblait pas l'effrayer. Son visage glissait souvent sur le ventre de son amant, vers le membre viril avec lequel elle entretenait des dialogues passionnés. Jean-Jacques apprit dans ces occasions, et dans d'autres, que la femme peut offrir plus d'une voie à l'amour. Il aimait dessiner son visage après leurs folies, et il s'appliquait à représenter les cernes mauves qui ombraient alors ses yeux. C'étaient les portraits qu'elle préférait. Après, ils se baignaient dans une grande baignoire de cuivre rouge, derrière le paravent de satin, et elle le lavait comme un enfant.

Le dixième jour, elle ne posa pas. Ils ne firent que l'amour, doucement, avec plus de tendresse. Elle pleura un peu, nichée dans son cou, elle se cacha sous ses longs cheveux. Ils dormirent aussi, mêlés l'un à l'autre, comme s'ils souhaitaient ne pas se réveiller, ou alors très loin, ailleurs, où rien ne les séparerait.

De la séparation, elle ne parla pas. Il n'osa rien dire. Au moment où il la quittait, Louise se serra étroitement contre lui, lui donna sa bouche, plus violemment que jamais et murmura :

– Viens demain.

Il s'enfuit le cœur léger. Elle lui donnait un sursis, elle avait retardé son départ, pour longtemps, peut-être.

Quand il se présenta rue Amour, le lendemain, Erzulie l'attendait derrière la grille.

– Madame est partie, dit-elle. Elle ne reviendra pas. Vous non plus, il ne faut pas revenir.

Elle lui remit un paquet, assez long, puis elle referma la grille et disparut dans l'ombre. Il se doutait bien que c'était le cadeau que Louise avait promis, quand il avait refusé de recevoir de l'argent d'elle. Il revint mélancoliquement au *flat-boat* et défit le paquet. Il contenait un luxueux fusil de chasse anglais, à double canon de damas. La platine, finement gravée, portait une inscription en lettres cursives : « Ne refuse pas ce don d'une amie qui t'est reconnaissante. Puisse-t-il t'égaler. » La phrase était en français, ce qu'il ressentit comme un dernier message intime de sa folle amante. Il sépara le canon du fût et, à l'aide d'un poinçon, il inscrivit, dans un endroit que le bois cacherait, son nom et une date : 22 février 1821. Puis, dans un endroit secret du mécanisme, là où personne ne le trouverait, il grava un simple prénom : Louise.

2

Aux approches de l'été, La Nouvelle-Orléans devenait difficilement supportable, tant la chaleur était suffocante, l'air moite et chargé des effluves des marais. La cité allait d'ailleurs se vider sous peu de ses habitants les plus riches, ceux qui avaient une plantation dans le nord de la ville ou des résidences d'été près du lac Pontchartrain, où l'air était réputé plus salubre. En effet, plus que l'inconfort, on craignait l'épidémie annuelle de fièvre jaune. L'été précédent, elle avait fait deux cents morts dans la ville. Une des victimes les plus notoires avait été Benjamin Latrobe, le célèbre architecte anglais, le créateur du capitole de Washington et du style Greek Revival, qui faisait fureur dans le nouveau quartier des Américains, le faubourg Sainte-Marie. L'artiste, qui en vingt ans avait donné à l'Amérique, et pour longtemps, une personnalité architecturale en accord avec son idéal antique, avait été enseveli à la hâte. Il reposait maintenant au cimetière Saint-Louis, près de son fils aîné, mort aussi de la fièvre jaune trois ans plus tôt.

Audubon se sentait menacé, car on savait que la terrible maladie frappait moins les créoles et les Noirs, naturellement immunisés, que les étrangers ou les Américains du Nord. De plus, il le voyait bien, avec l'exode estival, il allait perdre la clientèle des portraits qui le nourrissait encore. Enfin les migrateurs étaient aussi remontés vers le nord. Il n'avait plus rien à faire à La Nouvelle-Orléans, d'autant moins qu'à chaque fois qu'il traversait le Vieux Carré, ou qu'il chassait dans les bayous avec son beau fusil, le souvenir de Louise le torturait.

Les lettres de Lucy ne lui réchauffaient pas le cœur. Lucy semblait perdre patience, elle s'étonnait que son absence se prolonge à ce point, puis elle réclamait de l'argent pour dépendre moins de sa famille. Audubon lui envoyait tout ce qu'il pouvait, avec l'arrière-pensée que Tom Bakewell pouvait bien secourir sa sœur, lui qui s'était tiré indemne du naufrage d'Henderson. Il avait le sentiment très net que Lucy, dès son départ, était retombée sous la coupe des Bakewell et que les pressions quotidiennes lui avaient fait perdre confiance.

Dans ses réponses, Jean-Jacques tentait de la rassurer, lui décrivait sa vie, au jour le jour, ses découvertes de nouveaux spécimens et même sa rencontre avec « Madame André ». A ce propos, son récit se limitait à l'aspect purement professionnel. Il n'éprouvait d'ailleurs pas de remords d'avoir trompé Lucy. Depuis toujours il avait rangé à part les sentiments et le sexe. Lucy et Louise n'habitaient pas la même planète, pas plus qu'autrefois Claire de Cordemais. Il avait toujours su que son expérience avec la belle créole était sans lendemain. Il en gardait, comme un naturaliste, le souvenir d'une expérience émouvante, qui s'inscrit puissamment dans la mémoire, mais dont on sait qu'elle a bien peu de chances de se renouveler.

En mars, Nicholas Berthoud était reparti pour Louisville à bord du *Columbus*, et il avait vendu son *keel-boat*. Audubon avait trouvé à se loger dans une petite et pauvre maison de Barracks Street, près de la levée, avec Joseph Mason et le Capitaine Cummings, qui avait refait surface. Audubon avait confié à son beau-frère les dessins nouveaux dont il était le plus fier, afin d'apporter à Lucy une preuve de son travail. Vingt oiseaux, dont huit n'étaient pas mentionnés par Wilson. Vingt œuvres complètement achevées, enrichies du décor floral de Joseph Mason, peintes au pastel et à l'aquarelle, en grandeur naturelle. Parmi les immenses feuilles que Berthoud convoya, il y avait des chefs-d'œuvre comme le pélican brun, la dinde sauvage, le faucon des marais, le plongeon imbrin et l'aigle chauve, ou pyrargue à tête blanche, le préféré de Louise de Saint-André...

Au début de juin, parvint à Jean-Jacques une lettre de Lucy encore plus sombre que les précédentes. Elle lui apprenait qu'un double deuil avait frappé Fatland Ford. Rebecca avait succombé à une fièvre maligne et, quelques semaines plus tard, William Bakewell l'avait suivie dans la mort. Accablé par la perte d'une seconde épouse qu'il était le seul à chérir, diminué par la maladie, le vieux William s'était endormi en plein soleil, dans le jardin, près des tombes de ses deux femmes. L'insolation l'avait terrassé. Fatland Ford avait été vendue au docteur Watherhill. Lucy ne recueillait rien de l'héritage de son père. Depuis longtemps, elle avait touché sa part, qui était partie en fumée dans les chaudières infernales du moulin d'Henderson.

– Mon passé s'en va en miettes, dit Audubon au major Croghan. Les deux hommes s'étaient retrouvés par hasard au *Café des Réfugiés*, un endroit à la mode, dans la rue Saint-Philippe, qui avait été le fief des créoles de Saint-Domingue. Comme beaucoup de Kentuckiens, le major venait humer l'air de La Nouvelle-Orléans, un nouvel Eldorado selon les affairistes, une nouvelle Sodome selon les pasteurs de Boston.

– Ce sentiment est de vôtre âge, répondit le major. C'est la loi naturelle. Ne vous laissez pas abattre. Vous êtes un grand artiste, notre pauvre James Berthoud le répétait sans cesse. Un jour, vous serez reconnu comme tel. Tenez bon. Soyez ambitieux. Et, si vous n'êtes plus assez jeune pour l'ambition, que ce soit la vengeance qui vous anime.

– J'ai les deux, affirma Audubon. L'ambition intacte et le goût de la vengeance.

Croghan l'invita à dîner en l'honneur des « Oiseaux d'Amérique », le projet dont Jean-Jacques l'avait informé et qui enchantait le major.

Le dîner fut interrompu par Romain Pamar qui se précipita sur Audubon.

– Je vous cherchais partout. J'ai laissé un mot chez vous, à Mason. J'ai une cliente qui veut un professeur de dessin pour sa fille. Comme j'ai su que vous vouliez quitter la ville, je lui ai parlé de vous. Elle habite une plantation, près de Bayou Sara. Si ça vous intéresse, elle sera demain à midi dans mon magasin.

Le lendemain, à 12 h 15, l'affaire était conclue. Mme James Pirrie aimait mener rondement les choses et les gens.

C'était une femme qui approchait de la cinquantaine, un peu lourde, les traits massifs. Quelque chose dans son air disait que sa fortune était récente. Une jeune fille trottinait derrière elle, intimidée. Eliza, la future élève, avait quinze ans.

– Vous aurez 60 dollars par mois, décréta Mme Pirrie, vous aurez le gîte, le couvert, vous serez blanchi, et vous aurez les matinées à votre convenance, avec votre assistant, pour vos travaux.

Audubon aurait bien demandé 100 dollars, mais apparemment le bayou Sara ne serait pas le fleuve Pactole. Pamar l'avait prévenu que James Pirrie, le mari de la dame, était écossais. Il accepta néanmoins, trop heureux de s'enfuir de la fournaise nauséabonde de la Cité du Croissant.

Joseph et Jean-Jacques déménagèrent donc leurs maigres richesses du logis de Barracks Street et embarquèrent sur le vapeur *Columbus* le 15 juin. Samuel Cummings les accompagnait. Lui, il avait passé l'hiver comme pilote dans le delta, un travail bien payé, mais il avait presque tout perdu au craps dans les bouges du Swamp. Il retournait à Philadelphie pour s'engager sur un navire hauturier.

– J'en ai assez de l'eau douce et de la pluie chaude, disait-il. Donnez-moi de beaux embruns bien glacés et un océan bien salé.

Alexander Gordon était également du voyage. Le négociant continuait jusqu'à Pittsburgh, où il serait reçu par Benjamin Bakewell, son vieil ami. Audubon le chargea de remettre au passage une lettre, quelques dollars et des dessins à Lucy, à Shippingport.

Le *Columbus* faisait partie de la nouvelle génération des *steam-boats*, bien différents du premier *New Orleans* de Nicholas Roosevelt. Il était mû par une seule grande roue à aubes, située tout à l'arrière, et dont les énormes pales plongeaient à peine dans l'eau tant le fleuve, souvent, était peu profond. Pour la même raison, le fond du bateau était plat et la machine implantée au-dessus de la flottaison, ce qui augmentait la sécurité. Pour être plus logeables, les vapeurs étaient condamnés à gagner en hauteur, si bien que, les immenses cheminées exceptées, ils finissaient par ressembler, avec leurs longs balcons ouvragés, aux maisons de plantations. Jusqu'à Bayou Sara, les 165 milles étaient couverts en quatre jours. Le bateau allait moins vite contre le courant, et il s'arrêtait souvent. Les passagers se faisaient déposer directement sur l'embarcadère de leur propriété ou bien le capitaine avait à livrer des marchandises dont un riche planteur lui avait confié l'achat, à La Nouvelle-Orléans. Cela allait du piano à la bouteille de parfum. Il fallait souvent faire du bois, car les chaudières étaient gourmandes. Trouver du combustible n'était pas un problème, le fleuve était bordé de forêts marécageuses, et de plus en plus de pauvres hères s'installaient dans ces endroits désolés, infestés de moustiques et de crocodiles, pour abattre et débiter les arbres, en attendant le passage des *steam-boats*.

C'était la première fois qu'Audubon voyageait en cabine, et non pas sur le pont. Mme Pirrie avait au moins consenti à cette dépense pour Joseph et lui. Il n'y avait que deux cabines, une pour les hommes, l'autre pour les femmes, cette dernière sous le pont supérieur, moins bruyant, avec des rideaux aux fenêtres, et une vingtaine de lits protégés de moustiquaires. Au-dessus du pont, la chambre des messieurs était organisée en treize compartiments de deux couchettes. Les deux cabines étaient meublées comme des demeures classiques, avec des sofas, des miroirs, des chaises et des tapis. Le règlement du bord indiquait que tout homme qui descendrait l'escalier menant chez les dames, sans l'autorisation du capitaine et de toutes les passagères, serait passible d'une amende de 2 dollars. Le même tarif s'appliquait si on se couchait avec ses bottes. On était prié d'utiliser les crachoirs et non le tapis. D'après l'état de celui-ci, la recommandation n'était guère suivie. Le règlement n'était destiné qu'aux hommes, tant il était inconcevable qu'une femme puisse se conduire de manière déplacée. Pendant les journées d'été, les passagers résidaient plus volontiers sur le pont, à l'abri des tauds et des ombrelles. La grande hauteur des bateaux permettait de voir par-dessus la levée qui bordait le Mississippi jusqu'à Baton Rouge. On admirait ainsi au passage les belles maisons qui se succédaient par dizaines, blotties sous leurs vieux chênes moussus, au milieu des champs de canne ou de coton, à mesure que le vapeur crachotant et vibrant fendait les eaux boueuses et rougeâtres.

Le 18 juin, à la fin d'un après-midi torride, le *Columbus* atteignit Bayou Sara, le port et le centre commercial de la paroisse de West Feliciana, au cœur d'une région que le coton rendait chaque jour plus riche. Une bourgade jumelle se développait en arrière du fleuve, Saint Francisville. Située au sommet d'une colline, abritée des inondations, moins soumise à la promiscuité des gens du Mississippi, elle semblait devoir supplanter sa rivale d'en bas.

Dès que les maisons de bois blanches, groupées autour de la petite église au toit pentu, se furent éloignées, Audubon se rendit compte qu'il avait atteint le paradis des oiseaux, et donc des ornithologues. La calèche découverte qui était venue chercher les Pirrie laissait parvenir une brise chaude qui portait les parfums du soleil couchant, une bouffée d'oranger ou de magnolia. Les 4 miles du sentier qui menait à la demeure des Pirrie étaient bordés de hêtres, de peupliers, de buissons de houx, d'où montaient les piaillements des fauvettes et des grives. Des milans et des éperviers tournaient dans le ciel déjà sombre, où de longs filaments de nuages immobiles rougeoyaient.

— C'est beau, monsieur, il y aura de l'ouvrage, dit Joseph Mason.

Audubon trouva la maison de ses hôtes simple et harmonieuse. Au centre d'un grand parc touffu, d'où émergeaient de hauts chênes verts parés de mousse espagnole, elle comprenait un rez-de-chaussée de briques rouges et deux étages en bois de cyprès peint en blanc. Chacun de ces étages se prolongeait, sur les deux façades, par deux grandes galeries fermées de persiennes. Les deux pignons étaient égayés par des cheminées extérieures, en briques roses. Le toit à deux pentes était percé des mansardes du vaste grenier et recouvert de tuiles de bois noires. Cette architecture, étudiée pour l'ombre et la fraîcheur, était très proche de celle des maisons des Caraïbes. C'était sûrement depuis une galerie semblable, dans l' « habitation » des Cayes, que la blonde Jeanne ou la brune Catherine guettaient le retour du capitaine.

A Oakley Plantation, Audubon eut tout de suite d'excellents rapports avec le maître des lieux. James Pirrie était un homme de cinquante-deux ans, jovial, au teint rubicond, qui aimait la vie, le coton et les liqueurs. Quand il avait un peu abusé de la bouteille, il racontait sa guerre. Lorsqu'il était venu dans cette région, depuis son Écosse natale, elle était sous domination espagnole, comme toute la Floride de l'Ouest. En 1810, le président Madison, inquiet de voir cette portion du territoire échapper à l'« Achat louisianais », et une des rives du Mississippi sous contrôle étranger, en avait proclamé l'annexion. Volant au secours de la victoire, les planteurs d'origine anglaise avaient expulsé les Espagnols, attaqué le fort de Baton Rouge, et proclamé une république indépendante, qui ne dura guère plus que les magnolias : soixante-quatorze jours. Après quoi on s'accommoda très bien de la bannière étoilée. James Pirrie en gardait le souvenir de l'aventure de sa vie.

Auparavant, il avait épousé Lucy Alston, veuve de Ruffin Gray, qui apportait dans sa corbeille de mariage la plantation de son défunt mari, Oakley, et deux enfants, Ruffin et Mary-Ann. En octobre 1805, Eliza était née, et en 1808 avait commencé la construction de la nouvelle maison. Depuis 1815, les Pirrie avaient abandonné l'indigo et la canne pour le coton, ce qui avait encore augmenté leur fortune. Si l'extérieur d'Oakley n'avait pas la prétention des palais néo-grecs qu'on commençait à voir autour de La Nouvelle-Orléans et de Natchez, l'ameublement n'était pas moins luxueux. Les grandes fenêtres étaient drapées de soie dorée, les pièces de séjour éclairées de lustres de cristal. Des tapis français recouvraient les parquets d'érable, les meubles étaient anglais, ou dans le style Empire américain, toujours en vogue. Le domaine de Jean-Jacques était la grande salle de musique, où trônaient un piano blanc et un clavecin. Eliza touchait assez bien le clavier et chantait à ravir.

La jeune fille était menue, d'apparence fragile, mais elle était vive et enjouée, beaucoup moins timide qu'elle n'avait paru d'abord. De grands yeux noirs, toujours rieurs, éclairaient son petit visage. Audubon s'attacha à elle. En plus du dessin, il lui apprenait des chansons, l'exerçait à la danse, l'obligeait à parler français. Il lui donnait aussi des leçons de tissage et de broderie et lui enseignait l'art de coiffer ses longs cheveux noirs et de se faire des nattes. Eliza était douée et docile, et les après-midi passaient vite.

Mme Pirrie répandait dans le voisinage des compliments sur son curieux précepteur aux cheveux longs. James Pirrie avait ameuté les chasseurs du voisinage, dont quelques Indiens, pour qu'ils rapportent à Oakley des spécimens d'oiseaux rares, ou en signalent la présence.

Chaque matin, dès l'aube, Jean-Jacques et Joseph chassaient dans la campagne, ratissaient les bois, les étangs voisins du fleuve, les petits lacs, les abords des ruisseaux et du bayou Sara. Le soir, dans leur chambre, ils dessinaient sans désemparer. Les gros classeurs de cuir se gonflaient des portraits de l'ibis rouge, du moqueur, des perroquets, des loriots, des roitelets, des cardinaux, du grand dindon sauvage. La seule ombre au charmant tableau de la vie à Oakley, c'étaient les visites, heureusement assez rares, de la demi-sœur d'Eliza, Mary-Ann, qui vivait avec son mari dans la plantation voisine, Locust Grove. C'était une jeune femme sèche et prétentieuse, visiblement fière de son argent. Pour des raisons obscures, elle semblait détester les précepteurs, et Audubon en particulier. Elle se moquait ouvertement de lui et le traitait comme un valet ridicule. Ce qui mettait en fureur James Pirrie, quand cela se produisait pendant le dîner. Il y avait alors autour de la grande table d'acajou de longs silences gênés. On n'entendait plus que le battement du *punkah*, un grand panneau orné suspendu au plafond, qui servait à la fois de chasse-mouches et d'éventail. Par un système de cordes, un jeune esclave l'actionnait depuis la pièce voisine.

Au fil des jours, Eliza devenait de plus en plus familière avec Jean-Jacques. Elle l'embrassait souvent sur la joue, lui faisait des confidences chuchotées à table, proclamait qu'elle l'adorait. Parfois, le soir, elle l'appelait dans sa chambre, en grand mystère, alors qu'elle portait une tenue de nuit légère qui révélait ses petits seins. Elle lui demandait de l'aider à défaire ses tresses, à peigner ses longs cheveux. Il était perplexe. Était-ce de l'innocence ou de la perversité? La chambre était celle d'une enfant : un petit lit à baldaquin, une commode peinte, un cheval à bascule, une calèche miniature, des poupées de carton verni. C'est bien comme une enfant qu'il s'efforçait de la considérer dans ces secrets tête-à-tête. Ce n'était pas toujours facile. Il n'était pas un vieillard, il faisait chaud, et Louise avait disparu depuis six mois...

Était-ce l'approche de ses seize ans? Ou les filles s'épanouissent-elles en été? Eliza, subrepticement, devenait une femme. Il y avait aussi quelques jeunes gens qui venaient souvent à Oakley et montraient un intérêt excessif pour les récits de James Pirrie.

Un après-midi, elle lui avoua brusquement:

— John, j'ai regardé vos dessins, dans votre chambre. J'ai trouvé celui d'une femme toute nue. Elle est très belle. C'est la vôtre?

Il faillit bondir; ainsi elle était tombée sur le portrait de Louise qu'il avait pu conserver.

— Non, ce n'est pas mon épouse, c'est un modèle, quelqu'un qui a voulu poser pour moi.

— On peut poser nue, comme ça, devant un inconnu?

— Oui, Eliza, ça arrive à tous les peintres.

— C'est incroyable. Et moi, vous me dessineriez toute nue?

Il tenta de garder un ton naturel, afin de minimiser l'événement.

— Euh, je ne crois pas que votre mère serait d'accord.

— Oh, bien sûr, je ne suis pas aussi belle que la femme de votre dessin. Elle, elle a une belle poitrine, toute ronde. Moi, j'ai l'air d'un chat maigre, je sais. Vous avez fait l'amour avec elle?

— Voyons, Eliza, je vous ai dit que ce n'était pas mon épouse. Et puis je n'ai pas à parler de ces choses avec vous.

— Vous êtes mon précepteur, vous devez tout me dire, fit-elle avec une colère d'enfant gâtée. J'en ai assez qu'on me cache tout. J'ai seize ans, j'ai le droit de savoir. D'abord je vais bientôt me marier, j'ai des amoureux. Ensuite je sais très bien comment on fait l'amour.

— Et comment le savez-vous? dit Jean-Jacques, stupéfait.

346

– J'ai vu ma demi-sœur, Mary-Ann, avec son mari, Jedediah Smith, qui est bien laid, d'ailleurs. On s'embrasse sur la bouche.

– Ah bon, murmura-t-il, rassuré. Et, à propos des enfants...

Eliza haussa les épaules.

– Oh, les enfants, on sait bien qu'ils nous poussent dans le ventre, quand on grandit. J'espère qu'il m'en poussera beaucoup. Vous ne voulez pas faire l'amour avec moi?

– Quoi? Ah oui, vous voulez dire vous embrasser?

– Oui, sur la bouche. J'en ai tellement envie. Je voudrais savoir ce que ça fait, j'ai bien le droit.

Il lutta un instant contre lui-même, se fit honte et déclara dignement avant de s'enfuir :

– Non, mademoiselle. Vous ferez cela avec votre mari.

Audubon ne tarda pas à savoir quels étaient les soupirants les mieux placés de sa « petite Eliza ». Un avocat, fils de planteurs voisins, John Colt, assez mal vu des Pirrie. Un jeune médecin de Saint Francisville, Ira Smith, apparemment le favori.

Le 15 septembre, Eliza eut un accès de fièvre. Mme Pirrie, qui avait perdu de nombreux enfants en bas âge, fut terrorisée et donna les pleins pouvoirs au docteur Smith. Lequel en profita pour faire son entrée en force dans Oakley Plantation. En vertu de sa science, il confina la jeune fille dans sa chambre, interdit toutes les visites et toute leçon de quoi que ce soit. Le but était évidemment de mettre un terme aux assiduités de Colt, son rival. Dans le même temps, il se débarrassait de l'étrange Français, auquel sa patiente semblait trop attachée à son goût. Les ordres du docteur furent scrupuleusement suivis, si bien qu'au bout de trois semaines, alors qu'Eliza semblait parfaitement remise, ils étaient toujours en vigueur.

Audubon ne s'en plaignait pas; après tout il n'en avait que plus de temps pour ses oiseaux. C'est alors qu'une lettre de Lucy lui parvint, accompagnée de l'habituelle demande d'argent. Il s'en alla donc trouver Mme Pirrie, afin de lui réclamer ses gages depuis la mi-juin, soit 200 dollars.

– Mais je ne vous dois que 180 dollars, se récria Mᵐᵉ Pirrie, soit trois mois de leçons, lesquelles sont interrompues depuis la mi-septembre, que je sache.

– Madame, objecta calmement Audubon, je ne suis en rien responsable de la maladie de votre fille.

– Monsieur, dit Mᵐᵉ Pirrie avec hauteur, chez moi on est payé quand on travaille, et non à ne rien faire.

Il vit bien qu'il n'avait pas à discuter.

– Parfait. Et si les prescriptions du docteur Smith se prolongent?

– Le docteur Smith sera obéi aussi longtemps qu'il le jugera bon.

– Dans ce cas, madame, je crois que ma présence sous votre toit ne se justifie plus. D'ailleurs, il était convenu que vous m'engagiez pour la saison d'été, et elle se termine.

– Comme vous voudrez, dit sèchement Mᵐᵉ Pirrie en quittant la pièce.

Elle n'allait tout de même pas supplier quelqu'un qui n'était après tout qu'une sorte de domestique.

Eliza fut bien triste, James Pirrie grogna, mais c'était son épouse qui tenait la barre, et il alla noyer dans le brandy son chagrin de perdre Jean-Jacques, qui savait si bien l'écouter.

Le dimanche 20 octobre à l'aube, Audubon et Mason quittaient Bayou Sarah à bord du steamer *Ramapo*. Cette fois ils voyageaient sur le pont, par souci d'économie, encore que le voyage dans le sens du courant coûtât deux fois moins cher qu'à la remontée. Il durait aussi moins longtemps. Le lendemain, à 2 heures de l'après-midi, ils étaient devant le Cabildo.

Malgré l'incident final, Audubon était enchanté de son séjour à Oakley. Il avait découvert la région idéale pour ses travaux, enrichi sa collection et gagné 180 dollars. Joseph Mason, lui, avait hérité d'une garde-robe toute neuve. Mᵐᵉ Pirrie avait toujours eu une grande tendresse pour le jeune garçon, et elle lui avait donné tous les vêtements de son fils Ruffin, mort à l'âge de quinze ans.

– Il faut vous faire couper les cheveux, mon ami, et acheter quelques vêtements décents, déclara Romain Pamar. J'ai beaucoup de clients qui vous réclament, vos portraits ont fait le tour de la ville. Mais dans l'état où vous êtes, vous allez effrayer leurs enfants.

– Je n'ai pas l'air d'effrayer les vôtres, sourit Audubon.

La petite Adèle, la fille des Pamar, avait grimpé sur ses genoux et tentait de continuer son escalade en s'agrippant à ses longues boucles.

– Mais je vous promets de suivre vos conseils, ajouta-t-il.

Ils dînaient dans l'appartement des négociants, au-dessus de leur magasin de la rue de Chartres. Dès qu'ils avaient débarqué du *Ramapo*, Jean-Jacques s'était précipité avec Joseph chez ceux qu'il considérait comme ses seuls amis sûrs. Romain Pamar avait sauté en l'air, l'avait gratifié de deux baisers sonores, à la manière créole. Mercedes, son épouse, avait poussé des cris devant la mine de Joseph et l'avait confié à une servante pour le remettre en état.

– Vous devriez vous trouver une maison, dit Pamar. Une petite, pas trop chère, comme celles qu'on faisait autrefois. J'en connais une ou deux dans le Vieux Carré. Ça vous permettrait d'ouvrir une école. On en a grand besoin, par ici. Vous pourriez enseigner avec votre femme. Enfin, si vous avez l'intention de rester dans la région. Où en êtes-vous, de vos oiseaux?

– Eh bien, depuis que j'ai quitté Cincinnati, j'en ai ajouté 62 à ma collection. Ce n'est pas mal, mais je suis loin du compte. Il doit m'en manquer à peu près 200. Ce n'est pas dans le nord que je les trouverai, mais ici.

– Votre épouse est d'accord pour vous rejoindre?

– Elle ne l'était pas jusqu'à présent. Elle estimait qu'elle-même et surtout nos garçons étaient plus en sûreté dans sa famille qu'auprès d'un vagabond comme moi, dans un pays inconnu. Même si elle souffrait dans son orgueil d'être à la charge des siens. Les choses ont un peu changé depuis l'été. Son frère, Thomas, qui construit des steamers, est parti installer des chantiers plus importants à Pittsburgh.

Et sa sœur, Eliza, sous le prétexte d'une santé fragile, a un peu tendance à se décharger sur elle du soin de ses trois enfants. J'ai donc bien l'impression que cette fois Lucy en a assez de jouer les Cendrillon, et qu'elle pourrait bien préférer l'aventure avec moi.

– Oh oui, applaudit Mercedes, dites-lui de venir. C'est plus gai ici que chez ces maudits Kaintocks. Et nous prendrons bien soin d'elle.

Trois jours plus tard, Jean-Jacques écrivit une lettre pressante à Lucy, l'informant que tout était près pour la recevoir avec Victor et John. Il avait loué, pour 17 dollars par mois, une petite maison au 55, de la rue Dauphine, entre la rue Saint-Louis et la rue de Toulouse. Ce n'était pas un palais, mais une modeste bicoque sans étage, avec quatre pièces et un toit d'ardoises. Après avoir longtemps cherché dans le Vieux Carré, il n'avait rien trouvé de mieux pour une somme raisonnable. Il était souvent passé devant le 26, rue Amour. La maison paraissait vide. Il se fit couper les cheveux et s'acheta un habit neuf, en nankin, de couleur jaune, comme l'est généralement cette étoffe. Dans une ville où on portait volontiers des tissus de teinte vive, cela n'avait rien de choquant.

Puis il se lança de nouveau à l'assaut de La Nouvelle-Orléans. En plus des petites Adèle et Euphrosine Pamar, son principal client devint bientôt William Brand, un riche bâtisseur. Audubon l'avait connu à Oakley, où Brand venait parfois, du temps qu'il faisait sa cour à Anne Browden, une jeune fille de la région. A présent qu'il était marié avec la belle Anne, il souhaitait que son épouse apportât quelques améliorations à sa culture, demeurée plutôt rustique, comme c'était souvent le cas dans les plantations. Brand ayant particulièrement admiré ses dessins, Jean-Jacques n'avait pas hésité à frapper à sa porte, et il s'en était bien trouvé. Non seulement il avait obtenu l'épouse de Brand comme élève, mais son fils d'un premier mariage, le jeune William Junior.

Sa survie matérielle tant bien que mal assurée, il reprit contact avec les chasseurs du French Market dont l'un, Gilbert Broyard, était particulièrement efficace. Sa région de prédilection était Barataria, des marais inextricables, à l'extrême bout du Delta, au fond d'une baie qui avait été autrefois le repaire du corsaire Jean Laffitte.

— J'ai trouvé une belle bête, annonça-t-il un matin, en se présentant rue Dauphine avec une superbe grue blanche. C'est une grue du Canada, mais elle doit être vieille. D'habitude elles sont grises, et moins lourdes! Le chasseur commettait l'erreur de croire, comme Audubon et d'autres naturalistes, que la grue grise du Canada est une jeune grue blanche, alors que ce sont des espèces distinctes. Pour la première fois, Jean-Jacques se trouvait prisonnier de son système, qui consistait à représenter les oiseaux en grandeur naturelle. Cette fois, la bête dépassait le cadre de la feuille, qui était pourtant d'un très grand format, à peu près 1 mètre sur 75 centimètres.

— Il faut lui couper la queue, monsieur, dit Mason, désolé.

Ce fut en effet l'unique solution; la grue blanche américaine est le seul oiseau d'Audubon qui ne figure pas entier dans le dessin. Malgré cela, il eut le sentiment d'avoir réalisé une de ses plus belles œuvres, après que Joseph l'eut ornée d'un décor de bayou et de deux petits alligators que la grue s'apprêtait à dévorer.

Deux semaines plus tard, Gilbert Broyard se présenta rue Dauphine, hilare :

— J'en ai trouvé un encore plus gros!

Sur ses robustes épaules, il transportait un cygne trompette, dont le corps inerte se lovait autour de sa nuque tannée, comme une écharpe grotesque. Jean-Jacques eut un instant de panique, l'oiseau ne tiendrait jamais sur la feuille. Il finit par trouver une solution vraisemblable, en représentant le cygne allongé dans les herbes, le cou rejeté en arrière, comme lorsqu'il se sèche et s'enduit les plumes.

L'excitation du travail lui faisait oublier son angoisse. Lucy n'avait pas répondu. Refusait-elle de venir? Plusieurs fois par semaine, il allait voir débarquer les passagers des steamers, et il repartait déçu.

A la mi-décembre, il donnait une leçon au jeune William, lorsqu'une visiteuse se fit annoncer : Eliza Pirrie. Il en fut surpris, puis se rappela que les deux familles étaient liées.

– M. et Mme Brand ne sont pas là, dit-il après que la jeune fille lui eut tendu la main.

– Mais c'est vous que je viens voir, John. Nous sommes arrivés hier, et vous êtes ma première visite. Vous m'avez beaucoup manqué cet automne. La maison était bien vide après votre départ. Papa était très fâché contre maman, parce qu'elle vous avait laissé partir. Et moi aussi.

– Il fallait bien, Eliza. Et votre docteur?

– Je ne veux plus le voir, je suis fâchée avec lui. Il m'a enfermée tout l'automne, et si je l'épouse il m'enfermera toute ma vie. L'ennui, c'est que le docteur Smith est le préféré de ma mère. Elle a terriblement peur de la maladie, elle aimerait avoir un médecin dans la famille. Qu'elle ne paierait pas, bien sûr.

Audubon apprécia l'allusion. Il fit un signe au petit William, qui regagna sa chambre.

– En fait, soupira Eliza, il me semble que le seul homme que j'aime, ce soit vous, John. Les autres sont terriblement ennuyeux. Mais c'est un amour impossible, n'est-ce pas?

– J'en ai peur, dit-il d'un ton qu'il voulait léger, pour cacher combien il était ému.

– C'est bête, la vie est bête. Est-ce que vous viendrez à Oakley, l'été prochain?

– J'aimerais bien, cela ne dépend pas de moi. En tout cas je retournerai dans les parages; cette région est très importante pour mes travaux.

– Merveilleux, applaudit Eliza, nous nous reverrons, alors!

Puis elle enchaîna :

– Votre femme va vous rejoindre?

– Je l'espère. Et j'ai deux grands garçons, vous savez, qui me manquent.

– Quelle chance elle a, votre femme, de vous avoir. Elle le sait?

– Vous êtes indulgente, vous, dit-il avec une moue résignée. Autrefois, quand nous étions un peu riches, peut-être pensait-elle comme vous. Ce qu'elle éprouve maintenant, je l'ignore. La pauvreté et les sentiments ne font pas longtemps bon ménage, sauf dans les romans. Je serais navré de vous décevoir, Eliza, mais c'est ainsi.

Elle le prit par le bras et l'entraîna hors du petit salon des Brand, qui servait de salle d'étude.

– Allons, pas d'idées noires, cher grand artiste. Raccompagnez-moi; j'ai renvoyé ma voiture, et cette ville est pleine de gens encore plus louches que vous.

De chez les Brand, rue de Bourgone, ils flânèrent jusqu'à la rue Royale, où les Pirrie résidaient tout l'hiver. Quand Eliza l'eut quitté, après un baiser furtif, il traîna, pensif, dans la rue Royale, la plus luxueuse du Vieux Carré. Comme elle était maintenant pavée sur presque toute sa longueur, elle s'était ajoutée aux lieux de promenade des Orléanais. Il rencontra John Gwathway, l'ancien propriétaire de l'*Indian Queen*, qui, comme beaucoup de Kentuckiens, avait gagné La Nouvelle-Orléans après 1815. Il tenait un hôtel de voyageurs sur la rue Decatur, si bien qu'il était au courant du moindre mouvement des *steam-boats*.

– Ah, John, dit Gwathway, j'ai laissé un message pour vous chez les Pamar. L'*Éclat* vient d'arriver. Le capitaine vous fait savoir qu'il a quitté Louisville en même temps que le *Rocket*, à bord duquel votre femme et vos garçons ont embarqué. Le *Rocket* est un peu plus lent, il arrivera dans trois ou quatre jours.

Audubon remercia l'hôtelier, qui était un des rares Kentuckiens à lui adresser encore la parole. Les autres, qui le fréquentaient volontiers du temps de sa splendeur, le saluaient distraitement, quand ils consentaient à le remarquer.

Le 18 décembre, en compagnie de Romain Pamar, qui l'avait accompagné avec sa voiture, Jean-Jacques assista, depuis la levée, à l'accostage du vapeur. Quand Lucy et ses fils franchirent la coupée, il se précipita à leur rencontre. Il serra sa femme contre lui, la couvrit de baisers. Elle se laissa faire, avec un sourire lointain, un peu distante. Il attribua sa réserve à la fatigue du voyage, puis il embrassa ses enfants, qui se tenaient à l'écart, un peu intimidés, comme devant un étranger. Victor et John avaient grandi, leurs traits s'affirmaient. Ils ressemblaient à la fois à Lucy et à leur père. De leur mère, ils avaient les traits fins, les yeux clairs, le regard un peu hautain; de leur père, la stature robuste, les cheveux châtains et le menton volontaire.

Durant le dîner chez les Pamar, Jean-Jacques chercha le regard de Lucy, qui semblait le fuir. Elle avait les traits plus durs, les rides s'étaient creusées autour de ses yeux, ainsi que le pli d'amertume, au coin de sa bouche.

Quand ils furent enfin couchés, dans leur chambre minuscule, ils ne s'étaient pas encore parlé franchement.

– Je suis heureux que tu sois venue, tu sais, dit-il doucement. Bien sûr, je ne suis pas très riche, mais mon ouvrage a bien avancé. Je suis sûr d'arriver au but, surtout maintenant que tu es là. Notre maison est modeste, mais après tout, autrefois, à Henderson, nous avions commencé dans une cabane en bois. C'est comme si nous retrouvions une nouvelle jeunesse, non?

Elle ne répondait pas. Il la regarda. Lucy dormait déjà, tournée vers le mur.

3

Une année s'était écoulée lorsque, au début de février 1823, Lucy alla se présenter à Beechwoods, une plantation située au bord du Bayou Sara, dans le nord de Saint Francisville. La propriétaire, Mme Jane Percy, cherchait une institutrice.

— Je vous propose 1 000 dollars par an, dit Mme Percy. Vous aurez une habitation indépendante, et un bâtiment pour votre école. Vous instruirez Margaret, Christine et Sarah, mes trois filles, ainsi que celles des plantations voisines, que l'on vous amènera. Vous leur enseignerez la lecture, l'écriture, le calcul, un peu de musique, et surtout un bon maintien en société. Est-ce que ces conditions vous conviennent?

— Certainement, madame.

Un sourire avare plissa les lèvres minces de Mme Percy. Cette Lucy Bakewell Audubon lui plaisait bien. Surtout parce qu'elle était anglaise comme elle et qu'elle avait ce délicieux accent britannique, celui de la vraie civilisation. Les Anglais de cette région de Feliciana méprisaient souverainement tout ceux qui n'avaient pas leur glorieuse origine. Audubon le savait si bien que, pour atténuer quelque peu ce mépris, il se prétendait né en Louisiane, un mensonge auquel cette fois Lucy souscrivait.

Jane Percy était veuve depuis trois ans d'un ancien lieutenant de Sa Majesté. Elle régnait seule sur Beechwoods, une demeure assez semblable à Oakley, mais sans étage, 2 200 acres de coton, de bois, de pâturages, un important

355

troupeau, et cinquante esclaves. Elle avait la réputation d'une femme autoritaire et dure, ce que confirmaient la sévère coiffure de ses cheveux grisonnants, sa robe sombre et austère, l'éclat froid de ses yeux bleu faïence. Assise face à elle, dans le salon meublé en Chippendale, Lucy tentait de dissimuler sa joie. Le salaire offert dépassait ses espérances. Pour la première fois depuis quatre ans, elle entrevoyait la fin de ses angoisses pour nourrir ses enfants, la fin de l'humiliant recours à la charité familiale.

— Le docteur Provan vous a chaleureusement recommandée, continua Mme Percy. C'est un jeune homme que j'estime beaucoup, et qui est d'une excellente famille. Il vient souvent ici, fort heureusement non pas pour des raisons de santé, mais pour courtiser ma fille Sarah. J'avoue que je le verrais assez bien comme gendre. Comment l'avez-vous connu?

— C'est un ami de mon mari. Ils se sont rencontrés à Natchez, l'an dernier. M. Provan est un passionné d'art, et je crois qu'il apprécie le talent de John. Il l'a beaucoup aidé à trouver des élèves et des clients pour ses portraits.

— Ah, c'est vrai que votre mari est un artiste, dit Mme Percy, dont le visage s'était fermé. En effet, le docteur Provan m'a parlé de ce projet de livre sur les oiseaux d'Amérique. Quelle étrange idée! Qui cela peut-il intéresser? Quand nous avons envie de voir des oiseaux, par ici, il suffit de regarder dehors. Ça ne m'étonne pas que vous ayez perdu votre fortune. Car vous avez été riches autrefois, n'est-ce pas?

— Oui, madame, mais John n'est pas responsable de nos malheurs. Les temps étaient difficiles, et...

— Allons, allons, s'énerva Mme Percy, quand on a de la fortune, on la garde, et même on l'accroît. Ma pauvre enfant, je crois que vous avez été bien mal mariée. Au fait, vos deux garçons, souhaitez-vous les avoir avec vous?

— Si c'est possible. Du moins le plus jeune. L'aîné est souvent avec son père, qui lui enseigne le dessin et qui a besoin de lui comme assistant.

Depuis l'été précédent, en effet, Victor remplaçait Joseph Mason, qui était reparti pour Cincinnati. A l'époque, Audubon avait gagné Natchez avec ses deux fils, lassé de La

356

Nouvelle-Orléans, du travail rare, des remontrances de Lucy, de l'échec de leur école. Il était, aussi, impatient de retrouver ses oiseaux de Feliciana, sa Terre Promise. Lucy était restée quelque temps chez les Brand, le temps qu'Anne mette au monde son enfant. Le bébé était mort peu après sa naissance, et Lucy avait pu rejoindre sa famille à Natchez. Depuis ils subsistaient tant bien que mal, lui de leçons de danse et de dessin, elle comme gouvernante chez le pasteur Parson Davis, qui ne la payait guère.

– A propos de votre mari, reprit Jane Percy, il n'est pas question qu'il s'installe ici, n'est-ce pas? Je souhaite même qu'il ne trouble pas votre travail, et que ses visites soient assez rares. Je sais bien que vous êtes encore jeune, mais j'espère que le démon de la chair ne vous tourmente pas.

– S'il me tourmentait, madame, j'aurais dû lui tordre le cou depuis longtemps. Je me suis faite à la solitude.

Mme Percy secoua la tête avec commisération.

– Pauvre petite! Je ne vous cache pas que je n'ai pas grande estime pour un homme qui ne nourrit pas sa famille et qui court après les oiseaux. Pas seulement après les oiseaux, à ce qu'on m'a dit. Il paraît qu'il lui arrive de serrer ses jeunes élèves d'un peu près. Ce serait pour cette raison qu'il a dû quitter Oakley, l'autre année. A cause de ses assiduités auprès d'Eliza Pirrie. J'admets cependant que dans ce cas il avait des excuses. Cette fille a montré depuis qu'elle avait le diable au corps. Vous n'avez pas su son histoire?

– Non, madame, dit Lucy, qui dissimulait son horreur des ragots.

– Eh bien, elle est fameuse! Figurez-vous que cette petite Pirrie s'est enfuie, l'été dernier, avec le fils d'un planteur voisin, Robert Barrow. Des gens qui ont du bien, notez. Ils se sont mariés, je ne sais trop comment, à Natchez, pendant que les parents de la fille leur couraient après. Enfin, le ciel les a punis. Le jeune Barrow est mort presque aussitôt et elle, maintenant, elle est seule et enceinte. Bref, j'ai trois jeunes filles ici, et je ne veux pas d'incidents dans le genre de ceux d'Oakley.

Lucy ravala son humiliation. Ainsi, dans cette douce contrée, le docteur Provan, qui n'en savait guère plus

357

qu'elle, était considéré comme un notable; elle, un professeur, était traitée comme une servante, et son mari, un « artiste », comme un gueux dépravé. Mais pour l'instant, elle n'avait d'autre choix que de subir et de se jeter dans le travail.

De toute façon, John était bien loin. Depuis plusieurs semaines, il était en voyage dans les plantations du Mississippi, en compagnie d'un peintre itinérant, John Stein. Victor les accompagnait. Lucy devait bien s'avouer que l'absence de son mari ne lui pesait plus autant qu'autrefois. Depuis son retour à La Nouvelle-Orléans, quelque chose s'était cassé entre eux. Leurs relations étaient devenues pénibles. Elle se plaignait souvent de leur dénuement. Le doute sur leur avenir la rongeait. Il répondait par la rancune, et souvent par la fuite.

Lucy gardait un souvenir douloureux des premières semaines dans la petite maison de la rue Dauphine. Ferdinand Rozier leur avait rendu visite à Noël. Elle avait été blessée de l'entendre faire l'étalage de sa réussite, alors qu'ils étaient si visiblement démunis. En dix ans, Rozier avait édifié un des plus beaux commerces de Sainte Geneviève, et sans doute de Saint Louis. Il avait épousé une jeune Française de dix-huit ans, Constance Roy, qui lui donnait un enfant chaque année, avec une régularité de métronome.

Dans la nuit du nouvel an 1822, La Nouvelle-Orléans s'était couverte de neige. Des enfants faisaient claquer des pétards. Lucy ne dormait pas. John dessinait dans la pièce voisine, avec Joseph. Seule dans son lit, elle grelottait, puis elle avait pleuré. C'était peut-être de ça que mourait l'amour, de froid.

L'association de John Stein et d'Audubon ne dura guère. Stein trouvait qu'on perdait trop de temps à chasser en route, Jean-Jacques était las des fréquentes rebuffades qu'ils essuyaient quand ils proposaient leurs services dans les somptueuses « plantation homes ». En juin, il était de retour à Natchez, Victor avait rejoint sa mère à Beechwoods...

Il reprit ses errances dans les marais de Tunica, de Cat Island, le long du petit et du grand bayou Sarah. C'est ainsi qu'il se trouva non loin de Greenwood, la plantation des Barrow, où vivait Eliza Pirrie, qui avait accouché d'un garçon en mars. Il lui rendit visite; elle le reçut gentiment, un peu crispée d'abord, puis elle retrouva son charmant sourire. Mais ses yeux ne riaient plus comme autrefois. Ils allèrent se promener dans le parc. Sans qu'il pose de question, elle se mit à raconter, comme pour se libérer d'un fardeau.

– C'était en juin dernier, John. Il y a juste un an. Je m'ennuyais. Je savais que vous n'alliez pas revenir; le docteur Smith était là tous les jours, il m'exaspérait. A Saint Francisville, j'ai retrouvé un cousin, Robert Barrow. C'est une grande famille d'ici, ils ont la moitié de la région. Il était devenu un beau garçon, et nous nous sommes sentis *head over heels*. Le coup de foudre, comme vous dites. J'en ai parlé à maman, qui a poussé des cris; elle ne voulait pas démordre de son docteur Smith. Elle a interdit à Robert de venir à Oakley. C'était fou, comme dans les romans : nous nous laissions des messages dans un chêne creux, il venait les chercher la nuit. Au bout de deux semaines, il est venu m'enlever. Nous nous sommes enfuis sur son cheval, vers Natchez, où il connaissait un pasteur qui pourrait nous marier. Bien sûr, mon père, vous le connaissez, est entré en fureur, ma mère pleurait de rage. Vous vous rendez compte, j'avais trouvé le plus beau parti dont ils puissent rêver, un des fils de la plus riche famille de la région, nous étions fous l'un de l'autre. Et eux n'étaient pas d'accord, parce que ce n'était pas leur choix et que j'avais désobéi. John, est-ce que Dieu est toujours du côté des imbéciles?

– Dieu est à côté de chacun d'entre nous, Eliza, à ce qu'on dit. Mais comme les imbéciles sont beaucoup plus nombreux, il a tendance à négliger les autres.

– C'est sûrement ça, sourit tristement Eliza. Dieu devait être occupé ailleurs. Dans notre fuite, après Woodville, nous avons été obligés de traverser le bayou Buffalo. Le gué était profond, Robert craignait que le cheval ne soit renversé par le courant. Nous avons traversé à pied, il me tenait dans ses bras. Quelques jours plus tard, après notre mariage, il avait une énorme fièvre; une pneumonie, a dit le médecin de Natchez. Robert est mort au bout d'une semaine. Les Barrow m'ont accueillie ici, mais mes parents ne veulent plus me voir, et je suis la fable de la région. C'est égal, John, je n'ai pas dix-huit ans, je suis veuve et je suis mère. Je ne voyais pas mon avenir comme ça.

Un sanglot lui cassa la voix. Il lui prit doucement le bras.

— Allons, Eliza, vous êtes belle et intelligente. Vous trouverez un autre mari.

— Peut-être. John, vous vous rappelez notre histoire de baiser sur la bouche? Vous avez dû me trouver bien naïve.

— C'était de votre âge.

— J'ai beaucoup appris depuis, et très vite. Mais ce baiser, j'en ai toujours envie. Voulez-vous me le donner?

Ils s'étaient arrêtés dans un détour de l'allée. Ils étaient dissimulés aux regards par les buissons de camélias, d'hibiscus, d'azalées géantes. Elle n'attendit pas sa réponse, abaissa son ombrelle, se haussa sur la pointe de ses petits souliers blancs. Ses lèvres étaient douces. Elle l'embrassa longuement, les yeux clos. Puis elle se recula, le souffle court, le regard un peu chaviré.

— Que c'est bon! Maintenant, partez, John, et ne revenez plus ici. Ma réputation est mauvaise, et les esclaves bavardent. Je sais bien que vous vous moquez de l'opinion, mais pensez à votre femme, qui risque de perdre son travail. Nous vous reverrons sûrement, quand je ne serai plus maudite et quand vous serez célèbre. Quoi qu'il arrive, vous resterez dans mon souvenir. Je vous aimais bien, vous savez.

— Moi aussi, Eliza.

Elle fit une petite révérence ironique et s'enfuit dans les profondeurs du parc.

Quelques jours plus tard, Jean-Jacques rendit à Lucy une des rares visites qui lui étaient permises. A sa grande surprise, Jane Percy, qui d'ordinaire ne le saluait que vaguement, le pria de rester quelque temps afin de faire le portrait de ses filles. Lucy fut ravie que Mme Percy parût enfin s'intéresser à son mari. Elle s'inquiétait en même temps de voir son bouillant époux en contact avec l'intraitable et hautaine propriétaire des lieux. Elle ne tarda pas à vérifier que ses craintes étaient fondées.

Audubon n'avait pas perdu son temps avec John Stein. Le peintre ambulant de Natchez lui avait enseigné une technique qu'il souhaitait acquérir depuis longtemps, celle de la peinture à l'huile. Les portraits à l'huile sur toile étaient plus recherchés et se vendaient plus cher que les pastels sur papier. Un procédé qu'Audubon n'aimait guère pour ses travaux personnels : il le jugeait trop lent, trop onéreux et trop contraire à la création spontanée. Il s'efforçait néanmoins d'en maîtriser les secrets. C'est donc une huile sur toile, représentant sa fille Sarah, que Mme Percy eut bientôt à juger.

– Ce n'est pas mal, fit-elle avec dédain. C'est assez ressemblant, mais pourquoi diable lui avez-vous fait le teint si jaune?

– Parce qu'il est ainsi, madame. Je représente ce que la nature me montre.

Il est vrai que le demoiselles Percy, à l'image de leur mère, ne respiraient pas la joie de vivre, Sarah étant d'ailleurs la moins sinistre.

– Qu'importe la nature, siffla Mme Percy. Vous êtes censé faire un portrait qui me plaise, non? Alors mettez-lui un peu de rose aux joues.

Audubon appréciait moins que jamais que l'on critique son art. Devant Sarah terrifiée, il se leva d'un bond, envoyant au loin sa palette et ses pinceaux, et se dressa devant Mme Percy.

– Faites-le vous-même.

Puis il tourna les talons, alla prendre son cheval et quitta la plantation. Il remâcha sa rage pendant les quinze miles qui séparaient Beechwoods de Bayou Sarah, où il trouva à se loger dans une pension minable.

Deux jours plus tard, le remords avait remplacé la colère. Il regrettait son emportement, et il se rendait bien compte que Mme Percy risquait de se venger sur Lucy. Décidé à demander la paix, il reprit la route de Beechwoods, où il parvint alors que la nuit était bien avancée. Tout était sombre dans la plantation. Il gagna le cottage de Lucy, qu'il réveilla.

– Toi? fit-elle, incrédule. Tu n'en as donc pas assez de faire mon malheur? Tu as offensé cette femme qui nous permet de vivre, tu es parti sans une explication et tu reviens comme si rien se s'était passé. Es-tu fou ou inconscient? Est-ce que ni moi ni personne ne comptons pour toi?

– Justement, je reviens pour m'expliquer, dit-il en haussant déjà le ton.

– Ne crie pas, les enfants dorment. Il est inutile qu'ils soient au courant de nos problèmes. Ils sont assez désemparés par la vie que tu leur fais mener.

Il allait répliquer vertement quand la porte s'ouvrit avec fracas. Mme Percy fit son entrée, raide comme la justice, escortée de quatre solides esclaves qui portaient des flambeaux.

– Vous ici, rugit-elle, vous osez revenir chez moi, après votre conduite? Partez immédiatement, ou je vous fais chasser par mes esclaves.

– Madame, j'ai le droit de venir partager le lit de mon épouse.

– Vous n'avez aucun droit, après ce que vous lui avez fait endurer. Partez. Si vous voulez absolument coucher avec une femme, allez trouver Eliza Pirrie. Elle n'habite pas loin, et vous connaissez le chemin, je crois.

Il blêmit sous l'insinuation, mais ne répondit pas. Mme Percy quitta le cottage; les esclaves restaient en faction.

– Va-t'en, John, je t'en prie, dit Lucy.

– Tu prends son parti, alors?

– Oui. J'en ai assez, je ne veux pas chercher une autre place.

Il la défia longuement du regard, elle n'abaissa pas le sien.

– Parfait, dit-il enfin. Va chercher Victor, je l'emmène.

Au milieu du mois d'août, par un après-midi brûlant, Jane Percy vint interrompre Lucy au cours de sa leçon et l'entraîna hors de la salle de classe.

– J'ai de mauvaises nouvelles pour vous, dit-elle gravement. Le docteur Provan vient de me faire prévenir, votre mari et votre fils sont gravement malades à Natchez. La fièvre jaune. Il n'est pas sûr qu'ils survivent; vous savez combien ce mal est terrible. Il faut que vous partiez tout de suite, j'ai fait préparer une voiture. Restez là-bas le temps qu'il faudra.

Lucy remercia, surprise de la bonté soudaine de Mme Percy, qui s'en aperçut.

– Je fais ça pour vous, croyez-le bien, bougonna-t-elle. Et puis votre mari est peut-être un insolent, mais je ne suis pas un monstre.

William Provan attendait Lucy dans la plantation de George Duncan, *The Towers*, où Jean-Jacques et Victor avaient trouvé refuge. Chasseur, pêcheur, passionné d'histoire naturelle, Duncan avait trouvé en Audubon le compagnon idéal de ses loisirs, et ils ne se quittaient plus guère quand la fièvre avait frappé. Lucy trouva les deux malades au plus mal. Ils déliraient, baignaient dans leur sueur, le visage livide et creusé.

– Ils ne vomissent pas, dit Provan. C'est plutôt bon signe.

Les vomissements noirâtres, qui avaient valu à la maladie son nom espagnol, *vomito negro*, étaient généralement suivis d'une issue fatale. Le jeune docteur n'en savait guère plus que ses aînés, et il appliquait les mêmes thérapeutiques : saignées, lavements, purgations au calomel. Lucy ne se faisait guère d'illusions sur leur efficacité. Elle comptait davantage sur la robuste constitution des patients et sur la vie saine qu'ils avaient toujours menée.

Elle avait raison d'être confiante, puisque au bout de quelques jours Jean-Jacques et Victor commencèrent à se remettre. Cependant les affres de la maladie les avaient secoués rudement. Leur convalescence se prolongeait lorsque, au début de septembre, parvint une lettre de Mme Percy, qui s'impatientait de l'absence de son institutrice. Elle priait Lucy de revenir à Beechwoods, où elle pourrait continuer à soigner les siens tout en reprenant sa classe. Lucy ne chercha pas à démêler si l'irascible propriétaire pardonnait à Audubon par pur intérêt ou par vraie charité; elle fit immédiatement ses bagages. Jean-Jacques ne fit pas le fier, il n'en avait ni la force ni les moyens.

A Beechwoods, il retrouva à la fois son énergie et ses doutes. D'être passé si près de la mort donnait un nouvel éclairage à ses projets. N'étaient-ils pas bien vains, bien inaccessibles? Valaient-ils vraiment qu'il saccage ainsi la vie des siens, et la sienne? Ne serait-il pas plus sage de retourner dans l'Est, de tenter à nouveau de réussir dans le commerce? Un soir de la fin de septembre, il s'en ouvrit à Lucy, qui répondit fermement :

– Non, John, il n'est plus temps de revenir en arrière. Tu as trop travaillé, nous avons trop sacrifié de nos vies pour renoncer maintenant. Au contraire, il faut aller de l'avant. Ne recule plus l'échéance, il faut que tes dessins soient publiés le plus vite possible, avant que le découragement ne nous arrête. John, je suis sûre que ton œuvre a de la valeur, qu'elle sera reconnue un jour. N'attends plus. J'ai beaucoup réfléchi, ces derniers temps. Tu aurais pu mourir, et nous aurions perdu tant d'années pour rien. Va au bout de ton projet, c'est le moment. J'ai un emploi assuré pour longtemps, John est en sécurité ici, et Victor est en âge d'apprendre un métier. Nicolas Berthoud est d'accord pour le prendre avec lui, à Shippingport, et pour lui apprendre à gérer une affaire. Tu vas l'emmener avec toi, et tu continueras jusqu'à Philadelphie pour trouver un éditeur. Mme Percy m'a payé mes six premiers mois. Prends cet argent, et cours.

Audubon fut stupéfait et heureux de ce discours. Il retrouvait la Lucy des grands jours, qu'il croyait à jamais enfuie. Ému, il la prit dans ses bras.

– Lucy, je croyais que tu avais perdu confiance en moi.

Elle rejeta sa tête en arrière pour le regarder bien en face.

– Je n'ai jamais perdu confiance, John. J'ai parfois perdu patience.

Le 1er octobre, Victor et Jean-Jacques montèrent à bord du vapeur *Magnet* à destination de Louisville.

– Regarde, papa, dit Victor, quand le bateau eut quitté la rive de Bayou Sara, tandis que s'éloignaient les silhouettes de Lucy et de John.

364

L'enfant montrait une plaque de cuivre apposée sur une cloison, en bas du poste de pilotage, et qui portait cette inscription : « Chantiers Thomas Bakewell, Pittsburgh, 1821. »

Les eaux étaient très basses en cette fin d'automne, au point que le capitaine Mac Knight décida de ne pas s'engager dans l'Ohio et débarqua ses passagers. Plutôt que d'écorner son pécule en louant les services d'une voiture, Audubon décida de parcourir à pied, avec Victor, les 200 miles qui séparaient le confluent du Mississippi et de l'Ohio et Shippingport. Le garçon, qui avait quatorze ans depuis juin, était enchanté de cette longue randonnée; son père ne l'était pas moins, heureux de retrouver dans son fils son propre goût du vagabondage.

Le voyage prit dix jours. Ils suivirent le fleuve depuis Cash Creek, la « Rivière Cache », où Audubon avait été retenu par les glaces avec Ferdinand Rozier, treize ans auparavant. Ils traversèrent des champs de canne, puis une forêt brûlée envahie de ronces. Ils logèrent le plus souvent chez l'habitant, dans des petites fermes modestes, où l'hospitalité ne se démentait jamais. Ils s'arrêtèrent parfois dans de méchantes auberges, à Wilcox, à Fort Massacre. Victor n'eut qu'une défaillance, un soir où il se coucha sur le tronc d'un saule abattu, en pleurant à grosses larmes, avant de repartir de plus belle.

Ils avaient quitté le village de La Trinité, sur le confluent, le 15 octobre. Le 25, ils entraient à la Maison-Blanche, à Shippingport, chez les Berthoud, où Audubon proclama qu'il était fier de son fils.

Victor s'installa dans les bureaux de Nicholas Berthoud, pendant que son père aménageait une petite maison qu'il avait louée tout près. Il ne tenait pas à s'imposer trop, malgré les supplications de Mme Berthoud, qui voulait son Jean-Jacques tout à elle. Il se méfiait aussi des humeurs changeantes de la fantasque et toujours séduisante Eliza Bakewell. Il n'était guère envisageable de rejoindre Philadelphie au cours d'un hiver qui s'annonçait rude et précoce. Il se jeta dans le travail, rechercha de nouveaux amateurs de pórtraits. Il se félicita de pouvoir maintenant peindre à l'huile, ce qui lui apportait de nouveaux clients et des travaux importants comme la décoration des coquets salons de *steam-boats*.

A la fin de janvier 1824, le bruit feutré d'une voiture qui roulait dans la neige l'éveilla. C'était à peine l'aube. Il eut un pressentiment, se leva, gratta le givre d'une vitre pour voir au-dehors. La voiture du docteur Middleton était devant la Maison-Blanche. Il s'habilla en hâte et se précipita chez les Berthoud. Dans le hall, Eliza, en larmes, lui montra les étages. Il grimpa jusqu'à la chambre de Mme Berthoud. Elle était là, sur le lit, les traits calmes, les mains jointes. Le médecin rangeait ses affaires, on n'avait plus besoin de lui.

– Elle est morte il y a une heure, dit Nicholas. Elle a eu un malaise, puis elle est revenue à elle, et elle vous a réclamé. Elle n'a pas cessé de parler de vous tant qu'elle a été consciente, elle voulait absolument vous voir. J'allais vous envoyer chercher quand elle a succombé. Avez-vous une idée de ce qu'elle voulait vous dire? Cela paraissait très important.

Sans détacher son regard du visage figé de la marquise de Saint-Pierre, Jean-Jacques murmura :

– Non, Nicholas, je ne sais pas. Nous ne saurons jamais.

Nicholas lui prit le bras, affectueusement, et ils quittèrent la chambre. La mort de sa vieille amie, celle qui l'avait toujours protégé et soutenu, le touchait beaucoup. Il aurait tant voulu qu'elle voie son œuvre terminée. Il avait plus de chagrin encore que lorsque deux ans plus tôt il avait appris, par une lettre de sa sœur Rose, la mort d'Anne Moynet, sa mère adoptive. Le nombre des personnes qui lui étaient chères, en ce bas monde, diminuait beaucoup.

Une semaine plus tard, Eliza lui apporta le cadavre d'une colombe.

– C'était celle qu'élevait maman Berthoud. On l'a trouvée comme ça, ce matin.

– Oui, Eliza, c'est fréquent. Les colombes ne survivent pas à leurs maîtres, même s'ils meurent au loin, dit-on. Dans mon pays, on prétend que c'est parce qu'elles emportent au paradis l'âme des défunts.

En avril, Audubon approchait de son trente-neuvième anniversaire lorsqu'il retrouva Philadelphie. La cité de William Penn était plus que jamais la capitale intellectuelle et artistique des États-Unis, fière de ses surnoms : « La Mecque de la Science », « l'Athènes de l'Amérique ». Tous les membres de l'élite s'y connaissaient, mais lui ne connaissait personne. Il fallait trouver le petit fil qui permettrait de débrouiller l'écheveau. Ce fut le docteur William Mease, qui avait autrefois fréquenté William Bakewell à Fatland Ford. Mease présenta Jean-Jacques à Charles Lucien Bonaparte, le fils de Lucien, un des frères de Napoléon. Le jeune Bonaparte, qui ressemblait étrangement à l'Empereur, vivait à Philadelphie avec Joseph, l'aîné des Bonaparte, exilé là depuis les Cent-Jours. Bien qu'il n'ait que vingt et un ans, il était déjà considéré comme un éminent naturaliste, et il préparait lui-même un ouvrage sur les oiseaux américains, dont le célèbre Titian Peale assurait l'illustration. En apprenant cela, Audubon parut fort découragé, au point que Bonaparte le rassura en riant.

– Mais ça ne m'empêche pas de m'intéresser au travail des autres. Je trouve vos oiseaux tout à fait admirables, et je vous proposerais volontiers de travailler pour moi. Mais je suppose que vous voulez rester maître de votre œuvre.

– Absolument.

– Dans ce cas, je vais vous faire rencontrer l'homme de la situation. C'est un éditeur, George Ord, qui a repris la publication des ouvrages d'Alexander Wilson. C'est un homme énergique, qui est peut-être disposé à publier quelque chose de plus nouveau et, soit dit sans vous flatter, de plus original.

Charles Lucien Bonaparte avait l'optimisme de sa jeunesse. La Cité de l'Amour fraternel était bien la ville des arts, mais on n'y trouvait guère de fraternité. Dès qu'il fut assis dans la vaste bibliothèque de George Ord, Audubon sentit bien que des ondes hostiles parcouraient l'endroit. L'éditeur avait un long visage chevalin, un nez immense, une bouche proéminente qui accentuait sa moue dédaigneuse alors qu'il parcourait les dessins de son visiteur, en silence, avec une lenteur exaspérante.

– Je vais être franc avec vous, monsieur Audubon. Ce

que vous faites est très beau, mais ce n'est pas scientifique. Cette façon d'ajouter aux oiseaux des plantes, des arbres, des insectes, des paysages, pour moi c'est du théâtre, pas de l'ornithologie. Regardez Wilson, il montre l'oiseau, rien que lui.

– Oui, répliqua Audubon, empaillé et posé sur un socle. Ord l'interrompit d'un ton bienveillant.

– Je connais votre méthode, Bonaparte me l'a expliquée. Des animaux pris sur le vif, en action. C'est très bien dans le principe, mais ça nous mène à quoi? A des formes tourmentées, à peine crédibles, on ne reconnaît plus rien. Non, non, c'est sûrement très beau sur un mur, mais c'est du décor, pas de la science.

Plutôt que d'engager une polémique, et craignant d'être envahi par une colère qui le conduirait à étriper George Ord, Audubon s'apprêtait à partir, quand l'autre le retint d'une voix sèche.

– Un instant, monsieur, j'ai autre chose à vous dire. Voyez-vous, même si vos dessins me convenaient, nous n'aurions pas fait affaire ensemble. La raison principale est que je suis engagé dans une entreprise qui me tient à cœur, la réédition des neuf volumes de Wilson, que personne, pas même vous, n'a pu égaler à ce jour. Wilson était mon ami. Je l'ai connu malheureusement peu de temps avant sa mort, il y a dix ans, dans cette ville. J'ai contribué à adoucir ses derniers jours, car il était complètement démuni et abandonné par son éditeur. Après sa disparition, j'ai publié ses huitième et neuvième volumes, qu'il n'avait pu faire paraître. J'ai aussi écrit sa biographie, ce qui m'a amené à étudier de près son journal. J'ai ainsi découvert que ce qu'il dit de votre rencontre, à Louisville, n'est guère flatteur pour vous. Il ne semble pas que vous ayez traité comme il le méritait un homme de cette qualité.

– Comment? bondit Audubon. Pas du tout, il est resté une semaine, je l'ai emmené chasser, je lui ai montré des oiseaux nouveaux...

– Voici le passage, interrompit Ord en tendant un livre relié de rouge.

Jean-Jacques lut les quelques lignes qui l'accusaient.

23 mars 1810. – J'ai quitté Louisville sans avoir reçu aucune civilité de ceux à qui j'étais recommandé. Je n'ai trouvé aucun souscripteur, aucun oiseau nouveau, bien que j'aie parcouru les bois et visité tout le monde. Ni la science ni la littérature n'ont d'amis dans cette ville.

Il reposa le livre, les dents serrées. Non seulement l'avenir se fermait, mais le passé le rattrapait, menaçant.

– Monsieur Ord, je n'ai pas à accuser un mort, mais ce qui est écrit là n'est pas la vérité.

– Avez-vous souscrit à son livre?

– Pas à ce moment-là, et je l'ai regretté. Mais je l'ai fait plus tard, et je n'ai jamais caché mon admiration pour Wilson, ni ce que je lui devais, même si je n'ai pas les mêmes conceptions que lui.

George Ord eut un geste apaisant. Son air disait pourtant qu'il n'était pas convaincu.

– Il y a autre chose. Quelques années plus tard, vous avez reçu chez vous Constantin Rafinesque, n'est-ce pas?

– C'est exact, à Henderson.

– Et vous lui avez remis des croquis de poissons, des espèces inconnues, disiez-vous, qu'en réalité vous aviez inventées. C'était une excellente farce. L'ennui est que Rafinesque a publié ces poissons chimériques dans un traité d'ichtyologie, mais en citant ses sources. Si bien que quand la supercherie a été découverte, on a su que cela venait de vous. L'histoire a fait le tour de Philadelphie, et on ne peut pas dire que vous ayez par ici la réputation d'un homme bien sérieux.

– Bah, grommela Jean-Jacques, ce n'était qu'un jeu. Qu'en a dit Rafinesque?

– Il en rit encore, il a trouvé la plaisanterie excellente. C'est un homme d'une grande élégance.

– Je ne vois pas pourquoi l'humour serait contraire à la science. D'autre part, je vous ferai remarquer qu'à l'époque des faits que vous me reprochez j'étais bien jeune, et je n'avais pas l'intention de faire une carrière de naturaliste. Je dessinais les oiseaux pour mon plaisir.

C'est alors que George Ord lança sa dernière flèche.

– Eh bien, si je peux vous donner un conseil, continuez.

Audubon fit aussi une tentative auprès d'Alexander Lawson, le graveur de Wilson. Il n'avait pas grand espoir, car Lawson travaillait toujours pour Ord, mais Bonaparte l'objurguait de ne négliger personne. Le graveur se retrancha derrière des objections techniques.

– Impossible, c'est impossible à graver. C'est trop doux, vous comprenez, on dirait des peintures à l'huile.

Enfin, Lawson leva les bras au ciel en apprenant qu'Audubon exigeait que ses oiseaux soient reproduits dans le même format que les dessins originaux, en grandeur naturelle.

– Vous êtes fou. On n'a jamais fait ça!

– C'est une bonne raison pour commencer.

– Mais ça va coûter une fortune! Toutes les mines de cuivre de l'Amérique n'y suffiront pas. Et qui va acheter un monument pareil? Non, croyez-moi, vous êtes un très bon peintre, faites des portraits, des paysages, je ne sais pas. Mais renoncez à ce projet insensé, mon ami, renoncez.

L'attitude de George Ord et de ses amis écœura tellement Charles Lucien Bonaparte qu'il prit la tête d'un clan en faveur d'Audubon. Les membres de ce véritable comité de soutien rendaient souvent visite à Jean-Jacques, dans le petit appartement qu'il avait loué au coin de Fifth et de Minor Street. Thomas Sully, le célèbre portraitiste, vint lui donner des leçons gratuites de peinture à l'huile, de même que Charles Le Sueur, zoologiste et peintre, d'origine française. Un autre Peale, Rembrandt, vint l'assurer de son soutien, tandis que son frère Titian, qui craignait la concurrence, continuait à être hostile. D'autres, comme le docteur Richard Harlan, l'aidèrent à organiser une exposition, qui ne rencontra que l'indifférence. Edward Harris, un jeune gentleman-farmer du New Jersey, passionné d'histoire naturelle, lui acheta des dessins à un très bon prix, afin qu'il remonte ses finances. Le graveur Fairman, qui ne partageait pas du tout l'opinion de son rival Lawson, lui commanda le portrait d'une grouse, qui devait figurer sur un billet de banque du New Jersey. Tous étaient d'accord sur un point, le travail d'Audubon était admirable, mais il ne trouverait pas aux États-Unis l'éditeur ni la clientèle pour ses Oiseaux d'Amérique. Il aurait bien plus de chances en Europe. Bonaparte et Le Sueur penchaient plutôt pour la France, Thomas Sully pour l'Angleterre, son pays d'origine. Ce fut Fairman qui trancha :

– Le meilleur graveur du monde se trouve en Écosse, à Édimbourg. Il s'appelle William Lizars. C'est un grand artiste et un excellent peintre. De plus son atelier est très important, je suis certain qu'il peut mener à bien un pareil ouvrage. Je le connais, et, si vous en êtes d'accord, je vais lui écrire. Tous approuvèrent la proposition de Fairman. Il fallait convenir que la Grande-Bretagne était le pays qui comptait alors le plus de gens cultivés et le plus grand nombre d'institutions scientifiques. Il y avait là un marché que l'Amérique n'offrait pas.

– De plus, ajouta Bonaparte, j'ai remarqué que ce pays-ci ne prend pas au sérieux ses propres artistes, mais fait un triomphe à ceux qui viennent d'ailleurs.

Thomas Sully approuva : il en avait fait lui-même l'expérience.

Le 1er août, quand Audubon prit congé de ses amis et quitta Philadelphie, son plan était bien arrêté. Il ferait graver son œuvre en Angleterre, et il serait son propre éditeur. Il assurerait lui-même la publication et la diffusion du livre. Il serait sûr au moins de ne pas être trahi et rançonné comme l'avait été Wilson et de ne pas avoir à rendre des comptes à des individus comme George Ord. L'attitude de ce dernier, qui lui avait fait si mal sur le moment, lui donnait plutôt confiance, avec le recul. On l'avait considéré comme un concurrent dangereux, à éliminer à tout prix, ce qui était au fond un bel hommage.

Avant de traverser l'océan, il lui fallait trouver davantage d'oiseaux, et aussi de l'argent. Après New York, où il se proposait de rencontrer le célèbre peintre Vanderlyn, il allait explorer la région des Grands Lacs, très fréquentée par les migrateurs en cette saison. Après quoi il retournerait auprès de Lucy, dans sa chère région de Feliciana, et il travaillerait comme il ne l'avait encore jamais fait. Jusqu'ici il n'avait donné des cours que fort négligemment. Les élèves l'impatientaient, et c'était souvent le maître qui faisait l'école buissonnière. A présent, cela allait changer. Il allait ouvrir une école, deux peut-être, jusqu'à ce que Lucy et lui aient réuni une somme suffisante pour qu'il dise « Farewell » à l'ignorante Amérique.

Avant de prendre la route de New York, Jean-Jacques fit un détour par Mill Grove et Fatland Ford. Il n'osa pas s'approcher des maisons, habitées maintenant par des inconnus. Mais, sur les bords de la Perkiomen, il retrouva la grotte qui avait abrité ses premières amours avec Lucy. Les petits gobe-mouches y avaient toujours leurs nids. Il s'amusa à penser que les oiseaux avaient un langage et que, de génération en génération, ils se transmettaient une étrange histoire, depuis plus de quinze ans : dans cette caverne, autrefois, deux êtres humains beaux et jeunes venaient s'accoupler, ce qu'aucun *pewee* n'avait jamais vu auparavant.

Puis il s'éloigna lentement, comme à regret, le long de la rivière où un plongeon imbrin jouait à cache-cache avec son propre reflet. Enfin il retrouva son cheval et galopa vers New York, comme s'il était pressé soudain de tourner le dos à son passé.

4

Hiver à Manhattan

1

A Édimbourg, le 22 janvier 1827, Audubon était fort intimidé en pénétrant dans le cabinet de travail de Sir Walter Scott, qui avait réclamé sa visite. Il y avait de quoi : la renommée du barde écossais était alors immense. Le célèbre écrivain était assis à sa table, vêtu d'une robe de chambre de soie pourpre. Jean-Jacques remarqua qu'il ressemblait aux portraits de Benjamin Franklin, avec sa longue chevelure argentée, ses yeux noirs et perçants sous de grands sourcils blancs.

Walter Scott se leva pour l'accueillir et lui serra chaleureusement les mains. Il le guida vers un fauteuil, qu'il débarrassa d'un tas de livres, lesquels rejoignirent ceux dont le parquet était couvert, ainsi que les murs. Le maître marchait difficilement. Ce n'était pas l'effet de l'âge, mais les séquelles d'une paralysie infantile, que l'on n'appelait pas encore poliomyélite. Il désigna le monceau de papiers épars sur sa table, couverts d'une écriture fine et serrée.

– Je suis content de rencontrer un Français, car en ce moment je suis plongé dans l'histoire de votre pays. J'écris une vie de Napoléon, un personnage passionnant que notre gouvernement a bien mal traité.

– Mais, s'étonna Audubon, c'était le pire ennemi de l'Angleterre!

– Bah, nous autres Écossais, il nous arrive de préférer les Français aux Anglais, c'est une vieille querelle. Vous-même, avez-vous connu l'Empereur?

– Non, monsieur, j'ai quitté la France au début de son

375

règne. Mais je me suis lié récemment avec son neveu, qui a été fort bon pour moi.

– Ah, oui, Charles Lucien... Un brillant jeune homme. Je l'ai rencontré il y a peu, à la Royal Society. Nous avons parlé de son oncle. Leur ressemblance est étonnante, ou plutôt je dirais qu'il ressemble, lui qui est jeune, à Napoléon âgé.

– C'est exact, mais je suis très surpris. J'ignorais qu'il eût quitté l'Amérique. J'aurais aimé le revoir.

Walter Scott griffonna une adresse et la tendit à Jean-Jacques.

– Il est à Londres pour quelques mois, vous le trouverez sans peine. Je crois qu'ensuite il compte rejoindre son père, Lucien, qui est toujours prince de quelque chose en Italie. Mais parlons de vous. Si je vous ai prié de venir, c'est que j'ai vu l'exposition de vos dessins d'oiseaux et que je voulais vous en féliciter. Mais je crois bien être le dernier de la ville. On me dit que tout Édimbourg a défilé à la Royal Institution pour voir vos œuvres, les journaux ne parlent que de vous, ils racontent votre vie, on vous appelle « l'Homme des bois d'Amérique »...

– Je n'ose encore y croire, admit Audubon. Il y a six mois, je donnais encore des cours de danse dans des granges à coton, sur les bords du Mississippi. Et ce soir, comme tous les soirs, je vais dîner chez les gens les plus huppés d'Édimbourg. Moi qui ne portais plus depuis longtemps que des vêtements de chasse, en étoffe grossière ou en peau de daim, j'ai retrouvé les culottes de soie de ma jeunesse.

– Oui, on m'a rapporté que les dames sont absolument folles de vos longues boucles. Vous êtes arrivé dans ce pays à un très bon moment. L'Amérique sauvage est en vogue, surtout depuis que Byron a mis en scène Daniel Boone dans son *Don Juan*. Mes compatriotes imaginent que tous les Américains sont comme Boone, toujours vêtus de cuir et courant sus aux Indiens, à travers les forêts inviolées. Pauvre Lord Byron ! J'ai bien regretté qu'il meure si sottement en Grèce. Je lui dois beaucoup, savez-vous. Il était tellement meilleur que moi en poésie qu'il m'a obligé à trouver autre chose.

En effet, après avoir acquis une certaine notoriété avec

des poèmes épiques, comme *La Dame du Lac*, Walter Scott s'était consacré au roman médiéval : *Ivanhoé*, paru en 1820, puis *Quentin Durward*, en 1824, lui avaient apporté une gloire européenne et une fortune qu'il engloutissait dans la restauration de son imposant manoir d'Abbotsford, à 40 miles au sud d'Édimbourg. Il avait donné des lettres de noblesse au roman, un genre tenu jusqu'alors pour mineur par rapport à la poésie. Il avait surtout mis le Moyen Age à la mode. Après lui, la renaissance du gothique qu'il avait suscitée allait couvrir l'Europe de fausses cathédrales et inspirer une foule de romans historiques. Ses imitateurs étaient déjà à l'ouvrage : Larra en Espagne, Manzoni en Italie, Gogol et Pouchkine en Russie, Vigny, Mérimée, Hugo et Balzac en France. Walter Scott n'en voulut jamais à ses émules. Il confessait bien volontiers tout ce qu'il devait lui-même à Goethe et à Schiller, ses modèles.

Une servante apporta du vin, que malgré l'heure matinale Audubon n'osa pas refuser. Walter Scott porta un toast.

– Je lève mon verre à votre succès, mon cher Audubon. Remerciez la nature qui vous a donné tous les dons, non seulement le talent mais la santé du corps. Byron était infirme, comme moi. Il avait un pied-bot, et moi des jambes figées. Dieu a été plus indulgent avec vous.

– Pas vraiment, protesta Jean-Jacques, il m'a fait connaître la déchéance et la gêne, et le désarroi de ma famille.

– Les épreuves nous façonnent. Quand j'étais enfant, je me forçais à marcher des journées entières dans les Highlands, pour vaincre mon infirmité. Parfois j'étais si harassé que mes pauvres jambes malades ne me portaient plus et que je rampais pour continuer mon chemin. Vos oiseaux m'ont rappelé la nature et les bêtes, qui étaient mes seuls compagnons en ce temps-là. Dans vos œuvres, j'ai reonnu la vérité, le détail juste, la description exacte, en plus de la beauté. C'est exactement ce que j'essaye de rendre dans mes romans. De même que le mouvement, l'intensité des situations. Il y a souvent un drame dans vos dessins, des conflits, des attaques, et ces combats sont la vie même, l'humus dont se nourrissent la nature et l'histoire.

Walter Scott était passionné par le peuple indien. Il voulut tout savoir des rencontres de son visiteur avec les Osages, les Shawnees, les Mandans du bassin du Mississippi. Audubon ne cacha pas son pessimisme; selon lui, la race indienne serait tôt ou tard amenée à disparaître.

– Il y aura encore des guerres, prédit-il, car les Blancs avanceront vers l'ouest, qui est le dernier refuge des tribus. Et même celles qui ne sont pas hostiles aux nouveaux occupants souffrent à leur contact. Ils succombent à nos maladies, ou à l'abus de l'alcool dont nous leur avons donné l'habitude. Ils ont perdu leur liberté en comptant trop sur le commerce avec nous pour subsister. Les autres, les irréductibles, sont trop attachés à leurs traditions pour composer avec les envahisseurs. Quand la colonisation atteindra leurs sanctuaires des Grandes Plaines et des Montagnes Rocheuses, ils préféreront la mort à la soumission.

Walter Scott hocha gravement sa tête blanche, comme un vieil aigle.

– Quel dommage, dit-il, que chaque civilisation nouvelle se nourrisse de la dépouille des précédentes. Mais c'est ainsi. Ils sont presque sauvages, ces Indiens, m'avez-vous dit. Ne croyez-vous pas qu'ils sont les vestiges d'une grande civilisation, comme les Aztèques ou les Incas? On m'a parlé d'objets élaborés qu'on aurait retrouvés, des ustensiles, des poteries...

– Je ne crois pas, monsieur. Ils sont très différents les uns des autres, leurs langues et leurs coutumes n'ont que peu de points communs. Je suppose que les vestiges dont vous parlez proviennent des anciens Espagnols avec qui ils commerçaient.

– Ah bon, fit l'écrivain, visiblement déçu.

Walter Scott avait-il caressé le projet d'un grand roman sur le brillant Empire écroulé des Indiens d'Amérique du Nord?

– Et des mammouths, ajouta-t-il, pensez-vous qu'il en reste? Audubon dut convenir qu'il n'en avait pas eu connaissance, mais qu'en revanche il tenait pour certain que le bison n'était autre que l'aurochs des premiers âges, ou son très proche cousin.

– Je vous envie, conclut l'écrivain, de vivre dans un

pays si fascinant, où la nature a tant de force et de mémoire, et qui est en même temps l'avenir de notre monde. Mon cher ami, je recommanderai votre œuvre partout où je pourrai, et sincèrement. Il y a en elle quelque chose qui me rappelle les maîtres hollandais, ou Dürer, peut-être. Avec en plus un parfum d'Orient, l'étrange minutie des estampes japonaises. J'espère vous être utile, bien que mon opinion n'ait pas grande valeur. Je suis ignorant en histoire naturelle.

Jean-Jacques prit congé du maître, enivré de ses compliments. Sa recommandation était précieuse ; Walter Scott était président de la Royal Society of Edinburgh, la plus puissante de ces sociétés d'encouragement aux arts et aux sciences dont les Britanniques raffolaient. Les autres étaient la Royal Institution, la Wernerian Society of Natural History, la Society of Arts in Scotland, la Philosophical and Literary Society. Audubon avait été élu membre de chacune d'elles, dès que le triomphe de son exposition avait été connu, et la mention de ces appartenances sur ses cartes de visite ouvrait bien des portes.

Chaque après-midi, il trouvait un moment pour se rendre dans les ateliers de William Lizars et assister à la naissance de son livre. Il ne se lassait pas du spectacle des graveurs penchés sur les immenses plaques de cuivre, des coloristes qui reproduisaient fidèlement sur les épreuves la moindre nuance des dessins originaux. Il aimait l'odeur d'acide, d'encre et de peinture qui parfumait la salle. Quand une gravure était terminée, il applaudissait au résultat, sans fausse modestie, comme s'il s'agissait non pas de son œuvre, mais de celle des vingt ouvriers qui s'étaient échinés à la reproduire de manière aussi parfaite. Lizars et son équipe n'étaient pas des débutants en ornithologie : ils avaient récemment gravé l'important ouvrage de John Selby sur les oiseaux d'Angleterre, publié lui aussi dans un très grand format, moindre toutefois que le « double éléphant folio » que réclamait Audubon.

Lizars n'avait rien perdu de son enthousiasme du premier jour, à la fin de novembre, quand Jean-Jacques lui avait apporté ses dessins pour la première fois. Le graveur avait disposé sur le sol ceux qu'il préférait, le grand dindon sauvage, les moqueurs défendant leur nid contre un crotale, le faucon aux serres crispées sur sa proie, la grue capturant les petits alligators. Il tournait autour en tous sens, comme on parcourt un labyrinthe, en murmurant sans fin :

– Je n'ai jamais rien vu de pareil, rien vu de pareil...

Puis il avait serré Jean-Jacques dans ses bras, en déclarant avec solennité :

– Je graverai cela, monsieur, je le graverai. Et le monde saura qui vous êtes.

Deux mois avaient passé, et déjà cinq gravures sortaient des presses de William Lizars. Les cinq suivantes étaient en chantier. Au cours de la nuit du nouvel an, Audubon s'était trouvé dans un somptueux château où un certain Lord Morton l'avait invité. Il leva son verre avec les autres convives, aux douze coups de minuit. Et il dit à voix basse, rien que pour lui :

– Bonne année à toi, mon livre. Comme tu as l'air beau, déjà. Où t'en iras-tu ? Où te conduira la chance ? Tu es mon compagnon maintenant. C'est toi qui me guideras, tu seras mon espérance, et tu seras ma mémoire.

Le temps lui paraissait lointain depuis le jour où il avait débarqué à Liverpool, le 21 juillet 1826, avec pour toute fortune ses quatre cents dessins et 1 700 dollars, ses économies et celles de Lucy. Épuisé par soixante-six jours d'une interminable traversée, à bord d'un petit schooner chargé de coton, le *Délos*, il s'était précipité chez Alexander Gordon. Le négociant venait d'installer ses bureaux à Liverpool, où il commençait une nouvelle vie en compagnie de sa jeune épouse, Anne. Laquelle n'était autre que la plus jeune des sœurs de Lucy. Gordon s'était épris d'elle lors de son séjour chez Benjamin Bakewell, à Pittsburgh. Jean-Jacques ne reconnut pas la petite fille blonde qui autrefois montait sur ses genoux et lui tirait les cheveux. A trente-deux ans, Anne Bakewell était devenue une dame un peu méprisante, qui, pour tout encouragement, lui suggéra de faire couper sa chevelure et d'acheter des vêtements décents. Gordon, de son côté, paraissait distant et affairé, si bien qu'Audubon cessa bien vite de se présenter à sa porte. Encore une fois, il était déçu par sa propre famille.

Fort heureusement pour son moral, une première

exposition à la Royal Institution de Liverpool avait connu un succès qui annonçait celui d'Édimbourg, quelques semaines plus tard. Il avait déjà conquis deux villes, il lui fallait aller de l'avant et gagner Londres, où il devait trouver de nouveaux souscripteurs. Informés de ce projet, beaucoup de ses amis lui conseillèrent d'affronter la capitale avec une coiffure plus ordinaire. Il se décida enfin à livrer ses longues boucles aux ciseaux, et le soir même il inscrivit ces lignes dans son journal :

En ce jour ma chevelure a été sacrifiée, et la volonté de Dieu usurpée par le souhait des hommes. Tandis que le barbier officiait, je me suis rappelé l'époque horrible de la Révolution française, quand on faisait la même opération sur les victimes promises à la guillotine. J'ai senti mon cœur sombrer.

Puis il encadra la page d'une bordure noire, comme un faire-part de deuil.

Le 5 avril, vêtu d'un manteau à la mode, Audubon quitta Édimbourg à regret. Il s'était attaché à la belle ville aux rues larges, bien pavées et propres, aux élégantes maisons de pierres grises, où il avait connu tant de joies et tant de revanches. Il promit un prompt retour à Mme Dickie, sa charmante logeuse du 29 George Street, qui n'avait jamais vu défiler autant de beaux messieurs graves que pendant le séjour de « son » artiste.

Dans son nouveau rôle d'éditeur d'un livre de luxe, il s'obligea à faire un long détour par Bedford, Newcastle, York, Leeds, Manchester, et de nouveau Liverpool, en quête de souscriptions nouvelles. Lorsqu'il fut entré dans Londres, le 21 mai, il nota avec angoisse que la ville lui paraissait « comme la bouche d'un immense monstre, gardée par des millions de dents acérées, d'où je ne sais si je sortirai sans dommage. Il y a longtemps que je souhaitais être ici, mais comme je regrette mes chères forêts ».

Il avait au moins une adresse pour se loger. A Beech-woods, Mme Percy lui avait recommandé sa belle-sœur,

Mme Middlemist, qui lui loua un petit appartement, 55 Great Russell Street. A peine installé, il se lança dans l'immense cité, armé d'un plan. Comme un postier, il parcourut les rues, sonna aux portes, déposa des demandes de rendez-vous, des prospectus sur les « Oiseaux d'Amérique ». Le premier à réagir fut George Children, naturaliste et secrétaire de la Royal Society de Londres. Children sonna le rappel des autres membres de l'élite scientifique, et Audubon put bientôt exposer ses œuvres dans les locaux de la Linnean Society. Le succès, immédiat, promettait d'égaler et même de dépasser celui d'Édimbourg.

Quand Charles Lucien Bonaparte, de retour à Londres, rendit visite à Jean-Jacques, il pensait trouver un homme triomphant. Audubon, au contraire, était effondré. Il tendit une lettre à son visiteur :

– Tenez, Charles, lisez. C'est mon arrêt de mort. Lizars m'abandonne. Ses coloristes se sont mis en grève devant l'ampleur du travail. Tout est arrêté, il ne sait pas jusqu'à quand. Définitivement, à mon avis : il n'ose pas aller contre ses employés. Il me conseille de trouver un autre graveur à Londres. C'est facile ! Tant d'efforts anéantis, quand tout allait si bien.

Bonaparte jeta la lettre de Lizars sur la table dans un mouvement de mépris.

– Ne vous laissez pas abattre. Je viens juste de rentrer, j'étais en province. Mais avant de venir ici je suis passé par la Linnean Society, et j'ai vu les premières gravures de Lizars. Ce n'est pas mal, mais on peut faire mieux, croyez-moi, surtout dans le rendu des couleurs. Ces coloristes ont tort de se plaindre. A mon avis, ils n'ont pas fait preuve de beaucoup de zèle. On doit pouvoir trouver aussi bien à Londres.

Dès le lendemain, Audubon se rendit à l'adresse que Bonaparte lui avait dénichée, 79 Newman Street. C'est là que MM. Havell père et fils tenaient une librairie scientifique, flanquée d'un atelier de taxidermie et d'un autre de gravure. Les deux hommes, prévenus de la réputation de leur visiteur, le reçurent un peu timidement, au point qu'Audubon craignit qu'ils ne s'effraient de l'importance du projet. Il n'en fut rien, ils eurent même une petite moue amusée devant les épreuves signées Lizars.

– Vos oiseaux sont magnifiques, monsieur, dit M. Havell père. Ils méritent un meilleur traitement. Je suis moi-même coloriste, et je suis sûr de mon fait.

– Revenez dans trois jours, proposa le fils. Je me charge de la gravure, et je pense y arriver dans ce délai; nous allons faire un essai, et vous jugerez vous-même.

A la date promise, les deux Havell, Robert senior et Robert junior, l'attendaient avec une épreuve terminée du loriot de Baltimore. Jean-Jacques s'extasia devant la précision de la gravure, l'éclat et la justesse des couleurs. Puis, devant son père médusé, il appliqua sur les joues du fils deux baisers sonores.

Le soir même, radieux, il dînait chez Bonaparte.

– Tout est arrangé, Charles. Et même mieux qu'avant. Les Havell sont moins chers que Lizars, ils travaillent mieux et plus vite.

– J'en suis heureux pour vous, mon ami. Je vous admire de vous lancer dans une telle entreprise. Combien de temps va durer la publication?

– Eh bien, le calcul est simple. Nous allons faire paraître une livraison de cinq gravures tous les deux mois. Ce qui fera vingt-cinq par an. Il faudra donc près de quinze ans pour reproduire et publier les quatre cents oiseaux de l'ouvrage.

– Bigre, fit Bonaparte. Et quel âge avez-vous?

– Quarante-trois ans. Oh, je sais que cela peut paraître bien long, mais qu'est-ce que quinze ans pour l'œuvre d'une vie?

– Bien sûr... Et quel prix proposez-vous pour la souscription?

– 175 livres pour les quatre cents planches. Avec les droits, cela fera à peu près 1 000 dollars aux États-Unis.

– Vous savez sans doute qu'aucun livre n'a jamais valu aussi cher? Et vous vous rappelez le mot de Voltaire : « Si l'Évangile avait coûté 1 200 sesterces, jamais la religion chrétienne ne se serait établie. »

– Je ne cherche pas à conquérir le monde, Charles, mais à séduire les plus dignes de me comprendre.

– Et, ironisa Bonaparte, il vous en faut combien, de ces élites?

– A partir de cinquante, je paie mes frais. A cent, je gagne ma vie. A deux cents, je suis à l'aise. Après, je suis riche.

Bonaparte rit de bon cœur et s'en alla chercher du papier et une plume.

– Je souscris tout de suite. Ça vous en fera un de moins à trouver. Je suis heureux d'avoir assisté à la naissance du chef-d'œuvre. J'aurais aimé le voir grandir, mais, hélas! l'Italie m'appelle.

– Qu'allez-vous faire là-bas?

– Eh bien, j'en ai un peu assez des oiseaux de l'Amérique, et surtout des hommes de ce pays, qui manquent de fantaisie. Mon ornithologie américaine est terminée, mais ce n'est qu'un nain à côté de la vôtre. Je vous cède bien volontiers la place. Mon père me réclame auprès de lui, et je vais être prince, mon cher. De Canino et de Musignano; notez cela, si vous voulez m'écrire. J'espère qu'ils ont au moins une bibliothèque, là-bas, je ferai commander votre ouvrage. Et vous, vous restez à Londres?

– La prochaine étape sera Paris. J'espère qu'on s'y souviendra que je suis français.

– Ah, Paris,· soupira Bonarparte. Y retournerai-je jamais? J'avais espéré que les Bourbons reviendraient sur le bannissement de notre famille, après la mort de l'Empereur, il y a sept ans. Mais non, l'Aigle les effraie toujours, même depuis la tombe.

Avant de songer à la France, il fallait trouver son pain quotidien, payer Mme Middlemist et financer les premiers travaux de l'atelier Havell. De nouveau Audubon se félicita d'avoir appris la technique de l'huile. La nuit, il peignait rapidement quelques toiles qu'il allait le lendemain proposer dans les magasins des quartiers chics. Il était un peu humiliant de faire ainsi le camelot, mais c'était d'un bon rapport. Un matin, il venait de vendre un tableau à un commerçant du Strand, et il s'apprêtait à quitter la boutique avec son argent, lorsque le marchand lui dit d'une petite voix :

– J'aime beaucoup ce que vous faites, monsieur, mais, s'il vous plaît, ne revenez pas une troisième fois.

Jean-Jacques, confus, s'aperçut alors qu'il avait, sans s'en rendre compte, sollicité deux fois le même client.

A l'automne, le roi George IV lui fit savoir qu'il lui accordait son patronage, son approbation et sa protection; et sa souscription, qu'il ne paya jamais, mais les rois payent-ils? Dans le même mouvement, il décida de solliciter la même faveur du président des États-Unis, John Quincy Adams, du roi de France, Charles X, et du tsar de Russie, Nicolas Ier. Au diable l'avarice.

Audubon atteignit Paris le jeudi 4 septembre 1828, après quatre jours de voyage par Douvres et Boulogne. Il était accompagné d'un peintre américain, nommé Parker, qui s'était spécialisé dans les portraits des célébrités scientifiques. Il avait fait celui de Jean-Jacques, et il espérait obtenir ceux des plus fameux savants français. William Swainson était aussi du voyage, accompagné de sa jeune épouse, une petite femme effacée qui trottinait derrière son savant mari. Swainson avait quatre ans de moins qu'Audubon, mais son front dégarni, l'air grave que lui donnaient ses yeux pensifs et son nez busqué le faisaient paraître plus âgé. Il s'était consacré à la science depuis son plus jeune âge, et il avait beaucoup voyagé, notamment en Sicile, où il avait fréquenté Constantin Rafinesque, et au Brésil. Il vivait tant bien que mal de la publication de ses travaux, et, bien qu'ornithologiste lui-même, il était devenu, sans jalousie aucune, un des plus fidèles amis de Jean-Jacques, après avoir publié sur les « Oiseaux d'Amérique » un éloge très remarqué dans le très influent *Magazine of Natural History*.

Le monde scientifique parisien, en pleine effervescence, se passionnait pour le duel entre Georges Cuvier et Étienne Geoffroy Saint-Hilaire, tous deux titulaires de chaires de zoologie au Muséum d'histoire naturelle depuis le Consulat. Geoffroy Saint-Hilaire, disciple de Lamarck, tenait pour la transformation des espèces et leur adaptation au milieu. Cuvier, plus traditionaliste, défendait la thèse du « fixisme », selon laquelle les espèces animales se succèdent, mais ne se transforment pas. Tels des dieux de l'Olympe, les deux savants se lançaient des anathèmes du haut de la tribune de l'Académie des sciences, dont Cuvier était le secrétaire perpétuel. Ce qui ne les empêchait pas d'être bons amis dans le privé, et d'être fêtés ensemble dans le meilleur monde. Tandis que le vieux Lamarck, aveugle et oublié, s'éteignait doucement.

Audubon arrivait à Paris dans une excellente période. Le Muséum et le Jardin des plantes étaient à la mode. Le public se pressait aux expositions qui suivaient le retour des explorateurs. Des dons affluaient du monde entier pour accroître les collections. Le bey d'Alger envoyait des lions, et le roi du Maroc des gazelles. L'année précédente, la coqueluche de tout Paris avait été une girafe, offerte à Charles X par le pacha d'Égypte. Les images de l'étrange bête au long cou avaient envahi la France entière, sous forme de tapisseries, d'enseignes, de poteries, de poignées de cannes.

Pendant que Swainson obtenait de Geoffroy Saint-Hilaire la permission d'observer les nouveaux spécimens d'oiseaux exotiques reçus par le Muséum, Audubon faisait le siège de Cuvier. Le célèbre baron, dès qu'il eut examiné ses dessins, l'invita immédiatement à dîner chez lui et s'inscrivit sur la liste des souscripteurs. Quelques jours plus tard, Jean-Jacques fut invité à une séance de l'Académie des sciences, au cours de laquelle Cuvier fit un long éloge des « Oiseaux d'Amérique », qu'il conclut par ces mots :

– C'est le plus magnifique monument que l'art ait élevé à la nature. Audubon eut l'occasion de converser longuement avec le baron, dont le savoir était immense, tandis qu'il était prisonnier de Parker, qui faisait son portrait. Il s'étonnait qu'un aussi brillant esprit fût enfermé dans un corps aussi disgracieux. Cuvier était plutôt petit, corpulent. Il avait une grosse tête, une face large et tavelée, un nez rouge et proéminent. De sa large bouche aux lèvres épaisses émergeait, seule, une grosse dent du bas. A cinquante-neuf ans, il avait l'air d'un vieillard.

Audubon rencontra aussi Pierre Joseph Redouté, qu'on avait surnommé « le Raphaël des fleurs ». Redouté lui proposa d'échanger des gravures et lui remit neuf exemplaires de ses « Roses ». Jean-Jacques eut un petit serrement de cœur en contemplant les dessins que lui avait fait découvrir, vingt ans plus tôt, sur les bords de la Loire, la brûlante Claire de Cordemais. Avec ses compagnons, il assista à une revue des troupes, sur la place Louis-XV. Quand la foule annonça que le roi arrivait, il escalada un mur pour mieux voir. Charles X était un homme d'allure fragile, pâle, penché gauchement sur son cheval, dans une attitude qui n'avait rien de majestueux. Quand Audubon descendit de son perchoir, Swainson s'étonna :

– Pourquoi risquer de vous rompre le cou pour un monarque?

– J'aime bien connaître la tête de mes clients.

En effet, la veille, Sa Majesté avait fait savoir qu'elle appréciait les « Oiseaux d'Amérique », qu'elle consentait à souscrire, et que d'autre part le ministère de l'Intérieur allait faire l'acquisition de cinq exemplaires, qui seraient répartis dans les bibliothèques publiques.

Ayant gagné les suffrages des Bourbons, Jean-Jacques s'essaya du côté des Orléans. Le duc Louis-Philippe, qui allait occuper le trône de France deux ans plus tard, était particulièrement bien disposé à l'égard de tout ce qui venait de l'Amérique, qu'il avait parcourue pendant son exil. Il évoqua avec nostalgie son voyage en *keel-boat* sur le Mississippi, jusqu'à La Nouvelle-Orléans.

– Je retrouve de bien agréables souvenirs dans vos œuvres, dit le duc avec émotion. M. Redouté m'en avait parlé en termes élogieux, mais il était en dessous de la vérité. Vous êtes un homme de talent et vous venez d'une grande nation, une merveilleuse nation.

Le duc d'Orléans s'inscrivit sur la liste des souscripteurs et promit son intervention pour convaincre les têtes couronnées d'Europe de faire de même.

Audubon n'eut pas que des bons moments. Il essuya aussi nombre de refus, dont le plus cuisant fut celui d'un banquier très connu, qui déclara tranquillement :

– Tout ce qui m'intéresse dans les oiseaux, c'est qu'ils ont des plumes qui me servent à tenir mes registres.

Au bout de cinq semaines, il en avait un peu assez de Paris. La Seine lui avait paru moins large que le bayou Sara, et il n'y avait guère d'oiseaux sur ses bords. Les rues étaient presque toutes pavées, mais souvent sans trottoirs. Au milieu, une rigole charriait une eau noirâtre. Les Parisiens étaient agités, bougons, et il avait souvent l'impression qu'on le regardait comme un voleur. Un jour qu'il se présenta à l'entrée du Louvre, pour visiter le musée, un garde lui barra le chemin en grondant :

– On n'entre pas ici avec une toque de fourrure.

Ce n'était évidemment pas une coiffure courante à Paris, mais cela faisait partie de son style, et Jean-Jacques ne voyait pas en quoi il menaçait la sécurité publique. Sans insister, il gagna une autre entrée, où cette fois le garde ne lui accorda pas un regard.

Un matin qu'il travaillait dans une salle d'ornithologie du Muséum, un jeune homme s'approcha de lui et se présenta.

C'était Charles Édouard d'Orbigny, le fils du médecin de Couëron qui avait guidé ses premiers pas dans l'histoire naturelle. Le garçon, dont il se rappela qu'il était le parrain, avait déjà, à vingt et un ans, le visage à la fois juvénile et grave de son père.

– A la maison, on parlait souvent de vous, monsieur. J'étais très désireux de vous rencontrer. M. Cuvier m'a dit que vous étiez là.

– Mais, s'étonna Audubon, que faites-vous dans cet endroit ?

– J'y travaille, monsieur, sourit le jeune homme. Je suis naturaliste; je prépare un ouvrage sur le règne végétal appliqué à la médecine, et j'étudie aussi la géologie.

Charles Édouard précisa que son frère aîné avait aussi choisi la science : Alcide, qui avait été l'élève de Cuvier, était pour de longues années en Argentine, chargé par l'Académie des sciences d'étudier la faune et la flore de ce pays. Charles, leur père, avait quitté Couëron pour La Rochelle depuis 1814. Il avait abandonné la médecine pour fonder un muséum qui était devenu le plus considérable de la province française.

– Si vous allez à Couëron, suggéra Charles-Édouard, peut-être pourriez-vous faire un détour par La Rochelle ? Je sais que vous feriez une grande joie à mon père.

Audubon secoua tristement la tête.

– Non, mon ami, pas cette fois. Plus tard, peut-être. Vous direz à Charles que je suis engagé dans un travail qui ne souffre ni répit ni loisir. L'œuvre de ma vie est en cours de publication, et si je la mène à bien je lui en serai grandement redevable. Je lui en ferai parvenir bientôt les premières épreuves; il pourra juger mieux que personne si j'ai fait quelques progrès. Et dites-lui bien que je ne l'ai jamais oublié.

Dans la diligence qui les ramenait vers Boulogne, les voyageurs firent le bilan de leurs six semaines de séjour. Il était plutôt positif. Parker avait fait les portraits de Cuvier, de Geoffroy Saint-Hilaire et de Redouté. Swainson avait pu étudier ses spécimens du Jardin des plantes, et Audubon avait recueilli treize souscriptions, qui s'ajoutaient à la cinquantaine déjà obtenues en Angleterre. Ce n'était pas encore la fortune, mais au moins il avait encore accru sa notoriété. Il demanda :

– Qu'est-ce qui est préférable, être pauvre et célèbre, ou bien être riche et ignoré?

– Je pense, soupira Swainson, qu'il vaut mieux être célèbre et riche.

Jean-Jacques partit d'un grand rire :

– Ça viendra, mon ami, ça viendra!

2

Quand il s'embarqua à Portsmouth pour retourner aux États-Unis, le 1er avril 1829, Audubon était encore plus célèbre, du moins en Angleterre. Il n'était pas riche, mais la liste de ses souscripteurs avait dépassé la centaine, ce qui lui permettait désormais de vivre de la vente de ses « Oiseaux d'Amérique ». Finis, une fois pour toutes, les portraits de commande, les tableaux vendus à la sauvette pour le prix d'un repas. Le clan de ses partisans à Philadelphie, conduits depuis ce départ de Bonaparte par Thomas Sully et Richard Harlan, faisait un grand tapage autour de ses exploits en Europe. Le clan Ord, qui craignait pour sa réédition de Wilson, se répandait dans les revues, en critiquant le sérieux d'Audubon. Celui-ci, informé ponctuellement par les lettres de ses amis, se réjouissait de ce tumulte, qui ne pouvait qu'attirer l'attention sur lui.

– Qu'ils disent de moi tout le mal qu'ils veulent. L'important est qu'ils en parlent, disait-il à Swainson et à Children, à qui il avait confié le soin de sa publication en Angleterre. Il avait laissé à l'atelier de Havell assez de dessins pour deux années de travail.

Pour 30 livres, il s'était offert le luxe d'un passage pour New York sur un « packet », le *Columbus*. Par jeu et par superstition, il avait choisi ce navire parce qu'il portait un nom d'oiseau. Les *packet-boats*, dont le nom allait donner « paquebot » en français, étaient en train de bouleverser les voyages transatlantiques. C'étaient de grands trois-mâts de 500 tonnes, qui pouvaient transporter une centaine de passagers, répartis dans 40 cabines, et 3 500 barils de cargaison. Robustes et très toilés, ils étaient rapides : la traversée ne durait plus que vingt-cinq jours depuis l'Amérique et quarante jours depuis l'Europe, la différence étant due aux vents d'ouest dominants. Les packets avaient un autre avantage : ils partaient au jour dit, et non plus selon le temps, l'état du fret ou l'humeur du capitaine. Propres, bien décorés et confortables, ils n'avaient qu'un inconvénient : leur fond était très plat, afin de pouvoir remonter avec un faible tirant d'eau jusqu'aux grands ports fluviaux, comme La Nouvelle-Orléans. Si bien qu'ils tapaient dans la lame au lieu de la fendre, ce qui était à la longue assez éprouvant pour les passagers.

Durant les trente-cinq jours que mit le *Columbus* pour rallier New York, Jean-Jacques, éprouvé une fois de plus par le mal de mer, méditait des pensées moroses. Il y avait une ombre sur le plaisant tableau de sa réussite : Lucy, qu'il n'avait pas vue depuis deux ans et demi, et dont il n'arrivait pas très bien, à travers leur correspondance, à démêler les sentiments. Depuis son arrivée en Angleterre, il lui écrivait fréquemment de longues lettres, l'informant de ses démarches, de ses difficultés, puis de ses succès qu'il qualifiait de « triomphes ». Plusieurs fois, dans l'ivresse de sa vie nouvelle, à Édimbourg ou à Londres, il l'avait suppliée de venir le rejoindre. A chaque fois, gentiment mais fermement, elle avait refusé de quitter son école de Feliciana. Elle observait que c'était à lui de revenir auprès de ses enfants et de sa femme. Il répondait que c'était le contraire, que son devoir était de le rejoindre et de le soutenir. A moins qu'elle ne croie pas à sa réussite, dont il lui donnait pourtant des preuves tangibles : des exemplaires de ses gravures, des articles publiés sur lui dans les journaux. Elle répliquait en insinuant que l'artiste à la mode que les salons se disputaient ne trouvait peut-être plus digne de lui la petite institutrice de Louisiane. Le malentendu était total, et une lettre tous les quatre mois ne favorisait pas le dialogue et la compréhension mutuelle. Avant de s'embarquer, à Portsmouth, il avait posté une lettre nettement comminatoire, où il enjoignait à Lucy de fermer son école et de venir à sa rencontre, soit à New York, soit à Philadelphie, soit encore dans leur famille à Louisville. A mesure que les côtes d'Amérique se rapprochaient, il regrettait les termes de cet ultimatum, de plus en plus certain que Lucy avait assez de caractère pour l'envoyer au diable.

La vérité était plus simple, mais Lucy n'osait pas la dire, et Jean-Jacques ne voulait pas la comprendre : elle n'avait pas d'argent. Elle avait tout donné à son mari de ses gages, sans se souvenir du temps qu'il fallait pour en obtenir le paiement. Dans ces pays de la frontière, l'argent liquide était rare, et quand il y en avait l'éducation n'avait pas la priorité. Mme Percy la payait tous les six mois, mais les parents de ses autres élèves se faisaient tirer l'oreille. Lucy écrivait souvent de cinglantes lettres de rappel, non sans une certaine volupté. Dans les sombres moments où c'était elle qui avait des dettes, on avait bien su les lui reprocher. Ces incidents financiers ne l'empêchaient pas d'être admirée dans tout le pays de Feliciana. Elle était infatigable avec ses élèves, attentive à chacune, expliquant sans relâche, encourageant les moins douées. Les jeunes filles l'adoraient et la craignaient en même temps. Elle en imposait beaucoup avec sa haute taille, sa silhouette mince, son autorité tranquille. Dans son école, elle portait toujours une robe noire et une coiffe blanche, et des lunettes cerclées d'acier. Celles-ci ne servaient pas à grand-chose, car Lucy voyait très bien, sinon à asseoir son prestige et à renforcer par l'artifice le sérieux de son visage.

Il y avait une autre Lucy, que bien peu connaissaient. Celle qui dès l'aube se rendait aux écuries, sans lunettes, et vêtue d'un habit de cheval qu'elle avait confectionné elle-même. De ses longs doigts elle maniait les sangles de cuir pour harnacher la bête dont Mme Percy lui avait laissé l'usage. Puis elle chevauchait longuement dans les collines boisées, ou bien le long du bayou Sara. L'été, elle arrêtait sa monture au bord d'une crique, inspectait les berges, attentive au moindre remous qui trahirait la présence d'un alligator, et se baignait nue. Aucun témoin n'était là pour rapporter que la digne institutrice de Beechwoods avait toujours, non loin de la quarantaine, un corps de jeune fille.

La solitude ne lui pesait pas trop. Elle n'était pas reçue dans la société fermée des riches plantations, où elle était considérée comme une employée, mais elle fréquentait beaucoup ceux qui admiraient son mari : Augustin Bourgeat, le juge Matthews, le docteur Provan, qui avait fini par épouser Sarah Percy, et surtout Nathaniel Pope. Le jeune garçon, qui travaillait autrefois au magasin de Louisville, était devenu un des médecins de Saint Francisville.

Ce fut précisément grâce à Pope que Lucy put enfin quitter Beechwoods, en février 1827. Elle installa une nouvelle école à Beechgrove, une plantation voisine appartenant à William Garrett Johnson. Elle n'était pas fâchée d'échapper aux humeurs changeantes de Jane Percy, dont le caractère ne s'était pas amélioré avec l'âge. L'irascible veuve n'était jamais à court de critiques envers Audubon. Elle refusait de croire aux succès de celui-ci, que Lucy lui rapportait avec quelque malice, et elle ne comprenait pas l'attachement que son institutrice continuait à montrer envers son mari volage. Elle était aussi probablement jalouse du prestige de la jeune femme auprès de ses élèves.

Lucy trouva une ambiance toute différente chez les Johnson, qui étaient des gens généreux et aimables, et qui la traitèrent comme un membre de la famille. C'était une autre raison pour ne pas quitter la région et tenter de nouveau l'aventure. Enfin, leur plus jeune fils, John, terminait ses études au collège de Natchez, et ce n'était pas le moment de lui imposer de nouveaux bouleversements. C'est donc en des termes encore plus fermes qu'auparavant qu'elle manifesta à son mari son refus de le rejoindre où que ce soit en Amérique. Puisqu'il était désormais si proche, c'était à lui de venir. Elle ne sentait pas le droit de quitter son école; les études de John accaparaient toutes ses ressources. S'il était incapable d'admettre ce point de vue, il n'y avait qu'une seule explication : il avait cessé de l'aimer. Dans ce cas, il fallait envisager une séparation définitive.

Jean-Jacques reçut la lettre de sa femme à la mi-mai, alors qu'il était resté à New York pour exposer au Lyceum d'histoire naturelle. Il répondit immédiatement par une déclaration désespérée. Il l'aimait toujours, leurs jours heureux étaient les seuls dont il gardait le souvenir. Il ne pouvait pas aller en Louisiane, parce qu'il n'y recevrait pas des nouvelles régulières et rapides de ses affaires à Londres. Il devait trouver de nouveaux souscripteurs, rendre visite à ses amis fidèles de Philadelphie. De plus l'été arrivait, et avec lui certains oiseaux dont il avait besoin pour compléter son ouvrage. En attendant la réponse, il s'installa à Camden, sur les bords de la Delaware, pour guetter les passereaux migrateurs. Puis il gagna la côte de l'Atlantique, et vécut trois semaines à Great Egg Harbor, dans le New Jersey, dans une hutte de pêcheur, en compagnie des bruants, des grives, des tariers et des chevaliers des sables. Il oubliait son anxiété avec les pêcheurs du « Port aux Œufs » qui l'emmenaient en mer dans leurs canots à voile, ou bien lui indiquaient les marais où nichaient les avocettes et les hérons, en retrait des immenses plages grises.

Quand il revint à Philadelphie, la lettre de Lucy était là. Elle maintenait ses décisions, elle ne viendrait pas. Cette fois il écrivit à Victor, son fils aîné, à Louisville. Il justifiait sa position et le suppliait d'en convaincre sa mère, puisque lui-même n'y arrivait pas. Après quoi il s'enfuit plusieurs semaines dans la grande forêt de pins du comté de Northampton, au nord de Philadelphie. Il y resta jusqu'au début d'octobre, dans la cabane d'un bûcheron, ce qui lui permit d'enrichir sa collection de nouveaux passereaux, d'une effraie et d'une nouvelle chouette barrée.

A la mi-octobre, quand il retourna à Philadelphie, il avait quarante-deux dessins de plus dans ses classeurs, depuis son retour en Amérique. Cela le consolait un peu de sa querelle avec Lucy. Malgré l'intercession de Victor, elle restait inébranlable. Mais sa lettre annonçait un fait nouveau : John avait quitté la Louisiane pour Louisville, où il allait travailler avec son oncle William, le plus jeune frère de Lucy, qui à son tour avait fondé un commerce. Lucy était donc désormais seule, et il commençait à douter de la valeur de ses propres arguments. Il s'ouvrit de ses tourments à Richard Harlan, qui l'hébergeait à Philadelphie.

— Après tout, dit-il piteusement, l'hiver arrive, les

oiseaux vont partir. J'ai bien travaillé cette saison. Je pourrais gagner doucement la Lousiane, en visitant ma famille au passage, à Pittsburgh et à Louisville, tout en cherchant de nouveaux souscripteurs. Songez que je n'ai pas vu Victor depuis cinq ans, et John depuis trois ans. J'aurai été un meilleur père pour mon livre que pour mes fils. Et un meilleur époux avec la nature qu'avec ma femme.

Le docteur Harlan lui posa affectueusement la main sur l'épaule.

– C'est moi que vous cherchez à convaincre, John, ou vous-même?

– Moi, bien sûr. Allez, je vais faire mes bagages. Je crois bien que Lucy a gagné.

A Pittsburgh, qu'il atteignit en diligence, il se fit le petit plaisir de raconter ses exploits européens à Thomas Bakewell, afin qu'il en rabatte un peu de sa condescendance. Puis il loua une cabine sur un luxueux *steam-boat* jusqu'à Louisville, où Nicholas Berthoud lui fit un accueil chaleureux. La belle Eliza, qui manquait de mémoire, clama qu'elle n'avait jamais douté du talent de son original beau-frère.

Jean-Jacques retrouva en ses fils, qu'il avait quittés presque enfants, de robustes gaillards qui avaient atteint la même stature que lui. Il fut touché d'apprendre par John que William Bakewell avait aidé sa sœur à payer ses études à Natchez, et qu'il l'avait souvent secourue financièrement quand elle ne parvenait pas à se faire remettre le prix de ses leçons. William, il est vrai, n'avait que cinq ans quand sa mère était morte, et c'était Lucy qui l'avait remplacée. De plus il n'avait jamais oublié les fantastiques randonnées où l'entraînait, autrefois, à Fatland Ford, le grand Français aux longs cheveux.

Audubon ne resta que peu de jours à Louisville. Maintenant que sa décision était prise, il avait hâte de rejoindre la paroisse de Feliciana, son « Happy Land », comme il aimait l'appeler. Il faisait nuit quand le *steam-boat* le déposa à Bayou Sara, où il dormit. Le lendemain matin il se procura un cheval et il s'élança vers Beechgrove, distante de 9 miles. Il ressentait à nouveau le bonheur fou de chevaucher à travers les bois de magnolias, qui résonnaient du cri toujours renouvelé des moqueurs. A Wakefield, il dut demander son chemin. Un quart d'heure plus tard, il remettait son cheval à un esclave, devant le perron de Beechgrove, et il présentait ses respects aux Johnson. Il insista pour qu'on ne prévînt pas Lucy; il voulait que son retour fût une surprise.

Quand il arriva au cottage de son épouse, la porte était ouverte. Lucy était assise auprès d'une jeune fille qui jouait du piano. Il l'appela doucement, elle le vit, eut un cri bref et courut dans ses bras. Elle était si pâle qu'il eut peur de l'avoir brusquée. Il couvrit ses cheveux de baisers tandis qu'elle pleurait doucement contre sa poitrine. La jeune élève, très étonnée, toute droite devant le piano, attendait pour saluer.

Le soir, après que les Johnson les eurent priés à dîner, Lucy et Jean-Jacques se retrouvèrent seuls dans le petit cottage, intimidés. Ils ressentaient tous deux l'angoisse des jeunes mariés au seuil de leur nuit de noces. Ils restèrent longtemps silencieux, désemparés de cette soudaine intimité. La nuit bruissait du chant des crapauds, affolants comme les tambours d'une cérémonie sauvage. Lucy se décida la première; elle vint contre lui et lui offrit ses lèvres. Ils s'embrassèrent longuement, puis il la porta dans ses bras et lui fit franchir la porte de la chambre, comme on le fait d'une nouvelle épousée. Alors vint le moment de l'amour, que ni l'un ni l'autre ne croyaient plus jamais revivre. Ce fut une longue approche, le temps qu'ils se reconnaissent, dans la lueur tremblante de la lampe à huile. Elle dénoua ses longs cheveux blonds, encore éclaircis par des années de soleil. Il contempla ses seins plus lourds, aux aréoles plus sombres, ses hanches un peu plus épanouies. Quelques flétrissures, quelques rides la rendaient plus vraie, plus humaine, plus désirable enfin que la jeune fille d'autrefois.

Ils se prirent avec précaution, comme s'ils ne se rappelaient plus bien les gestes, comme s'ils craignaient qu'une maladresse ne rompe le charme. Puis il se retint longuement en elle, le temps que Lucy retrouve, dans la mémoire de son corps, le rythme de la célébration trop longtemps oubliée. Jusqu'à ce qu'enfin elle s'anime avec rage et que monte d'elle un long cri qu'il ne lui avait jamais entendu. Une plainte qui n'exprimait pas seulement les ravages délicieux du plaisir, mais aussi une sorte de désespoir, le regret de tant d'années perdues.

Quand elle s'apaisa, elle eut de gros sanglots. Puis elle se mit lentement à parcourir des lèvres le corps toujours mince de son mari, s'attardant avec des audaces nouvelles, comme si elle prenait possession d'un territoire. Jusqu'à ce que le désir les jette l'un contre l'autre, dans un nouveau duel. Après, ils parlèrent longtemps. Il se reprocha son insouciance dans ses lettres, sa forfanterie. Lucy admit qu'elle avait trop souvent douté de lui, douté de l'avenir. Jean-Jacques promit que désormais ils ne se quitteraient plus. Ses ressources étaient maintenant assurées; elle n'aura plus à travailler pour les autres. Victor et John allaient devenir ses collaborateurs. Le temps était revenu où ils pouvaient aller la tête haute, comme autrefois, dans les années fastes d'Henderson. Quand l'aube les éveilla, il eut un sursaut :

– Et ton école?

Elle geignit un peu avant de répondre :

– Aujourd'hui, c'est dimanche.

Puis elle serra son corps nu contre le sien, et ce fut lui qui prit l'initiative d'une lente et douce étreinte, qu'ils prolongèrent jusqu'à ce qu'ils entonnent ensemble le chant profond de la joie d'aimer.

Un esclave vint les réveiller à midi. Les Johnson, ne les voyant pas paraître, les croyaient malades.

Ils restèrent à Beechgrove jusqu'à la fin de décembre. Dans la journée, pendant que Lucy faisait sa classe, Jean-Jacques chassait, le plus souvent en compagnie de Nathaniel Pope. Le jeune médecin s'était installé avec sa femme dans une maison en rondins, située en pleine forêt, et assez semblable à celle d'Henderson.

– Je joue à l'homme des bois, dit Pope, c'est vous qui m'avez appris.

Il admirait beaucoup le nouveau fusil qu'Audubon avait rapporté de Londres, et qui avait supplanté celui que Louise lui avait autrefois offert. Non qu'il fût infidèle au souvenir de la belle créole. Simplement, sa nouvelle arme bénéficiait de la révolution qui venait de se produire dans ce domaine, la plus importante depuis trois siècles. La mise à feu ne se faisait plus par un silex, mais par l'explosion d'une capsule de cuivre chargée de fulminate. Cette amorce se plaçait sur une pièce nouvelle, la cheminée, qui communiquait le feu à la chambre de l'arme. Les avantages de cette nouvelle technique étaient énormes. Le fusil était devenu enfin insensible à la pluie, qui dans l'ancien système mouillait facilement la poudre du bassinet, on pouvait le remuer sans que celle-ci s'échappe. Enfin on n'était pas soumis aux caprices du silex, qui s'usait vite ou se brisait.

La nouvelle acquisition de Jean-Jacques faisait l'admiration des connaisseurs. Elle n'était certes pas d'allure modeste. La monture était rehaussée d'or et d'argent, le double canon gravé sur toute sa longueur, et la platine portait l'inscription : «John James Audubon, citoyen des États-Unis, F.L.S.L.»

– Que signifient ces initiales? demanda Pope, que la fierté de son ami à propos de son arme amusait beaucoup.

– Fellow of the Linnean Society of London. C'est l'institution la plus prestigieuse qui m'ait accueilli. Et puis, il fallait choisir – ajouta-t-il en souriant –, je n'avais pas la place pour les inscrire toutes. Dès que les Anglais sont plus de deux du même avis, ils fondent une association.

Au cours des nombreux dîners où Lucy et lui étaient invités, Jean-Jacques était intarissable sur son voyage en Europe, notamment sur l'effet que sa chevelure avait produit.

– Je lui dois beaucoup, je crois. J'ai eu tort de la couper à Londres, et je ne le ferai plus. Les Anglais adorent l'originalité, du moins chez les autres. Ils ont été très étonnés aussi de nos habitudes gastronomiques. Ils n'imaginaient pas que l'on puisse manger les tomates crues, par exemple. Ils n'en revenaient pas quand je leur ai montré comment nous mangions les épis de maïs, en les tenant à deux mains, comme un bâillon. Je crois qu'eux les donnent aux cochons. Par la suite, on me servait du maïs dans tous les dîners. C'était lassant.

Tout en se moquant gentiment des Anglais, il ne manquait pas de rendre hommage à l'extraordinaire chaleur de leur accueil et à leur passion pour les sciences.

– J'ai parfois ressenti de la gêne, avouait-il, devant les excès de leur faveur. Ainsi le jour où un célèbre phrénologiste, nommé Combe, a voulu modeler mon crâne, comme un exemple du génie humain. Ou cette fois où je me suis laissé entraîner dans une église où devait parler un prédicateur célèbre, Sidney Smith, je crois. Quand il est monté en chaire, je me suis aperçu avec horreur qu'il parlait de moi, qu'il m'avait pris pour thème de son sermon! Il affirmait que j'étais un exemple des vertus que Dieu peut donner à l'homme. « Quelle âme devais-je avoir, quelles pensées douces et énergiques à la fois, quelle bonté. » Toute l'assistance était tournée vers moi, j'aurais voulu m'engloutir sous les dalles de pierre.

Un dimanche qu'ils flânaient à Saint Francisville, une jeune femme, depuis une voiture, fit un signe d'amitié à Jean-Jacques et à Lucy. Comme il ne semblait pas la reconnaître, Lucy joua l'étonnée.

– Comment, mais c'est ton grand amour, Eliza Pirrie. Quelle ingratitude!

– Mon Dieu, fit-il, confus, j'étais à cent lieues d'y penser. Qu'est-elle devenue?

– Oh, sa vie a changé. Elle a épousé le pasteur de la ville, un jeune homme très bien, William Bowman. Ils se sont mariés l'année dernière, et elle vient d'avoir une petite fille. Cette union lui a permis de rentrer en grâce auprès de la bonne société, qui l'a boudée pendant les quatre années de son veuvage.

– Eh bien, sourit-il, j'espère que ses péchés lui seront remis, si toutefois elle en a vraiment commis. Elle a frappé à la bonne adresse.

Il fallut songer à quitter la Louisiane. Depuis Louisville, Victor et John, qui avaient commencé à s'occuper des « Oiseaux d'Amérique », relayaient le courrier de Londres. George Children, William Swainson et Robert Havell junior s'inquiétaient. Des souscriptions avaient été annulées, l'agent qu'Audubon avait nommé en France, sur la recommandation de Cuvier, M. Pitois, n'envoyait pas d'argent. Et, surtout, les journaux avaient commenté le départ de Jean-Jacques pour l'Amérique, si bien que les souscripteurs commençaient à se demander si, leur auteur parti, l'œuvre allait être menée à son terme.

– Ma chérie, dit Jean-Jacques à Lucy, je crois que notre second voyage de noces aura lieu en Angleterre.

Ils quittèrent Beechgrove au début de janvier 1830, au grand chagrin des époux Johnson. Lucy avait tenu à trouver une remplaçante pour son école. Ce serait la sœur de Robert Havell, qui souhaitait émigrer en Amérique.

Ils gagnèrent La Nouvelle-Orléans pour visiter les Brand et les Pamar, leurs amis fidèles des temps difficiles, qui furent très émus de mesurer le chemin parcouru depuis l'arrivée du peintre fantasque et pauvre, exactement neuf ans plus tôt. Puis ils s'embarquèrent le 7 janvier sur le *steam-boat Philadelphia*, tout neuf et fort luxueux. M. et Mme Audubon voyageaient désormais en première classe.

Ils passèrent le reste de l'hiver chez William, le jeune frère de Lucy, à Louisville. C'était la première fois depuis longtemps que toute la famille était réunie. Ils en profitèrent pour organiser ce que Jean-Jacques appelait plaisamment la Société Audubon et fils, éditeurs. Lucy, qui avait une excellente écriture, se chargeait de la correspondance et de l'administration. Victor, qui avait vingt ans, et qui était doué pour les affaires, assurait la gestion et le recouvrement des créances. John, qui en avait dix-sept, et qui était plus habile en dessin que son aîné, devenait l'assistant de son père.

A la fin du mois de mars, avant de s'embarquer à New York pour Liverpool, Jean-Jacques et Lucy firent un détour par Washington. Ils comptaient dans la capitale fédérale un allié de poids, Edward Everett, le président de la Chambre des représentants. Le puissant politicien avait eu connaissance des « Oiseaux d'Amérique » par le « clan Audubon » de Philadelphie, il s'était pris de passion pour l'ouvrage et en avait fait commander un exemplaire pour la bibliothèque du Congrès. De plus, il avait obtenu pour Audubon une entrevue avec le président des États-Unis, Andrew Jackson.

Quand un officier eut introduit Jean-Jacques dans le bureau ovale de la Maison-Blanche, le président se leva, puis eut une grimace douloureuse et porta la main à son cœur. Croyant à un malaise, Audubon, effaré, se précipita vers lui.

– Laissez, murmura Jackson, ce n'est rien, une vieille histoire. Une balle que j'ai reçue dans le poumon il y a plus de vingt ans. Elle se rappelle parfois à mon souvenir.

– Mais je ne savais pas que vous aviez été blessé aussi gravement. Était-ce à la bataille de Chalmette?

– Oh non, la guerre n'est pas aussi dangereuse. Venez, je vais vous raconter.

Ils passèrent dans un salon attenant au bureau. Le président avait redressé sa haute taille, il se tenait bien droit, un peu raide. Il savait depuis longtemps dominer la douleur, l'apprivoiser.

– Vous êtes-vous déjà battu en duel, Audubon? demanda Jackson, lorsqu'ils furent assis de part et d'autre d'une table basse, où étaient disposées une théière, des tasses et une bouteille de whisky.

– Non, monsieur le Président. D'ailleurs c'est interdit.

– Vous êtes un bon citoyen, dit Jackson en souriant. Eh bien, moi, ça m'est arrivé souvent. A l'époque, j'étais dans le Tennessee. Le duel y était interdit, déjà. Alors nous sommes passés dans le Kentucky, où il était toléré. C'était simple, il n'y avait qu'à traverser la frontière, à 20 miles. Mon adversaire et moi étions juristes tous les deux, il fallait bien que nous donnions l'exemple du respect des lois.

– Qui était cet homme?

– Oh, un jeune freluquet qui avait quinze ans de moins que moi, un certain Dickinson. Il avait fait publier un article qui insultait ma femme et me traitait de poltron et de coquin. En fait, il était furieux parce que mon cheval avait battu à la course celui de son beau-père et gagné 3 000 dollars. Alors nous avons réglé ça au pistolet, devant témoins. Nous étions à vingt pas l'un de l'autre. Je l'ai laissé tirer le premier, et aussitôt j'ai senti une douleur à la poitrine. Mais comme je restais debout, je n'en ai rien laissé paraître. L'autre était ébahi, tant il était sûr de m'avoir

401

touché. Alors j'ai pris mon temps pour l'ajuster, et je lui ai tiré une balle dans le ventre. Cet imbécile est mort dans la journée.

Audubon songeait que, pour une querelle stupide, l'Amérique avait failli être privée d'un grand chef. Andrew Jackson, qui avait bu rapidement son thé, se versait du whisky dans sa tasse encore chaude. Il riait de sa tragique histoire comme d'un bon tour.

– J'ai eu beaucoup de chance. J'étais si maigre en ce temps-là que mon habit flottait sur moi. Si bien que mon adversaire n'a pas pu viser le cœur. Mais moi, je vous jure que je ne l'aurais pas raté, même s'il m'avait mis une balle dans le cerveau. Voilà, mon cher, pourquoi j'ai du plomb dans l'aile, un gros plomb, de calibre 70. On n'a jamais pu me l'extraire; je mourrai avec. Remarquez, c'est ma faute : étant l'offensé, j'avais le choix des armes. J'aurai dû prendre un plus petit calibre.

Le président Jackson prenait un plaisir évident à raconter cette aventure, et il devait le faire souvent. Elle lui semblait sans doute plus révélatrice sur sa personnalité profonde que ses faits d'armes ou ses victoires politiques. Il aimait s'affirmer comme le premier président venu de l'Ouest, le premier représentant d'un peuple brutal et courageux qui avait parfaitement conscience de constituer l'avenir de l'Amérique. Son élection, un an plus tôt, avait marqué une rupture avec les aristocratiques « pères de la patrie » qui l'avaient précédé à la Maison-Blanche. Jackson était extrêmement populaire, principalement grâce à ses victoires contre les Anglais en Louisiane et contre les Espagnols en Floride. Mais aussi grâce à une certaine démagogie qu'il ne se refusait pas; on se souvenait encore à Washington des cérémonies de son investiture, quand il avait invité la foule à pénétrer dans la Maison-Blanche. Les buffets avaient été pillés, les salons dévastés, les jardins saccagés. Les notables avaient hurlé, mais le peuple avait applaudi.

– J'ai vu votre exposition au Congrès, reprit le président. C'est très beau, très puissant. C'est un bel hommage à l'Amérique, la vraie, celle qui est sauvage et forte. On sent en vous un vrai homme de l'Ouest, comme moi. Voyez-vous, je crois que nous sommes assez proches. Notre pays a deux atouts, la nature et les héros. Vous représentez la nature, et pour les héros je fais assez bien l'affaire.

Depuis quelques instants, Audubon examinait le tableau qui était fixé au mur et qui représentait Jackson plus jeune, en tenue de général.

– Eh bien, dit-il, ce que vous dites est confirmé par ce portrait. Nous y figurons tous les deux.

– Comment cela?

– Il a été fait il y a cinq ans par Vanderlyn, à New York. A l'époque je débutais à peine dans mon projet, et j'étais passé le voir pour lui demander quelques recommandations. Comme il savait que j'étais démuni, il m'a offert de me payer pour poser à votre place. Il avait depuis longtemps peint votre visage, mais vous n'aviez plus de temps à lui consacrer pour le reste. J'avoue que je n'aurais jamais pensé revêtir un jour l'habit d'un général célèbre.

L'anecdote amusa beaucoup Jackson, qui promit de la raconter à tout Washington. Puis, redevenu sérieux, il demanda à Audubon en quoi il pourait lui être utile.

– Monsieur le Président, j'ai entrepris de décrire tous les oiseaux de notre pays. Je suis arrivé à recenser quatre cents espèces, mais je suis sûr qu'il m'en manque. Jusqu'ici, depuis plus de vingt ans, j'ai pu visiter des régions civilisées, mais elles ne sont qu'une petite portion de notre territoire. J'aurai besoin pour les autres de l'appui de votre gouvernement.

– Par exemple?

– Eh bien, je souhaiterais explorer les côtes de Floride et du Texas, qui sont riches en espèces aquatiques et en migrateurs. Ces contrées sont désertes, et je ne pourrai les atteindre qu'avec un bâtiment de la marine. Je souhaiterais également être associé à des expéditions vers l'ouest, jusqu'à la Californie, peut-être.

– Je vois, dit Jackson, après avoir réfléchi un instant. Pour la Floride, ce devrait être facile, si vous restez sur les côtes. Nous avons beaucoup de bateaux de la Douane, par là-bas. Mais n'essayez pas de gagner l'intérieur, les Indiens séminoles sont encore menaçants. Quant au Texas et à la Californie, ce sont toujours des territoires mexicains, même si nous lorgnons dessus et si nous commençons à les peupler. Il faut y aller doucement. Au Texas, nous avons quatre mille colons américains auxquels le Mexique fait des misères. Tout autre culte que la religion catholique y est interdit. L'esclavage a été aboli l'année dernière, ce qui est une catastrophe pour les colons venus du Kentucky ou des Carolines avec leurs nègres. Mon collaborateur Van Buren essaye de négocier un achat du Texas, mais les Mexicains se font tirer l'oreille et changent souvent d'avis. Je ne souhaite pas une guerre, mais je me demande si nous arriverons à l'éviter. En tout cas je vous remettrai tous les documents vous assurant de mon patronage. Votre ami Everett me tiendra au courant de vos besoins.

Avant de prendre congé, le président Jackson eut un dernier regard pour le tableau de Vanderlyn.

– Un jour, peut-être, mon cher Audubon, dit-il, à demi sérieux, un peintre célèbre représentera votre visage, et moi je poserai ensuite à votre place, dans le costume de chasseur que je retrouverai volontiers, lorsque je ne serai plus président des États-Unis.

3

Parti de New York le 1er avril 1830, le packet *Pacific* atteignit Liverpoll vingt-cinq jours plus tard. Pour la première fois, Audubon ne trouva pas la traversée interminable. Il s'aperçut même avec stupeur qu'il n'avait plus le mal de mer. Il tenta, avec Lucy, d'analyser les raisons de cette guérison subite.

– Certes, les cabines sont plus confortables, les bateaux moins remuants qu'autrefois. Mais sur le *Columbus*, j'ai été malade quand même. La seule explication, c'est que ta présence me rassure. Je crois que cette indisposition est en grande partie due à l'angoisse. Vois-tu, depuis l'enfance, j'ai toujours pensé que je mourrais en mer. On m'a tellement abreuvé d'histoires de naufrages, que l'idée même de naviguer m'épouvantait. En ta compagnie, je n'ai plus peur.

Il n'osa pas ajouter qu'il avait été fort surpris qu'à bord d'un bateau on pût aussi se livrer aux caresses. Jadis, il avait été perplexe devant le récit des amours de son père avec Jeanne Rabin, en plein océan. Son expérience personnelle le portait plutôt à considérer qu'un navire était un endroit plus propice aux violentes nausées qu'au plaisir des sens.

A peine arrivé à Londres, Audubon vérifia que les soucis de Children étaient fondés. Des souscripteurs se désistaient à cause de la mauvaise situation économique de l'Angleterre, qui n'arrivait pas à sortir de la crise où elle était plongée depuis la fin des guerres napoléoniennes. Le pouvoir appartenait toujours à l'aristocratie héréditaire et à la gentry des riches propriétaires et des financiers. Le chômage progressait, ce qui permettait aux marchands d'imposer des bas salaires. Le pays allait de révoltes en répressions, provoquées ou aggravées par le développement du machinisme, qui menaçait les emplois. Dans le même temps, le prestige de l'institution monarchique déclinait. Après le règne du roi fou, George III, mort en 1820, le prince régent, qui était devenu George IV, n'était qu'un dandy autoritaire, à la vie privée scandaleuse. Son frère et successeur, Guillaume IV, qui venait de monter sur le trône, était considéré comme un être médiocre et niais.

Il y avait donc de l'ouvrage pour maintenir les « Oiseaux d'Amérique » à flot. Il fallait d'autre part songer à entamer le deuxième volet de la publication, celui des volumes de commentaires qui allaient accompagner les gravures, ce qu'Audubon allait baptiser ses « Biographies ornithologiques ». Il en prévoyait cinq tomes, soit près de trois mille pages.

Lui-même n'était pas armé pour ce genre de travail. Son curieux langage, hybride de français et d'anglais, avait beaucoup de charme, mais ne pouvait être transposé sans corrections dans des écrits scientifiques. De plus il n'était qu'un autodidacte en matière d'ornithologie; il avait donc besoin de la collaboration d'un savant véritable. Il songea d'abord à son ami William Swainson, qui était déjà un écrivain estimé pour ses nombreuses publications. Celui-ci était enthousiaste, mais posait une condition : en raison de sa notoriété dans le domaine de l'ornithologie, et sans doute pour l'accroître, il exigea de cosigner l'ouvrage. C'était compter sans l'extrême jalousie d'Audubon à l'égard de la paternité de son œuvre. Il refusa tout net. Swainson s'offusqua, et ce fut la fin d'une belle amitié de quatre ans.

Jean-Jacques avait une autre idée, qui fut la bonne : s'adjoindre un jeune naturaliste de trente-quatre ans, William Mac Gillivray, qu'il avait fréquenté autrefois à Édimbourg. L'accord se fit rapidement par lettre. Mac Gillivray ne demandait rien d'autre que d'être payé un bon salaire, 2 livres par cahier de seize pages.

– C'est bien un Écossais, dit Jean-Jacques à Lucy. Je suis heureux qu'il accepte, cela va nous obliger à aller vivre en Écosse, qui est plus belle que ce maudit Londres.

Un arrangement permettait au couple d'avoir des finances saines : un jeune peintre, Bartholomew Kidd, produisait en masse des copies à l'huile des « Oiseaux d'Amérique » qui se vendaient très bien. Kidd partageait les bénéfices avec Audubon, pour qui c'était une source de revenus non négligeable.

En octobre, Lucy et son mari quittèrent Mme Dickie, qui les avait de nouveau logés au 29 George Street, puis partirent pour Édimbourg, où tous se mirent aussitôt au travail. Ce fut, pendant des semaines, un labeur de jour et de nuit. Audubon écrivait un premier jet, Mac Gillivray corrigeait les défauts de la prose ou les inexactitudes scientifiques, Lucy, de sa belle écriture, faisait de multiples copies. Au bout de trois mois, les deux premiers volumes de « Biographies » étaient terminés. Il fallait faire vite, car le succès d'Audubon avait suscité des vocations; les livres sur les oiseaux pullulaient, pour la plupart des rééditions de Wilson plus ou moins pirates, dont certaines comportaient même des dessins « à la Audubon ».

Le 15 avril, Jean-Jacques et Lucy quittèrent Édimbourg pour Londres, puis Paris, que Lucy découvrit avec ravissement. Au cours de ce voyage, elle connut deux des plus grandes émotions de sa vie : elle prit pour la première fois le train et elle assista à une représentation à l'Opéra.

Ces deux mois à Paris furent fructueux. Le nouveau roi, Louis-Philippe, n'avait pas oublié ses promesses en tant que duc d'Orléans, et il procura à Jean-Jacques bon nombre de souscripteurs importants. Si l'Angleterre partait à vau-l'eau, la France semblait prospère et stable, et les États-Unis se développaient rapidement. Le bilan était plutôt favorable, ce qu'Audubon résuma d'une formule qui allait fort bien au peintre des oiseaux :

– Je suis très content de n'avoir pas mis tous mes œufs dans le même panier.

Sitôt après le retour à New York, en septembre 1831, la famille Audubon se retrouva à Louisville, qui allait être son quartier général. Laissant ses affaires sous la conduite de

Lucy et de ses fils, Jean-Jacques se rendit à Charleston, le grand port de la Caroline du Sud. Il devait y attendre le bateau du gouvernement qui l'emmènerait explorer les côtes de Floride. Les promesses d'Andrew Jackson commençaient à produire leur effet. Avec ses maisons roses, ses clochers carrés, à étages, dans le style espagnol, Charleston ressemblait à un port des Antilles. A présent les produits des plantations de Virginie, des Carolines et de Géorgie y étaient embarqués à destination de l'Europe : riz, sucre, coton et indigo. Charleston n'avait ni l'activité ni l'animation de La Nouvelle-Orléans, mais sa prospérité était évidente. Le port était bâti au fond d'un estuaire peu profond, au confluent de l'Ashley et de la Cooper, ce qui lui donnait un accès direct à la mer. De grands packets y croisaient des vapeurs de mer, trapus, à deux roues latérales. Sur les rives, la végétation était déjà tropicale : palmiers, agaves et palétuviers.

Audubon avait amené de Philadelphie deux assistants, George Lehman, un paysagiste suisse, chargé de dessiner les fonds, comme Joseph Mason autrefois, et un taxidermiste anglais, Henry Ward. Ils étaient jeunes tous les deux, et très excités de partir en exploration à l'abri de la bannière étoilée, en compagnie d'un homme aussi prestigieux.

Ils s'étaient installés à l'hôtel, lorsque le deuxième jour un homme vint les prier de venir loger chez lui. C'était le révérend John Bachman, pasteur luthérien, qui s'intéressait davantage à l'étude de la nature qu'à l'édification des âmes.

— J'ai entendu dire beaucoup de mal de vous, et je voulais absolument vous connaître, dit le révérend lorsqu'il eut amené Jean-Jacques et ses compagnons dans sa grande maison de bois, qui, avec ses deux niveaux de galeries extérieures, rappelait celle de Beechwoods.

Bachman s'expliqua. Il était né quarante et un ans plus tôt à New York, puis il avait fait des études à Philadelphie. Passionné par les sciences, il s'était lié très jeune aux Bertram, puis par eux il avait connu Wilson et George Ord. Installé depuis 1815 à Charleston, dès la fin de ses études de théologie, il avait gardé des contacts avec ce dernier et ses amis. Si bien qu'il était parfaitement au courant de la campagne qu'ils menaient depuis des années contre Audubon.

Le révérend, dont les cheveux grisonnaient déjà, avait des yeux extrêmement rieurs qui semblaient propager la bonne humeur autour de lui. Il vivait entouré de femmes gaies et vives : son épouse, Harriet, leurs deux filles de quatorze et douze ans, Maria Rebecca et Mary Eliza, et la jeune sœur de sa femme, Maria Martin. L'ambiance qui régnait dans la maison des Bachman n'avait rien de l'austérité ecclésiastique.

Le pasteur ouvrit de grands yeux en découvrant les cinquante gravures des deux premiers volumes des « Oiseaux d'Amérique », que Jean-Jacques transportait avec lui.

– Je comprends, dit-il, que vous puissiez inquiéter ces messieurs de Philadelphie. Encore qu'ils prennent bien soin de ne pas vous attaquer sur les qualités picturales de votre œuvre, mais sur son exactitude scientifique. C'est pour cela que je voulais vous rencontrer. J'étais naturellement enclin à me ranger du côté de George Ord, qui est une ancienne relation et à qui je dois beaucoup. Mais deux de ses critiques m'ont choqué. L'une relative au crotale qui grimpe aux arbres, et l'autre à propos de l'odorat des vautours. Je dois dire honnêtement, mon cher Audubon, que je crois bien devoir vous donner raison.

Jean-Jacques aurait bien embrassé Bachman, sauf son respect. Depuis sa parution, la planche représentant les moqueurs attaqués par un serpent à sonnettes suscitait les commentaires ironiques des amis de Georges Ord, qui affirmaient dans de nombreux articles que ce genre de serpent restait au sol. Audubon avait affirmé par ailleurs, dans une revue scientifique parue en Angleterre, que, d'après son expérience, les vautours ne repéraient pas leurs proies grâce à leur odorat, qu'il estimait très faible chez les oiseaux en général, mais grâce à leur vue perçante; ce qui allait contre toutes les idées admises. Les réfutations pleuvaient.

– Ça les passionne autant que le sexe des anges à Byzance, reprit le pasteur. Ces gens de Philadelphie ont une culture livresque, ou bien ils se fient à des témoignages indirects. Nous, qui allons sur le terrain, nous les étonnons souvent, et ils se méfient. Pour les convaincre, et faire taire vos critiques, il faudrait faire de nombreuses observations et les publier.

– Mais, objecta Audubon, mon anglais est désastreux, Lucy n'est pas là pour m'aider...

– Je le ferai à sa place, si vous avez quelques loisirs à votre retour de Floride.

Le 15 novembre, le schooner de l'U.S. Navy *Agnes* prit à son bord Jean-Jacques et ses deux assistants et se mit à longer lentement la côte vers le sud. Il faisait très chaud, et le paysage, d'une grande platitude, n'était pas très gai. Même les oiseaux ne semblaient pas s'y plaire, car il y en avait bien peu. A Saint Augustine, qui était le terme de la mission de l'*Agnes*, la nature s'animait enfin. De belles plages de sable étaient bordées de bois de pins, de bosquets d'orangers et de palmiers. La bourgade elle-même était presque déserte. Ce n'était qu'un amas de cabanes faites de planches disjointes, provenant d'épaves, et qui semblait l'endroit le plus pauvre du monde. Les trois explorateurs durent y attendre un mois le bateau suivant, ce qui les aurait conduits au désespoir s'ils n'avaient été bientôt hébergés par deux planteurs qui aimaient la science, le général Hernandez, et M. Bulow, qui se portèrent acquéreurs des « Oiseaux d'Amérique », à la grande surprise d'Audubon. Au début de janvier arriva enfin le *Spark*, un petit cotre de la Douane avec lequel, pendant un mois, ils explorèrent le cours de la Saint John's River. Après quoi ils allèrent attendre à Charleston, chez les Bachman, un autre cotre, la *Marion*, qui les conduisit jusqu'aux Keys, cette guirlande d'îlots qui prolonge la péninsule de Floride.

A la mi-mai, Audubon rejoignit seul la famille Bachman à Charleston; ses assistants, Lehman et Ward, se précipitèrent à Philadelphie avec leur moisson de dessins et de dépouilles empaillées. Le pasteur reconnut à peine son nouvel ami, qui était tanné comme un Indien et barbu comme un pirate. Jean-Jacques résuma son voyage en une forte sentence :

– La Floride est un paradis pour les oiseaux, mais un enfer pour les hommes; on ne fera jamais rien de ce pays-là.

Puis il entreprit de classer et de mettre au net les

410

croquis qu'il rapportait. Sur les branches des palétuviers, ces curieux mille-pattes végétaux, il avait vu les aigrettes blanches et les jeunes hérons se poser comme un vol d'anges. Il avait vu les frégates, avec leur long empennage en V, tyranniques et voraces, de vrais vautours de mer. Et le « bec en ciseaux » qui rase l'eau des marais et qui drague ses proies avec son mandibule inférieur immergé, découpant la surface comme un tissu. Et le grand pélican blanc, dont la poche sous le bec est à la fois un filet et un garde-manger. Le plus surprenant était l'anhinga, l'oiseau serpent, le plus doué de tous, une sorte de cormoran au vol impeccable, qui est aussi un merveilleux plongeur. Il nage totalement sous l'eau, très profondément, tandis que son immense cou a des contorsions de reptile. Le plus comique était la spatule rose, un échassier au curieux bec aplati comme une truelle, ce qui lui conférait un éternel sourire.

Bachman, qui ne s'intéressait pas qu'aux oiseaux, voulut tout savoir des autres animaux. Audubon se rappela les opossums, qui se hâtaient lentement sur le bord d'un étang, la femelle portant ses petits accrochés à sa queue de rat. Les ratons laveurs réfugiés au plus haut des arbres; la queue blanche d'un cerf de Virginie qui s'enfuyait. Et, surgissant de la rivière, les énormes lamantins, tout boudinés, si laids et si attendrissants.

– Un jour, déclara gravement Bachman, il faudra que vous fassiez un ouvrage sur les mammifères de ce pays. C'est un travail qui n'a jamais été mené à bout, ni par Catesby, ni par Bertram.

– Mon révérend, plaisanta Jean-Jacques, si votre Ami qui est là-haut me prête vie, laissez-moi respirer, le temps que mes oiseaux prennent leur envol.

Bachman tenait beaucoup à ses expériences sur l'odorat des vautours. Audubon peignit une toile représentant une charogne de mouton. Les rapaces fondirent des airs pour se précipiter sur le tableau, placé sur le sol. Une autre fois, une vraie charogne, dissimulée sous une bâche, fut disposée non loin de la fausse. De nouveau, les vautours choisirent l'image qu'ils voyaient, plutôt que la vraie nourriture, que leur odorat aurait dû pourtant leur signaler. Ils répétèrent l'expérience plusieurs fois, jusqu'à ce que Bachman décrète :

411

– La cause est entendue. Je vais écrire à Ord. Il faudra qu'il trouve autre chose contre vous.

Jean-Jacques haussa les épaules.

– Il trouvera.

Ce ne fut pas Ord qui déclencha la riposte, mais l'éditeur d'un journal de Boston, *The New England Galaxy*. Celui-ci, John Neal, était furieux contre Audubon qui avait fait reprendre des exemplaires des « Oiseaux d'Amérique » qu'il n'avait pas payés. Il publia trois articles où il soulignait que le célèbre peintre naturaliste n'était pas né en Louisiane, comme il le laissait croire, mais à Saint-Domingue. Il révélait aussi que Joseph Mason, alors peintre à Philadelphie, avait pris une part importante dans l'œuvre qu'Audubon s'attribuait seul. Jean-Jacques fut peiné de la trahison de son ancien élève, mais il décida une fois pour toutes de ne plus répondre à ce genre d'attaques.

Le matin du 14 juin 1833, les voiles brunes du *Ripley* se gonflaient d'une brise favorable. Ses passagers avaient déjà exploré les îles Magdalena, et ils étaient impatients d'atteindre le Grand Rocher de Gannett, là où vont nicher les oiseaux qui portent ce nom, et dont on voyait de grands vols monter vers le nord. Enfin, vers 10 heures, les voyageurs aperçurent une tache blanche.

– C'est le fameux rocher que vous cherchez, monsieur, dit le capitaine Emery, qui observait à la lunette.

Au bout de quelques minutes, Audubon put l'observer plus distinctement. Étonné, il se tourna vers le marin.

– Mais on dirait qu'il est couvert de neige!

– Ça m'étonnerait, monsieur, pas en cette saison.

Plus ils approchaient, plus le rocher paraissait entouré de flocons, comme s'il y sévissait une minuscule tempête.

– Ce sont les oiseaux qui font ça, dit le capitaine. Prenez ma longue-vue. Vous verrez qu'ils sont des milliers, au point qu'on ne voit plus la roche.

A un demi-mille, on distinguait parfaitement les oiseaux blancs, avec le bout de leurs ailes et leur queue noirs. Certains s'élançaient à toute vitesse vers le ciel, puis redescendaient, rasaient l'eau et regagnaient tranquillement le rocher, calmés par cette brusque arabesque. Godwin, le pilote, fit jeter l'ancre au plus près de l'île, afin d'y débarquer la chaloupe. Audubon et ses assistants trouvèrent sur l'îlot un étrange spectacle. Les gannetts se touchaient presque et se tenaient en lignes régulières, assis sur leurs nids, parfaitement indifférents à la présence de visiteurs. L'espace entre chaque oiseau était toujours le même, si bien que l'ensemble avait l'air bien ordonné d'un carré de légumes. Les œufs étaient d'un blanc pur, de la taille d'un œuf d'oie. Certains petits étaient déjà éclos, tout noirs et gluants comme de minuscules phoques. Il régnait sur le rocher une odeur pestilentielle, qui provenait des débris pourris de poissons, d'œufs cassés et d'oisillons morts. Le vacarme des cris était assourdissant. Au bout de plusieurs heures d'observation, les passagers du *Ripley* regagnèrent leur bord abasourdis et le cœur au bord des lèvres.

Il y avait longtemps qu'Audubon rêvait de ce voyage dans le Nord, une région que fréquentaient les pêcheurs, mais rarement les ornithologues. Il ne pouvait pas cette fois compter sur une aide officielle, puisque le territoire du Labrador appartenait au Canada. Il avait donc décidé de se débrouiller seul. Au début de l'automne, il s'était installé à Boston avec Lucy et John, Victor étant parti pour l'Angleterre afin d'y diriger la publication des « Oiseaux d'Amérique ». Il pensait pouvoir partir au printemps, mais il fut terrassé à cette époque par une sorte de dépression, à la fois physique et morale, due à l'épuisement. Ce n'est qu'au début de juin qu'il put s'embarquer à Eastport, près de la frontière canadienne, sur le bateau qu'il avait loué et aménagé, le *Ripley*, un schooner de 106 tonnes. Cinq jeunes naturalistes l'accompagnaient, parmi lesquels son fils John. Au cours de l'hiver, on avait aménagé le bateau comme le requiert une expédition vers des terres froides et peu hospitalières. Provisions et munitions, largement calculées, avaient été apportées de Boston. La grande cale avait été aménagée en salle à manger et en bibliothèque. Une longue table de sapin en occupait le centre, à l'usage aussi bien des repas que des dessins. Les vêtements prévus étaient ceux des pêcheurs américains de cette côte : de fortes culottes de drap bleu et une veste molletonnée, de hautes bottes à bouts ronds, ferrées d'énormes clous. Enfin de grosses écharpes de laine, d'épaisses mitaines et des chapeaux de feutre à large bord complétaient cet ensemble pittoresque. Les usagers ne tardèrent pas à s'apercevoir que leurs bottes étaient bien trop lourdes pour escalader les rochers. Ils les troquèrent contre des mocassins esquimaux en peau de phoque, imperméables et légers.

Audubon faisait mener à son équipe un train d'enfer. Il fallait aller vite : chaque jour de location du *Ripley* coûtait cher, et d'autre part le mauvais temps pouvait survenir. Le jour était très long sous ces latitudes, il fallait en profiter le plus possible. Tout le monde était levé à 3 heures du matin, on déjeunait de café et de pain, puis chacun s'équipait selon son rôle : fusils, munitions, boîtes de botanistes, paniers pour les œufs et les minéraux, provisions pour la journée. On se retrouvait le soir à bord pour trier, peser, mesurer, comparer et disséquer, à la lueur de chandelles enfoncées dans des goulots de bouteilles. A minuit, tous étaient endormis, sans perdre une minute de leurs pauvres trois heures de sommeil. Jean-Jacques, à quarante-huit ans passés, était le plus âgé de tous, mais il n'était pas le moins actif. Même quand le bateau était en route, il continuait à dessiner, sur une petite table placée sous l'écoutille. Un jour qu'il passait la main sur son front, en chancelant un peu, John se précipita. Il s'inquiétait de la moindre défaillance de son père, depuis la sérieuse alerte du début de l'année.

— C'est incroyable, reprocha-t-il, tu restes des heures debout, dans des vêtements mouillés! Tu vas attraper la mort.

— Mon garçon, dit Audubon en haussant les épaules, j'ai fait ça toute ma vie. Mais ces temps-ci je commence à me sentir bien vieux, je dois en convenir. La mort a ses chances.

Rien ne l'arrêta pourtant. Le froid devenait plus vif à mesure que le *Ripley* s'engageait plus au nord dans le golfe du Saint-Laurent. L'île d'Antiscoti, perdue dans la brume, fut doublée le 17 juin, sur bâbord. La côte du Labrador fut atteinte le lendemain, à l'embouchure de la Natashquan. Pendant plus d'un mois, ce fut une lente remontée de la côte, jusqu'au port de pêche de Bradore. Peu d'endroits avaient des noms : American Harbour, Macatine, quelques abris de pêcheurs, nichés dans des petites baies, libres de glaces trois mois par an. Audubon s'insurgea de trouver beaucoup de nids déjà pillés, ravagés même. Beaucoup d'Américains avaient la manie de collectionner les œufs d'oiseaux, qui sont souvent des objets d'une grande beauté. Pour les satisfaire, des dénicheurs sans scrupules s'organisaient en bandes, affrétaient des bateaux et s'abattaient sur les zones de couvaison, très loin au nord. Les naturalistes, comme Audubon, prenaient soin de ne prélever pour leurs études qu'un seul œuf par nid, afin de ne pas compromettre la descendance de l'oiseau et la survie de l'espèce. Les dénicheurs, eux, n'usaient pas de ces précautions, ils ramassaient tout ce qu'ils trouvaient.

Furieux, Jean-Jacques prit encore un peu sur son temps de repos pour rédiger une série d'articles sur le trafic des œufs d'oiseaux de mer, qui firent grand bruit quand il les fit paraître à Boston, et qui déclenchèrent ce qu'on peut considérer comme la première campagne publique pour la préservation de la nature.

Au bout d'un mois, les vaillants naturalistes du *Ripley* étaient à bout. Ils n'en pouvaient plus de nuées de moustiques, des lancinantes mouches de rennes, des écarts de température de 30 degrés dans la même journée, des rocs nus et tranchants, des mousses spongieuses où l'on s'enfonçait soudain jusqu'à la taille. Leurs chaussures étaient en lambeaux, leurs habits graisseux, leurs chapeaux défoncés.

– C'est la Floride à l'envers, dit Audubon, tandis que de ses mains tremblantes de froid et de lassitude il classait le butin de leur équipée.

– La prochaine fois, père, je préférerais la Floride, dit John. Quitte à être mangé par les moustiques, autant l'être bien au chaud.

– Nous irons, mon garçon, nous irons. Il y a encore à faire là-bas. Pour l'instant, je sais que ça a été dur, mais nous revenons avec de la belle ouvrage.

Il ne se lassait pas de feuilleter les esquisses des gerfauts blancs, des pinsons, des becs-croisés, des mésanges, des catmarins, des lagopèdes, des cormorans. Il avait une tendresse pour les macareux et leur gros bec peinturluré comme la face d'un clown.

— De la belle ouvrage, oui, répéta Audubon. Et tout ça, ce n'est pas dans Wilson, ni nulle part ailleurs.

Dès le lendemain, il donna l'ordre au capitaine Emery et au pilote Godwin de rentrer, en longeant les côtes de Terre-Neuve. Avec le vent du nord, ils furent bientôt dans la baie de Saint-George, où le *Ripley* fit escale. Des courlis plongeaient devant l'étrave, des nuages d'alouettes rasaient le pont. A terre, au flanc des coteaux d'un vert trop neuf, paissaient des troupeaux. Au fond de l'anse, les habitants se rassemblaient, curieux de la visite de ce gros bateau étranger. Emery fit hisser la bannière étoilée.

Le matin suivant, ils étaient adoptés. Des pêcheurs vinrent leur offrir des maquereaux, des Indiens de la viande de renne. Une délégation vint les inviter à un bal donné le soir même en leur honneur. Ils s'y rendirent à 10 heures du soir, accueillis avec des « bolées » de rhum de la Martinique. Dans une grange qui sentait furieusement le poisson, des lanternes de papier avaient été allumées. Un des habitants avait son pipeau, l'autre son violon; Audubon se joignit à eux avec sa flûte. L'orchestre était au complet. Les belles du village arrivèrent, de robustes paysannes bien en chair, dont les corsets semblaient sur le point d'éclater.

L'orchestre improvisé joua *Salut Colombie, terre heureuse*, le *God Save the King*, et aussi *la Marseillaise*, qu'on entendait souvent sur tout le continent américain, jusqu'au Mexique et au Pérou, et que l'on considérait comme un chant religieux.

Les dames dansaient comme des forcenées et avalaient le rhum pur à plein verre, avec autant d'ardeur que leurs amoureux ou leurs maris. Le lendemain, ces beautés locales, qui étaient loin d'être farouches au bal, s'enfuyaient dans les champs à l'approche des étrangers, comme des gazelles devant les chacals. L'une d'elles, qui portait un seau sur la tête, se hâta de le renverser et courut se cacher dans un bosquet. Une autre, qui trayait sa vache, se jeta dans une rivière et la traversa, de l'eau glacée jusqu'à la ceinture. Puis elle s'enfuit vers sa maison, du train d'un lièvre effaré.

— Ce n'est pas ici que tu trouveras une épouse, John, dit Audubon à son fils, en se tenant les côtes de rire.

Il n'eut pas trop de tout l'hiver suivant, dans la chaleur de Charleston, pour se remettre des froidures et des fatigues du Labrador. Avec John et Lucy, il s'installa chez les Bachman, dont la grande et vieille maison devint son véritable foyer. Jean-Jacques chassait avec le révérend, dont le fusil n'épargnait aucune créature de Dieu, à part les humains, et il donnait des cours d'aquarelle à Maria Martin. La jeune belle-sœur était très douée, si bien qu'elle fut rapidement en mesure de seconder son professeur dans le dessin des paysages ou des plantes qui accompagnaient les oiseaux. John, de son côté, faisait de même avec Maria Rebecca, l'aînée des filles Bachman, qui avait alors seize ans. John en avait vingt et un, et la maisonnée s'aperçut bientôt, avec joie et amusement, que les deux jeunes gens se fréquentaient un peu plus que la stricte pédagogie ne l'exigeait. Dès la fin de l'hiver, on les considérait comme fiancés. Le jeune homme dut malheureusement interrompre ses amours naissantes au début d'avril 1834, afin de gagner New York avec ses parents et de rejoindre son frère Victor en Angleterre.

Pendant que leurs fils parcouraient l'Angleterre et la France en quête de souscriptions nouvelles, Jean-Jacques et Lucy s'installèrent à Édimbourg pendant plus de deux ans, afin de rédiger avec William Mac Gillivray les deuxième et troisième volumes des « Biographies ornithologiques ».

De retour à New York le 6 septembre 1836, Audubon se précipita à Philadelphie pour obtenir de l'Académie des sciences l'autorisation d'examiner et de reproduire certains spécimens rapportés par Nuttal et Townsend de leur expédition dans les Rocheuses et en Californie. Une fois encore il se heurta au clan de George Ord, qui tenta de l'en empêcher, et il dut faire jouer toutes ses relations, y compris celles de Washington, pour obtenir satisfaction.

Au cours de son retour vers Charleston, il rendit une nouvelle visite à Andrew Jackson, qui l'invita à dîner à la Maison-Blanche et le plaça tout près de lui à la table. Le président, qui terminait son second mandat, avait l'air vieilli et malade. Il ne toucha pas à la dinde qu'on leur servit, ne but pas de vin et ne prit que du pain et du lait. Il s'enquit encore auprès d'Audubon des services qu'il pouvait encore lui rendre, pendant quelques semaines, avant de quitter sa charge. Audubon se retint de sourire; il savait comme tout le monde que le président nouvellement élu, Martin Van Buren, n'était que l'ombre de Jackson, qui continuerait à gouverner à travers lui.

– Monsieur le Président, j'ai toujours besoin de bateaux pour visiter la Floride de l'Ouest, ce que je n'ai pas pu faire il y a quatre ans. Je n'ai pas pu non plus atteindre le Texas.

– Pour la Floride, n'y comptez pas, dit Jackson. Les Séminoles se sont révoltés, là-bas. Nous les avons matés, mais ils nous mènent encore la vie dure. Tous les bateaux armés sont mobilisés. En revanche, il y a du nouveau au Texas, où ce fou de Sam Houston vient de proclamer une république indépendante, que nous venons de reconnaître, de même que l'Angleterre et la France. Ces excités du Texas voudraient entrer dans l'Union, mais ça ne se fera pas de sitôt. Nous n'allons pas risquer une guerre avec le Mexique pour une poignée de braillards. Vous le direz de ma part à Sam Houston si vous le voyez.

– Certainement, monsieur. Vous voulez dire que je pourrai m'y rendre? fit Jean-Jacques avec un espoir prudent.

– Officiellement, nous n'avons aucun droit sur le Texas. Mais après la victoire de Houston sur Santa Anna, au printemps dernier, j'ai fait envoyer des troupes américaines dans la région, sous prétexte de protéger nos colons contre les Indiens. En réalité pour empêcher les Mexicains de repasser le Rio Grande. Personne n'est dupe, mais les apparences sont sauves.

Audubon hocha gravement la tête, comme s'il appréciait les subtilités de la grande politique, ce qui était loin d'être le cas.

– Vous aurez votre bateau, mon cher Audubon, j'en parlerai à Van Buren. Mais il faudra que vous attendiez le printemps, qu'on y voie un peu plus clair.

Le bateau promis par Andrew Jackson parvint à La Nouvelle-Orléans au début d'avril 1837. C'était un gros cotre de 55 tonnes, le *Campbell*, avec un équipage de vingt hommes et trois canons. Audubon s'y embarqua en compagnie d'Edward Harris, son vieil allié de Philadelphie, et de son fils John. Il tomba dans les bras de Napoleon Coste, le capitaine, qui commandait la *Marion* lors de l'expédition en Floride. Le *Campbell* était escorté d'un petit schooner de 12 tonnes, le *Crusader*, et il emportait deux mois de provisions.

Après avoir progressé lentement à travers le delta, où la monotonie des marais n'était rompue que par les tragiques cyprès chauves, au tronc immergé, ils mirent cap à l'ouest. Ils s'arrêtaient dans chaque baie, dans chaque île, ils remontaient les bayous. Le journal d'Aubudon s'emplit de noms étranges, de descriptions d'endroits totalement sauvages, où les oiseaux régnaient en maîtres : la baie de Barataria, l'ancien repaire de Jean Laffitte, la baie de l'Atchfalaya, où se jetait en fait la rivière Rouge, par une voie détournée, à travers un réseau inextricables de ruisseaux immobiles et de marais mouvants. Puis ce fut la côte Vermillon, la côte Blanche, le bayou Salé. L'air ne vibrait pas seulement des lourds battements d'ailes des pélicans, des cris des canards, des pluviers, des hérons, des bécasses. Mais aussi de la plainte presque humaine du cruel vison, du rugissement des alligators mâles, du claquement de leurs queues contre les troncs, quand ils essayaient de faire tomber les oisillons de leurs nids.

Après avoir pataugé dans la boue pendant des jours, s'être fait cuire par le soleil et dévorer par des myriades d'insectes, les passagers du *Campbell* entrèrent dans la baie de Galveston, au Texas, le 24 avril. Le bateau américain tira vingt-six coups de canons, et le fort de Galveston répondit à son salut. Après quoi le secrétaire à la Marine de la jeune république monta à bord pour les inviter à se rendre au siège du gouvernement, déjà baptisé du nom de Houston, à 80 miles dans l'intérieur du pays.

La capitale du Texas n'avait pas le faste de Babylone. C'était une bourgade en planches, desservie par des rues où coulait une boue rougeâtre et où pataugeaient des prisonniers mexicains, déjetés et hagards, et quelques Indiens ivres.

La résidence de Sam Houston était une maison de rondins, qui ne comportait que deux pièces, au parquet bien sale. Dans la première, un grand feu était allumé, malgré la chaleur. Il y avait une petite table, couverte de papiers, des lits de camp, tout le désordre d'un état-major de guerre.

Le président Houston étant occupé dans l'autre pièce, les visiteurs américains passèrent le temps à faire la connaissance des membres du cabinet, qui les emmenèrent boire des « grogs » à la taverne voisine. Ils sortirent aussi pour visiter le Capitole, une baraque dont le toit fuyait, et dont les salles du Congrès étaient inondées. Houston les rejoignit enfin dans une des nombreuses *grog shops* qui semblaient être les annexes principales du pouvoir au Texas. Il arborait un grand chapeau gris, assez grossier, il avait un visage massif et brutal, et sa stature était immense. Ses gros sourcils froncés lui donnaient un air toujours un peu menaçant. Il portait un habit de velours fantaisie, à la mexicaine, et une ceinture dorée retenait ses pantalons.

Sam Houston reçut les Américains à déjeuner dans la seconde pièce de la baraque, tout aussi sale que l'autre, et qui constituait l'appartement privé du président.

– Alors, c'est ce brave Jackson qui vous envoie? demanda le président du Texas, comme s'il parlait d'un voisin.

– Pas vraiment, répondit timidement Audubon. Disons qu'il nous a prêté des bâtiments de la marine, comme cela se fait parfois pour des expéditions scientifiques.

– Ah oui, fit Houston, que la science ne paraissait pas exciter. C'est bien. Et il vous a parlé de moi, avant de vous envoyer ici?

– Non, monsieur. Il m'a simplement dit que l'avenir du Texas le préoccupait. Et aussi qu'il ne voyait pas votre entrée dans l'Union avant longtemps, de peur d'une guerre avec le Mexique.

– Tu parles, dit Houston d'une voix mauvaise, en se reservant du whisky. La guerre, jusqu'ici, c'est nous qui l'avons faite. C'est nous qui avons chassé les Mexicains, l'année dernière, à San Jacinto. C'est à moi que s'est rendu Santa Anna. Ce sont mes amis, mes frères, qui sont morts à Fort Alamo. Maintenant, le grand Andrew Jackson, il a beau jeu de faire surveiller le Rio Grande et de nous envoyer des canonnières avec des naturalistes.

Audubon prit bien soin de ne pas intervenir dans l'exposé des griefs de Houston. Au fil de la conversation, il se rendit compte que la querelle des deux hommes se nourrissait d'une amitié ancienne, et déçue. Samuel Houston, quarante-quatre ans, avait toujours été un marginal de l'Amérique, même au sens géographique du terme. Élevé à la frontière ouest du Tennessee, il avait préféré aller vivre chez les Cherokees plutôt qu'être commis de magasin auprès de ses parents. Il se battait aux côtés de ses amis indiens contre les Creeks révoltés quand il fut remarqué par Andrew Jackson, chargé de la répression. Quand les milices de Jackson et les Cherokees loyalistes eurent vaincu les Creeks, Houston fut nommé agent des affaires indiennes, puis, porté par la flambée des démocrates jacksoniens, gouverneur du Tennessee. Quand, en 1829, Jackson était entré à la Maison-Blanche, Houston ne l'avait plus quitté, pendant deux ans. Il était promis aux plus hautes fonctions, quand un scandale éclata. La riche héritière qu'il avait épousée le quitta avec fracas. Déshonoré à Washington, il repartit chez les Cherokees en 1831, lesquels l'appelèrent « Big Drunk », sans doute parce que sa consommation d'alcool était proportionnelle à ses déceptions. Ces Cherokees se trouvaient alors sur le territoire du Texas, et le bouillant Houston n'avait pas tardé à s'agiter, surtout après les débuts de la dictature de Santa Anna, le président mexicain très hostile aux États-Unis.

— Je me doute bien de ce que Jackson vous a dit exactement. Que nous sommes une bande de braillards, pas assez chics pour mériter le sacrifice de quelques soldats de l'Union et pour aller siéger à Washington.

— C'est à peu près ça, admit Audubon.

— Eh bien, reprit le président du Texas, ce n'est pas la vérité. Jackson, dont nous étions tous des partisans, nous a trahis dès qu'il est entré à la Maison-Blanche. Lui aussi était un braillard, de notre race, un vrai homme de l'Ouest. Seulement, dès qu'il est devenu président, il a été coincé par les gens des États du Nord, qui savent bien que si le Texas devient un membre de l'Union il sera esclavagiste. Ce qui romprait leur cher équilibre qui dure depuis vingt ans, depuis le compromis du Missouri. Le Congrès vient de voter l'admission de l'Arkansas, esclavagiste, et en contrepartie celle du Michigan, abolitionniste. C'est comme ça, un coup d'un côté, un coup de l'autre, et nous, nous pouvons attendre, tout seuls face aux Mexicains, avec notre bannière à une seule étoile.

Puis Samuel Houston parla longuement, d'une voix assourdie par l'alcool et le chagrin, de ses amis massacrés l'année précédente à Fort Alamo. Jim Bowie, flibustier, planteur, inventeur d'un fameux couteau, le « Bowie knife », qu'il lui arrivait d'essayer dans la bedaine de ses contradicteurs ; William Travis, un ancien avocat, lui aussi passé à l'aventure après un mariage raté ; Davy Crockett, un ancien trappeur du Kentucky, devenu politicien, puis colon au Texas. Tous des géants de plus de 6 pieds, cultivés, et pourtant rudes et bagarreurs, comme Houston lui-même, de ce style d'hommes qui allaient devenir, bien plus tard, les héros de l'Amérique, mais qui pour l'instant n'étaient considérés que comme des agitateurs. Leur sacrifice n'avait pas été vain. Six semaines après Alamo, Houston, qui était resté à l'arrière pour lever des troupes, se trouvait à la tête de huit mille hommes fous de revanche. Ils avaient écrasé les Mexicains à San Jacinto, et mis un terme à la dictature d'Antonio Lopez de Santa Anna, un condottiere mégalomane qui n'acceptait de manger que dans de la vaisselle marquée à son nom, et qui rêvait d'un grand Mexique, du cap Horn à l'Alaska.

L'après-midi était avancée lorsque Sam Houston raccompagna ses visiteurs jusqu'à la petite place qui était le centre de sa capitale, où les voitures attendaient, les roues à demi enfoncées dans le sol meuble. Le président désigna une forme, en haut d'un gros eucalyptus.

– Vous connaissez cet oiseau, monsieur Audubon ?

– Oui, c'est un grand aigle à tête blanche. L'emblème des États-Unis.

– Justement. Il vient souvent se poser là, et ça me fait tout drôle. On dirait qu'il vient confirmer que nous sommes bien ici sur une terre américaine.

Puis Houston fit un grand geste du bras, avant de s'éloigner en riant.

— A moins que ce ne soit un espion d'Andrew Jackson!

Le 18 mai, le *Campbell* était de retour à La Nouvelle-Orléans. Le 8 juin, Jean-Jacques et John rejoignaient Lucy chez les Bachman, à Charleston. Quelques jours plus tard, John Woodhouse Audubon épousait Maria Rebecca Bachman.

La nouvelle épouse se joignit à la famille pour gagner l'Angleterre, après un détour par Washington, où le nouveau président Van Buren confirma le patronage et la bénédiction que le gouvernement accordait aux « Oiseaux d'Amérique ».

Le packet *England* atteignit Liverpool le 2 août, et le 7 Victor accueillit sa famille à Londres. Puis Lucy et Jean-Jacques rejoignirent Mac Gillivray à Édimbourg, afin de mener à son terme la rédaction des « Biographies ».

Le 20 juin 1838, la quatre-vingt-septième livraison des « Oiseaux d'Amérique » fut publiée, ce qui complétait le quatrième et dernier volume. Quatre cent trente-cinq planches avaient été gravées, représentant quatre cent quatre-vingt-dix-sept espèces. Douze années avaient passé depuis que le graveur Lizars avait vu entrer un grand gaillard chevelu dans son atelier.

En mai 1839, le cinquième et dernier volume des « Biographies ornithologiques » sortit des presses à Édimbourg.

William Mac Gillivray allait pouvoir se consacrer à son propre ouvrage, les « Oiseaux d'Angleterre », qui lui permirent de sortir de l'ombre dont Audubon l'avait recouvert.

De retour en Amérique à la fin de l'été, Jean-Jacques et sa famille s'installèrent à New York, au 86 White Street. Il y eut bientôt une nouvelle convive à table, quand Victor Gifford Audubon épousa l'autre sœur Bachman, Mary Eliza. Le soir du mariage, quand il se retrouva seul avec Lucy, Jean-Jacques contempla longuement son visage buriné, ses longues boucles grisonnantes.

— Comme le temps a passé, Lucy, et si vite. Vingt ans depuis Henderson, depuis que j'ai voulu ce livre. Toute notre jeunesse. Et voilà qu'il est fini, que je vais avoir cinquante-cinq ans et que je suis désemparé comme un orphelin.

Elle vint se serrer contre lui, nicha sa tête contre son épaule.

– Mais tu as gagné, John. Tu est arrivé là où tu voulais. Nous sommes réunis, à l'abri du besoin, tes enfants sont heureux et fiers de toi. Et la vie continue.

Il hocha doucement la tête, avec un sourire un peu las. Il n'avait plus envie de se battre. Ses deux fils projetaient déjà une édition courante des « Oiseaux d'Amérique », en lithographie et non en gravure sur cuivre, et dans un format réduit, d'un prix plus abordable. Ils feraient cela très bien. John dessinait aussi bien que lui, et Victor était un meilleur négociant. Il y avait aussi le révérend Bachman, qui le harcelait pour entreprendre l'ouvrage sur les Mammifères.

– Oui, la vie continue, Lucy, et nous allons essayer de la vivre enfin. Laissons les oiseaux voler tout seuls, ils sont assez grands.

Il l'embrassa doucement au coin des yeux, sur ces petites rides qu'il aimait tant.

4

Le destin n'était pas encore décidé à laisser la famille Audubon en paix. Le 15 septembre 1840, Maria Rebecca Bachman mourut de la tuberculose à Charleston. Elle avait vingt-trois ans. Son époux, John, restait seul avec deux enfants, Lucy et Harriet. Quelques mois plus tard, sa sœur, Mary Eliza, la femme de Victor, succombait au même mal, à l'âge de vingt-deux ans. Elle avait une petite fille, Rosy. Ce double drame vint ternir le succès de la « petite édition » des « Oiseaux d'Amérique », dans le format in-octavo. A la fin de 1841, mille cinq cents exemplaires avaient été vendus, ce qui était sans précédent aux États-Unis.

Jean-Jacques, qui ne supportait toujours pas les villes, cherchait à s'installer à la campagne, assez près cependant de New York, où l'appelaient ses affaires. Il trouva ce qu'il désirait dans le nord de l'île de Manhattan, sur les bords de l'Hudson. C'était un terrain boisé de 35 acres, près du hameau de Carmansville. La région était sauvage et déserte ; il n'y avait qu'un petit bourg dans les environs, Harlem.

La construction de la maison fut achevée au printemps de 1842. Elle était dans le style du Sud, en bois avec soubassement de briques. Elle comportait deux niveaux, dont le premier était prolongé sur les deux façades par de vastes galeries. Son aspect était tout à fait celui d'une résidence de plantation, ce qu'Audubon avait délibérément voulu, poussé à la fois par la nostalgie de la Louisiane et son désir de revanche sur les colons qui l'avaient méprisé. John et Victor donnèrent à la propriété le nom de « Minnie's

Land » en l'honneur de Lucy. C'est ainsi qu'ils appelaient leur mère depuis leur voyage à Édimbourg, « Minnie » étant l'équivalent de « Maman » en écossais.

Chacun était persuadé que cette fois Jean-Jacques avait définitivement jeté l'ancre. Lucy surtout voulait le croire, maintenant qu'ils avaient une demeure bien à eux ; une joie dont elle avait été privée pendant plus de vingt ans. Elle ne s'inquiéta pas au début des nombreuses visites d'Edward Harris, pensant qu'il devait s'ennuyer dans sa ferme du New Jersey, et qu'il venait se distraire en voisin. Elle comprit vite qu'Harris avait pris goût aux voyages lors de l'expédition du Texas ; auparavant il n'avait été qu'un naturaliste en chambre. Il essayait cette fois d'entraîner Audubon dans une aventure qu'il ne pouvait pas refuser : refaire le voyage de Lewis et Clark à travers les Montagnes Rocheuses, par le bassin du haut Missouri.

– Mais tu ne vas pas chausser tes bottes et reprendre ton fusil à cinquante-huit ans, protesta Lucy. Edward est un merveilleux ami, il t'a beaucoup aidé, mais il est jeune. Qu'a-t-il besoin de t'entraîner dans ses folies ?

– Ce n'est pas une folie. Il s'agit d'une expédition officielle destinée à rectifier la frontière avec le Canada. Nous sommes autorisés à nous y joindre, avec la bénédiction du président Tyler. Oh, nous ne sommes plus au temps des *keel-boats* et de la cordelle, ne crains rien, tout cela se fera gentiment sur des vapeurs, et sous la protection de l'armée. Je vais voir l'Ouest, enfin, depuis le temps que j'en rêve, et je vais pouvoir calmer notre brave Bachman, qui me harcèle sans cesse, en lui rapportant des spécimens de mammifères.

En effet le révérend de Charleston avait fini par décider Audubon à entreprendre un nouvel ouvrage, consacré aux « Quadrupèdes de l'Amérique du Nord », mais il se plaignait du peu de zèle de son ami, qui se débarrassait sur ses fils de l'essentiel de la tâche ; les animaux à poils n'avaient pas à ses yeux le même attrait que les bêtes à plumes.

Il était écrit qu'Audubon ne verrait jamais les « Montagnes du Vent », le nom que les Indiens donnaient aux Rocheuses. Le *steam-boat* qui le transportait avec Harris et les fonctionnaires du gouvernement déposa ses passagers à

Fort Union, au confluent de la Yellowstone et du Missouri. Le capitaine déclara que sa mission s'arrêtait là et fit demi-tour vers Saint Louis. D'autres bateaux viendraient, un jour, peut-être, le relayer, pour continuer vers l'ouest. Ce n'était plus son problème.

– Il faut nous tirer de là, monsieur, dit Harris au commandant du fort. Le président lui-même nous a promis les moyens nécessaires pour franchir les Rocheuses avant l'hiver.

Le commandant répliqua que le président n'avait qu'à venir de Washington pour régler lui-même l'affaire. En attendant, ils étaient les bienvenus au fort, le temps que l'Administration se préoccupe de tenir ses promesses.

– Nous n'allons pas crever ici, Edward, dit Audubon, entre les palissades de ce fort. Je crois que vos amis du gouvernement ont été un peu légers à notre égard.

– Je le crois aussi, avoua Harris. J'en suis désolé. Que proposez-vous?

– De rentrer chez nous, et vite.

La garnison de Fort Union leur construisit une petite barge sur laquelle ils regagnèrent Saint Louis en six semaines, juste avant l'arrivée des glaces. Dans la capitale du Missouri, Harris et Jean-Jacques trouvèrent refuge chez Nicholas Berthoud, qui venait de quitter Louisville. La concurrence avait eu raison de son commerce, et son fils, William, voulait tâter des régions plus neuves. La roue de la fortune avait tourné une fois de plus. La nouvelle demeure des Berthoud était modeste, et Eliza avait perdu de sa superbe. Jean-Jacques en eut de la peine, sans esprit de revanche. Nicholas était un de ceux qui avaient le moins douté de lui, et qui n'avait jamais failli dans son soutien à Lucy et à ses garçons.

Furieux de la mauvaise préparation de leur voyage et de la négligence de Washington, Harris et Audubon écrivirent des articles vengeurs destinés aux journaux de New York et de Philadelphie. Celui qui eut le plus grand succès était consacré aux bisons. Jean-Jacques rapporta qu'il avait été dégoûté par le massacre auquel les soldats se livraient sur ces bêtes, uniquement par jeu.

« Ce n'est même pas pour les manger, écrivait-il. Ils ne

prennent que leur langue, et le reste est laissé aux carnassiers et aux rapaces. Les prairies sont parfois couvertes de leurs dépouilles. Ceci ne pourra pas durer. Déjà, on dit que les troupeaux sont moins nombreux. D'ici quelques années, le bison aura disparu des Grandes Plaines de l'Ouest. »

– Est-ce qu'il y a de la brume sur le fleuve, Nicholas?
– Non, John, il fait très beau. Les collines, en face, commencent à verdir. Je crois que nous aurons un beau printemps.
– Alors c'est que je perds la vue, mon pauvre, et chaque jour davantage. Il y a longtemps que je ne distingue plus l'autre rive de l'Hudson, et je commence à ne plus voir celle-ci.

Nicholas Berthoud venait souvent rendre visite à son beau-frère à « Minnie's Land ». Audubon avait compris qu'il s'ennuyait à Saint Louis et qu'il avait besoin d'améliorer ses revenus. Aussi lui avait-il confié la représentation de ses livres pour tout l'Ouest. Les « Oiseaux », dans leurs deux éditions, continuaient à trouver des souscripteurs, et le premier tome des « Quadrupèdes », dont le texte était rédigé par Bachman, venait de paraître.

En ce début d'avril 1850, Jean-Jacques ne s'occupait plus de grand-chose. Lucy, toujours alerte, veillait à tout. Leur fils John avait longuement parcouru le Texas et revenait d'un voyage en Californie, alors en proie à la fièvre de l'or. Il avait réalisé le rêve de son père : atteindre le Pacifique. Les deux États étaient enfin entrés dans l'Union, au prix d'une guerre avec le Mexique, comme l'avait craint Andrew Jackson. Les États-Unis s'étaient agrandis aussi de la Floride, de l'Iowa et du Wisconsin. Le domaine d'Audubon s'était rétréci à son parc de châtaigniers et de chênes verts, à sa volière et aux enclos où s'ébattaient des cerfs, des élans, des renards, et même des loups.

– Vous, vous avez toujours bon œil, mon cher Nicholas. Et pourtant nous avons quasiment le même âge.
– Oui, mais je n'ai plus bon pied. Marcher m'est un supplice. A nous deux nous pourrions jouer la fable de l'aveugle et du paralytique. Justement, John, nous sommes

vieux, et Dieu seul sait le temps qui nous reste. J'aurais voulu parler avec vous d'une question grave.

– Diable! Auriez-vous des ennuis dans vos affaires? Dans ce cas c'est plutôt Lucy...

– Non, il s'agit de vous, de vous seul. Et j'aimerais que cela reste entre nous.

Les deux hommes quittèrent la galerie qui donnait sur l'Hudson et s'assirent dans le salon. Audubon, intrigué, attendit que Berthoud se décide à parler, ce qu'il fit comme on se jette à l'eau.

– Voilà, il s'agit d'un journal que tenait mon père et que j'ai trouvé dans les papiers de ma mère quand elle est morte. Il y est question de vous.

– Mais il y a vingt-cinq ans de cela, Nicholas, et c'est maintenant que vous me le dites?

– Oui, vous allez comprendre. Mon père et ma mère aussi, à ce que j'ai pu lire, étaient persuadés que vous étiez le dauphin de France, le jeune roi qui a disparu, enfin, Louis XVII...

Il y eut un long silence pendant lequel Jean-Jacques fixa Nicholas, en plissant les paupières pour que ses yeux fatigués discernent s'il plaisantait ou non.

– Rien que cela! dit-il enfin. Mais j'avoue que vous ne m'étonnez qu'à moitié. Vos parents avaient évoqué en effet ma ressemblance avec le dauphin et la coïncidence de nos dates de naissance. Je les ai détrompés, et il n'en a plus été question.

– Vous ne les avez pas détrompés. Mon père a écrit de nombreuses lettres en France pour mieux connaître votre enfance. C'était sans doute indiscret, mais je crois qu'il faut pardonner à sa mémoire : il voulait tant savoir, être sûr. Il a obtenu à Nantes une copie de votre acte d'adoption, qui est daté du 7 mars 1794. C'est sur cette date qu'était fondée sa certitude. Pour lui, le dauphin a été enlevé du Temple quarante jours auparavant, vers la mi-janvier. Soit juste le temps de se cacher et de gagner Nantes.

– Mais pourquoi janvier et pas plus tard, ou plus tôt?

– Oh, c'est assez compliqué, et je ne suis pas très familier de cette période de l'Histoire. Mon père a écrit que le dauphin a forcément été enlevé du Temple à la mi-janvier, au moment où le cordonnier Simon, qui était son gardien, a quitté son poste. Celui-ci était évidemment complice de l'évasion; il aurait fait sortir le prince en le cachant dans la charrette avec laquelle il déménageait ses affaires. Ce qui est frappant, c'est qu'après le départ de Simon l'enfant royal a été cloîtré. On ne l'a plus vu jouer dans la cour, il n'a plus eu le droit de voir sa sœur. Pourquoi, si ce n'est parce qu'il y avait eu substitution?

– Oui, on a beaucoup raconté ce genre d'histoires. Il y a eu des dizaines de prétendants au trône de Louis XVII, même aux États-Unis, dont un Indien, je crois. En 1794, il y avait des milliers d'enfants sur les routes, du même âge que le dauphin, sans parents, livrés à l'aventure. Pourquoi moi plutôt qu'un autre?

– Mais c'est parce que vous n'avez jamais rien prétendu que vous êtes le plus plausible! Ce qui a troublé mon père, dans votre acte d'adoption, c'est que vous êtes désigné comme un certain Fougère, né d'une mère inconnue et décédée en Amérique. Alors que vous prétendiez être issu d'un premier mariage du capitaine Audubon, auquel cas d'ailleurs vous n'auriez pas eu besoin d'être adopté. Il en a conclu que vos parents se seraient prêtés à un complot pour dissimuler le fugitif, sur l'ordre de Robespierre, dont le pouvoir chancelait et qui ainsi se donnait une arme.

Jean-Jacques secoua doucement la tête, comme s'il plaignait sincèrement Nicholas Berthoud.

– Il est triste que mon ami Walter Scott ne soit plus de ce monde; je lui aurais fait part de cette histoire, et il en aurait sans doute tiré un très beau roman. Votre père, mon pauvre Nicholas, a en effet percé un mystère, mais pas celui du dauphin; celui de ma naissance illégitime. Il est exact que je suis, comme ma demi-sœur, un bâtard né dans l'adultère. Un stigmate que j'ai caché autant que je l'ai pu, même à Lucy, qui m'en a voulu. J'avais de l'ambition, puis j'en ai eu pour mes fils, et je ne voulais pas que l'on critique des origines douteuses, qui sont encore considérées dans ce pays comme une tare. J'ai même laissé croire que j'étais né en Louisiane, afin de passer pour un Américain de naissance. J'ai menti pour être jugé sur mon œuvre seule, et non sur mon passé ou sur celui de mon père.

– Mais pourquoi ce nom de Fougère?

– C'est bien simple. Le fonctionnaire de l'état civil qui a enregistré l'adoption était un républicain plein de zèle. Il a refusé d'inscrire sur son registre des prénoms chrétiens. C'était le calendrier révolutionnaire qui était alors en usage, et le nom des saints y était remplacé par celui des plantes, des fleurs ou des fruits du moment. Comme ma sœur et moi étions nés en floréal, mon père n'a pas cherché plus loin, et nous nous sommes vus affublés des prénoms de Fougère et de Muguet, que nous n'avons bien sûr jamais portés.

– Mais alors comment se fait-il, insista Nicholas, qui ne voulait pas s'avouer vaincu, qu'on n'ait aucune trace de vous à Couëron ni à Nantes, avant votre adoption?

– Parce que j'ai passé les quatre premières années de ma vie à Saint-Domingue, et les cinq suivantes dans une ville ravagée par la Révolution. Qui se souciait d'un enfant, à part sa famille? Pourquoi votre père ne s'est-il pas adressé à elle, plutôt que de laisser son imagination vagabonder? Oh, je m'en doute, il pensait qu'elle était dans le secret, il n'était quand même pas assez sûr de lui, il avait peur de me blesser. J'avais le plus grand respect pour votre père, Nicholas, et je comprends que la Révolution et la mort du roi aient été pour lui des chocs très rudes. Je peux admettre qu'il ait cherché, ainsi que votre mère, à rebâtir à travers moi un passé anéanti. Et puis c'étaient de vieilles gens, qui couraient après leurs rêves, Mais vous, Nicholas, comment pouvez-vous croire à de telles balivernes? Car je vois bien que vous y croyez. Que votre père, depuis la tombe, à travers quelques feuilles d'un journal, a réussi à vous transmettre ses chimères...

Pendant le long silence qui suivit, Jean-Jacques quitta son fauteuil et alla appuyer son front contre la vitre du salon. Un point marron traversa vivement la tache verte de la pelouse. Un écureuil.

– C'est vrai, John, avoua Nicholas. J'y ai cru moi aussi. C'était tentant. Vous étiez si différent. Il émanait de vous tant de force, tant de noblesse. Vous aviez vraiment l'air d'un prince, avec vos caprices, votre extraordinaire talent, votre insouciance de l'argent et du commerce. Je concevais très bien que vous n'ayez pas voulu vous faire reconnaître, ni revenir dans un monde où vous aviez vu votre famille massacrée, votre pays mis à feu et à sang, au nom d'idées qui n'avaient plus cours quelques mois plus tard. Je vous voyais très bien renoncer à toute gloire pour vous consacrer à la nature, dont les lois sont aussi cruelles, mais plus constantes.

– Ces raisons au moins sont bonnes, Nicholas. Je ne suis ni un prince, ni un roi. J'ai tout simplement grandi dans une époque tellement troublée qu'on laissait les enfants s'ébattre seuls. Quand on a goûté si tôt la nature et la liberté, on ne peut plus s'en déprendre. Mais pour revenir au prétendu mystère de ma vie, il y a un point qui aurait dû faire hésiter votre père. J'ai fréquenté pendant près d'un an l'atelier du peintre David, en 1802. Or David connaissait le dauphin. En tant que membre du Comité de salut public, il avait assisté aux interrogatoires du prince. Aurais-je ainsi couru le risque d'être reconnu par un homme qui avait trahi ses anciennes convictions et rallié Bonaparte?

– Il était peut-être du complot et n'osait plus l'avouer.

Audubon eut un geste découragé.

– Tout devient un argument, quand on est convaincu d'avance. Non, croyez-moi, oubliez tout cela, n'en parlez à personne, suivez l'exemple de votre père. Allez, je vois bien que vous êtes déçu, Nicholas, ce qui m'amène à vous poser une question à mon tour : vos parents et vous, m'auriez-vous autant aimé, m'auriez-vous aidé à ce point si vous n'aviez pas cru que j'étais ce roi disparu?

Berthoud protesta énergiquement.

– Bien sûr, John, voyons. Qu'allez-vous penser? Nous avions d'autres liens...

Puis il sortit de sa redingote un gros carnet noir, qu'il tendit à son beau-frère.

– Ce journal, voulez-vous le conserver?

– Non, Nicholas. Gardez-le. Ce sont vos souvenirs, pas les miens.

Un après-midi d'octobre, Audubon goûtait dans son parc la douceur de l'été indien, quand il distingua confusément une silhouette humaine qui sortait d'une fenêtre de la maison, puis descendait par une échelle jusqu'à terre. Une seule personne pouvait se livrer à un pareil exercice.

– Eh, monsieur Morse, cria-t-il, encore perché? Vous finirez par vous rompre le cou.

– Je mourrai pour la science, monsieur Audubon.

A soixante ans, Samuel Morse était encore agile. Il avait été un peintre renommé avant de se consacrer entièrement à son invention, le télégraphe électrique, où les impulsions d'un électro-aimant dans un fil métallique permettaient de transmettre des messages. A cet usage, Morse avait inventé un alphabet conventionnel composé de traits et de points. Il était lié avec Victor depuis des années, et il était un des hôtes les plus assidus de « Minnie's Land », d'où il avait effectué la première liaison entre New York et Philadelphie. Depuis, Baltimore, Boston et Washington avaient été reliées à leur tour.

– Je vais installer une communication entre l'atelier de vos fils, au bout du parc, et la maison principale. Ainsi, cet hiver, s'il y a de la neige, vous pourrez correspondre sans vous déplacer.

Morse s'éloigna en déroulant son fil, heureux comme un enfant l'est d'un jeu nouveau. Audubon revint vers le fleuve, piétinant le tapis déjà épais de feuilles rouges tombées des peupliers géants. Il songeait au progrès, un mot que Samuel Morse prononçait souvent. Avec raison sans doute; on entrait dans une époque nouvelle. Le télégraphe, le train aboliraient les distances. L'Amérique allait quitter l'état de nature, se couvrir de villages, de fermes, de villes, où l'on n'entendrait plus que le son aigu du marteau et le grondement des machines. Les forêts allaient disparaître, abattues par la cognée, ou dévorées par le feu. Les bateaux à vapeur porteraient la civilisation et le commerce dans les endroits les plus reculés. Il était temps de tirer sa révérence. Il aurait au moins la consolation d'avoir fait connaître cette nature avant qu'on ne la détruise.

Les facultés de Jean-Jacques Audubon déclinèrent rapidement pendant l'hiver. Bientôt il ne se leva plus. Il ne reconnaissait plus que Lucy, qui venait lui chanter les « petites chansons françaises » qu'il aimait tant. Il s'éteignit doucement le 27 janvier 1851, dans sa soixante-septième année. Lucy ferma les paupières de son mari sur le regard désormais vide, qui semblait s'être brûlé à trop contempler les beautés du monde.

Lucy passa le reste de sa longue vie entourée d'enfants. Georgiana, la seconde épouse de Victor, en eut six. Caroline, la seconde épouse de John, lui en donna sept. L'infatigable grand-mère leur enseigna la lecture, guida leurs doigts malhabiles pendant leurs premières leçons de piano et arbitra les disputes. Puis elle fit de même pour les enfants de ces enfants-là, tant que sa vue lui permit de lire et d'écrire. Elle mourut à quatre-vingt-sept ans, le 18 juin 1874, chez son frère William, dans le Kentucky. Elle repose dans le cimetière de la Trinité, à New York, inséparable enfin de celui dont les tourments de la vie l'avaient si souvent éloignée.

BIBLIOGRAPHIE

AUDUBON, John James : *Les Oiseaux d'Amérique.* 4 volumes, double éléphant folio, gravures coloriées. Publié par l'auteur. Londres, 1827-1838. (435 gravures représentant 1 065 oiseaux grandeur nature, supposés appartenir à 489 espèces.) La publication des quatre volumes de gravures des *Oiseaux d'Amérique* ayant duré douze ans, beaucoup de souscripteurs ont abandonné en cours. Audubon estimait qu'il n'y avait pas eu plus de 200 collections complètes. Les trois quarts se trouvent aux États-Unis. Il reste peu de volumes complets, beaucoup de gravures s'étant vendues séparément. A la vente de Christie's à Houston les 15 et 16 octobre 1982, chaque gravure était adjugée entre 50 et 70 000 francs. Le 26 mai 1977, à New York, Christie's a vendu une série complète des quatre volumes 352 000 dollars. Une autre a atteint chez Sotheby's, à Londres, en 1984, la somme de 1 200 000 livres, soit près de vingt millions de francs! C'est sans doute un des livres les plus chers du monde sur le marché de l'art.

AUDUBON, John James : *Biographie ornithologique.* (Commentaire des gravures) 5 volumes royal-octavo. Edimbourg, 1831-1839.

AUDUBON, John James : *Les Oiseaux d'Amérique.* 7 volumes royal-octavo, texte et gravures mêlés. New York-Philadelphie, 1840-1844. (C'est l'édition « miniature », en lithographie.)

AUDUBON, John James, et Révérend John BACHMAN : *Les Quadrupèdes vivipares de l'Amérique du Nord.* 2 volumes folio impérial, avec 150 lithographies coloriées. New York, 1845-1848. (La suite de la publication, et les éditions suivantes des Quadrupèdes ont été menées à bien par John et Victor Audubon.)

AUDUBON, John James : *Scènes de la nature dans les États-Unis et le Nord de l'Amérique*. Traduction d'Eugène Bazin. 2 volumes 8°. Paris, 1857. (Sélection de récits issus de la « Bibliographie »).

AUDUBON, Maria : *Audubon and his journals*. 2 vol. New York, Dover, 1960.

FORD, Alice : *The 1826 journal of John James Audubon*. Norman, University of Oklahoma Press, 1967.

ARTHUR, Stanley Clisby : *Audubon, an intimate life of the American Woodsman*. New Orleans, Harmanson, 1937.

BUCHANAN, Robert : *Life and adventures of Audubon, the naturalist*. New York, Dutton, 1924.

DELATTE, Carolyn : *Lucy Audubon, a biography*. Louisiana state University Press, Baton Rouge, 1969.

FORD, Alice : *John James Audubon*. Norman, University of Oklahoma Press, 1964.

HERRICK, Francis Hobart : *Audubon, the naturalist*. New York, Dover, 1917, révisé en 1938.

ROURKE, Constance : *Audubon*. New York, Harcourt, Brace, 1936.

BORDONOVE, Georges : *La vie quotidienne en Vendée pendant la Révolution*. Hachette, 1974.

BRIANT, Raymond : *Histoire de Couëron et de la Loire Armoricaine*. Nantes, 1975.

CRETE, Liliane : *La vie quotidienne en Louisiane, 1815-1830*. Hachette, 1978.

O'NEILL, Paul : *Les hommes du fleuve – Les Colons*. Collection « Le Far West ». Éditions Time-Life, 1978.

RIEUPEYROUT, Jean-Louis : *Histoire du Far West*. Tchou, 1967.

TARCZYLO, Théodore : *Sexe et Libertés au siècle des Lumières*. Presses de la Renaissance, 1983.

WISMES, Armel de : *Nantes et le temps des négriers*, France-Empire, 1984.

Éditions en langue française des *Oiseaux d'Amérique*, comportant des reproductions :
Éditions Princesse, 1980. Préface de Jean Dorst.
Éditions Seghers, 1979.
Éditions Henri Scrépel, 1982.

Ces ouvrages reproduisent non pas les gravures mais les dessins originaux, conservés par la New York Historical Society, qui les a achetés en juin 1863 à Lucy Audubon. Ils ne sont pas exposés à cause de leur fragilité, mais il en existe un recueil complet et aisément accessible :
The Original Water-color Paintings by John James Audubon for *The Birds of America*. Published by American Heritage Publishing C°. Distributed by Crown Publishers Inc. 1966.

Cet ouvrage a été réalisé sur
Système Cameron
par la SOCIÉTÉ NOUVELLE FIRMIN-DIDOT
Mesnil-sur-l'Estrée
pour le compte des Éditions Lattès
le 15 avril 1985

Imprimé en France
Dépôt légal : avril 1985
N° d'édition : 85080 – N° d'impression : 2255